杜甫诗话六种校注（增订本）

张忠纲 编注

齊魯書社
·济南·

图书在版编目（CIP）数据

杜甫诗话六种校注 / 张忠纲编注. -- 增订本.
济南：齐鲁书社, 2024. 12. -- ISBN 978-7-5333-5050-5

Ⅰ. I222.742

中国国家版本馆CIP数据核字第2024AN2471号

责任编辑　许允龙
装帧设计　亓旭欣

杜甫诗话六种校注（增订本）
DUFU SHIHUA LIUZHONG JIAOZHU (ZENGDINGBEN)
张忠纲　编注

主管单位　山东出版传媒股份有限公司
出版发行　齊魯書社
社　　址　济南市市中区舜耕路517号
邮　　编　250003
网　　址　www.qlss.com.cn
电子邮箱　qilupress@126.com
营销中心　（0531）82098521　82098519　82098517
印　　刷　日照日报印务中心
开　　本　720mm × 1020mm　1/16
印　　张　41.5
插　　页　2
字　　数　574千
版　　次　2024年12月第1版
印　　次　2024年12月第1次印刷
标准书号　ISBN 978-7-5333-5050-5
定　　价　128.00元

前　言

在中国这个诗的国度里，诗人杜甫享有特殊的地位。他，人被尊为“诗圣”，诗被誉为“诗史”。杜甫为中国古典诗歌的集大成者，早已成为定论。宋代秦观在《韩愈论》中说：“杜子美之于诗，实积众家之长，适当其时而已。昔苏武、李陵之诗，长于高妙；曹植、刘公幹之诗，长于豪逸；陶潜、阮籍之诗，长于冲澹；谢灵运、鲍照之诗，长于峻洁；徐陵、庾信之诗，长于藻丽。于是杜子美者，穷高妙之格，极豪逸之气，包冲澹之趣，兼峻洁之姿，备藻丽之态，而诸家之作所不及焉。然不集诸家之长，杜氏亦不能独至于斯也，岂非适当其时故耶？孟子曰：‘伯夷，圣之清者也，伊尹，圣之任者也；柳下惠，圣之和者也；孔子，圣之时者也。孔子之谓集大成。’呜呼！杜氏韩氏，亦集诗文之大成者欤！”（《淮海集》卷二十二）“不薄今人爱古人”“转益多师是汝师”，杜甫上继两千多年中国诗歌的《风》《骚》传统；“吟咏流千古，声名动四夷”，杜甫之后的一千多年，中国诗坛上的杰出诗人，几乎没有一个不是受他影响的。所以，从某种意义上说，一部杜诗研究史，也就是一部中国古典诗歌研究史。“杜诗学”，也像“红学”“龙学”一样，实际上已成为一种专门学问。

古今诗人难以数计，而唯杜诗注本最多。早在宋代，已号称“千家注杜”，虽是夸大之词，但亦足见注杜之盛况。据不完全统计，自唐迄于清末，见于著录的杜诗评注本，就有七八百种，流传至今的也有二三百种。唐以后浩如烟海的诸家诗话，几乎没有不论及杜甫的。如宋代胡仔的《苕溪渔隐丛话》前、后集一百卷，论杜的有十三卷；清代吴景旭的《历代诗话》八十卷，论杜的也有十三卷。但专论杜甫的诗话，却不多见。流传至今的，有宋方深道辑《诸家老杜诗评》五卷，蔡梦弼集录《杜工部草堂诗话》二卷，清翁方纲辑《渔洋杜诗话》一卷，刘凤诰撰《杜工部诗话》五卷，潘德舆撰《养一斋李杜诗话》三卷，近人蒋瑞藻辑《续杜工部诗话》二卷。为了给杜诗爱好者与研究者提供方便，我在随萧涤非先生校注《杜甫全集》的过程中，浏览所及，汇集六种诗话为一编，略加标点、校勘、注释，遂名之曰《杜甫诗话六种》。其中《诸家老杜诗评》成书最早，且流传极罕，一般杜诗研究者所见，多为国家图书馆所藏残三卷明抄本，而北京大学图书馆所藏全五卷清初抄本，鲜为人知。最近由中华古籍资源库发布的国家图书馆藏清抄本，亦是全五卷，与北大藏本只是个别文字不同。五卷本共辑录诸家诗话二百余条，其中六十余条不见于今存宋人著作，或与他书引文有较大出入，这部分资料弥足珍贵。《杜工部草堂诗话》，传世版本较多，但多系残本，《四库全书》所收《草堂诗话》，较通行各本多出三十余条，很少为人注意，一些研究杜诗的论著和文章，亦未提及，而所引有为他书所未载者。《杜工部诗话》和《养一斋李杜诗话》，与前二种不同，二书不专辑前人评论，发表个人看法，时有精辟之见，可谓专论杜甫诗话之佼佼者。《续杜工部诗话》，搜罗颇富，且只见于《古今文艺丛书》第四集，不见别本印行。翁方纲辑《渔洋杜诗话》一种，辑录王渔洋（士禛）论杜之语凡一百四十七条，搜集颇不完备。我在遍检渔洋论著和他人所引渔洋有关言论之后，去其重复，共辑得二百四十余条。孙微又从顾宸《辟疆园杜诗注解》和杨伦《杜诗镜铨》中辑得二十余条，总计二百七十余条，重加整理，名之曰《新编渔洋杜诗话》，以代替翁氏所辑本。清陈廷敬《杜律诗话》二卷，名为"诗话"，实为注本，且只收七律，与上述诗话不同，故不收录。六种诗话共收录诸家评论杜诗之语九百二十余条，内容相当广泛，涉及杜甫其人、其诗的各个方面，对研究杜诗颇有参考价值。

所收六种诗话，各本之前均附有简要说明，介绍作者生平，概述版本源流，纠谬辨误，评论得失，兹不赘述。关于校注，附带说明几点：

一、校勘只就参校各本互校，凡有异同，均一一出校。

二、正文讹误而据参校各本不能确定者，则据所引诸书校改，因引书繁多，版本各异，且多非全文，一般不碍文义者，概不出校。

三、所引杜诗正文，凡与今传宋刻诸本相同者，皆不改；否则据杜诗校改。

四、异体字、古今字、繁简字、通假字、避讳字，均径改为现行规范汉字，一般不出校。

五、注释重在注明出处，纠谬辨误，文字力求简明。

六、为便利读者阅读研究，每种诗话所录各条均分别按次序编号。

本书校注稿，前五种初稿曾呈已故著名杜甫研究专家陈贻焮先生生前审阅，并蒙赐序，于1994年由书目文献出版社出版。后又增加我所编注的《新编渔洋杜诗话》，合为《杜甫诗话六种校注》，由齐鲁书社于2002年出版。在校注过程中，得到国家图书馆、北京大学图书馆、山东省图书馆、山东大学图书馆等单位有关同志的热情帮助；本书为山东省古籍整理规划项目，得到山东省古籍整理规划小组和齐鲁书社的大力支持与资助，社长宫晓卫先生和责任编辑阎昭典先生对拙稿提出不少修改意见；綦维、孙微同志参加了《新编渔洋杜诗话》的部分校注工作，并为全书打印、校对，付出很多辛劳。这次增订，又得到齐鲁书社许允龙主任和徐柳琪责任编辑周到而精细的策划与编校，校正了很多错讹。在此一并表示诚挚的谢意。

该书从编注到出版历经三十多年，又因所涉典籍浩繁，不易尽得，加之本人学养不深，见闻有限，错漏不妥之处在所难免，敬祈专家和读者批评指正。

张忠纲

1987年3月初稿

2001年9月定稿

2024年3月增订

目录

诸家老杜诗评

[宋] 方深道 辑

说 明

在专论杜甫的诗话中，流传至今的当以方深道辑《诸家老杜诗评》为早，它比蔡梦弼《杜工部草堂诗话》还要早六七十年。

方深道，字正夫。宋兴化（今福建莆田）人。徽宗宣和六年（1124）进士，官奉议郎，曾知政和、晋江县事。或作“方道深”，误。《四库全书总目》谓深道“晋江人……知泉州”云云，亦误。据《道光福建通志》载，方次彭有六子：晞道、原道、安道、辨道、醇道、深道。晞道为英宗治平四年（1067）进士，神宗熙宁间（1068—1077）曾知晋江县事。深道为次彭季子，高宗绍兴间（1131—1162）知泉州晋江县事，似未知泉州。其家曾知泉州者，据考只有次彭曾孙方铨。铨，孝宗淳熙二年（1175）进士，宁宗开禧间（1205—1207）曾知泉州军州事。

《诸家老杜诗评》，稍后于方深道而曾官莆田的陈振孙，在其《直斋书录解题》中著录：“《诸家老杜诗评》五卷，续一卷，莆田方深道集。”而《宋史·艺文志》则作：“方道醇（按：应为方醇道）《集诸家老杜诗评》五卷，方絟（按：应为铨）《续老杜诗评》五卷。”《四库全书总目》集部诗文评类存目则作“《老杜诗评》五卷”，无“集诸家”三字，为“两淮马裕家藏本”，并谓“旧本题曰元人，案是编见陈振孙《书录解题》，确为宋人，题元人者误也。其书皆汇辑诸家评论杜诗之语，别无新义”。又《四库全书总目》集部诗文评类于《草堂诗话》

条，亦论及“方道醇”“方道深”及方铨之书，谓“今惟方道深书见于《永乐大典》中，余皆不传。然道深书琐碎冗杂，无可采录”云云，则今所见抄本，当系从《永乐大典》中录出者。何以有此矛盾？郭绍虞先生考证云：“窃意撰《总目提要》者，仅据《宋史·艺文志》，而于《永乐大典》之本则不遑细考，故沿《宋史》之误而未及改正；其撰《存目提要》者，又只能以《永乐大典》为依据，故作‘深道’而不作‘道深’。二目提要歧异之故，盖以此矣。今据《永乐大典》及《福建通志》诸书所载，当以作‘深道’‘醇道’者为正。”（见《宋诗话考》上卷《集诸家老杜诗评》条）检《道光福建通志·经籍志》，谓“醇道，字温叟”，著有“《笔峰集》五卷，《类集杜甫诗史》三十卷，《集诸家老杜诗评》一卷”。而据陈振孙《直斋书录解题》云：“《类集诗史》三十卷，莆阳方醇道温叟编。”《类集诗史》，即《类集杜甫诗史》。但振孙未言方醇道曾为《集诸家老杜诗评》一卷。以上诸家，对于《诸家老杜诗评》的编辑过程，都语焉不详。其实，方深道在该书序中说得很清楚：“先兄史君尝类集《老杜诗史》，仍取唐宋以来名士评公诗者，悉摭其语，别为卷帙，号曰《老杜诗评》，以附《诗史》之后，俾览者有所考证。深道须次之暇，又于后来诸小说中，择其未经纂录者，自《洪驹父诗话》以下，凡八家，从而益之，因集成五卷。书之卷首，镂版以传于世云。”序中所谓“先兄史君”，当即指方醇道。据此可知，该书乃醇道、深道兄弟二人所辑。据方深道署衔“知泉州晋江县事”，可知该书初刻于绍兴年间。观书中只字未提阮阅《诗话总龟》和胡仔《苕溪渔隐丛话》，则很可能刻印于绍兴初年。

该书刻本不传，只有抄本行世。今存抄本已知者有三种：

一为国家图书馆藏明抄本，一册，只存前三卷。首为方深道序，分卷列目录，卷一为唐《本事诗》、郑处诲《明皇杂录》、郑綮《传信记》、刘禹锡《嘉话》、康骈《剧谈录》、梅圣俞《诗格》、欧阳文忠公《诗话》、范蜀公《东斋记事》、王荆公《钟山语录》《王深父集》，宋敏求《春明退朝录》、沈存中《笔谈》、吕丞相《诗年谱》；卷二为东坡、山谷、僧文莹《湘山野录》《唐宋诗话》《洪驹父诗话》；卷三为《归叟诗文发源》、蔡约之《西清诗话》《樗叟诗杜拾遗》。卷三颇多缺文。半页九行，行十六字，白口，四周单边。文字讹误甚多，至有颠倒错乱者。

一为国家图书馆藏清抄本，一册，全五卷，方深道序残缺，前三卷目录与上明抄本同，卷四为潘淳《诗话补遗》；卷五为僧惠洪《冷斋诗话》《遁斋闲览》，黄朝英《缃素杂记》。半页九行，行二十字，无格。2002 年前我撰写拙著时，未发现此本，今中华古籍资源库发布此本，得以检阅。

一为北京大学图书馆藏清初抄本，二册，封面题："诸家老杜诗评，宋方深道辑，五卷，钞本，茮微臧。"此本为近代著名藏书家李盛铎木犀轩藏书。"茮（椒）微"为李盛铎字。该抄本首为方深道序，全五卷，目录与国图清抄本同。卷一下有"木犀轩藏书""李盛铎印"两方钤记。

据方深道序，可知该书前二卷基本上乃方醇道所辑，而后三卷多，即《洪驹父诗话》以下八家，乃为方深道增辑。而方醇道所辑在其弟深道之前，故"续一卷"为"方醇道辑"之说，当为可疑；而《宋史·艺文志》所载"方道醇《集诸家老杜诗评》五卷"云云，更是不确；至于《宋史·艺文志》所云"方绖《续老杜诗评》五卷"，则未见后世流传。

北京大学藏本，虽于 1956 年已经《北京大学馆藏李氏书目》著录，但鲜为人知，华文轩编《古典文学研究资料汇编·杜甫卷》上编《唐宋之部》亦未收录，"引用书目"标示的只是"诸家老杜诗评五卷，宋方深道辑，明抄本（存三卷）"。该书虽被《四库全书总目》讥为"皆汇辑诸家评论杜诗之语，别无新义"，且引文偶有重复，但其成书较早，保留了许多重要资料。全书辑录诸家评杜诗话二百余条，其中六十余条不见于今存宋人著作，或与他书引文有较大出入。这部分资料，弥足珍贵。

校注以北京大学图书馆藏本（简称“北大本”）为底本，参校国家图书馆藏明抄本（简称“国图残本”）、国家图书馆藏清抄本（简称“国图全本”）。书中所辑诸家诗话，不一一与原书参校，只在必要时出校。

诸家老杜诗评序

先兄史君尝类集《老杜诗史》，仍取唐宋以来名士评公诗者，悉摭其语，别为卷帙，号曰《老杜诗评》，以附《诗史》之后，俾览者有所考证。深道须次之暇，又于后来诸小说中，择其未经纂录者，自《洪驹父诗话》以下，凡八家，从而益之，因集成五卷，书之卷首①，镂版以传于世云。奉议郎知泉州晋江县事方深道序。

【校注】

①此二句，国图二本作“因书卷首”。

诸家老杜诗评卷之一

唐《本事诗》三事①

1. 李太白初自蜀至京师②，舍于逆旅。贺监知章闻其名③，首访之。既奇其姿，又请所为文。出《蜀道难》以示之。读未竟，称叹者数四，号为“谪仙”，解金龟换酒，与倾尽醉。期不间日，由是称誉光赫。贺又见其《乌栖曲》，叹赏苦吟，曰：“此诗可以泣鬼神矣！”故杜子美赠诗及焉④。

【校注】

①《本事诗》，一卷，孟启撰。启字初中，唐僖宗时人。陈尚君《〈本事诗〉作者孟启家世生平考》[《唐代文学研究》（第十二辑），广西师范大学出版社2008年版]指出，《本事诗》作者之名，有“启”“棨”“綮”三种说法，现据新出土文献，可以确定“启”字为正，今从其说。以下三条，并见《本事诗·高逸第三》。

②李白，字太白。

③贺知章，字季真，自号四明狂客。官终秘书监，世称“贺监”。

④杜甫《寄李十二白二十韵》曰：“昔年有狂客，号尔谪仙人。笔落惊风雨，诗成泣鬼神。声名从此大，汩没一朝伸。”

2. 白才逸气高，与陈拾遗齐名①，先后合德。其论诗云："梁、陈以来，艳薄斯极。沈休文又尚以音律②，将复古道，非我而谁欤！"故陈、李二集，律诗殊少。尝言③："兴寄深微，五言不如四言，七言又其靡也，况使束于声调俳优哉！"故戏杜曰："饭颗山头逢杜甫，头戴笠子日卓午。借问别来太瘦生，总为从前作诗苦。"盖讥其拘束也④。

【校注】

①陈子昂，字伯玉，曾官右拾遗，为唐代诗歌革新的先驱。

②沈约，字休文，南朝梁文学家。作诗注重声律，创四声八病之说。"音"，国图二本作"声"。

③"尝"，北大本原空一字，据国图二本补。

④此下原有双行小字注云："'太瘦生'，唐人语也，至今犹以'生'为语助，如'作么生''何似生'之类是也。"

3. 白常出入宫中①，恩礼殊厚。竟以疏纵乞归。上亦以非廊庙器，优诏罢遣之。后以不羁流落江外；又以永王招礼累，谪于夜郎。及放还，卒于宣城。杜所赠二十韵②，备叙其事。读其文，尽得其故迹。杜逢禄山之难，流离陇蜀，毕陈于诗，推见至隐，殆无遗事，故当时号为"诗史"③。

【校注】

①"白"，《本事诗》原无。

②"所"，北大本作"甫"，据国图二本改。"二十韵"，即指《寄李十二白二十韵》诗。

③"为"，北大本无，据国图二本补。

郑处诲《明皇杂录》四事[①]

4. 上每赐宴酺，则御勤政楼，教坊为角抵戏、斗鸡。宫人数百，饰以珠翠，衣以锦绣，自帏中击雷鼓，为《破阵乐》。又令教舞马四百蹄，分为左右部，目之为某家骄，其曲谓之《倾杯乐》者数十曲，奋首鼓尾，纵横应节。又施三层板床，乘马于上。抃转如飞，命壮士举焉[②]，舞于榻上。杜诗云："斗鸡初赐锦，舞马既登床。"此也[③]。

【校注】

①郑处诲，字延美，唐文宗时人。所撰《明皇杂录》二卷，别录一卷，因所记多为唐玄宗轶事，故名。

②"焉"，北大本、国图全本作"马"，据国图残本改。

③此条引文与《明皇杂录》原文有出入，盖以二则删并。末"杜诗"云云，则为原文所无，当为方深道所增。所引杜诗系《斗鸡》诗句，见仇兆鳌《杜诗详注》卷十七。下注杜诗出处，皆据仇注，不另注出，只标诗题、卷数。

5. 乐工李龟年，流落江南，每遇良辰胜赏，为人歌数阕，座客闻之，莫不掩泣罢酒。杜甫尝赠诗曰："岐王宅里寻常见[①]，崔九堂前几度闻。正是江南好风景，落花时节又逢君。"崔，即殿中监涤，中书令湜之弟也[②]。

【校注】

①"岐"，国图残本作"歧"。"王"，北大本误作"黄"，据国图二本改。杜诗为《江南逢李龟年》，卷二十三。

②此条见《明皇杂录》卷下，文字稍异。

6. 上御勤政楼，大张声乐，罗列百妓。时有公孙大娘善舞，能为《邻里曲》，及裴将军能为《满堂势》《西河剑器》《浑脱》，遗妍妙绝于时①。杜诗有《观公孙大娘弟子舞剑器行》②。

【校注】

①此条除开头五句见《明皇杂录》卷上外，其余文字均不见今传各本。《钱注杜诗》卷七《观公孙大娘弟子舞剑器行》注引《明皇杂录》云："有公孙大娘者，善舞剑，能为《邻里曲》，及《裴将军满堂势》《西河剑器》《浑脱》，遗妍妙皆冠绝于时也。"《杜诗详注》卷二十则引作："时公孙大娘能为《邻里曲》，及《裴将军满堂势》《西河剑器》《浑脱》舞，妍妙皆冠绝于时。"而欧阳予倩主编《唐代舞蹈》则引作："时有公孙大娘者，善舞剑，能为邻里曲、裴将军满堂势、西河剑器浑脱。"文字各有不同。

②此句当为方深道所加。

7. 天宝中①，兴庆池小龙常游于宫垣南沟水中，蜿蜒奇状，靡不瞻睹。杜诗云："龙喜出平池。"②

【校注】

①此条不见今传本《明皇杂录》，而见李德裕《次柳氏旧闻》（亦名《明皇十七事》）。"杜诗"云云以下，当系方深道所加。

②《宿昔》，卷十七。

郑棨《传信记》一事①

8. 上于东都起五王宅，于上都制花萼楼，盖与诸王为会集宴乐之地[2]。上与诸王靡日不会聚。杜诗云："花萼罢登临。"[3]盖是时，明皇亦厌世矣[4]。

【校注】

①唐郑棨（一作綮）撰《开天传信记》，一卷，记开元、天宝间事凡三十二条。此条与原文稍异。"杜诗"云云以下，当为方深道所增。

②"与"，国图二本作"为"。盖因同音假借而通用。

③《骊山》，卷十七。

④"亦"，国图二本作"已"。

刘禹锡《嘉话》三事[1]

9. 为诗用僻字[2]，须有来处，尝讶杜员外"巨颡拆老拳"[3]，疑"老拳"无据。及览《石勒传》："卿既遭孤老拳，孤亦饱卿毒手。"[4]岂虚言哉！后辈业诗，即须有据，不可学常人率焉而道也[5]。

【校注】

①《刘宾客嘉话录》，唐韦绚（802—866？）撰，一卷。据绚自序，为任江陵少尹时，追述长庆间在白帝城所闻于刘禹锡者。禹锡曾官太子宾客，故以名书。今传本《嘉话录》已非原本，舛伪讹误甚多。唐兰先生《〈刘宾客嘉话录〉的校辑与辨伪》一文（载《文史》第四辑）考订甚详，可资参看。

②此条与《嘉话录》原文有出入。亦见宋王谠《唐语林》卷二、阮阅《诗话总龟》前集卷五，但两书只云系刘禹锡语。

③"尝"，三本均作"常"，据《唐语林》改。"巨颡"句出杜甫《义鹘行》，卷六。

④语出《晋书·载记第五·石勒传下》，原文为“孤往日厌卿老拳，卿亦饱孤毒手”。

⑤“岂虚言哉”，国图全本无；“即”，国图全本作“都”。

10.“茱萸”二字①，经三诗人皆已道，亦有能否焉。杜公言：“醉把茱萸仔细看。”②王右丞：“遍插茱萸少一人。”③朱仮：“学他年少插茱萸。”④杜公为最优也。

【校注】

①此条传本《嘉话录》未载，亦见《诗话总龟》前集卷五、洪迈《容斋随笔》卷四，文字稍异。

②《九日蓝田崔氏庄》，卷六。“醉”，国图二本作“更”；“仔”，国图残本作“子”。

③王维《九月九日忆山东兄弟》，《全唐诗》卷一百二十八。维曾官尚书右丞。

④《九日与杨凝崔淑期登江上山会有故不得往因赠之》，《全唐诗》卷三百十五。“朱仮”，《全唐诗》作“朱放”。放，唐襄州人，字长通，有诗一卷。

11.禹锡尝言①：白乐天苦好予《秋水咏》曰②：“东屯沧海阔，南瀼洞庭宽。”③又《石头城下作》：“山围故国周遭在，潮打空城寂寞回。”④自知不及韦苏州“春潮带雨晚来急，野渡无人舟自横”⑤。又少陵过洞庭诗落句曰：“春去春来洞庭阔，白蘋愁杀白头翁。”⑥鄙夫之言，有愧杜公也。

【校注】

①此条亦不见传本《嘉话录》，但唐范摅《云溪友议》卷中《中山诲》

条、《诗话总龟》前集卷五皆载此事，文字稍异。

②白居易，字乐天，晚号香山居士，与刘禹锡唱和甚多，世称“刘白”。

③“壤”，三本均作“让”，据《云溪友议》改。

④《金陵五题·石头城》，《全唐诗》卷三百六十五。

⑤韦应物《滁州西涧》，《全唐诗》卷一百九十三。应物曾官苏州刺史，人称“韦苏州”。

⑥《清明二首》其二，卷二十二。此二句，《云溪友议》作“年去年来洞庭上，白蘋愁杀白头人”。“少陵”前，国图二本尚有“杜”字。

康骈《剧谈录》一事①

12. 东都北邙山有玄元观，南有老君庙，台殿高敞，下瞰伊洛。神仙泥塑之像，皆开元中杨惠之所制，奇巧精严，见者增敬。壁有吴道玄画五圣真容及老子化胡经事②，丹青绝妙，古今无比。杜工部谒玄元皇帝庙题诗有“画手看前辈，吴生远擅场”，“五圣联龙衮，千官列雁行”③，盖及之焉④。

【校注】

①康骈，字驾言，唐僖宗时人。所撰《剧谈录》二卷，多记天宝以来杂事。此条见该书卷下，文字有删节。

②吴道玄，本名道子，唐著名画家，尤擅画佛道人物。“化”，国图二本作“庙”。

③《冬日洛城北谒玄元皇帝庙》，卷二。

④“盖”，国图全本作“岂”。

梅圣俞《诗格》二事[①]

13. "旌旗日暖龙蛇动，宫殿风微燕雀高。"[②]"旌旗"喻号令，"日暖"喻明时，"龙蛇"喻君臣，言号令当明时，君所出，臣奉行也。"宫殿"喻朝廷，"风"喻政教，"燕雀"喻小人，言朝廷政教才出，而小人向化，各得其所也。

【校注】

①梅尧臣，字圣俞，北宋诗人，有《宛陵先生文集》。《诗格》，亦称《续金针诗格》，旧题梅尧臣撰，实为后人假托。

②杜诗《奉和贾至舍人早朝大明宫》，卷五。

14. "蛰龙三冬卧，老鹤万里心。"[①]"蛰龙"，喻隐君子未动时；"老鹤"，喻耆旧君子有远思也[②]。

【校注】

①杜诗《遣兴五首》其一，卷七。

②"远思"，一作"远去意思"。

欧阳文忠公《诗话》一事[①]

15. 陈舍人从易[②]，当时文方盛之际，独以醇儒古学见称。其诗多类白乐天。盖自杨、刘唱和《西昆集》行[③]，后进学者争效之，风雅之变[④]，谓之"昆体"[⑤]。由是唐贤诸诗集，几废而不行。陈公时偶得杜集旧本，文多脱误，至《送蔡都尉》诗云[⑥]"身轻一鸟"，其下脱一字。陈公因与数客各用一字补之，或云"疾"，或云"落"，或云"起"，或云"下"，莫能定。其后得一善本，乃是“身轻一鸟过”。陈公叹服，以为虽一字，诸君亦不能到也。

【校注】

①欧阳修，字永叔，号六一居士，谥文忠，著有《六一诗话》。

②陈从易，字简夫，宋晋江人。曾预修《册府元龟》。有《泉山集》。

③杨，指杨亿；刘，指刘筠。曾与钱惟演等十七人唱和，由杨编成《西昆酬唱集》，时称“西昆体”。

④“之”，《六一诗话》原作“一”。

⑤“谓之昆体”，《六一诗话》原作“谓西昆体”。

⑥即《送蔡希鲁都尉还陇右因寄高三十五书记》诗，卷三。

范蜀公《东斋记事》一事[1]

16. 武侯庙柏，其色若牙然，白而光泽，尚复生枝叶[2]。杜工部云“黛色参天二千尺”[3]，其言盖过，今才十丈许。古之诗人好大其事，率如此也。工部诗，石龛于庙堂中。

【校注】

①范镇，字景仁，成都人，累封蜀郡公。所著《东斋记事》系一部有关时事见闻的笔记。此条见《东斋记事》卷四，文字稍异。

②“尚”，《东斋记事》原作“不”，疑误。

③《古柏行》，卷十五。

王荆公《钟山语录》三事[1]

17. "映阶碧草自春色，隔叶黄鹂空好音。"[2]此止咏武侯之庙[3]，而托意在其中矣[4]。

【校注】

①王安石，字介甫，退居后曾封荆国公，世称荆公。所著《钟山语录》今不存。《钟山语录》，当即《诗话总龟》所引之《金陵语录》。

②杜甫《蜀相》，卷九。

③"止"，《诗话总龟》作"正"。

④"托"，北大本无，据国图残本补。国图全本作"记"，误。

18. "暝色赴春愁"[1]，下得"赴"字最好。若下"起"字，即小儿语也。

【校注】

①此非杜甫诗句，乃皇甫冉《归渡洛水》诗首句，见《全唐诗》卷二百五十。"暝"，北大本、国图残本均误作"瞑"，据《全唐诗》、国图全本改。

19. "无人觉来往，疏懒意何长。"[1]下得"觉"字大好。足见吟诗要一字、两字工夫也。

【校注】

①杜甫《西郊》，卷九。"意"，三本均作"兴"，据杜诗改。

《王深父集》十三事[①]

20.《新安吏》　乾元二年，郭子仪等九节度之师，围安庆绪于邺。时不立元帅，以中官鱼朝恩为观军容宣慰使，师遂溃于城下。诸节度各还本镇，子仪保河阳，诏留守东都。此诗盖哀出兵之役。夫古者遣将，有推毂分阃之命，否则弃其师于敌也[②]。虐至于无告，如诗之所憾，其君臣岂不皆刺哉？然子仪犹宽，得众，故卒章美焉。

【校注】

①王回，字深父，嘉祐二年进士，治平二年卒，年四十三。有《王深父集》二十卷，今不传。

②“否则”以下，《九家集注杜诗》卷三作：“今弃师于敌，而虐至于无告，如诗之所憾，其君臣岂不愧哉！然子仪犹宽厚得众，故卒美焉。”

21.《潼关吏》　安禄山反，哥舒翰以潼关御贼，翰败，禄山遂陷长安。其后收复长安，颇增饰余险。此诗盖刺任非其人，则举关以弃之。得其人，虽旧险亦足以恃，不必劳众而事无益也。孟子所谓“地利不如人和”者欤[①]。

【校注】

①《孟子·公孙丑下》。

22.《石壕吏》　驱民之丁壮，尽置死地，而又急其老弱[①]，虽秦为闾左之戍，不堪也[②]。呜呼，其时政急矣哉！

【校注】

①“又”，国图二本作“犹”。

②“堪”，北大本原空一字，据国图残本补。国图全本、《九家集注杜诗》卷三作“甚”。

23．《新婚别》 先王之政，新有婚者，期不役①。政出于刑名，则一切便事而已。此诗所怨，尽其常分，而能不忘礼义，余是以录之。

【校注】

①“役”，三本均作“从”，据《九家集注杜诗》改。

24．《垂老别》 军兴之际①，至于老者亦介胄②，则又甚于闾左之戍矣③。

【校注】

①“际”，三本均作“甚”，据《九家集注杜诗》改。

②“介”，《杜甫卷》上编引作“甲”。

③“左”，北大本作“丘”，据国图二本改。

25．《无家别》 先王子惠困穷，苟推其所不忍，达之于其所忍，则天下无败乱之兆矣。此诗何为作乎？

26．《留花门》 肃宗之复两京，借回纥之师助焉。虽幸成功①，而朝野更被其毒。《语》曰：“人无远虑，必有近忧。”②以天子之尊，推诚仗顺，集中国之智力，灭一狂贼，岂有不足哉？不忍须臾之迟，顾引勍虏入于腹心之地，卒不危祸其社稷者，仅耳。所谓饮鸩救渴也。此诗盖忧其事。其后陆贽贺吐蕃抽军不助讨朱泚③，亦此指云。

【校注】

①“幸”，北大本与国图残本均作“未”，国图全本、《九家集注杜诗》作“幸”，是，据改。

②《论语·卫灵公》。

③“抽”，北大本、国图全本作“按”，据国图残本改。按：以“抽”为是。史载：唐德宗建中四年，朱泚作乱，陷长安，吐蕃请助讨贼，后抽军退归。德宗欲倚吐蕃复京城，闻其去，颇忧之。陆贽以为吐蕃贪狡，引去实为可贺。详见陆贽《兴元贺吐蕃尚结赞抽军回归状》。

27.《塞芦子》　撤其西备而争利于东，非所以固国也。

28.《佳人》　俗偷，则人之无告者，政不足以恤之也。

29.《兵车行》　雄武之君，喜驱中国之众，以开边服远为烈，而不寤其事，乃先王之罪人耳。此诗盖借号于汉以刺玄宗云。

30.《悲陈陶》　至德元年，宰相房琯以车师战禄山之党，而陈陶败绩。

31.《悲青坂》　孔子行三军，好谋而成。谋之未全而敢战①，所以速败也。

【校注】

①“全”，《杜甫卷》上编引作“成”。

32．《哀王孙》 安禄山惊潼关，玄宗仓卒西逊[①]，诸嗣王及公主之在外者，皆不及从。其后多为禄山所屠，鲜有脱者。此诗记而哀之。呜呼！以四海之广，人帝之尊，念善罔终[②]，则危辱其子孙如此。岂孟子所谓“以其所不爱及其所爱”者欤[③]？

【校注】

①“逊”，《九家集注杜诗》卷二作“幸”。

②“终”，《杜甫卷》上编引作“众”。《九家集注杜诗》无“善”字。

③《孟子·尽心下》。

宋敏求《春明退朝录》一事[①]

33．唐曲江，开元、天宝中，旁有殿宇。安史乱后，尽圮废。文宗览杜甫诗云：“江头宫殿锁千门，细柳新蒲为谁绿。”[②]因建紫云楼、落霞亭，岁时赐宴，又诏百司于两岸建亭馆。

【校注】

①宋敏求，字次道，著有《春明退朝录》三卷，多记掌故时事。此条见卷中。

②《哀江头》，卷四。

沈存中《笔谈》四事[①]

34．古人文章，自应律度，未以音韵为主。自沈约增崇韵学，其论文则曰："欲使宫羽相变，低昂殊节[②]；若前有浮声，则后须切响；一简之内，音韵尽殊；两句之中，轻重悉异。妙达此旨，始可言文。"自后浮巧之语，体制渐多，如傍蹉对、假对、双声、叠韵之类。诗又有正格、偏格，类例极多，故有三十四格、十九图、四声、八病之类。如第二字侧入，谓之正格，如"凤历轩辕纪，龙飞四十春"之类[③]；第二字平入，谓之偏格，如"四更山吐月，残夜水明楼"之类[④]。唐名贤辈诗，多用正格，如杜甫律诗，用偏格者十无一二[⑤]。

【校注】

①沈括，字存中，博学善文词，著有《梦溪笔谈》二十六卷、《补笔谈》三卷、《续笔谈》一卷。

②见《宋书·谢灵运传》。"殊"，《宋书》原作"互"。

③杜诗《上韦左相二十韵》，卷三。

④杜诗《月》，卷十七。

⑤此条见《梦溪笔谈》卷十五，文字有删节。

35. 杜子美诗[①]，有"红豆啄余鹦鹉粒，碧梧栖老凤凰枝"[②]。此亦反语而意奇[③]。韩退之《雪》诗："入镜鸾窥沼，行天马度桥。"[④]亦效此体，然稍牵强矣，不若前人之语浑成也。

【校注】

①此条见《梦溪笔谈》卷十四，文字稍异。

②《秋兴八首》其八，卷十七。"豆"，国图二本作"饭"。

③"反语"，国图二本作"语反"。"反语而意奇"，《梦溪笔谈》原作"语反而意合（一作全）"。

④《春雪》，《全唐诗》卷三百四十三。"入"，三本俱作"舞"，据《全

唐诗》改。

36. 士人刘克博观异书①，杜甫诗有“家家养乌鬼，顿顿食黄鱼”②，世之说者，皆谓夔峡间至今有鬼户，乃夷人也，其主谓之鬼主。然不闻有乌鬼之说。又鬼户者，夷人所称，又非人家所养。克乃按《夔州图经》称峡中人谓鸬鹚为乌鬼。蜀人临水居者，皆养鸬鹚，绳系其颈，使之捕鱼，得鱼则倒提出之，至今如此。予在蜀中，见人家养鸬鹚使捕鱼，信然，但不知谓之乌鬼③。

【校注】

①此条见《梦溪笔谈》卷十六。

②《戏作俳谐体遣闷二首》其一，卷二十。

③国图残本“鬼”下有“乎耳”二字，国图全本有“耳”字，是。《梦溪笔谈》原有“耳”字。

37. 杜甫武侯庙柏诗云：“霜皮溜雨四十围，黛色参天二千尺。”①四十围乃是径七尺，无乃太细长，此亦文章之病也②。

【校注】

①《古柏行》，卷十五。“皮”，三本俱作“姿”，杜诗与《梦溪笔谈》原作“皮”，据改。

②此条见《梦溪笔谈》卷二十三，文字有删节。

吕丞相《诗年谱》十八事①

38. 睿宗先天元年癸丑②

甫生于是年。按甫《志》及《传》皆云③：年五十九。卒于大历五年辛亥故也④。

玄宗开元元年甲寅⑤

【校注】

①吕大防，字微仲，官至尚书左仆射，故称"吕丞相"。所撰《杜工部年谱》，附见宋刊《分门集注杜工部诗》。"事"，北大本无，据国图二本补。

②"癸丑"，应为"壬子"。按：吕谱所书甲子皆误。

③"志"，指元稹《唐检校工部员外郎杜君墓系铭》，见仇兆鳌《杜诗详注》附编；"传"，指新、旧《唐书》本传。

④"辛亥"，应为"庚戌"。

⑤"甲寅"，应为"癸丑"。

39. 开元三年丙辰①

《观公孙弟子舞剑器诗》序云："开元三载，余尚童稚，记于郾城观公孙氏舞剑器。"②按甫是年才四岁，年必有误③。

开元二十九年壬午④

【校注】

①"丙辰"，应为"乙卯"。

②"载"，三本均作"年"；"记"，三本均无。皆据杜诗序改、补。

③"年"，三本原无，据吕谱补。

④"壬午"，应为"辛巳"。

40．天宝元年癸未①

集有《天宝初南曹小司寇为山》之作②，时年三十一。

【校注】

①“癸未”，应为“壬午”。

②即杜甫《假山》诗，卷一。“小”，吕谱原无。“之作”，吕谱作“诗”。

41．天宝十一载癸巳①

《上韦左相》诗云：“凤历轩辕纪，龙飞四十春。”是年玄宗即位四十年。时有《兵车行》。天宝中诗《丽人行》。

【校注】

①“载”，吕谱作“年”。“癸巳”，应为“壬辰”。

42．天宝十三年乙未①

是年有《三大礼赋序》：“臣生长陛下淳朴之俗，行四十载矣。”②时年四十三。

【校注】

①“乙未”，应为“甲午”。

②“长”“行”，三本与吕谱均无；“载”，三本与吕谱均作“年”。皆据杜赋序补、改。

43．天宝十四年丙申①

是年十一月初，自京赴奉先，有《咏怀》诗。是月有禄山之乱。

【校注】

①“丙申”，应为“乙未”。

44. 天宝十五载丁酉[①]

是年七月，肃宗即位，改至德元载[②]。是年避寇于冯翊[③]，有《白水高斋》《三川观涨》诗[④]。六月，帝西幸。七月，至蜀郡[⑤]。时有《哀王孙》诗。

【校注】

①“载”，吕谱作“年”。“丁酉”，应为“丙申”。

②“载”，吕谱作“年”。

③“避”，三本皆作“辟”，据吕谱改。

④即《白水崔少府十九翁高斋三十韵》及《三川观水涨二十韵》二诗，卷四。

⑤国图全本重“至”字。

45. 至德二载戊戌[①]

是年自城中窜归凤翔，拜左拾遗，有《荐岑参》《谢口敕放推问状》。八月，墨制放往鄜州，有《北征》诗。

【校注】

①“载”，吕谱作“年”。“戊戌”，应为“丁酉”。

46. 乾元元年己亥[①]

是年移华州司功。有《试进士策》《为郭使君论残寇状》。时有《新安吏》《石壕吏》《新婚别》《垂老别》《无家别》《留花门》《洗兵马》诗。

【校注】

①“己亥”，应为“戊戌”。

47. 乾元二年庚子①

是年弃官之秦州，自秦适同谷，自同谷入蜀。时有《遣兴三首》②。

【校注】

①“庚子”，应为“己亥”。

②三本、吕谱“三”下皆有“百”字，据杜诗删。

48. 上元元年辛丑①

是年在蜀郡，有《百忧集行》云：“即今倏忽已五十。”按：是年，年四十九。时有《杜鹃行》《石犀行》《古柏行》《病橘》《病柏》《枯棕》《枯楠》《忆昔》各一首②。

【校注】

①“辛丑”，应为“庚子”。

②国图二本、吕谱“首”下皆有“述”字。

49. 上元二年壬寅①

是年严武镇成都，甫往依焉。

【校注】

①“壬寅”，应为“辛丑”。

50．宝应元年癸卯①

诗有“元年建巳月”②，乃是年也。

【校注】

①“癸卯”，应为“壬寅”。

②《戏赠友二首》，卷十一。

51．代宗广德元年甲辰①

是年有《祭房相国文》。严武再镇西川②，奏甫节度参谋、检校工部员外郎③。

【校注】

①“甲辰”，应为“癸卯”。

②按：严武再镇西川在广德二年。

③“员外郎”下，吕谱原有“作《伤春五首》”。

52．永泰元年丙午①

是年严武卒，蜀乱②，甫游东川，除京兆功曹，不赴③。

【校注】

①“丙午”，应为“乙巳”。

②“是年严武卒，蜀乱”，吕谱原作“严武平蜀乱”。

③按：甫除京兆功曹不赴，当在广德元年。

53．大历元年丁未①

移居夔②。

【校注】

①“丁未”，应为“丙午”。

②夔，即夔州，今重庆奉节。

54. 大历三年己酉①

离峡中之荆南，至湘潭。

【校注】

①“己酉”，应为“戊申”。

55. 大历五年辛亥①

有追酬高适《人日》诗②。是年夏，甫还襄汉，卒于岳阳。

予苦韩文、杜诗之多误，既雠正之，又各为年谱，以次第其出处之岁月，而略见其为文之时，则其歌时伤世、幽忧窃叹之意③，粲然可观。又得以考其辞力，少而锐，壮而肆，老而严，非妙于文章，不足以至此。汲郡大丞相吕公记④。

【校注】

①“辛亥”，应为“庚戌”。

②即《追酬故高蜀州人日见寄》诗，卷二十三。

③“窃”，吕谱原作“切”。

④署衔，吕谱原作“汲郡吕大防记”。

诸家老杜诗评卷之二

东坡二十一事[①]

56. 题子美《负薪行》[②] 海南亦有此风[③]，每诵此诗以喻父老，然亦未易变其习也[④]。

【校注】

①苏轼，字子瞻，号东坡居士，为北宋大文学家。

②此条见《东坡题跋》卷二，文字稍异。

③“海南”，北大本原作“南海”，国图二本、《东坡题跋》作“海南”，据改。

④“习”，《东坡题跋》原作“俗”。

57. 跋杜子美《桃竹杖引》后[①] 桃竹叶如棕，身如竹，密节而实中，犀理瘦骨，盖天成拄杖也。岭外人多种此，而不知其为桃竹。流传四方，视其端有眼者，益自东坡出也[②]。

【校注】

①此条亦见《苕溪渔隐丛话》前集卷十一，文字稍异。

②“益”，国图二本作“盖”。

58. 跋柳子厚《南涧》诗① 柳仪曹忧中有乐②，乐中有忧，盖绝妙古今矣③。然老杜云："王侯与蝼蚁，同尽随丘墟。"④仪曹何忧之深也。

【校注】

①此条亦见《诗话总龟》后集卷二十一、《苕溪渔隐丛话》前集卷十九。柳宗元，字子厚，唐文学家，有《河东先生集》。《南涧》诗即《南涧中题》诗，见《全唐诗》卷三百五十二。

②仪曹，官名。魏尚书有仪曹郎，隋炀帝时改礼部侍郎为仪曹郎，唐武德三年又改仪曹郎为礼部员外郎。柳宗元曾任礼部员外郎，故称仪曹。

③"绝妙"，国图二本作"妙绝"。

④《谒文公上方》，卷十一。

59. 跋卢仝并杜子美诗① 沈佺期《回波辞》云②："姓名虽蒙齿录，袍笏未复牙绯。"③子美以"饮子"对"怀君"，亦"齿录""牙绯"之比也。广州舶信到④，得柴胡等药⑤，偶录此诗遣懑⑥。

【校注】

①此条见《东坡题跋》卷二，文字稍异。卢仝，唐诗人，自号玉川子。

②"辞"，《东坡题跋》作"诗"。《全唐诗》卷九十七作"词"。

③此二句《全唐诗》作"身名已蒙齿录，袍笏未复牙绯"。"复"，《东坡题跋》作"易"。

④"到"，三本原无，据《东坡题跋》补。

⑤"得"，三本作"谓"，据《东坡题跋》改。

⑥指杜诗《寄韦有夏郎中》诗，卷十五。

60. 狄遵度诗云[①]："佳城郁郁颓寒烟，饥雏乳兽号荒阡[②]。夜卧北斗寒挂枕，霜摧木落雁连天[③]。浮云西去不复返[④]，落日东逝随长川[⑤]。乾坤未死吾尚在[⑥]，肯与蟪蛄比大年[⑦]。"狄遵度自儿童时已能属文，落落有奇气，年十六，一夕梦杜子美诵平生所为诗，皆集中所无者，觉而记两句，后遂续之云耳。

【校注】

①此条见《东坡题跋》卷三，文字稍异。狄遵度，字元规，笃志于学，尤嗜杜诗。《宋史》卷二百九十九本传载："一夕，梦见甫为诵世所未见诗，及觉，才记十余字，遵度足成之，为《佳城篇》。"《宋诗纪事》卷十诗题作《佳城篇续梦中作》，题注："时年十六"。

②"饥"，《宋诗纪事》作"孤"。

③"摧"，国图残本、《东坡题跋》《宋诗纪事》均作"拱"。"连"，《东坡题跋》作"横"。

④"不复返"，《宋诗纪事》作"伴落日"。

⑤"落日"，《宋诗纪事》作"行客"。

⑥"死"，《宋诗纪事》作"毁"。

⑦"比"，国图二本、《宋诗纪事》作"论"。

61. 七言之伟丽者[①]，杜子美云："旌旗日暖龙蛇动，宫殿风微燕雀高。"[②]"五更鼓角声悲壮，三峡星河影动摇。"[③]尔后寂寥无闻焉。直至欧阳永叔："苍波万古流不尽，白鹤双飞意自闲。"[④]"万马不嘶听号令，诸蕃无事乐耕耘。"[⑤]可以并驱争先矣。小生亦云[⑥]："令严钟鼓五更月，野宿貔貅万灶烟。"[⑦]又云："露布朝驰玉关塞，捷书夜到甘泉宫。"[⑧]亦庶几焉尔。

【校注】

①此条见《东坡题跋》卷三。

②《奉和贾至舍人早朝大明宫》，卷五。

③《阁夜》，卷十八。“鼓”，《东坡题跋》作“晓”。

④《欧阳文忠公集》卷十二《和韩学士襄州闻喜亭置酒》诗，“苍波”作“清川”，“白鹤”作“白鸟”。

⑤《欧阳文忠公集》卷十一《寄秦州田元均》诗。

⑥“小生”，《东坡题跋》作“轼”。

⑦《次韵穆父尚书侍祠郊丘瞻望天光退而相庆引满醉吟》，《苏东坡集》后集卷三。

⑧《闻洮西捷报》，《苏东坡集》续集卷二。

62. 仆尝梦见人云是杜子美①，谓仆曰：“世人多误会予《八阵图》诗：‘江流石不转，遗恨失吞吴。’②世人皆以谓先主、武侯皆欲与关羽复仇③，故恨不能灭吴，非也。我意本谓吴、蜀唇齿之国，不当相图，晋之所以取蜀者，以蜀有吞吴之意，以此为恨耳。”此理甚长④，然子美死仅四百年⑤，而犹不忘诗，区区自列其意者⑥，真书生之习气也耶。

【校注】

①此条见《东坡题跋》卷二，文字稍异。

②“吞”，北大本误作“东”，国图二本、杜诗均作“吞”，据改。

③第二个“皆”字，《东坡题跋》无。

④“以此为恨耳”，国图二本、《东坡题跋》无“以”字；“长”，《东坡题跋》作“近”。

⑤“仅”，《东坡题跋》作“近”。

⑥“列”，《东坡题跋》作“明”。

63．柳子厚诗云[①]：“盛时一失贵反贱，桃笙葵扇安可当。”[②]不知桃笙为何物[③]？偶阅《方言》：“簟，宋魏之间谓之笙。”乃悟桃笙以竹为簟也[④]。梁简文《答南王献簟书》云：“五离九折，出桃枝之翠笋。”[⑤]乃谓桃枝竹簟也。桃竹出巴渝间，杜子美有《桃竹杖歌》[⑥]。

【校注】

①此条见《东坡题跋》卷二，文字稍异。

②《行路难三首》之三，《全唐诗》卷三百五十三。“可”，《东坡题跋》作“敢”。“当”，北大本原空一字，据国图残本补，国图全本作“常”。

③国图残本“不”前有“常”字。

④“笙以”，三本皆无，据《东坡题跋》补。

⑤“文”，北大本误作“父”，国图残本误作“又”，据国图全本、《东坡题跋》改。“答南王献簟书”，北大本无“南”字，据国图二本补；“献簟”，《东坡题跋》作“饷”；《全上古三代秦汉三国六朝文》全梁文卷十一作“答南平嗣王饷舞簟书”。“五”，三本皆作“吾”，据《全梁文》改。“笋”，国图残本作“竹”。

⑥即《桃竹杖引赠章留后》，卷十二。

64．杜子美云：“白鸥没浩荡，万里谁能驯。”[①]盖灭没于烟波间尔。而宋敏求谓予：鸥不解没，改作波字。改此字，觉一篇神气索然也[②]。

【校注】

①《奉赠韦左丞丈二十二韵》，卷一。

②此条见《东坡题跋》卷二，文字稍异。

65．杜子美诗云：“自平宫中吕太一。”[①]世莫晓其义，而妄者至以为唐时有自平宫。偶读《玄宗实录》[②]，有中官吕太一叛于广南。杜诗盖云自平中官吕太一，故下文有南海收珠之句。见书不广，而轻改文字，鲜不为笑也。

【校注】

①此条见《东坡题跋》卷二，文字稍异。杜《自平》诗，卷二十。

②宦官吕太一叛于广南，乃代宗广德元年事，云《玄宗实录》，疑误。

66. 元祐五年十二月一日[①]，游小灵隐，听林道人论琴棋，极有妙语[②]。予虽不通此技[③]，然以理度之，知其言之信也。杜子美论画云："更觉良工心独苦。"[④]用意之妙，有举世莫知之者，此其所以独苦也。

【校注】

①此条见《东坡题跋》卷六，文字稍异。

②"语"，《东坡题跋》作"理"。

③"技"，国图二本作"伎"，《东坡题跋》作"二技"。

④《题李尊师松树障子歌》，卷六。

67. 南都王谊伯书江滨驿垣[①]，谓子美诗历五季兵火，多舛缺离异[②]，虽经其祖父公所理，尚有疑阙者。谊伯谓："西川有杜鹃，东川无杜鹃，涪万无杜鹃，云安有杜鹃。"[③]盖是题下注，断自"我昔游锦城"为首句。谊伯误矣。且子美诗备诸家体，非必率合程度侃侃者然也[④]。是篇句落处凡五杜鹃[⑤]，岂可以文害辞、辞害意耶？原子美之意，类有所感，托物以发者也。亦六义之比兴、《离骚》之法欤！按《博物志》："杜鹃生子，寄之他巢，百鸟为饲之。"[⑥]故江东所谓"杜宇曾为蜀帝王，化禽飞去旧城荒"[⑦]是也。且禽鸟至微[⑧]，知有尊，故子美诗云："重是古帝魂。”又云：“礼若奉至尊。”子美盖讥当时之刺史有不禽鸟若也。唐自明皇已后，天步多棘，刺史能造次不忘于君者，可得而考也⑨。严武在蜀，虽横敛刻薄，而实资中原，是“西川有杜鹃”耳。其不虔王命，负固以自抗，擅军旅，绝贡赋，如杜克逊在梓州，为朝廷西顾忧，是“东川无杜鹃”耳。至于涪、万、云安刺史，微不可考。凡其尊君者为有也，怀二者为无也⑩，不在夫杜鹃之真有无也⑪。谊伯以为来东川闻杜鹃声烦而急，乃始疑子美跋疐纸上语⑫。又云：子美不应叠用韵。子美自我作古，叠用韵，无害于为诗。仆所见如此，谊伯博学强辩，殆必有以折衷之。

【校注】

①此条见《东坡题跋》卷二，文字稍异。“都”，北大本作“郡”，据国图二本、《东坡题跋》改。

②“离”，三本皆作“奇”；据《东坡题跋》改。

③杜甫《杜鹃》诗首四句，卷十四。

④“率”，《东坡题跋》作“牵”。“侃侃”，和乐貌。“者然”，《东坡题跋》作“然者”。

⑤“落处”，北大本、国图全本作“处”，国图残本作“取”，据《东坡题跋》改。

⑥今传本《博物志》无，亦见《东坡志林》卷九、元陈秀明《东坡诗话录》卷中引《百斛明珠》。

⑦“故”，《东坡题跋》作“胡”，宋蔡正孙《诗林广记》前集卷二引作“今”。

⑧“至”，三本皆作“之”，据《东坡题跋》改。

⑨“得而考”，《东坡题跋》作“一二数”。

⑩“二”，《东坡题跋》作“贰”。

⑪“之”，三本皆无，据《东坡题跋》补。

⑫“子美”后，国图全本有“诗”字。

68. 退之诗云：“百年未满不得死，且可勤买抛青春。”①《国史补》云②：酒则郢之富水③，乌程之若下④，荥阳之土窟春，富平之石冻春，剑南之烧春。杜子美诗亦云：“闻道云安曲米春。”⑤裴铏作《传奇》记裴航事，亦有酒名松醪春⑥。乃知唐人名酒多以春，则“抛青春”亦必酒名也。

【校注】

①此条见《东坡题跋》卷二，文字稍异。引诗见韩愈《感春四首》其四，《全唐诗》卷三百三十八。

②见《国史补》卷下《叙酒名著者》条。

③“水”，《东坡题跋》作“春”。

④“若下”，北大本作“下若”，据国图二本改。《东坡题跋》“若下”有“春”字。

⑤《拨闷》首句，卷十四。

⑥裴铏，唐末文学家，作有《传奇》三卷，多散佚，《裴航》系其中一篇。今传本《裴航》无“松醪春”酒名。

69. 余在岐下①，见秦州进一马，鬃如牛项垂胡，侧立颠倒，毛生肉端。番人云：此肉鬃马也。乃知《邓公骢马行》云②“肉骏碨礧连钱动”③，当作“肉鬃”。

【校注】

①此条见《东坡题跋》卷二，文字稍异。“岐”，国图残本作“歧”。

②即《骢马行》，卷四。“骢”，北大本作“鬃”，据国图二本、杜诗改。

③“骏”，北大本作“鬃”，据国图二本改。《东坡题跋》作“骢”。

70.《悲陈陶》云①：“四万义军同日死。”②此房琯之败也。《唐书》作陈涛斜③，不知孰是？时琯临败④，犹欲持重有所伺，而中人邢延恩促战⑤，遂大败。故次篇《悲青坂》云⑥：“焉得附书与我军，忍待明年莫仓卒。”⑦

【校注】

①此条见《东坡题跋》卷二，文字稍异。“悲”，国图残本误作“裴”。

②“万义”，三本皆作“十万”，据杜诗改。

③“书”，国图全本作“诗”；“斜”，三本皆无，据《东坡题跋》补。

④“临”，三本均作“既”，据《东坡题跋》改。

⑤“恩”，《东坡题跋》作“德”，疑误。因两《唐书·房琯传》，均作“恩”。

⑥“次篇”上，三本原有“此”字，据《东坡题跋》删。“青”，三本皆误作“长”，据杜诗改。

⑦“忍”，《东坡题跋》作“留”。

71.《北征》诗云：“桓桓陈将军，仗钺奋忠烈。”此所谓陈元礼也。元礼佐玄宗平内难，又从幸蜀，首建诛国忠之策。①《洗兵马行》云：“张公一生江海客，身长九尺须眉苍。”此张镐也。②明皇虽诛萧至忠，然常怀之。侯君集曰：“蹭蹬至此。”③至忠亦蹭蹬者耶！故杜子美亦哀之云：“赫赫萧京兆，今为时所怜。”④

【校注】

①以上见《东坡题跋》卷二，文字稍异。“首”，北大本作“道”，

据国图二本、《东坡题跋》改。

②以上见《东坡续集》卷六，文字稍异。“洗兵马行”，《东坡续集》作“老杜”。“公”，三本皆误作“生”，据《东坡续集》改。

③“曰”，国图二本作“云”；“蹭蹬”，两《唐书·侯君集传》与《资治通鉴》俱作“蹉跌”。

④以上见《东坡题跋》卷二，文字微异。“赫赫”二句，系杜甫《遣兴五首》其三（“漆有用而割”首）诗句，卷七。按：杜诗所云“萧京兆”，系指萧炅。东坡谓指萧至忠，误。至忠未尝官京兆尹。

72.《忆昔》诗云①“关中小儿坏纪纲”，指李辅国也②；“张后不乐上为忙”，谓肃宗张皇后也；“为留猛士守未央”，谓郭子仪夺兵柄入宿卫也。

【校注】

①此条见《东坡题跋》卷二。所引杜诗见《忆昔二首》其一，卷十三。

②“指”，国图二本作“谓”。

73.子美自许稷与契①，人未必许也。然其诗云：“舜举十六相，身尊道何高。秦时用商鞅，法令如牛毛。”②自是稷契辈人口中语也。又云：“知名未足称，局促商山芝。”③又云：“王侯与蝼蚁，同尽随丘墟。愿闻第一义，回向心地初。”④乃知子美诗外尚有事在也④。

【校注】

①此条见《东坡题跋》卷二，文字稍异。

②《述古三首》其二，卷十二。“何”，三本皆作“更”，《东坡题跋》作“益”，据杜诗改。

③《幽人》，卷二十三。

④《谒文公上方》，卷十一。

⑤“外”，三本皆无，据《东坡题跋》补。

74．司空表圣自论其诗①，以为得味外味。“绿树连村暗，黄花入麦稀。”②此句最善。又云：“棋声花院闭，幡影石坛高。”③吾尝独游五老峰，入白鹤观，松阴满地，不见一人，唯闻棋声，然后知此句之工也。但恨其寒俭有僧态。若杜子美云:“暗飞萤自照,水宿鸟相呼。”④“四更山吐月，残夜水明楼。”⑤则才力富健，去表圣之流远矣。

【校注】

①此条见《东坡题跋》卷二，文字稍异。司空图，字表圣，唐诗人兼诗论家。

②《独望》，《全唐诗》卷六百三十二。

③佚句，载《困学纪闻》，见《全唐诗》卷六百三十四。“闭”，《东坡题跋》作“静”。

④《倦夜》，卷十四。

⑤《月》，卷十七。

75．杜子美困穷中，一饮一食，未尝忘君，诗人以来，一人而已①。

【校注】

①此条见《苏轼文集》卷五十二《与王定国四十一首》其八，文字微异。

76．老杜云①：“厨人语夜阑。”②东坡云：“图书跌宕悲年老，灯火青荧语夜深。”③山谷云：“儿女灯前语夜深。”④余以为当以先后分胜负。

【校注】

①此条亦见《诗话总龟》前集卷九引《王直方诗话》，与下卷三引《归叟诗文发源》重复。“云”，三本皆无，据《诗话总龟》补。

②《移居公安山馆》，卷二十二。

③《和柳子玉过陈绝粮二首》其二，《苏东坡集》前集卷二。

④《寄上叔父夷仲三首》其三，《山谷集》卷九。

山谷五事①

77.《答王观复书》云②：“观杜子美到夔州后古律诗③，便得句法，简易而大巧出焉，平淡而山高水深，似欲不可企及。文章成就，更无斧凿痕，乃为佳作耳。”

【校注】

①黄庭坚，字鲁直，号山谷道人、涪翁，论诗标榜杜甫。

②王蕃，字子宣，一字观复，其先益都人；徙家湖州。尝官阆中，以书从黄山谷问学。此条见《豫章黄先生文集》卷十九《与王观复书三首》其二。《杜甫卷》上编未收。

③“观”上，黄集尚有“熟”字。

78.公所论杜子美诗①，亦未极其趣，试更深思之，若入蜀下峡年月，则诗中自可见，其曰：“九钻巴噀火，三蛰楚祠雷。”②则往来西川九年，在夔府三年③，可知也。

【校注】

①此条见《豫章黄先生文集》卷十九《与王观复书三首》其一。

②《秋日荆南述怀三十韵》，卷二十一。

③“府”，北大本无，国图残本作“州”，据国图全本、黄集改。

79.《与子瞻书》云①：“以职事在山中②，食笋得小诗，辄上寄一笑，旁州士大夫和诗，时有佳句，要之自不满人意③，莫如公待我厚，愿为落笔，思得伸纸疾读，如老杜所谓‘一洗万古凡马空’④者。”

【校注】

①此条见《豫章黄先生文集》卷十九《上苏子瞻书二首》其二。《杜甫卷》上编未收。

②“以”上，黄集尚有“比”字。

③“之”，黄集无。

④《丹青引赠曹将军霸》，卷十三。

80.老杜作诗①，退之作文，无一字无来处，盖后人读书少，故谓韩、杜自作此语耳。古之能为文章者，真能陶冶万物，虽取古人之陈言入于翰墨，如灵丹一粒，点铁成金也。

【校注】

①此条见《豫章黄先生文集》卷十九《答洪驹父书三首》其三，《杜甫卷》上编误为“其二”。《四库全书》集部《山谷集》亦误将其二、其三合为一。《宋黄文节公文集》正集卷十八正符“三首”之数，将“所寄释权一篇”以下为“其三”，是。

81. 作赋要须以宋玉、贾谊、相如、子云为师①，略依仿其步骤，乃有古风。老杜咏吴生画云："画手看前辈，吴生远擅场。"②盖古人于能事，不独求跨时辈，要须于前辈中擅场尔。

【校注】

①此条见《豫章黄先生别集》卷十五《与王立之承奉帖》。相如，指司马相如。扬雄，字子云。

②《冬日洛城北谒玄元皇帝庙》，卷二。吴生，指吴道子。"远"，北大本作"独"；"擅场"，国图全本作"擅扬"，最后一句亦作"擅扬"；皆据杜诗、黄集改。

僧文莹《湘山野录》一事①

82. 杨大年不喜杜工部诗②，谓之"村夫子"。尝有乡人以杜诗强大年，大年不服，乡人因曰："公试为我续杜句。"乃举"江汉思归客"③，大年亦为属对。乡人复徐举"乾坤一腐儒"④，大年默然，似少屈也。

【校注】

①宋僧文莹，字道温（一说字如晦），著有《湘山野录》二卷、《续录》一卷，《玉壶清话》（亦称《玉壶野史》）十卷。

②此条不见今传本《湘山野录》，而与刘攽《中山诗话》所载文字略异。杨亿，字大年，为西昆派领袖人物。

③、④《江汉》，卷二十三。

《唐宋诗话》七事[①]

83. 梅圣俞爱严维诗有“柳塘春水漫，花坞夕阳迟”[②]，善则善矣，然细细较之，夕阳迟则系花，春水漫不须柳也。如杜诗云：“深山催短景，乔木易高风。”[③]此了无瑕纇也。又云：“萧条四海内，人少豺虎多。少人慎莫投，多虎信所过。饥有易子食，兽犹畏虞罗。”[④]如此等句，其含蓄深远，殆不可模仿。

【校注】

①《唐宋诗话》，郭绍虞《宋诗话考》认为即《唐宋名贤诗话》，亦称《名贤诗话》，二十卷，撰者不详，今佚。按所引数条多见《中山诗话》，而文字颇有异同。“七事”实为八事。

②《酬刘员外见寄》，见《全唐诗》卷二百六十三。“漫”，国图残本作“慢”。

③《向夕》，卷二十。

④《别唐十五诫因寄礼部贾侍郎》，卷十四。“四海”，三本皆作“九州”；“豺虎”，三本皆作“虎狼”，均据杜诗改。

84. 诵古人诗句多，积久或不记，则往往认为己有。如杜诗有“峡束沧江起，岩排古树圆”[①]；顷见苏子美诗全用“峡束沧江”“岩排古树”作七言诗两句，子美非窃人诗者[②]。

【校注】

①《秋日夔府咏怀奉寄郑监李宾客一百韵》，卷十九。

②苏舜钦，字子美，有《苏学士集》。《苏学士集》卷八《秋宿虎丘寺数夕执中以诗见贶因次元韵》诗有“峡束苍渊深贮月，岩排红树巧装秋”句。

85. 管子曰："事无始终，无务多业。"①此言学者贵能成就也。唐人为诗，皆量己力以致功，常积精思数十年，然后各自名家；今不然，未有小得，已高视前人，自以为无敌②。然知音之难，万事悉然。杜工部云"更觉良工用心苦"③，岂特画手也。

【校注】

①今传本《管子》无此语。按：此非管子语，《墨子·修身》云："事无终始，无务多业。"而刘向《说苑·建本》作孔子语："孔子曰：'行身有六本，本立焉，然后为君子。……事无终始，无务多业。'"而《孔子家语》卷四载孔子曰："事不终始，无务多业。"

②"为"，国图二本无；"无"，北大本无，据《九家集注杜诗》卷七《题李尊师松树障子歌》注补。

③《题李尊师松树障子歌》，卷六。"用心苦"，杜诗作"心独苦"。

86. 杜少陵时有病疟者①，杜谓曰："诵吾诗可疗。"病者曰："云何？"杜曰："夜阑更秉烛，相对如梦寐。"②其人诵之，疟犹是也。杜又曰："更诵吾诗曰：'子璋髑髅血模糊。'③"其人如其言，诵之果愈。然则可以感鬼神，信不妄云。

【校注】

①此条亦见《诗话总龟》前集卷四十六引《古今诗话》、《唐诗纪事》卷十八，文字略异。"时"，北大本作"诗"，据国图二本改。

②《羌村三首》其一，卷五。

③《戏作花卿歌》，卷十。"子璋"，三本皆作"手提"，据杜诗改。

87. 诗人歌诗用"也"字①，本皆音"夜"字。杜云："青袍也自公。"②

元稹云："也向慈恩寺里游。"③今人读为如字，非也。

【校注】

①"诗人"之"诗"，国图二本作"词"。《中山诗话》亦作"词"。

②《遣闷奉呈严公二十韵》，卷十四。

③"元稹"，国图残本误作"元积"，《中山诗话》则作"白公"，亦误。所引诗句见元稹《梁州梦》诗，《全唐诗》卷四百十二。"寺里"，《全唐诗》作"院院"。

88. 川峡呼梢工、篙手为长年、三老①。杜云："长年三老歌声里，白马滩前高浪中。"②

【校注】

①此条亦见《江邻幾杂志》，文字稍异。

②《夔州歌十绝句》其七，卷十五。"歌声"，杜诗作"长歌"。"白马滩前"，《江邻幾杂志》作"白昼摊钱"，而仇注则云："《江邻幾杂志》作'白马滩前高浪中'，是蒙上句连说。"不知何据？

89. 北方有白雁①，似雁而小，色白，秋深乃来。白雁至则霜降，河北人谓之"霜信"。杜诗云"故国霜前白雁来"②，即此也。

【校注】

①此条亦见《诗话总龟》前集卷二十七引《古今诗话》、《孔氏谈苑》卷五。

②《九日五首》其一，卷二十。"故"，杜诗作"旧"。

90. 真皇尝曲宴群臣①，欢饮谈笑无间，忽问廛沽有佳者否？中贵奏有南仁和者，亟令沽之，遍赐宴席②。又问近臣曰："唐时酒价几何？"无有对者，丁晋公奏曰③："唐酒每升三十。"上曰："何以知之？"丁曰："臣尝记杜甫诗云：'速来相就饮一斗，恰有三百青铜钱。'④"上大喜曰："甫之诗，自可为一代之史也。"⑤

【校注】

①此条见《中山诗话》，而文字有删节。亦见《玉壶清话》卷一，文字稍异。"真皇"，指宋真宗。

②"宴"，国图残本作"晏"。

③丁谓，字公言，封晋国公。

④《逼侧行赠毕四曜》，卷六。"速来"，《中山诗话》作"速须"，《玉壶清话》作"早来"。一作"速宜"，或作"径须"。

⑤"一代之史"，《玉壶清话》作"一时之史"。

《洪驹父诗话》六事①

91. 世谓兄弟为友于②、谓子孙为诒厥者③，歇后语也。子美诗云："山鸟山花共友于。"④退之诗："岂谓诒厥无基址。"⑤韩、杜亦未能免俗，何耶？

【校注】

①洪刍，字驹父，撰《洪驹父诗话》一卷，已佚。有郭绍虞辑佚本，见《宋诗话辑佚》卷下。"六事"实为"七事"。

②此条亦见《苕溪渔隐丛话》前集卷十二和《野客丛书》卷二十，而

文字稍异。

③“孙”，三本皆作“姓”，据《苕溪渔隐丛话》和《野客丛书》改。

④《岳麓山道林二寺行》，卷二十二。“共”，三本均作“皆”，据杜诗改。

⑤《寄卢仝》，《全唐诗》卷三百四十。“岂”，三本皆作“谁”，据《全唐诗》改。

92. 刘路左车为余言①：尝收得唐人杂编时人诗册，有老杜《送惠二归故居》诗云②：“惠子白驹瘦，归溪唯病身。皇天无老眼，空谷值斯人③。崖蜜松花白，山杯竹叶新。柴门了生事，黄绮未称臣。”真子美语也。“白驹”，或作“驴”字。

【校注】

①此条亦见《苕溪渔隐丛话》前集卷十三和《诗人玉屑》卷十四。

②诗见仇注卷十八。《苕溪渔隐丛话》和《诗人玉屑》俱无“老杜”二字。

③“值”，《丛话》和《玉屑》俱作“滞”。

93. 老杜诗云：“江莲摇白羽，天棘梦青丝。”①“天棘”之语，了不可解。予尝问山谷，山谷云：亦不可解。尝以问王仲至②，仲至云：天棘非烟非雾，自一种物，出异书。今意梦者，梦之然也③。

【校注】

①《巳上人茅斋》，卷一。

②王钦臣，字仲至，王洙之子，有《广讽味集》。

③此条《猗觉寮杂记》卷上引文与此有异，“出异书”以下，作：“然‘梦青丝’何谓也？疑梦乃蔓字，传写误。”是。《王状元集百家注编年杜陵诗史》

卷一引赵次公曰："欧阳文忠公善本'梦'作'蔓'字。"

94. 世所行注老杜诗[①]，云是王原叔[②]，或云邓慎思所注[③]，甚多疏略，非王、邓书也。其甚纰谬者，佛经称善巧方便，僧璨、惠可，二祖师名。故诗云："何阶子方便。"[④]又曰："余亦师粲可。"[⑤]注乃云[⑥]："子方，田子方；璨可，诗僧。"顾恺之小字虎头，维摩诘是过去金粟如来，故《乞瓦棺寺顾恺之画摩诘像》诗卒章云："虎头金粟影，神妙独难忘。"[⑦]注乃云[⑧]："虎头，僧像；金粟，金地当饰。"[⑨]此殊可笑也。予尝见一老书生，忘其姓名，自言注老杜诗，取而观之。注"纨袴不饿死，儒冠多误身"云[⑩]："冠，上服，本乎天者亲上，故称冠，譬之君子；袴，下服，本乎地者亲下，故举袴，譬之小人。"虽不为无理，然穿凿可笑。

【校注】

①此条亦见《苕溪渔隐丛话》前集卷九，文字稍异。

②王洙，字原叔，编定《杜工部集》二十卷，即今传本《宋本杜工部集》，有洙宝元二年序。

③邓忠臣，字慎思，自号玉池先生，有《玉池集》。陈振孙《直斋书录解题》卷十七云："邓忠臣慎思……平生著述至多，尝和杜诗全帙。"

④、⑤《夜听许十一诵诗爱而有作》，卷三。"余"，三本均作"吾"；"粲"，三本均作"璨"。皆据杜诗改。

⑥"注"，三本皆无。据《丛话》补。

⑦即《送许八拾遗归江宁觐省，甫昔时尝客游此县，于许生处乞瓦棺寺维摩图样，志诸篇末》诗，卷六。

⑧"注乃"，三本皆作"乃注"，据《丛话》改。

⑨"像"，三本皆作"相"，据《丛话》改。

⑩《奉赠韦左丞丈二十二韵》，卷一。

95．老杜诗云①：“黑暗通蛮货。”黑暗者，犀角也。段成式云：波斯国谓象牙为白暗，犀角为黑暗②。

【校注】

①此条亦见《苕溪渔隐丛话》前集卷九引《洪驹父诗话》，文字稍异。下文“黑暗通蛮货”，今存杜诗无此句。宋彭乘撰《墨客挥犀》云：“诗人多用方言，南人谓象牙为白暗，犀为黑暗，故老杜诗曰：‘黑暗通蛮货。’”宋僧惠洪《冷斋夜话》卷一《诗用方言》全袭《墨客挥犀》，一字不易。宋邵博《闻见后录》卷十九云：“南人谓象齿为白暗，犀角为黑暗，少陵诗云‘黑暗通蛮货’，用方言也。”宋祝穆《方舆胜览》、计有功《唐诗纪事》、元陶宗仪《说郛》、明方以智《通雅》、胡震亨《唐音癸签》、清吴景旭《历代诗话》、徐文靖《竹书统笺》《子史精华》等，均作杜甫诗。苏轼《送乔施州》诗云：“鸡号黑暗通蛮货。”自注：“胡人谓犀为黑暗。”（《苏东坡集》前集卷八）但未云袭用杜句。

②唐段成式撰《酉阳杂俎》前集卷十六《毛篇》云：“故波斯谓牙为白暗，犀为黑暗。”

96．世谓杜子美集中赠李太白诗最多①，而李集初无一篇与杜者。按段成式《酉阳杂俎》云②：李集有《尧祠赠杜补阙》者③，老杜也。其诗曰：“我觉秋兴逸，谁云秋兴悲④？山将落日去，水与晴空宜⑤……云归碧海夕，雁没青天时⑥。相失各万里，茫然空尔思⑦。”不独“饭颗山头”之句也⑧。

【校注】

①此条亦见《苕溪渔隐丛话》前集卷五和《能改斋漫录》卷五，文字稍异。

②见《酉阳杂俎》前集卷十二《语资》。

③即《秋日鲁郡尧祠亭上宴别杜补阙范侍御》诗，见王琦辑注《李太白全集》卷十五（按：以下所引李白诗均依王本）。《酉阳杂俎》诗题作《祠亭上宴别杜考功》。按：此“杜补阙”“杜考功”俱非杜甫，甫未任此官。

④“云”，三本均作“言”；“兴”，三本均作“气”，皆据《李太白全集》改。

⑤“空”，三本均作“相”，据《李太白全集》改。

⑥“云”，三本均作“烟”；“夕”，三本均作“少”；“没”，三本均作“渡”；“青”，北大本作“秋”；“时”，三本均作“迟”。皆据《李太白全集》改。

⑦“思”，三本皆作“归”，据《李太白全集》改。

⑧相传李白作有“饭颗山头逢杜甫”诗，见孟启《本事诗·高逸第三》。

97. 老杜祖审言①，与沈、宋同时②，诗极工，不在沈、宋下。故老杜诗云“吾祖诗冠古，同年蒙主恩”也③。

【校注】

①此条亦见《苕溪渔隐丛话》前集卷四十七。

②沈，指沈佺期；宋，指宋之问。

③《赠蜀僧闾丘师兄》，卷九。“也”上，《丛话》尚有“是”字。

诸家老杜诗评卷之三

《归叟诗文发源》十四事[①]

98. 东坡言[②]：郭祥正之徒[③]，只知道有韵底是诗[④]。潘十云[⑤]：洪龟父云[⑥]：山谷称邠老五言不如杂文。如邠老、潘延之家五言诗[⑦]，颇叙事，然此非叙事体。如老杜《送表侄王评事》诗云[⑧]："我之曾老姑，尔之高祖母。"从头如此叙说都无遗，其后忽云："秦王时在坐，真气惊户牖。"[⑨]再论其事，此他人不敢更如此道也[⑩]。

【校注】

①王直方，字立之，号归叟，有《归叟集》。所撰《王直方诗话》，亦称《王立之诗话》《归叟诗文发源》《兰台诗话》等，原六卷，今有节本及辑佚本。

②此条后半亦见元王构编《修辞鉴衡》卷一，作潘邠老语。

③郭祥正，字功父，少有诗名，有《青山集》。

④"是"，国图全本误作"事"。

⑤潘大临，字邠老，以诗名，从苏轼、黄庭坚游。人称潘十。《类说》卷五十七引《王直方诗话》云："潘邠老诗多犯老杜，为之不已。老杜亦难为存活。使老杜复生，则须共潘十厮炒。"

⑥洪朋，字龟父，号清非居士，与弟刍、炎、羽，俱有才名，号"四洪"。

⑦潘兴嗣，字延之，号清逸居士。新建（今属江西）人。丁谓之甥。以荫授将作监主簿。少孤笃学，与王安石、曾巩、王回、袁陟俱友善。初调德化尉，以不能俯仰上官，弃官归。年八十七卒。撰《潘兴嗣诗话》一卷，今佚。“之”，北大本无，据国图二本补。

⑧即《送重表侄王砅评事使南海》诗，卷二十三。

⑨“惊”，三本皆作“照”，据杜诗改。

⑩“其事”，《杜甫卷》上编引作“此事”；“不敢更”，引作“更不敢”，不知何据?

99. 东坡云：齐鲁大臣，史失其名。黄四娘者，独何人哉？因托其诗以不朽①。而文忠公亦云②：唐世一艺之善，如公孙大娘舞剑器，曹刚弹琵琶，米嘉荣歌，皆见于唐贤诗句，遂名于后世者。当时山林潜德隐行君子，不闻于世者多矣，而贱工末艺，得所附托，乃垂不朽，其人有幸有不幸也。

【校注】

①杜诗《江畔独步寻花七绝句》其六云：“黄四娘家花满蹊，千朵万朵压枝低。留连戏蝶时时舞，自在娇莺恰恰啼。”此上文字，亦见《东坡题跋》卷二。后潘淳《诗话补遗》亦有是说。

②此下文字，见《六一诗话》，文字稍异。“见于”，三本作“是”，据《六一诗话》改。

100. 文忠公《盘车图》诗云①：“古画画意不画形，梅诗咏物无隐情②。忘形得意知者寡，不若见诗如见画。”东坡作《韩幹马图》诗云③：“韩生画马真是马，苏子作诗如见画。世无伯乐亦无韩，此诗此画谁当看。”又云④：“少陵翰墨无形画，韩幹丹青不语诗⑤。此画此诗今已矣，人间驽骥谩争驰。”余以为若论诗画，于此尽矣。每诵数过，殆欲常以为法也⑥。

【校注】

①此条亦见《诗话总龟》前集卷八和《苕溪渔隐丛话》前集卷三十，文字稍异。欧诗见《欧阳文忠公集》卷六。

②“梅”，北大本、国图全本作“杜”，据国图残本、欧诗改。

③即《韩幹马十四匹》诗，见《苏东坡集》前集卷八。

④《韩幹马》诗，见《侯鲭录》卷八，《苏轼诗集》卷四十八采入，引纪昀曰：“此确是东坡笔墨。”“又云”以下文字与《侯鲭录》几乎全同。

⑤“诗”，北大本误作“时”，据国图二本、苏诗改。

⑥“常”，国图残本作“当”。

101．“读书头欲白①，相对眼终青。”“身更万事已头白，相对百年终眼青。”“看镜白头知我老，平生青眼为君明。”“故人相见尚青眼，新贵即今多白头。”②“江山万里将头白，骨肉十年终眼青。”“白头逢国士，青眼酒樽开。”此坡、谷所为也。其用“青眼”对“白头”者非一，而工拙亦各有差耳。老杜亦云：“别来头并白，相见眼终青。”③

【校注】

①此条亦见《诗话总龟》前集卷九、《苕溪渔隐丛话》前集卷四十八，文字微异。又《山谷外集诗注》卷十七《寄忠玉提刑》诗“读书头愈白，见士眼终青”句注与《山谷内集诗注》卷一《送王郎》诗“江山千里俱头白，骨肉十年终眼青”句注所引亦略同，只是无“白头逢国士，青眼酒樽开”二句，并云“此东坡诗也”，由此可知“白头”二句当为山谷诗。“头欲”，国图全本作“欲头”。

②“即”，《山谷外集诗注》作“如”。“白”，三本皆作“黑”，据以上诸本改。

③《秦州见敕目薛三璩授司议郎毕四曜除监察与二子有故远喜迁官兼述索居凡三十韵》，卷八。“见”，三本皆作“对”，据杜诗改。

102. 老杜云：“厨人语夜阑。”[1]东坡云：“图书跌宕悲年老，灯光青荧语夜深。”[2]山谷云：“儿女灯前语夜深。”[3]余以为当以先后分胜负[4]。白乐天有诗云：“醉貌如霜叶，虽红不是春。”[5]东坡有诗云：“小儿误喜朱颜在，一笑那知是酒红。”[6]郑谷有诗云：“衰鬓霜供白，愁颜酒借红。”[7]老杜《寄司马山人》：“发少何劳白，颜衰肯更红。”[8]陈无己有诗云：“发短愁催白，颜衰酒借红。”[9]皆相类也[10]。

【校注】

①《移居公安山馆》，卷二十二。

②《和柳子玉过陈绝粮二首》其二，《苏东坡集》前集卷二。

③《寄上叔父夷仲三首》其三，《山谷集》卷九。

④以上亦见《诗话总龟》前集卷九，文字微异。

⑤《醉中对红叶》，《全唐诗》卷四百四十。

⑥《纵笔三首》其一，《苏东坡集》后集卷六。“小儿”，三本均作“儿童”；“误”，国图全本作“俱”。均据苏诗改。

⑦《乖慵》，《全唐诗》卷六百七十六。“酒借”，北大本作“借酒”，据国图二本、郑诗改。

⑧即《寄司马山人十二韵》，卷十三。

⑨《除夜对酒赠少章》，《后山集》卷五。

⑩以上亦见《诗话总龟》前集卷九、后集卷九和《苕溪渔隐丛话》前集卷五十一，文字稍异。

103. 洪驹父见陈无己《小放歌行》云[①]：“‘不惜卷帘通一顾，怕君着眼未分明。’此为奇语，盖‘通’字未尝有人道。”余曰：“子岂不记老杜‘帘户每宜通乳燕’耶？”[②]

【校注】

①此条亦见《诗话总龟》前集卷八，文字几乎全同。《小放歌行》，《后山集》卷八作《放歌行二首》，引诗见其一。

②“岂”，北大本无，据国图二本补。杜诗见《题桃树》，卷十三。

104. “蛟室围青草，龙堆隐白沙。护江蟠古木，迎棹舞神鸦。破浪南风正，收帆畏日斜。云山千万叠，底处上仙槎。”[①]此老杜《过洞庭》诗也。李希声云[②]：得之于江心一小石刻。

【校注】

①此条亦见《诗话总龟》前集卷十一和《苕溪渔隐丛话》前集卷十三，文字稍异。《过洞庭湖》诗，卷二十三。“龙堆”，三本皆作“秦淮”，据杜诗改。“底”，《诗话总龟》和《苕渔隐丛话》皆作“何”。

②李錞，字希声，为诗宗山谷，亦江西诗社中人，有《李希声集》。撰《李希声诗话》一卷，已佚，郭绍虞有辑佚本。

105. 老杜有《社日两篇》[①]，一云：“尚想东方朔，诙谐割肉归。”[②]而《汉书》所载事，乃伏日也[③]。

【校注】

①此条亦见《诗话总龟》前集卷二十九，文字稍异。

②《社日两篇》其一，卷二十。“诙”，三本皆作“恢”，据杜诗改。

③《汉书·东方朔传》云："伏日，诏赐从官肉。大官丞日晏不来，朔独拔剑割肉，谓其同官曰：'伏日当蚤归，请受赐。'即怀肉去。大官奏之。朔入，上曰：'昨赐肉，不待诏，以剑割肉而去之，何也？'朔免冠谢。上曰：'先生起自责也。'朔再拜曰：'朔来！朔来！受赐不待诏，何无礼也！拔剑割肉，壹何壮也！割之不多，又何廉也！归遗细君，又何仁也！'上笑曰：'使先生自责，乃反自誉！'复赐酒一石，肉百斤，归遗细君。"

106. 山谷言[①]：余读《周书·月令》云："反舌有声，佞人在侧。"乃解老杜《百舌》"过时如发口，君侧有谗人"之句[②]。

【校注】

①此条见《豫章黄先生外集》卷九《杂书》，亦见陈师道《后山诗话》。

②《百舌》诗，卷十二。

107. 陈明信云[①]：徐仲车尝言[②]：诗所以写胸中之蕴，其平生穷达，亦可验于言句。如老杜诗，盖备有众体，为诗之豪，然其诗类多崎岖酸辛之语，虽其心忧国愤世而为之，亦其厄穷不偶所以见于言者。如退之与郊、岛则较然有间矣[③]。

【校注】

①陈明信，字君节，一说字明信。生平不详。《诗话总龟》前集卷二十一引《王直方诗话》云："陈君节字明信，言炼句不如炼韵。"

②徐积，字仲车，赐谥节孝处士，有《节孝先生集》。

③郊，孟郊；岛，贾岛。皆唐诗人。

108. 老杜家讳闲[①]，而诗中有"娟娟戏蝶过闲幔"[②]。或云恐传者谬；又有“泛爱容霜鬓，留欢卜夜闲”[③]。余以为皆当以闲为正，临文恐自不避也。

【校注】

①此条亦见《诗话总龟》前集卷二十九，文字稍异。“家”上，三本原有“诗”字，据《总龟》删。

②《小寒食舟中作》，卷二十三。“娟娟”，三本皆作“翩翩”，据杜诗改。

③《宴王使君宅题二首》其二，卷二十二。“容”，三本均作“怜”；“卜”，三本均作“半”。皆据杜诗改。

109. 古诗云[①]：“博山炉中百和香，郁金苏合及都梁。”又云：“氍毹㲪毲五木香，迷迭艾蒳及都梁。”[②]按《广志》[③]：“都梁香出交广[④]，形如藿香；迷迭出西域。”魏文帝又有《迷迭赋》。信乎！不行一万里[⑤]，不读万卷书[⑥]，不看杜子美诗也。

【校注】

①此条亦见《诗话总龟》前集卷二和《苕溪渔隐丛话》前集卷二，文字稍异。

②《乐府诗集》卷七十七载《乐府古辞》云：“氍毹㲪毲五木香，迷迭艾蒳及都梁。”“毹㲪”“艾蒳”，三本皆无，据《乐府诗集》补。“木”，三本皆误作“水”，据《乐府诗集》改。

③此段佚文不见《玉函山房辑佚书》。《艺文类聚》卷八十一引《广志》：“迷迭出西域。”《玉函山房辑佚书》卷七十四辑《太平御览》卷九百八十二引《广志》：“都梁出淮南。”“迷迭香出西海中。”

④“香”下，三本皆有“云”字，据《总龟》和《丛话》删。

⑤“一”，三本皆无，据《总龟》《丛话》补。

⑥“不读”以下直至卷五末，国图残本尚残存数条，余均缺。

110. 荆公编集四家诗①，其先后之序，或以为有深意，或以为初无意。盖以子美为第一，此无可议者②。至于以欧公次之，退之又次之，以太白为下，何耶？或者谓③：太白之诗，固不及退之；而欧公本学退之，而所谓青出于蓝者。故其先后如此。或者又以荆公既品第了此数人次第，自处便与子美为敌耳。

【校注】

①此条亦见《苕溪渔隐丛话》前集卷六，文字稍异。

②“此”，国图全本作“至”。

③“谓”，国图全本作“云”。

111. 老杜《杜鹃》诗①，识者谓前四句非诗也，乃题下甫自注，而后人写之误耳。余以为不然。此正与古之谣语无异，岂复以韵为限耳。

【校注】

①此条亦见《苕溪渔隐丛话》前集卷七，文字稍异。《杜鹃》诗，见仇注卷十四。首四句为：“西川有杜鹃，东川无杜鹃。涪万无杜鹃，云安有杜鹃。”

蔡约之《西清诗话》十六事①

112. 《唐书·列女传》②：王珪微时，母卢氏常云：子必贵，但未见与游者。珪一日引房玄龄、杜如晦过之，母曰：汝贵无疑。所载此而已。质之少陵诗，事未究也。《送重表侄王砅》云③：“我之曾老姑，尔之高祖母。”则珪母杜氏，非卢氏也。又云：“尔祖未显时，归为尚书妇。隋朝大业末，房杜俱交友。长者来在门，荒年自糊口。家贫无供给，客位但箕帚。俄顷羞颇珍，寂寥人散后。入怪鬓发空，吁嗟为之久。自陈剪髻鬟，鬻市充杯酒。上云天下乱，宜与英俊厚。向窃窥数公，经纶亦俱有。次问最少年，虬髯十八九。子等成大名，皆因此人手。下云风云合，龙虎一吟吼。愿展丈夫雄，得辞儿女丑。秦王时在坐，真气惊户牖。及乎贞观初，尚书践台斗。夫人常肩舆，上殿称万寿。六宫师柔顺，法则化妃后。至尊均嫂叔，盛事垂不朽。”其上下详谛如此。且一妇人识真主于侧微间，事尤伟甚。史缺失而谬误，独少陵载之，号“诗史”，信矣夫！

【校注】

①蔡絛，字约之，别号无为子，为蔡京子。著有《西清诗话》三卷。

②此条亦见《苕溪渔隐丛话》前集卷十三，文字稍异。“唐”，北大本、国图残本皆误作“汉”，据《丛话》改。国图全本作“唐诗”。按：新、旧《唐书·列女传》均不载王珪母事，不知蔡氏何据？洪迈《容斋随笔》卷十二云：“予按：《唐·列女传》原无此事，珪传末只云，始隐居时，与房玄龄、杜如晦善，二人过其家，母李窥之，知其必贵。蔡说妄云有传，又误以李为卢，皆不足辨。……而杜公称其祖姑事，不应不实，且太宗时宰相别无姓王者，真不可晓也。”仇兆鳌亦云：“今按：此诗所载事迹，明与《唐书》纪传不合，蔡氏欲据此以为诗史，未免信杜太过矣。大抵人情好为夸大，每有子孙而自诬其祖宗者，此诗亦据王氏传闻之说，一时沿讹失考耳。”（《杜诗详注》卷二十三）可供参考。

③即《送重表侄王砅评事使南海》诗，卷二十三。

113. 杜子美《宿龙门》诗[①]：“天阙象纬逼，云卧衣裳冷。”黄鲁直校本云：王荆公言“天阙”当作“天阅”，对“云卧”为亲切耳。余尝读韦述《东都记》：“龙门号双阙，以与大内对峙，若天阙焉。”此宿龙门诗也，用阙字何疑？二公言诗固不同，不同处乃复尔耶[②]。

【校注】

①此条亦见《苕溪渔隐丛话》前集卷八，文字稍异。“宿龙门”，《丛话》作“游龙门”，即《游龙门奉先寺》，卷一。

②“不”，国图全本作“于”。

114. 鲁公尝云[①]：应制诗人罕得体，独少陵深践阃域，如“翼亮贞文德，丕承期武威”[②]，唐人犹间能道之，至“丕承”字何人敢入诗，亦道所不到也。是真得应制体，不在于南金大贝叠积满前。前辈亦论诗家何假金玉而后见富贵[③]，东坡评王禹玉诗是至宝丹，何金珠玳瑁之多也[④]。

【校注】

①鲁公，指絛父蔡京。《宋史·蔡京传》：“政和二年，召还京师，复辅政，徙封鲁国。”

②《重经昭陵》，卷五。

③此指晏殊。吴处厚《青箱杂记》卷五：“晏元献公虽起田里，而文章富贵，出于天然。尝览李庆孙《富贵曲》云：‘轴装曲谱金书字，树记花名玉篆牌。’公曰：‘此乃乞儿相，未尝谙富贵者。故余每吟咏富贵，不言金玉锦绣，而唯说其气象。’”

④王珪，字禹玉，王琪从弟，封岐国公，卒谥曰文，有《华阳集》。撰《王禹玉诗话》一卷，佚。“至宝丹”，陈师道《后山诗话》：“王岐公诗喜

用金玉珠璧，以为富贵，而其兄谓之至宝丹。”《苕溪渔隐丛话》前集卷二十六引《王直方诗话》云：“王禹玉诗，世号至宝丹，以其多使珍宝，如黄金必以白玉为对。”而《诗话总龟》前集卷七引作《古今诗话》，作“晁以道云”。皆不作东坡语。

115. 李太白历见司马子微、谢自然、贺知章①，或以为可与神游八极之表，或以为“谪仙人”，其风神超迈英爽可知。后世词人，状者多矣，亦间于丹青见之，俱不若少陵云：“落月满屋梁，犹疑照颜色。”②熟味之，百世之下想见风采，此与李太白传神诗也。

【校注】

①此条亦见《苕溪渔隐丛话》前集卷五。司马承祯，字子微，号白云，为道士，卒谥贞一先生。谢自然，真人，居金泉山。韩愈有《谢自然诗》。

②《梦李白二首》其一，卷七。

116. 人之好恶，固自不同①。子美在蜀作《闷》诗②，乃云：“卷帘惟白水，隐几亦青山。”若使余居此，应从王逸少语：“我卒当以乐死。”③岂复更有闷耶？

【校注】

①此条亦见《苕溪渔隐丛话》前集卷七，文字全同。

②《闷》诗，卷二十。

③王羲之，字逸少。“我卒当以乐死”，语见《晋书·王羲之传》。北大本、国图全本作“吾当卒以乐死”，据《晋书》改。

117. 《树萱录》云①：“杜子美自负其诗，郑虔妻病疟，过之，云：

当诵予诗，疟鬼自退。初云：‘日月低秦树，乾坤绕汉宫。’[②]不愈，则诵：‘子璋髑髅血模糊，手提掷还崔大夫。’[③]又不愈，则诵：‘虬须似太宗，色映塞外春。’[④]若又不愈，则卢扁无如何矣。[⑤]”此唐末俗子之论。少陵与虔结交，义动生死[⑥]，若此，乃昨暮小儿语耳，万无此理。“虬须似太宗”，乃《八哀诗》谓汝阳王琎也，琎虽死先于虔，而《八哀诗》乃郑虔辈没后同时作，则虔不及见此诗，明矣。

【校注】

①此条亦见《苕溪渔隐丛话》前集卷十一及台湾广文书局影印古今诗话续编本《西清诗话》卷上二六条，文字微异。所引《树萱录》语不见今传《五朝小说大观》与《说郛》本。关于《树萱录》的作者，旧传唐刘焘撰。陈振孙《直斋书录解题》卷十一云：“《树萱录》一卷，不著名氏。序称纂尚书荥阳公所谈者，亦不知何人。又云：普圣圜丘之明年。普圣者，僖宗由普王践位也。书虽见《唐志》，今亦未必真本，或云刘焘无言所为也。”据序所云此书当作于僖宗乾符年间（874—879），尚书荥阳公为郑姓，作者当为其下属。何薳《春渚纪闻》卷五《古书托名》云：“《树萱录》刘焘无言自撰也。”张邦基《墨庄漫录》卷八云：“《树萱录》《唐书·艺文志》小说类自有此名，岂无言所作也？此书所载诸事近于寓言，而诸篇诗句皆佳绝，盖唐人之善诗者为之。”

②《投赠哥舒开府翰二十韵》，卷三。

③《戏作花卿歌》，卷十。“璋”，三本皆作“章”，据杜诗改。

④《八哀诗·赠太子太师汝阳郡王琎》，卷十六。

⑤扁鹊，姓秦，名越人，春秋战国时期名医，因他是齐国卢邑（在今山东省济南市长清区）人，故世称“卢扁”。

⑥“生死”，国图全本作“死生”。

118. 诗之声律[①]，至唐始成，然亦多原六朝旨意，而造语工夫各有微妙。何逊《入西塞》诗："薄云岩际出，初月波中上。"[②]至少陵《江边小阁》则云[③]："薄云岩际宿，孤月浪中翻。"虽因旧而益妍，此类獭髓补痕也。

【校注】

①此条亦见《苕溪渔隐丛话》前集卷七，文字稍异。

②何逊，字仲言，南朝梁诗人，颇为杜甫所推重。引诗即《入西塞示南府同僚诗》，见逯钦立辑校《先秦汉魏晋南北朝诗》梁诗卷八。

③即《宿江边阁》诗，卷十七。

119. 杜少陵云[①]：作诗用事，要如释语，水中著盐，饮水乃知盐味。此说诗家秘密藏也。如："五更鼓角声悲壮，三峡星河影动摇。"[②]人徒见凌轹造化之工，不知乃用事也。《祢衡传》：挝渔阳掺，声悲壮[③]。《汉武故事》："星辰影动摇，东方朔谓民劳之应。"[④]则善用故事者，如系风捕影，岂有迹耶？此理殆不容声，余乃显言之，已落第二矣。

【校注】

①此条亦见《苕溪渔隐丛话》前集卷十，文字稍异。"此理"以下，《丛话》无。而与《仕学规范》卷三十九所引《名贤诗话》只易一字，《说诗乐趣》卷一则引作《古今诗话》。

②《阁夜》，卷十八。

③《后汉书·祢衡传》云："衡方为渔阳参挝，蹀蹋于前，容态有异，声节悲壮，听者莫不慷慨。""掺"，同"参"。国图全本、《丛话》作"操"。

④《汉武故事》，以鲁迅《古小说钩沉》本搜罗最为完备，但无此语。而云："元光元年，天星大动……上以问董仲舒，对曰：'是谓星摇，人

民劳之妖也。’”

120. 都人刘克者①，穷该典籍，人有僻书疑事，多从之质。常注杜子美、李义山集，与客论云：“‘元日至人日，未有不阴时’②，人知其一，不知其二。四百年间，惟杜子美与克会耳。”起就架上取书示客曰：“此东方朔《占书》也③。岁后八日：一日鸡，二日犬，三日豕，四日羊，五日牛，六日马，七日人，八日谷。其日晴，所主之物育；阴，则灾。少陵意谓天宝离乱，四方云扰幅裂，人物岁岁俱灾，此岂非《春秋》书‘王正月’意耶？”深得古人用心如此。

【校注】

①此条亦见《苕溪渔隐丛话》前集卷九，文字稍异。

②《人日二首》其一，卷二十一。

③宋高承《事物纪原·正朔历数部·人日》云：“东方朔《占书》曰：岁正月一日占鸡，二日占狗，三日占羊，四日占猪，五日占牛，六日占马，七日占人，八日占谷，皆晴明温和为蕃息安泰之候，阴寒惨烈为疾病衰耗。故杜子美诗曰：‘元日至人日，未有不阴时。’盖伤时之言也。”

121. 唐人吊杜子美：“赋出三都上，诗须二雅求。”①盖少陵远继周诗法度。余常以经旨笺其诗云“与奴白饭马青刍”②，虽不言主人，而待奴马如此，则主人可知，与《诗》所谓“言刈其楚”“言秣其马”“言刈其蒌”“言秣其驹”同意③。又“小城万丈余”“大城铁不如”④，则小城难为高，大城难为坚故也，正得古人著书互相备意。

【校注】

①此条亦见《苕溪渔隐丛话》前集卷十四，文字稍异。

②《入奏行赠西山检察使窦侍御》，卷十。

③《诗经·周南·汉广》。

④《潼关吏》，卷七。

122. 少陵《饮中八仙歌》用韵①，船字、眠字、天字各再，前字凡三，于古未见其体。余常质之叔父文正②，曰："此歌分八篇，人人各异，虽重韵无害，亦周诗分章意也。"握牍吮墨者③，可不知乎！

【校注】

①此条亦见《说郛》卷四十九，文字稍异。而《苕溪渔隐丛话》前集卷十七亦有是说，但谓"山谷云"。

②文正，为蔡絛叔父卞之谥号。郭绍虞先生《宋诗话考》上卷《西清诗话》条云："当絛之时，蔡氏固无谥文正者。"又中卷之上《金玉诗话》条云："考宋代蔡氏谥文正者唯沈，沈为元定子，少游朱子之门，与絛时代辈分均不相合。且沈之谥文正，乃出明代追谥，当时亦不应有是称。因疑文正非谥而为其叔父之字。"按：郭绍虞先生于此失考。查《宋史·蔡卞传》云："卞，字元度。……政和末，谒归上冢，道死，年六十。赠太傅，谥曰文正。"《宋会要辑稿》礼五八之一〇一亦云："蔡卞谥文正。"宋刻本《新刊校定集注杜诗》卷二《饮中八仙歌》题注引"此歌分八篇"云云，亦曰"蔡元度云"，文字与《西清诗话》几乎全同。

③"牍"，北大本作"读"，国图全本、《说郛》作"牍"，据改。

123. 杜少陵文自古奥①，如"九天之云下垂，四海之水皆立"，"忽翳日而翻万象，却浮空而留六龙"②，"万舞凌乱，又似乎春风壮而江海波"③，其语皆磊落惊人。或言无韵者不可读，是大不然。东坡《有美堂》诗："天外黑风吹海立，浙东飞雨过江来。"④盖出此。或谓东坡不善老杜古文⑤，定复何如？余谓不示人以朴之意。常有客游有美堂，坐上诵此句，或曰：“风吹海立，世间岂有是理？”此又可笑也。

【校注】

①此条亦见《苕溪渔隐丛话》前集卷九，文字大异。

②《朝献太清宫赋》，卷二十四。“留”，北大本、国图全本作“望”，据杜赋改。

③《朝享太庙赋》，卷二十四。

④即《有美堂暴雨》诗，《苏东坡集》前集卷五。“东”，北大本、国图全本作“西”，据苏诗改。

⑤“或谓”以下，《丛话》无。

124．洞庭天下壮观①，自昔骚人墨客斗丽搜奇者尤众，如“水涵天影阔，山拔地形高”②，又“四顾疑无地，中流忽有山。鸟飞应畏堕，帆远却如闲”③，皆见称于世。然未若孟浩然“气蒸云梦泽，波撼岳阳城”④，则洞庭空旷无际，气象雄张，如在目前。至读杜子美诗，则又不然，“吴楚东南坼，乾坤日夜浮”⑤，不知少陵胸中吞几云梦也。

【校注】

①此条亦见《苕溪渔隐丛话》前集卷九，文字稍异。而与《金玉诗话》文字微异。

②唐僧可朋《赋洞庭》，《全唐诗》卷八百四十九。

③许棠《过洞庭湖》诗，《全唐诗》卷六百三。

④《望洞庭湖赠张丞相》，《全唐诗》卷一百六十。

⑤《登岳阳楼》，卷二十二。

125．王介甫、欧阳永叔、梅圣俞与一时闻人坐上分题赋虎图①，介甫先成，众服其敏妙，永叔乃袖手。或以问余，余曰：“此体杜甫《画鹘行》耳。”问者为然。大抵前辈多模取古人意以纾急解纷，此其一也。

【校注】

①此条亦见《类说》卷五十七，而文字大异。

126. 少陵寓同谷县作七歌[①]，其四云：“呜呼四歌兮歌四奏，竹林为我啼清昼。”乃古本也。后注诗者更作“林猿”，今本皆因之。崇宁间，有贡士自同州来，笼一禽，大如雀，色正青，善鸣，问其名，曰：“此竹林鸟也。”少陵凡于诗目必纪其处，以明风俗方物，诏于后人，岂易改耶！余得之于朋友间云。

【校注】

①此条亦见《苕溪渔隐丛话》前集卷十二，文字异同颇大。“七歌”即《乾元中寓居同谷县作歌七首》，卷八。

127. 黄鲁直自黔南归，诗变前体，且云：要须唐律中作活计，乃可言诗。如少陵渊蓄云萃，变态百出，虽数十百韵，格律益严谨，盖操制诗家法度如此[①]。

【校注】

①此条亦见《竹庄诗话》卷十引《西清诗话》。而郭绍虞辑李颀《古今诗话》、《仕学规范》卷三十七、《修辞鉴衡》卷一则作《名贤诗话》云云。

《樗叟诗杜拾遗》十一事①

128. 严维云："柳塘春水漫，花坞夕阳迟。"②杜子美云："繁枝容易纷纷落，嫩蕊商量细细开。"③梅圣俞云："晚雨竹间霁，春禽花上飞。"④蔡君谟云："风静落花深一寸，日迟啼鸟度千声。"⑤四家所咏皆春日诗，各号警绝，然不无深浅，览者当自评之。

【校注】

①樗叟何人？宋曰樗叟者，今知有五人：赵汝盥（1172—1230），字观之，寓休宁，自号樗叟。宋宁宗嘉定十三年（1220）进士，改京秩，终通判兴化军。宋理宗绍定三年（1230）卒，享年五十九岁。陈宓有《通判赵公墓志铭》（见《复斋先生龙图陈公文集》卷二十二）。年代后于方深道。王至卿，号樗叟，婺源人，王炎（1137—1218）族子。清王梓材、冯云濠辑《宋元学案补遗》卷七十一《岳麓诸儒学案补遗》别附《双溪讲友》云："王至卿，号樗叟，双溪（王炎号）族子。少从双溪之父学，双溪与之友善，为序其诗集。"年代更后于方深道。吴珏，字樗叟，宣和（1119—1125）中为光州固始令，与叶梦得相识；欧阳应求（1089—1164），字仲俊，自号樗叟，庐陵永和人。早举进士，以母老不行，建炎（1127—1130）间，尝类试漕台，一出不合，即退居乡里，开门授徒，无进取意。容貌魁梧，颀然而长。喜吟诗，字画遒劲，虽造次不作行草。卒于宋孝宗隆兴二年（1164）三月辛丑，享年七十六岁。胡铨有《欧阳先生墓志铭》（见《宋庐陵四忠集》本《胡澹庵先生文集》卷二十六），周必大有《跋永和欧阳樗叟铭》（见《周文忠公集》卷十八）。何颉，一名颉之，一作颀之，字斯举，自号樗叟，黄冈人。笃学善属文，曾从苏轼、黄庭坚游。张邦基《墨庄漫录》卷九云："靖康初，韩子苍知黄州。颇访东坡遗迹，常登赤壁，而赋所谓栖鹘之危巢者，不复存矣，悼怅作诗而归。有何颉斯举者，犹及识东坡，因次韵献子苍云：

‘儿时宗伯寄吴州，讽诵遗文至白头。二赋人间真吐凤，五年江上不惊鸥。蟹常见水人犹恶，鹊有危巢孰肯留。珍重使君寻往事，西风怅望古城楼。’”《广舆记》卷十四《湖广·黄州府》载：“寒碧堂，府城东门外，何氏兄弟建此候苏轼至。轼画竹石于壁间。”苏轼《记游定惠院》云：“晚乃步出（黄州）城东……夤缘小沟，入何氏、韩氏竹园。时何氏方作堂竹间，既辟地矣，遂置酒竹阴下。……予忽兴尽，乃径归。道过何氏小圃，乞其丛橘，移种雪堂之西。”（《苏轼文集》卷七十一）《道山清话》云：“天圣（宋仁宗年号，1023—1032）中，诏营浮图。姜遵在永兴，毁汉唐碑之坚好者，以代砖甓。……何斯举诗云：‘长安古碑用乐石，虿尾银钩擅精密。缺讹横道已足哀，况复镌裁代砖甓。有如天吴及紫凤，颠倒在衣吁可惜。’斯举，黄州人，少年识苏子瞻。初名颀，字颉之，后名颉之。黄庭坚鲁直极推重之，尝与斯举简云。”《山谷别集》卷十六载黄庭坚《答何斯举书》四道，其二云：“哀悴昏塞，不记贵字，欲奉字曰斯举，不知可用否？取《论语》所谓‘色斯举矣’者。”又其三云：“寄惠苏公诗集，亦自有用处，要欲得一本厚纸者藏之名山耳。斯举者，观所谓‘色斯举矣，翔而后集’，已极古人去就之意，无可措言，欲作序者，但为之华藻耳。”又其四云：“令弟进学无恙。……观斯举诗句，多自得之。他日七八少年，皆当压倒老夫。”《后山诗注》卷一陈师道《次韵答学者四首》其二云：“黄尘投老得何郎，准拟明年共我长。”任渊注云：“后山自注云：黄州何郎兄弟。曾慥《诗选》云：何颉，字斯举，黄冈人。尝从苏、黄问学。”吕本中《紫微诗话》云：“何斯举颉尝和余诗云：‘秋水因君话河伯，接篱持酒对山公。’斯举即无已诗所谓‘黄尘投老得何郎，准拟明年共我长’者也，然斯举与余初不相识。”吴可《藏海诗话》云：“何颉尝见陈无已，李廌尝见东坡，二人文字，所以过人。”《张耒集》卷六十《李参军（处道）墓志铭》：“三女：嫁赵僎、何颉、陈任。”是何颉为李处道女婿。明凌迪知撰《万姓统谱》卷三十四作“何颉之”，称“东坡先生谪居齐安，斯举少年因侍教诲”。《宋元学案补遗》卷九十九《苏氏蜀学略补遗》将何颉列为“东坡门人”。据以上考证，此樗叟，疑为何颉。《樗叟诗杜拾遗》，不见著录。《苕溪渔隐丛话》后集卷七引《艺苑雌黄》亦云《樗叟诗杜拾遗》。《杜甫卷》上编、郭绍虞《宋诗话考》《宋诗话辑佚》均未收录。

②《酬刘员外见寄》诗，《全唐诗》卷二百六十三。

③《江畔独步寻花七绝句》其七，卷十。

④《寒食前一日陪希深远游大字院》，《宛陵集》卷一。

⑤蔡襄，字君谟，卒谥忠惠，有《端明集》。引诗见《端明集》卷七《甲辰寒日游公谨园池》。“静”，北大本、国图全本作“定”，据《端明集》改。

129. 杜诗云：“昨日玉鱼蒙葬地，早时金碗出人间。”①按《杂记》②：长安大明宫宣政殿初就，每夜见数十骑游其间，帝使巫祝刘门奴问其所由，鬼云：“我是汉楚王太子，死葬于此。”门奴许为改葬。鬼曰：“我今在天子宫内，出入不安，改卜幸甚。葬处在殿东七八丈地，我死时，天子敛我玉鱼一双，今犹未朽，必以此相送，勿见夺也。”门奴以事奏闻，有敕改葬苑外，及发掘，玉鱼宛然见在。又按《孔氏志怪》③：卢充家西有崔少府墓。一日见一府舍门，进见少府，与崔小女为婚④，三日，崔曰：君可归。女生男。四年，忽见崔氏并少府抱儿还充，又与碗，并赠诗一首，充取儿、碗及诗，女忽不见。充诣市卖碗，崔女姨曰：“我妹之女嫁而亡，赠以金碗著棺中。”

【校注】

①《诸将五首》其一，卷十六。

②《杂记》，赵次公《新定杜工部古诗近体诗先后并解》末帙卷六注引作《两京杂记》，较此为详。《九家集注杜诗》卷三十误为《西京杂记》。《太平广记》卷三百二十八《刘门奴》条，记载与此类似，云出《广异记》。

③《孔氏志怪》，以鲁迅《古小说钩沉》辑本较完备。此段引文较辑本简略。卢充事亦见《搜神记》卷十六、《搜神后记》卷六。《苕溪渔隐丛话》后集卷七引《艺苑雌黄》云："《诸将》内一联云：'昨日玉鱼蒙葬地，早时金碗出人间。'注说金碗取《孔氏志怪》卢充事。《樗叟诗杜拾遗》亦用此说。"人民文学出版社廖德明校点本《苕溪渔隐丛话》，因不明《樗叟诗杜拾遗》为书名，故误标为"樗叟诗《杜拾遗》"。

④"与"，北大本原作"墓"，国图全本作"与"，是，据改。

130. 杜甫《骊山》诗云："银海雁飞深。"①按《刘向传》②：秦始皇葬于骊山，"石椁为游馆，人膏为灯烛，水银为江海，黄金为凫雁。"

【校注】

①《骊山》诗见卷十七。

②《汉书·刘向传》。

131. 苏耽，郴人①，汉时得道仙去。母谓："汝去，吾何养以？"耽曰："明年此郡人疫，吾家井傍有橘树，人摘一叶，并汲水一瓯，与之服食。"至明年果疫，由是病者皆愈②，而母获利甚丰。老杜诗云："郴州颇凉冷，橘井尚凄清。"③予大观初过郴州，橘井犹存，汲之清甘，但橘疑旧者已枯，今在者，后人植之尔。

【校注】

①苏耽事，《水经·耒水注》引《列仙传》《洞仙传》《神仙传》《郴江集》等均有记载。"郴"，北大本误作"彬"，国图全本作"郴"，据改。

②"病"，北大本原缺，国图全本作"病"，据补。

③《奉送二十三舅录事之摄郴州》，卷二十三。“郴”，北大本误作“彬”，国图全本作“郴”，据改。

132. 沈泽翁尝谓予曰①：老杜《谒玄元皇帝庙》诗云②：“翠柏深留景，红梨迥得霜。”非亲到其处，莫知此句之工也。

【校注】

①沈泽，夏竦（985—1051）《文庄集》卷二有《前权知单州团练推官厅公事沈泽……可大理寺丞》制文曰：“沈某阀阅具存，讫无痕累，简自朕意，俾图尔劳，往丞理官，无替厥命。”夏竦两为知制诰，第二次在宋仁宗天圣三年（1025）。而且夏竦于宋真宗天禧（1017—1021）初曾坐事降知黄州。苏轼贬黄州在宋神宗元丰三年（1080）二月，元丰七年四月离开黄州。何颉识苏轼时为“少年”，时沈泽已年老，故尊称曰“翁”。因疑“沈泽翁”或即“沈泽”，尚俟详考。

②即《冬日洛城北谒玄元皇帝庙》诗，卷二。

133. 杜子美有《严郑公宅同咏竹》诗①，断句云：“但令无剪伐，会见拂云长。”盖子美尝以事忤武意，为武所忌也。

【校注】

①严武，字季鹰，华州华阴（今属陕西）人。唐代宗宝应元年（762）封郑国公，故称“严郑公”。广德二年（764）任成都尹、剑南节度使，杜诗即作于此时，诗见仇注卷十四。

134. 元祐中，东京净因院有僧学诗，曾以老杜《春日忆李白》诗询于鲁直①。鲁直曰：庾、鲍虽各能诗，然信止于清新，照止于俊逸，二家不能互兼所长。渭北地寒，故树有花少实；江东水乡，多蜃气[2]，故云色驳杂。文体亦然，甫欲与白论此耳。

【校注】

①《春日忆李白》全诗为："白也诗无敌，飘然思不群。清新庾开府，俊逸鲍参军。渭北春天树，江东日暮云。何时一樽酒，重与细论文？"

②"蜃"，北大本误作"唇"，国图全本作"蜃"，是，据改。

135. 自唐以来，称李杜者，谓白与甫尔。然杜集中有诗云"李杜齐名真忝窃"[1]，乃是送李十一衔[2]，何也？

【校注】

①《长沙送李十一衔》，卷二十三。

②"李十一"，北大本、国图全本误作"李十五"，据杜诗改。

136. 杜诗云："老妻画纸为棋局，稚子敲针作钓钩。"[1]盖讥当时纵横曲直由于妇人小子也。

【校注】

①《江村》，卷九。

137.《西京杂记》云："瓠子河决，有蛟龙从九子，自决中逆上入河，喷沫流波数十里。"[1]杜诗云"蛟龙引子过"[2]，用此事也。

【校注】

①《西京杂记》卷二。

②《到村》，卷十四。

138. 老杜《赠李八秘书》诗云："事殊迎代邸，喜异赏朱虚。"① 又云②："风烟巫峡远，台榭楚宫虚（一作除）。"③"除"字似寡理，盖二"虚"字意不同，故得重押。乃知东坡送江公著诗两用"耳"字④，亦有祖述也。

【校注】

①即《赠李八秘书别三十韵》，卷十七。

②"又"，北大本误作"人"，国图全本作"又"，据改。

③"榭"，北大本、国图全本作"观"，据杜诗改。

④江公著，字晦叔，睦州建德人，治平四年（1067）进士。苏轼《送江公著知吉州》诗云："方将华省起弹冠，忽忆钓台归洗耳。……簿书期会得余闲，亦念人生行乐耳。"见《苏轼诗集》卷三十三。

诸家老杜诗评卷之四

潘淳《诗话补遗》四十九事①

139. 北岳碑②，后汉光和二年立；苦县老子庙③，亦汉碑也，其字刻极劲。杜诗所谓："苦县光和尚骨立，书贵瘦硬方通神。"④苦县、光和，谓二碑也。

【校注】

①潘淳，一作錞，字子真，兴嗣孙。《江西通志》卷一百三十四称其"少颖异，好学不倦，淹贯经史百家之言，师事黄庭坚，尤工诗"。后罢官归，"自称谷口小隐，所著诗并《诗话补遗》传世。"《诗话补遗》，因其祖潘兴嗣著有《诗话》一卷，故云，亦称《潘子真诗话》，已佚，《说郛》本仅存四则，郭绍虞《宋诗话辑佚》亦仅辑得三十七则，而有关杜诗的则只有八则。"四十九事"，按抄本实析为五十二条。

②此条亦见《苕溪渔隐丛话》前集卷十二、《诗人玉屑》卷三，文字几乎全同。

③"老"，北大本作"李"，国图全本作"老"，是，据改。

④《李潮八分小篆歌》，卷十八。

140. 天下丙穴有二。按《水经》载：褒水东南得丙水口，水上承丙穴，出嘉鱼，常以三月出，十月入，穴口向丙，故曰丙穴[1]。又：柏枝山下有丙穴，方数丈，水中出嘉鱼，常以春末游渚，冬初入穴，亦褒汉丙穴之类也[2]。故杜诗有“鱼知丙穴由来美”之句[3]。

【校注】

①《水经·沔水注》。

②《水经·江水注》。

③《将赴成都草堂途中有作先寄严郑公五首》其一，卷十三。

141. 山谷云[1]：老杜《宴戎州杨使君东楼》诗有“重碧拈春酒，轻红擘荔枝”[2]，拈春酒、擘荔枝，此主人用歌妓为乐者。又云“峡束沧江起，岩排石树圆”[3]，石树者，石楠也[4]。

【校注】

①此条亦见《苕溪渔隐丛话》前集卷十，文字稍异，且不连贯。

②诗见卷十四。

③《秋日夔府咏怀奉寄郑监李宾客一百韵》，卷十九。

④“楠”，北大本、国图全本作“南”，据《丛话》改。

142. 山谷云[1]：老杜《秋日夔府咏怀寄郑监李宾客》诗有“羽翼商山起，蓬莱汉阁连”，盖用太子宾客、秘书监事也。

【校注】

①此条亦见《苕溪渔隐丛话》前集卷十。

143. 杜集中有《寄韦有夏郎中》诗[1]，颜鲁公《东方朔碑阴》有朝城主簿韦夏有，殆此人耶[2]！

【校注】

①杜诗见卷十五。“韦有夏”，据今人考证，当为“韦夏有”。下同。

②《东方朔碑阴》，即颜真卿《东方先生画赞碑阴记》，见《全唐文》卷三三八。“夏有”，国图全本误作“有夏”；“此人”，国图全本作“斯人”。

144. 山谷云：老杜“田父嗟胶漆，行人避蒺藜”[1]，“嗟胶漆”，盖用弃甲事[2]。颜之推论文章云[3]：“至于陶冶性灵[4]，从容讽谏，入其滋味，亦乐事也。”老杜“陶冶性灵存底物”[5]，盖本于此。

【校注】

①《夔府书怀四十韵》，卷十六。

②“事”，北大本原作“子”，误，国图全本作“事”，据改。“胶漆”，典出《孙子·作战篇》。

③此下亦见《豫章黄先生别集》卷四《杜诗笺》、《苕溪渔隐丛话》前集卷十二、《诗人玉屑》卷三、邵博《闻见后录》卷十七。颜语见《颜氏家训·文章篇》。

④“灵”，北大本、国图全本作“情”，据《颜氏家训》改。

⑤《解闷十二首》其七，卷十七。“灵”，北大本、国图全本作“情”，据杜诗改。

145. 韩玉汝言[1]：河中府三面是黄河，难得鱼，惟有味鱼[2]，似鲫而肥短，味亦美。杜子美诗所谓“河冻味鱼不易得，凿冰恐侵河伯宫”[3]，盖谓是鱼也。

【校注】

①韩缜，字玉汝，维之弟，卒赠司空、崇国公，谥庄敏。此条郭绍虞《宋诗话辑佚》辑《潘子真诗话》第37条引刘凤诰《杜工部诗话》云云，刘实照抄仇注，与此文字有异。

②“难得鱼”，仇注无；“惟”，北大本作“佳”，小字，据仇注改。

③《阌乡姜七少府设鲙戏赠长歌》，卷六。“杜子美诗”，国图全本作“杜诗”。

146. 山谷云①：老杜《赠别何邕》：“悲君随燕雀，薄宦走风尘。”此人佣耕意也。

【校注】

①此条亦见邵博《闻见后录》卷十七，但不云“山谷云”，文字亦有异。

147. 杜诗：“上君白玉堂，侍君金华省。”①按《前汉·班固自叙》：“时上方向学，郑宽中、张禹朝夕入说《尚书》《论语》于金华殿中。”注：师古曰：“金华殿在未央宫。”②沈约《八咏》云：“讲金华兮议宣室，昼武帐兮夕文昌。”③江淹《诣建平王上书》云：“日者谬得升降承明之阙，出入金华之殿。”④

【校注】

①《八哀诗·故右仆射相国曲江张公九龄》，卷十六。“侍”，杜诗作“倚”。

②见《汉书·叙传上》。

③《八咏·解佩去朝市》，《先秦汉魏晋南北朝诗》梁诗卷七。“昼武”，北大本作“画锦”，国图全本、沈诗作“昼武”，据改。

④《诣建平王上书》，《全上古三代秦汉三国六朝文》全梁文卷三十

八。“诣”，北大本、国图全本作“请”，据《全梁文》改。

148.《楚国先贤传》：“孙儁，字文英，与李元礼俱娶太尉桓焉女。时人谓桓叔元两女乘龙，言得婿如龙也。”[①]杜诗乃云：“门阑多喜色，女婿近乘龙。”[②]宋景文亦云：“承家男得凤，择婿女乘龙。”[③]俱用乘龙事，而不如宋之切当；至造语，则杜浑厚而有工。是知文章当以韵为胜也。

【校注】

①此条亦见《苕溪渔隐丛话》前集卷十四、《能改斋漫录》卷三，文字稍异。所引《楚国先贤传》见《艺文类聚》卷四十。

②《李监宅二首》其一，卷一。“门”，北大本误作“阑”，国图全本、杜诗作“门”，据改。

③宋祁，字子京，卒谥景文。引诗见《景文集》卷九《肃简鲁公挽词四首》其四。

149. 老杜诗载王季友云[①]：“丈夫正色动引经，丰城客子王季友。群书万卷常暗诵，《孝经》一通看在手。贫穷老瘦家卖履，好事就之为携酒。豫章太守高帝孙，引为宾客敬颇久。”[②]元结《箧中集》载季友数诗，殊高古。高帝孙者，李勉也，盖郑惠王元懿生安德郡公琳，琳生择言，择言生勉，勉自河南尹徙江西观察使。按：《唐江西新幢子记题名》云：使兼御史中丞李勉，兼监察御史王季友。

【校注】

①此条亦见《苕溪渔隐丛话》前集卷十二、《诗人玉屑》卷三，文字稍异。

②《可叹》，卷二十一。“看”，北大本作“尝”，国图全本作“常”；

"履"，北大本作"屎"，国图全本作"屐"。皆据杜诗改。

150. 山谷云："凿井交棕叶。"①交棕以为井索也。古乐府云②："东飞伯劳西飞燕，黄姑织女时相见。"予初不晓黄姑为何等语，因读杜公瞻所注宗懔撰《荆楚岁时记》，乃知黄姑即河鼓也③；亦犹桑落之语，转呼为索郎也④。唐人李绅公垂所赋《莺莺歌》云："黄姑上天阿母在，寂寞霜姿素莲质。"⑤用黄姑、阿母，有不相类者，岂沿袭之久，不考从来所致耶？

【校注】

①杜甫《绝句六首》其三，卷十三。

②"古乐府"至下"转呼为索郎也"一段，亦见《苕溪渔隐丛话》前集卷二。所引古乐府又名《东飞伯劳歌》，见《玉台新咏》卷九。

③《荆楚岁时记》，今存一卷，南朝梁宗懔撰，其注相传为隋杜公瞻作（"瞻"，北大本、国图全本作"赡"，误）。中有云："河鼓、黄姑，牵牛也，皆语之转。"

④《水经·河水注》云："索郎，反语为桑落也。"

⑤《莺莺歌》见《全唐诗》卷四百八十三。"歌"，北大本、国图全本作"词"；"母"，国图全本作"老"；"姿"，北大本、国图全本作"颜"。皆据《全唐诗》改。

151. 马融《长笛赋》曰："近世双笛从羌起，羌人伐竹未及已。龙鸣水中不见已，截竹吹之声相似。"①故老杜云："晚来横吹好，泓下亦龙吟。"②

【校注】

①《长笛赋》，北大本、国图全本无"长"字；"双"，北大本原缺，国图全本作"霜"；"鸣"，北大本、国图全本作"吟"。皆据《文选》卷十八补、改。"伐"，北大本误作"代"，据国图全本改。

②《刘九法曹郑瑕丘石门宴集》，卷一。

152. "花妥莺捎蝶，溪喧獭趁鱼。"①妥，音堕，语乃韵②。

【校注】

①杜诗《重过何氏五首》其一，卷三。

②此条亦见邵博《闻见后录》卷十七，乃称"潘邠老云"，无"语"字。妥属智韵，"语乃韵"费解。

153. 老杜《杜位宅守岁》诗①，旧本作"守岁阿咸家，椒盘已颂花"。山谷云：当以此为是。

【校注】

①此条亦见《苕溪渔隐丛话》前集卷十。"宅"，北大本、国图全本无，据杜诗补。

154. 《六韬》云："爱及于屋上之乌，憎人憎及于储胥。"①《孔丛子》亦云："爱屋及乌。"②老杜诗："丈人屋上乌，人好乌亦好。"③陆士衡《叹逝赋》云："托末契于后生，余将老而为客。"④杜诗云："晚将末契托年少。"⑤

【校注】

①“胥”至段末，国图残本尚存。《艺文类聚》卷九十二引《六韬》曰：“爱其人者，爱其屋上乌；憎其人者，憎其余胥。”《太平御览》卷九百二十引作“除胥”，《事类赋·乌赋》注引作“储胥”。《尚书大传·牧誓》《说苑·贵德》皆有类似之语。《尚书大传·牧誓》作“胥余”。按：“储胥”“除胥”“余胥”“胥余”，意相近，皆有篱落意。“憎人憎”，国图全本误作“增人增”。

②《孔丛子·连丛子下》。

③《奉赠射洪李四丈》，卷十一。

④“陆士衡”以下，亦见《苕溪渔隐丛话》前集卷十二、《诗人玉屑》卷三。陆机，字士衡，西晋著名文学家，有《叹逝赋》，见《文选》卷十六。“叹”，三本作“伤”，据《文选》改。

⑤《莫相疑行》，卷十四。

155. 杜诗：“焉知肘腋祸，自及枭獍徒。”①“肘腋”是赵灭智伯事②。杜诗：“游子久在外，门户无人持。”③古乐府《陇西行》：“健妇持门户，胜一大丈夫。”④南朝何季山居会稽若耶溪云门寺⑤，与二兄求、点同隐，号为“何氏三高”。梁武时敕给白衣尚书禄，不受。杜诗云：“若耶溪，云门寺，吾独何为在泥滓，青鞋布袜从此始。”⑥

【校注】

①《草堂》，卷十三。“獍”，北大本、国图残本误作“镜”，国图全本、杜诗作“獍”，据改。

②“灭”，北大本误作“減”，据国图二本改。赵灭智伯事，见《战国策·赵策》。

③《水槛》，卷十三。

④以上亦见《苕溪渔隐丛话》前集卷十二、《诗人玉屑》卷三，但顺序颠倒。

⑤"南朝"以下至段末，亦见《苕溪渔隐丛话》前集卷十，且作"山谷云"，文字有异。何胤，字子季，《梁书》卷五十一有传。

⑥《奉先刘少府新画山水障歌》，卷四。"何"，国图二本作"胡"。此下《丛话》尚有"盖有隐遁之兴也"。

156.《瑞应图》曰①："王者宴不及醉，则银瓮出。"杜诗云："不知何国致白环，复道诸山得银瓮。"②舜时西王母进白环，见《宋书·志》③。

【校注】

①此条国图残本残存。亦见《碧溪诗话》卷四、《苕溪渔隐丛话》前集卷十二、《诗人玉屑》卷三，文字稍异。《瑞应图》语见《初学记》卷二十七、《太平御览》卷八百十二。

②《洗兵马》，卷六。"致"，三本均作"进"；"得"，北大本、国图全本作"出"。皆据杜诗改。

③《宋书·志》，北大本作"宋志书"，据国图二本改。《宋书·符瑞志上》云：帝舜即帝位，"西王母献白环、玉玦。"

157.宋玉《神女赋》："耀乎若白日初出照屋梁。"①李善引《韩诗》曰：东方之日。薛君曰：诗所况者，颜色美盛，若东方之日②。杜诗："落月满屋梁，犹疑照颜色。"③

【校注】

①"宋玉"至"初出"，国图残本残存。

②所引见《文选》卷十九《神女赋》李善注。"诗所况者"，李善注作"诗人所说者"。

③《梦李白二首》其一，卷七。

158. 齐宗室萧贲于扇上图山水，咫尺万里[①]。杜诗："咫尺应须论万里。"[②]

【校注】

①《南史·萧子良传附萧昭胄传》："（昭胄子贲）幼好学，有文才，能书善画，于扇上图山水，咫尺之内，便觉万里为遥。"

②《戏题王宰画山水图歌》，卷九。

159. 杜诗："即今倏忽已五十，坐卧只多少行立。"[①]旧集云："只今年未五六十。"[②]山谷云：则语似方六七十如五六十尔[③]。

【校注】

①《百忧集行》，卷十。此条亦见《苕溪渔隐丛话》前集卷十，文字稍异。

②"未"，《丛话》作"才"。

③"则"，国图全本作"此"。

160. 峡中目市井泊舟处谓之市塈，故诗云："市塈瀼西巅。"[①]

【校注】

①杜诗《秋日夔府咏怀奉寄郑监李宾客一百韵》，卷十九。"塈"，杜诗作"暨"。宋刻本《新刊校定集注杜诗》卷二十九于此句下注云："自注：峡人目市井泊船处曰市暨。""目"，北大本作"自"，国图全本、《新

刊校定集注杜诗》作“目”，据改。“市井”后，国图全本有一“有”字。

161．苏秦激张仪令相秦①，以马鞯席坐之。老杜诗有“人来坐马鞯”②。马鞯盖出于此。

【校注】

①此条亦见《苕溪渔隐丛话》前集卷十二，文字稍异。

②《秋日夔府咏怀奉寄郑监李宾客一百韵》，卷十九。“来”，北大本、国图全本无，据杜诗补。

162．刘孝标《广绝交论》云①：“王阳登则贡公喜，罕生逝而国子悲。”②杜诗云：“窃效贡公喜。”③

【校注】

①此条亦见《苕溪渔隐丛话》前集卷十二，邵博《闻见后录》卷十八亦有此说。

②“而”，北大本作“则”，国图全本、《广绝交论》作“而”，据改。

③《奉赠韦左丞丈二十二韵》，卷一。“公”，北大本误作“工”，国图全本、杜诗作“公”，据改。

163．马融《广成颂》云：“洞荡胸臆，发明耳目。”①杜诗云：“荡胸生层云。”②

【校注】

①见《后汉书·马融传》。“颂”，北大本、国图全本作“赞”，据《后汉书》改。

②《望岳》，卷一。“层”，国图全本作“曾”。

164. 傅毅《舞赋》：“亢音高歌为乐方。”①又曰：“出入见三光。”《典引》曰：“经纬乾坤，出入三光。”②古人用事必有源委，不苟作也。

【校注】

①国图全本于此句下曰：“李善引杜预《左氏注》曰：‘方，法也。’李邕《登（漏“历”字）下古城新亭》云：‘曾冰延乐方。’”按：杜诗《同李太守登历下古城员外新亭》附李邕《登历下古城员外孙新亭》诗句，卷一。上引《舞赋》当是释李诗之“曾冰延乐方”句。

②《典引篇》，班固作，见《后汉书·班固传》。

165. 《穆天子传》：“天子之马走千里，胜人猛兽。”注：“言气势杰骇也。”①杜诗云：“吾闻天子之马走千里。”②

【校注】

①《穆天子传》卷一。“杰骇”，北大本、国图全本作“俊杰”，据郭璞注改。

②《天育骠图歌》，卷四。

166. 《吴兴杂录》《齐民要术》俱载谚云：“春雨甲子，赤地千里；夏雨甲子，乘船入市；秋雨甲子，禾头生耳。”①余初不晓生耳为何等语，单父人戴寂云②：“久雨则禾生耳，谓牙蘖卷挛如耳形也。杜诗《秋雨叹》：‘禾头生耳黍穗黑。’③王原叔乃以‘禾’作‘木’，木固有耳，恐非本旨。”

【校注】

①《苕溪渔隐丛话》前集卷十三引《漫叟诗话》云："《秋雨叹》：'禾头生耳黍穗黑。'今所行印本皆作木字，事见《齐民要术》，云：'秋雨甲子，禾头生耳。'木当作禾。"而今传本《齐民要术》无此谚。唐张鷟《朝野佥载》卷一载："谚云：'春雨甲子，赤地千里；夏雨甲子，乘船入市；秋雨甲子，禾头生耳；冬雨甲子，鹊巢下地。'其年大水。"而最早引此谚者，当为汉崔寔《农家谚》："春甲子雨，乘船入市；夏甲子雨，赤地千里；秋甲子雨，禾头生耳；冬甲子雨，雪飞千里。"见《说郛》（宛委本）弓七十四下。

②戴叔语，《钱注杜诗》卷一"禾头"下注引戴叔语同此。

③《秋雨叹三首》其二，卷三。

167.《穆天子传》：壬寅，天子饮于文山之下。天子之豪马、龙狗、豪牛，以三十祭文山。注：豪牛，似旄牛①。杜诗云："曾祝沉豪牛。"②

【校注】

①《穆天子传》卷四，文字有删节。"天子之豪马"之"之"，北大本、国图全本作"予"；"十"，北大本、国图全本作"千"。皆据《穆天子传》改。

②《奉同郭给事汤东灵湫作》，卷四。

168.《孙子杂书》①："楚庄王攻宋，厨有臭肉，尊有败酒，而三军有饥色。"杜诗："朱门酒肉臭，路有冻死骨。"②亦有所自③。

【校注】

①此条亦见《苕溪渔隐丛话》前集卷十，作"山谷云"，"孙子杂书"

作“孙子新书”，文字稍异。

②《自京赴奉先县咏怀五百字》，卷四。

③“自”，北大本作“目”，误，国图全本作“自”，据改。

169. 晋董京每得碎缯，辄结为衣，号百结[①]。杜诗云：“妻子衣百结。”[②]

【校注】

①“董京”，北大本、国图全本误作“董威”。按：《王隐晋书》卷九云：“董京，字威辇……时乞于市，得残碎缯絮，辄结为衣以自覆，号曰百结衣。”（见《九家旧晋书辑本》）

②《北征》，卷五。

170. “船如天上坐，人似镜中行。”[①]“人疑天上坐，鱼似镜中悬。”沈云卿诗也[②]。山谷云：云卿得意于此，故屡用之。老杜“春水船如天上坐”[③]，祖述佺期之语也，继之以“老年花似雾中看”，盖触类而长之[④]。

【校注】

①此条亦见《苕溪渔隐丛话》后集卷五引《复斋漫录》，吴曾《能改斋漫录》卷八所引略同。邵博《闻见后录》卷十七亦有是说，但不作山谷、潘淳语。又，“船如”两句，不见《全唐诗》《全唐诗补编》所收沈佺期诗，中华书局 2001 年 11 月出版的陶敏、易淑琼校注《沈佺期宋之问集校注》，亦未收此二句。南朝陈释惠标《咏水诗三首》其一云：“舟如空里泛，人似镜中行。”见《先秦汉魏晋南北朝诗》陈诗卷十。

②沈佺期，字云卿。引诗见《钓竿篇》，《全唐诗》卷九十七。“人疑”，北大本、国图全本作“船如”，据《全唐诗》改。

③《小寒食舟中作》，卷二十三。

④“盖”，北大本作“而”，国图全本作“盖”，据改。

171. 唐顾陶集诗选二十卷[①]，载畅当《军中醉饮寄沈八刘叟》诗：“酒渴爱江清，余酣漱晚汀。软沙攲坐稳，冷石醉眠醒。野膳随行帐，华音发从伶。数杯君不见，都以遣沈冥。”[②]山谷顷在蜀道见古石刻有唐人诗[③]，以老杜“酒渴爱江清”为韵，人各赋一诗，非少陵不能作。山谷之言如此。

【校注】

①顾陶，钱塘（今浙江杭州）人。会昌四年进士，大中间为太子校书郎。编有《唐诗类选》二十卷，收录唐诗 1232 首，今已佚。

②此诗一云畅当作，一云杜甫作，《全唐诗》卷二百三十四、卷二百八十七俱载。“饮”，仇注卷十三作“歌”。“酣”，北大本、国图全本作“醒”；“漱”，北大本作“嫩”。皆据《全唐诗》、杜集改。“沙”，国图全本、《全唐诗》卷二百八十七作“莎”。

③“诗”，国图全本误作“请”。

172. “蛟室围青草，龙堆隐白沙。护江蟠古木，迎棹舞神鸦！破浪南风正，开帆畏日斜。云山千万叠，底处上星槎。”[①]元丰间，有人得此诗刻于洞庭湖中，而不载名氏，或以示山谷，山谷曰：“子美作也。”[②]

【校注】

①《过洞庭湖》，卷二十三。“龙堆”，国图全本作“秦淮”，旁批“一作龙堆”；“蟠”，仇注作“盘”。“开帆”，仇注作“回樯”，又云：“一作‘收帆’，或作‘归舟’。”国图全本作“收帆”，旁批“一作开”。“底”，

仇注作“低”。

②国图全本于“有人得此诗刻于洞庭湖中”旁批“李希声云得之江心小石刻”。此条仇注亦引《潘子真诗话》，文字略同。而《诗话总龟》前集卷十一、《苕溪渔隐丛话》前集卷十三引作《王直方诗话》，文字有不同。

173. 山谷尝谓予言①：老杜虽在流落颠沛，未尝一日不在本朝，故善陈时事，律切精深，超古作者②，忠义之气，激发而然。

【校注】

①此条亦见《苕溪渔隐丛话》后集卷十五，文字稍异。

②“作”，北大本、国图全本无，据《丛话》补。

174. 《晋书·乐志·淮南篇》云①：“淮南王，自言尊，百尺高楼与天连，后园凿井银作床，金瓶素绠汲寒浆。”②杜诗“露井冻银床”事③，始见于此。

【校注】

①此条亦见《苕溪渔隐丛话》前集卷七。邵博《闻见后录》卷十七亦有此说。

②“尺”，北大本、国图全本作“丈”；“绠”，北大本、国图全本作“练”。皆据《晋书·乐志下》改。

③《冬日洛城北谒玄元皇帝庙》，卷二。

175. 山谷云：杜诗凡言建巳、建子月者，用当时历法①。

【校注】

①此条亦见《苕溪渔隐丛话》前集卷十。

176. 山谷云"邻家问不违"①，谓问者不违，诗意乃佳。王原叔乃作"闲"，非也②。

【校注】

①杜诗《寒食》，卷十。

②邵博《闻见后录》卷十四亦有此说，但不云"山谷"。

177. 山谷云"野艇恰受两三人"①，别本作"航"。航是大舟，当以艇为正②。

【校注】

①杜诗《南邻》，卷九。

②此条亦见《苕溪渔隐丛话》前集卷十，文字全同。《豫章黄先生别集》卷四《杜诗笺》亦有此说。

178. 或问①"看题减药囊"②，一作"检"。山谷云：检字乃合诗意③。山谷云："羌女轻烽燧，胡儿制骆驼。"④制，读与掣同，俗音作彻耳。

【校注】

①此条亦见《苕溪渔隐丛话》前集卷十，文字稍异。

②杜诗《西郊》，卷九。

③"合"，北大本、国图全本作"今"，据《丛话》改。

④杜诗《寓目》，卷七。

179. 李师明太冲，良僖诸孙也①，喜读古书，下逮《庄》《骚》，率皆成诵。手校少陵诗集，正见同异，极有可观。顷在京师，初见其所赋《病骥行》，卒章有“杜陵犹是俯仰人，更欲明年试春草”之句②，余于是有愿交之心。

【校注】

①李昭亮，字晦之，卒谥良僖，《宋史》卷四百六十四有传。其孙李师明，字太冲，事迹不详，有手校《少陵诗集》。向子諲有《梅花引·代李师明作》：“花如颊，梅如叶，小时笑弄阶前月。最盈盈，最惺惺，闲愁未识，无计定深情。十年空省春风面，花落花开不相见。要相逢，得相逢，须信灵犀，中自有心通。”（四库本《酒边词》卷下）殆即其人。郭知达编《九家集注杜诗》卷二十九于《赠李八秘书别三十韵》“往时中补右，扈跸上元初”句下注引赵次公云：“首两句，指言李秘书也。唐制补缺拾遗有左有右，掌供奉讽諫，扈从乘舆，今云‘往时中补右’，则在中为右补阙矣。《王立之诗话》载潘子真云：杜诗有‘往时中补右，扈跸上元初’，然少陵罢拾遗时是至德后，李太冲以年谱考之，信然。子真以为扈跸主上之初元耳。”据此，李师明手校《少陵诗集》当有注释，不止校勘而已。此本不见诸家著录。已佚。

②朱弁《风月堂诗话》卷上载李清照有“少陵也自可怜人，更待来年试春草”之句。

180. 古人造语①，俯仰纡余各有态。“小麦青青大麦枯，谁当获者妇与姑，丈夫何在西击胡。”②凡此句中，每涵问答之词，终之以“吏买马，君具车，请为诸君鼓咙胡”③。哀而不怨，有不胜其情者矣。老杜“大麦干枯小麦黄”“问谁腰镰胡与羌”④，句法实有所自。

【校注】

①此条亦见《苕溪渔隐丛话》前集卷十二、《诗人玉屑》卷三，中有删节。

②《桓帝初天下童谣》，《先秦汉魏晋南北朝诗》汉诗卷八《杂歌谣辞》。

③“具”，北大本作“且”，国图全本、《先秦汉魏晋南北朝诗》作“具”，据改。

④《大麦行》，卷十一。“大麦干枯小麦黄”，北大本、国图全本作“小麦青青大麦黄”；“腰”，国图全本作“要”。皆据杜诗改。

181，礼①：天子六马，左右骖；三公九卿驷马②，右騑。汉制：九卿则中二千石亦右騑；太守、相，则驷马而已。其有功德加秩中二千石，如王成者③，乃有右騑，故以五马为太守美称。《罗敷艳歌》云④：“使君从南来，五马立踟蹰。”是也。柳景元兄弟并为太守，时人语曰：“柳氏门庭，五马逶迤。”⑤亦原于此。

【校注】

①此条亦见《苕溪渔隐丛话》前集卷六，文字稍异。按：此条似为释杜诗《冬狩行》“使君五马一马骢”句，见仇注卷十二。

②“马”，北大本、国图全本作“驾”，据《丛话》改。

③“如王成”，《丛话》作“及使”。

④即《陌上桑》，见《先秦汉魏晋南北朝诗》汉诗卷九《乐府古辞》。

⑤旧《辞海》“五马”条云：“《北齐书·柳元策传》：兄弟五人，同为太守，各乘一马出入，时人荣之，为之语曰：‘柳氏门庭，五马逶迤。’”《中文大辞典》所引相同，又曰：“《南史》：柳元策，兄弟亦五人，并为太守，时人语曰：‘柳氏门庭，五马逶迤。”查今本《北齐书》《南史》，

俱无此记载，亦无柳元策其人。柳景元，亦无此人。《宋书》《南史》有名柳元景者，但不载“五马”之事。而宋叶庭珪《海录碎事》卷七下《圣贤人事部·名讳门》“五马”条云：“殷文圭启：荀家门内，罗列八龙；柳氏亭边，参差五马。注：南齐柳元伯之子五人，皆领州，号五马参差于亭。”殷启佚文，《全唐文》《唐文拾遗》《唐文续拾》均未收。

182. 杜集：“儒生老无成，臣子忧四番。”[1]山谷云：当作“忧思翻”。“空城白日长”[2]，当作“城空白日长”。[3]

【校注】

①《客居》，卷十四。

②《城上》，卷十三。

③此条亦见《苕溪渔隐丛话》前集卷十，文字有异。

183. 蜀人谓舵师为长年三老[1]，谓衫领为船，杜诗皆用之。

【校注】

①此条亦见《苕溪渔隐丛话》前集卷十，而称“山谷云”。

184. 杜诗旧本：“黄独无苗山雪盛。”[1]黄独，土芋也。按《本草》赭魁注：梁汉人以土卵蒸食之，名黄独也。陈藏器云[2]：黄独，遇霜雪，枯无苗，盖蹲鸱之类也。王原叔本乃作“黄精无苗山雪盛”[3]。

【校注】

①《乾元中寓居同谷县作歌七首》其二，卷八。

②陈藏器（约687—757），四明（今宁波）人。开元二十七年（739）

撰成《本草拾遗》十卷，已佚。明李时珍评此书“博极群书，精核物类，订绳谬误，搜罗幽隐，自本草以来，一人而已”。佚文散见《证类本草》等。

③按：此条黄庭坚亦有此说，见《豫章黄先生外集》卷九。

185. “广文到官舍，置马堂阶下”①，旧本“系马堂阶下”。山谷云：“系马”乃合诗人之语。“时时乞酒钱”，乞，与也。

【校注】

①此条亦见《苕溪渔隐丛话》前集卷十。“广文”二句与“时时”句均见杜诗《戏简郑广文兼呈苏司业》，卷三。

186. 清逸尝言①：少陵包众作之妙，论庾信文章则云“老更成”②，于王、杨、卢、骆则言“当时体”③，与太白、摩诘、高、岑之属并游方驾，未尝矜己所长，而优劣默自有定，盖其才力实能跨此数公。“饭颗山头”之句④，虽出一时戏剧之语，世人便谓少陵之作不逮太白之超逸，殊可叹尔。

【校注】

①潘淳祖父潘兴嗣，号清逸居士。

②、③《戏为六绝句》其一、其二，卷十一。

④“饭颗山头”之句，孟启《本事诗·高逸第三》云：“（李白）戏杜曰：‘饭颗山头逢杜甫，头戴笠子日卓午。借问何来太瘦生，总为从前作诗苦。’盖讥其拘束也。”即所谓《戏赠杜甫》诗。

187. 东坡云①：齐鲁二臣失其名姓，黄四娘者，独何人哉？因托杜诗而不朽②，世间幸与不幸类如此。

【校注】

①此条见《东坡题跋》卷二，文字有异。

②指《江畔独步寻花七绝句》其六“黄四娘家花满蹊”首，卷十。

188. 周公时训曰：“反舌有声，谗人在侧。”①“过时如发口，君侧有谗人”②，盖用此语。

【校注】

①此条盖本黄庭坚之说，见《豫章黄先生外集》卷九，黄云出《周书·月令》。按：引文见《逸周书·时训解》，“谗”，《逸周书》作“佞”。《逸周书》原名《周书》，“周公时训”，应为《周书·时训》。

②杜诗《百舌》，卷十二。

189. 《大业记》①：“炀帝别敕学士杜宝修《水饰图经》十五卷②，中有禹治水过江，黄龙负舟；玄夷苍水使者③，授禹《山海经》；遇两神女于泉上。”苍水使者事，见于此④。

【校注】

①此条见《太平广记》卷二百二十六《水饰图经》条，云出《大业拾遗记》。

②《水饰图经》，北大本、国图全本作《饰水图经》，据《太平广记》改。

③“玄夷”，北大本、国图全本作“玄夭”，据《太平广记》改。

④后二句，盖为方深道所加。按：苍水使者事，亦见《搜神记》《吴越春秋·越王无余外传》。杜诗《荆南兵马使太常卿赵公大食刀歌》《季夏送乡弟韶陪黄门从叔朝谒》，皆曾用苍水使者事。

190. 老杜：“侧生野岸及江蒲，不熟丹宫满玉壶。云壑布衣鲐背死，劳生重马翠眉疏。”①余不能解，以问山谷。谷曰“云壑布衣”，唐羌也，见《后汉·和帝纪》②。“生”作“埊”，“重”当作“害”，“疏”当作“须”，别本如此。“侧生荔枝”，见左思《蜀都赋》。张九龄亦云：“陋下泽之沮洳，恶曾崖之险巇。彼前志之或妄，何侧生之见疵。”③妃子生于蜀④，嗜荔枝，岁驰驿以进，是诗盖记其事也⑤。《杂记》：“雍人拭羊。”注：“拭，净也。”⑥杜诗云：“菱叶荷花净如拭。”⑦

【校注】

①此条亦见《苕溪渔隐丛话》前集卷十，文字稍异，且有颠倒。杜诗为《解闷十二首》其十二，卷十七。

②唐羌事，见《后汉书·和帝纪》及注引《谢承书》。“和”，北大本、国图全本误作“安”，据《后汉书》改。

③张九龄《荔枝赋》，《全唐文》卷三八三。“妄”，北大本、国图全本作“忘”，据《全唐文》改。

④指杨贵妃。

⑤此下原有双行小字注云：“埊，音而邻切，武后改人为埊。”

⑥《礼记·杂记下》。“净”，郑玄注作“静”。

⑦《渼陂行》，卷三。

诸家老杜诗评卷之五

僧惠洪《冷斋夜话》十二事①

191. 老杜《八仙诗》序李太白曰②："天子呼来不上船。"船，方俗言也，所谓襟纽是已。"家家养乌鬼，顿顿食黄鱼。"③川峡路人家多供事乌蛮鬼④；以临江故，顿顿食黄鱼耳。俗人不解，便作养畜字读，遂使沈存中自差乌鬼为鸬鹚也⑤。"夜阑更秉烛，相对如梦寐。"⑥更互秉烛照之，恐尚是梦也。作更字读之，则失其意甚矣⑦。

【校注】

①惠洪，本名德洪，字觉范，俗姓彭，亦有称为洪觉范者。著有《石门文字禅》三十卷、《冷斋夜话》十卷、《天厨禁脔》三卷等。

②此条见《冷斋夜话》卷四，文字微异。《八仙诗》，即《饮中八仙歌》，卷二。

③《戏作俳谐体遣闷二首》其一，卷二十。

④"家"，北大本、国图全本无；"事"下北大本、国图全本有"家"字，皆据《冷斋夜话》增删。

⑤"自"，北大本、国图全本作"白"，据《冷斋夜话》改。沈括说见《梦溪笔谈》卷十六。

⑥《羌村三首》其一，卷五。"如"，北大本、国图全本作"疑"，

据杜诗改。

⑦“则”，北大本作“其”，国图全本作“则”，是，据改。

192. 诗有句含蓄者①，老杜曰：“勋业频看镜，行藏独倚楼。”②是也。有意含蓄者，如宫词曰：“银烛秋光冷画屏，轻罗小扇扑流萤。天阶夜色凉如水，卧看牵牛织女星。”③是也。有句意俱含蓄者，如九日诗曰：“明年此会知谁健，醉把茱萸仔细看。”④是也。

【校注】

①此条见《冷斋夜话》卷四，文有删节。

②《江上》，卷十五。

③杜牧《秋夕》，《全唐诗》卷五百二十四；一说为王建诗。“流”，国图全本作“飞”；“阶”，北大本、国图全本作“街”，据《全唐诗》改。

④杜诗《九日蓝田崔氏庄》，卷六。

193. 老杜谒玄元庙诗曰①：“风筝吹玉柱，露井冻银床。”②许彦周云③：嘉祐中，河滨渔者网得一小石④。石上刻一小诗曰：“雨滴空阶晓，无心换夕香。井桐花落尽，一半在银床。”银床，井栏也。莫知谁作此诗。

【校注】

①此条亦见《苕溪渔隐丛话》前集卷七、《诗话总龟》前集卷十九《纪实门下》引《冷斋夜话》，文字稍异。陈新点校本据《诗话总龟》前集收入《〈冷斋夜话〉辑佚》。

②《冬日洛城北谒玄元皇帝庙》，卷二。“风筝”，北大本作“凤笙”，国图全本作“风筝”，据杜诗改。

③许语不见今传本《彦周诗话》。

④“中”，北大本、国图全本无；“渔者”，北大本作“鱼”，国图全本作“渔”。皆据《丛话》补、改。

194. 王仲至言[①]：老杜诗曰：“江莲摇白羽，天棘蔓青丝。”[②]天棘，非烟非雨，自是一种物，曾见于小说，今忘之。高秀实曰[③]：天棘，天门冬也，一曰颠棘，非天棘也。王元之诗曰：“水芝卧玉腕，天棘舞金丝。”[④]则天棘盖柳也。

【校注】

①此条见《冷斋夜话》卷四，文字微异。王钦臣，字仲至，洙之子。

②《巳上人茅斋》，卷一。“蔓”，北大本、国图全本作“梦”，据《冷斋夜话》改。

③高茂华，字秀实，入元祐党籍。

④郭曾炘《读杜札记》引董斯张曰：“冷斋以天棘为柳既非，又引王元之诗：‘水芝卧玉腕，天棘舞金丝。’今元之集无此二句，殆是伪撰耳。”

195. 老杜诗曰[①]：“白鸥没浩荡，万里谁能驯。”[②]今误作“波浩荡”，非唯无气味，亦分外闲置“波”字。舒王曰：“道人北山来，问松我东岗。举手指屋脊，云今如此长。”[③]今误作“问松栽东岗”，与“波浩荡”当并按也。

【校注】

①此条见《冷斋夜话》卷四。

②《奉赠韦左丞丈二十二韵》，卷一。“鸥”，北大本误作“殴”，国图全本、杜诗作“鸥”，据改。

③王安石崇宁三年追封舒王，故称。引诗为《道人北山来》，见《临

川先生文集》卷八。“手指”，国图全本误作“首拍”；“此”，北大本、国图全本作“许”，皆据王诗改。

196. 老杜诗曰①：“雨脚泥滑滑”，世俗易为“两脚泥滑滑”②。王元之诗曰：“春残叶密花枝少，睡起茶亲酒盏疏。”世俗易为“睡起茶多酒盏疏”③，多此类也。

【校注】

①此条见《冷斋夜话》卷二，文字稍异。

②《九日寄岑参》，卷三。原诗为“雨脚但如旧。所向泥活活”。

③《苕溪渔隐丛话》前集卷三十四引《冷斋夜话》、后集卷三十五引《艺苑雌黄》，皆作王安石诗，与今传本《冷斋夜话》作王禹偁诗不同。一说为王平甫（安国）诗。

197. 诗人多用方言①，南人谓象牙为白暗，犀为黑暗，故老杜诗曰：“黑暗通蛮货。”②又谓睡为黑甜，饮为软饱，故东坡诗曰：“三杯软饱后，一枕黑甜余。”③

【校注】

①此条见《冷斋夜话》卷一，文字稍异。“诗”，北大本缺，据国图全本、《冷斋夜话》补。

②今存杜诗无此句。参看第95条注①。

③《发广州》，《苏东坡集》后集卷四。苏轼自注云：“浙人谓饮酒为软饱。”“俗谓睡为黑甜。”

198. 古乐府曰①“绣幕围香风，耳节朱丝桐。不知理何事，浅立经营中。护惜加穷袴，堤防托守宫。今日牛羊上丘垅，当时近前面发红”云云。然前辈多全用其语。老杜诗曰：“意匠惨淡经营中。”②李长吉曰：“罗帏绣幕围香风。”③山谷曰：“今日牛羊上丘垅，当时近前左右瞋。”④穷袴，汉时语也，今裆袴是也。

【校注】

①此条见《冷斋夜话》卷二，文字稍异。引古乐府见《事文类聚》前集卷五十八，文字全同。详参《先秦汉魏晋南北朝诗》齐诗卷六《杂曲歌辞》。

②《丹青引赠曹将军霸》，卷十三。“匠”，北大本、国图全本作“象”，据杜诗改。

③李贺《将进酒》，《全唐诗》卷三百九十三。“罗帏”，北大本、国图全本无，据《冷斋夜话》《全唐诗》补。

④《出城送客过故人东平侯赵景珍墓》，《山谷集》卷四。

199. 智觉禅师在雪窦之中岩①，尝作诗曰：“孤猿叫落中岩月，野客吟残半夜灯。此境此时谁得意，白云深处坐禅僧。”②诗语未工，而其气韵无一点尘埃。予尝客新吴车轮峰之下，晓起临高阁，窥残月，闻猿声，诵此诗大笑，鸟惊飞。又尝自朱崖还琼山，渡藤桥，万峰之间，闻之其声类车轮月下，而一笑不可得也，但觉此诗字字是愁耳。老杜诗曰：“感时花溅泪，恨别鸟惊心。”③良然，真佳句也。亲证其事，然后知其工也。

【校注】

①此条见《冷斋夜话》卷六，文字稍异。延寿，俗姓王，字仲玄，号抱一子，杭州人。弃吏出家。宋开宝八年入灭，年七十二，赐号智觉禅师。雪窦山，在今浙江宁波市奉化区。

②诗见《五灯会元》卷十，但前二句，《全唐诗》卷七百九十五作夏宝松诗句。

③《春望》，卷四。

200. 老杜诗曰："竹根稚子无人见，沙上凫雏傍母眠。"①世不解"稚子无人见"何等语。唐人食笋诗曰："稚子脱锦绷，骈头玉香滑。"②则稚子为笋明也。赞宁《新记》曰："竹根有鼠，大如猫，其色类竹，名竹豚，亦名稚子。"③余问韩子苍④，子苍曰：笋名稚子⑤，老杜之意也，不用食笋诗亦可。

【校注】

①此条见《冷斋夜话》卷二，文字稍异。杜诗见《绝句漫兴九首》其七，卷九。

②宋吴垧撰《五总志》云："老杜诗云：'竹根稚子无人见，沙上凫雏傍母眠。'唐人《食笋》云：'稚子脱锦绷，骈头玉香滑。'则稚子为笋明矣。惠洪初不知此，乃于《冷斋夜话》引赞宁《杂志》谓：'竹根有鼠，大如猫，其色类竹，名曰竹豚，亦名稚子。'殊牵合也。便以为证，陋哉！闽中多此物，予在永福，屡得食之。土人所贵重，但名曰竹豚，谓性嗜竹，初不与竹色相类，故当以唐为证。"宋曾慥编《类说》卷五十五《笋名稚子》条引《冷斋夜话》，文有删节。旧题宋孔平仲撰《谈苑》卷四引"稚子脱锦绷"二句，亦云"唐人《食笋》诗"。宋袁文撰《瓮牖闲评》卷五则云："苏东坡《送笋与李公择》诗云：'骈头玉婴儿，一一脱锦绷。'此盖用唐人《食笋》诗云'稚子脱锦绷，骈头玉香滑'为故事也。而杜工部诗亦云：'竹根稚子无人见。'或者乃以为雉鸡之雉，误矣。此正唐人所谓'稚子脱锦绷'者。杜牧之诗又云：'幽笋稚相携。'以牧之之诗证之，则工部之诗益知非雉鸡之雉矣。"胡仔《苕溪渔隐丛话》前集卷十二引《桐江诗话》云："冷

斋以稚子便作笋，引唐人诗为证，何谬之甚也。此诗盖为笋之脱箨，如小儿之解绷，便以稚子为笋，则非也。少陵诗本‘笋根稚子无人见’，今误以雉为稚，盖笋生乃雉哺子之时，言雉子之小，在竹间，人不能见故也。”宋潘自牧撰《记纂渊海》卷九十六《竹部·笋》引“稚子脱锦绷”二句，亦云“唐诗”。宋末元初蔡正孙编撰《诗林广记》前集卷二于杜子美《漫兴》诗下引《冷斋夜话》与《桐江诗话》，亦云“稚子脱锦绷”二句为“唐人诗”。明胡震亨撰《唐音癸签》卷二十《稚子》条、方以智撰《通雅》卷四十二亦云“稚子脱锦绷”二句为“唐人《食笋》诗”。清陈大章撰《诗传名物集览》卷十《维笋及蒲》条云：“唐人《食笋》诗：‘稚子脱锦绷，骈头玉香滑。’注：稚子，竹笋也。以竹称孙，故有龙孙、稚子诸号。赞宁《杂志》云：‘竹根有鼠，大如猫，名竹豚，色类竹，亦名稚子。’俗谓竹溜子。”但以上诸家都未指明为唐何人诗。今按：中华书局1982年孔凡礼点校本《苏轼诗集》卷十六《送笋芍药与公择二首》其一“骈头玉婴儿，一一脱锦绷”句下引“施注”云：“储光羲《笋》诗：‘稚子脱锦绷，骈头玉香滑。’”但储光羲此二句诗，清编《全唐诗》、陈尚君辑《全唐诗补编》均未收，当系储光羲佚诗。

③赞宁，俗姓高，出家杭州祥符寺。宋太宗诏修《高僧传》，真宗咸平四年卒，年八十三。徽宗崇宁四年，加谥圆明大师。著有《笋谱》一卷。“新记”，当即《笋谱》，宋人著作多引之，但今传本《笋谱》不载此语。

④韩驹，字子苍，南渡时人，有《陵阳集》。

⑤“名”，国图全本作“为”。

201．老杜《北征》诗曰①：“忆昔狼狈初，事与古先别”，“不闻夏殷衰，中自诛褒妲。”②意谓明皇鉴夏商之败，畏天悔过，赐妃子死也。而刘禹锡《马嵬》诗曰：“军家诛佞幸，天子舍妖姬。群吏伏门屏，贵人牵帝衣。”③白乐天《长恨歌》曰：“六军不发无奈何，宛转蛾眉马前死。”④乃是官军迫使杀妃子，歌咏禄山叛逆耳，孰谓刘、白能诗哉？其去老杜何啻九牛毛耶⑤！《北征》诗识君臣大体，忠义之气与秋色争高，可贵也。

【校注】

①此条见《冷斋夜话》卷二，文字微异。

②“忆”，北大本、国图全本作“唯”；“狼狈”，北大本、国图全本作“艰难”；“古先”，北大本、国图全本作“前世”；“殷”，北大本、国图全本作“商”。皆据杜诗改。

③即《马嵬行》，《全唐诗》卷三百五十四。“军家”，北大本、国图全本作“官军”；“妖”，国图全本作“夭”；“吏”，北大本、国图全本作“史”。均据《全唐诗》改。

④“歌”，国图全本作“词”；“蛾”，国图全本作“娥”。

⑤《萤雪轩丛书》本《冷斋夜话》“毛”上有“一”字。

202. 鲁直曰①：老杜诗曰：“黄独无苗山雪盛。”②黄独者，芋魁小者耳，江南名曰土卵，两川多食之。而俗人易曰“黄精”。子美流离，亦未至作道人剑客食黄精也。

【校注】

①此条见《冷斋夜话》卷四，文字微异。黄说见《豫章黄先生外集》卷九。

②《乾元中寓居同谷县作歌七首》其二，卷八。

《遁斋闲览》二事[①]

203．杜甫赠高适诗云："脱身簿尉中，始与捶楚辞。"[②]韩愈《赠张功曹》诗云[③]："判司卑官不堪说，未免捶楚尘埃间。"杜牧《寄小侄阿宜诗》云："参军与簿尉，尘土惊劻勷。一语不中治，笞捶身满疮。"[④]以此明唐之参军、簿尉，有过即受笞杖之刑，犹今之胥吏也。

【校注】

①《遁斋闲览》，宋陈正敏撰，原本十四卷，今佚。《说郛》（商务本）卷三十二收入佚文四十多条，而误题作"宋范正敏"，其下并注云："福州长溪县令。"《宋史·艺文志》著录陈氏尚撰有《剑溪野话》三卷。

②此条亦见《苕溪渔隐丛话》前集卷十三。赠高适诗即《送高三十五书记十五韵》，卷二。"与"，北大本误作"兴"，国图全本、杜诗作"与"，据改。

③即《八月十五夜赠张功曹》，《全唐诗》卷三百三十八。"功"，北大本、国图全本误作"工"，据《全唐诗》改。

④即《冬至日寄小侄阿宜诗》，《全唐诗》卷五百二十。"劻"，北大本、国图全本作"羌"；"勷"，北大本原缺，国图全本不缺；"笞"，北大本、国图全本作"鞭"。皆据《全唐诗》补、改。

204．或问王荆公云[①]："编四家诗，以杜甫为第一，李白为第四[②]，岂白之才格词致不逮甫耶？"公曰："白之诗歌[③]，豪放飘逸，人固莫及；然其格止于此而已，不知变也。至于甫，则悲欢穷泰，发敛抑扬，疾徐纵横，无施不可，故其诗有平淡简易者，有绵丽精确者，有严重威武若三军之帅者，有奋迅驰骤若泛驾之马者，有寂泊闲静若山谷隐士者，有风流酝藉若贵公子者，盖其诗绪密而思深[④]，观者苟不能臻其阃奥，未易识其妙处，夫岂浅近者所能窥哉！此甫之所以光掩前人，而后来无继也。元稹以为兼人人所独专，斯言信矣。”或者又曰[⑤]：“唐人之呼，何以李加杜先，而谓之李杜，岂当时之论有所未当欤？”公笑曰：“名姓先后之呼，岂足以优劣人哉！盖汉之时，有李固、杜乔者，世号李杜；后又有李膺、杜密，亦谓之李杜。当时甫、白复以能诗齐名，亦谓之李杜，取其称呼之便耳。退之诗有曰‘李杜文章在’[⑥]，又曰‘昔年因读李白杜甫诗’[⑦]，则李在杜先；若曰‘远追甫白感至諴’[⑧]，又曰‘少陵无人谪仙死’[⑨]，则李居杜后，如此则孰为优劣？”或者又曰：“评诗者谓甫期白太过，反为白所诮？”公曰：“不然。甫赠白诗云：‘清新庾开府，俊逸鲍参军。’但比之庾信、鲍照而已[⑩]。又云：‘李侯有佳句，往往似阴铿。’[⑪]铿之诗又在庾、鲍下矣。‘饭颗山头’之嘲[⑫]，虽一时戏剧之谈，然二人者名既相逼，亦不能无相忌也。”

【校注】

①此条亦见《苕溪渔隐丛话》前集卷六，文有增删。

②“四”，北大本、国图全本误作“二”，据《丛话》改。

③“诗歌”，国图全本作“歌诗”。

④“诗”，北大本作“缔”，国图全本作“谛”；“密”，北大本误作“蜜”。皆据《丛话》改。

⑤“或者”下至“如此则孰为优劣”一段，《丛话》无，而《说郛》卷三十二引。

⑥《调张籍》，《全唐诗》卷三百四十。

⑦《醉留东野》，《全唐诗》卷三百四十。“因”，北大本、国图全本作“尝”，据《全唐诗》改。

⑧《酬司门卢四兄云夫院长望秋作》，《全唐诗》卷三百四十。“諴”，北大本、国图全本作“诚”，据《全唐诗》改。

⑨《石鼓歌》，《全唐诗》卷三百四十．“仙”，国图全本误作“先”。

⑩《春日忆李白》，卷一。“鲍照”，国图全本作“鲍昭”。

⑪《与李十二白同寻范十隐居》，卷一。

⑫“‘饭颗山头’之嘲”，国图全本作“‘饭颗’之嘲”。

黄朝英《缃素杂记》七事[①]

205.《汉书·文帝纪》云[②]：七年夏六月，“未央宫东阙罘罳灾。”崔豹《古今注》云：“罘罳，屏也。罘者，复也；罳者，思也。臣朝君至屏外，复思所奏之事于其下。”[③]颜师古注云：“罘罳，谓连阙曲阁也，以覆重刻垣墉之处，其形罘罳然，一曰屏也。”[④]又《礼记》云：“疏屏，天子之庙饰也。”郑注云：“屏谓之树，今浮思也，刻之为云气、虫兽，如今阙上为之矣。”[⑤]又刘熙《释名》曰：“罘罳，在门外。罘，复也；罳，思也。臣将入请事，于此复重思之。”[⑥]余按：唐苏鹗《演义》称：“罘罳，织丝为之，轻疏浮虚，象罗网交文之状，盖宫殿檐户之间也。”[⑦]杜甫天宝末诗云：“罘罳朝共落，棆桷夜同倾。”[⑧]按段成式《酉阳杂俎》称：“士林间多呼殿榱桷护雀网为罘罳。”[⑨]余谓其说皆通。以罘罳为网，则结绳为之，施于宫殿檐楹之间，如苏鹗之说是也；以罘罳为屏，则刻木为之，施于城隅门阙之上，如成式之言是也。然就二说之中择焉，惟段氏之说为长[⑩]。

【校注】

①黄朝英，字士俊，宋建州人，绍圣后举子，好王安石学，著有《靖康缃素杂记》十卷，原二百条，今存九十余条。

②此条不见传本《缃素杂记》，《说郛》（商务本）卷九亦引此条，

文有删节。吴企明点校本据《说郛》列为《靖康缃素杂记·补辑》。《爱日斋丛抄》卷一记载更详，可参看。

③《古今注》卷上《都邑第二》，文有删改。

④《汉书·文帝纪》注。

⑤《礼记·明堂位》。

⑥“罳，思也”，北大本、国图全本无；“之”，北大本原无，国图全本作“也”；皆据《释名·释宫室》补。

⑦今传本《苏氏演义》未载此条。“罗网交文”，《说郛》作“网罗交叉”。

⑧《奉送郭中丞兼太仆卿充陇右节度使三十韵》，卷五。

⑨《酉阳杂俎》续集卷四《贬误》。

⑩“段氏”，北大本原作“段式”，国图全本作“段氏”，是，据改。又按：国图全本此条与下条相连未分。

206. 天子曰黄闼①，三公曰黄阁，给事、舍人曰黄扉，太守曰黄堂。凡天子禁门曰黄门②，以中人主之，故号曰黄门令。秦、汉有给事黄门之职是也。天子之与三公，礼秩相亚，故黄其阁以示谦。《汉旧仪》云：丞相听事门曰黄阁③。又《王莹传》云：“既为公，须开黄阁。”④张敬儿谓其妻嫂曰：“我拜后府，开黄阁。”⑤是也。故杜少陵与严阁老诗云：“扈圣登黄阁，明公独妙年。”⑥

【校注】

①此条见《靖康缃素杂记》卷一，文字有删节。

②“黄门”，国图全本作“黄闼”。

③《汉旧仪》卷上：“丞相……听事阁曰黄阁。”注：“案：二阁字皆当作阁。”见孙星衍辑《汉官七种》。

④《南史·王莹传》。

⑤《南史·张敬儿传》。“儿”，北大本误作“云”，国图全本、《南史》作“儿”，据改。

⑥《奉赠严八阁老》，卷五。“登”，北大本作“开”，国图全本、杜诗作“登”，据改。

207.《后汉书·杨震传》云①：“有冠雀衔三鳣鱼，飞集讲堂前。”注云：“冠音贯②，即鹳雀也。鳣音善。”其字假借为鳣鲔之鳣，俗因谓之鳣，知然反。案郭璞注《尔雅》：鳣长二丈③。又魏武《四时食制》云：“鳣鱼，大如五斗奁，长一丈余。”④安有鹳雀能致一者，况三头乎？鳣又纯灰色，无文章。鳣鱼长不过二尺⑤，大不过三指，黄地黑文。故都讲云：“蛇鳣者，卿大夫服之象也。数三者，法三台也。”《续后汉》及《谢承书》亦述此事，皆作鳝字⑥。孙卿云：“鱼鳖鳅鳣。”⑦《韩非》《说苑》曰：“鳣似蛇。”⑧并作鳣字，盖假鳣为鳝，其来久矣⑨。而杜少陵云：“敕厨唯一味，求饱或三鳣。”⑩又以平声押之，恐误也。

【校注】

①此条见《靖康缃素杂记》卷四，文字稍异。“后汉书”，北大本、国图全本沿《缃素杂记》误作“汉书”，据《后汉书·杨震传》改。

②“贯”，北大本、国图全本作“鹳”，据《后汉书》注改。

③《尔雅·释鱼》。郭璞注作：“鳣……大者长二三丈。”

④“长一丈余”，《初学记》卷三十引作“长丈”。

⑤“二尺”，国图全本作“三尺”。

⑥“都讲云”至此，见《后汉书·杨震传》及注。“书”，北大本误作“善”，国图全本、《后汉书》注作“书”，据改。

⑦孙卿，即荀子。语见《荀子·王制》，亦见《富国》篇。

⑧见《韩非子·说林下》，亦见《内储说上》。《说苑·谈丛》“鳣”

作“鳝”。

⑨开头至此，盖抄引《颜氏家训·书证》，文字稍有不同。

⑩《秋日夔府咏怀奉寄郑监李宾客一百韵》，卷十九。

208. 沈存中《笔谈》云：“杜甫武侯庙柏诗：‘霜皮溜雨四十围，黛色参天二千尺。’四十围乃是径七尺，无乃太细长也。”①余谓：存中性机警，明《九章算术》，独于此为误，何也？四十围，若以古制论之，当有百二十尺，围有百二十尺，即径四十尺矣，安得云七尺也。若以人两手大指头指相合为一围，则一围是一小尺，即径一丈三尺三寸，又安得云七尺也。武侯庙柏，当从古制为定，则径四十尺，其长二千尺宜矣，岂得以太细长讥之乎？老杜号为“诗史”，何肯妄为云云。存中之说误也。

【校注】

①此条亦见《苕溪渔隐丛话》前集卷八、《说郛》卷九，而不见于传本《缃素杂记》。吴企明点校本据之列入《补辑》。引沈括语，见《梦溪笔谈》卷二十三。武侯庙柏诗即《古柏行》，卷十五。“皮”，北大本、国图全本作“姿”，据杜诗改。

209. 山谷书陶渊明《责子诗》①：“白发被两鬓，肌肤不复实。虽有五男儿，总不好纸笔。阿舒已二八，懒放固无匹。阿宣行志学，而不爱文术。雍端年十三，不识六与七。通子垂九龄，但觅梨与栗。天运苟如此，且进杯中物。”观渊明之诗，想见其人恺悌慈祥，虽谑可观也。俗人便谓渊明诸子皆不肖②，而渊明愁叹见于诗，所谓痴人前不得说梦也。余按：杜少陵《遣兴》诗第三章云③：“陶潜避俗翁，未必能达道。观其著诗集，颇亦恨枯槁。达生岂是足，默识盖不早。有子贤与愚，何其挂怀抱。”又云尔，何耶？

【校注】

①“书”，国图全本作“诗”。此条不见传本《缃素杂记》。亦见《苕溪渔隐丛话》前集卷三，文字有删节。吴企明点校本未收入《补辑》。“余按”云云，《丛话》亦作山谷语。

②“谓”，国图全本作“为”。

③《遣兴五首》其三，卷七。“遣”，北大本误作“遗”，国图全本、杜诗作“遣”，据改。

210. 世俗相传，古诗不必拘于用韵①。余谓不然，如杜少陵《早发射洪县南途中作》云：“将老忧贫窭，筋力岂能及。征途乃侵星，得使诸病入。鄙人寡道气，在困无独立。俶装逐徒旅②，达晓陵险涩。寒日出雾迟，清江转山急。仆夫行不进，驽马苦维絷。汀洲稍疏散，风景开怏悒。空慰所尚怀，终非曩游集。衰颜偶一破，胜事难屡挹。茫然阮籍途，更洒杨朱泣。”凡此以上皆用入声二十六缉字韵，未尝用外韵也。及观东坡作汁字韵诗与陈季常云③：“我哀篮中蛤，闭口护残汁。又哀网中鱼，开口吐微湿④。刳肠彼交病⑤，过分我何得⑥。相逢未寒温，相劝此最急。不见卢怀慎，烝壶似烝鸭。坐客皆忍笑⑦，髡然发其幂。不见王武子，每食刀几赤⑧，琉璃载烝豚，中有人乳白。卢公信寒陋，衰发得满帻⑨。武子虽豪华，未死神已泣。先生万金璧，爱此一蚁缺。一年如一梦，百岁真过客⑩。君无废此篇，严诗编杜集。”凡此一篇用数韵，汁、湿、急、泣、集等字用二十六缉字韵，赤、白、帻、隙等字用二十陌字韵，得字用二十五德字韵，鸭字用三十三狎字韵，幂字用锡字韵，缺字用屑字韵，一篇诗而六个韵，殊与老杜异，其他侧字韵多如此。然以其名重当世，无敢訾议，至舒王则无是弊矣。其《得子固书因寄》诗云⑪：“始吾居扬日，重问每见及。云将自亲侧，万里同讲习。子行何舒舒，吾望已汲汲。穷年梦东南，颜色不可挹。仁贤岂欺我，正恐事维絷。严亲抱忧衰⑫，生理赖以给。不然航江外，天寒北风急。无乃山路恶⑬，仆弱马行涩。孤怀未肯开，岁物忽如蛰。朅来高邮住，巷屋颇卑湿。蓬蒿稍芟除，茅竹随补葺。苟云御风气，尚恐忧雨汁。”其余字押笈、邑、入、湇、执、拾、隰，此一篇押数韵，止用二十六缉字韵。他皆类此，正与老杜合。

【校注】

①此条不见传本《缃素杂记》。《苕溪渔隐丛话》前集卷三十八引《缃素杂记》有此记载，《诗人玉屑》卷七《古诗不拘韵》条照录《丛话》，皆未录杜甫、苏轼、王安石三人全诗。吴企明点校本据之收入《补辑》。“拘于”，北大本、国图全本原无，据《丛话》补。

②“俶”，北大本、国图全本作“促”；“徒”，北大本、国图全本作“征”。皆据杜诗改。

③《岐亭五首》其二，《苏东坡集》前集卷十四。

④“湿”，北大本作“温”，国图全本作“湿”，与苏诗同。据苏诗改，下同。

⑤“交”，北大本、国图全本作“故”。

⑥此句北大本、国图全本作“过吻何所得”。

⑦“忍”，北大本、国图全本作“失”。

⑧“几”，北大本、国图全本作“机”。

⑨“发”，北大本、国图全本作“白”。

⑩“真”，北大本、国图全本作“直”。“客”，北大本、国图全本作“隙”。

⑪《得曾子固书因寄》，《临川先生文集》卷十三。

⑫“忧”，北大本、国图全本作“幽”，据王诗改。

⑬“山”，北大本作“出”，国图全本缺，据王诗改。

211.《汉旧仪》：中黄门持五夜之法，谓甲、乙、丙、丁、戊也①。

按《颜氏家训》云[②]："或问一夜五更，更何所训？答曰：汉魏以来，谓为甲夜、乙夜、丙夜、丁夜、戊夜；又谓之五鼓，亦谓之五更，皆以五为节[③]。《西京赋》亦云：'重以虎威章沟，严更之署。'[④]所以尔者，假令正月建寅，斗柄夕则指寅，晓则指午矣。自寅至午，凡历五辰。冬夏之月，虽复长短参差，然辰间辽阔[⑤]，盈不至六，缩不至四，进退常在五者之间也。"又《嘉话》云：韦绚问于刘公曰："五夜者，甲、乙、丙、丁、戊更相逆之，今唯言乙夜、子夜何也？"[⑥]余尝笑其言之失。按《汉·天文志》："六月戊戌甲夜，客星居左右角间。""正月戊午乙夜，月蚀荧惑。"[⑦]崔豹《古今注》云："建武八年三月庚子，月星不见，丙夜乃解。"[⑧]又蔡质《汉仪》曰："卫士甲乙徼相传，甲夜毕，传乙夜，相传尽五更。"[⑨]《晋·天文志》："怀帝永嘉五年三月丙夜，月蚀，既。丁夜又蚀，既。"[⑩]《夏统传》云："甲夜之初，撞钟击鼓。"[⑪]又《宋·诸王传》云："前一日甲夜，太史奏东方有急兵。"[⑫]梁《本纪》：中大通五年正月丙夜，南郊所忽闻异香。又云：帝"然烛侧光，常至戊夜"[⑬]。岂止言乙夜而已哉！韦绚独不见汉晋诸史，何耶？其曰子夜益谬也。盖晋时有子夜者，善歌，故李义山云："莺能歌《子夜》。"[⑭]又云："心酸《子夜歌》。"[⑮]沈文季歌《子夜来》[⑯]，又太白有《子夜歌行》。韦绚乃以子夜为五更之数，又何耶？或有谓之午夜者，谓半夜时，如日之午也。故长吉《七夕》诗云："罗帏午夜愁。"[⑰]杜少陵所谓"五夜漏声催晓箭"者[⑱]，政谓戊夜耳[⑲]。

【校注】

①详孙星衍辑《汉旧仪补遗》卷下，见《汉官七种》。按：此条不见传本《缃素杂记》。亦见《说郛》卷九，文字稍异。吴企明点校本据之收入《补辑》。宋高似孙《纬略》卷十亦有近似记载。

②此下至"进退常在五者之间也"，皆引《颜氏家训·书证》，文字

略有更易。

③“五”，北大本、国图全本无，据《颜氏家训》补。

④张衡《西京赋》。“京”，北大本、国图全本误作“都”，据《文选》改。《颜氏家训》引班固《西都赋》“严更”上有“卫以”二字。

⑤“阔”，北大本、国图全本作“阙”，据《颜氏家训》改。

⑥与今传本《刘宾客嘉话录》文字稍异。“相逆”，《唐语林》卷二引作“迭”，《说郛》“逆”作“送”。

⑦《汉书·天文志》宣帝地节元年记事。

⑧此条今传本《古今注》无。

⑨即《汉官典职仪式选用》，汉蔡质撰，佚。见孙星衍辑《汉官七种》。“徼”，《说郛》作“彻”。

⑩《晋书·天文志中》。

⑪《晋书·夏统传》。

⑫《南史·宋宗室及诸王传下·宋文帝诸子》。

⑬《梁书·武帝纪下》。

⑭《俳谐》，《全唐诗》卷五百四十。

⑮《离思》，《全唐诗》卷五百三十九。

⑯沈文季，字仲达，南朝宋、齐间人，《南史》卷三十七、《南齐书》卷四十四有传。

⑰李贺《七夕》诗，《全唐诗》卷三百九十。

⑱《奉和贾至舍人早朝大明宫》，卷五。

⑲“戊”，《说郛》作“午”。

杜工部草堂诗话

[宋]蔡梦弼 集录

说明

《杜工部草堂诗话》二卷，南宋蔡梦弼集录，是专论杜甫诗话中流布较广的一种。

蔡梦弼，字傅卿，号三峰樵隐，建安（今福建建瓯）人，生平事迹不详，约宋宁宗嘉泰（1201—1204）前后在世，编撰有《杜工部草堂诗笺》五十卷，影响颇大。俞成《校正〈草堂诗笺〉跋》称其“生平高尚，不求闻达，潜心大学，识见超拔，尝注韩退之、柳子厚之文，了无留隐。至于少陵之诗，尤极精妙”。据蔡梦弼《〈杜工部草堂诗笺〉跋》云，是书成于嘉泰四年（1204），《杜工部草堂诗话》即附刻其中。蔡梦弼还有宋孝宗乾道七年(1171)合刻裴骃《史记集解》与司马贞《史记索隐》的东塾刻本《史记》，为现存最早之《史记》二家注本，被傅增湘誉为“南宋初建本之精者”。《中华再造善本》即据国家图书馆藏本（原海源阁四经四史本）影印。

《草堂诗笺》流传至今的，有五十卷本、四十卷附补遗十卷本、二十二卷本三种。今存五十卷宋刻本，俱系残本，均不载《诗话》二卷。四十卷附补遗十卷本，以黎庶昌清光绪十年（1884）所刻《古逸丛书》本流布最广，附《诗话》二卷，一九一九年上海文瑞楼覆麻沙本、日本吉川幸次郎编《杜诗又丛》本，都是据《古逸丛书》本刻印的。二十二卷本，今见者为光绪元年（1875）巴陵方功惠碧琳琅馆刻印本，亦附《诗话》二卷，方氏称所据底本为元刊本，乃失考，实为宋刊本。另有清抄本《杜工部草堂诗笺》，五十卷，外集一卷，亦附《诗话》二卷，有钱泰吉跋。

《草堂诗话》除上述几种版本外，尚有《四库全书》本，见集部诗文评类。《四库全书》本，以文渊阁本成书最早，校勘最精。还有道光壬午（二年，1822）刊本，为山阴杜氏藏板，知圣教斋雕本，半叶十行，行二十字。所见者为北京大学图书馆藏本，一函二册，上册为《杜工部年谱》二卷，卷上为赵子栎撰，卷下为鲁訔撰。前有周作人一九三六年题记云："今年偶从杭州得吾乡草藐桥杜氏所刻草堂年谱及诗话二册，特持赠耀辰兄，以备草堂文库中之一种耳。廿五年八月二十日，作人。"下有"知堂书记"钤记。下册为《杜工部草堂诗话》二卷，卷一下有"苦雨斋藏书印""徐祖正印"两方钤记。另有北京大学图书馆藏清抄本《杜工部草堂诗话》二卷，凡二册，半叶十一行，行十九字。卷一下有"王懿荣印""翰林供奉"两方钤记。瞿镛《铁琴铜剑楼藏书目录》载："《草堂诗话》二卷，旧抄本，宋蔡梦弼集录。梦弼注杜不传，惟传此本，世亦希有，此为曹通政寅藏书。"不知此本与北大抄本是否出同一版本。流传最广的当推丁福保辑、上海医学书局一九一六年印行的《历代诗话续编》本，一九八三年中华书局又据此出版了点校本。

《杜工部草堂诗话》所集录诸家评论杜诗之语，皆采自宋人诗话、语录、文集、说部，而所取惟葛立方《韵语阳秋》为多。《四库全书总目》称其"详赡"，认为远胜于方深道《诸家老杜诗评》，《四库全书简明目录》亦称其"颇足以资参考"。蔡梦弼自谓是书集录"名儒嘉话凡二百余条"，但今存道光壬午刊本、方功惠碧琳琅馆刊本、黎庶昌《古逸丛书》本、丁福保《历代诗话续编》本，均系残本，只有八十余条；而《四库全书》本、清抄本，则较以上诸本多出三十余条。二本均不云有脱文，但仍不足二百条之数，不知何故？二本多出的三十余条文字，很少有人注意到，一些研究杜诗的论著和文章，似乎都没有提及，而所引有为他书所未载者，弥足珍贵。

此次校注，以文渊阁《四库全书》本（简称“四库本”）为底本，参校北京大学图书馆藏清抄本（简称“清抄本”）、山阴杜氏道光壬午刊本（简称“道光本”）、方功惠碧琳琅馆刊宋刻本（简称“方刻本”）、黎庶昌刊《古逸丛书》本（简称“古逸本”）、丁福保一九一六年刊《历代诗话续编》本（简称“续编本”）。其余诸本则从略。

杜工部草堂诗话卷第一

名儒嘉话凡二百余条

1. 淮海秦少游《进论》曰[①]:“杜子美之于诗,实积众流之长[②],适当其时而已。昔苏武、李陵之诗,长于高妙;曹植、刘公幹之诗,长于豪逸;陶潜、阮籍之诗,长于冲澹;谢灵运、鲍照之诗,长于峻洁;徐陵、庾信之诗,长于藻丽。于是子美穷高妙之格,极豪逸之气,包冲澹之趣,兼峻洁之姿,备藻丽之态,而诸家之作所不及焉。然不集诸家之长,子美亦不能独至于斯也,岂非适当其时故耶?孟子曰:‘伯夷,圣之清者也;伊尹,圣之任者也;柳下惠,圣之和者也;孔子,圣之时者也。孔子之谓集大成。’[③]呜呼!子美亦集诗之大成欤?”

【校注】

①秦观,字少游,一字太虚,号淮海居士,著有《淮海集》。此条见《淮海集》卷二十二《进论·韩愈论》,文字稍异。

②“流”,《淮海集》作“家”。

③《孟子·万章下》。“谓”上,余本均有“所”字。

2. 凤台王彦辅《诗话》曰[①]:“唐兴,承陈、隋之遗风,浮靡相矜,莫崇理致。开元之间,去雕篆,黜浮华,稍裁以雅正。虽饰句绘章,人得一概②，各争所长。如大羹元酒者③，薄滋味；如孤峰绝岸者，骇廊庙；秾华可爱者，乏风骨；烂然可珍者，多玷缺。逮至子美之诗，周情孔思，千汇万状，茹古涵今，无有涯涘；森严昭焕，若在武库，见戈戟布列，荡人耳目。非特意语天出④，尤工于用字，故卓然为一代冠，而历世千百，脍炙人口。予每读其文⑤，窃苦其难晓。如《义鹘行》'巨颡拆老拳'之句⑥，刘梦得初亦疑之，后览《石勒传》⑦，方知其所自出。盖其引物连类，掎摭前事，往往而是⑧。韩退之谓'光焰万丈长'⑨，而世号'诗史'，信哉！"

【校注】

①王得臣，字彦辅，号凤台子（一作凤亭子）。著有《麈史》三卷，不闻有诗话之作。此条见《黄氏补千家集注杜工部诗史》卷前所载王彦辅《增注杜工部诗序》，文字微异。

②"饰"，余本均作"絺"；"句"，清抄本误作"旬"；"人"，古逸本作"又"；"得"，清抄本同，余本均作"既"。

③"元"，原作"玄"，余本均作"元"，黄鹤本正作"元"，据改。

④"出"，方刻本作"然"。

⑤"予"，清抄本误作"子"。

⑥"拆"，诸本均无；黄鹤本作"折"。据杜诗补正。

⑦《晋书·载记·石勒传下》曰："勒与酣谑，引（李）阳臂笑曰：'孤往日厌卿老拳，卿亦饱孤毒手。'"

⑧"而"，清抄本同；余本均作"如"。

⑨《调张籍》，《全唐诗》卷三百四十。

3. 东坡《苏子瞻诗话》曰①："太史公论《诗》：'《国风》好色而不淫，《小雅》怨诽而不乱。'②以予观之，是特识变风、变雅耳③，乌睹诗之正乎？昔先王之泽衰，然后变风发乎情，虽衰而未竭，是以犹止于礼义，以为贤于无所止者而已。若夫发于性，止于忠孝，其诗岂可同日而语哉[④]！古今诗人众矣，而子美独为首者，岂非以其流落饥寒，终身不用，而一饭未尝忘君也欤？”

【校注】

①郑樵《通志·艺文略》诗评类著录“《苏子瞻诗话》一卷”，亦有称《东坡诗话》者。晁公武《郡斋读书志》小说类称：“轼杂书有及诗者，好事者因集成二卷。”盖非东坡自撰。今传有《说郛》本，日人近藤元粹据以辑入《萤雪轩丛书》中。此条见《苏东坡集》前集卷二十四《王定国诗集叙》，文字稍异。

②“怨”，道光本、古逸本误作“乱”。引司马迁语见《史记·屈原贾生列传》。

③“特”，清抄本误作“待”。

④“诗”，清抄本误作“诸”。

4. 后山陈无己《诗话》曰[①]：“黄鲁直言：‘杜子美之诗法出审言，句法出庾信，但过之耳。’”苕溪胡元任曰[②]：“老杜亦自言‘吾祖诗冠古’[③]，则其诗法乃家学所传耳。”

【校注】

①见《后山诗话》，文字稍异。

②胡仔，字元任，自号苕溪渔隐，著有《苕溪渔隐丛话》前集六十卷，后集四十卷。此条见《丛话》前集卷六。

③《赠蜀僧闾丘师兄》，卷九。

5. 《诗眼》曰①：“古人学问，必有师友渊源。汉杨恽一书②，迥出当时流辈，则司马迁外甥故也。自杜审言已自工诗，当时沈佺期、宋之问等，同在儒馆为交游，故杜甫律诗布置法度，全学沈佺期，更推广集大成耳。沈有云：‘云白山青千万里，何时重谒圣明君。’③甫云：‘云白山青万余里，愁看直北是长安。’④沈有云：‘人疑天上坐，鱼似镜中悬。’⑤甫云：‘春水船如天上坐，老年花似雾中看。’⑥是皆不免蹈袭前辈，然前后杰句，亦未易优劣也。”

【校注】

①范温，字元实，范祖禹幼子，秦观之婿，著有《潜溪诗眼》，亦简称《诗眼》，已佚。今传世者，唯有《说郛》本一卷，郭绍虞有辑佚本，见《宋诗话辑佚》卷上。此条亦见《苕溪渔隐丛话》前集卷六，文字微异。

②“恽”，清抄本误作“挥”。

③《遥同杜员外审言过岭》，《全唐诗》卷九十六。“里”，余本俱作“重”。“云白山青千万里”，《全唐诗》作“两地江山万余里”。“何”，诸本皆作“几”，据《全唐诗》改。“谒”，清抄本作“询”。

④、⑥《小寒食舟中作》，卷二十三。

⑤《钓竿篇》，《全唐诗》卷九十七。“疑”，诸本皆作“如”，据《全唐诗》改。

6. 山谷黄鲁直《诗话》曰①：“‘船如天上坐，人似镜中行。’②‘人疑天上坐，鱼似镜中悬。’③沈云卿之诗也。云卿得意于此，故屡用之。老杜‘春水船如天上坐’，祖述佺期之语也，继之以‘老年花似雾中看’，盖触类而长之也。”苕溪胡元任曰：“沈云卿之诗，源于王逸少《镜湖诗》所谓‘山阴路上行，如在镜中游’之句④。然李太白《入青溪山》诗云：‘人行明镜中，鸟度屏风里。’⑤虽有所袭，语益工也。”

【校注】

①黄庭坚不闻有诗话之作，疑时人纂辑其论诗之语而成，今其书不见传本。此条亦见《苕溪渔隐丛话》后集卷五引《复斋漫录》，但称“山谷言”。《能改斋漫录》卷八引作“《潘子真诗话》云”。参看《诸家老杜诗评》第170条。

②两句不见《全唐诗》所收沈佺期诗。“船如”，道光本作“船似”。

③见上条注⑤。“人疑”，诸本皆作“船如”，据《全唐诗》改。

④晋王羲之，字逸少。所引《镜湖诗》，《先秦汉魏晋南北朝诗》未收，当系佚句。

⑤即《清溪行》，《李太白全集》卷八。

7. 《诗眼》曰[①]：“黄鲁直谓文章必谨布置。以此概考古人法度，如杜子美《赠韦见素》诗云[②]：‘纨绔不饿死[③]，儒冠多误身。’此一篇立意也，故使人静听而具陈之耳。自‘甫昔少年日’至‘再使风俗淳’，皆言儒冠事业也。自‘此意竟萧条’至‘蹭蹬无纵鳞’，言误身事也。则意举而文备，故已有是诗矣。然必言其所以见韦者[④]，于是以‘厚愧’‘真知’之句[⑤]。所以真知者，谓传诵其诗也。然宰相职在荐贤，不当徒爱人而已，士固不能无望，故曰‘窃效贡公喜，难甘原宪贫’。果不能荐贤，则去之可也，故曰‘焉能心怏怏，只是走踆踆’，又将入海而去秦也。然其去也，必有迟迟不忍之意，故曰‘尚怜终南山，回首清渭滨’。则所知不可以不别，故曰‘常拟报一饭，况怀辞大臣’。夫如此，是可以相忘于江湖之外，虽见素亦不得而见矣，故曰‘白鸥波浩荡[⑥]，万里谁能驯’也。此诗布置最得正体，如官府甲第，厅堂房室，各有定处，不可乱也。”又云：“诗有一篇命意，有句中命意。如老杜《上韦见素》诗，布置如此，是一篇命意也。至其道迟迟不忍去之意，则曰‘尚怜终南山，回首清渭滨’；其道欲与见素别，则曰‘常拟报一饭，况怀辞大臣’。此句中命意也。盖如此，然后可以顿挫高雅矣。”

【校注】

①此条亦见《苕溪渔隐丛话》前集卷十、《诗话总龟》后集卷三十一等，文字稍异。

②当作《奉赠韦左丞丈二十二韵》，卷一。非见素，乃韦济也，下同。

③“饿”，古逸本、方刻本同，余本均作“饥”。

④“其”，古逸本作“真”。

⑤“以”，方刻本作“有”。

⑥“波”，古逸本作“没”。

8．凤台王彦辅《麈史》曰[①]：“杜审言，子美之祖也。唐则天时，以诗擅名，与宋之问相唱和。其诗有‘绾雾清条弱，牵风紫蔓长’[②]，又有‘寄语洛城风日道，明年春色倍还人’之句[③]。若子美‘林花著雨胭脂落，水荇牵风翠带长’[④]，又云‘传语风光共流转，暂时相赏莫相违’[⑤]。虽不袭取其意，而语脉盖有家法矣[⑥]。”

【校注】

①此条见《麈史》卷中，文字稍异。

②《和韦承庆过义阳公主池五首》其二，《全唐诗》卷六十二。“绾雾”，知不足斋本《麈史》作“雾绾”；“牵风”，知不足斋本作“风牵”。

③《春日京中有怀》，《全唐诗》卷六十二。“又”，清抄本作“文”。“日”，诸本皆作“月”，据《全唐诗》改。“风日道”，知不足斋本作“风与月”。“倍”，清抄本、道光本、古逸本均作“陪”。

④《曲江对雨》，卷六。“著”，诸本皆作“带”，据杜诗改。“落”下，知不足斋本尚有小字注曰：“杨作润”。

⑤《曲江二首》其二，卷六。

⑥“家法”，知不足斋本作“家风”。

9.《文昌杂录》曰①："唐岁时节物，元日则有屠苏酒、五辛盘、胶牙饧②，人日则有煎饼，上元则有丝笼，二月二日则有迎富贵果子，三月三日则有镂人，寒食则有假花鸡球、镂鸡子、千堆蒸饼③、饧粥，四月八日则有糕糜，五月五日则有百索粽子，夏至则有结杏子，七月七日则有金针、织女台、乞巧果子，八月一日则有点炙杖子④，九月九日则有茱萸、菊花酒、糕，腊日则有口脂、面药、澡豆，立春则有彩胜⑤、鸡、燕、生菜。杜甫春日诗：'春日春盘细生菜。'⑥又曰：'胜里金花巧耐寒。'⑦重阳诗曰：'茱萸赐朝士。'⑧《腊日》诗曰：'口脂面药随恩泽。'是皆记当时之所重也。"

【校注】

①《文昌杂录》，宋庞元英撰，今传本六卷，补遗一卷。元英，字懋贤。此条见《文昌杂录》卷三，文字稍异。

②"胶"，方刻本同，余本均作"校"，《学津讨原》本《文昌杂录》作"咬"。

③"千堆蒸饼"，《学津讨原》《雅雨堂丛书》本作"子推蒸饼"。

④"炙"，古逸本作"炎"，余本均作"灸"。

⑤"彩"，清抄本作"綵"。

⑥《立春》，卷十八。

⑦《人日二首》其二，卷二十一。

⑧《九日五首》其二，卷二十。

10.《金石录》曰①："唐《六公咏》，李邕撰，胡履灵书②。余初读杜甫《八哀诗》云：'朗咏《六公》篇，忧来豁蒙蔽。'③恨不见其诗。晚得石本。其文辞高古，真一代佳作也。六公者，五王各为一章④，狄丞相为一章。"

【校注】

①《金石录》，宋赵明诚撰。明诚，字德父，山东诸城人。此条见《金石录》卷二十六。

②“灵”，《四库全书》本、《四部丛刊》续编景钞本《金石录》作“虚”。

③《八哀诗·赠秘书监江夏李公邕》，卷十六。

④“各为”，《四库全书》本《金石录》作“为”。

11. 秦少游《诗话》曰①：“曾子固文章妙天下，而有韵者辄不工②；杜子美长于歌诗，而无韵者几不可读。”梦弼谓：无韵者，若《课伐木诗序》之类是也。

【校注】

①秦观不闻有诗话之作，疑时人纂辑其论诗之语而成，今不见传本。此条亦见《苕溪渔隐丛话》后集卷五，引《艺苑雌黄》作东坡语，胡仔按云：“少游尝有此语，《艺苑》以为东坡，误矣。”引文较此为详，可参看。

②“辄”，清抄本作“辙”。

12. 《遁斋闲览》曰①：“杜子美之诗，悲欢穷泰②，发敛抑扬，疾徐纵横③，无施不可。故其诗有平淡简易者，有绵丽精确者，有严重威武若三军之帅者，有奋迅驰骤若泛驾之马者④，有淡泊闲静若山谷隐士者，有风流酝藉若贵介公子者。盖其诗绪密而思深，观者苟不能臻其阃奥，未易识其妙处，夫岂浅近者所能窥哉？此甫之所以光掩前人而后来无继也。元稹谓兼人之所独专，斯言信矣！”

【校注】

①此条亦见《苕溪渔隐丛话》前集卷六、《诸家老杜诗评》卷五，系

引王安石语。参见《诸家老杜诗评》第204条。

②“穷”，清抄本同；余本均作“骄”。

③“横”，清抄本误作“权”。

④“泛驾”以下至段末，唯清抄本同，余本均缺。

13.《隐居诗话》曰[①]：“子美潭州诗：‘岸花飞送客，樯燕语留人。’[②]谓丧乱之际，人无乐善喜士之心，至于一将一迎，曾不若岸花、樯燕也。诗在优柔感讽[③]，不在逞豪放而诟怒也。子美最善评诗，观其爱李白深矣。至称白则曰：‘李侯有佳句，往往似阴铿。’[④]又曰：‘清新庾开府，俊逸鲍参军。’[⑤]信斯言也。观阴铿、鲍照诗，则知所谓主优柔而下豪放者，为不虚矣。”

【校注】

①《临汉隐居诗话》，宋魏泰撰。泰，字道辅，号溪上丈人。此条清抄本亦存，余本均缺。引文与《临汉隐居诗话》稍异。

②《发潭州》，卷二十二。“樯”，清抄本作“墙”。下同。

③“在”，《临汉隐居诗话》作“主”，是。

④《与李十二白同寻范十隐居》，卷一。

⑤《春日忆李白》，卷一。

14.《诗眼》曰[①]：“古人律诗，亦是一片文章，语或似无伦次，而意若贯珠。《十二月一日》诗云：‘今朝腊月春意动，云安县前江可怜。’[②]此诗立意，念岁月之迁易，感异乡之飘泊。其曰：‘一声何处送书雁，百丈谁家上水船。’则羁旅愁思，皆在目前。‘未将梅蕊惊愁眼，要取椒花媚远天。’梅望春而先花，椒将夏而乃繁，言滞留之势[③]，当自冬过春，始终见梅椒，则百花之开落皆在其中矣。以此益念故国，思朝廷，故曰：‘明光起草人所羡，肺病几时朝日边。’《闻官军收河北》诗云④：‘剑外忽传收蓟北，初闻涕泪满衣裳。’夫人感极则悲，悲定而后喜，忽闻大盗之平，喜唐室复见太平。顾视妻子知免流离，故曰：‘却看妻子愁何在？’其喜之至也，不知手之舞之足之蹈之，故曰：‘漫卷诗书喜欲狂。’⑤从此有乐生之心，故曰：‘白日放歌须纵酒。’于是率中原流寓之人同归，以青春和暖之时即路，故曰：‘青春作伴好还乡。’言其道途，则曰：‘即从巴峡穿巫峡。’⑥言其所归，则曰：‘便下襄阳向洛阳。’⑦此盖曲尽一时之意，惬当众人之情，通畅有条理，如辩士之语言，然所谓意若贯珠也。”

【校注】

①此条清抄本亦存，余本均缺。亦见《苕溪渔隐丛话》前集卷七、《竹庄诗话》卷六，文字稍异。

②《十二月一日三首》其一，卷十四。

③“滞”，清抄本误作“带”。

④即《闻官军收河南河北》，卷十一。

⑤“卷”，二本均作“展”，据杜诗改。

⑥“即”，二本均作“欲”，据杜诗改。

⑦“向”，二本均作“到”，据杜诗改。

15. 石林叶梦得《诗话》曰①：“诗人以一字为工，世固知之，惟老杜变化开阖，出奇无穷，殆不可以形迹捕诘。如‘江山有巴蜀，栋宇自齐梁’②，则其远近数千里，上下数百年，只在‘有’与‘自’两字间，而吞吐山川之气，俯仰古今之怀，皆见于言外，此工妙至到，人力不可及也。”

【校注】

①叶梦得，字少蕴，号石林居士，著有《石林诗话》三卷。此条清抄本亦存，余本均缺。引文见《石林诗话》卷中，文有删节。

②《上兜率寺》，卷十二。

16. 《学林新编》曰①："《田舍》诗云：'榉柳枝枝弱，枇杷树树香。'②或谓榉柳者，柳之一种，其名为榉柳，非双声字也，枇杷乃双声字，榉柳不可以对枇杷。某谓此诗题曰《田舍》③，则当在田舍时偶见二物，盖所谓景物如此，乃以为对尔。如《觅松苗子》诗云④：'落落出群非榉柳，青青不朽岂杨梅。'以榉柳对杨梅，乃正对也。然则以榉柳对枇杷非误也。《寄高詹事》云：'天上多鸿雁，池中足鲤鱼。'⑤鸿雁二物也，鲤者，鱼之一种，其名为鲤，疑不可以对鸿雁。然《怀李太白》云：'鸿雁几时到，江湖秋水多。'⑥以鸿雁对江湖，为正对矣。《得舍弟消息》云：'浪传乌鹊喜，深负鹡鸰诗。'⑦乌鹊二物，疑不可以对鹡鸰。然《偶题》云：'音书恨乌鹊，号怒怪熊罴。'以乌鹊对熊罴，为正对矣。《寄李白》云：'几年遭鵩鸟，独泣向麒麟。'⑧鵩鸟乃鸟之名鵩者，疑不可以对麒麟。然《寄贾岳州严巴州两阁老》云⑨：'貔虎闲金甲，麒麟受玉鞭。'以貔虎对麒麟，为正对矣。《哭韦之晋》云⑩：'鵩鸟长沙讳，犀牛蜀郡怜。'以鵩鸟对犀牛，为正对矣。子美岂不知对属之偏正邪？盖其纵横出入无不合也。"

【校注】

①此条见王观国《学林》卷八，文字微异。清抄本同；余本均仅残存"不可以对麒麟"以下一段。

②杜诗《田舍》见卷九。

③"题"，原误作"显"，据清抄本改，《学林》正作"题"。

④即《凭韦少府班觅松树子栽》诗，卷九。

⑤即《寄高三十五詹事》，卷六。

⑥即《天末怀李白》，卷七。

⑦《得舍弟消息二首》其二，卷四。

⑧即《寄李十二白二十韵》，卷八。

⑨即《寄岳州贾司马六丈巴州严八使君两阁老五十韵》，卷八。

⑩即《哭韦大夫之晋》，卷二十二。“之晋”，诸本皆误作“晋之”，据杜诗改。

17. 后山陈无己《诗话》曰①：“杜之诗法，韩之文法也。诗文各有体，韩以文为诗，杜以诗为文，故不工耳。”

【校注】

①此条见陈师道《后山诗话》，乃黄庭坚语。

18. 石林叶梦得《诗话》曰①：“禅宗谓云门有三种语②：其一为随波逐浪句，谓随物应机，不主故常；其二为截断众流句，谓超出言外，非情识所到；其三为函盖乾坤句，谓泯然皆契，无间可伺；其深浅以是为序。余尝戏为学子言：老杜诗亦有此三种语，但先后不同，以‘波漂菰米沉云黑，露冷莲房坠粉红’为函盖乾坤句③，以‘落花游丝白日静，鸣鸠乳燕青春深’为随波逐浪句④，以‘百年地僻柴门迥，五月江深草阁寒’为截断众流句⑤。若有解此，当与渠同参。”

【校注】

①此条见《石林诗话》卷上，文字微异。

②“谓”，《石林诗话》作“论”。“门”，《石林诗话》作“间”，

疑误。按：云门宗为佛教禅宗五家之一。《五灯会元》卷十五载云门宗祖文偃曰："我有三句语，示汝诸人。一句'函盖乾坤'，一句'截断众流'，一句'随波逐浪'。"此所谓"云门三句"。

③"波漂"二句见《秋兴八首》其七，卷十七。"漂"，诸本皆作"飘"，据杜诗改。

④《题省中壁》，卷六。

⑤《严公仲夏枉驾草堂兼携酒馔得寒字》，卷十一。"僻"，方刻本作"辟"，余本均作"迥"。"迥"，方刻本同，余本均作"辟"。

19. 山谷黄鲁直《诗话》曰①："子美作诗，退之作文，无一字无来处，盖后人读书少，故谓杜韩自作此语耳。古人之为文章，真能陶冶万物，虽取古人陈言入翰墨，如灵丹一粒，点铁成金也。"

【校注】

①此条见《豫章黄先生文集》卷十九《答洪驹父书三首》其三，文字稍异。详参《诸家老杜诗评》卷二第80条。

20.《漫叟诗话》曰①："诗中有拙句，不失为奇作。若子美云'两个黄鹂鸣翠柳，一行白鹭上青天'之句是也②。"

【校注】

①《漫叟诗话》，撰者不详。宋罗良弼（1108—1164），字长卿，自号漫叟，庐陵人，绍兴二十七年进士，与胡铨善。是否即此人，俟考。《漫叟诗话》，今所传者有《说郛》本。郭绍虞有辑佚本，共61条，见《宋诗话辑佚》卷上。郭氏尝疑即李公彦《潜堂诗话》。公彦，字元德，临川人，不闻有"漫叟"之称。此条亦见《苕溪渔隐丛话》前集卷九。

②《绝句四首》其三，卷十三。

21. 苕溪胡元任《丛话》曰[①]："律诗有扇对格，第一与第三句对，第二与第四句对。如少陵《哭台州郑司户苏少监》诗云[②]'得罪台州去，时危弃硕儒。移官蓬阁后，谷贵殁潜夫'，东坡苏子瞻《和郁孤台》诗云[③]'邂逅陪车马，寻芳谢朓州。凄凉望乡国，得句仲宣楼'之类是也。"

【校注】

①此条见《苕溪渔隐丛话》前集卷九，文字微异。

②"哭"，诸本均无，据《丛话》补。

③即《用前韵再和许朝奉》，《苏东坡集》后集卷七。

22. 《漫叟诗话》曰[①]："杜诗有'自天题处湿，当暑著来清'[②]，自天、当暑，乃全语也。东坡苏子瞻诗云：'公独未知其趣耳，臣今时复一中之。'[③]可谓青出于蓝。"苕溪胡元任《丛话》曰："子瞻此诗[④]，戏徐君猷、孟亨之皆不饮酒，不止天生此对，其全篇用事亲切，尤可喜。诗云：'孟嘉嗜酒桓温笑，徐邈狂言孟德疑。公独未知其趣耳，臣今时复一中之。风流自有高人识，通介宁随薄俗移。二子有灵应抚掌，吾孙还有独醒时。'皆徐、孟二人事也。"

【校注】

①此条见《苕溪渔隐丛话》前集卷九，文字微异。

②《端午日赐衣》，卷六。

③《太守徐君猷通守孟亨之皆不饮酒以诗戏之》，《苏东坡集》前集卷十二。

④"诗"，古逸本、道光本作"时"。

23.《吕氏童蒙训》曰①：“陆士衡《文赋》：‘立片言以居要，乃一篇之警策。’此要论也。文章无警策，则不足以传世，盖不能竦动世人。如杜子美及唐人诸诗，无不如此。但晋宋间人专致力于此，故失于绮靡，而无高古气味。子美诗云：‘语不惊人死不休。’②所谓惊人语，即警策也。”

【校注】

①《吕氏童蒙训》，吕本中撰，今传三卷本，系经后人删削，不存其论诗论文之语。后有人专录其被刊除部分成《童蒙诗训》，已佚。郭绍虞《宋诗话辑佚》有辑佚本。此条亦见《苕溪渔隐丛话》前集卷九、《仕学规范》卷三十五、《竹庄诗话》卷一、《诗人玉屑》卷六。

②《江上值水如海势聊短述》，卷十。

24. 蔡絛《西清诗话》曰①：“子美洞庭诗云：‘吴楚东南坼，乾坤日夜浮。’②不知子美胸中吞几云梦也。”

【校注】

①此条亦见《苕溪渔隐丛话》前集卷九，文字稍异。

②《登岳阳楼》，卷二十二。

25. 三山老人《胡氏语录》曰①：“子美《慈恩寺塔》诗②，乃讥天宝时事也。山者，人君之象。‘秦山忽破碎’③，则人君失道矣④。贤不肖混淆，而清浊不分，故曰‘泾渭不可求’。天下无纲纪文章，而上都亦然，故曰‘俯视但一气⑤，焉能辨皇州’。于是思古之圣君不可得⑥，故曰‘回首叫虞舜，苍梧云正愁’。是时明皇方耽于淫乐而不已，故曰‘惜哉瑶池饮，日宴昆仑丘’。贤人君子多去朝廷，故曰‘黄鹄去不息，哀鸣何所投'。惟小人贪窃禄位者在朝，故曰'君看随阳雁，各有稻粱谋'。"

【校注】

①胡舜陟，字汝明，号三山老人，高宗朝历官徽猷阁待制，广西经略使，封绩溪伯。舜陟为胡仔之父，《苕溪渔隐丛话》中所载《三山老人语录》即述其父语。胡仔云："三山老人，乃吾先君之道号也。"（前集卷六）又曰："先君平日，尤喜作诗，手校老杜集，所正舛误甚多。句法，暮年深得其意味。"（前集卷十三）此条亦见《苕溪渔隐丛话》前集卷十二，文字稍异。

②即《同诸公登慈恩寺塔》，卷二。

③"秦"，余本均作"泰"。

④"君"，清抄本误作"居"。

⑤"视"，诸本均作"仰"，据杜诗改。

⑥"圣"，清抄本同，余本均作"贤"。

26. 石林叶梦得《诗话》曰①："诗语固忌用巧太过，然缘情体物，自有天然工巧，而不见其刻削之痕。老杜'细雨鱼儿出，微风燕子斜'②，此十字殆无一字虚设。细雨著水面为沤，鱼常上浮而淰。若大雨，则伏而不出。燕体轻弱，风猛则不能胜，惟微风乃受以为势，故又有'轻燕受风斜'之句③。至若'穿花蛱蝶深深见，点水蜻蜓款款飞'④，'深深'字若无'穿'字，'款款'字若无'点'字，皆无以见其精微如此。然读之浑然，全似未尝用力，此所以不碍其气格超胜⑤。唐末诸子为之，便当如'鱼跃练江抛玉尺，莺穿丝柳织金梭'体矣⑥。"

【校注】

①此条见《石林诗话》卷下，文字微异。

②《水槛遣心二首》其一，卷十。

③《春归》，卷十三。

④《曲江二首》其二，卷六。

⑤"以"，清抄本、道光本、古逸本无。

⑥朱淑真《春日即事》诗："跃藻白鱼翻玉尺，穿林黄鸟度金梭。"宋郑元佐注引《天宝遗事》载古诗："莺穿丝柳掷金梭。"而今传本《开元天宝遗事》不载此句。"唐末诸子"，《石林诗话》作"使晚唐诸子"。"江"，《石林诗话》作"波"，有引作"川"者。"如"，诸本均作"入"，惟道光本作"如"，《石林诗话》正作"如"，据改。

27. 东坡《苏子瞻诗话》曰①："七言之伟丽者，如子美云：'旌旗日暖龙蛇动，宫殿风微燕雀高。''五更鼓角声悲壮，三峡星河影动摇。'尔后寂寞无闻焉。直至欧阳永叔云：'苍波万古流不尽，白鸟双飞意自闲。''万马不嘶听号令，诸蕃无事著耕耘。'可以并驱争先矣。"

【校注】

①此条见《东坡题跋》卷三。详参《诸家老杜诗评》卷二第61条。

28. 《诗眼》曰①："世俗喜绮丽，知文者能轻之。后生好风花，老大即厌之。然文章论当理不当理耳。苟当于理，则绮丽风花，同入于妙；苟不当理，则一切皆为长语。上自齐梁诸公，下至刘梦得、温飞卿辈②，往往以绮丽风花累其正性③，其过在于理不胜而词有余也。子美云：'绿垂风折笋，红绽雨肥梅。'④'岸花飞送客，樯燕语留人。'⑤亦极绮丽，其模写景物，意自亲切，所以妙绝古今。其言春容闲适⑥，则有'穿花蛱蝶深深见，点水蜻蜓款款飞'⑦，'落花游丝白日静，鸣鸠乳燕青春深'⑧。其言秋景悲壮，则有'蓝水远从千涧落，玉山高并两峰寒'⑨，'无边落木萧萧下，不尽长江滚滚来’⑩。其富贵之词，则有‘香飘合殿春风转，花覆千官淑景移’⑪，‘麒麟不动炉烟转，孔雀徐开扇影还’⑫。其吊古，则有‘映阶碧草自春色，隔叶黄鹂空好音’⑬，‘竹送清溪月，苔移玉座春’⑭。皆出于风花，然穷尽性理⑮，移夺造化。自古诗人，巧即不壮⑯，壮即不巧。巧而能壮，乃如是也矣。”

【校注】

①此条亦见《苕溪渔隐丛话》前集卷十，文字稍异。

②“温飞卿”，诸本均无，据《丛话》补。

③“性”，余本均作“气”。

④《陪郑广文游何将军山林十首》其五，卷二。

⑤《发潭州》，卷二十二。

⑥“春”，方刻本、续编本同，余本作“春”。

⑦《曲江二首》其二，卷六。

⑧《题省中壁》，卷六。

⑨《九日蓝田崔氏庄》，卷六。

⑩《登高》，卷二十。

⑪《紫宸殿退朝口号》，卷六。

⑫《至日遣兴奉寄北省旧阁老两院故人二首》其二，卷六。

⑬《蜀相》，卷九。

⑭《谒先主庙》，卷十五。

⑮“穷尽性理”，清抄本同，余本俱作“穷理尽性”。

⑯以下三“壮”字，清抄本、道光本、古逸本同；余本均作“庄”。

29.《隐居诗话》曰①：“李光弼代郭子仪，入其军，号令不更而旌旗改色。及其亡也，子美哀之云：‘三军晦光彩，烈士痛稠叠。’②

前人谓杜甫之为‘诗史’[3]，盖为是也。非但序陈迹、摭故实而已[4]。”

【校注】

①此条引文与《临汉隐居诗话》文字稍异。

②《八哀诗·故司徒李公光弼》，卷十六。

③“之”，《临汉隐居诗话》作“句”。

④“陈”，《临汉隐居诗话》作“尘”。

30. 崔德符曰[1]：“少陵《八哀诗》可以表里《雅》《颂》，中古作者莫及也。两纪行诗，《发秦州》至《凤凰台》、《发同谷县》至《成都府》二十四首，皆以经行为先后，无复差舛。昔韩子苍尝论此诗笔力变化，当与太史公诸赞方驾[2]，学者宜常讽诵之。”

【校注】

①崔鶠，字德符。开封府雍丘县人，徙颍昌府阳翟县。元祐中，第进士，授凤州司户参军。历殿中侍御史。靖康初，擢右正言，以疾乞解官，除直龙图阁，提举嵩山崇福官，卒，年六十九。自号婆娑先生，有《婆娑集》。此条亦见《苕溪渔隐丛话》前集卷十一引《少陵诗总目》，亦作崔德符语。

②“方”，清抄本、道光本、古逸本同；余本均作“并”。

31. 苕溪胡元任《丛话》曰[1]：“李、杜画像，古今诗人题咏多矣。若杜子美，其诗高妙，固不待言，要当知其平生用心处，则半山老人之诗得之矣。若李太白，其豪气盖世[2]，千载之下，犹可叹想，则东坡居士之赞尽之矣。半山老人诗云[3]：‘吾观少陵诗，谓与元气侔。力能排天斡九地[4]，壮颜毅色不可求。浩荡八极中，生物岂不稠。丑妍巨细千万殊，竟莫见以何雕锼。惜哉命之穷，颠倒不见收。青衫老更斥，饿走半九州[⑤]。瘦妻僵前子仆后，攘攘盗贼森戈矛。吟哦当此时，不废朝廷忧。常愿天子圣，大臣各伊周。宁令吾庐独破受冻死，不忍四海赤子寒飕飕。伤屯悼屈止一身，嗟时之人我所羞。所以见公像，再拜涕泗流。推公之心古亦少，愿起公死从之游。’东坡居士赞云[⑥]：‘天人几何同一沤，谪仙非谪乃其游。麾斥八极隘九州，化为两鸟鸣相酬，一鸣一止三千秋。开元有道为少留[⑦]，縻之不可矧肯求。西望太白横峨岷，眼高四海空无人。大儿汾阳中令君，小儿天台坐忘身[⑧]。平生不识高将军[⑨]，手污吾足乃敢嗔，作诗一笑君应闻。’”半山老人，王介甫也。

【校注】

①此条见《苕溪渔隐丛话》前集卷十一。

②“豪”，余本均作“高”。

③王安石《杜甫画像》诗，见李壁撰《王荆公诗注》卷十三，与《临川先生文集》本文字有不同。

④“地”以下至段末，清抄本亦存，余本均缺。

⑤“饿走”，二本均作“饥死”，据王诗改。

⑥指《书丹元子所示〈李太白真〉》诗，《苏东坡集》后集卷三。

⑦“为”，二本均作“宜”，据《东坡集》改。

⑧“身”，《东坡集》作“真”。

⑨“平生”，《东坡集》作“生年”；“识”，《东坡集》作“知”。

32.《诗眼》曰[①]：“孙莘老尝谓老杜《北征》诗胜韩退之《南山诗》[②]，王平甫以谓《南山》胜《北征》[③]，终不能相服。时山谷黄鲁直尚少，乃曰：‘若论工巧，则《北征》不及《南山》，若书一代之事，以与《国风》《雅》《颂》相为表里，则《北征》不可无，而《南山》虽不作未害也。’二公之论遂定。”

【校注】

①此条清抄本亦存，余本均缺。亦见《苕溪渔隐丛话》前集卷十二、《竹庄诗话》卷十二。

②孙觉，字莘老，宋高邮人。

③王安国，字平甫，安石弟。

33.《隐居诗话》曰①："夏郑公竦评老杜《初月》诗：'微升紫塞外，已隐暮云端。'②以为意主肃宗也。郑公善评诗者也，吾观韩退之'煌煌东方星，奈此众客醉'③，其顺宗时作也④。'东方'，谓宪宗在储也。"

【校注】

①此条清抄本亦存，余本均缺。引文与《临汉隐居诗话》文字微异。

②夏竦，字子乔，官拜同中书门下平章事，封英国公，后改封郑，卒谥文庄。"紫塞"，杜诗作"古塞"。

③《醉后》，《全唐诗》卷三百三十七。

④"也"，《临汉隐居诗话》作"乎"。

34. 山谷黄鲁直《诗话》曰①："好作奇语，自是文章一病，但当以理为主，理得而辞顺，文章自然出群拔萃。观子美到夔州后诗，韩退之自潮州还朝后文，皆不烦绳削而自合矣。"

【校注】

①此条清抄本亦存，余本均缺。引文见《豫章黄先生文集》卷十九《与王观复书三首》其一。

35. 《迂叟诗话》曰①："唐曲江，开元、天宝中，旁有殿宇，安史乱后，其地尽废。文宗览杜甫诗云：‘江头宫殿锁千门，细柳新蒲为谁绿。’[②]因建紫云楼、落霞亭[③]，岁时赐宴，又诏百司于两岸建亭馆焉。”

【校注】

①此条清抄本亦存，余本均缺。司马光，字君实，号迂叟，卒赠太师、温国公，谥文正。撰有《温公续诗话》一卷，亦称《迂叟诗话》。此条不见今传本《温公续诗话》，而见《苕溪渔隐丛话》前集卷十三。亦见宋敏求《春明退朝录》卷中，但不云司马光语。

②《哀江头》，卷四。

③“紫云楼”，清抄本作“紫微云楼”。“落霞亭”，原作“彩霞亭”，据清抄本改，《春明退朝录》《苕溪渔隐丛话》亦作“落霞亭”。

36. 苕溪胡元任《丛话》曰[①]：“《严氏溪放歌》云：‘剑南岁月不可度，边头公卿仍独骄。’按《唐史·杜甫传》[②]：‘严武以世旧，待甫甚善。甫尝醉登武床，瞪曰：严挺之乃有此儿！武亦暴猛，外若不为忤，中衔之。一日，欲杀甫，集吏于门，武将出，冠钩于帘三，左右白其母，奔救得止。’以此知‘边头公卿仍独骄’之句，当为此也。”

【校注】

①此条清抄本亦存，余本均缺。引文见《苕溪渔隐丛话》前集卷十三，文有删节。

②即《新唐书·杜甫传》，文有删节。

37. 苕溪胡元任《丛话》曰[①]：“子美《戏作花卿歌》，细考此歌，想花卿当时在蜀中，虽有一时平贼之功，然骄恣不法，人甚苦之。故子美不欲显言之，但云‘人道我卿绝世无’，既称绝世无，‘天子何不唤取守东都’，语句含蓄，盖可知。”

【校注】

①此条清抄本亦存，余本均缺。引文见《苕溪渔隐丛话》前集卷十四，文有删节。

38.《东原录》曰①：“子美《送杨六判官使西蕃》诗云：‘子云清自守，今日起为官。’②诸本皆然。予谓‘今’当作‘金’，盖金日磾本休屠王太子，与母阏氏俱没入官，输黄门养马，武帝尝奇之，赐汤沐衣冠，拜为马监。唐中兴时，赞普必有相类者，故甫用之也。”或曰“子云”对“今日”，但取“日”以对“云”也③。

【校注】

①此条清抄本亦存，余本均缺。《东原录》，北宋龚鼎臣撰。鼎臣，字辅之，号东原，郓州须城（今山东东平）人。

②“自”，《东原录》作“白”，而杜诗作“自”。

③“或曰”以下，清抄本作双行小字，当系蔡梦弼所加。

39.蜀人师古《诗话》曰①：“子美《江村》诗云：‘老妻画纸为棋局，稚子敲针为钓钩。’谓‘妻比臣，夫比君，棋局，直道也。针本全直而敲曲之，言老臣以直道成帝业，而幼君坏其法。稚子，比幼君也’。此《天厨禁脔》之说也②。或说老妻以比杨贵妃，稚子以比安禄山，盖禄山为贵妃养子。棋局，天下之喻也，贵妃欲以天下私禄山，故禄山得以邪曲，包藏祸心。此说似为得之。虽然，子美之意亦不如此。老妻、稚子，乃甫之妻子，甫肯以己妻子而托意于淫妇人与逆臣哉！理必不然。且如《进艇》诗云：‘昼引老妻乘小艇，晴看稚子浴清江。’则又将何所比况乎？

此皆村居与妻子适情以自乐，故形之诗咏，皆若托意于草木鸟兽之类，不宜区区肆穿凿也。”

【校注】

①此条清抄本亦存，余本均缺。师古，字彦立，号义学，眉山人。官迪功郎。《分门集注杜工部诗》《黄氏补千家集注杜工部诗史》“集注杜工部诗姓氏”：“西蜀师氏”注云：“名古，著《详说》二十八卷。”《宋史·艺文志》著录：“《杜甫诗详说》二十八卷。”注云：“不知作者。”殆即是书。宋人杜诗注本多引其说。所撰《诗话》，今不传，《竹庄诗话》卷十一引其所撰《师氏诗说》。意《师氏诗说》《杜甫诗详说》《师古诗话》，三者盖为一书而异名。此条亦见《分门集注杜工部诗》卷七、《影宋王状元集百家注编年杜陵诗史》卷十二《江村》诗注。《黄氏补千家集注杜工部诗史》卷二十一、徐居仁编《集千家注分类杜工部诗》卷七所引，只少“故形之诗咏”以下数语。

②引文见释惠洪《天厨禁脔》卷中。

40. 《吕氏童蒙训》曰①：“谢无逸语汪信民云②：老杜有自然不做底语到极至处者，有雕琢语到极至处者。如‘丹青不知老将至，富贵于我如浮云’③，此自然不做底语到极至处者也；如‘金钟大镛在东序，冰壶玉衡悬清秋’④，此雕琢语到极至处者也。”

【校注】

①此条清抄本亦存，余本均缺。亦见《苕溪渔隐丛话》前集卷六。

②谢逸，字无逸；汪革，字信民。同为临川人。

③《丹青引赠曹将军霸》，卷十三。

④《寄裴施州》，卷二十。

41. 蜀人师古《诗话》曰①："子美遣兴诗云：'笋根稚子无人见，沙上凫雏傍母眠。'②稚子为之说者不一：或以为竹鼦③；或以为雉雏；或以为笋，皆非也。殊不知子美多借为对偶，其句语相混，后人多不晓其义。稚子，乃甫之子宗文也。甫有二子：一曰宗文，字稚子；二曰宗武，字骥子④。如云：'骥子春犹隔，莺歌暖正繁。'乃《忆幼子》之诗也，借'骥子'以对'莺歌'，正似此以'稚子'对'凫雏'之类是也。甫有诗云：'老妻画纸为棋局，稚子敲针作钓钩。'⑤又云：'昼引老妻乘小艇，晴看稚子浴清江。'⑥又云：'邻人有美酒，稚子夜能赊。'⑦则稚子乃宗文也，审矣！'笋根稚子无人见'，此寻儿不见，忽于竹丛边得子，遂有此句，复何疑乎？殊不看下句'沙上凫雏傍母眠'，以禽鸟犹知爱其子，可以人反不如之乎？盖谓小儿戏于竹边，偶寻不见，遂至感物以兴己意，其理灼然也。"

【校注】

①此条清抄本亦存，余本均缺。亦见《分门集注杜工部诗》卷二、《影宋王状元集百家注编年杜陵诗史》卷十三《绝句漫兴九首》诗注。《黄氏补千家集注杜工部诗史》卷二十二、徐居仁编《集千家注分类杜工部诗》卷十所引，较前二本为简。

②《绝句漫兴九首》其七，卷九。

③"鼦"，清抄本误作"留"。

④此说非也。甫有二子：一为宗文，小名熊儿；一为宗武，小名骥子。稚子非专指宗文也。

⑤《江村》，卷九。

⑥《进艇》，卷十。

⑦《遣意二首》其二，卷九。

42. 苕溪胡元任《丛话》曰①：“律诗之作，用字平侧，世固有定体，众共守之。然不若时用变体，如兵之出奇，变化无穷，以惊世骇目。如老杜诗云：‘竹里行厨洗玉盘，花边立马簇金鞍。非关使者征求急，自识将军礼数宽。百年地僻柴门迥，五月江深草阁寒。看弄渔舟移白日，老农何有罄交欢。’②此乃七言律诗之变体也。又云：‘山瓶乳酒下青云，气味浓香幸见分。鸣鞭走送怜渔父，洗盏开尝对马军。’③此乃绝句律诗之变体也。又有七言律诗，至第三句便失粘，落平侧，亦别是一体。唐人用此甚多，但今人少用耳。如有云：‘摇落深知宋玉悲，风流儒雅亦吾师。怅望千秋一洒泪，萧条异代不同时。江山故宅空文藻，云雨荒台岂梦思。最是楚宫俱泯灭，舟人指点到今疑。’④又有云⑤：‘谩向江头把钓竿⑥，懒眠沙草爱风湍。莫倚善题《鹦鹉赋》，何须不著鵔鸃冠。腹中书籍幽时晒⑦，肘后医方静处看。兴发会能驰骏马⑥，终须重到使君滩。’此二诗起头用侧声，故第三句亦用侧声。又有云⑨：‘暮春三月巫峡长，皛皛行云浮日光。雷声忽送千峰雨⑩，花气浑如百和香。黄莺过水翻回去⑪，燕子衔泥湿不妨。飞阁卷帘图画里，虚无只少对潇湘。’此诗起头用平声，故第三句亦用平声。凡此皆律诗之变体，学诗者不可不知也。”

【校注】

①此条清抄本亦存，余本均缺。引文见《苕溪渔隐丛话》前集卷七，文有删节。

②《严公仲夏枉驾草堂兼携酒馔》，卷十一

③《谢严中丞送青城山道士乳酒一瓶》，卷十一。

④《咏怀古迹五首》其二，卷十七。

⑤“又有云”，《苕溪渔隐丛话》作“严武云”，是。此诗为严武作《寄题杜二锦江野亭》，见卷十《奉酬严公寄题野亭之作》附严武诗。

⑥“向”，清抄本作“说”。

⑦“书”，二本均作“诗”；“晒”，二本均作“曝”。皆据严诗改。

⑧“驰”，二本均作“骑”，据严诗改。

⑨引诗为《即事》，卷十八。

⑩“峰”，二本均作“山”，据杜诗改。

⑪“莺”，二本均作“鹂”，据杜诗改。

43. 蜀人师古《诗话》曰①：“子美《古柏行》：‘霜皮溜雨四十围，黛色参天二千尺。’说者谓阔四十围、长二千尺，何其长与广不相等耶？有以两指为围，有以合抱为围，若用指为围，则长而太瘦②，若用抱为围，则又褊而短。甫之言果为如何？大抵诗人之言，不必于长短小大而求其疵也。诗取其意，不必泥其语，孟子谓‘不以文害辞，不以辞害意’③，盖知诗者也。”

【校注】

①此条清抄本亦存，余本均缺。

②清抄本无“而”字。

③“意”，《孟子·万章上》作“志”。

44. 颍滨苏子由曰①：“老杜陷贼时，有《哀江头》诗云：‘少陵野老吞声哭，春日潜行曲江曲。江头宫殿锁千门，细柳新蒲为谁绿？忆昔霓旌下南苑，苑中万物生颜色。昭阳殿里第一人，同辇随君侍君侧。辇前才人带弓箭，白马嚼啮黄金勒。翻身向天仰射云，一箭正坠双飞翼。明眸皓齿今何在？血污游魂归不得。清渭东流剑阁深，去住彼此无消息。人生有情泪沾臆，江水江花岂终极。黄昏胡骑尘满城，欲往城南望城北。’予爱其词气如百金战马，注坡蓦涧，如履平地，得诗人之遗法也。”

【校注】

①此条清抄本亦存，余本均缺。苏辙，字子由，号颍滨遗老。引文见《栾城集》卷八《诗病五事》。

45．苕溪胡元任《丛话》曰①："子美《江南逢李龟年》诗云：'岐王宅里寻常见，崔九堂前几度闻。正是江南好风景，落花时节又逢君。'此诗非子美作。岐王开元十四年薨，崔涤亦卒于开元中，是时子美方十五岁，天宝后子美未尝至江南。"梦弼谓当考。

【校注】

①此条清抄本亦存，余本均缺。引文见《苕溪渔隐丛话》前集卷十四。

46．万竹高元之端叔《茶甘录》曰①："老杜《萤火》诗：'幸因腐草出，敢近太阳飞。未足临书卷，时能点客衣。'似讥当时阉人用事，于人君之前，不能主张文儒，而乃如青蝇之点素也。说者谓喻小有才而侵侮大德，岂不误哉！"

【校注】

①高元之，字端叔，人号万竹先生。祖居蓟门，南渡后，著籍于鄞。著有《茶甘甲乙稿》，亦作《茶甘甲乙稿》，与《茶甘录》或为一书？《茶甘录》不见著录。此条清抄本亦存，余本均缺。亦见《韵语阳秋》卷二，文字几乎全同，但不云出自高元之《茶甘录》。

47．广陵马永卿大年《懒真子录》曰①："'日临公馆静，画满地图雄。剑阁星桥北，松州雪岭东。华夷山不断，吴蜀水相通。兴与烟霞会，清樽幸不空。’右杜工部《严武厅咏蜀道画图》②。是时武跋扈，微有割据之意，故甫于诗讽之云‘山不断’‘水相通’，以言蜀不可割据也。幕下有益于东道者，有如此也。”

【校注】

①马永卿，字大年，广陵（今江苏扬州）人。徽宗大观年间进士，著有《懒真子录》五卷。引文见该书卷四，文字微异。此条清抄本亦存，余本均缺。

②即《严公厅宴同咏蜀道画图》，卷十一。

48. 丹阳葛常之《韵语阳秋》曰①：“传云：学士大夫，则知尊祖矣。族之所在，祖之所出也，其可以不敬乎？陶渊明有《赠长沙公诗序》云：‘长沙公于余为族祖②，同出大司马，昭穆既远，已为路人。’故其诗云：‘同源分流，人易世疏。慨然寤叹③，念兹厥初④。礼服遂悠，岁月眇徂。感彼行路，眷然踌躇⑤。’盖深伤之也。长沙公于渊明如此，而渊明乃以教戒自任，其临别赠言之际，有‘进篑虽少，终在为山’之句。呜呼！渊明亦可谓贤矣。杜子美数访从孙济，而不免于防猜，故其诗云：‘所来为宗族，亦不为盘飧。’‘勿受外嫌猜，同姓古所敦。’⑥观长沙公与济，尊祖之义扫地矣。”

【校注】

①此条清抄本亦存，余本均缺。引文见《韵语阳秋》卷二十，文字稍异。葛立方，字常之，南宋丹阳（今属江苏）人。著有《韵语阳秋》二十卷，后人或称《葛立方诗话》《葛常之诗话》。

②此句清抄本作“予于长沙公为族祖”。

③“寤”，二本均作“晤”，据陶诗改。

④“兹”，二本均作“斯”，据陶诗改。

⑤“眷然踌躇”，二本均作“眷焉踟蹰”，据陶诗改。

⑥诗见《示从孙济》，卷三。

49. 丹阳葛常之《韵语阳秋》曰①：“贤者豹隐墟落，固当和光同尘，虽舍者争席奚病，而况于杯酒之间哉？陶渊明、杜子美，皆一世伟人也，每田父索饮，必使之毕其欢而尽其情而后去②。渊明诗云：‘清晨闻叩门，倒裳往自开。问子为谁欤，田父有好怀。壶浆远见候，疑我与时乖。’③子美诗云：‘田翁逼社日，邀我尝春酒。’‘叫妇开大瓶，盆中为吾取。’④二公皆有位者也，于田父何拒焉⑤？至于田父有‘一世皆尚同，愿君汩其泥’之说⑥，则姑守陶之介，‘久客惜人情，如何拒邻叟’⑦，则何妨杜之通乎？”

【校注】

①此条见《韵语阳秋》卷二十，文字微异。

②“尽”字以上数句，清抄本亦存，余本均缺。

③《饮酒诗二十首》其九，《先秦汉魏晋南北朝诗》晋诗卷十七。“乖”，方刻本、续编本作“偕”。

④《遭田父泥饮美严中丞》，卷十一

⑤“焉”，清抄本作“为”。

⑥同上陶诗。

⑦同上杜诗。“客”，方刻本、续编本误作“吝”。

50. 《扪虱新话》①：“老杜诗当是诗中六经，他人诗乃诸子之流也。杜诗有高妙语，如云：‘王侯与蝼蚁，同尽随丘墟。愿闻第一义，回向心地初。’②可谓深入理窟。晋、宋以来，诗人无此句也。‘心地初’乃《庄子》所谓‘游心于淡，合气于漠’之义也③。”

【校注】

①《扪虱新话》，南宋陈善撰，上下集各四卷。善，字子兼，罗源（今属福建）人，乾道进士。此条见《扪虱新话》下集卷一。

②《谒文公上方》，卷十一。

③《庄子·应帝王》。

51. 程氏《演繁露》①："老杜《七歌》：'竹林为我啼清昼。'②蔡絛以'竹林'为禽名，恐穿凿也③。竹本非啼，诗人因其号风若哀，因谓之啼，何必有喙者而后能啼耶！《说文》：竹之夭然④，似人之笑，因为'笑'字。竹岂能笑，特以象言尔⑤。非笑而可名以笑。从怀哀者观之，孰谓不得为啼耶⑥？"

【校注】

①《演繁露》，宋程大昌撰。大昌，字泰之，休宁（今属安徽）人。此条见《演繁露》卷十三，文字微异。

②《乾元中寓居同谷县作歌七首》其四，卷八。

③《苕溪渔隐丛话》前集卷十二引蔡絛《西清诗话》云："《同谷县七歌》其四云：'呜呼四歌兮歌四奏，竹林为我啼清昼。'近有一士人自同州来，笼一禽，大如雀，色正青，善鸣，问其名，曰：'此竹林鸟也。'今本作'林猿'非也。"

④"夭"，诸本均误作"天"，据《学津讨原》本《演繁露》改。

⑤"言尔"，《学津讨原》本作"焉耳"。

⑥"谓"，诸本均无，据《学津讨原》本补。

52. 洪内翰《容斋随笔》云①："古人酬和诗，必答其来意，非若今人为次韵所局也。观《文选》所编何劭、张华、卢谌、刘琨、二陆、三谢诸人赠答可知已。唐人尤多，不可具载，姑取杜集数篇，略纪于此。高适寄杜公云：‘愧尔东西南北人。’②杜则云：‘东西南北更堪论。’③高又有诗云：‘草《玄》今已毕，此外更何言？’④杜则云：‘草《玄》吾岂敢，赋或似相如。’⑤严武寄杜云：‘兴发会能驰骏马，终须重到使君滩。’⑥杜则云：‘枉沐旌麾出城府，草茅无径欲教锄。’⑦杜公寄严诗云：‘何路出巴山。’‘重岩细菊斑。遥知簇鞍马，回首白云间。’⑧严答云：‘卧向巴山落月时。’‘篱外黄花菊对谁。跛马望君非一度，冷猿秋雁不胜悲。’⑨杜送韦迢云：‘洞庭无过雁，书疏莫相忘。’⑩迢云：‘相忆无南雁，何时有报章。’⑪杜又云：‘虽无南过雁，看取北来鱼。’⑫郭受寄杜云：‘春兴不知凡几首。’⑬杜答云：‘药裹关心诗总废。’⑭皆如钟磬在簴，扣之则应，往来反复，于是乎有余味矣。”

【校注】

①洪迈，字景卢，别号野处，鄱阳（今属江西）人。绍兴进士，假翰林学士使金，不屈。累官端明殿学士。撰有《容斋随笔》五集。内翰，翰林之别称。此条见《容斋随笔》卷十六。

②《人日寄杜二拾遗》，卷二十三附高诗。“西南”，清抄本同；余本均作“南西”。

③《追酬故高蜀州人日见寄》，卷二十三。

④《赠杜二拾遗》，卷九附高诗。

⑤《酬高使君相赠》，卷九。

⑥《寄题杜二锦江野亭》，卷十附严诗。

⑦《奉酬严公寄题野亭之作》，卷十。

⑧《九日奉寄严大夫》，卷十一。“斑”，诸本均作“班”，据杜诗改。“班”与“斑”通。“云”，道光本缺。

⑨《巴岭答杜二见忆》，卷十一附严诗。“度”，续编本同，余本均作

“渡”。“跋马”二句，道光本、方刻本、古逸本俱作小字双行。

⑩《潭州送韦员外迢牧韶州》，卷二十二。

⑪《早发湘潭寄杜员外院长》，卷二十二附韦诗。

⑫《酬韦韶州见寄》，卷二十二。“杜”，诸本均缺，据《容斋随笔》补。“过”，诸本均作“去”，据杜诗改。

⑬《杜员外兄垂示诗因作此寄上》，卷二十二附郭诗。

⑭《酬郭十五判官》，卷二十二。“裹”，四库本、清抄本、续编本均误作“里”，据道光本、方刻本、古逸本改，杜诗正作“裹”。

53.《黄常明诗话》①：“杜诗有用一字凡数十处不易者②，如‘缘江路熟俯青郊’③，‘傲睨俯峭壁’④，‘展席俯长流’⑤，‘杖藜俯沙渚’⑥，‘此邦俯要冲’⑦，‘四顾俯层颠’⑧，‘旄头俯涧瀍’⑨，‘层台俯风渚’⑩，‘游目俯大江’⑪，‘江槛俯鸳鸯’⑫。其余一字屡用若此类甚多⑬，不可具述。”

【校注】

①黄彻，字常明，宣和六年进士，著有《碧溪诗话》十卷，亦称《黄常明诗话》。此条见《碧溪诗话》卷七，文字微异。“话”，清抄本、道光本、古逸本均缺。

②“诗”，原作“甫”，据《碧溪诗话》改。

③《堂成》，卷九。

④《白水崔少府十九翁高斋三十韵》，卷四。

⑤《夏日李公见访》，卷三。

⑥《暇日小园散病将种秋菜督勒耕牛兼书触目》，卷十九。

⑦《发秦州》，卷八。

⑧《冬到金华山观因得故拾遗陈公学堂遗迹》，卷十一。

⑨《寄岳州贾司马六丈巴州严八使君两阁老五十韵》，卷八。

⑩《雨二首》其一，卷十五。

⑪《阆州东楼筵奉送十一舅往青城》，卷十二

⑫《陪王使君晦日泛江就黄家亭子二首》其二，卷十三。

⑬“甚”，诸本均缺，据《碧溪诗话》补。

54《萤雪丛说》①：“老杜诗词，酷爱下‘受’字，盖自得之妙，不一而足。如‘修竹不受暑’②，‘轻燕受风斜’③，‘吹面受和风’④，‘野航恰受两三人’⑤，诚用字之工也。然其所以大过人者无它，只是平易，虽曰似俗，其实眼前事尔。‘老妻画纸为棋局，稚子敲针作钓钩’⑥，以‘老’对‘稚’，以其妻对其子，无如此之亲切，又是闺门之事，宜与智者道。”

【校注】

①俞成，字元德，宋东阳（今山东青州）人。一说建安（今福建建瓯）人。专力文事，终身不仕，优游以终。著有《萤雪丛说》二卷，前有宁宗庆元六年（1200）自序。此条今传《萤雪丛说》二卷本不载，《杜甫卷》亦未收。

②《陪李北海宴历下亭》，卷一。

③《春归》，卷十三。

④《上巳日徐司录林园宴集》，卷二十一。

⑤《南邻》，卷九。

⑥《江村》，卷九。

55.《黄常明诗话》①：“数物以个，谓食为吃，甚近鄙俗，独杜屡用：‘峡口惊猿闻一个’②，‘两个黄鹂鸣翠柳’③，‘却绕井栏添个个’④；《送李校书》云：‘临岐意颇切，对酒不能吃’⑤，‘楼头吃酒楼下卧’⑥，‘但使残年饱吃饭’⑦，‘梅熟许同朱老吃’⑧。盖篇中大概奇特，可以映带者也。”

【校注】

①此条见《碧溪诗话》卷七。

②《夜归》，卷二十一。

③《绝句四首》其三，卷十三。

④《见萤火》，卷十九。“栏”，诸本均作“边”，据杜诗改。

⑤即《送李校书二十六韵》，卷六。

⑥《狂歌行赠四兄》，卷十四。

⑦《病后过王倚饮赠歌》，卷三。“饱吃”，清抄本同，余本均作“吃饱”。

⑧《绝句四首》其一，卷十三。

56. 《扪虱新话》云①：“韩以文为诗，杜以诗为文，世传以为戏。然文中要自有诗，诗中要自有文，亦相生法也。文中有诗，则句语精确；诗中有文，则词调流畅。谢玄晖曰：‘好诗圆美流转如弹丸。’②此所谓诗中有文也。唐子西曰：‘古文虽不用偶俪，而散句之中，暗有声调，步骤驰骋，亦有节奏。’③此所谓文中有诗也。观子美到夔州以后诗，简易纯熟，无斧凿痕，信是如弹丸矣。”

【校注】

①此条见《扪虱新话》上集卷一，文有删节。

②《南史·王昙首传附王筠传》载沈约谓王志曰：“贤弟子文章之美，可谓后来独步。谢朓常见语云：‘好诗圆美流转如弹丸。’近见其数首，方知此言为实。”

③宋唐庚，字子西，其语见《眉山文集》卷八《上蔡司空书》，文字稍异。

57. 《黄常明诗话》①：“子美云：‘设网提纲万鱼急。’②盖指聚敛之臣，苛法侵渔，使民不聊生，乃‘万鱼急’也。又云：‘能者操舟疾若风，撑突波涛挺叉入。’小人舞智趋时，巧宦数迁，所谓‘疾若风’也。残民以逞，不顾倾覆，所谓‘挺叉入’也。‘日暮蛟龙改窟穴，山根鳣鲔随云雷。’[③]鱼不得其所，龙岂能安居，君与民犹是也。此与六义比兴何异？‘吾徒胡为纵此乐，暴殄天物圣所哀。’[④]此乐而能戒，又有仁厚意，亦如‘前王作网罟，设法害生成’[⑤]，不专为取鱼也。退之《叉鱼》曰：‘观乐忆吾僚。’[⑥]异此意矣。”

【校注】

①此条见《碧溪诗话》卷三，文字稍异。

②《又观打鱼》，卷十一，下同。“提纲”，诸本均缺，据杜诗补。

③“鳣”，清抄本作“鲈”。

④“胡”，诸本均作“何”，据杜诗改。“殄”，余本均作“戾”。

⑤杜诗《早行》，卷二十二。

⑥韩愈《叉鱼招张功曹》诗，《全唐诗》卷三百四十三。

58.《黄常明诗话》[①]：“贾生、终童[②]，欲轻事征伐。大抵少年躁锐，使绵历老成，当不如此。昔人欲沉孙武于五湖，斩白起于长平，诚有谓哉！尝爱老杜云：‘慎勿吞青海，无劳问越裳。大君先息战，归马华山阳。’[③]又有‘安得壮士挽天河，净洗甲兵长不用’[④]，‘安得务农息战斗，普天无吏横索钱’[⑤]，‘愿戒兵犹火，恩加四海深’[⑥]，‘不眠忧战伐，无力正乾坤’[⑦]。其愁叹忧戚，盖以人主生灵为念。孟子以善言阵战为大罪[⑧]，我战必克为民贼[⑨]。仁人之心，易地皆然。”

【校注】

①此条见《碧溪诗话》卷一。

②贾生，指贾谊；终童，谓终军。俱西汉时人。

③《有感五首》其二，卷十一。“青”，古逸本作“清”。

④《洗兵马》，卷六。

⑤《昼梦》，卷十八。

⑥《提封》，卷十七。

⑦《宿江边阁》，卷十七。

⑧《孟子·尽心下》：“有人曰：‘我善为阵，我善为战。’大罪也。国君好仁，天下无敌焉。”

⑨《孟子·告子下》：“今之事君者皆曰：‘我能为君约与国，战必克。’今之所谓良臣，古之所谓民贼也。”

59.《扪虱新话》①：“陶渊明诗：‘采菊东篱下，悠然见南山。’②采菊之际，无意于山，而景与意会，此渊明得意处也。而老杜亦曰：‘夜阑接软语，落月如金盆。’③予爱其意度闲雅，不减渊明，而语句雄健过之。每咏此二诗，便觉当时清景尽在目前，而二公写之笔端，殆若天成，兹为可贵。”

【校注】

①此条见《扪虱新话》下集卷三。

②《饮酒二十首》其五，《先秦汉魏晋南北朝诗》晋诗卷十七。

③《赠蜀僧闾丘师兄》，卷九。

60.《古今词话》①：“蜀人《将进酒》，尝以为少陵诗，作《瑞鹧鸪》唱之：‘昔时曾从汉梁王，濯锦江边醉几场。拂石坐来衫袖冷，踏花归去马蹄香。当初酒贱宁辞醉，今日愁来不易当。暗想旧游浑似梦，芙蓉城下水茫茫。’”此诗或谓杜甫，或谓鬼仙，或谓曲词，未知孰是。然详味其言，唐人语也。首先有“曾从汉梁王”之句，决非子美作也。况集中不载，灼可见矣。不知杨曼倩何所据云②。

【校注】

①《古今词话》，宋杨偍（一作“湜”）辑。赵万里《校辑宋金元人词》辑有《古今词话》一卷，并云：“杨偍《古今词话》，明以后久佚，宋以来公私书目罕著于录。……《苕溪渔隐丛话》成书于绍兴戊辰，已加称引，证之《草堂诗余》绍兴间林外《洞仙歌》后所注，知其人与胡仔为同时，据明写本《说郛》引《白獭髓》，知偍字曼（原作“景”，从《说郛》改）倩，然其里贯及书之卷数迄无考，是可憾也。”但此条赵氏未加辑录。拙存《杜甫瑞鹧鸪词考》辨析云：“蔡梦弼已言此首决非子美作，但未言其为何人所撰。……今按宋周麟之《海陵集》卷一《呈郫人李佥判》诗有注云：‘吾家本郫人。先侍郎仕蜀日《芙蓉堂》诗有“踏花归去马蹄香”句。’同卷《送台道人》诗亦有注云：‘余家本郫人。先侍郎仕孟蜀王为翰林学士，有“拂石坐来衫袖冷，踏花归去马蹄香”之句传于世。尝隐居青城山。’世无有以他人作品为其祖先所作者。周麟之云是其先人之诗，当属可信。此首实五代后蜀周某所作之诗，既非少陵作，亦非鬼仙诗。杨湜云蜀人《将进酒》，疑原题即为《将进酒》。此诗《全唐诗》失收，盖以为宋人作也。”（见《文史》第二辑）《古今词话》所云，多不足信，胡仔已屡加指斥，如《苕溪渔隐丛话》后集卷三十九云：“《古今词话》以古人好词，世所共知者，易甲为乙，称其所作，仍随其词牵合为说，殊无根蒂，皆不足信也。”

②“曼倩”，诸本皆然，但赵万里云：“偍，字景倩。”不知何据?

杜工部草堂诗话卷第二

61.《三山老人语录》曰①："子美送严武还朝诗云：'公若登台辅，临危莫爱身。'②是劝以仗节死义也。"

【校注】

①此条亦见《苕溪渔隐丛话》前集卷十三，文字微异。

②《奉送严公入朝十韵》，卷十一。

62. 横浦张子韶《心传录》曰①："读子美'野色更无山隔断，天光直与水相通'，②已而叹曰：'子美此诗，非特为山光野色，凡悟一道理透彻处，往往境界皆如此也。'"

【校注】

①张九成，字子韶，自号横浦居士，亦号无垢居士。卒赠太师，封崇国公，谥文忠。有《横浦集》《心传录》等。此条见《横浦心传》卷上。

②此非杜甫诗句，乃宋人郑獬《月波楼》诗句，见《郧溪集》卷二十七。"天"，诸本均作"山"，据《郧溪集》改。

63. 东莱吕居仁曰①："诗每句中须有一两字响，响字乃妙指。如子美'身轻一鸟过'②'轻燕受风斜'③，'过'字、'受'字，皆一句响字也。”

【校注】

①吕本中，字居仁，世称东莱先生。此条见《横浦心传》卷上。

③《送蔡希鲁都尉还陇右因寄高三十五书记》，卷三。

③《春归》，卷十三。“轻”，余本均作“飞”。

64. 丹阳洪景卢《容斋随笔》曰[①]：“张文潜暮年在宛丘，何大圭方弱冠[②]，往谒之；凡三日，见其吟哦老杜《玉华宫》诗不绝口。大圭请其故，曰：‘此章乃风雅鼓吹，未易为子言。’大圭曰：‘先生所赋，何必减此？’曰：‘平生极力模写，仅有一篇稍似之，然未可同日语也。’遂诵其《离黄州》诗[③]，偶同此韵，曰：‘扁舟发孤城，挥手谢送者。山回地势卷，天豁江面泻。中流望赤壁，石脚插水下。昏昏烟雾岭，历历渔樵舍。居夷实三载[④]，邻里通假借[⑤]。别之岂无情，老泪为一洒。篙工起鸣鼓，轻橹健于马。聊为过江宿，寂寂樊山夜[⑥]。’此其音响节奏，固似之矣，读之可默喻也。”

【校注】

①此条见《容斋随笔》卷十五，文字稍异。“丹阳”，当作“鄱阳”，洪迈为鄱阳人。

②张耒，字文潜，号柯山。何大圭，字晋之，政和八年进士，仕为秘书省著作郎。

③张耒《柯山集》卷六。

④“实”，《宋诗纪事》卷二十六作“十”。

⑤“假借”，原作“借假”，余本均作“假借”，《柯山集》正作“假借”，据改。

⑥“寂寂”，原作“寂历”，清抄本、道光本、续编本作“寂寂历历”，古逸本“寂寂”下有双行小字：“一作历历”，据方刻本、《柯山集》改。

65. 横浦张子韶《心传录》曰①：“陶渊明辞云：‘云无心而出岫，鸟倦飞而知还。’②杜子美云：‘水流心不竞，云在意俱迟。’③若渊明与子美相易其语，则识者往往以谓子美不及渊明矣。观其云‘云无心’‘鸟倦飞’，则可知其本意。至于‘水流’而‘心不竞’，‘云在’而‘意俱迟’，则与物初无间断，气更混沦，难轻议也。”

【校注】

①此条见《横浦心传》卷中。

②《归去来兮辞》，《先秦汉魏晋南北朝诗》晋诗卷十六。“辞”，清抄本、道光本、古逸本作“诗”，方刻本、续编本作“词”。

③《江亭》，卷十。

66. 丹阳洪景卢《容斋随笔》曰①：“江山登临之美，泉石赏玩之胜，世间佳境也，观者必曰‘如画’。至于丹青之妙，好事君子嗟叹之不足者，则又以‘逼真’目之。如老杜‘人间又见真乘黄’②、‘时危安得真致此’③、‘悄然坐我天姥下’④、‘斯须九重真龙出’⑤、‘凭轩忽若无丹青’⑥、‘高堂见生鹘’⑦、‘直讶松杉冷，兼疑菱荇香’⑧之句是也。以真为假，以假为真，均之为妄境耳。人生万事如是，何特此耶！”

【校注】

①此条见《容斋随笔》卷十六，文有删节。“丹阳”，当为“鄱阳”。

②《韦讽录事宅观曹将军画马图歌》，卷十三。

③《题壁上韦偃画马歌》，卷九。

④《奉先刘少府新画山水障歌》，卷四。

⑤《丹青引赠曹将军霸》，卷十三。

⑥《题李尊师松树障子歌》，卷六。

⑦《画鹘行》，卷六。

⑧《奉观严郑公厅事岷山沱江画图十韵》，卷十四。

67. 山谷黄鲁直《诗话》曰①："陶渊明《责子诗》云：'白发被两鬓，肌肤不复实。虽有五男儿，总不好纸笔。阿舒已二八，懒惰故无匹。阿宣行志学，而不爱文术。雍端年十三，不识六与七。通子垂九龄，但觅梨与栗。天运苟如此，且进杯中物。'观渊明此诗，想见其人慈祥戏谑可观也。俗人便谓渊明诸子皆不肖，而渊明愁叹见于诗耳。"又云："杜子美诗云：'陶潜避俗翁，未必能达道。观其著诗集，颇亦恨枯槁。达生岂是足，默识盖不早。有子贤与愚，何其挂怀抱。'②子美困顿于三川，盖为不知者诟病，以为拙于生事，又往往讥议宗文、宗武失学，故聊解嘲耳。其诗名曰《遣兴》，可解也。俗人便谓讥议渊明，所谓痴人前不得说梦也。"

【校注】

①此条亦见《苕溪渔隐丛话》前集卷三，作"山谷云"，文字几乎全同。详参《诸家老杜诗评》卷五第209条。

②《遣兴五首》其三，卷七。"集"，诸本均作"篇"；"有"，诸本均作"生"。皆据杜诗改。

68. 东坡《苏子瞻诗话》曰①："仆尝梦见人云是杜子美，谓仆曰：'世人多误会予《八阵图》诗："江流石不转，遗恨失吞吴。"世人皆以谓先主、武侯皆欲与关羽复仇②，故恨不能灭吴，非也。我意本谓吴、蜀唇齿之国，不当相图，晋之所以能取蜀者③，以蜀有吞吴之意，此为恨耳。’”

【校注】

①此条见《东坡题跋》卷二。详参《诸家老杜诗评》卷二第62条。

②“关羽”，原作“关侯”，余本与《东坡题跋》均作“关羽”，据改。

③“者”，余本均无，《东坡题跋》正有“者”字。

69. 王彦辅《麈史》曰①：“子美善用故事及常语，多倒其句而用之②，盖如此则语峻而体健③。如‘露从今夜白，月是故乡明’之类是也④。”

【校注】

①此条见《麈史》卷中，文字颇异。古逸本误将此条与上条合为一条；四库本误将此条与下条合为一条。今依他本分列。

②“多倒其句而用之”，知不足斋本《麈史》作“多离析或倒句”。

③知不足斋本于“语峻而体健”下尚有“意亦深稳”四字。

④《月夜忆舍弟》，卷七。

70. 建安严有翼《艺苑雌黄》曰①：“刘梦得诗云：‘朱雀桥边野草花，乌衣巷口夕阳斜。旧时王谢堂前燕，飞入寻常百姓家。’②朱雀桥、乌衣巷③，皆金陵故事。《舆地志》：晋时王导自立乌衣宅，宋时诸谢曰‘乌衣之聚’，皆此巷也。王氏、谢氏乃江左衣冠之盛者，故杜甫诗云‘王谢风流远’④，又云‘从来王谢郎’⑤是也。比观刘斧《摭遗》小说⑥，又曰：王榭，金陵人。世以航海为业。一日海中失船，泛一木登岸。见一翁一妪，皆衣皂。引榭至所居，乃乌衣国也。以女妻之。既久，榭思归，复乘云轩泛海，至其家，有二燕栖于梁上，榭以手招之，即飞来臂上。取片纸书小诗系于燕尾，曰：‘误到华胥国里来，玉人终日苦怜才。

云轩飘去无消息，洒泪临风几日回。’[7]来春，燕又飞来榭身上，有诗云：‘昔日相逢冥数合[8]，如今睽远是生离。来春纵有相思字，三月天南无雁飞。’至来岁竟不至。因目榭所居为乌衣巷。刘斧乃改‘谢’为‘榭’，以王榭为一人姓名。其言既怪诞，遂托名于钱希白[9]，终篇又取刘梦得诗以实其事。希白不应如此之谬，是直刘斧之妄言耳，不足信也。”

【校注】

①严有翼，宋建安（今福建建瓯）人。绍兴间尝为荆、泉二郡教官。所著《艺苑雌黄》，《宋史·艺文志》著录为二十卷，《四库全书总目》著录为十卷。今所传者，已非其旧，盖系后人伪托。此条亦见《苕溪渔隐丛话》后集卷十二，而文字详略颇异。《丛话》引《艺苑雌黄》后，又续引《六朝事迹》。

②刘禹锡《金陵五题》其二《乌衣巷》，《全唐诗》卷三百六十五。“时”，余本均作“来”。

③“乌衣巷”下，原有双行小字注云：“乌衣，谓铁衣也。”清抄本同；余本“谓”均作“谢”。

④《壮游》，卷十六。

⑤《送大理封主簿五郎亲事不合却赴通州……》，卷二十一。

⑥刘斧，生平事迹不详，约宋神宗熙宁前后在世，人称“刘斧秀才”，著有《青琐高议》二十卷、《翰府名谈》《摭遗》等书。王榭故事，可详参鲁迅辑《唐宋传奇集》卷八《王榭传》。

⑦“日”，《丛话》作“百”。

⑧“冥数合”，《丛话》作“皆冥数”。

⑨钱易，字希白，钱惟演从弟，著有《南部新书》《洞微志》等。

71. 凤台王彦辅《麈史》曰①：“古之善赋诗者，工于用人语，浑然若出于己意。予于李杜见之。颜延年《赭白马赋》曰：“旦刷幽燕，昼秣荆越。’②子美《骢马行》曰：‘昼洗须腾泾渭深，夕趋可刷幽并夜。’太白《天马歌》曰：‘鸡鸣刷燕晡秣越。’③盖皆用颜赋也。韩退之曰：‘李杜文章在，光焰万丈长。’④信哉！”

【校注】

①此条见《麈史》卷中，文字稍异。

②“越”，诸本均作“楚”，据《文选》卷十四颜赋改；知不足斋本《麈史》亦作“越”。

③“晡”，诸本均作“暮”，据《李太白全集》卷三改；知不足斋本亦作“晡”。

④《调张籍》，《全唐诗》卷三百四十。“焰”，清抄本、道光本、古逸本作“艳”。

72. 凤台王彦辅《麈史》曰①：“世言子美卒于耒阳，故《寰宇记》亦载其坟在县北二里②，不知何缘得此。《新唐书》乃称耒阳令遗白酒牛肉③，一夕而卒。此承袭传闻而未尝核实故也④。得臣观子美侨寄巴峡三岁，大历三年二月始下峡，流寓荆南，徙泊公安。久之，方次岳阳。即四年冬末也。既过洞庭，入长沙，乃五年之春。四月，遇臧玠之乱，仓皇往衡阳，抵耒阳，舟中伏枕，又畏瘴疠，复沿湘而下，故有《回棹》之作。其末云：‘篙师烦尔送，朱夏及寒泉。’⑤又《登舟将适汉阳》云：‘春宅弃汝去，秋帆催客归。’⑥盖《回棹》在夏末，此篇已入秋矣。继之以《暮秋将归秦留别湖南幕府亲友》云：‘北归冲雨雪，谁悯敝貂裘⑦？’则子美北还之迹，见此三篇为详，安得卒于耒阳耶？要之，卒当在潭岳之间，秋冬之际。按元微之《子美墓志》称⑧：‘子美之孙嗣业，启子美之柩，襄祔事于偃师，途次于荆。’‘拜余为志，辞不能绝。’

其系略曰[⑨]：‘严武状为工部员外郎参谋军事，旋又弃去，扁舟下荆楚，竟以寓卒，旅殡岳阳[⑩]。’”

【校注】

①此条见《麈史》卷中，文字稍异。

②“在”，清抄本、古逸本同；余本作“其”。

③“牛肉”，诸本均作“黄牛”，据知不足斋本改。

④知不足斋本无此句。“核”，清抄本同；余本均作“劾”。

⑤“篙”，诸本均作“舟”，据杜诗改。“及”，知不足斋本作“汲”。

⑥“宅”，知不足斋本作“色”。

⑦“敞”，清抄本作“蔽”。

⑧即《唐检校工部员外郎杜君墓系铭》。

⑨“系略”，清抄本同；余本均作“略系”。

⑩“岳阳”，诸本均误为“耒阳”，据元稹《墓系铭》改。

73. 丹阳葛常之《韵语阳秋》曰[①]：“老杜寄身于兵戈骚屑之中，感时对物，则悲伤系之，如‘感时花溅泪’是也[②]，故作诗多用一‘自’字。《田父泥饮》诗云：‘步屧随春风，村村自花柳。’[③]《遣怀》诗云：‘愁眼看霜露，寒城菊自花。’[④]《忆弟》诗云：‘故园花自发，春日鸟还飞。’[⑤]《日暮》诗云：‘风月自清夜，江山非故园。’《滕王亭子》诗云：‘古墙犹竹色，虚阁自松声。’[⑥]言人情对景，自有悲喜，而初不能累无情之物也。”

【校注】

①此条见《韵语阳秋》卷一，文字微异。

②《春望》，卷四。

③即《遭田父泥饮美严中丞》，卷十一。

④《遣怀》，卷七。“怀”，清抄本同；余本均作“兴”。

⑤《忆弟二首》其二，卷六。

⑥《滕王亭子二首》其二，卷十三。

74. 临川王介甫曰①：“老杜云：‘无人觉来往。’②下得‘觉’字大好。‘暝色赴春愁。’③下得‘赴’字大好。若下‘见’字、‘起’字，即小儿言语。足见吟诗要一字、两字工夫也④。”

【校注】

①此条亦见《诸家老杜诗评》卷一，云出《钟山语录》，详参其第18、19条。

②《西郊》，卷九。

③此乃皇甫冉《归渡洛水》诗首句，见《全唐诗》卷二百五十。

④“足”，清抄本同；余本均作“只”。

75. 丹阳葛常之《韵语阳秋》曰①：“子美《曹将军丹青引》云②：‘将军魏武之子孙，于今为庶为清门。’元微之《去杭州》诗亦云③：‘房杜王魏之子孙，虽及百代为清门。’则知子美于当时已为诗人所钦伏如此。残膏余馥，沾丐后人④，宜哉！故微之云‘诗人以来，未有如子美者’也⑤。”

【校注】

①此条见《韵语阳秋》卷一，文字微异。

②即《丹青引赠曹将军霸》，卷十三。

③即《去杭州送王师范》，《全唐诗》卷四百二十一。

④“人”，宋刻本《韵语阳秋》作“代”。

⑤元稹《唐检校工部员外郎杜君墓系铭》。

76. 莆阳郑景韦《离经》曰①：“李谪仙，诗中龙也，矫矫焉不受约束。杜子美则麟游灵囿，凤鸣朝阳，自是人间瑞物。二豪所得，殆不可以优劣论也。”

【校注】

①郑厚，字景韦，一字景棠，又字叔文，号湘乡先生，宋莆田（又称莆阳，今属福建）人。与弟樵齐名，学者称溪东先生。绍兴五年（1135）登进士第。授左从事郎、泉州观察推官。终左承事郎、知湘乡县。《离经》，《宋史·艺文志》不载。《说郛》（商务本）卷三十一载郑厚撰《艺圃折中》亦载此条，“自是人间瑞物”以上全同。

77. 葛常之《韵语阳秋》曰①：“子美诗以后二句续前二句处甚多。如《喜弟观到》诗云②：‘待尔嗔乌鹊，抛书示鹡鸰。枝间喜不去，原上急曾经。’《晴》诗云③：‘啼乌争引子，鸣鹤不归林。下食遭泥去，高飞恨久阴。’《江阁卧病》诗云④：‘滑忆雕菰饭，香闻锦带羹。溜匙兼暖腹，谁欲致杯罂。’《寄张山人》诗云⑤：‘曹植休前辈，张芝更后身。数篇吟可老，一字买堪贫。’如此之类多矣。此格起于谢灵运，《过庐陵王墓下诗》云⑥：‘延州协心许，楚老惜兰芳。解剑竟何及，抚坟徒自伤。’李太白亦时有此格，‘毛遂不堕井，曾参宁杀人！虚言误公子，投杼惑慈亲’是也⑦。”

【校注】

①此条见《韵语阳秋》卷一，文字微异。

②即《喜观即到复题短篇二首》其二，卷十八。

③《晴二首》其二，卷十五。

④即《江阁卧病走笔寄呈崔卢两侍御》，卷二十二。

⑤即《寄张十二山人彪三十韵》，卷八。

⑥即《庐陵王墓下作诗》，《先秦汉魏晋南北朝诗》宋诗卷三。"过"，余本均无；"王"下，余本均有"之"字。

⑦《系寻阳上崔相涣三首》其二，《李太白全集》卷十一。

78. 丹阳葛常之《韵语阳秋》曰①："五言律诗于对联中十字作一意，诗家谓之十字格。如老杜《放船》诗云：'直愁骑马滑，故作泛舟回。'《对雨》诗云：'不愁巴道路，恐湿汉旌旗。'《江月》诗云：'天边长作客，老去一沾巾。'是也。"

【校注】

①此条见《韵语阳秋》卷一，文有删节。

79. 建安严有翼《艺苑雌黄》曰①："古人用韵，如《文选》古诗、杜子美、韩退之，重复押韵者甚多。《文选》'古诗'押二'促'字②，曹子建《美女篇》押二'难'字，谢灵运《述祖德诗》押二'人'字③，《南图诗》押二'同'字④，《初去郡诗》押二'生'字，沈休文《钟山应教》诗押二'足'字⑤，任彦升《哭范仆射》诗押三'情'字、两'生'字⑥，陆士衡《赴洛》诗押二'心'字⑦，《猛虎行》押二'阴'字，《拟古诗》押二'音'字⑧，《豫章行》押二'阴'字，阮嗣宗《咏怀诗》押二'归'字⑨，王正长《杂诗》押二'心'字⑩，张景阳《杂诗》押二'生'字⑪，江淹《杂体诗》押二'门'字⑫，王仲宣《从军诗》押二'人'字⑬。杜子美、韩退之盖亦效古人之作。子美《饮中八仙歌》押二'船'字、二‘眠’字、二‘天’字、三‘前’字，《园人送瓜》诗押二‘草’字，《上后园山脚》押二‘梁’字⑭。《北征》押二‘日’字，《夔州咏怀》押二‘旋’字⑮，《赠李秘书》押二‘虚’字⑯，《赠李邕》押二‘厉’字⑰，《赠汝阳王》押二‘陵’字⑱，《喜岑薛迁官》押二‘萍’字⑲。退之《赠张籍》诗押二‘更’字、二‘狂’字、二‘鸣’字、二‘光’字⑳，《岳阳楼别窦司直》押二‘向’字㉑，《李花》押二‘花’字㉒，《双鸟》押二‘州’字、二‘头’字、二‘秋’字、二‘休’字㉓，《和卢郎中送盘谷子》押二‘行’字㉔，《示爽》押二‘然’字，《叉鱼》押二‘销’字㉕，《寄孟郊》押二‘奥’字㉖。其余诗人用韵如此者亦多，意到即押尔。如子美《彭衙行》则用数韵：艰、山、颜、还、攀、间、关，在二十八山字韵；闻、云，在二十文字韵；飧、魂、门、昆，在二十三魂字韵；餐、寒、干、欢、肝，在二十五寒字韵；椽、烟、前，在一先字韵；嗅，在十七真字韵。此则古诗用韵不拘，虽今人亦有之，非但唐人用韵如此也。”按《唐韵》已有独用、同用之分，非本朝始有《韵略》独用、通用之限也。

【校注】

①此条王观国《学林》卷八《诗重韵》条、《苕溪渔隐丛话》前集卷十七引《学林新编》较此为详，可参看。

②《文选》卷二十九《古诗十九首》之《东城高且长》首。“促”，诸本均作“捉”，据《文选》改。

③《述祖德诗二首》其一，《文选》卷十九。

④“南图”，《学林》作“南园”，是。即《田南树园激流植楥》诗，《文选》卷三十。

⑤沈约，字休文。诗即《钟山诗应西阳王教》，《文选》卷二十二。

⑥任昉，字彦升。诗即《出郡传舍哭范仆射》，《文选》卷二十三。

⑦陆机，字士衡。诗即《赴洛二首》其一，《文选》卷二十六，《先秦汉魏晋南北朝诗》晋诗卷五作《赴太子洗马时作诗》。

⑧指《拟行行重行行》诗，《文选》卷三十。

⑨阮籍，字嗣宗。诗即《咏怀诗》之《灼灼西隤日》首，《文选》卷二十三。

⑩王赞，字正长。《杂诗》见《文选》卷二十九。

⑪张协，字景阳。诗即《杂诗十首》其十“黑蜧跃重渊”首，《文选》卷二十九。

⑫《杂体诗三十首》之《左记室思咏史》，《文选》卷三十一。

⑬王粲，字仲宣。《从军诗五首》其四“朝发邺都桥”首，《文选》卷二十七。

⑭应为《又上后园山脚》诗，卷十九。

⑮即《秋日夔府咏怀奉寄郑监李宾客一百韵》，卷十九。

⑯即《赠李八秘书别三十韵》，卷十七。

⑰即《八哀诗·赠秘书监江夏李公邕》，卷十六。

⑱即《赠特进汝阳王二十二韵》，卷一。

⑲诗题全称为《秦州见敕目薛三璩授司议郎毕四曜除监察与二子有故远喜迁官兼述索居凡三十韵》，见卷八。意“岑”当为“毕”之误。

⑳即《此日足可惜赠张籍》诗，《全唐诗》卷三百三十七。按：应为三“鸣”字。

㉑《岳阳楼别窦司直》，《全唐诗》卷三百三十七。按：该诗有“环混无归向”“稚子已能饷”句，非二“向”字。

㉒《李花二首》，《全唐诗》卷三百四十。按：二首各押一“花”字，非一首押二“花”字。

㉓即《双鸟诗》，《全唐诗》卷三百四十。

㉔即《卢郎中云夫寄示送盘谷子诗两章歌以和之》，《全唐诗》卷

三百四十。“行”字以下，清抄本亦存，余本均缺。

㉕即《叉鱼招张功曹》，《全唐诗》卷三百四十三。

㉖即《荐士》，《全唐诗》卷三百三十七。“寄”，疑当作“荐”，因此诗为荐孟郊于郑馀庆而作也。

80. 葛常之《韵语阳秋》曰①：“子美《客夜》诗云：‘客睡何曾著，秋天不肯明。’《陪王使君泛江》诗云②：‘山豁何时断，江平不肯流。’‘不肯’二字，含蓄甚佳，故杜两用之，与陶渊明诗谓‘日月不肯迟，四时相催迫’同意③。”

【校注】

①此条清抄本亦存，余本均缺。引文见《韵语阳秋》卷一，文字稍异。

②即《陪王使君晦日泛江就黄家亭子二首》其一，卷十三。

③《杂诗十二首》其七，《先秦汉魏晋南北朝诗》晋诗卷十七。“四”，二本均作“日”，据陶诗改。

81. 葛常之《韵语阳秋》曰①：“杜甫、李白以诗齐名，韩退之诗云：‘李杜文章在，光焰万丈长。’②似未易以优劣也。然甫诗思苦而语奇，白诗思疾而语豪。甫集中言白诗处甚多，如曰‘李白一斗诗百篇’③，如曰‘清新庾开府，俊逸鲍参军’，‘何时一樽酒，重与细论文’④，似讥其太俊快。白论甫则曰：‘饭颗山头逢杜甫，头戴笠子日卓午。为问因何太瘦生，只为从来作诗苦。’⑤似讥其太愁肝肾也。杜牧诗云：‘杜诗韩集愁来读，似倩麻姑痒处抓。天外凤凰谁得髓，无人解合续弦胶。’⑥则杜甫诗，唐朝以来一人而已，岂白所能望邪？”

【校注】

①此条清抄本亦存，余本均缺。引文见《韵语阳秋》卷一。

②《调张籍》，《全唐诗》卷三百四十。

③《饮中八仙歌》，卷二。

④《春日忆李白》，卷一。

⑤孟启《本事诗·高逸第三》。"为问"二句，《本事诗》作"借问别来太瘦生，总为从前作诗苦"。

⑥《读韩杜集》，《全唐诗》卷五百二十一。"集"，二本均作"笔"；"无"，二本均作"何"。皆据《全唐诗》改。

82. 古汲高元之《荼甘录》曰①："杜子美《哀贬台州郑司户虔》诗云：②'《荟蕞》何技痒。'荟，乌外切，草多貌；蕞，在最切，又徂外切，小也。虔自谓著书虽多，而皆碎小之事也。后人传写误为《会粹》，谓会集其纯粹，失之远矣。痒，以两切，痒也。谓人有技艺，不能自忍，如人之痒也。甫谓虔私著国史者，不能自忍也尔。唐史氏谓虔集当世事，著书八十篇，目其书为《会粹》③，亦承袭之误矣④。《又示宗武》诗云：'暇日从时饮。'暇，读为假，古雅切。屈平《离骚》：'聊暇日以偷乐。'又宋玉《九章》：'聊暇日以须时。'⑤是也。"

【校注】

①此条清抄本亦存，余本均缺。

②即《八哀诗·故著作郎贬台州司户荥阳郑公虔》，卷十六。

③见《新唐书·郑虔传》。

④以上亦见《履斋示儿编》卷二十二《字说·集字二》。《懒真子录》卷四亦有此说。

⑤《九章·思美人》。《九章》，一般认为屈原所作。

83. 葛常之《韵语阳秋》曰[①]："近时论诗，皆谓对偶不切，则失之粗；太切，则失之俗。如江西诗社所作，虑失之俗也。老杜《江陵》诗云：'地利西通蜀，天文北照秦。'[②]《秦州》诗云：'水落鱼龙夜，山空鸟鼠秋。'[③]'丛篁低地碧，高柳半天青。'[④]《竖子》诗云：'楂梨且缀碧，梅杏半传黄。'[⑤]如此之类，可谓对偶太切矣，又何俗乎？如云'杂蕊红相对，他时锦不如'[⑥]，'磨灭余篇翰，平生一钓舟'之类[⑦]，虽对不求太切，而未尝失格律也。学诗者当审此也。"

【校注】

①此条清抄本亦存，余本均缺。引文见《韵语阳秋》卷一。

②《江陵望幸》，卷十二。

③《秦州杂诗二十首》其一，卷七。

④《秦州杂诗二十首》其九。

⑤《竖子至》，卷十九。

⑥《将别巫峡赠南卿兄瀼西果园四十亩》，卷二十一。

⑦《秋日寄题郑监湖上亭三首》其一，卷二十。

84. 马永卿《懒真子录》曰[①]："古人吟诗绝不草草，至于命题，各有深意。老杜《独酌》诗云：'步屧深林晚[②]，开樽独酌迟。仰蜂粘落絮，行蚁上枯梨。'《徐步》诗云：'整履步青芜，荒庭日欲晡。芹泥随燕嘴，花蕊上蜂须。'且独酌则无献酬也，徐步则非奔走也，以故蜂蚁之类微细之物皆能见之。若夫与客对谈，急趋而过，则何暇详视至于如是哉？"

【校注】

①此条清抄本亦存，余本均缺。引文见《懒真子录》卷一。

②"晚"，二本均作"晓"，据杜诗改。

85. 葛常之《韵语阳秋》曰①："'水田飞白鹭，夏木啭黄鹂'②，李嘉祐诗也；王摩诘衍之为七言曰：'漠漠水田飞白鹭，阴阴夏木啭黄鹂③。'而兴益远。'九天阊阖开宫殿，万国衣冠拜冕旒'④，王摩诘诗也；杜子美删之为五言曰：'阊阖开黄道，衣冠拜紫宸⑤。'而语益工也。"

【校注】

①此条清抄本亦存，余本均缺。引文见《韵语阳秋》卷一，盖撮合李肇《唐国史补》卷上与陈师道《后山诗话》之说而成。

②二句为李嘉祐诗佚句，见《全唐诗》卷二百七。"鹭"，清抄本作"鹤"。

③《积雨辋川庄作》，《全唐诗》卷一百二十八。按：李肇《唐国史补》卷上云："维有诗名，然好取人文章嘉句。"明胡应麟《诗薮·内编》卷五则云："摩诘盛唐，嘉祐中唐，安得前人预偷来者？此正嘉祐用摩诘诗。"叶梦得《石林诗话》卷上云："唐人记'水田飞白鹭，夏木啭黄鹂'为李嘉祐诗，王摩诘窃取之，非也。此两句好处，正在添'漠漠''阴阴'四字，此乃摩诘为嘉祐点化，以自见其妙。如李光弼将郭子仪军，一号令之，精彩数倍。"

④《和贾舍人早朝大明宫之作》，《全唐诗》卷一百二十八。"九天阊阖开宫殿"，清抄本作"九天宫殿开阊阖"。

⑤《太岁日》，卷二十一。

86. 古汲高元之《荼甘录》曰①："自古工诗者，未尝无兴也。睹物有感焉，则有兴。今之作诗，以兴近乎讪也，故不敢作，而诗之一义废矣。老杜《萵苣》诗云②：'两旬不甲拆，空惜埋泥滓。野苋迷汝来，宗生实于此。'皆兴小人盛而掩抑君子也。至高适《题处士园》则云③：'耕地桑柘间，地肥菜常熟。为问葵藿资，何如庙堂肉。'则近乎讪矣。作诗者苟知兴之与讪异，始可与言诗矣。"

【校注】

①此条清抄本亦存，余本均缺。仇兆鳌《杜诗详注》卷十五曾加征引，只易四字。

②即《种莴苣》诗，卷十五。

③即《同群公题张处士菜园》，《全唐诗》卷二百十四。

87. 葛常之《韵语阳秋》曰[①]："诗人赞美同志诗篇之善，多比珠玑、璧玉、锦绣、花草之类，至杜子美则岂肯作此陈腐语耶？如《寄岑参》诗云：'意惬关飞动，篇终接混茫。'[②]《夜听许十诵诗》云：'精微穿溟涬，飞动摧霹雳。'[③]《赠卢琚》诗云：'藻翰唯牵率，湖山合动摇。'[④]《赠郑谏议》诗云：'毫发无遗恨，波澜独老成。'[⑤]《寄李白》诗云：'笔落惊风雨，诗成泣鬼神。'[⑥]《赠高适》诗云：'美名人不及，佳句法如何。'[⑦]皆惊人语也。视余子，其神芝之与腐菌哉！"

【校注】

①此条清抄本亦存，余本均缺。引文见《韵语阳秋》卷三。

②即《寄彭州高三十五使君适虢州岑二十七长史参三十韵》，卷八。

③即《夜听许十诵诗爱而有作》，一作"许十一"，卷三。

④即《奉赠卢五丈参谋琚》，卷二十二。"山"，二本均作"上"，据杜诗改。

⑤即《敬赠郑谏议十韵》，卷二。"郑"，二本均误作"陈"，据杜诗改。

⑥即《寄李十二白二十韵》，卷八。

⑦即《寄高三十五书记》，卷三。

88. 葛常之《韵语阳秋》曰[①]："子美诗善用《文选》语，故宗武亦习之不置，所谓'熟精《文选》理，休觅彩衣轻'[②]，又云'呼婢取酒壶，续儿诵《文选》’③是也。”

【校注】

①此条清抄本亦存，余本均缺。引文见《韵语阳秋》卷三。

②《宗武生日》，卷十七。

③《水阁朝霁奉简云安严明府》，卷十四。“诵”，二本均误作“读”，据杜诗改。

89．马永卿《懒真子录》曰①：“长安慈恩寺塔，有唐进士题名石刻。仆读藏经，因谩记之：唐玄奘法师，贞观三年八月②，往五印度取经，十九年正月，复至京师，得如来舍利一百五十粒，梵夹六百五十七部，始居洪福寺翻译，至二十二年，皇太子治为文德皇后于宫城南晋昌里建大慈恩寺，寺成，令玄奘居之。永徽二年，师乃于寺造砖浮屠以藏梵本，恐火灾也。所以谓之雁塔者，用西域故事也。王舍城之中有僧婆窣堵波③。僧婆者，唐言雁；窣堵波者，唐言塔也。师至王舍城，尝礼是塔，因问其因缘。云：昔此地有伽蓝依小乘食三净食，三净者，谓雁也、犊也、鹿也。一日，众僧无食，仰见群雁翔飞，辄戏言曰：今日众僧缺供，摩诃萨埵宜知之，好施谓之萨埵。其引前者应声而坠，众僧饮泣④，遂依大乘，更不食三净，仍建塔，以雁埋其下，故师因此名塔。其后遂为游人盛集之地。故老杜有《同诸公登慈恩寺塔》诗。”

【校注】

①此条清抄本亦存，余本均缺。引文见《懒真子录》卷二，文有删节。

②“贞观”，清抄本作“正观”。

③“婆”，二本均作“娑”，下同，皆据《懒真子录》改。

④“饮”，清抄本作“欲”。

90. 葛常之《韵语阳秋》曰①："作诗在于炼字，如老杜'飞星过水白，落月动檐虚'②，是炼中间一字；'地坼江帆隐，天清木叶闻'③，是炼末后一字；《酬李都督早春》诗云'红入桃花嫩，青归柳叶新'④，若非'入'与'归'二字，则与儿童之诗何异？"

【校注】

①此条清抄本亦存，余本均缺。所引葛常之语，不见今传本《韵语阳秋》。《诗话总龟》后集卷二十四、元人王构编《修辞鉴衡》卷一，皆云出《韵语阳秋》。

②《中宵》，卷十七。

③《晚望》，卷二十。

④即《奉酬李都督表丈早春作》，卷九。

91. 葛常之《韵语阳秋》曰①："《七哀诗》起于曹子建，其次则王仲宣、张孟阳也②。释诗者谓病而哀，义而哀，感而哀，悲而哀，耳目闻见而哀，口叹而哀，鼻酸而哀，谓一事而七者具也。子建之《七哀》，在于独栖而思妇。仲宣之哀，在于弃子之妇人。张孟阳之哀，在于已毁之园寝。是皆一哀而七者具也。老杜之《八哀》，则所哀者八人也。王思礼、李光弼之武功，苏源明、李邕之文翰，汝阳、郑虔之多能，张九龄、严武之政事③，皆不复见矣。盖当时盗贼未息，叹旧怀贤而作者也。"

【校注】

①此条见《韵语阳秋》卷四。开头至"则所哀者八人也"，清抄本同；余本均缺。

②曹植，字子建；王粲，字仲宣；张载，字孟阳。三人所作《七哀诗》，俱见《文选》卷二十三。

③“严武”，余本均误作“严挺”。

92．葛常之《韵语阳秋》曰①：“杜甫累不第，天宝十三载，明皇朝献太清宫、飨庙及郊，甫奏赋三篇。帝奇之，使待制集贤院，命宰相试文章，故有《赠集贤崔于二学士》诗②：‘昭代将垂白，途穷乃叫阍。气冲星象表，词感帝王尊。天老书题目，春官验讨论。倚风遗鹢路③，随水到龙门。’是时陈希烈、韦见素为宰相，而崔国辅、于休烈者，皆集贤学士也，故末句云‘谬称三赋在，难述二公恩’，可谓不忘于藻鉴之重者也。按唐史，是岁八月，见素代陈希烈为丞相。而甫集有上见素诗云：‘持衡留藻鉴，听履上星辰。’④则甫之文为见素所赏，非希烈也。”

【校注】

①此条见《韵语阳秋》卷五，文字稍异。

②即《奉留赠集贤院崔于二学士》，卷二。“诗”下，道光本、方刻本、古逸本、续编本均有“云”字。

③“遗”，诸本均作“随”，据杜诗改。

④即《上韦左相二十韵》，卷三。

93．古汳高元之《荼甘录》曰①：“子美于天宝十三载献《西岳赋》②，故集有《赠献纳使田舍人》诗云③：‘舍人退食收封事，宫女开函近御筵。晓漏追趋青琐闼，晴窗点检白云篇。’末章云④：‘扬雄更有《河东赋》，唯待吹嘘送上天。’其云‘更有《河东赋》’，当是献《西岳赋》时也。”

【校注】

①此条亦见《韵语阳秋》卷六，文字稍异，但不云“古汳高元之《荼甘录》曰”。“荼”，清抄本、古逸本作“茶”。按：“荼”本作“茶”。

②即《封西岳赋》，卷二十四。

③即《赠献纳使起居田舍人澄》，卷三。

④"章"，原作"句"，据其余诸本改。

94. 葛常之《韵语阳秋》曰[①]："老杜当干戈骚屑之际，间关秦陇，负薪拾梠，餔糒不给，困踬极矣。自至蜀依裴冕[②]，始有草堂之居。观其经营来往之劳，备载于诗，皆可考也。其曰'万里桥西宅，百花潭北庄'者[③]，言其地也。'经营上元始，断手宝应年'[④]，言其时也。'雪里江船渡，风前径竹斜。寒鱼依密藻，宿鹭起圆沙'[⑤]，言其景物也。至于'草堂堑西无树林，非子谁复见幽心'[⑥]，则乞桤木于何少府之诗也。'草堂少花今欲栽，不问绿李与黄梅'[⑦]，则乞果栽于徐少卿之诗也[⑧]。王侍御携酒草堂，则喜而为诗曰：'故人能领客，携酒重相看。'[⑨]王录事许草堂赀不到，则戏而为诗曰：'为嗔王录事，不寄草堂资。'[⑩]盖其流离贫窭之余，不能以自给，皆因人而成也。其经营之勤如此。然未及黔突，避成都之乱[⑪]，入梓居阆，其心则未尝一日不在草堂也。遣弟检校草堂，则曰：'鹅鸭宜长数，柴荆莫浪开。'[⑫]寄题草堂，则曰：'尚念四小松，蔓草易拘缠。'[⑬]送韦郎归成都，则曰：'为问南溪竹，抽梢合过墙？'[⑭]途中寄严武，则曰：'常苦沙崩损药栏，也从江槛落风湍。'[⑮]每致意如此。及成都乱定，再依严武为节度参谋[⑯]，复归草堂，则曰：'不忍竟舍此，复来薙榛芜。入门四松在，步屧万竹疏。'[⑰]则其喜可知矣。未几，严武卒，彷徨无依，复舍之而去[⑱]。以唐史及公诗考之，草堂断手于宝应之初，而永泰元年四月，严武卒。是秋，公寓夔州云安县。有此草堂者，终始只得四载，而其间居梓阆三年，公诗所谓'三年奔走空皮骨'[⑲]是也，则安居草堂，仅阅岁而已[⑳]。其起居寝兴之适[㉑]，不足以偿其经营往来之劳，可谓一世之羁人也。然自唐至今已数百载，而草堂之名，与其山川草木，皆因公诗以为不朽之传，盖公之不幸，而其山川草木之幸也。”

【校注】

①此条见《韵语阳秋》卷六，文字稍异。

②“裴冕”，宋刻本《韵语阳秋》作“严武”。

③《怀锦水居止二首》其二，卷十四。“北”，诸本均作“上”，据杜诗改。

④《寄题江外草堂》，卷十二。

⑤《草堂即事》，卷十。“雪”，四库本、清抄本作“云”，余本均作“雪”；“渡”，诸本均作“度”，据杜诗改。

⑥《凭何十一少府邕觅榿木栽》，卷九。“心”，诸本作“深”，唯续编本作“心”，杜诗正作“心”，据改。

⑦《诣徐卿觅果栽》，卷九。

⑧“栽”，诸本均缺，据宋刻本补。

⑨《王竟携酒高亦同过》，卷十。

⑩《王录事许修草堂赀不到聊小诘》，卷十三。

⑪“避”，续编本作“被”。

⑫《舍弟占归草堂检校聊示此诗》，卷十二。

⑬《寄题江外草堂》，卷十二。“小松”，诸本均作“松小”，据杜诗改。

⑭《送韦郎司直归成都》，卷十二。“合”，诸本均作“会”，据杜诗改。

⑮、⑲《将赴成都草堂途中有作先寄严郑公五首》其四，卷十三。

⑯余本均无“武”字。

⑰《草堂》，卷十三。“竟”，古逸本作“意”。

⑱“复”，清抄本作“后”。

⑳杜甫自上元元年（760）营草堂而居，至永泰元年（765）五月离蜀，前后近六年之久，其间居梓、阆约一年九个月，居草堂时间近四年，非止“阅

岁而已”。

㉑“兴”，诸本均作“食”；“适”，诸本均作“兴”。皆据宋刻本改。

95. 葛常之《韵语阳秋》曰①：“张均、张垍兄弟承袭父宠，致位严近，皆负文材，觊觎端揆。明皇欲相均而抑于李林甫，欲相垍而夺于杨国忠，自此各怀觖望。安禄山盗国，垍相禄山，而均亦受伪命。肃宗反正，兄弟各论死，非房琯力救，岂能免乎！老杜赠均诗云：‘通籍逾青琐，亨衢照紫泥。灵虬传夕箭，归马散霜蹄。’②言均为中书舍人、刑部尚书时也。赠垍诗云：‘翰林逼华盖，鲸力破沧溟。天上张公子，宫中汉客星。’③言垍尚宁亲公主，禁中置宅也。二人恩宠烜赫如是，则报国当如何？而乃斁乱天理，下比逆贼反噬其主，夫岂人类也哉！”

【校注】

①此条见《韵语阳秋》卷七，文字微异。

②《奉赠太常张卿垍二十韵》，卷三。“垍”，一作“均”，黄鹤定作“垍”，朱鹤龄、仇兆鳌等均从黄说。仇云：“旧本作‘均’，乃刀笔之讹耳！”

③《赠翰林张四学士垍》，卷二。

96. 葛常之《韵语阳秋》曰①：“《北征》诗：‘经年至茅屋，妻子衣百结。恸哭松声回，悲泉共幽咽。平生所娇儿，颜色白胜雪。见爷背面啼，垢腻脚不袜。’方是时，甫方脱身于万死一生之地，得见妻儿，其情如是。洎至秦中，则有‘晒药能无妇，应门亦有儿’之句②。至成都，则有‘老妻忧坐痹，幼女问头风’之句③。观其情悰，已非北征时比也。及观《进艇》诗，则曰：‘昼引老妻乘小艇，晴看稚子浴清江。’《江村》诗则曰：‘老妻画纸为棋局，稚子敲针作钓钩。’其优游愉悦之情，见于嬉戏之间，则又异于秦益时矣④。”

【校注】

①此条见《韵语阳秋》卷十，文字微异。

②《秦州杂诗二十首》其二十，卷七。

③《遣闷奉呈严公二十韵》，卷十四。"坐痹"，古逸本作"肺病"。

④"益"，当作"中"。益州即是成都，《进艇》《江村》诸诗皆作于成都，不当云"异"。《诗话总龟》后集卷十五引《韵语阳秋》正作"中"。

97. 古汲高元之《荼甘录》曰[①]："陶渊明《命子篇》则曰：'夙兴夜寐，愿尔斯才[②]。尔之不才，亦已焉哉！'其《责子篇》则曰：'虽有五男儿，总不好纸笔。''天运苟如此，且进杯中物。'《告俨等疏》则曰'鲍叔管仲，分财无猜；归生伍举，班荆道旧'，而'况同父之人哉？'[③]则渊明之子未必贤也。故杜子美论之曰：'有子贤与愚，何其挂怀抱。'[④]然子美于诸子，亦未为忘情者。子美《遣兴》诗云：'骥子好男儿，前年学语时。''世乱怜渠小，家贫仰母慈。'又《忆幼子》诗云：'别离惊节换，聪慧与谁论。''忆渠愁只睡，炙背俯晴轩。'《得家书》云：'熊儿幸无恙，骥子最怜渠。'《元日示宗武》云：'汝啼吾手战。'观此数诗，于诸子钟情尤甚于渊明矣。山谷黄鲁直乃云：'杜子美困于三川[⑤]，盖为不知者诟病，以为拙于生事，又往往讥宗武失学，故寄之渊明尔。俗人便为讥病，所谓痴人面前，不得说梦。'[⑥]"

【校注】

①此条全见宋刻本《韵语阳秋》卷十，但不云"古汲高元之《荼甘录》曰"。本书第67条亦有类似记载，但作"山谷黄鲁直诗话曰"。

②"斯"，余本均作"之"。

③即《与子俨等书》，《全上古三代秦汉三国六朝文》全晋文卷一百十一。"分"，诸本均作"同"，据《全晋文》改。

④《遣兴五首》其三，卷七。“其”，四库本、清抄本作“必”；余本与杜诗作“其”，据改。

⑤“川”，诸本均作“蜀”，第67条引黄山谷语作“川”，是，据改。甫有《三川观水涨二十韵》，唐三川县属鄜州，与“三蜀”无涉。

⑥“得”，清抄本同；余本均作“必”。

98. 葛常之《韵语阳秋》曰①：“月轮当空，天下之所共视，故谢庄有‘隔千里兮共明月’之句②，盖言人虽异处，而月则同瞻也。老杜当兵戈骚屑之际，与其妻各居一方，自人情视之，岂能免闺门之念，而它诗未尝一及之。至于明月之夕，则遐想长思，屡形诗什。《月夜》诗云：‘今夜鄜州月，闺中只独看。’继之曰：‘香雾云鬟湿，清辉玉臂寒。’《一百五日夜对月》诗云：‘无家对寒食，有泪如金波。’继之曰：‘仳离放红蕊，想象嚬青蛾。’《江月》诗云：‘江月光于水，高楼思杀人。’继之曰：‘谁家挑锦字，烛灭翠眉嚬。’其数致意于闺门如此，其亦谢庄之意乎？”

【校注】

①此条见《韵语阳秋》卷十。

②《月赋》，《文选》卷十三。

99. 葛常之《韵语阳秋》曰①：“老杜《省宿》诗云②：‘明朝有封事，数问夜如何？’盖爱君欲谏之心切，则通夕为之不寐，想其犯颜逆耳，必不为身谋也。”

【校注】

①此条见《韵语阳秋》卷十一。

②即《春宿左省》，卷六。

100. 葛常之《韵语阳秋》曰[①]：“《成都记》：‘杜主自天而降[②]，称望帝。好稼穑，治郫城[③]。后望帝死，其魂化为鸟，名曰杜鹃。’故子美云：‘昔日蜀天子，化为杜鹃似老乌。’[④]又曰：‘古时杜宇称望帝，魂作杜鹃何微细。’[⑤]又曰：‘我见常再拜，重是古帝魂。’[⑥]《博物志》称：‘杜鹃生子，寄之它巢，百鸟为饲之。’[⑦]故子美云：‘生子百鸟巢，百鸟不敢嗔。仍为喂其子，礼若奉至尊。’[⑧]又云：‘寄巢生子不自啄，群鸟至今为哺雏。’[⑨]子美集中杜鹃诗、行凡三篇，皆以杜鹃比当时之君，而以哺雏之鸟讥当时之臣不能奉其君，曾百鸟之不若也。最后一篇，徒言杜鹃垂血上诉，不得其所，盖托兴明皇蒙尘之时也。故末句云：‘岂思昔日居深宫，嫔嫱左右如花红。’”[⑩]

【校注】

①此条见《韵语阳秋》卷十六，文字微异。

②“杜主”之上，宋刻本尚有“杜宇亦曰”四字。

③“郫”，清抄本误作“聊”。

④、⑨《杜鹃行》，卷十。

⑤《杜鹃行》，卷九。“宇”，诸本均作“鹃”，据杜诗改。

⑥、⑧《杜鹃》，卷十四。

⑦今传本《博物志》无，见《东坡题跋》卷二、《东坡志林》卷九。

⑩同注⑤。“昔”，诸本均作“旧”，据杜诗改。

101. 葛常之《韵语阳秋》曰[①]：“《古今诗话》载：子美因见病疟者曰：‘诵吾诗可疗。’令诵‘子璋髑髅血模糊，手提掷还崔大夫’之句[②]，病遂愈。余谓子美固尝病疟矣。其诗云：‘疟疠三秋孰可忍。’[③]又云：

‘三年犹疟疾。’④子美于此时，何不自诵其诗而自已疾耶？是灵于人而不灵于己⑤。”梦弼谓⑥：诵杜诗能除疟，乌有是理。盖言其诗辞典雅，读之脱然，不觉沉疴之去体也。

【校注】

①此条见《韵语阳秋》卷十七，文有删节。

②《戏作花卿歌》，卷十。“璋”，余本均作“章”。“崔”，清抄本、道光本、续编本均误作“萧”。

③《病后过王倚饮赠歌》，卷三。“疟”，诸本均作“患”，据杜诗改。

④《寄彭州高三十五使君适虢州岑二十七长史参三十韵》，卷八。“犹”，诸本均作‘病”，据杜诗改。

⑤清抄本同，余本“已”下均有“也”字。胡仔《苕溪渔隐丛话》后集卷七亦云：“世传杜诗能除疟，此未必然。盖其辞意典雅，读之者脱然不觉沉疴之去体也。而好事者乃曰：‘郑广文妻病疟，子美令取予“落月满屋梁，犹疑照颜色”一联诵之，不已；又令取“虬髯似太宗，色映塞外青”一联诵之，不已；又令取“子璋髑髅血模糊，手提掷还崔大夫”一联诵之，则无不愈矣。’此殊可笑！借使疟鬼诚知杜诗之佳，亦贤鬼也；岂复屑屑求食于呕吐之间为哉？观子美有云‘三年犹疟疾，一鬼不销亡。隔日搜脂髓，增寒抱雪霜。徒然潜隙地，有腼屡鲜妆’。则是疾也，杜陵正自不免。”

⑥此下原为双行小字。梦弼语盖本胡仔《丛话》。

102．葛常之《韵语阳秋》曰①：“余尝谓知人，虽尧帝犹以为难，而杜子美之曾老姑②，乃能知唐太宗于侧微之时，识房、杜辈于贱贫之日。子美乃形其语于诗曰：‘向窃窥数公，经纶亦俱有。次问最少年，虬髯十八九。子等成大名，皆因此人手。’③噫，一何异耶！”

【校注】

①此条见《韵语阳秋》卷十八，文字稍异。

②“老”，诸本均作“祖”，据宋刻本改。

③《送重表侄王砅评事使南海》，卷二十三。

103. 葛常之《韵语阳秋》曰①：“老杜《丽人行》专言秦、虢宴游之乐，末章有‘当轩下马入锦茵，慎莫近前丞相嗔’之句②，当是谓杨国忠也。”

【校注】

①此条见《韵语阳秋》卷十九。

②“慎”，诸本均作“且”，据杜诗改。

104. 葛常之《韵语阳秋》曰①：“老杜《北征》诗云：‘忆昔狼狈初，事与古先别。’②‘不闻夏商衰，中自诛褒妲。’②其意谓明皇英断，自诛妃子，与夏商之诛褒妲不同。老杜此语，出于爱君，而曲文其过，非至公之论也。”

【校注】

①此条见《韵语阳秋》卷十九。

②“昔”，宋刻本作“昨”。

③“商”，杜诗作“殷”。

105. 葛常之《韵语阳秋》曰①：“子美为左拾遗，会房琯以陈涛之战败罢相，甫上疏力救琯。肃宗大怒，诏三司推问②，宰相张镐救之获免。故甫《洗兵马行》云：‘张公一生江海客，身长九尺须眉苍。’盖感其救己也。”

【校注】

①此条见《韵语阳秋》卷二十，文有删略。

②“推”，余本均作“杂”。

106. 葛常之《韵语阳秋》曰①：“子美避乱秦蜀，衣食不足，不免求给于人。如《赠高彭州》《客夜》《狂夫》《答裴道州》《简韦十》②，凡五篇，观此可见其艰窘而有望于朋友故旧也。然当时能赒之者，几何人哉！”

【校注】

①此条见《韵语阳秋》卷二十，文有删节。

②《赠高彭州》，即《因崔五侍御寄高彭州一绝》，卷九。《答裴道州》，即《暮秋枉裴道州手札率尔遣兴寄递呈苏涣侍御》，卷二十三。《简韦十》，即《投简梓州幕府兼简韦十郎官》，卷十二。

107. 葛常之《韵语阳秋》曰①：“子美身遭离乱，复迫衣食，足迹半天下。自少时游吴及越，以至作谏官，奔走州县，既皆载于《壮游》诗矣。其后《赠韦左丞》诗云：‘今欲东入海，即将西去秦。’②则自长安之齐鲁也。《赠李白》诗云：‘亦有梁宋游，方期拾瑶草。’则自东都之梁宋也。《发同谷县》云：‘贤有不黔突，圣有不暖席。’‘始来兹山中，休驾喜地僻③。奈何迫物累④，一岁四行役。’则自陇右之剑南也。《留别章使君》云：‘终作适荆蛮，安排用庄叟。随云拜东皇，挂席上南斗。’⑤则自蜀之荆楚也。夫士人既无常产，为饥所驱，岂免仰给于人，则奔走道途，亦理之常尔。”

【校注】

①此条见《韵语阳秋》卷二十，文字稍异。

②《赠韦左丞》，即《奉赠韦左丞丈二十二韵》，卷一。“东入海”，道光本、续编本作“入东海”。

③“喜”，古逸本同；余本均作“居”。

④“迫物累”，清抄本、续编本作“物迫累”。

⑤《留别章使君》，即《将适吴楚留别章使君留后兼幕府诸公》，卷十二。“荆蛮”，诸本均作“蛮荆”，据杜诗改。

108. 葛常之《韵语阳秋》曰①：“子美高自称许，有乃祖之风。上书明皇云：臣之述作，沉郁顿挫，扬雄、枚皋可跂及②。《壮游》诗则自比于崔、魏、班、扬③，又云：‘气劘屈贾垒，目短曹刘墙。’《赠韦左丞》则曰④：‘赋料扬雄敌，诗看子建亲。’甫以诗雄于时⑤，自比诸人，诚未为过。至‘窃比稷与契’⑥，则过矣。唐史氏称甫好论天下大事，高而不切，岂自比稷契而然耶？至云‘上感九庙焚，下悯万民疮。斯时伏青蒲，廷争守御床’，⑦其忠荩亦可嘉也。”

【校注】

①此条见《韵语阳秋》卷八，文字稍异。

②见《进雕赋表》，卷二十四。

③崔，即崔尚；魏，即魏启心；班，即班固；扬，即扬雄。

④即《奉赠韦左丞丈二十二韵》，卷一。

⑤“时”，宋刻本作“世”。

⑥《自京赴奉先县咏怀五百字》，卷四。

⑦《壮游》，卷十六。

109. 葛常之《韵语阳秋》曰①："山谷黄鲁直谓后山陈无已云②：'学诗如学道。'此岂寻常雕章绘句者之可拟哉！客有谓立方言③：后山诗，其要在于点化杜甫语尔。杜云：'昨夜月同行。'④后山则云：'殷勤有月与同归。'⑤杜云：'林昏罢幽磬。'⑥后山则云：'林昏出幽磬。'⑦杜云；'古人日已远。'⑧后山则云：'斯人日已远。'⑨杜云：'中原鼓角悲。'⑩后山则云：'风连鼓角悲。'⑪杜云：'暗飞萤自照。'⑫后山则云：'飞萤元失照。'⑬杜云：'秋觉追随尽。'⑭后山则云：'林湖更觉追随尽。'⑮杜云：'文章千古事。'⑯后山则云：'文章平日事。'⑰杜云：'乾坤一腐儒。'⑱后山则云：'乾坤著腐儒。'⑲杜云：'孤城隐雾深。'⑳后山则云：'寒城著雾深。'㉑杜云：'寒花只暂香。'㉒后山则云：'寒花只自香。'㉓如此类甚多，岂非点化老杜之语而成者！立方谓不然㉔。后山诗格律高古，真所谓'碌碌盆盎中，见此古罍洗'者㉕，用语稍同，乃是读少陵诗精熟㉖，不觉在其笔下，又何足以病公乎？"

【校注】

①此条见《韵语阳秋》卷二，文字稍异。

②宋刻本此句作"鲁直谓陈后山"。

③"立方"，宋刻本作"余"。

④《奉济驿重送严公四韵》，卷十一。

⑤《东禅》，《后山集》卷八。"殷"，诸本均作"勤"；"归"，诸本均作"行"。皆据《后山集》改。

⑥《昔游》，卷二十。

⑦《寄参寥》，《后山集》卷一。

⑧《赠郑十八贲》，卷十四。

⑨《观党文忠公家六一堂图书》，《后山集》卷一。

⑩《夔府书怀四十韵》，卷十六。

⑪《送秦觏二首》其一，《后山集》卷四。

⑫《倦夜》，卷十四。

⑬《十五夜月》，《后山集》卷四。

⑭《九月一日过孟十二仓曹十四主簿兄弟》，卷二十。

⑮《送赵承议》，《后山集》卷六。

⑯《偶题》，卷十八。

⑰、⑲《独坐》，《后山集》卷五。

⑱《江汉》，卷二十三。

⑳《野望》，卷八。

㉑《智宝院后楼怀胡元茂》，《后山集》卷四。“雾”，《后山集》作“霿”。

㉒《薄游》，卷十二。

㉓《西湖》，《后山集》卷四。

㉔“立方”，宋刻本作“余”。

㉕黄庭坚《次韵秦觏过陈无已书院观鄙句之作》诗句，《山谷集》卷三。

㉖“精”，宋刻本无。

110. 诸儒诗话：子美《戏作俳谐体遣闷》云：“家家养乌鬼，顿顿食黄鱼。”①“养”，或读为上声，或读为去声。沈存中《笔谈》以“乌鬼”为“乌猪”，谓其俗呼猪作“乌鬼”之声也②。《蔡宽夫诗话》以“乌鬼”为巴俗所事神名也③。《冷斋夜话》谓巴俗多事乌蛮鬼，以临江故顿顿食黄鱼耳④。《缃素杂记》以鸬鹚为乌鬼，谓养之以捕鱼也⑤。然《诗辞事略》又谓楚峡之间事乌为神，所谓神鸦也⑥。故元微之有诗云：“病赛乌称鬼，巫占瓦代龟。”⑦梦弼谓当以此《事略》之言为是也⑧。盖养乌鬼，食黄鱼，自是两义，皆记巴中之风俗也。峡中黄鱼，极大者至数百斤，小者亦数十斤，按集有诗云⑨“日见巴东峡，黄鱼出浪新。脂膏兼饲犬，长大不容身”是也。然是鱼岂鸬鹚之所能捕哉？彼以乌鬼为鸱鸺，其谬尤甚矣。或又曰乌鬼谓猪也，巴峡人家多事鬼，家养一猪，非祭鬼不用，故于群猪中特呼“乌鬼”以别之也。今并存之。

【校注】

①《戏作俳谐体遣闷二首》其一，卷二十。

②沈括之说见《梦溪笔谈》卷十六。按：存中主乌鬼为鸱鸺说，未闻主乌鬼为乌猪说也。《苕溪渔隐丛话》前集卷十二引《漫叟诗话》、马永卿《懒真子录》卷四，则主乌鬼为猪之说。

③蔡居厚说见《苕溪渔隐丛话》前集卷十二引《蔡宽夫诗活》。

④释惠洪说见《冷斋夜话》卷四。

⑤黄朝英说见《靖康缃素杂记》卷五。

⑥未见此书。

⑦《酬翰林白学士代书一百韵》，《全唐诗》卷四百五。

⑧“此”，原无，据其余诸本补。

⑨“集”，清抄本、古逸本同；余本“集”下均有“中”字。引诗见《黄鱼》，卷十七。

111. 广陵马永卿《懒真子录》曰[①]：“唐时前辈多自重，而后辈亦尊仰前辈而师事之，此风最为淳厚。杜工部于《苏端薛复筵简薛华醉歌》首云：‘文章有神交有道，端复得之名誉早。’又云：‘坐中薛华善醉歌，醉歌自作风格老。’且一篇之中连呼三人之名，想见当时士人一经老杜品题，即有声价，故世愿得其品题，不以呼名为耻也。近世士大夫，老幼不复笃厚，虽前辈诗中亦不敢斥后进之名，而后进亦不复尊仰前辈，可胜叹哉！”

【校注】

①此条见《懒真子录》卷三。

112. 《庚溪诗说》①："士人程文，穷日力作一论，既不限声律，复不拘诗句，尚罕得反复折难，使其理判然者。观《赴奉先咏怀》五百言②，乃声律中老杜心迹论一篇也。自'杜陵有布衣，老大意转拙。许身一何愚，窃比稷与契'，其心术祈向，自是稷契等人。'穷年忧黎元，叹息肠内热'，与饥渴由己者何异？然常为不知者所病，故曰'取笑同学翁'。世不我知，而所守不变，故曰'浩歌弥激烈'。又云'非无江海志，潇洒送日月'，'当今廊庙具，构厦岂云缺③？葵藿倾太阳，物性固莫夺'。言非不知隐遁为高也，亦非以国无其人也，特废义乱伦，有所不忍④。'以兹误生理，独耻事干谒'⑤，言志大术疏，未始阿附以借势也。为下士所笑，而浩歌自若，皇皇慕君，而雅志栖遁，既不合时，而又不少低屈⑥，皆设疑互答，屡致意焉，非巨刃有余，孰能之乎！中间铺叙间关酸辛，宜不胜其戚戚。而'默思失业徒，因念远戍卒'⑦，所谓忧在天下而不为一己失得也⑧。禹、稷、颜子不害为同道，少陵之迹江湖而心稷契，岂为过哉！《孟子》曰：'穷则独善其身，达则兼善天下。'⑨其穷也，未尝无志于国与民；其达也，未尝不抗其易退之节。早谋先定，出处一致矣。是时先后周复⑩，正合乎此。昔人目元和《贺雨》诗为谏书⑪，余特目此诗为心迹论也。"

【校注】

①此条今传本《庚溪诗说》无，《杜诗详注》卷四引作《庚溪诗话》，查今传本《庚溪诗话》亦无。而黄彻《䂬溪诗话》卷十所载，与此几乎全同，殆为《䂬溪诗话》之误耶？

②即《自京赴奉先县咏怀五百字》，卷四。

③“构”，诸本均作“建”，据杜诗改。

④“忍”，清抄本同；余本均作“可”。

⑤“干谒”，清抄本误作“于诺”。

⑥“少”，清抄本同；余本均作“为”。

⑦“徒”，余本均作“途”；“卒”，余本均作“役”。

⑧“一”，余本均作“小”。

⑨《孟子·尽心上》。

⑩“时”，《碧溪诗话》作“诗”。

⑪指白居易《贺雨》诗，《全唐诗》卷四百二十四。苏轼《次韵张昌言喜雨》诗云：“爱君谁似元和老，《贺雨》诗成即谏书。”

113.《碧溪诗话》①：“《孟子》七篇，论君与民者居半；其余欲得君②，盖以安民也。观杜陵‘穷年忧黎元，叹息肠内热’③，‘胡为将暮年，忧世心力弱’④，《宿花石戍》云‘谁能扣君门，下令减征赋’，《寄柏学士》云‘几时高议排金门，各使苍生有环堵’⑤，宁令‘吾庐独破受冻死亦足’⑥，而志在‘大庇天下寒士’⑦。其仁心广大，异夫求穴之蝼蚁辈，真得孟子所存矣。东坡先生问：‘老杜何如人？’或言似司马迁，但能名其诗尔⑧。愚谓老杜似孟子，盖原其心也。”

【校注】

①此条见《碧溪诗话》卷一，文字微异。

②“余”，《诗人玉屑》卷十四引无“余”字，是。

③《自京赴奉先县咏怀五百字》，卷四。“元”，诸本均作“民”，据杜诗改。

④《西阁曝日》，卷十八。

⑤即《寄柏学士林居》，卷十八。“有”，道光本作“安”，系补改。

⑥《茅屋为秋风所破歌》，卷十。

⑦“大”，道光本作“于”，系补改。

⑧苏轼语见《东坡志林》卷十一。

114.《古今诗话》①:“老杜:‘红饭啄余鹦鹉粒，碧梧栖老凤凰枝。’②此语反而意奇③。退之诗云:‘入镜鸾窥沼，行天马度桥。’④亦效此理⑤。”

【校注】

①《古今诗话》，撰者不详，郭绍虞疑即李颀所撰《古今诗话录》七十卷，佚，有节本及辑佚本。郭绍虞《宋诗话辑佚》辑得四百余条。此条实出《梦溪笔谈》卷十四，文字稍异。参看《诸家老杜诗评》卷一第35条。

②《秋兴八首》其八，卷十七。

③“反”，古逸本误作“仄”。

④《春雪》，《全唐诗》卷三百四十三。“入镜”，诸本均作“舞鉴”；“度”，诸本均作“渡”。皆据《全唐诗》改。

⑤“效”，方刻本、续编本作“仿”。

115．杜氏谱系①

谨按《唐书·杜甫传》及元稹《墓志》，晋当阳成侯预下十世而生依艺，以监察御史令于河南府之巩县。依艺生审言，审言善诗，官至修文馆学士、尚书膳部员外郎。审言生闲，京兆府奉天县令。闲生甫，左拾遗、尚书工部员外郎。甫生二子：宗文、宗武。梦弼今以《杜氏家谱》考之，襄阳杜氏出自晋当阳成侯预，而佑盖其后也。佑生三子：师损、式方②、从郁。师损三子：诠、愉、羔。式方五子：恽、憓、悰、恂、慆。从郁二子：牧、颛③。群从中悰官最高，而牧名最著。杜氏凡五房：一、京兆杜氏；二、杜陵杜氏；三、襄阳杜氏；四、洹水杜氏；五、濮阳杜氏。而甫一派，又不在五派之中。甫与佑既同出于预，而家谱不载，何也？岂以其官不达，而诸杜不通谱系乎？何家谱之见遗也！东塾蔡梦弼因览其谱系而为之书。

【校注】

①此段文字，实出自马永卿《懒真子录》卷一，梦弼乃损益而成。

②“式”，清抄本误作“武”。

③“颛”，当为“颢”。详《新唐书》卷七十二上《宰相世系表二上》。

杜工部诗话

［清］刘凤诰 撰

说　明

《杜工部诗话》五卷，清刘凤诰撰。

刘凤诰，字丞牧，号金门，萍乡（今属江西）人。生于清乾隆二十六年（1761），卒于道光十年（1830），终年七十。凤诰中乾隆五十四年（1789）己酉科第三名探花，授编修，超擢侍读学士、内阁学士。曾先后提督广西、山东、浙江学政，充湖北、山东、江南乡试正考官。官至兵部左侍郎、吏部右侍郎，赏加太子太保。嘉庆十四年（1809）以罪充军伊犁，着改发黑龙江，十八年释回。道光元年（1821），因病回籍，后卒于家。凤诰工古文，有《存悔斋集》二十八卷、外集四卷传于世。

道光十年开雕、十七年刊竣的《存悔斋集》，中有《集杜诗》三卷（卷二十一至卷二十三），《杜诗话》五卷（卷二十四至卷二十八），半叶十一行，行二十四字；宣统二年（1910），扫叶山房石印本《杜工部诗话》，不分卷，无序跋及目录，半叶十四行，行三十一字；又有中华民国三年（1914）上海锦章图书局石印本。共收录诗话一百五十条。

嘉庆以后，注杜之风少衰，纵有注本，亦多删削前人著作为之，鲜有善者。遂转而作诗话、笔记之类，如刘凤诰《杜诗话》、潘德舆《李杜诗话》、李黼平《读杜韩笔记》等即是。凤诰熟读杜诗，又精通史学，长于考订，故于诸家注杜论杜、唐史典实多所浏览。其所撰《杜工部诗话》，涉论颇广，于杜甫家世、亲族交游、生平事迹、思想性格、诗义阐释及诸家评论，多所评骘，且偶有新见。如辩杜甫啖牛炙白酒一夕而卒之说为诬谤；谓杜诗“仅以年月日为题者，皆就客中岁月记其节候土风”，以证杜甫之明历法等。今人张舜徽称其“《杜诗话》五卷，考订详密，议论平允，实有得于作者之心，以其寝馈工部之诗，功力较深也”（《清人文集别录》卷八）。不足之处是多为摭拾前人评论，且多抄自仇注；有的评论抄自前人，却不注明出处，甚或沿袭前人之误。如第90条引蔡絛《西清诗话》语，实为黄彻《䂬溪诗话》语，盖沿仇注之误；第128条误引《后村诗话》，实为曾季貍《艇斋诗话》，亦沿仇注之误；第124条释“笼竹”，引“宋子京《益部方物记》：慈竹别有一种，节间容八九尺者，曰笼竹”，引文“八九尺”乃“八九寸”之误，其所以致误，盖由照抄钱笺所致。此类尚多，兹不赘举。至其谓杜甫尝游晋地，而“诸家年谱俱失载”，以为独所发见，其实影响颇大的朱鹤龄撰《杜工部年谱》已云：“公弱冠之时，尝游晋地，当是游晋后方为吴越之游也。”刘氏岂未得见耶？抑且掠人之美欤？

校注以道光年间刊《存悔斋集》本（简称“道光本”）为底本，参校扫叶山房石印本（简称“石印本”）。

杜工部诗话卷一

1. 杜为晋征南将军预之后，子美《祭远祖当阳君文》自称“十三叶孙甫”，其曰：“《春秋》主解，稿隶躬亲。”述预为《春秋左传集解》也。《进雕赋表》：“自先君恕、预以降，奉儒守官，未坠素业。”则其根柢经术，固有自来。诗中援引，如《怀李白》云①：“更寻嘉树传，不忘角弓诗。”以季武不忘韩宣一事，翻成两语②；《兵车行》云③：“新鬼烦冤旧鬼哭。”化用夏父弗忌“新鬼大，故鬼小”语；《前出塞》云：“射人先射马。”④本“乐伯左射马右射人”语⑤；《投赠哥舒开府》云⑥：“廉颇仍走敌，魏绛已和戎。”以翰年老风疾，比之廉颇，玄宗赐音乐田园，比之魏绛赐女乐歌钟⑦。运用神明，洵为克承家学者矣。

【校注】

①即《冬日有怀李白》，卷一。

②《左传·昭公二年》：“春，晋侯使韩宣子来聘，……公享之，季武子赋《绵》之卒章，韩子赋《角弓》。……既享，宴于季氏，有嘉树焉，宣子誉之，武子曰：‘宿敢不封殖此树，以无忘《角弓》。’遂赋《甘棠》。”《角弓》诗，指《诗经·小雅·角弓》。

③《左传·文公二年》：“夏父弗忌为宗伯，尊僖公，且明见曰：‘吾见新鬼大，故鬼小。’”

④《前出塞九首》其六，卷二。

⑤《左传·宣公十二年》："晋人逐之，左右角之，乐伯左射马而右射人，角不能进，矢一而已。"

⑥《投赠哥舒开府翰二十韵》，卷三。

⑦《新唐书·哥舒翰传》："进封西平郡王，赐音乐田园。……翰嗜酒，极声色，因风痹，体不仁。既疾废，遂还京师，阖门不朝请。"《史记·廉颇列传》：赵之良将也，破齐攻魏，封为信平君。钱谦益曰："翰年已老，素有风疾，故以廉颇为比。"(《钱注杜诗》卷九)《左传》载：晋魏绛说悼公，和戎有五利，公悦，使绛盟诸戎。晋由是强盛，八年之中，九合诸侯，悼公遂赐女乐、歌钟于魏绛。详见《襄公四年》与《襄公十一年》。

2. 少陵祖审言，武后朝授著作郎、膳部员外，与宋之问、陈子昂、沈佺期齐名，四人实为唐律之祖。公有《过宋员外旧庄》①《陈拾遗故宅》诗。之问谄附张易之，人不足道，公于契家前辈不置讥词。子昂，则盛称其"终古立忠义，《感遇》有遗篇"，以篇中多感叹武后革命时事，中有激发，不特寓旨神仙而已。又有寄佺期子沈八丈东美除膳部员外诗②，诗有"膳部默凄伤"句。又《赠蜀僧闾丘师兄》诗有"吾祖诗冠古，同年蒙主恩"句，僧为太常博士均孙，均以文笔著称，与审言同侍武后，公因之感思其大父也。沈诗尊之曰"礼同诸父长"，闾丘诗亲之曰"相遇即诸昆"，公之笃旧敦古处如此。

【校注】

①即《过宋员外之问旧庄》，卷一。

②即《承沈八丈东美除膳部员外郎阻雨未遂驰贺奉寄此诗》，卷三。

3. 昔人谓子美父名闲(閑)，诗中不用"闲"字；母名海棠，故不作海棠诗。《英华辨证》则谓公不避家讳，两押"闲"字①。不知所押乃閒暇之“閒”，与闲绝不相犯。顾炎武之言是也[②]。按公父尝为兖州司马，故有“东郡趋庭”之咏[③]。公母崔氏，于十一舅有“今我送舅氏，万感集清樽”[④]；十七舅有“感深辞舅氏，别后见何人”[⑤]；十九舅有“吾舅政如此，古人谁复过”[⑥]；二十三舅有“贤良归盛族，吾舅尽知名”[⑦]；又崔十三评事有“舅氏多人物”等句[⑧]。崔故甲族，公于母党常惓惓焉。若世间花卉多矣，东坡云：“少陵为尔牵诗兴，可是无心赋海棠？”[⑨]最为有见。

【校注】

①此说与原意不符。《文苑英华辨证》卷八《避讳》云：“世谓子美不避家讳，诗中两押‘闲’字，……其实皆非也。”

②顾说见《日知录》卷二十七“杜子美诗注”条。

③《登兖州城楼》诗云：“东郡趋庭日。”卷一。

④《阆州东楼筵奉送十一舅往青城》，卷十二。

⑤《奉送十七舅下邵桂》，卷十八。

⑥《白水明府舅宅喜雨》，卷四。

⑦《奉送二十三舅录事之摄郴州》，卷二十三。

⑧《赠崔十三评事公辅》，卷十五。

⑨此非苏轼诗，乃王安石《与微之同赋梅花得香字三首》其二诗句，见《临川先生文集》卷二十。“可”，二本均作“岂”，据王诗改。

4. 少陵行二，李白有《鲁郡东石门送杜二甫》，高适有《人日寄杜二拾遗》，严武有《寄题杜二锦江野亭》《巴岭答杜二见忆》诸诗，任华《杂言》曰：“杜拾遗，名甫第二才甚奇。”“昨日有人诵得数篇黄绢词，吾怪异奇特借问，果然称是杜二之所为。”[①]古人行第不以有兄泥也，四弟颖、观、丰、占，早年踪迹分散，屡见吟咏，晚惟占从入蜀，观亦尝自中都赴夔。

【校注】

①即杂言诗《寄杜拾遗》,《全唐诗》卷二百六十一。"异奇",二本均作"奇异",据《全唐诗》改。

5. 少陵一妹,嫁韦氏,从夫远宦,有《元日寄韦氏妹》诗,《同谷歌》"有妹有妹在钟离"①,则已嫠妇寓居时矣。曰"我已无家寻弟妹"②,曰"弟妹萧条各何往"③,曰"弟妹悲歌里"④,曰"无由弟妹来"⑤,曰"弟妹各何之"⑥,曰"故乡有弟妹"⑦,曰"团圆思弟妹"⑧,数数及之,重人骨肉之感。

【校注】

①即《乾元中寓居同谷县作歌七首》其四,卷八。

②《送韩十四江东省觐》,卷十。

③《九日五首》其一,卷二十。

④《九日登梓州城》,卷十一.

⑤《遣愁》,卷九。

⑥《遣兴》,卷九。

⑦《五盘》,卷九。

⑧《又示两儿》,卷十八。

6. 少陵妻弘农杨氏①,司农少卿怡女,公自避贼初归,《北征》诗但云"瘦妻面复光",状一时悲喜交集而已;若鄜州夜月,明明忆闺中独看,却用小儿女衬出,遂使云鬟玉臂,写发肤不伤俗艳,泪痕双照,写心曲不落痴迷,雅合风人之旨②。秦州诗乃有"晒药能无妇"句③;《进艇》诗"昼引老妻乘小艇",至比之蛱蝶相逐,芙蓉自双,不嫌纤佻;《江村》诗"老妻画纸为棋局",更可想其白头厮守,优游愉悦意象;《客夜》诗："老妻书数纸，应悉未归情。"《孟仓曹遗酒酱》诗："理生那免俗，方法报山妻。"④此皆家室中情真而语朴者。后人于忆家寄内诗，知避村气而漫逞风趣，几自忘其置闺阃何等，读此当知立言。

【校注】

①"弘"，二本均作"宏"，据元稹《唐检校工部员外郎杜君墓系铭》改。

②指《月夜》诗，卷四。

③《秦州杂诗二十首》其二十，卷七。

④即《孟仓曹步趾领新酒酱二物满器见遗老夫》，卷二十。

7. 训子诗忌涉腐气，大抵幼爱聪明，长期成立，晚暮又望其督家守丘陇①，此恒情也。少陵二子：宗文、宗武。世谓宗武定是有才，宗文不过使树鸡栅，然《熟食日》诗②，并《示两儿》③，一则曰"汝曹催我老"，一则曰"他时见汝心"；旧解指公先茔在洛，流寓不能展省，故当节日回首邙山，仍嘱二子以毋忘拜扫。其论良是。黄鹤据元稹《系铭》"宗武病不克葬"④，断为宗文早世。既引《熟食日》诗，以为明年出峡，二子无恙，意自潭之衡乃丧宗文，又引《舟中伏枕》诗"瘗夭追潘岳"⑤，以为宗文卒当瘗耒阳，皆臆度之见。樊晃《小集序》明云⑥："君有子宗文、宗武，近知所在，漂寓江陵，冀求其正集，论次之。"⑦则宗文尔日尚存，且并非不能守先业者。宗文，小名熊儿，《得家书》诗"熊儿幸无恙"，可见初无失爱。宗武小名骥子，特以幼见怜，故"骥子好男儿"⑧"骥子春犹隔"⑨"骥子最怜渠"⑩，频呼而念之。然示宗武诗，以精《文选》、饱经术劝其学，即以"休觅彩衣轻"⑪"莫羡紫罗囊"⑫诫其敦行，安得谓公有誉儿癖乎？《云仙杂记》载：宗武以诗示阮兵曹，阮答以石斧一具，并诗还之，宗武曰："斧，父斤也，欲使我呈父斤削耶？"阮闻之曰："欲令自断其手，不尔，天下诗名又在杜家。"⑬说者遂有三世为将，道家所忌之喻。考史传，绝不载宗武诗，毋乃公所谓“失学从儿懒”⑭，仅解记诵而不能精进者乎？“有子贤与愚，何其挂怀抱”⑮，无怪公之借渊明以自解嘲。

【校注】

①“又”，原作“人”，据石印本改。

②即《熟食日示宗文宗武》，卷十八。

③即《又示两儿》，卷十八。

④指元稹所撰《唐检校工部员外郎杜君墓系铭》。

⑤即《风疾舟中伏枕书怀三十六韵奉呈湖南亲友》，卷二十三。

⑥即《杜工部小集序》。

⑦“论次之”，原序文为“续当论次云”。

⑧《遣兴》，卷四。

⑨《忆幼子》，卷四。

⑩《得家书》，卷五。

⑪《宗武生日》，卷十七。

⑫《又示宗武》，卷二十一。

⑬《云仙杂记》，十卷，旧题唐冯贽撰。引文见卷七，文字稍异。周紫芝《竹坡诗话》卷一亦有类似记载。

⑭《屏迹三首》其三，卷十。

⑮《遣兴五首》其三，卷七。

8. 老杜说儿女子态，似嗔实喜，极是人情。如“平生所娇儿，颜色白胜雪。见爷背面啼，垢腻脚不袜。妆前两小女，补绽才过膝。海图拆波涛，旧绣移曲折；天吴及紫凤，颠倒在裋褐”，“学母无不为，晓妆随手抹；移时施朱铅，狼籍画眉阔”，“问事竞挽须，谁能即嗔喝”①。

又“痴女饥咬我，啼畏虎狼闻。怀中掩其口，反侧声愈嗔。小儿强解事，故索苦李餐”②。又“布衾多年冷似铁，娇儿恶卧踏里裂”③，“痴儿不知父子礼，叫怒索饭啼门东”④。想见对童稚娇憨又恼又爱光景，所谓不失赤子之心者也。

【校注】

①《北征》，卷五。

②《彭衙行》，卷五。

③《茅屋为秋风所破歌》，卷十。

④《百忧集行》，卷十。

9. 少陵家有隶役伯夷、辛秀、信行、行官张望、獠奴阿段、女奴阿稽诸人，自居夔后，屡见于诗。凡修筒引水、树栅养鸡、补稻种甘、行菜伐木、摘苍耳、锄斫果林诸事，一一躬亲驱督，而怜其触热未餐，鉴其瘴剧作苦，体恤周至，动见民吾同胞之隐。钟伯敬谓其处家常琐细，有满腔化工，全副王政在①。靖节云：“彼亦人子也。”②真仁者有同心欤？

【校注】

①明钟惺，字伯敬。所撰《唐诗归》卷十九《信行远修水筒》诗，载钟评云：“往往于家常琐细，娓娓不倦，发大道理，大经济，不酸不碎，此老胸中原有此一副本事。”同卷《催宗文树鸡栅》诗后，钟评云：“读《秋行官张望……》以下数诗，有宽严，有详略，有巨细，纲目脉络，委曲分明，盖以奴婢事，帐薄语，而满肚化工，全副王政，和盘托出。”

②晋陶渊明，私谥靖节。萧统《陶渊明传》云：陶为彭泽令，“不以家累自随，送一力给其子，书曰：‘汝旦夕之费，自给为难。今遣此力，助汝薪水之劳。此亦人子也，可善遇之。’”《全上古三代秦汉三国六朝文》

全梁文卷二十。

10. 少陵生平所遭，多穷饿困乏境地，残杯冷炙，到处悲辛，曾不讳言，甚至衾裯换斗米，囊空留一钱，略无顾惜。惟故人孙宰一饭，义重云天，有“誓将与夫子，永结为弟昆”之愿[①]，与韩侯遇漂母何异？入蜀后，生计全资友朋，王录事不寄草堂赀，以诗致诘，正复无伤大雅；它时具舟出峡，举瀼西果园四十亩，慨然以赠南卿，实是一大美事。“君莫笑，刘毅从来布衣愿，家无儋石输百万”[②]，固自其英少已然。

【校注】

①《彭衙行》，卷五。

②《今夕行》，卷一。

11. 诗评有“许浑千首水”“杜甫一生愁”之诮[①]，论公处境宜然，然遂以公不善作愉乐语，则非也。公之写喜事，专取神会，如“家家卖钗钏，只待献春醪”[②]，喜官军之压贼也；“晓看红湿处，花重锦官城”[③]，喜好雨之知时也；“暂止飞乌将数子，频来语燕定新巢”[④]，喜浣花草堂初成也；“舍南舍北皆春水，但见群鸥日日来”[⑤]，喜崔明府相过也；“共说总戎云鸟阵，不妨游子芰荷衣”[⑥]，喜严郑公再至也；“炙背可以献天子，美芹由来知野人”[⑦]，是迁居赤甲之喜；“巡检索共梅花笑，冷蕊疏枝半不禁”[⑧]，是寄弟蓝田之喜；至《草堂》诗云：“旧犬喜我归，低徊入衣裾；邻舍喜我归，沽酒携葫芦；大官喜我来，遣骑问所须；城郭喜我来，宾客隘村墟。”雅人深致，随事生欢，诗家善言喜者，宜莫如此老。

【校注】

①《苕溪渔隐丛话》前集卷二十四引《桐江诗话》云："许浑集中佳句甚多，然多用'水'字，故国初士人云'许浑千首湿'是也。……又云'杜甫一生愁'。"

②《喜闻官军已临贼境二十韵》，卷五。

③《春夜喜雨》，卷十。

④《堂成》，卷九。

⑤《客至》，卷九。

⑥《将赴成都草堂途中有作先寄严郑公五首》其五，卷十三。

⑦《赤甲》，卷十八。

⑧《舍弟观赴蓝田取妻子到江陵喜寄三首》其二，卷二十一。

12. "荡荡万斛船，影若扬白虹"，"自非风动天，莫置大水中"①，此是何等洪量；"宫中圣人奏云门，天下朋友皆胶漆"②，此是何等醇谊；"丈夫垂名动万年，记忆细故非高贤"③，此是何等高识；"鸡虫得失无了时，注目寒江倚山阁"④，此是何等旷观；"寄谢悠悠世上儿，不争好恶莫相疑"⑤，此是何等坦衷。《旧书·文苑传》斥公"褊躁无器度"，又厚诬严武欲杀以实之⑥，抑独何欤？

【校注】

①《三韵三篇》其二，卷十四。

②《忆昔二首》其二，卷十三。

③《赤霄行》，卷十四。

④《缚鸡行》，卷十八。

⑤《莫相疑行》，卷十四。

⑥"旧书"即《旧唐书》。所谓严武欲杀甫事，则见《新唐书·杜甫

传》，略云：“一日，（武）欲杀甫及梓州刺史章彝，集吏于门，武将出，冠钩于帘三。左右白其母，奔救，得止，独杀彝。”

13. 少陵性豪嗜酒，得钱辄沽，自谓“饮酣视八极，俗物多茫茫”①，追数交游作《饮中八仙歌》，聊寄出尘遐想，歌词古质似铭赞，句法长短互见，三押“前”字，两押“天”字、“眠”字、“船”字，盖人各一段，合之仍为一章，本系创格，非故押重韵也。遍观集中，如与郑虔饮，则云“清夜沉沉动春酌，灯前细雨檐花落”②；与贺兰杨长史饮，则云“此身饮罢无归处，独立苍茫自咏诗”③；与侄勤饮，则云“酒尽沙头双玉瓶，众宾皆醉我独醒”④；与苏端、薛复饮，则云“古人白骨生青苔，如何不饮令心哀”⑤；与崔戢、李封饮，则云：“上古葛天民，不贻黄屋忧。至今阮籍等，熟醉为身谋。”⑥无非借浊醪妙理以抒其啸歌自适之情。至《留别章使君兼幕府诸公》⑦，则云：“常恐性坦率，失身为杯酒。近辞痛饮徒，折节万夫后。”公于此殊有戒心，正是豪杰归落处，何尝有酣溺糟丘，因酒失德，为世诟病形迹。乃《唐书》斥其傲诞无拘检，终且以啖牛炙白酒，大醉，一夕卒⑧，为公重身后之谤，史笔诬谬乃尔，吁可叹哉！

【校注】

①《壮游》，卷十六。“多”，二本均作“都”，据杜诗改。

②《醉时歌》，卷三。

③《乐游园歌》，卷二。“处”，二本均作“著”，据杜诗改。

④《醉歌行》，卷三。

⑤《苏端薛复筵简薛华醉歌》，卷四。

⑥《晦日寻崔戢李封》，卷四。“至今”，二本均作“君看”，据杜诗改。

⑦即《将适吴楚留别章使君留后兼幕府诸公》，卷十二。

⑧指新、旧《唐书》杜甫本传。

14. 少陵英年伉爽，自是脱略不羁，最快齐赵之游，尔时春歌丛台，冬猎青丘，走马呼鹰，射飞鸣镝，恣为豪放，一与高、李把臂①，遂成千古文章知己，不特驰骋少年场已也。其他博塞之戏，击剑之舞，各擅其能，晚在夔府犹有《醉为马坠》一诗②，可知此老性喜据鞍，敢为此皓首惊人之事，兴殊不浅。

【校注】

①高，指高适；李，指李白。

②即《醉为马坠诸公携酒相看》诗，卷十八。

15. 少陵夙慧天成，《观公孙大娘弟子舞剑器行》序："开元三载，余尚童稚，记于郾城观公孙氏舞剑器。"云云。"三载"，一作"五载"，时公仅六岁。《壮游》诗云："七龄思即壮。"则六岁观舞剑器，何不能记之有？

16. 少陵不以书名，其咏张旭草图云"俊拔为之主"①；《李潮八分小篆歌》云"书贵瘦硬方通神"②；《送顾八分文学》云"笔力破余地"③，皆深得书中三昧语。公自述"九龄书大字"④，又云"鹅费羲之墨"⑤，后《得房相池鹅》直云"凤皇池上应回首，为报笼随王右军"⑥，自命如此。胡俨云："常于内阁见子美亲书《赠卫八处士》诗，字甚怪伟。"⑦知公固善书，特不以是著称耳。

【校注】

①《殿中杨监见示张旭草书图》，卷十五。

②"通"，二本均作"称"，据杜诗改。

③即《送顾八分文学适洪吉州》，卷二十二。

④《壮游》，卷十六。

⑤《摇落》，卷十九。

⑥《得房公池鹅》，卷十二。"应"，二本均作"休"，据杜诗改。

⑦胡俨，字若思，号颐庵，明南昌人。所引胡俨语见《说郛续》弓十五引《胡氏杂说》，亦见《钱注杜诗》卷一《赠卫八处士》诗注。"常"，《说郛续》作"尝"。

17. 少陵不学仙，而自有仙气。如："蓬莱织女回云车，指点虚无是征路。"①"洪涛隐语笑，鼓枻蓬莱池。崔嵬扶桑日，照曜珊瑚枝。风帆倚翠盖，暮把东皇衣。"②"恭闻魏夫人，群仙夹翱翔。有时五峰气，散风如飞霜。"③"玉京群帝集北斗，或骑骐驎翳凤皇。芙蓉旌旗烟雾乐，影动倒景摇潇湘。星宫之君醉琼浆，羽人稀少不在傍。"④皆极缥缈铿锵之致，无一点烟火气。

【校注】

①《送孔巢父谢病归游江东兼呈李白》，卷一。

②《幽人》，卷二十三。

③《望岳》，卷二十二。

④《寄韩谏议注》，卷十七。

18. 少陵不佞佛，抑又深通佛理。如："杨枝晨在手，豆子雨已熟。是身如浮云，安可限南北。"①"夜阑接软语，落月如金盆。""惟有摩尼珠，可照浊水源。"②"大珠脱玷翳，白日当空虚"，"愿闻第一义，回向心地初。"③"如闻龙象泣，足令信者哀"，"吾知多罗树，却倚莲花台”，“思量入道苦，自哂同婴孩。”④“松根胡僧憩寂寞，庞眉皓首无住著。偏袒右肩露双脚，叶里松子僧前落。”⑤绝妙好机锋，知自有证入处。

【校注】

①《别赞上人》，卷八。

②《赠蜀僧闾丘师兄》，卷九。

③《谒文公上方》，卷十一。

④《山寺》，卷十二。

⑤《戏为韦偃双松图歌》，卷九。“住”，原作“往”，据杜诗、石印本改。

19. 唐时士夫游宴不废声伎①，由其风气使然。少陵《城西陂泛舟》云：“青蛾皓齿在楼船，横笛短箫悲远天。”《丈八沟纳凉》云：“越女红裙湿，燕姬翠黛愁。”②《即事》云：“笑时花近眼，舞罢锦缠头。”③《陪李梓州泛江》云：“使君自有妇，莫学野鸳鸯。”④《戏题恼郝使君》云⑤：“愿携王赵两红颜，再骋肌肤如素练。”艳而有则，不得以假道学少之。

【校注】

①“士夫”，石印本作“士大夫”。

②即《陪诸贵公子丈八沟携妓纳凉晚际遇雨二首》其二，卷三。

③《即事》（“百宝装腰带”首），卷十。

④即《数陪李梓州泛江有女乐在诸舫戏为艳曲二首赠李》其二，卷十二。

⑤即《春日戏题恼郝使君兄》，卷十一。

20. 昔人谓杜诗长于讽刺，多《小雅》变声，于颂扬体或不相宜。此说非也。集中如："君王自神武，驾驭必英雄。"①"凤历轩辕纪，龙飞四十春。八荒开寿域，一气转洪钧。"②"万方频送喜，毋乃圣躬劳。"③"昼漏稀闻高阁报，天颜有喜近臣知。"④"今春喜气满乾坤，南北东西拱至尊。大历三年调玉烛，玄元皇帝圣云孙。"⑤"寸地尺天皆入贡，奇祥异瑞争来送。不知何国致白环，复道诸山得银瓮。"⑥此等语体大声宏，粲然盛明景象，非善于立言者，定只一味粗豪气耳。

【校注】

①《投赠哥舒开府翰二十韵》，卷三。

②《上韦左相二十韵》，卷三。

③《收京三首》其三，卷五。

④《紫宸殿退朝口号》，卷六。

⑤《喜闻盗贼总退口号五首》其五，卷二十一。

⑥《洗兵马》，卷六。"得"，二本均作"出"，据杜诗改。

21. 少陵志气恢闳，心存济世，古诗直摅胸臆，往往于结句作殷殷属望之词。《洗兵马》："安得壮士挽天河，净洗甲兵长不用。"《石笋行》："安得壮士掷天外，使人不疑见本根。"《石犀行》："安得壮士提天纲，再平水土犀奔茫。"《茅屋为秋风所破歌》："安得广厦千万间，大庇天下寒士俱欢颜，风雨不动安如山。"①《王兵马使二角鹰》："恶鸟飞飞啄金屋，安得尔辈开其群，驱出六合枭鸾分。"《苦寒行》："安得春泥补地裂。"②《喜雨》："安得鞭雷公，滂沱洗吴越。"③想其恣情指挥，语语皆令小夫咋舌，不得谓言大而夸也。

【校注】

①“俱”，二本均作“皆”，据杜诗改。

②即《后苦寒行二首》其一，卷二十一。

③即《喜雨》（“春旱天地昏”首），卷十二。

22. 宣圣万古所尊，自蒙庄放语，妄以孔、跖对举，后世诗家尤效，虽少陵亦蹈其失。如“孔丘盗跖俱尘埃”①，因慨儒术之衰，谬谓圣狂同尽，题曰《醉时歌》，诚醉语也。又“孔子释氏亲抱送”②，亦将孔释并列，上句“感应吉梦相追随”，亦诚属梦语。

【校注】

①“丘”，因避孔子讳，原改作“某”。

②《徐卿二子歌》，卷十。

杜工部诗话卷二

23. 少陵生唐睿宗先天元年，至玄宗天宝十年①，年四十矣，始以献《三大礼赋》受知玄宗，命待制集贤院。《莫相疑行》所谓“集贤学士如堵墙，观我落笔中书堂”，实生平最得意之遇。十四年，授河西尉，不拜，改右卫率府胄曹参军②，故有“不作河西尉，凄凉为折腰。老夫怕趋走，率府且逍遥”之咏③。是年禄山反，故又有“昔罢河西尉，初兴蓟北师”④。十五年，肃宗即位灵武，改元至德，公自鄜州羸服奔行在，遂陷贼中。明年脱贼，谒上凤翔，拜左拾遗，故有“麻鞋见天子”“涕泪受拾遗”句⑤。按《杜笺》《唐授左拾遗诰》⑥：“襄阳杜甫，尔之才德，朕深知之，今特命为宣义郎、行在左拾遗。授职之后，宜勤是职，毋怠。命中书侍郎张镐齎符告谕⑦。至德二载五月十六日行。”敕用黄纸，字大二寸许，年月有御宝⑧，方五寸许，藏岳州平江县后裔杜富家。可证《旧书》称右拾遗及诸家年谱四月拜官之误。公到官，未几，房琯被劾罢相，特疏论救，肃宗怒，命韦陟、崔光远、颜真卿等按之。陟等奏：“甫言虽狂，不失谏臣体。”⑨张镐并力救，敕放就列。故六月一日有《谢口敕放三司推问状》。十二日复有《为补遗荐岑参状》⑩。闰八月，墨制放还鄜州省家，作《北征》诗。十月，扈从还京，作《洗兵马》诗。乾元元年在朝省，有《紫宸殿退朝》《宣政殿退朝》《和贾至早朝大明宫》《题省中院壁》《春宿左省》《晚出左掖》《端午日赐衣》诸诗，其曰“明朝有封事”⑪，曰“避人焚谏草”⑫，举职如常，无少摧退。六月出为华州司功参军。关辅饥，弃官去。代宗广德元年，召补京兆功曹，不赴。二年，严武表为节度参谋、检校尚书工部员外郎赐绯鱼袋。永泰元年，辞幕府。综计公官朝列仅一年。其惓惓忠爱，每饭不忘，惜乎位不副才，虽以稷契许身，而未登大用，徒托诗歌，为可叹也。

【校注】

①“十”，二本均作“元”，误。甫天宝十载适四十岁。

②“曹”，二本均作“监”，据《新唐书·杜甫传》改。

③《官定后戏赠》，卷三。

④《夔府书怀四十韵》，卷十六。

⑤《述怀》，卷五。“受”，二本均作“授”，据杜诗改。

⑥即钱谦益撰《钱注杜诗》，以下引文见该书卷二《述怀一首》注。

⑦“张”，二本皆误作“杨”，据《钱注杜诗》改。

⑧“有”，二本均无，据《钱注杜诗》补。

⑨见《新唐书·韦陟传》。

⑩《为补遗荐岑参状》，卷二十五。“为补遗”，二本均作“同遗补”，据《钱注杜诗》改。

⑪《春宿左省》，卷六。

⑫《晚出左掖》，卷六。

24. 少陵生平大节，在疏救房琯一事。论者沿唐史之缪，于琯多诋词，遂谓救琯为过举，且疑甫谪官非坐琯党，更不知为何事。不知琯以故相融子，负重名，与甫本布衣交，其相玄宗也，建议遣诸王为都统节度，当日禄山初见分镇诏书，抚膺叹曰：“吾不得天下矣！”①琯之先见善谋若此，以是触肃宗忌，又入贺兰进明谮言，使邢延恩等监其军，致有陈涛斜之败。史斥琯夺将权，聚浮薄，败军旅，以实其罪。试思宰相请讨贼，甘以危事自效，何为“夺将权”？王思礼、严武辈俱在行间，何为“聚浮薄”？既许将兵，复令中人监制促战，是幸其败也，又以其败不即出，假琴工董庭兰事，俾正衙弹劾，以秽其名，始就罢黜。甫时官左省，疏言“罪细不宜免大臣”②，盖以谏臣举职之公心，行为国惜贤之美意，当时贤如李泌，史亦称其营救甚力，于甫乎何尤？即以庭兰通贿谢事论之，《诗笺》引朱长文《琴史》云③：薛易简称庭兰不事王侯，散发林壑者六十载，貌古心远，意闲体和，抚弦韵声，可感鬼神。天宝中，给事中房琯，好古君子也，庭兰闻义而来，不远千里。予因此说，亦可以观房公之过而知其仁矣。当房公为给事中，庭兰已出其门，后为相，岂能遽绝？又赇谢之事，殆亦谮琯者之所为，而庭兰朽耄，莫能辩释，遂被恶名耳。房公贬广汉，庭兰诣之，无愠色，唐人有诗云：“七条弦上五音寒，此乐求知自古难。惟有开元房太尉，始终留得董庭兰。”按薛易简以琴待诏翰林，在天宝中，子美同时人也，其言必信云云。此皆为琯雪诬定据。甫坐琯党，亦在被构之列，莫详于《荆南述怀三十韵》④，以“昔承推奖分”，叙房公荐引；以“罪戾宽犹活”，指张镐救免；以“结舌防谗柄，探肠有祸胎”，慨尔时世态崄巇。通篇皆已与房公始终之，故与元稹《志》明云“以直言失官出华州”相合⑤。《新书》误谓“从还京师，出为华州司功参军”⑥，致作年谱者不识因何事，殊为失考。广德元年琯卒，甫在阆州为文以祭⑦，一则曰：“致君之诚，在困弥切。”一则曰：“伏奏无成，终身愧耻。”于琯犹有歉焉。明年有《别房太尉墓》诗。又明年，有《承闻故房相公归葬东都》诗⑧，拟之孔明、安石，意谓葛、谢俱躬事两朝，克殚勤瘁，不徒以相业相比例。甚矣！说诗论史皆贵卓乎有见，恶得承袭增舛，为古贤重谤乎哉！

【校注】

①关于房琯建诸王分镇之策，见《苕溪渔隐丛话》前集卷十四引《蔡

宽夫诗话》所记司空图《房太尉汉中诗》注。

②《新唐书·杜甫传》。

③即《钱注杜诗》，引文见该书卷二十《奉谢口敕放三司推问状》注。朱长文，北宋人，所撰《琴史》，可见曹寅编《楝亭藏书十二种》。

④《秋日荆南述怀三十韵》，卷二十一。

⑤即《唐检校工部员外郎杜君墓系铭》。

⑥指《新唐书·杜甫传》。

⑦即《祭故相国清河房公文》，卷二十五。

⑧即《承闻故房相公灵榇自阆州启殡归葬东都有作二首》，卷十四。

25.《悲陈陶》《悲青坂》，皆识房琯兵败诗。东坡云①：房琯欲持重有所伺，中人邢延恩等促战，仓皇失据，遂及于败。诗云："焉得附书与我军，忍待明年莫仓卒。"②即持重意。是不得以志大虑疏为琯咎明甚。茅元仪曰③："肃宗已入贺兰进明之谤，而使琯将兵，人主嫌疑于上，小人窥伺于下，持重有伺，焉知非胜机，而中人辄敢促战，败师之罪，琯不任受也。若琯幸而胜，则肃宗之疑愈深，进明之谤滋甚④，岂惟不敢望一州，他日欲如高力士、陈玄礼，亦不可得矣。琯既败，帝犹未敢即废，假琴工事发，怒斥之，而朝士多言琯谋包文武，可复用，帝益不能容。由此言之，唐世公议，犹足重也。"斯论极为允当。

【校注】

①见《东坡题跋》卷二。

②《悲青坂》，卷四。"焉"，二本均作"安"，据杜诗改。

③茅元仪，字止生，号石民，为茅坤孙。与钱谦益相知甚深。所引元仪语见《钱注杜诗》卷一《悲青坂》诗注。

④"甚"，二本均作"至"，据《钱注杜诗》改。

26. 少陵一生学问，无所发泄，略见于议兵。《新书》谓“好论天下大事”①，亦即指此。唐自开元十五年王君㚟破吐蕃于青海，明皇益侈边功。天宝八载，哥舒翰攻拔石堡城②，丧卒数万，《兵车行》所由作也。起五句车马、弓箭、爷娘、妻子、尘埃、桥道，如见其影；次以人哭贯到篇终鬼哭，如闻其声；中间设为问答，以“君不闻汉家山东二百州”，叙耕役之劳，后复申明问答，以“君不见青海头”，述锋镝之惨。黩武如此，安史之乱恶得不由斯起乎！曰“君不闻”“君不见”，诗人呼祈父意也。

【校注】

①指《新唐书·杜甫传》。

②“石堡城”，二本均作“石城堡”，据《新唐书·哥舒翰传》改。

27. 哥舒翰，本突骑施别部酋长，以勇略为王忠嗣所重。说者谓其攻吐蕃，杀人邀功，逢君之恶，乃忠嗣必不肯为。翰与忠嗣相背若是。少陵以诗投赠，极意推崇，殊非衷语。不知忠嗣就鞫日，翰方入朝，有劝多赍金帛以救者，翰曰：“直道而行，王公必不冤死。”①又力陈于上，乃贬之，是即翰不负忠嗣之大义。至石堡城之役②，由明皇喜事开边，不惜驱民锋刃，翰未敢再逢君怒，故以致此，非逢恶也。观送高适诗云：“请公问主将，焉用穷荒为？”③绝不为翰回护，托讽之意自见。或谓潼关之败，即公昧于知人处。不知翰一意坚守潼关，戒勿轻战，当崔乾祐在陕，上遣使促翰进兵，翰奏禄山习兵，必羸师诱我，况贼势日蹙，必有内变，因而乘之，可一战擒也。此与李、郭④北取范阳覆其巢穴，潼关大军唯应固守之议相合，讵国忠惧祸，遣使再趣，翰恸哭而出，已预知必败，厥后庆绪推刃，果如内变之言。则其能知兵料敌，洵有如杜所称“论兵迈古风”“策行遗战伐”云云者⑤。惜乎翰以年老风痹，功名不终，负此一篇好诗。其篇终惓惓之意，甘欲参翰军谋，亦因尔时李林甫、陈希烈当国，忌才斥士，不得已，欲依翰图进，如严武、吕諲、高适、萧昕辈，皆由翰奏荐而起，则翰固当时名流归向之人，岂少陵肯与谀词干谒者比乎？甚矣！成败之不可以论人也如此。

【校注】

①哥舒翰事迹，见新、旧《唐书·哥舒翰传》。

②“石堡城”，二本均作“石城堡”，据《新唐书·哥舒翰传》改。

③《送高三十五书记十五韵》，卷二。

④李，指李光弼；郭，指郭子仪。

⑤《投赠哥舒开府翰二十韵》，卷三。

28. 杜诗最入古者，无如《前、后出塞》十四篇，所谓奴隶黄初诸子，自成一家，不受去取者也。公自云“李陵苏武是吾师”①，实能得其真传，不必泛引《十九首》以等差其高下②。《前出塞》为征秦陇兵赴交河作。首章提出“君已富土境，开边一何多”③，为诸章眼目，然后历叙军士弃亲出门，走马搴旗，磨刀筑垒，备尝诸苦，及至获捷论功，又为边将营私所夺，首尾章法井然。《后出塞》为征东都赴蓟门作。是时禄山势盛，军士喜功贪赏者乐从之。首章言“及壮当封侯”，何等气概；次章即言“壮士惨不骄”，以己束于军令也；三章言“誓开玄冥北”，讥边将之逢君，由朝廷之好大；四章言“主将位益崇，气骄凌上都”④，禄山逆焰张矣；五章写退军人不甘从贼，曰“中夜间道归，故里但空村”，与首章“闾里送我行，亲戚拥道周”遥应，曰“恶名幸脱免，穷老无儿孙”，与首章“战伐有功业，焉能守旧丘”遥应，盖始望立功，自矢男儿之志，终期全节，恐辜明主之恩，于飒然意尽时大节不坠如此。东坡谓：将校中有此一人，而不知其姓名，可恨也⑤。宜读诗者无不怃然。

【校注】

①《解闷十二首》其五，卷十七。

②指《古诗十九首》。

③“土境”，二本均作“境土”，据杜诗改。

④“气骄”，二本均作“意气”，据杜诗改。

⑤见《东坡题跋》卷二，盖述其意。

29. 《哀江头》《哀王孙》二诗，皆纪明皇西狩时事。天宝十五载六月，安禄山反，车驾幸蜀，公感怀曲江宫殿蒲柳依然，追寻祸本，直述贵妃宠幸宴游，终致血污游魂之变，只“去住彼此无消息”一语①，写尽当日行营对月，夜雨闻铃，无限伤惨情事。九月，孙孝哲害霍国长公主、永王妃及驸马杨驲等八十人，又皇孙等二十余人，诗故追述王孙路泣之时，先从宝玦看出，次从隆准看定，姓名既不肯道，交衢又不敢语，偷立斯须，密嘱其善保千金，古来播越之危，鲜有如此。乱匪降自天，生自妇人。明皇独不忆勒兵攻白兽门，斩关而入，彼时所为何事？此两诗之所以相为表里也。

【校注】

①《哀江头》，卷四。

30. 王荆公选杜诗，以《洗兵马》压卷。是篇四转韵，句兼排律，别成一体。首述河北之捷，欲专任郭子仪，以收战功。曰“三年笛里关山月”，悯征士之劳；曰“万国兵前草木风”，志会师之喜，此是一篇中关键。次述命将得人，故青春紫禁中，复睹朝仪如旧。曰“鹤驾通宵凤辇备，鸡鸣问寝龙楼晓”，正用肃宗制诏“导銮舆而反正，朝寝门而问安”语①，此是一篇中书法转笔。“攀龙附凤势莫当，天下尽化为侯王”，盖因扈从滥恩，望终用张镐为相，以复周宣、汉武之业。末纪符瑞迭见，欲及时洗甲，以慰苍生。通体气象裔皇，词旨显白，大抵玄肃父子之间，不无可议；此时初闻恢复，臣子欣跃非常，断不致逆探后日移仗之举，稍存隐刺。《笺解》处处附会，非论史之过，乃实说诗之谬，不可以诬杜老也②。

【校注】

①指唐肃宗至德二载十一月壬申所下制诏，见《旧唐书·肃宗纪》。后“而”字，二本均作“以”，据《肃宗纪》改。《全唐文》卷四二《御丹凤楼大赦制》亦作“而”。

②指钱谦益对《洗兵马》一诗之笺解，见《钱注杜诗》卷二。

31．“三吏”“三别”，为当时邺城师败、调兵急切而作。每章设为问答，本之陈琳《饮马长城窟行》。《新安》悯中男也，结以“仆射如父兄”慰之。《潼关》励守将也，结以“慎勿学哥舒”戒之。《石壕》作老妇语，三男戍、二男死、孙方乳、媳无裙、翁逾墙、妪泣别，何其惨也。《新婚》作新妇语，“妾身未分明”二句，含羞语也；“妇人在军中”二句，识见语也；“勿为新婚念”二句，志气语也；“罗襦不复施”二句，贞静语也；曰“随君”，曰“对君”，曰“与君”，频频呼君，一声一泪。《垂老》作老人语。《无家》作孤人语。曲折隐情，揣摩毕肖，真“三百篇”之遗。

32．何将军，不知何许人。诗云“将军不好武”①，自是特笔。明皇侈心既萌，诸将开边启衅，此之不好武，正与其他贪功喜事者不同，亦非如后世将不知兵，贻误国家，滥厕兜鍪人物也。濠梁见招之雅，金鱼换酒之豪，得毋东陵种瓜客、灞陵射虎人欤？故《重游何氏》②，曰“将军有报书”，曰“颇怪朝参懒”，不以武人夷视之。魏将军，亦不知何许人。诗叙其立功西陲③，归领禁军，中云：“星缠宝校金盘陀，夜骑天驷超天河。欃枪荧惑不敢动，翠蕤云旓相荡摩。”壮哉乎其言矣！末云“钩陈苍苍玄武暮，万岁千秋奉明主”，望其长为羽林宿卫，盖亦“天子何不唤取守东都”意④。此皆禄山未乱时诗，至《久雨期王将军不至》，王亦不著其名。诗云“安得突骑只五千，崒然眉骨皆尔曹”，则吐蕃已入寇矣。

【校注】

①《陪郑广文游何将军山林十首》其九，卷二。

②指《重过何氏五首》，卷三。

③即《魏将军歌》，卷四。

④《戏作花卿歌》，卷十。

33. 《花卿歌》：“子璋髑髅血模糊，手提掷还崔大夫。”①咏蜀将花惊定攻拔绵州、斩伪梁王段子璋事。崔大夫，谓成都尹光远。曰“掷还”者，归功主将也。《唐诗纪事》愈疟之说②，固属委巷游谈，然二语至今读之，犹凛凛有生气。

【校注】

①即《戏作花卿歌》，卷十。

②见《唐诗纪事》卷十八。

34. 《曲江三章章五句》，少陵学“三百篇”遗貌取神之作，观其制题自命可知。末章因杜曲而及南山，一时感愤孤衷不自摧抑①，故以“短衣匹马随李广，看射猛虎终残年”作结，索性畅其豪气，激为古音，虽以七言成句降从今体，实则堂奥独开，为集中创格。李空同辈极摹效之②。

【校注】

①“摧”，原误作“催”，据石印本改。

②李梦阳，号空同子，为明代“前七子”首领，创作偏重摹拟唐人，主张“文必秦汉，诗必盛唐”。

35.《同谷七歌》①：“有客有客字子美。”以寓居同谷自呼，“有客”用白马诗②。二章呼“长镵长镵”，已属奇，致下云“托子以为命”，“与子空归来”，乃至呼镵为“子”，更奇，然亦本“萚兮萚兮，风其吹女”之意③。章末七用“呜呼”，自一歌至七歌，仿张衡《四愁诗》“一思曰”至“四思曰”之例，其句调则蔡女“笳一会兮琴一拍”之遗也④。

【校注】

①即《乾元中寓居同谷县作歌七首》，卷八。

②《诗经·周颂·有客》：“有客有客，亦白其马。”

③《诗经·郑风·萚兮》。

④指《胡笳十八拍》，相传为东汉蔡邕之女蔡琰（文姬）作。

36.《杜鹃》诗：“西川有杜鹃，东川无杜鹃。涪万无杜鹃，云安有杜鹃。”吴曾《漫录》引乐府古词“鱼戏莲叶东”四句①，谓杜正用此格，不必叶韵。夏竦指前四为序，本题下公自注②。误矣！《石龛》诗：“熊罴咆我东，虎豹号我西。我后鬼长啸，我前狨又啼。”叠用四“我”字，本《诗》“有酒酯我”四句句法③。叠用东、西、前、后，本《楚辞》：“将升兮高山，上有兮猴猿。欲入兮深谷，下有兮虺蛇。左见兮鸣鵙，右睹兮呼枭。”④叠用上、下、左、右也。

【校注】

①《能改斋漫录》卷十。

②夏竦，据《东坡题跋》卷二，此应为王谊伯语。详参《诸家老杜诗评》卷二第67条。

③《诗经·小雅·伐木》："有酒湑我，无酒酤我，坎坎鼓我，蹲蹲舞我。"

④《楚辞·九思》。"猴猿"，二本均作"猿猴"；"欲"，二本均作"将"；"睹"，原本误作"赌"；"枭"，二本均作"鸮"。皆据《九思》改。

37. 《卫风》"硕人"美之曰"其颀"①，自手而肤、而领、而齿、而首、而眉、而口、而目，一一传神，此即《洛神赋》蓝本②。《丽人行》为刺诸杨作，本写秦、虢冶容，首段却泛言游女，以檃括之：曰"态浓意远淑且真"，状其丰神之丽也；"肌理细腻骨肉匀"，状其体貌之丽也；"绣罗衣裳照暮春，蹙金孔雀银麒麟"，状其服色之丽也；头上翠微匐叶，背后珠压腰衱，通身华丽俱见，较《洛神赋》另样写法。若如杨升庵伪本，添出"足下何所著"③，尚成何时体耶？

【校注】

①《诗经·卫风·硕人》。

②魏曹植作。

③杨慎《升庵诗话》卷十四《〈丽人行〉逸句》条。

杜工部诗话卷三

38. 少陵《壮游》诗，乃晚年自作小传。“往者十四五”一段，叙少年之游；“东下姑苏台”一段，叙吴越之游；“中岁贡旧乡”一段，叙齐赵之游；“西归到咸阳”一段，叙长安之游；“河朔风尘起”一段，叙奔赴凤翔及扈从还京事；“老病客殊方”一段，叙贬官后久客巴蜀之故。通首悲凉慷慨，荆卿歌耶！①雍门琴耶！②高渐离之筑耶！

【校注】

①荆卿，即荆轲，事见《史记·刺客列传》：燕太子丹使荆轲刺秦王，白衣冠相送，“至易水之上，既祖，取道，高渐离击筑，荆轲和而歌，为变徵之声。士皆垂泪涕泣。又前而为歌曰：‘风萧萧兮易水寒，壮士一去兮不复还！’复为羽声慷慨，士皆瞋目，发尽上指冠。”

②战国齐人名周者，居雍门，因号雍门周，亦号雍门子或雍门子周，善鼓琴。尝干孟尝君，引琴而鼓之，徐动宫徵，拂羽角，孟尝君涕泣增哀；下而就之曰：“先生之鼓琴，令文若破国亡邑之人也。”事见《说苑·善说》。

39. 杜近体诗，有仅以年月日为题者，皆就客中岁月记其节候土风。如《十二月一日》：“今朝腊月春意动。”《大历二年九月三十日》：“悲秋向夕终。”《十月一日》：“为冬亦不难。”即指是日立冬。其显以节气命题者，尤了然可睹。惟《草堂即事》云：“荒村建子月。”

本肃宗上元二年建子月壬午朔，受朝贺，如正旦仪，诏以其月为岁首①。至建巳月，代宗即位，改宝应元年，复改正月为岁首。《赠友二首》云："元年建巳月。"诗作于未改元前，从其本初，故仍称"建巳月"。此有关纪年，不可不考。又公集《唐兴县客馆记》，末署："是日辛丑岁秋分，大余二，小余二千一百八十八，杜氏之老记。"姚江黄百家曰："日法万分，每刻百分，每日百刻，总得万分。万分以上为大余，日数也；万分以下为小余，时刻数也。杜记盖谓秋分后二日之二十余刻耳。"②据此知公之明于历法。

【校注】

①《新唐书·肃宗纪》：上元二年九月，"去'上元'号，称元年，以十一月为岁首，月以斗所建辰为名。""建子月"，即十一月。下"建巳月"，即四月。

②黄百家，姚江（今浙江余姚）人，字主一，宗羲子。引文见仇注卷二十五《唐兴县客馆记》注。

40.《汉·地理志》"杜陵"注："古杜伯国。"①汉宣帝葬此，因曰杜陵，在长安南五十里。按长安城东有霸陵，文帝所葬。霸南五里，即乐游原，宣帝筑以为陵，曰杜陵。东南十余里，又有一陵差小，许后所葬，谓之少陵。其东即杜曲，陵西即子美旧宅。自称"杜陵布衣""少陵野老"以此。

【校注】

①"古"，《汉书·地理志上》作"故"。

41.《登兖州城楼》诗，公十五岁作。时公父闲为兖州司马，故有"东郡趋庭”句。《壮游》诗所谓“往昔十四五，出游翰墨场”①，要是公当家运世风正盛之际云尔。诗之雄杰，与《登岳阳楼》并堪千古。然是时，郭子仪将兵五万屯奉天，备吐蕃，白元光、李抱玉各出兵击贼②，故“戎马关山北”一语，不胜只身漂泊之感。盖兖无事而吊古，岳即景以伤今，情绪殊判然也。

【校注】

①“昔”，二本均作“岁”，据杜诗改。

②此引史实乃据仇注卷二十二《登岳阳楼》题解引卢元昌注。详参《资治通鉴》卷二百二十四唐代宗大历三年九月记事。

42. 公尝游晋地，曰：“凄怆郇瑕邑，差池弱冠年。”①曰：“往别郇瑕地，于今四十年。”②诸家年谱俱失载③。《左传》注：“河东解县西北有郇城。”④即郇伯国，在今平阳府猗氏县地。公游晋后乃游吴越，黄鹤谓在游齐赵时，则颠倒也。

【校注】

①《哭韦大夫之晋》，卷二十二。

②《奉酬寇十侍御锡见寄四韵复寄寇》，卷二十三。

③此论不确。朱鹤龄撰《杜工部年谱》即云：“公弱冠之时，尝游晋地，是游晋后方为吴越之游也。”仇注亦从朱谱，刘氏殆未审察耳。

④《左传·成公六年》注。“东”，二本均误作“南”，据《左传》注改。

43. 少陵于岱、华、衡皆有《望岳》诗。“岱宗夫如何”，本少年放荡之作。王嗣奭谓：公身在岳麓，非必再登绝顶①。其说非也。观《后园山脚》诗云：“昔我游山东，忆戏东岳阳。穷秋立日观，矫首望八荒。

朱崖著毫发，碧海吹衣裳。”②则公业升其颠，特是诗已为领要，不必再设专题铺张游概耳。“西岳崚嶒”首，往华州道中作。末欲“高寻白帝问真源”，则实未登而仅望者。“南岳配朱鸟”首，晚年自潭之衡作。舟中仰眺，五峰如睹，神灵飒爽，故通篇就祀岳立意。善夫！钟伯敬所称有“郊坛登歌气象”者欤③！

【校注】

①王说见其所著《杜臆》卷一。

②即《又上后园山脚》诗，卷十九。

③《唐诗归》卷十八《望岳》（“南岳配朱鸟”）诗载钟惺评语。

44. 庙观诗，以《禹庙》为第一，略用橘柚龙蛇，贴禹事，遂觉江声云气中，如对黻冕来临一代王者。次则《湘夫人祠》，开口用“肃肃”二字，便知为帝女帝妃，谁敢不凛然起敬，视李群玉“二女明妆”“九疑如黛”①，未免文士口角，几于黩神。此诗之贵尊题也。《洛城谒玄元皇帝庙》②，以“碧瓦初寒外，金茎一气旁。山河扶绣户，日月近雕梁”，写庙制之闳壮；以“五圣联龙衮，千官列雁行。冕旒俱秀发，旌旆尽飞扬”，写庙貌之尊严；末收到老子传经，致疑于谷神不死。盖是时追祖老子，见像降符者不一，玄宗注《道德经》，置崇玄学，事事矫诬，又于太清像设东刻石为李林甫、陈希烈之形，后又瘗林甫而制杨国忠像，直是儿戏，公故作此诗极意讽谏，不专是铺陈瑰丽。此外则《玉台观》七律，对起对结，写得仙官朝帝，如闻箫鼓在空。《玉华宫》《九成宫》五古，一慨金舆既往，不知何王之殿；一慨瑶水空巡，荒哉隋家之帝。其寄托幽远，不妨于土木神鬼间一发其奇。

【校注】

①指李群玉《黄陵庙》诗，中有二句云“二女明妆自俨然”“九疑如黛隔湘川”。见《全唐诗》卷五百六十九。

②即《冬日洛城北谒玄元皇帝庙》，卷二。

45. 陵寝诗，颂述功德，阐孝思而致追慕，别具体裁，要当与扬厉生前有间。子美昭陵二诗①，格律极严重。前首以“旧俗疲庸主，群雄问独夫”十字，檃括太宗定乱规模，而以“玉衣晨自举，石马汗常趋”，转到山陵，确是感想盛时，仰瞻灵迹。后首“风尘三尺剑，社稷一戎衣”十字，是追颂语，末就五云、松柏，结出“重经”，盖收京后所作也。其《桥陵三十韵》，前半详言起陵之胜，次及守陵之虔，次及享陵之祥，次及护陵之固，精神结撰，与其他借玉鱼金碗致慨者迥自不同②，故是大手。

【校注】

①指《行次昭陵》《重经昭陵》二诗，卷五。

②“迥”，原误作“回”，据石印本改。

46. 行役诗，述景写情，大抵道路艰难，气候殊异，旅人跋涉况瘁，不免多作凄惋之词。《朱子语录》谓:“杜诗初年甚精细，晚年旷逸不可当。自秦州入蜀诗，分明如画，乃其少作。”①考是时公年四十八，起句便云:“我衰更懒拙。”②公盖素常自叹早衰者，文公直仍以少年视之。十二诗变化不穷③，篇篇可诵。钟伯敬谓其于“山川阴霁，云日朝昏，写得刻骨；即细草败叶，破屋垝垣，皆具性情”④。此即文公精细入画之论。中间《铁堂峡》《寒峡》《青阳峡》三首，备极幽奥古邃。又能于极穷困之际，不顾程期，冥探物外，寺游凭法镜之槛，官作俯盐井之车，诚可谓别具胸臆。《龙门镇》写到旌竿、白刃，感叹是时史思明东京叛据，移兵戍守之劳。《凤凰台》别作比体，或谓尔时李泌已归衡山，青宫无人调护，故有“西伯今寂寞，凤声亦悠悠”句。肃宗听张良娣之谮，既去建宁王倓，又欲动摇广平王俶。俶母吴氏，生子而亡，故有“无母雏”句。公欲剖心沥血，力保藐孤，尽灭群盗，藉此以起中兴事业。借时事托讽，辞意显然。惟其忠爱之忱固结于中，故虽倥偬不忘如此。

【校注】

①《朱子语类》卷一百四十。“旷逸”，《朱子语类》作“横逸”。

②《发秦州》，卷八。

③指从《发秦州》至《凤凰台》十二首诗，卷八。

④《唐诗归》卷十八《法镜寺》诗载钟惺评语。

47. 大山水诗，须有大气概，方能俯仰八荒，吐纳千古。若但搜抉奇奥，作寻常登览语，犹人工耳。少陵《发同谷县》十二首①，较秦州诗更为刻划精诣。《剑门》一首尤极振动峥嵘，以“惟天有设险”喝起地形，以“珠玉走中原”接入物产，以“三皇五帝前”盱衡世运，包举数千年治乱兴亡，而极之于并吞割据，至欲“罪真宰”“铲叠嶂”，设想太奇，且似预知蜀将有事，忽为此深忧远虑者。未几，段子璋、徐知道、崔旰、杨子琳辈，果据险为乱，公之料事多中如此。可见其经世伟才矣。造句如：“始知五岳外，别有他山尊”②，“回眺积水外，始知众星乾”③，“歇鞍在地底，始觉所历高”④，“目眩陨杂花，头风吹过雨”⑤，“初月出不高，众星尚争光”⑥。的是上下栈程，入天穿水，一月中早行暮宿光景，语皆未经人道，却处处目想可到。后来方正学入蜀时⑦，对境阁笔，自叹无才，余子复何望焉！

【校注】

①指从《发同谷县》到《成都府》十二首诗，卷九。

②《木皮岭》，卷九。

③《水会渡》，卷九。

④《飞仙阁》，卷九。

⑤《龙门阁》，卷九。

⑥《成都府》，卷九。

⑦方孝孺，字希直，一字希古，学者称正学先生。此下所引实为仇兆鳌语，《杜诗详注》卷九《飞仙阁》诗注云："后来天台方正学入蜀，对景阁笔，自叹无子美之才，何况他人乎？"

48. 少陵画山水诗两篇，各具一格。题王宰者①，山则昆仑、方壶，水则洞庭、日本，皆自极西而极东，所谓"尤工远势"，非真画是山是水也。"中有云气随飞龙"，"山木尽亚洪涛风"，缩万里于咫尺，尽仿佛震荡之致，此格之以空灵胜者。题刘少府②，起句"堂上不合生枫树，怪底江山起烟雾"，将画作真，奇语惊人。通篇以画法为诗法，天姥，山也，潇湘，水也，沧洲、玄圃，仙境也，赤县、蒲城，州邑也，春气也，暝色也，风雨也，岸也，岛也，溪也，寺也，亭也，舟也，杂花也，斑竹也，老树也，猿也，渔翁也，山僧也，童子也，湘妃也，真宰也，鬼神也，祁岳、郑虔也，杨契丹也，刘侯也，大儿、小儿也，字字跳跃，天机盎然，初不觉其烦碎，此格之以精细胜者。他若《严公厅咏蜀道画图》"华夷山不断，吴蜀水相通"③，直以真形说画景。《岷山沱江画图》④，一句山，一句水，分写对写，或远或近，或高或下，或虚或实，或大或小，无不形容刻画。昔人谓此诗开宋人咏画之祖⑤，诚有如杨诚斋所称"琼枝寸寸是玉，旃檀片片皆香"⑥。

【校注】

①即《戏题王宰画山水图歌》，卷九。

②《奉先刘少府新画山水障歌》，卷四。

③即《严公厅宴同咏蜀道画图》，卷十一。

④即《奉观严郑公厅事岷山沱江画图十韵》，卷十四。

⑤仇兆鳌《杜诗详注》卷十四云："昔人论此诗，为宋人咏画之祖。"

⑥黄生《杜诗说》卷十一此诗注引杨诚斋（万里）云："杜排律多矣，独此琼枝寸寸是玉，旃檀片片皆香。然排律仅可止此，至五十韵或百韵，非古法矣。"仇注卷十四全袭黄说。按：此说误。此实为杨慎说。明张含辑、杨慎等评《李杜诗选》之《杜诗选》卷四《奉观严郑公厅事岷山沱江画图十韵得忘字》引："杨曰：杜排律多矣，独拈出此首者，以其琼枝寸寸是玉，栴檀片片皆香也，然排律仅可止此，至五十韵或百韵，非古法矣。"（见《四库全书存目丛书》集部299册，齐鲁书社1997年版，第677页）黄生误为杨万里，仇兆鳌沿误。杨慎《升庵集》卷七十三《琼枝旃檀》条亦曰："佛经云：琼枝寸寸是玉，旃檀片片皆香。比之圣贤，欲无德不备；喻之诗文，欲无字不工也。"而杨慎所云"佛经"，即宋永明智觉禅师延寿所述《注心赋》卷第一曰："截琼枝而寸寸是宝，析栴檀而片片皆香。"

49.《韦偃双松图歌》①，开口便说"天下几人画古松"，便见韦画绝顶。点明两株，即状其皮裂，玩其枝回，"白摧朽骨龙虎死，黑入太阴雷雨垂"二语，玄构幽思，真有鬼神之助。盖皮裂则干已剥蚀，故以龙虎骨朽拟之；枝回则叶自阴森，故以雷雨下垂拟之。曰"白摧"，摹画枯淡处；曰"黑入"，摹画浓润处。是松？是画松？而止不屑屑于两株上更作计较。此图韦以屈曲见奇，恐直便难工，故篇终曰"我有一匹好东绢""请公放笔为直干"。匹绢幅长，当足尽韦之能事。难之乎？抑进之乎？要之非精画理者不能道。

【校注】

①即《戏为韦偃双松图歌》，卷九。

50. 马之为物最神骏，古诗画名家多借以托喻。若少陵咏马诗十余首，自慨生平，兼及时事，又不专以体物为工。大抵状马之相、种、才、德，《房兵曹胡马》一律尽之。《高都护骢马行》，美高仙芝也。只“与人一心成大功”句，人马夹写，神采奕然，末以“青丝络头为君老，何由却出横门道”①，寓伏枥千里之志，自亦占几许身分。又《骢马行》，颂李邓公也。以“天厩真龙此其亚”，叙赐骑矜宠，末以“近闻下诏喧都邑，肯使骐骥地上行”，见奇才当得大用，言外感喟无穷。《李鄠县丈人胡马行》，从避贼说起，备言此马济难奇功，末云“凤臆龙鬐未易识，侧身注目长风生”，以况相士之难遭逢非偶。至《瘦马行》，全是自伤沦落，所谓“当时历块误一蹶，委弃非汝能周防”，隐含救房相谪官事，与“不虞一蹶终损伤，人生快意多所辱”同意②。末云“谁家且养愿终惠，更试明年春草长”，自是幕府求知语。注家谓专为房作者非。其讽切时事，如《沙苑行》，指禄山选健马驱归范阳，故篇末云“岂知异物同精气，虽未成龙亦有神”，患猪龙之僭拟真龙也，与“化作黄长虬”同意③。其题画凡四首，尤为穷神尽相。如《天育骠骑歌》，首提天子之马起，中云“当时四十万匹马，张公叹其才尽下”，盖图起于太仆张景顺，故通篇归重真马说；而画马不必过作形容。《题韦偃画马歌》④：“时危安得真致此，与人同生亦同死。”因画而冀得其真，欲同生死，所感于身世者尤大。若《丹青引》：“斯须九重真龙出，一洗万古凡马空。”写马之神至矣。曰“玉花却在御榻上，榻上庭前屹相向”，则画之神并到。又《韦讽录事宅观曹将军画马歌》，直云“人间又见真乘黄”，将九马写得权奇错落。篇中就马之盛衰，想国之盛衰，不胜其痛，故以“君不见金粟堆前松柏里，龙媒去尽鸟呼风”终焉。坡公云：“少陵翰墨无形画，韩幹丹青不语诗。此画此诗今已矣，人间驽骥漫争驰。”[⑤]是能相赏于牝牡骊黄之外者。

【校注】

①“出”，二本均作“向”，据杜诗改。

②《醉为马坠诸公携酒相看》，卷十八。

③《奉同郭给事汤东灵湫作》，卷四。

④即《题壁上韦偃画马歌》，卷九。

⑤苏轼《韩幹马》诗，见《侯鲭录》卷八。详《诸家老杜诗评》卷三第100条。

51. 《画鹰》一律首云：“素练风霜起。”鹰之猛鸷、画之神采俱现，与《画马》诗“缟素漠漠开风沙”意同[①]。公诗格每因画及真，故末联想到击凡鸟作结。其题《姜楚公画角鹰歌》直云：“却嗟真骨是虚传，梁间燕雀休惊怕。”翻说更妙。咏《杨监画鹰十二扇》[②]，亦因其骨老崖嶂，追忆“天寒大羽猎”之雄。又《画鹘行》，首从“高堂见生鹘”转到画鹘，末从粉墨萧瑟之画，忽想到云沙烟雾之真。犹“薛公十一鹤，皆写青田真”[③]，接云“画色久欲尽”，又从“岂惟粉墨新”，收到“赤霄有真骨”，自负自慨，处处跌宕生姿，几令人迷离莫辨。

【校注】

①《韦讽录事宅观曹将军画马图歌》，卷十三。

②《杨监又出画鹰十二扇》，卷十五。

③《通泉县署壁后薛少保画鹤》，卷十一。

52. 刀剑诗，以雄丽为主。少陵《荆南兵马使太常卿赵公大食刀歌》，连用豪韵十七句，如“鬼物撇捩辞坑壕，苍水使者扪赤绦，龙伯国人罢钓鳌”，怪怪奇奇，不必曲为诠解，要自壮厉诡变。后半转入纸韵十五句，如“贼臣恶子休干纪，魑魅魍魉徒为耳，妖腰乱领敢欣喜”，读之可与愈疟二语争神①。末以“丹青宛转麒麟里，光芒六合无泥滓”双收，归美赵公将才，仍极力为刀出色，逼真乐府铙歌化出之作②。《蕃剑》四十字，以少胜多，如精金百炼，亦用珠玉龙虎字点染，句句都有蕃字，意却又借丰城狱中，寓秦州旅次之感，其体格与“胡马大宛名”四十字同③。

【校注】

①指《戏作花卿歌》之“子璋髑髅血模糊，手提掷还崔大夫”二语，卷十。

②铙歌，属乐府鼓吹曲，系军乐，又谓之骑吹，多序战阵之事。

③指五律《房兵曹胡马》诗，卷一。

53. 《桃竹杖引赠章留后》一诗，乃集中变调。前对主人语，后对竹杖语，忽作一转，用“重为告曰：杖兮杖兮”，呼杖而丁宁之，犹《楚词》“乱曰”之类。再用“噫”字一叹，曰：“风尘澒洞兮豺虎咬人，忽失双杖兮吾将曷从？”纯是骚体。公在东川，与章彝往来最数，他诗尝以指挥能事训练强兵称美，此既以踊跃化龙戒之，又以忽失双杖危之，大抵章将略似优，不能乃心王室，其所为多不法，而遇公特厚，屡谏不悛，托词避去，此公保身之哲也。其夸竹杖灵奇，“出入爪甲铿有声”七字尽之，当与《太子张舍人遗织成褥段》诗“开缄风涛涌，中有掉尾鲸”句同看。彼之却其赠，以直刺严武；此之受其赠，以婉讽章彝。皆朋友责善，一片忠告苦心。其告杖之词，正谓朋友之不可倚托者，如此杖耳。

54.《观打鱼歌》二首①，皆以衬笔见力量。曰“潜龙无声老蛟怒，回风飒飒吹沙尘”，曰“日暮蛟龙改窟穴，山根鳣鲔随云雷”，谓蛟龙神物尚避杀机，况众鱼常才乎！前诗为富贵人下砭，后诗为贪馋人示警。玩“既饱欢娱亦萧瑟”及“暴殄天物圣所哀”语意自明。其形容打鱼，只“能者操舟疾若风，撑突波涛挺叉入”，已天然一幅渔人画景矣。又《阌乡姜七少府设鲙长歌》，专为鲙之精美而言。“洗鱼磨刀鱼眼红”一语，与《打鱼歌》所谓“设网提纲万鱼急”，皆足抵一篇戒杀文。他如咏《白小》曰“生成犹拾卵”②，以戒尽取；咏《黄鱼》曰“长大不容身”，以悯危难，具有万物一体之怀。至“细雨鱼儿出”③，“翻藻白鱼跳”④，“水深鱼极乐”⑤，状鱼之天趣；“白鱼如切玉”⑥，“河鱼不取钱”⑦，“鱼知丙穴由来美”⑧，“白白江鱼入馔来”⑨，自道嗜好之常，盖仅取小鲜，无伤仁爱也。

【校注】

①指《观打鱼歌》与《又观打鱼歌》二诗，卷十一。

②“犹”，二本皆作“当”，据杜诗改。

③《水槛遣心二首》其一，卷十。

④《绝句六首》其四，卷十三。

⑤《秋野五首》其二，卷二十。

⑥《峡隘》，卷十九。

⑦《陪郑广文游何将军山林十首》其六，卷二。

⑧《将赴成都草堂途中有作先寄严郑公五首》其一，卷十三。

⑨《送王十五判官扶侍还黔中》，卷十二。

55. 土风诗，宜朴实老到，不入纤俗。《负薪行》咏夔州处女卖薪得钱耳，却以“野花山叶银钗并”相形；《最能行》咏峡中丈夫驾船轻死耳，却以“小儿学问止《论语》”作衬，此善于安放处。收句“若道巫山女粗丑，何得此有昭君村”，应银钗句也；“若道士无英俊才，何得山有屈原宅”，应读《论语》句也。为夔人解嘲，兼为千古两名人吐气，游戏中神通乃尔。

56. 时令诗，写寒易工，写热难肖，诗家多不敢拈此为题。若杜之“雷霆空霹雳，云雨竟虚无”①，开口便可作云汉图观，故题只“热”一字。雨晴皆易著笔，雷独不可形容。如杜之“龙蛇不成蛰，天地划争回”②，扪纸犹惊异响，故题只“雷”一字。他如“风过齐万弩”③，极力为雷传声。又《火》诗：“河汉腾烟柱。”极力为火增焰。皆一语胜人千百。

【校注】

①《热三首》其一，卷十五。

②《雷》，卷二十。

③《雷》，卷十五。

57. 花卉中，梅花最难写照。“幸不折来伤岁暮，若为看去乱乡愁。江边一树垂垂发，朝夕催人自白头。”①王元美以为千古咏梅第一，盖朴中见雅，方不堕咏物劫也②。

【校注】

①《和裴迪登蜀州东亭送客逢早梅相忆见寄》，卷九。

②王世贞，字元美，明“后七子”首领。此条盖本杨德周说，见《杜诗详注》卷九引杨氏语。

58. 花，人所共爱也；而杜曰：“韦曲花无赖，家家恼杀人。”①又曰：

“江上被花恼不彻。”[②]春，人所同喜也；而杜曰：“行步欹危实怕春。”[③]又曰：“恰似春风相欺得。”[④]此翻语见奇之法。夏，无寒也；而杜曰：“五月江深草阁寒。”[⑤]秋，无边也；而杜曰：“秋边一雁声。”[⑥]水，无香也；而杜曰：“回舟一水香。”[⑦]此借物形容之法。

【校注】

①《奉陪郑驸马韦曲二首》其一，卷三。

②《江畔独步寻花七绝句》其一，卷十。

③同上其二。

④《绝句漫兴九首》其二，卷九。

⑤《严公仲夏枉驾草堂兼携酒馔》，卷十一。

⑥《月夜忆舍弟》，卷七。

⑦《数陪李梓州泛江有女乐在诸舫戏为艳曲二首赠李》其二，卷十二。

杜工部诗话卷四

59. 刘禹锡《嘉话》曰①："为诗用僻字，须有来处，常讶杜员外'巨颡拆老拳'；疑'老拳'无据。及览《石勒传》：'卿既遭孤老拳，孤亦饱卿毒手。'岂虚言哉！后生业诗，即须有据，不可率尔道也。"

【校注】

①以下三条均出《刘宾客嘉话录》，文字稍异。详见《诸家老社诗评》卷一第9、10、11三条。

60. 又曰："'茱萸'二字，经三诗人皆已道，亦有能否焉。杜公言：'更把茱萸仔细看。'王右丞：'遍插茱萸少一人。'朱仿：'学他年少插茱萸。'杜公为最优也。"

61. 又曰："杜少陵过洞庭诗落句曰：'春去春来洞庭阔，白蘋愁杀白头翁。'鄙夫之言，有愧杜公也。"

62. 欧阳修《诗话》曰①："陈舍人从易，当时文方盛之际，独以醇儒古学见称。其诗多类白乐天。盖自杨、刘唱和《西昆集》行，后进学者争效之，风雅之变，谓之'西昆体'。由是唐诸贤诗集，几废而不行。陈公时偶得杜集旧本，文多脱误，至《送蔡都尉》诗云'身轻一鸟'，其下脱一字。陈公因与数客各用一字补之，或云‘疾’，或云‘落’，或云‘起’，或云‘下’，莫能定。其后得一善本，乃是‘身轻一鸟过’。陈公叹服，以为虽一字，诸君亦莫能到也。”

【校注】

①此条出欧阳修《六一诗话》，详见《诸家老杜诗评》卷一第15条。

63. 司马光《迂叟诗话》曰①：“‘牂羊坟首，三星在罶。’②言不可久。古人为诗，贵于意在言外，使人思而得之。近世诗人，惟杜子美最得诗人之体。如‘国破山河在’③，明无余物矣；‘城春草木深’，明无人矣；花鸟，平时可娱之物，见之而泣，闻之而恐，则时可知矣。他皆类此，不可遍举。”

【校注】

①宋司马光，字君实，号迂叟，死后赠温国公，著《温公续诗话》，亦称《迂叟诗话》。所引此条，文有删节。

②《诗经·小雅·苕之华》。

③《春望》，卷四。

64. 王安石《钟山语录》曰①：“‘暝色赴春愁’，下得‘赴’字最好。若下‘起’字，即小儿语也。‘无人觉来往，疏懒兴何长’，下得‘觉’字大好。足见吟诗要一字、两字工夫也。”

【校注】

①此条详见《诸家老杜诗评》卷一第18、19两条，文字全同。

65. 苏轼曰[1]："子美自许稷与契，人未必许也。然其诗云：'舜举十六相，身尊道更高。秦时用商鞅，法令如牛毛。'自是稷契辈人口中语也。又云：'知名未足称，局促商山芝。'又云：'王侯与蝼蚁，同尽随丘墟。原闻第一义，回向心地初。'乃知子美诗外尚有事在也。"

【校注】

①此条见《东坡题跋》卷二，详参《诸家老杜诗评》卷二第73条。

66. 又曰[1]："司空表圣自论其诗，以为得味外味。'绿树连村暗，黄花入麦稀。'此句最善。又云：'棋声花院闭，幡影石坛高。'吾尝独游五老峰，入白鹤观，松阴满地，不见一人，惟闻棋声，乃知此句之工也。但恨其寒俭有僧态。若杜子美云：'暗飞萤自照，水宿鸟相呼。''四更山吐月，残夜水明楼。'则才力富健，去表圣之流远矣。"

【校注】

①此条亦见《东坡题跋》卷二，详参《诸家老杜诗评》卷二第74条。

67. 蔡絛《西清诗话》曰[1]："诗之声律，至唐始成，然亦多原六朝旨意，而造语工夫各有微妙。何逊《入西塞》诗：'薄云岩际出，初月波中上。'至少陵《江边小阁》则云：'薄云岩际宿，孤月浪中翻。'虽因旧而益妍，类獭髓补痕也。"

【校注】

①此条见《苕溪渔隐丛话》前集卷七，详参《诸家老杜诗评》卷三第118条。

68. 王彦辅《麈史》曰[①]:“杜审言诗,有‘绾雾青条弱,牵风紫蔓长’,又有‘寄语洛阳风月道,明年春色倍还人’之句。若子美‘林花著雨胭脂湿,水荇牵风翠带长’,又云‘传语风光共流转,暂时相赏莫相违’。虽不袭取其意,而语脉盖有家法矣[②]。”

【校注】

①此条见《麈史》卷中。详参《杜工部草堂诗话》卷一第8条。

②“盖”,二本均作“益”,据《麈史》改。

69. 叶少蕴《石林诗话》曰[①]:“诗语固忌用巧大过,然缘情体物,自有天然工巧,而不见其刻削之痕。老杜‘细雨鱼儿出,微风燕子斜’,此十字殆无一字虚设。细雨著水面为沤,鱼常上浮而淰。若大雨,则伏而不出。燕体轻弱,风猛则不能胜,惟微风乃受以为势,故又有‘轻燕受风斜’之句。至若‘穿花蛱蝶深深见,点水蜻蜓款款飞’,‘深深’字若无‘穿’字,‘款款’字若无‘点’字,皆无以见其精微如此。然读之浑然,全似未尝用力,此所以不碍其气格超胜。唐末诸子为之,便当入‘鱼跃练江抛玉尺,莺穿丝柳掷金梭’体矣。”

【校注】

①此条见《石林诗话》卷下,详参《杜工部草堂诗话》卷一第26条。

70. 又曰[①]:“诗家以一字为工,世固知之。惟老杜变化开阖,出奇无穷,殆不可以形迹捕诘。如‘江山有巴蜀,栋宇自齐梁’[②],则其远近数千里,上下数百年,只在‘有’与‘自’两字间,而吐吞山水之气,俯仰古今之怀,皆见于言外。此工妙至到,人力不可及也。”

【校注】

①此条见《石林诗话》卷中，详参《杜工部草堂诗话》卷一第15条。

②《上兜率寺》，卷十二。

71. 魏泰《隐居诗话》曰[①]："唐人咏马嵬之事者多矣。世所称者，刘禹锡云：'军家诛佞幸，天子舍夭姬。群吏伏门屏，贵人牵帝衣。低回转美目，风日为无辉。'[②]白居易云：'六军不发无奈何，婉转蛾眉马前死。'[③]此乃歌咏禄山能使官军叛，逼迫明皇[④]，明皇不得已而诛杨妃也。岂特不晓文章体裁，而造语蠢拙，抑亦失臣下事君之礼。老杜则不然。其《北征》诗曰：'忆昨狼狈初，事与古先别。''不闻夏殷衰，中自诛褒妲。'乃见明皇鉴夏商之败，畏天悔过[⑤]，赐妃子以死，官军何与焉？《唐阙史》载郑畋《马嵬》诗[⑥]，命意似矣，而词句凡下，比说无状[⑦]，不足道也。"

【校注】

①魏泰，字道辅，著有《临汉隐居诗话》。"泰"，原误作"秦"，据石印本改。

②《马嵬行》，《全唐诗》卷三百五十四。"军家"，二本均作"官军"，据《全唐诗》改。

③《长恨歌》，《全唐诗》卷四百三十五。"无"，二本均作"争"，据《全唐诗》改。

④"迫"，二本均作"追"，据《临汉隐居诗话》改。

⑤"过"，二本均误作"禍"。按：当为"祸"之误。"祸"，俗体作"禍"。据《临汉隐居诗话》改。

⑥郑畋《马嵬坡》绝句云："玄宗回马杨妃死，云雨虽亡日月新。终是圣明天子事，景阳宫井又何人。"见《全唐诗》卷五百五十七。"玄宗"，

《唐阙史》卷上作“肃宗”。

⑦“说”，二本均作“托”，据《临汉隐居诗话》改。

72. 又曰①：“夏郑公竦评老杜《初月》诗‘微升紫塞外，已隐暮云端’，以为意主肃宗，此郑公善评诗也②。吾观退之‘煌煌东方星，奈此众客醉’，其顺宗时作也。‘东方’，谓宪宗在储也。”

【校注】

①此条与《杜工部草堂诗话》卷一第33条同，注详见前。

②“此”，原作“也”，据石印本改。《临汉隐居诗话》正作“此”。

73. 苏轼曰①：“近世人轻以意改书。杜子美云：‘白鸥没浩荡，万里谁能驯？’盖灭没于烟波间耳。而宋敏求谓余云：鸥不解没，改作‘波’。改此一字，觉一篇神气索然也。”

【校注】

①此条见《东坡题跋》卷二，详参《诸家老杜诗评》卷二第64条。按：此条原与上条合在一起，因不类，故分为二条。

74. 罗大经曰①：“太白诗：‘划却君山好，平铺湘水流。’②子美诗：‘斫却月中桂，清光应更多。’③二公所以为诗人冠冕者，胸襟阔大故也。此皆自然流出，不假安排。”

【校注】

①罗大经，字景纶，南宋人，著有《鹤林玉露》。此条见该书卷九，文字稍异。

②《陪侍郎叔游洞庭醉后三首》其三，《李太白全集》卷二十。

③《一百五日夜对月》，卷四。

75. 司马光《迂叟诗话》曰①：“唐曲江，开元、天宝间，旁有殿宇，安史乱后，其地尽废。文宗览杜甫诗云：‘江头宫殿锁千门，细柳新蒲为谁绿？’②因建紫云楼、落霞亭，岁时赐宴，又诏百司于两岸置亭馆焉。”苏辙曰③：“杜陷贼时，有《哀江头》诗，予爱其词气若百金战马，注坡蓦涧，如履平地，得诗人之遗法。如白乐天，诗词甚工，然拙于纪事，寸步不遗，犹恐失之，所以望老杜之藩垣而不及也。”又尝谓其侄在进云④：“《哀江头》即《长恨歌》也。《长恨歌》费数百言而后成，杜言太真被宠，只‘昭阳殿里第一人’足矣⑤，言从幸，只‘白马嚼啮黄金勒’足矣，言马嵬之死，只‘血污游魂归不得’足矣。”

【校注】

①司马光语，今传《温公续诗话》不载，盖据《苕溪渔隐丛话》前集卷十三，文字稍异。亦见宋敏求《春明退朝录》卷中。

②《哀江头》，卷四。

③“苏辙”，二本皆误作“苏轼”。按：辙语见《栾城集》卷八《诗病五事》，引文有删节。

④苏辙语见《杜诗洋注》卷四引《杜诗博议》载赵次公注。陆游《老学庵笔记》卷七亦有类似记载，但谓苏辙语侄孙在庭，应为“在廷”。苏元老，字在廷，苏轼、苏辙从孙。举进士，调广都主簿，苏辙有《次迟韵示陈天倪秀才侄孙元老主簿》。曾任将作少监，晁说之有《谢程致道监丞以秋夜直舍二诗相视并简苏在廷少监》云：“慎莫藐苏子，是更得家风。”又任太常少卿，陆游有《观音院读壁间苏在廷少卿两小诗次韵》。

⑤“殿”，二本均作“院”，据杜诗改。

76. 罗大经曰[①]：“《国风》：‘岂无膏沐，谁适为容？’[②]盖古之妇人，夫不在家，则不为容饰，此远嫌防微之意也。杜诗：‘罗襦不复施，对君洗红妆。’[③]尤可悲矣。《国风》之后，唯杜陵不可及者，此类是也。”

【校注】

①此条见《鹤林玉露》卷十一，文有删节。

②《诗经·卫风·伯兮》。

③《新婚别》，卷七。

77. 又曰[①]：“杨子幼以‘南山种豆’之句殒其身[②]，此诗祸之始也。至于‘空梁落燕泥’[③]，并‘庭草无人随意绿’句[④]，非有所讥刺，徒以雕琢工巧，为暴君所忌嫉，至贾奇祸，则诗真可畏哉！少陵寄贾至、严武诗云：‘贾笔论孤愤，严诗赋几篇。定知深意苦，莫使众人传。贝锦无停织，朱丝有断弦。浦鸥防碎首，霜鹘不空拳。’[⑤]盖深戒之也。刘禹锡‘种桃’之句[⑥]，不过感叹之词耳，非甚有所讥刺，然亦不免于迁谪矣。”

【校注】

①此条见《鹤林玉露》卷十，文有删节。

②汉杨恽，字子幼，司马迁外孙。因罪免为庶人，治田宅自娱，其《报孙会宗书》中有《拊缶歌》曰：“田彼南山，芜秽不治。种一顷豆，落而为萁。人生行乐耳，须富贵何时？”会有人告恽“骄奢不悔过”，事下廷尉，得此书，以为大逆无道，被处以腰斩。

③隋薛道衡《昔昔盐》句，《先秦汉魏晋南北朝诗》隋诗卷四。唐刘餗《隋唐嘉话》卷上载：“炀帝善属文，而不欲人出其右。司隶薛道衡由是得罪，

后因事诛之，曰：更能作‘空梁落燕泥’否？”

④隋王胄《燕歌行》佚句，《先秦汉魏晋南北朝诗》隋诗卷五。《隋唐嘉话》卷上载：“炀帝为《燕歌行》，文士皆和，著作郎王胄独不下帝，帝每衔之。胄竟坐此见害，而诵其警句曰‘庭草无人随意绿’，复能作此语耶？”

⑤《寄岳州贾司马六丈巴州严八使君两阁老五十韵》，卷八。

⑥指刘禹锡《元和十一年自朗州召至京戏赠看花诸君子》和《再游玄都观》两诗，中有“种桃道士归何处，前度刘郎今又来”句，见《全唐诗》卷三百六十五。

78. 又曰①："杜诗‘迟日江山丽’四句②，或谓此与儿童之属对何异？余曰：不！上二句，见两间无非生意；下二句，见万物莫不适情。于此而涵泳之，体认之，岂不足以感发吾心之真乐乎？大抵古人好诗，在人如何看，在人把做如何用，如‘水流心不竞，云在意俱迟’③，又‘野色更无山隔断，天光直与水相通’④，‘乐意相关禽对语，生香不断树交花’等句⑤，只把做景物看，亦可；把做道理看，其中亦尽有可玩索处。”

【校注】

①此条见《鹤林玉露》卷八，文有删节。

②《绝句二首》其一，卷十三。

③杜诗《江亭》，卷十。

④宋人郑獬《月波楼》诗，见《郧溪集》卷二十七。

⑤宋人石延年《金乡张氏园亭》诗，见《两宋名贤小集》卷七十九《石曼卿集》。

79. 苏轼《东坡诗话》①："参寥子言②：老杜诗云：‘楚江巫峡

半云雨，清簟疏帘看弈棋。’③此句可画，但恐画不就耳。仆言：公禅人，亦复爱此绮语耶？寥云：譬如不事口腹人，见江珧柱④，岂免一朵颐哉⑤？”

【校注】

①此条见《东坡题跋》卷三。

②宋僧道潜，号参寥子，与苏轼甚相契。

③《七月一日题终明府水楼二首》其二，卷十九。“弈”，二本均误作“奕”，据杜诗改。

④江珧，亦作江瑶，一种海生软体动物，肉柱可供食用，味鲜美，称江珧柱，亦作江瑶柱，也称干贝。

⑤朵颐，嚼食貌。

80. 蔡絛①：“齐梁以来，文士喜为乐府词，往往失其命题本意。《乌生八九子》但咏乌，《雉朝飞》但咏雉，《鸡鸣高树颠》但咏鸡，大抵类此。甚有并其题而失之者，如《相府莲》讹为《想夫怜》，《杨婆儿》讹为《杨叛儿》之类是也。虽李太白亦不免此。唯老杜《兵车行》《悲青坂》《无家别》等篇，皆因时事，自出己意立题，略不更蹈前人陈迹，真豪杰也。”

【校注】

①此条非蔡絛语，乃为蔡居厚语。见《苕溪渔隐丛话》前集卷一引《蔡宽夫诗话》。查宋人诗话，如何汶《竹庄诗话》，皆作蔡居厚，无作蔡絛者，不知刘凤诰何据？

81. 洪迈《容斋续笔》①：“《新唐书·严武传》云：房琯以故宰

相为巡内刺史，武慢倨不为礼。最厚杜甫，然欲杀甫数矣。李白《蜀道难》，为房、杜危之也。甫《传》云[2]：甫尝醉登武床，瞪视曰：'严挺之乃有此儿！'武衔之。一日，欲杀甫，冠钩于帘者三，左右白其母，奔救，得止。《旧史》但云[3]：甫性褊躁，尝凭醉登武床，斥其父名，武不以为忤。初无欲杀之说。盖唐小说所载，而《新书》信以为然。按太白《蜀道难》，本讥章仇兼琼，前人尝论之矣。子美集中诗，凡为武者几三十篇，送还朝曰：'江村独归处，寂寞养残生。'[4]喜再镇曰：'得归茅屋赴成都，直为文翁再剖符。'[5]此犹武在时语。至哭归榇云[6]：'一哀三峡暮，遗后见君情。'《八哀诗》云[7]：'空余老宾客，身上愧簪缨。'若果有欲杀之怨，不应眷眷如此。好事者但以武诗有'莫倚善题《鹦鹉赋》'之句[8]，故用证前说，引黄祖杀祢衡为喻，是殆痴人面前不得说梦也。武肯以黄祖自比乎？"

【校注】

①此条见《容斋续笔》卷六，文有删节。

②指《新唐书·杜甫传》。

③指《旧唐书·杜甫传》。

④《奉济驿重送严公四韵》，卷十一。

⑤《将赴成都草堂途中有作先寄严郑公五首》其一，卷十三。

⑥《哭严仆射归榇》，卷十四。"榇"，二本皆作"衬"，据杜诗改。

⑦《八哀诗·赠左仆射郑国公严公武》，卷十六。

⑧《寄题杜二锦江野亭》，卷十附严武诗。

82. 刘克庄《后村诗话》[1]："古人感知己之遇[2]，栾布'奏事彭越头下'[3]，臧洪、卢谌皆不以主公成败而二其心[4]。叔季所谓宾客[5]，方翕翕热时，则趋附恐后；及时移事改，则掉臂而去，至有射羿者。世传严武欲杀子美，殆未必然。观‘老亲如宿昔，部曲异平生’之句⑥，极其凄怆。至置武于《八哀诗》中，忠厚蔼然，异于‘幕府少年今白发’之作矣⑦。李义山过旧府有寄诸掾诗云：‘莫凭无鬼论，终负托孤心。’⑧犹有门生故吏之情，可以矫薄俗。”

【校注】

①刘克庄，字潜夫，号后村居士，南宋人。此条见《后村先生大全集》卷一百七十三《诗话》前集，文字稍异。

②“古”，二本均作“故”，据《后村诗话》改。

③“栾”，二本均作“季”，据《后村诗话》改。栾布与彭越重义事，见《史记》卷一百、《汉书》卷三十七《栾布传》。

④臧洪忠于故主张超，超败，而不阿附袁绍。事见《后汉书》卷五十八、《三国志·魏书》卷七《臧洪传》。卢谌不忘晋事，见《晋书》卷四十四《卢谌传》。

⑤叔季，谓衰乱将亡之世也。

⑥《哭严仆射归榇》，卷十四。

⑦“幕府少年今白发”，为王安石《忠献韩公挽辞二首》其二诗句，见《临川先生文集》卷三十五。邵伯温《邵氏闻见录》卷九载：“韩魏公（琦）自枢密副使以资政殿学士知扬州，王荆公初及第为佥判，每读书至达旦，略假寐，日已高，急上府，多不及盥漱，魏公见荆公少年，疑夜饮放逸。一日从容谓荆公曰：‘君少年，无废书，不可自弃。’荆公不答，退而言曰：‘韩公非知我者。’魏公后知荆公之贤，欲收之门下，荆公终不屈，如召试馆职不就之类是也。……魏公薨，……荆公有挽诗云：‘幕府少年今白发，伤心无路送灵輀。’犹不忘魏公少年之语也。”

⑧李商隐《过故崔兖海宅与崔明秀才话旧因寄旧僚杜赵李三掾》，《全唐诗》卷五百四十一。

83. 黄彻《䂬溪诗话》①：“《孟子》七篇，论君与民者居半；其余欲得君，皆以安民也。观杜陵‘穷年忧黎元，叹息肠内热’，‘胡为将暮年，忧世心力弱’，《宿花石戍》云‘谁能叩君门，下令减征赋’，《寄柏学士》云‘几时高议排金门，各使苍生有环堵’，宁令‘吾庐独破受冻死亦足’，而志在‘大庇天下寒士’。其仁心广大，异乎求穴之蝼蚁辈，真得孟子所存矣。东坡先生问：‘老杜何如人？’或言似司马迁，但能明其诗尔。愚谓老杜似孟子，盖原其心也。”

【校注】

①此条见《䂬溪诗话》卷一，文字稍异。详参《杜工部草堂诗话》卷二第 113 条。

84. 《陈辅之诗话》①：“‘明朝有封事，数问夜如何？’②此‘幸而得之，坐以待旦’之意③。‘避人焚谏草，骑马欲鸡栖’④，即所谓‘嘉谋嘉猷，入告尔君于内’，‘曰此谋此猷，惟我君之德’也⑤。”

【校注】

①陈辅，字辅之，自号南郭子，人称南郭先生，北宋人。著有《陈辅之诗话》，久佚，有辑佚本。此条与《䂬溪诗话》卷一所载基本相同，而辅之在黄彻前，殆黄氏沿用陈说欤？

②《春宿左省》，卷六。

③“此幸”，二本均作“是俯”，据《䂬溪诗话》卷一改。引文见《孟子·离娄下》。

④《晚出左掖》，卷六。

⑤引文见《礼记·坊记第三十》。二“君”字，二本均作“后”；“内”，二本均作“外”；二“此”字，二本均作“斯”。皆据《礼记》校改。“入

告尔君于内”句下，《礼记》原文尚有“女乃顺之于外”六字。

85. 葛常之《韵语阳秋》[①]：“杜诗：‘谈笑无河北，心肝奉至尊。’[②]盖用左太冲《咏史诗》‘长啸激清风，志若无东吴’也[③]。东坡诗云‘似闻指挥筑上郡，已觉谈笑无西戎’[④]，意本于此。”

【校注】

①此条见《韵语阳秋》卷一，文字有删改颠倒，盖因抄自仇注。《道山清话》作苏轼语。

②《观安西兵过赴关中待命二首》其二，卷六。

③左思（字太冲）《咏史诗八首》其一，《先秦汉魏晋南北朝诗》晋诗卷七。“激”，二本均作“傲”，据左诗改。

④《闻洮西捷报》，《苏东坡集》续集卷二。

86. 又云[①]：“老杜寄身于干戈骚屑之中，感时对物，则悲伤系之，如‘感时花溅泪’是也，故其作诗多用‘自’字。《田父泥饮》云：‘步屧随春风，村村自花柳。’《遣怀》云：‘愁眼看霜露，寒城菊自花。’《忆弟》云：‘故园花自发，春日鸟还飞。’《日暮》云：‘风月自清夜，江山非故园。’《滕王亭子》云：‘古墙犹竹色，虚阁自松声。’《宿白沙驿》云：‘万象皆春气，孤槎自客星。’[②]古人对景言情，各有悲喜，而自不能累无情之物也。”

【校注】

①此条见《韵语阳秋》卷一，文有增删。详参《杜工部草堂诗话》卷二第73条。

②《宿白沙驿》二句，今传本《韵语阳秋》无。

87．又曰①："杜诗以后二句续前二句处甚多。如《喜弟到》诗云：'待尔嗔乌鹊②，抛书示鹡鸰。枝间喜不去，原上急曾经。'《晴》诗云：'啼乌争引子，鸣鹤不归林。下食遭泥去，高飞恨久阴。'《江阁》诗云：'滑忆雕菰饭，香闻锦带羹。溜匙兼暖腹，谁欲致杯罂。'《寄张山人》诗云：'曹植休前辈，张芝更后身。数篇吟可老，一字买堪贫。'如此之类多矣。此格起于谢灵运，《庐陵王墓下》诗云：'延州协心许，楚老惜兰芳。解剑竟何及，抚坟徒自伤。'李太白亦时有此格，'毛遂不堕井，曾参宁杀人！虚言误公子，投杼惑慈亲'是也。"

【校注】

①此条见《韵语阳秋》卷一，文字微异。详参《杜工部草堂诗话》卷二第77条。

②"乌"，二本均作"鸟"，据杜诗改。

88．又曰①："《北征》诗云：'经年至茅屋，妻子衣百结。恸哭松声回，悲泉共幽咽。'是时方脱身于万死一生，以得见妻儿为幸。至秦州，则有'晒药能无妇，应门亦有儿'之句，已非北征时矣。及成都卜居后，《江村》诗云：'老妻画纸为棋局，稚子敲针作钓钩。'《进艇》诗云：'昼引老妻乘小艇，晴看稚子浴清江。'其优游愉悦之情，见于嬉戏之际，则又异于客秦时矣。"

【校注】

①此条见《韵语阳秋》卷十，文有删节颠倒。详参《杜工部草堂诗话》卷二第96条。

89．洪迈《容斋随笔》①："江山登临之美，泉石赏玩之胜，世间佳境也[②]，观者必曰‘如画’。至于丹青之妙，好事君子嗟叹之不足者，则人以逼真目之。如老杜‘人间又见真乘黄’‘时危安得真致此’‘悄然坐我天姥下’‘斯须九重真龙出’‘凭轩忽若无丹青’‘高堂见生鹘’‘直讶松杉冷，兼疑菱荇香’之句是也[③]。以真为假，以假为真，均之为妄境耳。人生万事如是，何特此耶！”

【校注】

①此条见《容斋随笔》卷十六，详参《杜工部草堂诗话》卷二第66条。

②“境”，原误作“镜”，据石印本改。

③《奉观严郑公厅事岷山沱江画图十韵》，卷十四。“松杉”，二本均作“杉松”；“荇”，二本均作“芡”。皆据杜诗改。

90. 蔡絛《西清诗话》[①]：“梁萧文奂‘能书善画，于扇上图山水，咫尺之内，便觉万里为遥’[②]。老杜《题山水图》云：‘尤工远势古莫比，咫尺应须论万里。’[③]乍读似非用事。如‘男儿既介胄，长揖别上官’[④]，用‘介胄之士不拜’[⑤]。‘妇人在军中，兵气恐不扬’[⑥]，用‘军中岂有女子乎？’[⑦]皆用事而隐其语。”

【校注】

①此条仇兆鳌《杜诗详注》卷九《戏题王宰画山水图歌》注引。刘氏盖抄自仇注，一字不易。实误。此非蔡絛语，乃黄彻语，见《䂬溪诗话》卷六，文字微异。

②萧贲，字文奂，萧子良孙。引文见《南史》卷四十四。

③《戏题王宰画山水图歌》，卷九。

④《垂老别》，卷七。

⑤《史记·绛侯周勃世家》和《汉书·周亚夫传》均载：周亚夫谓汉

文帝曰："介胄之士不拜，请以军礼见。"

⑥《新婚别》，卷七。

⑦《汉书·李陵传》："吾士气少衰而鼓不起者，何也？军中岂有女子乎？"

91．刘克庄曰："唐人游边之作，数十篇中间有三数篇，一篇间有一二联可采。若少陵秦州二十篇[2]，山川城郭之异，土地风气之宜，开卷一览，尽在是矣。网山《送蕲师》云：'杜陵诗卷作图经。'[3]信然！"

【校注】

①此条见《后村先生大全集》卷一百八十三《诗话》新集，文字稍异。

②指《秦州杂诗二十首》，卷七。

③宋林亦之，字学可，号月渔，学者称网山先生，有《网山集》。引诗见《网山集》卷一《奉寄云安安抚宝文少卿林黄中》，此诗《杜甫卷》未收。"作"，二本均作"是"，据《网山集》改。

92．葛常之《韵语阳秋》[1]："少陵《客夜》诗：'客睡何曾著，秋天不肯明。'又《泛江》诗：'山豁何时断，江平不肯流。''不肯'二字，含蓄甚佳，与陶渊明所云'日月不肯迟，四时相催逼'同意。"

【校注】

①此条见《韵语阳秋》卷一，文字稍异。详参《杜工部草堂诗话》卷二第 80 条。

93．刘攽曰[1]："人多取佳句为句图，特小巧美丽可喜，皆指咏风景，影似百物者耳，不得见雄才远思之人也。梅圣俞爱严维诗曰：'柳塘春水漫，花坞夕阳迟。’[②]固美矣。细较之，夕阳迟则系花，春水漫何须柳耶？工部诗云：‘深山催短景，乔木易高风。’[③]此可无瑕纇。又曰：‘萧条四海内，人少豺虎多。少人慎莫投，多虎信所过。饥有易子食，兽犹畏虞罗。’[④]此等句，其含蓄深远，不可模效。”

【校注】

①此条见《中山诗话》，文字稍异。“梅圣俞爱严维诗”以下，亦云出《唐宋诗话》，详参《诸家老杜诗评》卷二第83条。

②《酬刘员外见寄》，《全唐诗》卷二百六十三。

③《向夕》，卷二十。“乔”，二本均作“落”，据杜诗改。

④《别唐十五诫因寄礼部贾侍郎》，卷十四。“四海”，二本均作“九州”；“少人”，二本均作“人少”。皆据杜诗改。

94. 洪迈《容斋续笔》[①]：“前辈谓少陵当流离颠沛之际，一饭不忘君。故诗有云：‘万方频送喜，无乃圣躬劳。’[②]‘至今劳圣主，何以报皇天。’[③]‘独使至尊忧社稷，诸君何以答升平？’[④]‘天子亦应厌奔走，群公固合思升平。’[⑤]皆是心也。”

【校注】

①此条见《容斋续笔》卷三，文字稍异。

②《收京三首》其三，卷五。

③《有感五首》其一，卷十一。

④《诸将五首》其二，卷十六。

⑤《释闷》，卷十二。“应”，二本均作“忧”；“群”，二本均作“诸”。皆据杜诗改。

95. 叶少蕴《石林诗话》①："七言难于气象雄浑，句中有力，而纡徐不失言外之意。自老杜'锦江春色来天地，玉垒浮云变古今'②，与'五更鼓角声悲壮，三峡星河影动摇'等句之后③，常恨无复继者。韩退之笔力最为杰出，然每苦意与语俱尽。《贺裴晋公破蔡州回》诗：'将军旧压三司贵，相国新兼五等崇。'④非不壮也；然意亦尽于此矣。不若刘禹锡《贺晋公留守东都》云：'万乘旌旗分一半，八方风雨会中央。'⑤语远而体大也。"

【校注】

①此条见《石林诗话》卷下，文字微异。

②《登楼》，卷十三。

③《阁夜》，卷十八。

④即《晋公破贼回重拜台司以诗示幕中宾客愈奉和》诗，《全唐诗》卷三百四十四。

⑤即《郡内书情献裴侍中留守》诗，《全唐诗》卷三百六十。"万乘"，二本均作"天子"；"央"，二本均作"州"。据《全唐诗》改。

96. 洪迈《容斋五笔》①："韩公人物《画记》②，其叙马处，'凡马之事二十有七，为马大小八十有三，而莫有同者焉。'秦少游谓其叙事该而不烦，故仿之而作《罗汉记》③。坡公赋《韩幹十四马》④，诵之盖不待见画也。诗之与记，其体虽异，其布置铺写则同。老杜《观曹将军画马图引》⑤，视东坡似不及；至于《丹青引》'斯须九重真龙出，一洗万古凡马空'，不妨独步也。杜又有《画马赞》云：'韩幹画马，毫端有神。骅骝老大，騕褭清新。'及'四蹄雷雹⑥，一日天地'，'瞻彼骏骨，实惟龙媒'之句⑦。坡公《九马赞》⑧，言薛绍彭家藏曹将军《九马图》，子美所为作诗者也。其辞云：'牧者万岁，绘者惟霸。甫为作诵[⑨]，伟哉九马。’读此诗文数篇，直能使人方寸超然，意气横出，可谓‘妙绝动宫墙’矣[⑩]。”

【校注】

①此条见《容斋五笔》卷七，文有删节。

②韩愈《画记》，见《全唐文》卷五五七。

③即《五百罗汉图记》，《淮海集》卷三十八。

④即《韩幹马十四匹》诗，《苏东坡集》前集卷八。

⑤即《韦讽录事宅观曹将军画马图歌》，卷十三。

⑥“雹”，二本均作“电”，据杜《画马赞》改。

⑦“惟”，二本均作“为”，据《画马赞》改。

⑧即《九马图赞》，《苏东坡集》后集卷九。

⑨“诵”，二本均作“颂”，据《苏东坡集》改。

⑩杜诗《冬日洛城北谒玄元皇帝庙》，卷二。

97. 刘克庄曰[①]：“子美与房琯善，其为哀挽，方之孔明、谢安[②]。投赠哥舒翰诗，盛有称许，比之廉颇、魏绛[③]。然《陈涛斜》《潼关》二诗[④]，直笔不少恕。或疑与素论相反。愚谓翰未败，非事前所知；琯虽败，犹不失为名相。及二人各败，又直笔不恕，所以为‘诗史’也。何相反之有？”

【校注】

①此条见《后村先生大全集》卷一百七十六《诗话》后集，文有异同。

②杜甫《承闻故房相公灵榇自阆州启殡归葬东都有作二首》其一云：“孔明多故事，安石竟崇班。”以诸葛亮、谢安比房琯。诗见卷十四。

③指《投赠哥舒开府翰二十韵》，卷三。

④即《悲陈陶》，卷四；《潼关吏》，卷七。

98. 洪迈《容斋随笔》云[①]：“《洞微志》载[②]：苏德哥为徐肇祀其先人曰：当夜半鬼宿渡河之后。翟公巽作《祭仪》十卷[③]，云：或祭于昏，或祭于旦。皆非是，当以鬼宿渡河为候；而鬼宿渡河，常在中夜，必使人仰瞻以俟之。予按：天上经星，终古不动。鬼宿随天西行，春昏见于南，夏晨见于东，秋夜半见于东，冬昏见于东，安有所谓渡河及常在中夜之理？织女昏晨与鬼宿正相反[④]，其理则同。杜诗云：‘牛女漫愁思，秋期犹渡河。’[⑤]‘牛女年年渡，何曾风浪生。’[⑥]梁刘孝仪诗云：‘欲待黄昏至，含娇渡浅河。’[⑦]唐人七夕诗皆有此说，此自是牵俗遗词之过。故老杜又有诗云：‘牵牛出河西，织女处其东。万古永相望，七夕谁见同。神光竟难候，此事终蒙胧。’[⑧]盖自洞晓其实非也。”

【校注】

①此条见《容斋随笔》卷四，文有删节。殆抄自仇注，一字不易。

②《宋史·艺文志》载钱易撰《洞微志》三卷，今佚。

③宋翟汝文，字公巽，私谥忠惠先生，有《忠惠集》。《祭仪》十卷，今未见。

④“女”，二本均作“于”，据《容斋随笔》改。

⑤《一百五日夜对月》，卷四。

⑥《天河》，卷七。

⑦《咏织女诗》，《先秦汉魏晋南北朝诗》梁诗卷十九。“渡浅”，二本均作“浅渡”，据刘诗改。

⑧《牵牛织女》，卷十五。

99. 陈师道曰[①]：“真宗尝观子美诗：‘勋业频看镜，行藏独倚楼[②]。’

谓甫之诗，皆不逮此。”

【校注】

①此条见《后山诗话》，文字稍异。殆抄自仇注，一字不易。

②《江上》，卷十五。

100. 洪迈《容斋续笔》①：“子美《存殁绝句》②，每篇一存一殁，盖席谦、曹霸存，毕曜、郑虔殁也。鲁直《荆江亭即事十首》，其一云：‘闭门觅句陈无己，对客挥毫秦少游。正字不知温饱未，西风吹泪古藤州。’③乃用此体，谓少游殁而无己存也。”

【校注】

①此条见《容斋续笔》卷二，文有删节，盖照抄仇注。

②即《存殁口号二首》，卷十六。

③《病起荆江亭即事十首》其八，《豫章黄先生文集》卷七。“十”，二本均作“二”，据黄集改。

101. 黄彻《䂬溪诗话》①：“诸史传称名，首尾一律；惟左氏传《春秋》，千变万状。有一人而称目数异者，族氏、名字、爵邑、谥号，皆密布其中②，以寓褒贬，此史家祖也。观少陵诗，亦隐寓此旨。如‘杜陵有布衣’③，‘自为青城客’④，‘长安布衣谁比数’⑤，‘杜曲幸有桑麻田’⑥，‘肯访浣花老翁无’⑦，‘东郭老人住青丘’⑧，‘秦城老翁荆扬客’⑨，‘杜子将北征’、‘臣甫愤所切’⑩，‘甫也南北人’⑪，‘有客有客字子美’⑫，盖自见其里居、名字也。‘不作河西尉’、‘率府且逍遥’⑬，‘白头拾遗徒步归’⑭，‘曾为掾吏趋三辅’⑮，‘幕府初交辟’⑯，‘凡才污省郎’⑰，其补官迁徙，历历可考。至叙他人亦然，如云‘粲粲元道州’，又云‘结也实国桢’⑱。凡例森然，诚《春秋》之法也。”

【校注】

①此条见《碧溪诗话》卷一，然较之今传本《碧溪诗话》，增益颇多。盖抄自仇注卷二十一《前苦寒行二首》其一引文，只差一字，仇误，刘亦沿误。

②“布”，二本原无，据仇注、《碧溪诗话》补。

③《自京赴奉先县咏怀五百字》，卷四。

④《丈人山》，卷十。

⑤《秋雨叹三首》其三，卷三。

⑥《曲江三章章五句》其三，卷二。“杜”，二本均作“韦”，据杜诗改。

⑦《入奏行赠西山检察使窦侍御》，卷十。

⑧《锦树行》，卷二十。“老人”，二本均作“先生”，据杜诗改。

⑨《前苦寒行二首》其一，卷二十一。

⑩《北征》，卷五。

⑪《谒文公上方》，卷十一。二本均衍“东西”二字，据杜诗删。

⑫《乾元中寓居同谷县作歌七首》其一，卷八。

⑬《官定后戏赠》，卷三。

⑭《徒步归行》，卷五。

⑮《峡中览物》，卷十五。“掾”，二本均误作“椽”，据杜诗改。

⑯《秋日夔府咏怀奉寄郑监李宾客一百韵》，卷十九。

⑰《乘雨入行军六弟宅》，卷二十一

⑱《同元使君〈舂陵行〉》，卷十九。

102. 葛常之《韵语阳秋》①：“诗人赞美同志诗篇，多比珠玑、璧玉、锦绣、花草之类，至杜公岂肯作此陈腐语？如《寄岑参》诗云：‘意惬关飞动，篇终接混茫。’《夜听许十诵诗》云：‘精微穿溟涬，飞动摧霹雳。’《赠卢琚》诗云：“藻翰惟牵率，湖山合动摇。’《赠郑谏议》诗云：‘毫发无遗憾，波澜独老成。’《寄李白》诗云：‘笔落惊风雨，诗成泣鬼神。’《赠高适》诗云：‘美名人不及，佳句法如何？’皆惊人语也。观余子，其神芝之与腐菌哉！”司马温公曰②：“古人为诗，贵于意在言外，使人思而得之，故言之者无罪，闻之者足以戒。近世惟杜子美最得诗人之体，如《春望》诗：‘国破山河在’，明无余物矣；‘城春草木深’，明无人迹矣；花鸟，平时可娱之物，见之而泣，闻之而悲，则时可知矣。他皆类此。”

【校注】

①葛常之语见《韵语阳秋》卷三，文字稍异。详参《杜工部草堂诗话》卷二第87条。

②司马光语见《温公续诗话》，文字稍异。已见前第63条。

103. 王彦辅曰①：“《曲江对雨》诗题于院壁，‘林花著雨燕支湿’，‘湿’字为蜗涎所蚀。苏长公、黄山谷、秦少游偕僧佛印，因见缺字，各拈一字补之，苏云‘润’，黄云‘老’，秦云‘嫩’，佛印云‘落’，觅集验之，乃‘湿’字也，出于自然。而四人遂分生老病苦之说。‘诗言志’，信矣！”

【校注】

①此条盖抄自《杜诗详注》卷六《曲江对雨》注引王氏语，今传本《麈史》无。

104. 潘邠老云①：“七言诗第五字要响，如‘返照入江翻石壁，归云拥树失山村’②，‘翻’字、‘失’字是响字也。五言诗第三字要响，如‘圆荷浮小叶，细麦落轻花’③，‘浮’字、‘落’字是响字也。所谓响者，致力处也。”

【校注】

①潘大临，字邠老。此条《苕溪渔隐丛话》前集卷十三、《诗话总龟》后集卷二十四等均载录，皆云出《吕氏童蒙训》。

②杜诗《返照》，卷十五。

③杜诗《为农》，卷九。

105. 范元实《诗眼》曰①：“山谷谓文章必谨布置，每见后学，多告以《原道》命意曲折。后予以此概考古人法度，如子美《赠韦左丞》诗云：‘纨绔不饿死，儒冠多误身。’此一篇立意也，故使人静听而具陈之耳。自‘甫昔少年日’至‘再使风俗淳’，皆言儒冠事业也。自‘此意竟萧条’至‘蹭蹬无纵鳞’，言误身如此也，则意举而文已备矣。然必言其所以见韦者，于是有‘厚愧’‘真知’之语。而所以真知者，谓传诵其诗也。然宰相职在荐贤，不当徒爱人而已，故曰‘窃效贡公喜，难甘原宪贫’。果不能荐贤，则去之可也，故将‘东入海’而‘西去秦’。然其去也，必有迟迟不忍之意，故曰‘尚怜终南山，回首清渭滨’。然所知不可以不别，故曰‘常拟报一饭，况怀辞大臣’。夫如是，可以相忘于江湖之外，虽韦亦不得而见矣，故以‘白鸥没浩荡，万里谁能驯’终焉。此诗前贤录为压卷，其布置最得正体，如官府甲第，厅堂房舍，各有定处，不可乱也。韩文公《原道》与《书》之《尧典》盖如此，其他皆谓之变体可也。”

【校注】

①此条《苕溪渔隐丛话》前集卷十、《杜工部草堂诗话》卷一、《诗话总龟》后集卷三十一等均载录，文字稍异。刘氏殆抄自仇注卷一《奉赠韦左丞丈二十二韵》引文，一字不易。可参看《杜工部草堂诗话》卷一第7条。

106. 许彦周曰①："诗有力量，如弓之斗力：未挽时，不知其难也；及其挽之，力不及处，分寸不可强。若《出塞曲》云：'落日照大旗，马鸣风萧萧。''悲笳数声动，壮士惨不骄。'②又《八哀诗》：'汝阳让帝子，眉宇真天人。虬髯似太宗，色映塞外春。'③此等力量，不容他人到。"

【校注】

①许顗，字彦周，南宋人，著有《彦周诗话》一卷。此条所引较《彦周诗话》文字稍异，殆抄自仇注。

②指杜诗《后出塞五首》其二，卷四。"悲笳数声动"，《彦周诗话》作"鸣笳三四发"。

③《八哀诗·赠太子太师汝阳郡王琎》，卷十六。

107. 赵次公曰①："真宗问近臣：'唐酒价几何？'众莫能对，丁谓奏曰：'每斗三百文。'帝问：'何以知之？'丁引杜诗'速宜相就饮一斗，恰有三百青铜钱'以对。帝大喜曰：'子美真可谓一代之史。'"

【校注】

①此事最早见刘攽《中山诗话》，《诸家老杜诗评》卷二引《唐宋诗话》、《诗话总龟》前集卷二十八引《古今诗话》、《玉壶清话》卷一等均有记载，只是详略不同，但俱未云是"赵次公曰"。郭知达《九家集注杜诗》卷三

载赵次公注，引文与此稍异，仇注卷六亦引作“赵次公曰”，刘氏盖据仇注。可参看《诸家老杜诗评》卷二第90条。

108.《朱文公语录》①：“杜诗最多误字，如：‘风吹苍江树，雨洒石壁来。’②‘树’字无意思，当作‘去’，正对‘来’字。又如蜀有漏天，以其西极阴盛常雨，如天之漏也，故云：‘鼓角漏天东。’③后人不晓其义，遂改‘漏’为‘满’。似此类极多。”

【校注】

①《朱子语类》卷一百四十，文有删节。刘氏盖抄自仇注卷十五《雨》诗所引，一字不易。

②《雨》（“峡云行清晓”首），卷十五。

③《陪章留后侍御宴南楼》，卷十二。

109.范元实云①：“诗有形似之语，若诗人赋‘萧萧马鸣，悠悠旆旌’是也②；有激昂之语，若诗人兴‘周余黎民，靡有孑遗’③是也。古人形似之语，如镜取形，灯取影；激昂之语，孟子所谓‘不以文害辞，不以辞害志’者④。今游武侯庙，然后知《古柏》诗所谓‘柯如青铜根如石’，信然，决不可改，此乃形似之语；‘霜皮溜雨四十围，黛色参天二千尺。云来气接巫峡长，月出寒通雪山白’，此乃激昂之语。不如此，则不见柏之高大也。文章固多端，然警策处往往在此两体。”

【校注】

①此条见《苕溪渔隐丛话》前集卷八引《诗眼》，亦见《仕学规范》卷三十七引《古今类总诗话》，文有删并。刘氏盖抄自仇注卷十五《古柏行》引文，一字不易。

②《诗经·小雅·车攻》。

③《诗经·大雅·云汉》。

④《孟子·万章上》。“志”，二本均作“意”，据《孟子》改。

110. 陈辅之曰[1]：“柳迁南荒云：‘愁向公庭问重译，欲投章甫作文身。’[2]李白云：‘我似鹧鸪鸟，南迁懒北飞。’[3]皆褊忮躁辞，非畎亩惓惓之义。杜诗：‘冯唐虽晚达，终觊在皇都。’[4]又：‘愁边有江水，焉得北之朝。’[5]赋张曲江云：‘归老守故林，恋阙悄延颈。’[6]其乃心王室可知。”

【校注】

①此条见《说郛》（宛委本）卷八十一引《陈辅之诗话》。又见《砻溪诗话》卷三，文字微异，但不云陈辅之语。刘氏盖抄自仇注卷二十一，只改易二字。

②柳宗元《柳州峒氓》诗，《全唐诗》卷三百五十二。“庭”，二本均作“筵”，据《全唐诗》改。

③《醉题王汉阳厅》，《李太白全集》卷二十三。“飞”，二本均作“归”，据李集改。

④《续得观书迎就当阳居止正月中旬定出三峡》，卷二十一。

⑤《又雪》，卷十四。“边”，二本均作“来”，据杜诗改。

⑥《八哀诗·故右仆射相国曲江张公九龄》，卷十六。

111. 杨万里曰[1]：“杜句有偶似古人者，亦有述古人语者。如武侯庙诗：‘映阶碧草自春色，隔叶黄鹂空好音。’[2]此本何逊《行孙氏陵》‘山莺空树响，陇月自秋辉’也[3]。杜云：‘薄云岩际宿，孤月浪中翻。’[4]此本何逊‘薄云岩际出，初月波中上’也[5]，比‘出’‘上’二字胜矣[6]。

杜云：'月明垂叶露，云逐度溪风。'[⑦]又云：'野流行地日，江入度山云。'[⑧]此一联更胜。庾信云：'终封三尺剑，长卷一戎衣。'[⑨]杜云：'风尘三尺剑，社稷一戎衣。'[⑩]亦胜于庾矣。"

【校注】

①此条见《诚斋诗话》，文有删改。盖抄自仇注卷二十三《江阁对雨有怀行营裴二端公》诗引文，只易一字。仇误，刘亦沿误。

②《蜀相》，卷九。

③即《行经孙氏陵诗》，《先秦汉魏晋南北朝诗》梁诗卷九。

④《宿江边阁》，卷十七。

⑤《入西塞示南府同僚诗》，《先秦汉魏晋南北朝诗》梁诗卷九。"薄"，二本均作"白"；"初"，二本均作"清"。皆据何诗改。按，此二句《诚斋诗话》误作庾信诗。

⑥"比"，《诚斋诗话》原无。

⑦《秦州杂诗二十首》其二，卷七。

⑧《江阁对雨有怀行营裴二端公》，卷二十三。"入"，原误作"人"，据石印本改。

⑨《皇夏》（"雄图属天造"首），《先秦汉魏晋南北朝诗》北周诗卷五。"终封"，二本均作"永韬"，据上北周诗改，《庾子山集注》卷六亦作"终封"。

⑩《重经昭陵》，卷五。

112. 杨慎曰[①]："杜云'不嫁惜娉婷'[②]，此句有妙理。陈后山衍之云"当年不嫁惜娉婷，敷粉施朱学后生'，'不惜卷帘通一顾，怕君著眼未分明'[③]，深得其解矣。盖士不可轻于从仕，犹女不可轻于许人。'著眼未分明'，相知之不深也。古人有相知之深，一出而成功者，伊尹、孔明是也；有相知未深，不出以全名者，严光、苏云卿是也；有相知不深，一出而身名俱败者，刘歆、荀彧是也。”

【校注】

①此条见《历代诗话续编》本《升庵诗话》卷二，文有删改。刘氏盖抄自仇注卷八。

②《秦州见敕目薛三璩授司议郎毕四曜除监察与二子有故远喜迁官兼述索居凡三十韵》，卷八。

③陈师道《放歌行二首》,《后山集》卷八。“后山”，二本均误作“后主”，据《升庵诗话》改。“敷粉施朱学后生”，《后山集》作“抹白施朱作后生”。

杜工部诗话卷五

113．“天阙象纬逼”①，“阙”字何等自然。韦应物《龙门游眺》诗“凿山导伊流，中断若天阙”的是杜诗注脚②。王介甫改“天阅”，蔡兴宗改“天窥”，旧千家本改“天阔”“天关”，或作“天开”，俱非是③。“天子呼来不上船”④，范传正《李白新墓碑》⑤：玄宗泛白莲池，召公作序，公已被酒，命高将军扶以登舟。注家谓：关中呼衣襟为船，是披襟见天子。有是理乎？“王母昼下云旗翻”⑥，不过写仙灵仿佛之状。杜修可乃曰：王母，鸟名，故对子规。引《酉阳杂俎》为证。不知《杂俎》明云：鸟名王母使者⑦。岂可遂径以王母名鸟乎？又如“林猿为我啼清昼”⑧，蔡絛遂以崇宁间，有贡士自同谷来，笼一禽，大如雀，色正青，善鸣，曰：此竹林鸟也⑨。以讹证讹，尤为附会可笑。

【校注】

①《游龙门奉先寺》，卷一。

②此为钱谦益说，见《钱注杜诗》卷一。但钱引韦诗，诸本俱作“中断若天窥”，不知钱氏何据?

③详见仇注卷一《游龙门奉先寺》诗“附考”。

④《饮中八仙歌》，卷二。

⑤即《赠左拾遗翰林学士李公新墓碑》，《全唐文》卷六一四。

⑥《玄都坛歌寄元逸人》，卷二。

⑦段成式《酉阳杂俎》前集卷十六《羽篇》云："齐郡函山有鸟，足青，嘴赤，黄素翼，绛颡，名王母使者。"

⑧《乾元中寓居同谷县作歌七首》其四，卷八。此句一作"竹林为我啼清昼"。

⑨蔡说见《苕溪渔隐丛话》前集卷十二引《西清诗话》。详见《诸家老杜诗评》卷三第126条与《杜工部草堂诗话》卷一第51条注③。"同谷"，《西清诗话》作"同州"。

114. "万里戎王子"①，明是说外国王子入居内地，携有其土异花，何将军偶得其种耳。《朱子语类》云："未知何种？"极是。注家谬引《本草》：独活，一名戎王使者。又以为戎菽、戎葵之类。然则竟以王子为花名，可乎？

【校注】

①《陪郑广文游何将军山林十首》其三，卷二。按：此条盖损益仇注该句注文而成。

115. "苔卧绿沉枪"①，谓漆饰枪柄，其色深沉，故曰"绿沉"。如"白小群分命"②，"白小"，未即是鱼名。"红鲜终日有"③，"红鲜"，未即是稻名。

【校注】

①《重过何氏五首》其四，卷三。"绿"，原误作"录"，据石印本改。下同。

②《白小》，卷十七。

③《茅堂检校收稻二首》其一，卷二十。

116. “阑风伏雨秋纷纷”①，王安石作“仗雨”，无考。胡仔谓作“长雨”，如长物之“长”，亦未安。赵子栎曰：阑珊之风，沉伏之雨，言其风雨之不已也。“阑”，如谢灵运“述职期阑暑”之“阑”②；“伏”，如《左传》“夏无伏阴”之“伏”③，于理为当。

【校注】

①《秋雨叹三首》其二，卷三。引诸家说俱见仇注。

②《永初三年七月十六日之郡初发都诗》，《先秦汉魏晋南北朝诗》宋诗卷二。

③《左传·昭公四年》。

117. “肉鬃碨礧连钱动”①，作“肉骏”非②。东坡云③：“予在岐下，见秦州进一马，鬃如牛项下垂胡，侧立倾倒，毛生肉端。蕃人云：‘此肉鬃马也。’乃知《骢马行》‘肉鬃碨礧’，当作‘鬃’。”

【校注】

①《骢马行》，卷四。

②“骏”，石印本作“鬃”。

③东坡语见《东坡题跋》卷二，文字稍异。刘氏盖照抄仇注，一字不易。详参《诸家老杜诗评》卷二第69条。

118. “行李相攀援”①，“行李须相问”②，本《左传》。《西溪丛语》③：唐李济翁《资暇录》云④：古“使”字作“岑”。《左传》所言“行李”，乃是“行使”，后人误为“李”字。《传》曰：“行李之往来，供其乏困。”⑤杜预注：“行李，使人也。”⑥又：“亦不使一介行李，告于寡君。”注：“行李，行人也。”⑦又：“行理之命，无月不至。”⑧

注："行理，使人通聘问者。"[9]或言"李"，或言"理"，皆谓行使也。但文其词则谓之"行李"，亦作"理"耳，知非改古文为"李"也。济翁不言"岑"出何书[10]。刘孝威《结客少年场》诗："少年李六郡，遨游遍五都。"[k]"李"字作使音，亦一证也。

【校注】

①《自京赴奉先县咏怀五百字》，卷四。此条刘氏盖抄自仇注卷四。

②《重简王明府》，卷十。

③《西溪丛语》，宋姚宽撰，三卷。引文见卷上，有删节。"语"，二本均作"话"，径改。

④李匡乂，字济翁，李勉从子，著有《资暇集》。

⑤《左传·僖公三十年》。"乏困"，二本均作"困乏"，据《左传》改。

⑥"行李"，二本均无"李"字，据杜预注补.

⑦《左传·襄公八年》。

⑧《左传·昭公十三年》。

⑨"行理"，二本均作"行李"，据杜预注改。

⑩"岑"，原作"李"，据石印本改。"岑"字见《宋本玉篇》卷二十二"山部"："岑，所几切，古使字。"

⑪"李"，《先秦汉魏晋南北朝诗》梁诗卷十八《结客少年场行》作"本"。

119. "天棘蔓青丝"[1]，《本草图经》曰：天门冬，春生，藤蔓高至丈余，其叶如丝杉而细散。《尔雅》："髦颠蕀。"注曰：白华，有刺，蔓生。蕀音棘[2]。《抱朴子》及《神仙服食方》云：天门冬，一名颠棘[3]。蔡梦弼云："颠、天，声相近也。"[4]许彦周云："江南徐铉家本云'天棘蔓青丝'，蔓生如青丝，尤见是天门冬也。"[5]《冷斋诗话》[6]、郑渔仲《通志》[7]，皆以为杨柳，非。

【校注】

①《已上人茅斋》，卷一。此条盖抄自《钱注杜诗》卷九《巳上人茅斋》注。

②“白华”，《尔雅·释草》注作“细叶”。

③《抱朴子·内篇·仙药》云：“天门冬，或名地门冬，或名莚门冬，或名颠棘。”

④《杜工部草堂诗笺》卷一。

⑤见许顗《彦周诗话》。

⑥即释惠洪《冷斋夜话》，说见卷四。

⑦郑樵，字渔仲，说见《通志》卷七十六“木类”。

120. “河冻未渔不易得”①，一作“味鱼”。《潘淳诗话》：“韩玉汝云：河中府三面是黄河，惟有味鱼，似鲫而肥短，味亦美。杜诗‘味鱼’谓此。”②朱鹤龄注：“《本草》有鮇鱼，出黄河口。”③按：“未渔”，以北方河冻言，故下云“凿冰恐侵河伯宫”，与上句“昨日今日皆天风”意贯，若作“味鱼”，于义固新，而未免牵合。作“鮇鱼”，亦不过傅会黄河而已，不如“未渔”切严冬为正。

【校注】

①《阌乡姜七少府设鲙戏赠长歌》，卷六。

②《潘淳诗话》，亦称《潘子真诗话》，实即《诗话补遗》，所引淳语系照抄仇注，故文有删节。详见《诸家老杜诗评》卷四第145条。

③朱说见《杜工部诗集辑注》卷五。

121. “掖垣竹埤梧十寻”①，埤字解者各异。张綖云：竹埤，谓掖垣之上，以竹编为储胥，若城埤然。②自较作卑字解为优。朱注引王褒《山家诗》："众林积为籞，围竹茂成埤。"[③]此的是"竹埤"二字所本。

【校注】

①《题省中壁》，卷六。此条盖本仇注。

②张綖《杜工部诗通》卷六《题省中院壁》注云："竹埤，谓掖垣之上，以竹枪累为储胥也。"

③王褒《和从弟祐山家诗二首》其二，《先秦汉魏晋南北朝诗》北周诗卷一。朱鹤龄说见《杜工部诗集辑注》卷四。

122. "岁拾橡栗随狙公"[①]，《庄子》："昼拾橡栗。"[②]又"狙公赋芧"。注：芧，音序，橡子也。[③]《后汉·李恂传》：岁荒，"徙居新安关下，拾橡栗以自资。"[④]注："橡，栎实也。"《新书》载：公"客秦州，负薪采橡栗自给"[⑤]。此在同谷亦然。王洙序称："负薪采梠。"[⑥]

【校注】

①《乾元中寓居同谷县作歌七首》其一，卷八。

②《庄子·盗跖》。

③《庄子·齐物论》。

④"栗"，《后汉书·李恂传》作"实"。

⑤指《新唐书·杜甫传》。

⑥指王洙撰《杜工部集记》，《宋本杜工部集》卷首。

123. "榿林碍日吟风叶"[①]，旧注：韵书无榿字，蜀人相传以为音丘宜切[2]。王荆公诗："濯锦江边木有桤，小园封殖伫华滋。"[3]陆放翁亦云："著书增《水品》，披句觅桤栽。"[4]则知读欹音为是。桤，惟蜀有之，不才木也；或曰即榕也。

【校注】

①《堂成》，卷九。按：此条盖本周密《齐东野语》卷十一《桤木》条。

②旧注，指蔡梦弼《杜工部草堂诗笺》卷十八《堂成》诗注。

③《偿薛肇明秀才桤木》，《临川先生文集》卷二十八。"殖"，《临川先生文集》作"植"。

④《园中作》，《剑南诗稿》卷四十五。"水"，二本均作"木"；"披"，二本均作"搜"。皆据《剑南诗稿》改。《四库全书总目》卷一一五："《煎茶水记》一卷，唐张又新撰。……其书前列刑部侍郎刘伯刍所品七水，次列陆羽所品二十水。"又称《水经》。陆游《入蜀记》卷四："前辈或斥《水品》以为不可信，《水品》固不必尽当，……则亦不可诬也。"

124．"笼竹和烟滴露梢"[1]，宋子京《益部方物记》：慈竹别有一种，节间容八九寸者，曰笼竹[2]。黄山谷云：笼竹，蜀人名大竹[3]。蔡梦弼曰："蜀有竹名笼箨。"[4]又寄高岑诗："何太龙钟极。"[5]薛苍舒注：《广韵》：龙钟，竹名也。谓年老如竹之枝叶，摇曳不自矜持[6]。笺解驳其杜撰[7]，引《苏氏演义》：龙钟，谓不昌炽，不翘举，如藍鬖、拉搭之类[8]。于义亦合。

【校注】

①《堂成》，卷九。

②"寸"，二本均误作"尺"，盖因照抄《钱注杜诗》所致，据宋祁《益部方物略记》改。

③黄庭坚《杜诗笺》，《豫章黄先生别集》卷四。

④《杜工部草堂诗笺》卷十八《堂成》诗注。“笼竹”，《草堂诗笺》作“竹笼”。

⑤即《寄彭州高三十五使君适虢州岑二十七长史参三十韵》，卷八。“极”，二本均作“甚”，据杜诗改。

⑥薛苍舒说，见《九家集注杜诗》卷二十。

⑦指《钱注杜诗》，见卷十。

⑧《苏氏演义》卷上。

125. “尝果栗皱开”①，《集韵》：皱，侧尤切，革文蹙也。《汉上题襟》周繇诗云：“开栗弋之紫皱。”②贯休诗云：“新蝉避栗皱。”③又云：“栗不和皱落。”④即栗蓬也。蔡梦弼曰：皱，当作皺，皮裂也⑤。则开字为重出矣。

【校注】

①《野望因过常少仙》，卷十。此下至“即栗蓬也”，盖出《西溪丛语》卷下。周密《浩然斋雅谈》卷中亦有类似记载。

②《汉上题襟集》，书名，凡十卷，段成式编。收唐温庭筠、段成式、余知古等人于大中末在襄阳徐商幕中唱和之诗及往来简牍。今已佚。周繇“开栗弋之紫皱”佚句，亦不见于《全唐诗》《全唐诗补编》和《全唐文》。据陶敏《晚唐诗人周繇及其作品考辨》（载《唐代文学研究》第五辑）考证，此周繇当为元繇。元繇，字为宪，系元锡子，郡望洛阳（今属河南）。武宗会昌（841—846）中曾官殿中侍御史、内供奉。大中（847—859）末以御史中丞佐襄阳徐商幕，与段成式、温庭筠等人有诗唱和。

③《湖头别墅三首》其一，《全唐诗》卷八百三十二。

④《秋末长兴寺作》，《全唐诗》卷八百三十二。

⑤蔡说见《黄氏集千家注杜工部诗史补遗》卷二。

126. “家家养乌鬼”[①]，邵伯温《闻见录》[②]：“夔峡之人，岁正月，十百为曹，设牲酒于田间，已而众操兵大噪，谓之养乌鬼。长老言：地近乌蛮战场，多与人为厉，用以禳之。”《蔡宽夫诗话》[③]：元微之江陵诗：“病赛乌称鬼，巫占瓦代龟。”[④]自注云：“南人染病，竞赛乌鬼，楚巫列肆，悉卖瓦卜。”[⑤]乌鬼之名见于此。巴楚间，常有杀人祭鬼者，曰乌野七头神，则乌鬼乃所事神名尔。或曰：“养”字乃“赛”字之误，理或然也。按：乌鬼别有三说：《漫叟诗话》以猪为乌鬼[⑥]；《梦溪笔谈》以鸬鹚为乌鬼[⑦]；《山谷别集》以乌鸦献神为乌鬼[⑧]。自以邵、蔡二说为正。盖题本“戏作俳谐体”，诗明云“异俗吁可怪”，次即有“瓦卜传神语”之句，皆可助江陵诗为左证也。

【校注】

①《戏作俳谐体遣闷二首》其一，卷二十。此条可参看《杜工部草堂诗话》卷二第110条。

②应为邵博《河南邵氏闻见后录》卷十九，作邵伯温误。刘氏盖抄自仇注，仇误，刘亦沿误。

③见《苕溪渔隐丛话》前集卷十二引。

④元稹《酬翰林白学士代书一百韵》，《全唐诗》卷四百五。

⑤“瓦”，二本均作“龟”，盖沿仇注，据《全唐诗》改。

⑥《漫叟诗话》，不知何人作，郭绍虞疑即李公彦《潜堂诗话》。此说见《苕溪渔隐丛话》前集卷十二引。

⑦详见《梦溪笔谈》卷十六。

⑧黄庭坚说见《豫章黄先生别集》卷四《杜诗笺》。

127. “书成无信将”[①]，司马相如《谕巴蜀檄》：“故遣信使，晓谕百姓。”本言诚信之使。释宝月诗：“有信数寄书，无信心相忆。”[②]此以信为使也。姜氏考注：“晋宋以还，将信之人，即称为信。”[③]又《鲍永传》引《东观汉记》：“遣信人驰至长安。”[④]皆信字所本。“飞腾无那故人何”[⑤]，《三国志》注：文钦与郭淮书曰：“所向全胜，要那后无继何？”[⑥]《宋书·刘敬宣传》：牢之曰：“平玄之后，令我那骠骑何？”六朝人多书“奈”为“那”，唐人诗多以“无奈”为“无那”。

【校注】

①《寄彭州高三十五使君适虢州岑二十七长史参三十韵》，卷八。此条盖抄自仇注。

②释宝月，南朝齐僧，作《估客乐》，见《先秦汉魏晋南北朝诗》齐诗卷六。“数”，二本均作“即”；“心”，二本均作“长”。皆据释宝月诗改。

③姜氏，指姜宸英，字西溟，号湛园，清初人。姜氏语见《湛园札记》卷一。

④《后汉书·鲍永传》注引。

⑤《奉寄高常侍》，卷十三。

⑥《三国志·魏书·毌丘俭传》注引。

128. 刘后村《诗话》[①]：《草堂》诗“旧犬喜我归”“邻里喜我归”“大官喜我来”“城郭喜我来”云云，其体用《木兰诗》：“耶娘闻女来[②]，出郭相扶将。阿姊闻妹来，当户理红妆。小弟闻姊来，磨刀霍霍向猪羊。”

【校注】

①此条盖抄自仇注卷十三，而仇注标明抄自朱注，《唐宋诗醇》亦引此说，

但不见今传本《后村诗话》。而宋吴子良《荆溪林下偶谈》卷二“子美草堂诗”条、曾季貍《艇斋诗话》则有类似说法。

②“女”，二本均作“我”，据《先秦汉魏晋南北朝诗》梁诗卷二十九《木兰诗》改。

129. “剑外官人冷”①，官人，乃隋唐间常语。《闻斛斯六官未归》，题称“六官”，犹今俗呼平人曰几官，自唐已然也。

【校注】

①《逢唐兴刘主簿弟》，卷十。

130. “鸡栖奈汝何”①，皂夹树，一名鸡栖，见《急就篇》注②。

【校注】

①《恶树》，卷十。

②《急就篇》卷四“半夏皂荚艾橐吾”唐颜师古注。

131. “坐开桑落酒，来把菊花枝”①，本庾信“蒲城桑叶酒，灞岸菊花秋”②。

【校注】

①《九日杨奉先会白水崔明府》，卷四。

②《就蒲州使君乞酒诗》，《先秦汉魏晋南北朝诗》北周诗卷四。“叶”，二本均作“落”；“秋”，二本均作“枝”。皆据庾诗改。

132. 张伯复《诗话》①：“‘春星带草堂’②，古今传为佳句。只一‘带’字，便点出空中景象。如‘玉绳低建章’③，‘低’字亦然。”

【校注】

①此条本明人范濂《杜律选注》卷一《夜宴左氏庄》引《张伯复诗话》，刘氏盖照抄仇注，一字不易，见《杜诗详注》卷一。

②《夜宴左氏庄》，卷一。

③谢朓《暂使下都夜发新林至京邑赠西府同僚诗》，《先秦汉魏晋南北朝诗》齐诗卷三。

133. 张耒《明道杂志》①：“杜甫之父名闲，而甫诗不讳‘闲’。某在馆中时，同舍屡论及此。余谓甫天姿笃于忠孝，于父名非不获已，宜不忍言。试问王仲至讨论之，果得其由，大抵本误也。《寒食》诗云：‘田父邀皆去，邻家闲不违。’仲至家有古写本杜诗，作‘问不违’，作‘问’实胜‘闲’。又《诸将》诗云：‘见愁汗马西戎逼，曾闪朱旗北斗闲。’②写本作‘殷’字，亦有理，语更雄健。又有‘娟娟戏蝶过闲幔，片片轻鸥下急湍’③，本作‘开幔’，‘开幔’语更工，因开幔见蝶过也。惟《韩幹画马赞》有‘御者闲敏’④，写本无异说。虽容是‘开敏’，而《礼》‘卒哭乃讳’⑤，《马赞》容是父在所为也。”

【校注】

①张耒，字文潜，号柯山，为苏门四学士之一，有《柯山集》。

②《诸将五首》其一，卷十六。

③《小寒食舟中作》，卷二十三。“娟娟”，二本均作“涓涓”；“轻”，二本均作“惊”。皆据杜诗改。

④即《画马赞》，卷二十四。

⑤《礼记·曲礼上》：“凡祭于公者，必自彻其俎。卒哭乃讳，礼不

讳嫌名，二名不偏讳。”

134. 又曰①：“读书有义未通而辄改字者，最学者大病也。老杜同谷诗有‘黄精无苗山雪盛’②，后人所改也。其旧乃‘黄独’也。读者不知其义，因改为‘精’，其实黄独自一物也。本处谓之土芋，其根只一颗而色黄，故名黄独耳。饥岁，土人掘食以充粮，故老杜云耳。”

【校注】

①此条亦见《明道杂志》。

②《乾元中寓居同谷县作歌七首》其二，卷八。

135. 刘后村《诗话》①：“故人陈伯霆读《北征》诗②，戏云：子美善谑，如‘粉黛亦解包’③‘狼籍画眉阔’，虽妻女亦不恕。余云：公知其一耳。如《月夜》诗云：‘香雾云鬟湿，清辉玉臂寒。’则闺中之发肤云浓玉洁可见。又云：‘何时倚虚幌，双照泪痕干。’其笃于伉俪如此。”

【校注】

①此条见《后村先生大全集》卷一百八十二《诗话》新集，文字稍异。

②陈憺，字伯霆，莆田人，与刘克庄同乡。

③“亦”，二本均作“忽”，据杜诗改。

136. 《陪郑广文游何将军山林十首》：第一首“不识南塘路”，起是欲去未去；二首“百顷风潭上”，是初到境；三首“清池”，四首“旁舍”，是入门所见；五首“随意坐莓苔”，是方坐定；六首“野老来看客”，是坐已久；七首“阴益食单凉”，八首“醉把青荷叶”，是饮酒间情况；九首“醒酒”“听诗”，是已至夜分；十首“出门”“回首”，是归时情景。次第章法井然，不似后人作连章，可随意多寡、颠倒位置也。《重过何氏五首》：一首“重来休沐地”，二首“犬迎曾宿客”，三首“自今幽兴熟”，四首就“看君用幽意”推开说，五首将“到此应常宿”合拢说，处处是重游，确乎不是初到。

137. 曹孟德碣石观海诗：“星汉灿烂，若出其里。”①子美诗：“回眺积水外，始知众星乾。”②翻用其意，而语更奇。

【校注】

①曹操《步出夏门行》，《先秦汉魏晋南北朝诗》魏诗卷一。

②《水会渡》，卷九。

138. 《示从孙济》诗：“淘米少汲水，汲多井水浑。刈葵莫放手，放手伤葵根。”是乐府句法，亦本古诗“采葵莫伤根，伤根葵不生”云云①。

【校注】

①引诗见《艺文类聚》卷八十二、《杜工部草堂诗笺》卷六，详参《先秦汉魏晋南北朝诗》汉诗卷十二《古诗二首》其一。

139. 《东皋杂录》①：“或问荆公：杜诗何故妙绝今古？公曰：老杜固尝言之：‘读书破万卷，下笔如有神。’②”

【校注】

①此条见《苕溪渔隐丛话》后集卷五引宋孙宗鉴撰《东皋杂录》。

②《奉赠韦左丞丈二十二韵》，卷一。

140. 黄常明《诗话》曰[①]：“杜诗多用经语，如‘车辚辚，马萧萧’[②]‘鳣发发’‘鹿呦呦’[③]，皆浑然严重。”《朱子语类》云[④]：“文字好用经语，亦一病。东坡写杜诗至‘路远思恐泥’[⑤]，云：‘此不足为法。’”又如“当暑”[⑥]“去食”[⑦]“不知老将至”“于我如浮云”等句[⑧]，皆随意拈来，不露痕迹。后人效之，易蹈肤滑，未可以尊杜而奉为枕秘也。

【校注】

①引黄彻语见《碧溪诗话》卷七，文字有删节。

②《兵车行》，卷二。《诗经·秦风·车邻》：“有车邻邻。”邻，同辚。又《小雅·车攻》：“萧萧马鸣。”

③《题张氏隐居二首》其二，卷一。《诗经·卫风·硕人》：“鳣鲔发发。”《诗经·小雅·鹿鸣》：“呦呦鹿鸣，食野之苹。”

④《朱子语类》卷一百四十，文有颠倒。

⑤《槐叶冷淘》，卷十九。按：此段文字，刘氏盖抄自仇注。仇误将朱子所引杜诗“致远思恐泥”作“路远思恐泥”，而前句出自杜诗《解忧》，而苏东坡批评的正是《解忧》诗，详见《东坡题跋》卷二《记子美陋句》条。

⑥《端午日赐衣》：“当暑著来清。”见卷六。《论语·乡党》：“当暑袗絺绤。”

⑦《赠王二十四侍御契四十韵》：“浮生难去食。”见卷十三。“去食”，见《论语·颜渊》。

⑧《丹青引》：“丹青不知老将至，富贵于我如浮云。”见卷十三。《论语·述而》：“发愤忘食，乐以忘忧，不知老之将至云尔。”又“不义富且贵，于我如浮云。”

141. 杜诗：“汉使徒空到。”[①]“徒”字、“空”字连用，似犯复。

杨升庵云②："古人用字，有不嫌重者，《左传》：'十年尚犹有臭。'③'犹'即'尚'也。《书经》：'不遑暇食。'④'暇'即'遑'也。"据此，则"徒""空"不妨连用矣。然无所本，则断不可造作，不如不袭其陈之为愈。

【校注】

①《陪郑广文游何将军山林十首》其三，卷二。按：此条盖本仇注。

②见仇注卷二引杨氏语。

③《左传·僖公四年》："一薰一莸，十年尚犹有臭。"

④《尚书·无逸》。"不"，二本均作"弗"，据《尚书》改。

142.《同诸公登慈恩寺塔》诗，自"仰穿龙蛇窟"以下，皆登高极奇警语。笺解谓"讥切天宝时事"①，几于谤讪君父，陷子美为隐险人。

【校注】

①指《钱注杜诗》卷一。所谓"讥切天宝时事"，乃钱谦益转述宋胡舜陟《三山老人语录》中语。

143.《百舌》诗起句："百舌来何处？"便有怪骇意；"重重只报春"，厌其聒耳；"知音兼众语"，利口百出；"整翮岂多身"，不在多人；"花密藏难见"，隐形有恃；"枝高听转新"，耸听易投；"过时发口"二句，本《逸周书》"反舌有声，佞人在侧"①。通首确有指切，勿专作赋物观。

【校注】

①《逸周书》，即《周书》，亦称《汲冢周书》。引文见《逸周书·时训解》。

144. 张说二子均、垍，皆能文，当说在中书，兄弟已掌纶翰，玄宗尝使均求妙宝真符，往而即获。故杜《赠太常张卿》诗①，首以“方丈”“昆仑”引喻，刺求仙之妄，继以相门清议所属，儒术闻望所归，谓均之地望才名，不当以求仙得幸，若灼知其人之趋向诡僻者。垍尚宁亲公主，恩宠冠时，方其供奉翰林，玄宗欲加安禄山同平章事，命垍草制，杨国忠曰：“禄山目不知书，岂可为宰相？”乃改命为左仆射，命高力士饯归范阳。上问：“禄山慰意乎？”对曰：“观其意怏怏，必知欲命为相而中止也。”上以告国忠，国忠曰：“此议必张垍兄弟告之。”禄山反，玄宗奔蜀②，谓高力士曰：“朝臣谁当来，谁不来？”对曰：“均、垍受恩最深，且连戚里，必先来；时论皆谓房琯宜为相，陛下不用，恐或不来。”已而琯至，上问均、垍兄弟，对曰：“臣帅与偕来，逗遛不进，似有所蓄而不能言。”上顾力士曰：“朕固知之矣。”肃宗即位，制陷贼六等定罪，均、垍律皆应死，肃宗欲免之，上皇不可，肃宗叩头流涕曰：“臣非张说父子无有今日，若不能活均、垍，死何面目见说于九泉？”上皇曰：“垍为汝长流岭南，均为贼毁吾家事，断不可活。”观杜《赠翰林张四学士》诗，不过叙其恩遇势分之荣，以“天上公子”“宫中客星”了之。燕公伟人③，致有此背国从伪之子，少陵虽不遇，岂一无知人之鉴，漫为谀颂以干进者乎？

【校注】

①即《奉赠太常张卿垍二十韵》，卷三。旧本作张均，故凤诰即以张均说之。

②“奔”，石印本作“幸”。

③张说，封燕国公。

145. 诗家并尊李杜，两人交谊，千古所无。世间朋好①，合则敦游宴，离则勤书问耳矣。杜与李乃至以梦相通，与魂对语，尤为奇绝千古。读《梦李白二首》，前疑其“恐非平生魂”，后怜其“苦负平生志”。前云“魂来枫叶青，魂返关塞黑”，别肠哀楚，得《招魂》《大招》之遗；后云“千秋万岁名，寂寞身后事”，非勉其将来，特悬指身后，以聊慰目前耳。是魂是人，是真是梦，长歌当哭，皆以至性发之。他如“凉风天末”之咏②，亦有“应共冤魂语，投诗赠汨罗”句，解家或以为白死后诗，殊属误会；其《春日忆白》诗③，服其才思无敌，为之加以定评；《寄白二十韵》诗④，痛其抱枉莫伸，为之叙一小传。考白长于甫十三岁⑤，自天宝三年罢翰林，偕游梁宋、齐鲁间，以后遂成长别，故赠白诗只在东都二首⑥，他皆怀想之作。自白坐永王璘事流夜郎，最后乃有“不见李生久”一诗⑦，望其头白早归，生死交情，从此不通消息矣。世或以白才高而狂，昧保身之哲，独少陵刻意辩之。李阳冰《草堂序》云⑧：白乞归后，“就从祖陈留采访大使彦允，请北海高天师授道箓于齐州紫极宫。”观少陵诗曰：“李侯金闺彦，脱身事幽讨。”⑨曰：“不愿论簪笏，悠悠沧海情。”⑩曰：“未就丹砂愧葛洪。”⑪曰：“还丹日月迟。”⑫曰：“若逢李白骑鲸鱼，道甫问讯今何如？”⑬亦可信白自有世人不知之故在。

【校注】

①“朋”下，石印本尚有“友”字。

②指《天末怀李白》，卷七。

③即《春日忆李白》，卷一。

④即《寄李十二白二十韵》，卷八。

⑤李白长杜甫十一岁，此误。

⑥此说亦误。杜《赠李白》（五古），作于东都洛阳；《赠李白》（七绝），则作于同游齐鲁时。

⑦指《不见》诗，卷十。

⑧即《唐李翰林草堂集序》，《全唐文》卷四三七。

⑨《赠李白》(五古)，卷一。

⑩《与李十二白同寻范十隐居》，卷一。

⑪《赠李白》(七绝)，卷一。

⑫《冬日有怀李白》，卷一。

⑬《送孔巢父谢病归游江东兼呈李白》，卷一。

146.《旧书》[①]：李白，山东人，父为任城尉，因家焉。钱希白《南部新书》亦同[②]。盖白隐于徂徕，时人皆以山东人称之，故杜诗亦曰“山东李白”[③]。曾巩以旧史为误[④]，非也。杨慎据李阳冰、魏颢序，欲以为东山李白[⑤]。阳冰云：“咏歌之际，屡称东山。”[⑥]颢云：“迹类谢康乐，世号为李东山。”[⑦]此亦偶然题目，岂可援据为称谓乎？杨好奇曲说，不足取也。

【校注】

①指《旧唐书·李白传》。按：此条盖抄自《钱注杜诗》卷二。

②钱易，字希白。二本均误作“钱希易”，盖沿袭钱笺之误。钱易说见《南部新书》甲卷。

③《苏端薛复筵简薛华醉歌》：“近来海内为长句，汝与山东李白好。”见卷四。

④曾说见《李白诗集后序》，《元丰类稿》卷十二。

⑤《杨升庵全集》卷三《李太白诗题辞》，并未提及李阳冰、魏颢序，而引及曾巩、刘全白、乐史诸说，主张白为蜀人，云“山东”乃“东山”之误。刘氏未详读杨文，所说有误。“东山”，二本均作“山东”，据杨文、钱笺改。

⑥“咏歌”，二本均作“歌咏”；“东山”，二本均作“山东”。皆据李阳冰《草堂集序》改。

⑦魏颢《李翰林集序》，《全唐文》卷三七三。

147. 少陵方外交游，唯赞公最款洽。赞亦房相客也[①]，以京师大云寺主，谪秦州安置，公至，宿其土室，商卜邻未果，有《西枝村寻置草堂地》诗[②]。次则蜀僧闾丘师兄，故博士均之孙，世交倾盖，夜阑软语，宜其气谊纯然。他如巳公[③]、文公、旻公、粲可[④]、大觉高僧、真谛禅师、太易沙门，皆通访谒，而公初不溺于逃空之学。又是时道教盛行，公与元逸人、董炼师辈，寄怀玄赏，不过偶话烟霞，非真有金匕丹砂之慕。或谓高明人狭小尘世，多趋仙佛两途，是家有荆璧而羡他人之燕石，恐此老当哑然失笑矣[⑤]。

【校注】

①房相，即房琯。

②即《西枝村寻置草堂地夜宿赞公土室二首》，卷七。

③“巳”，二本均误作“已”，据杜诗改。

④“粲可”，指慧可与僧粲，为北魏、北齐时僧人，早杜甫一百多年，岂得“通访谒”？凤诰误矣。

⑤“哑”，原误作“听”，据石印本改。

148. 江宁亦杜公游迹所到，集中《因许八奉寄江宁旻上人》诗，有“袈裟忆上泛湖船”，又有《送许八拾遗归江宁觐省》诗，题云“甫昔时尝客游此县，于许生处乞瓦棺寺维摩图样，志诸篇末”，诗云“淮阴清夜驿，京口渡江航”，皆述所已经也。

149. 郑康成说“三百篇”[①]，以笺为名。笺，标也，识也，谓标其异致，识其易忘者耳。宋方惟道兄弟纂录唐以来评杜诗者，名曰《诸家老杜诗评》[2]；蔡梦弼《草堂诗话》悉摭《韵语阳秋》之类说杜者，病其猥杂；今之为诗话者不一，而说杜无专家，泽州陈文端有《杜律诗话》二卷[3]，亦只言七律，而五律未之及也。

【校注】

①郑玄，字康成，东汉人。"三百篇"，即《诗经》，郑玄曾为作笺。

②《诸家老杜诗评》，系方醇道、方深道兄弟所辑，作方惟道误。详参《诸家老杜诗评·说明》。

③陈廷敬，初名敬，字子端，号说岩、午亭，清泽州（今山西晋城）人，卒谥文贞，不闻有"文端"之谥号，凤诰殆误"子端""文贞"为"文端"耶？陈氏所撰《杜律诗话》见《午亭文编》卷四十九、五十。

150. 自元微之作序铭[1]，盛称"诗人以来，未有如子美者"；王介甫选四家，以杜居首；秦少游则推为孔子大成[2]；郑尚明则推为周公制作[3]；黄鲁直则推为诗中之史[4]；罗景纶则推为诗中之经[5]；杨诚斋则推为诗中之圣[6]；王元美则推为诗中之神[7]：崇奉至矣。惟宋杨大年不服杜，诋为"村夫子"[8]；明嘉、隆间，有王慎中、郑继之、郭子章诸人[9]，起而严驳之；杨用修亦抑扬参半[10]：皆与杜为敌者，多见其不知量也[11]。

【校注】

①即元稹撰《唐检校工部员外郎杜君墓系铭并序》，见仇注附编。

②秦观《韩愈论》云："孔子之谓集大成。呜呼，杜氏、韩氏，亦集诗文之大成者欤！"见《淮海集》卷二十二。

③敖陶孙，字器之，号臞翁，撰有《臞翁诗评》，中云："独唐杜工部如周公制作，后世莫能拟议。"非郑尚明也。郑昂，字尚明。

④黄庭坚《次韵伯氏寄赠盖郎中喜学老杜诗》云："老杜文章擅一家，……千古是非存史笔，百年忠义寄江花。"见其《豫章黄先生外集》卷十四。按："黄鲁直"以下四句，盖本吴瞻泰说，见《杜诗提要》卷首《评杜诗略例》。

⑤罗大经，字景纶，所撰《鹤林玉露》卷十四云："春秋之时，天王之使交驰于列国，而列国之君如京师者绝少。夫子谨而书之，固以正列国之罪；而端本澄源之意，其致责于天王者尤深矣。唐之藩镇，犹春秋之诸侯也。杜陵诗云：'诸侯春不贡，使者日相望。'盖与《春秋》同一笔。"按：北宋邹浩《道乡先生文集》卷二十七《送裴仲孺赴官江西叙》云："昔司马子长、杜子美皆放浪沅湘，窥九疑，登衡山，以搜抉天地之秘，然后发愤一鸣，声落万古，儒家仰之，几不减六经。"陈善《扪虱新话》下集卷一亦云："老杜诗当是诗中六经，他人诗乃诸子之流也。"实早于罗大经已有此论矣。

⑥杨万里《江西宗派诗序》云："然唐云李杜，宋言苏黄。……今夫四家者流，苏似李，黄似杜。……无待者，神于诗者欤？有待而未尝有待者，圣于诗者欤？……合神与圣，苏李不杜黄，杜黄不苏李乎？"见《诚斋集》卷七十九。

⑦明王世贞，字元美，其《艺苑卮言》卷四云："五言律、七言歌行，子美神矣；七言律，圣矣。"

⑧杨亿，字大年，宋初"西昆派"代表作家。刘攽《中山诗话》云："杨大年不喜杜工部诗，谓为'村夫子'。"

⑨王慎中，字道思，别号遵岩居士，为明"唐宋派"代表作家，有《遵岩先生集》。郑善夫，字继之，号少谷，有《少谷山人集》。郭子章，字相奎，号青螺，自号玭衣生，有《豫章诗话》等。

⑩明杨慎，字用修，号升庵，著作甚富，有《升庵诗话》《杜诗选》等，对杜多所批评。

⑪ 按此条盖本仇兆鳌说，见《杜诗详注·凡例》。

养一斋李杜诗话

[清]潘德舆 撰

说　明

《养一斋李杜诗话》三卷，清潘德舆撰。

潘德舆，字彦辅，号四农，山阳（今江苏淮安）人。生于乾隆五十年（1785），卒于道光十九年（1839），终年五十五。道光八年（1828），德舆举江南乡试第一。继游京师，与黄爵滋、张际亮、叶名沣、汤鹏、徐宝善等相友善。道光十五年，大挑补安徽知县。德舆诗文精深博奥，著有《养一斋诗文集》二十五卷，《养一斋词》三卷，《养一斋诗话》十卷、后附《李杜诗话》三卷。

《养一斋诗话》十卷，前有道光十二年（1832）钟昌序，道光十六年（1836）徐宝善序。附《李杜诗话》三卷，每卷首行署书名、卷次，次行署"山阳潘德舆彦辅"，版心上署卷次、页数，下署"李杜诗话"。半叶九行，行二十一字。卷一为李白诗话，计二十二条；卷二、卷三为杜甫诗话，计二十八条。潘氏为诗，早年从杜甫入，中及诸家，四十岁时，复以杜甫为宗。其论诗，恪守儒家诗教，奉曹植、陶渊明、李白、杜甫为"三代以下之诗圣"，而独许杜甫为"集大成"。潘氏论诗特别强调名教，尊奉孔子，推崇朱熹，认为"子美以志士仁人之节，阐诗人比兴之旨，遂足为古今冠"。而对苏轼论杜诗之"发乎性止乎忠孝"七字，极赞其"评杜实至精矣"。因此，他极力阐发和夸大杜甫的忠君思想，而对杜甫之交陷贼授官的王维、郑虔，认为是"大有累于义理"，声言

“爱古人者当为其诤臣，不当为其佞友。少陵只以中允、司户文学绝人，遂成偏好”。力斥赞美杜甫与李白、郑虔友谊的言论为“名教之蠹”。这表现了潘氏的封建愚忠思想。但在对杜诗的评析和考订方面，作者时有深刻的见解，对不同意见的辩驳，亦颇有力。

清末扫叶山房石印本《养一斋诗话》十卷，亦附《李杜诗话》三卷，四册一函，前三册为《养一斋诗话》，后一册为《李杜诗话》。半叶十二行，行二十八字。版心上署“养一斋诗话”，中则均署“杜李诗话”，下署“扫叶山房石印”。上海古籍出版社一九八三年十二月出版的由郭绍虞编选、富寿荪校点的《清诗话续编》本，亦收有《养一斋李杜诗话》三卷，每卷后附校记。校点颇为精审，但亦偶有疏误之处。

校注以富寿荪校点《清诗话续编》本（简称“富校本”）为底本，参校道光十六年《养一斋诗话》附刻本（简称“道光本”）、清末扫叶山房石印本（简称“石印本”）。

养一斋李杜诗话卷一

1. 朱子曰："作诗先看李、杜，如士人治本经，本既立，方可看苏、黄以次诸家。"[①]予笃信此说，十年前，辑《作诗本经》一书[②]，专取李、杜集，择而录之，并为《总论》二卷附焉。既而思之，李、杜所作，诚不能篇篇与《风》《雅》合，然非浅陋如予者所宜定去取也，故此书不敢示人。其《总论》则偶出管见，不忍割弃，缀诸拙著《诗话》后，质世之知言者。

【校注】

①《朱子语类》卷一百四十，文字稍异。潘氏盖引自王琦注《李太白全集》卷三十四附录，一字不易。朱熹语亦见《诗人玉屑》卷五。

②《作诗本经》，今存手稿本。

2. 朱子曰："李太白诗，非无法度，乃从容于法度之中，盖圣于诗者。"[①]按古今论太白诗者众矣，以朱子此论为极则。他人形容赞美，累千百言，皆非太白真相知者，以本不知诗教源流。故子美为"诗圣"，而太白则谓之"诗仙"，万口熟诵，牢不可破。究竟仙是何物？以虚无不可知者相拟，名尊之，实外之矣。若缘谪仙之号定于贺监[②]，谪仙之歌赋于同朝，少陵赠什亦尝及之[③]，遂为定评。不知贺监老为道士，回惑已深，明皇好仙，朝列风靡，无稽品藻，何足效尤；少陵特叙其得名之始云尔，非以为确不可易也。且贺监又尝目之为天上星精矣，岂亦可以从张旭“太湖精”之例[4]，以“诗精”目之乎？若见太白咏仙者多，乃以“诗仙”当之，则高如郭璞，卑若曹唐，亦将号以“诗仙”耶？朱子以其从容法度为圣，何等了当！杨升庵曰：“太白为古今诗圣。”[5]语据朱子，颠扑不破。而他日又谓：“太白诗仙翁剑客语。”[6]何其仙、圣之杂糅也！此义不明，看太白诗焉能入解？故皮袭美谓其诗“言出天地外，思出鬼神表”[7]，非世间人语。极力推尊，皆成幻妄。敖氏臞庵谓其诗：“如刘安鸡犬，遗响白云，核其归存，恍无定处。”[8]推寻不入，转致揶揄也。至王氏百谷，乃直谓：“李诗仙，杜诗圣，圣可学，仙不可学矣。”[9]岂非名尊之、实外之之明验也哉？惟周氏伯弜曰：“太白诗号雄俊，而法度最缜密。”[10]此乃可与朱子之言相发明耳。

【校注】

①《朱子语类》卷一百四十，亦见《诗人玉屑》卷十四。

②唐范传正《赠左拾遗翰林学士李公新墓碑》云：“在长安时，秘书监贺知章号公为谪仙人。”《全唐文》卷六一四。

③杜甫《寄李十二白二十韵》：“昔年有狂客，号尔谪仙人。”

④李颀《赠张旭》诗：“张公性嗜酒，豁达无所营。皓首穷草隶，时称太湖精。”《全唐诗》卷一百三十二。

⑤《周受庵诗选序》，《升庵合集》卷三。

⑥《升庵诗话》卷十一“评李杜”条。

⑦皮日休，字袭美，其《刘枣强碑》云：“吾唐来，有是业者，言出天地外，思出鬼神表，读之则神驰八极，测之则心怀四溟，磊磊落落，真非世间语者，有李太白。”《皮子文薮》卷四。

⑧宋敖陶孙，字器之，号臞翁，一作臞庵。敖氏语见《臞翁诗评》。

⑨明王穉登，字伯谷，有《王百谷全集》。引文见《李太白全集》卷

三十三附录王氏《合刻李杜诗集序》。

⑩宋周弼，字伯弜，一作伯弼。《李太白全集》卷三十四附录引自赵宧光《弹雅》。而《弹雅》卷十二《尘言七之四》云："谪仙号为雄拔，而法度最为森严。"此语实出宋范晞文《对床夜语》卷二。

3. 张氏邦基曰："孟子之言道，如项羽用兵，直行曲施，逆见错出，皆当大败，而举世莫能当，何其横也！左丘明之于词令亦甚横。自汉后千年，惟韩退之之于文，李太白之于诗，亦皆横者。"①按孟子不可以"横"言，左氏亦不可以"横"尽。若"项羽之用兵，直行曲施，逆见错出，举世莫能当"，拟太白诗，颇得其神。然朱子云："太白诗不专是豪横，亦有雍容和缓者，如首篇'《大雅》久不作'，多少和缓？"②此论又不可不知也。

【校注】

①张邦基，字子贤，南宋人，撰有《墨庄漫录》十卷，引文见该书卷六。

②《朱子语类》卷一百四十。"横"，《朱子语类》作"放"。"《大雅》久不作"，《古风五十九首》其一，见《李太白全集》卷二。

4. 计氏有功曰："张碧，贞元中人，自序其诗云：'尝读李长吉集，谓春拆红翠，辟开蛰户，其奇峭不可攻也。及览太白诗，天与俱高，青且无际，鹍触巨海，澜涛怒翻，则观长吉之篇，若陟嵩之颠视诸阜者耶？'"①按《沧浪诗话》云："人言太白仙才，长吉鬼才，不然，太白天仙之词，长吉鬼仙之词耳。"②《海录碎事》亦言："唐人以李白为天才绝，白居易人才绝，李贺鬼才绝。"③又渔洋山人戏论"李白飞仙语""李贺才鬼语"④。愚实不解仙鬼之才、仙鬼之语，诸公何从悉其高下而公然以评诗也？张碧论太白、长吉别处，奇古确实，远胜天仙、鬼仙、鬼才、才鬼诸说。碧诗万不可以追踪太白，而名碧字太碧，摹仿令人失笑，然此论独可存也。

【校注】

①计有功，字敏夫，号灌园居士，南宋人，撰有《唐诗纪事》八十一卷。引文见该书卷四十五。张碧，字太碧，据陈尚君《张碧生活时代考》（载《文学遗产》1992年第3期）考证，当为唐末诗人。旧说贞元中人，当误。

②严羽，号沧浪逋客，南宋人，撰有《沧浪诗话》。引文见《沧浪诗话·诗评》。

③《海录碎事》，宋叶庭珪撰，二十三卷。引文见该书卷十八《文学部·文章门》。

④王士禛，号渔洋山人。引文见《带经堂诗话》卷一《品藻类》。

5. 严氏羽曰："观太白诗者，要识真太白处。太白天才豪逸，语多卒然而成。学者于每篇中，识其安身立命处可也。"①按沧浪论诗，以禅为喻，颇非古义，所以来冯氏之攻②。然谓"李、杜二集，须枕藉观之，如今人之治经"③，则吻合朱子之论，不可攻也。其谓太白诗有"安身立命处"，语殊深微不易解，而于太白诗煞有见地，学者不可不究其旨。究之若何？吴子华所谓"太白诗气骨高举，不失《颂》咏《风》刺之遗"者④，即其"安身立命处"矣。沧浪又谓："太白发句，谓之开门见山。"⑤夫诗有通体贵含蓄者，有通体贵发露者，岂有"发句"必求"开门见山"之理？此可以论唐人试帖之破题，而不可以论太白诗也。误传惑人，莫此为甚，故附辩之。

【校注】

①《沧浪诗话·诗评》，文字微异。

②清冯班不满严羽《沧浪诗话》论诗之说，特撰《严氏纠谬》一卷，见《钝吟杂录》。

③《沧浪诗话·诗辨》。

④唐吴融，字子华，引文见《全唐文》卷八二〇《禅月集序》。“遗”，《全唐文》作“道”。

⑤《沧浪诗话·诗评》。

6. 魏氏庆之曰：“为诗欲气格豪逸，当看退之、太白。”①按退之文，乃太白诗之敌也；退之诗，则不可与太白诗并。盖退之诗，豪则有之，逸处甚少，千古以来，足当“气格豪逸”者，太白一人而已。后来苏长公七古豪逸处②，几欲乱真。然李诗源出《风》《骚》，痕迹都融；苏诗行以古文，议论不废。李实正声，苏为别径，终难方驾。朱子曰：“苏、黄只是今人诗，苏才豪，一滚说尽无余意。”③是也。

【校注】

①魏庆之，字醇甫，南宋人，撰有《诗人玉屑》二十一卷。引文见该书卷十二《品藻古今人物》引《雪浪斋日记》，非魏氏语。

②苏长公，指苏轼。而轼排行实为第二，观字“和仲”可知。

③《朱子语类》卷一百四十。

7. 杨氏慎曰：“庄周、李白，神于文者也，非工于文者所及也。文非至工，则不可为神，然神非工之所可至也。”①按升庵轩李轾杜，不足训，此以庄子比太白，却不误。顾氏璘亦云：“文至庄，诗至太白，草书至怀素，皆兵法所谓奇也。”②然怀素之草书，非右军之左规右矩也，太白却于古法无脱漏处耳。

【校注】

①《升庵合集》卷一百一十四《庄周李白》。

②顾璘，字华玉，号息园，明人。顾语见《顾华玉集·息园存稿文》卷九《书吴文定临怀素自叙帖后》。

8．黄氏庭坚曰："太白歌诗，超越六代，与汉、魏乐府争衡。"①按《李诗纬》云："太白愠于群小，乃放还山，纵酒浪游，岂得已哉！故于乐府多清怨，盖不敢忘君也。"②夫太白之不敢忘君，与子美何异？情深故文明，所以越六代而齐汉、魏也。朱子谓"鲍明远才健，太白专学之"③。此语转不若黄太史之的。周氏紫芝谓"太白诗太高而微短于韵"④，弥妄矣。

【校注】

①黄语见《山谷集外集》卷十《答黎晦叔书》，但"太白"作"李白"，"超越"作"度越"。

②孙殿起《贩书偶记续编》卷十九著录："《李杜诗纬》十一卷，清慈溪应时删定，归安丁谷云辩疑，康熙戊午刊，李集四卷，杜集七卷。"引语见《李杜诗纬·李集》卷一《乐府变风》，文字微异。

③《朱子语类》卷一百四十，文有删节。

④周紫芝《太仓稊米集》卷五十一《古今诸家乐府序》云："余尝评诸家之作，以谓李太白最高，而微短于韵。"

9．葛氏立方曰："李白乐府三卷，于三纲五常之道，数致意焉。虑君臣之义不笃也，则有《君道曲》之篇；虑父子之义不笃也，则有《东海勇妇》之篇；虑兄弟之义不笃也，则有《上留田》之篇；虑朋友之义不笃也，则有《箜篌谣》之篇；虑夫妇之义不笃也，则有《双燕离》之篇。"①

按此条于太白诗能见其大，太白所以追蹑《风》《雅》为诗之圣者，根本节目，实在乎此。后人震眩其才，而不知其深合古诗人之义，故誉之则谓其“摆去拘束”，如元微之[②]；毁之则谓其不达义理，如苏子由[③]，皆大误也。

【校注】

①《韵语阳秋》卷十，文有删节。

②元稹《唐检校工部员外郎杜君墓系铭并序》。

③苏辙《诗病五事》，《栾城集》卷八。

10. 高氏棅曰：“李翰林乐府古调，能使储光羲、王昌龄失步，高适、岑参绝倒，况其下乎！”[①]按太白尝言：“齐、梁以来，艳薄斯极，将复古道，非我而谁？”[②]其一生式靡起衰，全在古风、乐府。储、王、高、岑诚一代之翘秀，顾其志非以古道自任者也，恶得与太白争席哉？《艺苑卮言》云：“太白古乐府，杳冥惝恍，纵横变幻，极才人之致，然自是太白乐府。”[③]噫！此以形似论乐府者也。齐、梁后之乐府，非太白起而振之，不至五代，已流入于词矣。太白树复古之伟功，王氏谓其极才人之能事而已，亦浅矣哉！

【校注】

①高棅，字彦恢，更名廷礼，别号漫士，明初人。引文见其编选《唐诗品汇》五言古诗叙目卷六。“能”，《唐诗品汇》作“若”。

②见孟启《本事诗·高逸第三》，文字稍异。

③王世贞《艺苑卮言》卷四。

11. 王氏士禛曰：唐五言古诗，“李白、韦应物超然复古。”[①]按左司五古，高步三唐，然持较青莲，色味不欠，形神顿局，似难连类而及。且左司割秀于六朝者也，渔洋以太白、左司并言，疑所谓复古者，复《选》体之古焉耳。太白胸次高阔，直将汉、魏、六朝一气铸出，自成一家，拔出建安以来仰承《三百》之绪，所谓“志在删述”“垂辉千春”者也，岂专主《选》体哉！予韪渔洋能揭明李诗五言之复古，而恐其以《选》体当之，犹非了义也，故录而辩之。若《酉阳杂俎》谓：“太白前后三拟《文选》不成，悉焚之，唯留《恨》《别》二赋。”②此真梦呓。夫《文选》三十卷，太白全拟之，则有此才力而无此文体，试问卜子夏、孔安国《诗》《书》序，亦可拟乎③？此刘昼赋《六合》之为耳④，太白为之乎？若有拟有否，又不可径谓其拟《文选》也。段氏徒见集中有《恨》《别》二赋，遂传此大语，以尊太白，而不知其庸且妄耳。总之李、杜无所不学，而《文选》又唐人之所重，自宜尽心而学之，所谓“转益多师是汝师”也⑤。若其志向之始，成功之终，则非《选》体所得而囿。故谓太白古兼学《文选》可，谓其复古为复《选》体则不可，谓其拟古屡拟《文选》则尤不可。

【校注】

①《带经堂诗话》卷一《品藻类》。

②段成式《酉阳杂俎》前集卷十二《语资》，文字稍异。“文选”，《酉阳杂俎》原作“词选”。

③卜商，字子夏，孔子弟子，旧谓《毛诗序》为其所作。孔安国，西汉人，以治《尚书》为武帝博士，《尚书》孔氏传，旧题为安国所作。

④刘昼，字孔昭，北齐人。尝撰《六合赋》，呈魏收，收谓人曰：“赋名六合，其愚已甚，及见其赋，又愚于名。”事见《北齐书·刘昼传》。

⑤杜诗《戏为六绝句》其六，卷十一。

12. 李氏攀龙曰："七言古诗，惟杜子美不失初唐气格，而纵横有之。太白纵横，往往强弩之末，间作长语，英雄欺人耳。"①按于鳞谓："太白五七言绝句，唐三百年一人，盖以不用意得之。"②此则诚然。至论七古，何其悖也！太白歌行，只有少陵相敌。王阮亭谓："嘉州之奇峭，供奉之豪放，更为创获。"③又谓："太白、岑参二家，语羞雷同，亦称奇特。"④屡以太白、嘉州并称，已为失言，试问《襄阳歌》《江上吟》《鸣皋歌》《送别校书叔云》《梦游天姥吟》等作，嘉州能为之乎？嘉州奇峭，人力之极，天弢未之解也。于鳞转以太白为"强弩之末"，为"英雄欺人"，更不堪一笑耳。《诗辨坻》亦谓太白"歌行跌宕自喜，不闲整栗，唐初规制，扫地欲尽"⑤，与于鳞一鼻孔出气。此皆误以初唐为古体，故嫌李诗之一概放佚，而幸杜诗之偶一从同。岂知诗之为道，穷则变，变则通，《风》《雅》之不能不为《楚骚》，《楚骚》之不能不为苏、李，皆天也。诗之古与不古，视其天与不天而已矣。今必以初唐为古，不知初唐已变江左；必以太白为蔑古，不知苏、李已变《风》《骚》。余最笑何大复《明月篇》⑥，舍李、杜而师卢、骆，以为"劣于汉魏"而"近《风》《骚》"欤？不知"劣于汉魏近风骚"句⑦，乃言"劣于汉魏"之"近风骚"耳。不解句义，既堪哈噱，况当时之体，老杜已明断之。于鳞欲为后来杰魁，仍拾信阳余唾，徒以初唐一体绳太白、子美歌行之优劣，所以终身宗法唐人而不免为优孟欤！阮亭犹曰："接迹风人《明月篇》，何郎妙悟本从天。"虽其诗末二语，微辞讽世，唤醒无限，已无解于"接迹风人""妙悟从天"称扬之过矣⑧。胡氏应麟云："七言歌行，垂拱四子，词极藻艳，未脱梁、陈。太白、少陵，大而化矣，能事毕矣。"⑨此为得之。

【校注】

①、②李攀龙，字于鳞，号沧溟，明"后七子"首领。引文均见《沧溟先生集》卷十五《选唐诗序》。"作"，《沧溟先生集》作"杂"；"唐

三百年”前，《沧溟先生集》尚有“实”字。

③王士禛《古诗选·七言诗凡例》。

④《带经堂诗话》卷一《品藻类》，文有删节。

⑤毛先舒《诗辨坻》卷三。

⑥何景明，字仲默，号大复山人，河南信阳人，为明“前七子”之一。所引何说见《何大复先生全集》卷十四《明月篇》序。“卢、骆”，实指初唐四杰。

⑦杜诗《戏为六绝句》其三，卷十一。

⑧《戏仿元遗山〈论诗绝句〉三十二首》其二十一，其诗末二句为“王杨卢骆当时体，莫逐刀圭误后贤”。《渔洋精华录集释》卷二。

⑨《诗薮·内编》卷三，文有删节。

13. 方氏弘静曰：“太白耻为郑、卫之作，律诗故少。编者多以律类入古中，不知其近体犹存雅调耳。”①按太白复古之功，不独在乐府歌行，于五律亦可见。《李诗纬》所谓“太白五律，犹为古诗之遗，特于《风》《骚》为近”②，是也。故知其薄声律，乃得诗源；谓其惮拘束，则成瞀论。观其一生，七律只得八首，固缘阳冰编次之时，著述十丧八九③，亦由七律初行，笃于古者尚不屑为耳。太白尝自言：“寄兴深微，五言不如四言，七言又其靡也。”④何况七律哉？柴虎臣乃云：“太白不长于七律，故集中厥体甚少。”⑤吾不知“三山半落青天外，二水中分白鹭洲”⑥“城隅渌水明秋日，海上青山隔暮云”⑦“瑶台含雾星辰满，仙峤浮空岛屿微”等诗⑧，柴氏何所见而断其不长也？

【校注】

①方弘静，字定之，明歙县人，撰有《千一录》。“弘静”，诸本均误作“静宏”，朱彝尊《静志居诗话》卷十三、《四库全书总目》别集类

存目五均作“宏静”，而钱谦益《列朝诗集小传》丁集上作“弘静”，王琦注《李太白全集》卷三十四附录引《千一录》、《广快书》卷十一亦作“弘静”，是，据改。方语见《千一录》卷十二。

②《李杜诗纬·李集》卷三《律诗正风（五言）》，文有删节。

③李阳冰《唐李翰林草堂集序》云：“自中原有事，公避地八年，当时著述，十丧其九，今所存者，皆得之他人焉。”《全唐文》卷四三七。

④见孟启《本事诗·高逸第三》。“寄兴”，《本事诗》原作“兴寄”。

⑤柴绍炳，字虎臣，号省轩，清仁和人。柴语见《李太白全集》卷三十四附录引《家诫》。

⑥《登金陵凤凰台》，《李太白全集》卷二十一。

⑦《别中都明府兄》，《李太白全集》卷十五；“日”，原作“月”，据李诗改。

⑧《送贺监归四明应制》，《李太白全集》卷十七。“瑶”，原作“楼”，据李诗改。

14. 胡氏应麟曰：“五言排律，沈、宋二氏，藻赡精工：太白、右丞，明秀高爽。”①按沈、宋排律，人巧而已。右丞明秀，实超沈、宋之上。若气魄闳大，体势飞动，亦未可与太白抗行也。“湖清霜镜晓，涛白雪山来”②“地形连海尽，天影落江虚”等句③，右丞恐当避席。若“独坐清天下”④“黄鹤西楼月”等高调⑤，更不待言。故论诗者胸无等级，语即近似，皆成隔阂，此类是也。

【校注】

①《诗薮·内编》卷四。“明秀高爽”，富寿荪校语云：“原作‘明爽高秀’，据胡应麟《诗薮》改。”石印本亦作“明爽高秀”。

②《送友人寻越中山水》，《李太白全集》卷十六。

③《秋日与张少府楚城韦公藏书高斋作》，《李太白全集》卷二十三。

④《中丞宋公以吴兵三千赴河南军次寻阳脱余之囚参谋幕府因赠之》，《李太白全集》卷十一。

⑤《送储邕之武昌》，《李太白全集》卷十八。

15. 高氏棅曰："开元后五言绝句，李白、王维尤胜诸人。"①宋氏荦曰："李白、崔国辅五绝，号为擅场。"②按二说高氏为近之。右丞五绝，冲澹自然，洵有唐至高之境也。但右丞五绝佳处，太白有之；太白五绝佳处，右丞未尝有之。并论终嫌不敌。若崔国辅，特齐、梁之余，谓不失五绝源于乐府之遗意则可耳。太白五绝，虽亦从六朝清商小乐府而来，而天机浩荡，二十字如千言万言，前人所谓回飚掣电，令人缥缈天际者，国辅能之乎？徐而庵谓"唐人五绝，惟太白擅场"③。此言独见得到。然徐氏以太白五绝为似阴铿，阴工此体，故子美诗云"李侯有佳句，往往似阴铿"也④。此又不免泥解杜诗，且不省太白五绝佳处之原委耳。

【校注】

①《唐诗品汇》五言绝句叙目卷二。

②宋荦，字牧仲，号漫堂，又号西陂，清商丘人。所撰《漫堂说诗》云："五言绝句起自古乐府，至唐而盛。李白、崔国辅号为擅场。"

③徐增，字子能，号而庵。所撰《而庵说唐诗》卷七云："五言绝句……唐贤中，惟李太白擅场。"

④《与李十二白同寻范十隐居》，卷一。

16. 高氏棅曰："七言绝句，太白高于诸人，王少伯次之。"①按《艺苑卮言》谓："七言绝句，王少伯与太白争胜毫厘，俱是神品。"②《诗薮》

谓："太白、江宁，各有至处。"[3]《弱侯诗评》谓："龙标、陇西，七绝当家，足称联璧。"[4]《漫堂说诗》谓："三唐绝句，并堪不朽，太白、龙标，绝伦逸群。"[5]然吾独取高氏"少伯次之"之说。夫少伯七绝，古雅深微，意在言表，低眼观场，随声赞美，其实堕云雾中，并不知其意脉所在，此其境地，岂可易求？顾余谓少伯诗，咀含有余，而飞舞不足也。屈绍隆云："诗以神行，若远若近，若无若有，若云之于天，月之于水，诗之神者也。而五七绝尤贵以此道行之。昔之擅其妙者，在唐有太白一人，盖非摩诘、龙标之所及，所谓鼓之舞之以尽神，由神入化者也。"[6]细玩屈氏之论，则知高氏所谓"少伯次之"者，非臆见矣。王氏谓"争胜毫厘"，太白胜龙标处，诚在毫厘之间，非老于诗律，不能下斯一语。惜王氏以"俱是神品"一语混之，说成李能胜王，王亦胜李。于是胡氏《诗薮》谓："李写景入神，王言情造极。王宫辞乐府，李不能为；李览胜纪行，王不能为。"[7]意议浅滞，妄分畛域，更不足驳也已。

【校注】

①《唐诗品汇》七言绝句叙目卷二。"七言"，《唐诗品汇》作"盛唐"。潘氏盖抄自《李太白全集》卷三十四附录，一字不易。

②《艺苑卮言》卷四。"少伯"，《艺苑卮言》作"江陵"。潘氏盖抄自《李太白全集》卷三十四附录，一字不易。

③《诗薮·内编》卷六，文有删节。

④焦竑，字弱侯。引语见《李太白全集》卷三十四附录。

⑤"绝句"，《漫堂说诗》作"七绝"。

⑥屈大均，初名绍隆，字介子、翁山，清初人。引文见《翁山文外》卷二《粤游杂咏序》，文有删节。"摩诘"，原误作"靡诘"，据道光本改。

⑦《诗薮·内编》卷六。

17. 葛氏立方曰："太白古风两卷，近七十篇，身欲为神仙者殆十三四。然《梁父吟》云：'阊阖九门不可通，以额扣关阍者怒。'人间门户，尚不可入，太清倒景，岂易凌蹑乎？"①"有谈玄之作云：'茫茫大梦中，惟我独先觉。腾转风火来，假合作容貌。''朗悟前后际，始知金仙妙。'则所得于佛氏者益邃。"②按太白一生，笃好仙术，尝与陈子昂、司马承祯、贺知章为"仙宗十友"③，又请北海高天师授道箓于齐州紫极宫，亦惑之至矣。必谓其诗中"凌倒景""游八极""折若木""餐金光"等语，尽如骚人之寓言而为之讳，诚属多事。然亦由其志大运穷，如少陵赠诗所谓"才高心不展，道屈善无邻"者④，乃愤而为此轻世肆志之言。观其对当时宰相称"海上钓鳌客"，且谓以天下无义丈夫为饵，则知其愤激不平，舌唾一世之大意⑤。譬如刘伶、阮籍之遁于酒，不可谓其纯正，亦不能笑其荒湎者也。葛氏乃以"阊阖不可通"句，谓太清尤难倒蹑，则真痴人前不得说梦。而又赞美"风火""假合""金仙"等句，以为得之佛者较前益邃，则知葛氏之惑，病于太白多矣。夫太白咏仙咏佛，虽云游戏神通，终属瑕疵，不得曲护。后人于李集旁涉异教之作，学其寓言讽世者，而弃其惑溺不明者，斯为善学太白者耳。

【校注】

①《韵语阳秋》卷十一，文有删节。

②《韵语阳秋》卷十二。引诗见《与元丹丘方城寺谈玄作》，《李太白全集》卷二十三。又，"朗悟"，诸本均作"问语"，据李诗改。

③《海录碎事》卷八下《人事部·朋友门》云："唐司马承祯与陈子昂、卢藏用、宋之问、王适、毕构、李白、孟浩然、王维、贺知章，为仙宗十友。"按十人不同时，殆亦"饮中八仙"之类。

④《寄李十二白二十韵》，卷八。"道"，诸本均作"志"；"善"，诸本均作"道"。皆据杜诗改。

⑤《侯鲭录》卷六云："李白开元中谒宰相，封一板，上题曰'海上钓鳌客李白'。相问曰：'先生临沧海，钓巨鳌，以何物为钓线？'白曰：'以风浪逸其情，乾坤纵其志，以虹霓为丝，明月为钩。'又曰：'何物为饵？'曰：'以天下无义气丈夫为饵。'时相悚然。"

18. 王氏安石曰："李白诗词迅快，无疏脱处。然其识污下，十句九言妇人、酒耳。"①按荆公此论，《冷斋夜话》《扪虱新话》皆载之②。《老学庵笔记》则谓其非荆公语，乃读李诗未熟者妄言之③。此辩极为明通。然务观解为荆公辩诬，却自谓"太白识度甚浅"，举"王公大人借颜色，金章紫绶来相趋"④"一别蹉跎朝市间，青云之交不可攀"等句⑤，斥其"浅陋有索客风"。又云："得一翰林供奉，此何足道，遂云'当时笑我微贱者，却来请谒为交欢'⑥，宜其终身坎壈也。"务观之识度诚伟矣，然伊古以来，文章出群之雄，而诗中往往萦情富贵者，亦不独太白也。子美诗云："富贵必从勤苦得，男儿须读五车书。"⑦退之诗云："一为马前卒，鞭背生虫蛆。一为公与相，潭潭府中居。问之何因尔，学与不学欤。"⑧子美能言："致君尧舜上，再使风俗淳。"⑨退之能言："生平企仁义，所学皆孔周。"⑩而以学问为富贵公相之饵，且津津教人，抑又何也？瑕不掩瑜，一难废百，读古人诗者，亦观其大端可矣。太白一生飘然不群，富贵要人，实非其心目中所有。苏子瞻谓："士以气为主，方高力士用事时，公卿大夫争事之，而太白使脱靴殿上，固气盖天下矣。夏侯湛赞东方朔曰：'凌跞卿相，嘲哂豪杰。……雄节迈伦，高气盖世。'吾于太白亦云。"⑪曾南丰亦谓其"捷出横步，志狭四裔"，"始来玉堂，旋去江湖。麒麟凤凰，世岂能拘。"⑫务观何均不之引而为此异论也！夫诗理性情，世俗见地，自宜痛扫；然必摘其全集之微玷，盖阙终身，侪之浅人，亦无当于论世知人之识矣。

【校注】

①《冷斋夜话》卷五、《扪虱新话》上集卷三均载之，《苕溪渔隐丛话》前集卷六引《钟山语录》、《岁寒堂诗话》卷上等，亦有类似记载，但文字详略不同。

②《扪虱新话》之“话”，诸本均作“语”，今改正。

③陆游《老学庵笔记》卷七。

④《驾去温泉宫后赠杨山人》，《李太白全集》卷九。

⑤《走笔赠独孤驸马》，《李太白全集》卷九。

⑥《赠从弟南平太守之遥二首》其一，《李太白全集》卷十一。

⑦杜甫《题柏学士茅屋》，卷二十一。

⑧韩愈《符读书城南》，《全唐诗》卷三百四十一。

⑨杜甫《奉赠韦左丞丈二十二韵》，卷一。

⑩韩愈《赴江陵途中寄赠王二十补阙李十一拾遗李二十六员外翰林三学士》，《全唐诗》卷三百三十六。

⑪《李太白碑阴记》，《苏东坡集》前集卷三十三，文有删节。夏侯湛《东方朔画赞》见《文选》卷四十七。“跞”，《文选》作“轹”。

⑫曾巩《代人祭李白文》，《元丰类稿》卷三十八。

19. 苏氏轼曰：“太白之从永王璘，当由迫胁。以璘之狂肆寝陋，虽庸人知其必败；太白能识郭子仪之为人杰，而不能知璘之无成，此理之必不然者。”①按太白于永王璘一案，千古物议之所丛集；诗以教人忠孝为先，此事不辨，亦安用诗圣为哉！窃取白本传、诗集及他人论断此事者而合勘之，则知白之从璘，始由迫胁，而《旧唐书》所谓“在宣州谒见，遂辟从事”者②，误也。既胁以行，见其起兵，遂逃还彭泽，而曾巩《太白集序》所谓“璘兵败，白奔亡宿松”者③，误也。按《新唐书》本传云：“安禄山反，白转侧宿松、匡庐间，永王璘辟为府僚佐。

璘起兵，逃还彭泽。”夫起兵即逃，可见白非佐璘之人，与事败而逃，天渊迥隔，失节与否，专勘此处。论世者一以《新唐书》为主，而白之非失节亦明矣。白后《为宋中丞自荐表》云：“避地庐山，遇永王东巡胁行，中道奔走。”又《忆旧游书怀》诗云④：“仆卧香炉顶，餐霞漱瑶泉。”⑤“半夜水军来，寻阳满旌旃。空名适自误，迫胁上楼船。徒赐五百金，弃之若浮烟。辞官不受赏，翻谪夜郎天。”夫胁而来，逃而去，辞官弃金，未污爵赏⑥，白之心事行迹，亦可以告天下后世矣。徒以平日跆籍贵势，世皆欲杀，故朝无平反之人，遂至冤坐大辟，幸郭令援手，乃得免死⑦。杜公所以哀之曰：“苏武先还汉，黄公岂事秦？楚筵辞醴日，梁狱上书辰。已用当时法，谁将此义陈？”⑧曰“先还汉”，曰“岂事秦”，曰“辞醴”，曰“上书”，曰“当时法”，亦剀切示人，字字昭雪矣。苏长公不能据《新唐书》、白本集、杜长律以洗千古之诬，但以白平日知人，断其不从永王，“当由迫胁”，未免臆测无据。且只言“迫胁”，不著辞官弃金、中道逃去之事，则安知非“迫胁”而反乎？论事不核不备，焉能塞议者之口也！若苏次公直谓：“永王窃据江、淮，白起而从之不疑，遂以放死。”⑨绝不考究始末，一笔抹倒，读书卤莽之过，又愧其兄多矣。至蔡絛故为太白斡旋，谓其“学本纵横，气侠自任，当中原扰攘时，欲借之以立功名。大抵才高意广，未必成功，知人料事，尤其所短。若其志，亦可哀矣”⑩。似能为太白末减厥罪，不知“藉以立功”四字，已将太白说成从逆之人，而不止于不知人之过，仍非究明此案根末者。若王百谷并谓：“灵武之位未正，社稷危于累棋，璘以同姓诸王，建义旗，复神器，白亦王孙帝胄，慨然从之；璘本非逆，从璘乃为逆乎！”⑪此则全与史传相戾，徒欲为太白颂冤，而不知永王不受肃宗召命，直犯江、淮之师，万不可以义旗目之者。文人高谈，无当实迹，徒为古人增谤而已。观太白《永王东巡歌》曰：“二帝巡游俱未回，五陵松柏使人哀。”⑫又云：“南风一扫胡尘静，西入长安到日边。”⑬是太白直言东下之非，而劝以西上勤王，拥卫二帝，与永王如冰炭之不相入；迫胁之困，逃去之勇，均于此诗可见。而浅者非加以诋诃，则为之文饰，蒙冤不洗，而徒日诵其诗，以为神品，又何赖有此知音哉？为之三叹！

【校注】

①《李太白碑阴记》，《苏东坡集》前集卷三十三。关于“太白能识郭子仪之为人杰”，富寿荪校语云：“唐会昌三年裴敬作《翰林学士李公墓碑》云：‘又尝有知鉴，客并州，识郭汾阳于行伍间，为免脱其刑责而奖重之。’《新唐书·李白传》及乐史《李翰林别集序》误从之。今人詹锳《李白诗文系年》谓上述乃裴敬伪托，考辨甚详。”

②《旧唐书·李白传》。

③《李白诗集后序》，《元丰类稿》卷十二，文有删节。

④即《经乱离后天恩流夜郎忆旧游书怀赠江夏韦太守良宰》，《李太白全集》卷十一。

⑤“瑶”，诸本均作“流”，据李诗改。

⑥“污”，原误作“汙”，据道光本改。

⑦富寿荪校语云：“按‘幸郭令援手，乃得免死’，亦据裴敬伪托及《新唐书》本传等误从。”

⑧杜诗《寄李十二白二十韵》，卷八。

⑨苏次公即苏辙。辙语见《诗病五事》，《栾城集》卷八。

⑩此非蔡絛语，乃蔡居厚语。详见《苕溪渔隐丛话》前集卷五引《蔡宽夫诗话》。

⑪王穉登《校刻李翰林分体全集序》，见刘世教编《李翰林全集》卷首，文有删节。

⑫《永王东巡歌十一首》其五，《李太白全集》卷八。

⑬《永王东巡歌十一首》其十一。

20. 方氏弘静曰："太白《白头吟》，颇有优劣，其一盖初本也。天才不废讨润，今人落笔便刊布，纵云挥珠，无怪多颣。"①又曰："太白读书匡山，十年不下，浔阳狱中，犹读《留侯传》，苦心如此。今忽忽白日，而嘐嘐古人，是自绊而希千里也。"②按东坡云："太白诗飘逸绝尘，而伤于易，学之不至，玉川子是也。"③陶开虞亦谓："以天分胜者近李，以学力胜者近杜，学者各自审焉可也。"④此论一出，几疑青莲纯恃天分，而流弊甚多矣。予故录方氏之说示人，知诗至圣境，都缘学力精纯，纷纷之喙，可以稍息。

【校注】

①"弘"，原作"宏"，据《千一录》改。引语见《千一录》卷十二，文字稍异。

②《千一录》卷二十四，文字稍异。

③《东坡题跋》卷二《书学太白诗》。

④据《李太白全集》卷三十四附录引陶开虞《说杜》，一字不易。

21. 洪氏迈曰："李太白以布衣入翰林，既而不得官。唐史言高力士以脱靴为耻，摘其诗以激杨贵纪，为妃所沮止。今集中有《雪谗诗》一章，大率言妇人淫乱败国，略云：'妲己灭纣，褒女惑周。''汉祖吕氏，食其在旁。''词殚志穷，心切理直。如或妄谈，昊天是殛。'予味此诗，岂贵妃与禄山乱，而太白曾发其奸乎？不然'飞燕在昭阳'之句，何足深怨也？"①按太白《雪谗诗》一章，诚有合于古《巷伯》之义，此义烈之性，激发于不得不然者，虽以此万死不辞，若终身不官何患焉！龌龊小夫，惧祸结舌；大忠奇勇，痛快敢言。此其所本者厚薄异也，可第以诗人目之哉？刘氏鉴《太白诗序》，谓："《梁父》《行路》诸吟，《巧言》《巷伯》之伦。"②杨氏遂《太白故宅记》，亦谓：

“《蜀道难》可以戒为政之人，《梁甫吟》可以励有志之臣，《猛虎行》可以勖立节之士，《上云曲》可以化愚夫之懵，《怀古》可以革浇漓之俗。其余虽感物因事而发，终以辅世匡君之意。”③两说均得太白诗之本原者。世人徒夸其纵横任侠之风，缥缈出群之想，而不知其忠义勃发，直抉大奸，非徒以草《清平调》、赋《行乐词》了事，犹沿苏子由之余论，讥其以诗酒事君，亦大误矣。子美《丽人行》云：“炙手可热势绝伦，慎莫近前丞相嗔。”其发国忠之奸，亦能明目张胆言之，与太白英烈，可谓两绝。朱子曰：“偶记太白诗云：‘世道日交丧，浇风变淳源。不求桂树枝，反栖恶木根。’今人舍命作诗，开口便说李、杜，以此观之，何曾梦见脚板？”④据朱子此论，可见诗有本原，不可不究，性情既厚，心声乃精。若以“无迹可寻”“不著一字”，为盛唐大家妙处⑤，则“心切理直”之词，“浇风”“恶木”之句，反似发露太过，无弦外音，而变风变雅之道，几乎息矣。李阳冰《太白集序》云：“不读非圣之书，耻为郑、卫之作。”又自逊云：“论《关雎》之义，始愧卜商；明《春秋》之辞，终惭杜预。”⑥李华《太白墓志》云：“仁以安物，公其懋焉；义以济难，公其志焉。”又曰：“立言谓贤，道奇于人而侔于天。”⑦推尊皆不免太过。然亦可知太白作诗本原，与《三百篇》相表里，而虚锋掉弄之小才，狂吟烂醉之恶习，信不可以借口学步矣。

【校注】

①《容斋随笔》卷三，文有删节。“飞燕在昭阳”句，见《李太白全集》卷五《宫中行乐词八首》其二。

②《李太白全集》卷三十三附录引刘鉴《合刻李杜分体全集序》。

③《李太白全集》卷三十六附录引杨遂《李太白故宅记》。

④引自《鹤林玉露》卷十六，文有删节。朱熹语原出《晦庵先生朱文公文集》卷八十四《题李太白诗后》。所引白诗为《古风五十九首》其

二十五首四句，《李太白全集》卷二作：“世道日交丧，浇风散淳源。不采芳桂枝，反栖恶木根。”

⑤严羽《沧浪诗话》云：“诗者，吟咏情性也。盛唐诸人，惟在兴趣，羚羊挂角，无迹可求。”王士禛《香祖笔记》亦曰：“表圣论诗，……予最喜‘不著一字，尽得风流’八字。”

⑥李阳冰《唐李翰林草堂集序》，《全唐文》卷四三七。

⑦李华《故翰林学士李君墓志铭》，《全唐文》卷三二一。后段引文有删节。

22. 洪氏迈曰：“世俗多言李太白在当涂采石，因醉泛舟于江，见月影俯而取之，遂溺死，故其地有捉月台。予观李阳冰《草堂集序》：‘阳冰试弦歌于当涂。’‘公疾亟，草稿万卷，手集未修，枕上授简，俾余为序。’又李华作《太白墓志》，亦云：‘赋《临终歌》而卒。’乃知俗传良不足信，盖与杜子美因食白酒牛炙者同。”①按捉月之诬，辩正确不可少。而《旧唐书》谓“以饮酒过度死”②。皮日休作《李翰林》诗亦云：“竟遭腐胁疾，醉魄归八极。”③是太白真醉死矣。然阳冰《集序》云“枕上授简”，李华《墓志》云“赋《临终歌》”，此岂醉死者所为哉？余故录容斋辨正之语，俾捉月、醉死两诬，皆得白焉，否则仍与食白酒牛炙而死之说，同一嗤点前贤也。

【校注】

①《容斋随笔》卷三，文字稍异。

②《旧唐书·李白传》。

③皮日休《七爱诗·李翰林白》，《皮子文薮》卷十。

养一斋李杜诗话卷二

23. 苏氏轼曰："太史公论《诗》：'《国风》好色而不淫，《小雅》怨诽而不乱。'①以予观之，是特识变风、变雅耳，乌睹诗之正乎？先王之泽衰，然后变风作，发乎情，虽衰而未竭，是以犹止乎礼义，以为贤于无所止者而已矣。若夫发乎性，止乎忠孝，岂可同日而语哉！古今诗人众矣，而子美独为首者，岂非以其流落饥寒，终身不用，而一饭未尝忘君也与？"②按少陵之诗，千古无不推奉，然至比之变风、变雅止矣，东坡更谓其为风雅之正，尤在"发乎情止乎礼义"者之上，非徒以大言伏世人也。"发乎性止乎忠孝"七字，评杜实至精矣。荆公诗"吾观少陵诗，谓与元气侔"③，又足为"发乎性止乎忠孝"注脚也。

【校注】

①司马迁《史记·屈原贾生列传》。

②《王定国诗集叙》，《苏东坡集》前集卷二十四，文字稍异。

③王安石《杜甫画像》诗，《临川先生文集》卷九。

24. 秦氏观曰①："杜子美之诗，实集众家之长②，适当其时而已。昔李陵、苏武之诗，长于高妙；曹植、刘桢之诗，长于豪逸③；陶潜、阮籍之诗，长于冲澹；谢灵运、鲍照之诗，长于峻洁；徐陵、庾信之诗，长于藻丽。于是子美穷高妙之格，极豪逸之气④，包冲澹之趣，兼峻洁之姿，备藻丽之态，诸家之作所不及焉。然不集诸家之长，亦不能至于斯也。岂非适当其时故耶？孟子曰：‘伯夷，圣之清者也；伊尹，圣之任者也；柳下惠，圣之和者也；孔子，圣之时者也。孔子之谓集大成。’⑤呜呼！子美其集诗之大成者与？”按东坡云：“子美之诗，退之之文，鲁公之书，皆集大成者也。”⑥“集大成”之说，首发于东坡，而少游和之。然考元微之《工部墓志》曰⑦：“余读诗至杜子美⑧，而知大小之有总萃焉。上薄《风》《雅》，下该沈、宋，言夺苏、李，气吞曹、刘。掩颜、谢之孤高，杂徐、庾之流丽，尽得古今之体势，而兼人人之所独专⑨。能所不能，无可无不可，诗人以来，未有如子美者。”此即“集大成”之义，特未明言耳，则亦非东坡、少游之创论也。顾少游谓子美“集众家之长”可，谓由于“适当其时”则不可。假令子美生于六朝，生于宋、元，将不能“集众家之长”耶？抑非其时而遂降与众家等也？少游，词人之俊耳，论诗则胶矣。且孔子所以为“圣之时者”，时中之义。今既谓子美“集诗之大成”，则宜取微之所言“无可无不可”者当之。若以“适当其时”之“时”，为“圣之时者”之“时”，不几于郢书燕说耶？至以“豪逸”目曹植，则不尽其量；以“冲澹”目阮籍，以“峻洁”目灵运，则不得其情。此与微之以“孤高”目颜、谢者，同一粗疏也。其尤疏者，微之、少游尊杜至极，无以复加，而其所以尊之之由，则徒以其包众家之体势姿态而已，于其本性情、厚伦纪、达六义、绍《三百》者，未尝一发明也，则又何足以表洙、泗“无邪”之旨⑩，而允为列代诗人之称首哉？元遗山云：“少陵自有连城璧，争奈微之识碔砆！”⑪所见远矣⑫。

【校注】

①《淮海集》卷二十二《韩愈论》，文字稍异。

②“集”，《淮海集》作“积”。

③、④、⑩“逸”，诸本均作“迈”，据《淮海集》改。

⑤《孟子·万章下》。

⑥陈师道《后山诗话》引苏轼语。

⑦即《唐检校工部员外郎杜君墓系铭并序》。

⑧“余”，道光本作“予”。

⑨“人人”，道光本、石印本作“文人”。

⑩《论语·为政》载孔子语曰：“诗三百，一言以蔽之，曰‘思无邪’。”洙、泗为流经孔子故乡曲阜之二水，故以代孔子。

⑪《论诗三十首》其十，《遗山先生文集》卷十一。

⑫石印本将此条与下条误为一条。

25. 黄氏庭坚曰：“子美作诗，退之作文，无一字无来处，后人读书少，故谓杜、韩自作此语耳。古之能文章者，直能陶冶万物，虽取古人陈言入翰墨，如灵丹一粒，点铁成金也。”①按《东皋杂录》云：“或问荆公，杜诗何故妙绝古今？荆公云：老杜固尝言之：‘读书破万卷，下笔如有神。’”②予考“破”字之义，张氏迩可谓“识破万卷之理”③，仇氏沧柱谓“熟读则卷易磨”④。愚以张氏为近之，惟其识破万卷之理，故能无一字无来处，而又能陶冶点化也。元氏遗山云：“子美之妙，元气淋漓，随物赋形，谓无一字无来处可，谓不从古人中来亦可。”⑤遗山之说，尤兼赅无流弊。今人诗非空疏则饾饤，未尝不读杜也，亦考遗山此说耶？又程氏棨云：“韩文杜诗号不蹈袭者，然无一字无来处。”“大抵文字中，自立语最难，用古人语又难，须是用古而不露筋骨。”⑥王氏世懋云：“杜子美出，而百家稗官都作雅音，牛溲马勃咸成郁致。子美之后，欲令人毁靓妆，张空拳，必不能也。然病不在故事，顾所以用之何如耳。”⑦愚以荆公、遗山、程氏、王氏四说互证山谷，前辈金针，殆已度尽。

【校注】

①《答洪驹父书三首》其二，《豫章黄先生文集》卷十九，文字稍异。

②见《苕溪渔隐丛话》后集卷五引。"读书破万卷"二句，见《奉赠韦左丞丈二十二韵》，卷一。

③张远，字迩可，清初人，著有《杜诗会稡》，仇兆鳌《杜诗详注》多引张说。"可"，诸本均误作"求"，今改正。

④张说与仇说俱见《杜诗详注》卷一。

⑤《杜诗学引》，《遗山先生文集》卷三十六，文有删节。

⑥见《杜诗详注》附编《诸家论杜》引程棨《三柳轩杂识》。

⑦《艺圃撷余》，文有删节。

26. 李氏纲曰："王者迹熄而《诗》亡，《诗》亡而《离骚》作。《九歌》《九章》之属，引类比义，虽近乎悱，然爱君之诚笃，而疾恶之志严，君子许其忠焉。汉、唐间以诗鸣者多矣，独杜子美得诗人比兴之旨，虽困踬流离而心不忘君，故其词章慨然有志士仁人之大节，非止摹写物象风容色泽而已也。"[1]按作诗当先辨六义，《风》《雅》《颂》，朱子谓之三经；赋比兴，朱子谓之三纬[2]。三代以后，《风》《雅》《颂》之体，不可摹袭，而赋比兴，则作者之性情，触物流露，虽无《风》《雅》《颂》之貌，而实《风》《雅》《颂》之心也。作诗若有赋而无比兴，则诗心凋丧，而去《风》《雅》《颂》益远。惟子美以志士仁人之节，阐诗人比兴之旨，遂足为古今冠。学诗者熟玩《三百篇》之比兴，而子美之真心不难求，大节不难见矣。不然，导源已差，诵览著述，愈多愈缪。陆务观所谓"淫哇解移人，往往丧妙质"[3]"正令笔扛鼎，亦未造三昧"者也[4]。

【校注】

①《湖海诗集序》，《梁溪先生文集》卷十七，文字微异。“悱”，富校本、道光本均作“排”，据《梁溪集》改。

②《朱子语类》卷八十云：“三经，是赋、比、兴，是做诗底骨子，……如《风》《雅》《颂》，却是里面横串底，都有赋、比、兴，故谓之三纬。”与潘说不同。按明姚舜牧《重订诗经疑问序》云：“三经，风、雅、颂是已，而三纬，曰赋、曰比、曰兴。”朱彝尊《经义考》卷九十八引朱右亦云：“古诗三百篇，以风、雅、颂为三经，赋、比、兴为三纬。”

③陆游《宋都曹屡寄诗且督和答作此示之》，《剑南诗稿》卷七十九。

④陆游《示子遹》（“我初学诗日”首），《剑南诗稿》卷七十八。

27. 朱子曰：“杜诗佳处，有在用字造意之外者，惟虚心讽咏，乃能见之。”①按薛文清公云②：“‘水流心不竞，云在意俱迟’③，可以形容有道者之气象；‘寂寂春将晚，欣欣物自私’④，可以形容物各付物之气象；‘江山如有待，花柳更无私’⑤，唐诗皆不及此气象。”此即朱子所谓“佳处在用字造意外，虚心讽咏，乃能见之”者乎？然此类亦甚多。李氏于鳞谓：“如‘文章有神交有道’⑥‘白小群分命’⑦‘随风潜入夜’⑧‘出门流水住’⑨，皆道也，悟者得之。”⑩愚窃取此意以读杜诗，叹其渊源活泼泼地，取之不尽。而黄山谷则谓：“子美诗法出审言，句法出庾信。”⑪陈绎曾《诗谱》又谓：“刘琨、卢谌，忠义之气，自然形见，杜以此为根本。”“谢灵运以险为主，以自然为工，杜深处多取此。”“刘越石、鲍明远有西汉气骨，杜筋骨取此。”⑫赵氏汸又谓：“杜审言、陈子昂、沈佺期、宋之问皆杜诗渊源。”⑬范氏温又谓：“杜律诗法度全出于沈佺期，如‘人如天上坐，鱼似镜中悬’之类。”⑭此皆于杜之格律字句间求杜之渊源者，亦管中窥豹，时见一斑耳。至如坡公爱“轻燕受风斜”“受”字⑮，陈舍人爱“身轻一鸟过”

“过”字[16]。葛常之谓“飞星过水白，落月动沙虚”[17]，是炼中一字；“地坼江帆隐，天清木叶闻”[18]，是炼末一字[19]。潘邠老谓“七言诗第五字要响，如‘返照入江翻石壁，归云拥树失山村’‘翻’字、‘失’字[20]；五言诗第三字要响，如‘圆荷浮小叶，细麦落轻花’‘浮’字、‘落’字。”[21]此直以用字造意尽诗人之能事，寻求不已，必堕入魔障者也。惟叶氏石林曰[22]：“诗人以一字为工，世固知之。惟老杜变化开阖，出奇无穷，不可以形迹捕诘。如‘江山有巴蜀，栋宇自齐梁’[23]，远近数千里，上下数百年，只在‘有’与‘自’两字间。而吞吐山川之气，俯仰今古之怀，皆见于言外。此工妙至到，人力不可及，而雍容闲肆，略不见其用力处。今人多取其已用字，模仿用之，偃蹇狭陋，尽成死法；不知意与境会，出言中节，凡字皆可用也。”此段议论，虽讲用字造意，而所见超乎象外，入其环中，可以参佐朱子之说，而痛砭今之专研《律髓》《诗眼》，至于病入膏肓者。

【校注】

①《跋章国华所集注杜诗》，《晦庵先生朱文公文集》卷八十四。“用字造意”，《朱文公文集》作“用事造语”。潘氏盖照抄《杜诗详注》附编《诸家论杜》，一字不易。

②明薛瑄，字德温，号敬轩，卒谥文清，有《薛文清集》二十四卷、《读书录》十一卷、《续录》十二卷。引文见《读书录》卷三，文有删节。

③、④杜甫《江亭》，卷十。

⑤杜甫《后游》，卷九。“更”，道光本作“自”。

⑥杜甫《苏端薛复筵简薛华醉歌》，卷四。

⑦杜甫《白小》，卷十七。

⑧杜甫《春夜喜雨》，卷十。

⑨杜甫《陪郑广文游何将军山林十首》其十，卷二。

⑩潘氏抄自《杜诗详注》附编《诸家论杜》引李攀龙语。而谢榛《四溟诗话》卷二作空同子(李梦阳)语，是。《空同集》卷六六《论学上篇第五》云："杜甫见道过韩愈，如'白小群分命''文章有神交有道'，又如'随风潜入夜''水流心不竞''出门流水住'等语，信手拈来，头头是道。"潘氏盖因抄自仇注而误。

⑪陈师道《后山诗话》引黄语。

⑫《诗谱》"刘琨、卢谌""谢灵运""鲍照"诸条，文有删节。

⑬仇兆鳌《杜诗详注》卷一《过宋员外之问旧庄》诗注引赵汸曰："之问与公祖审言及陈子昂、沈佺期四人，为唐律之祖，实公诗法渊源也。"

⑭《苕溪渔隐丛话》前集卷六引《诗眼》，文有删节。沈诗见《全唐诗》卷九十七《钓竿篇》。"如"，《全唐诗》作"疑"。

⑮杜甫《春归》，卷十三。

⑯杜甫《送蔡希鲁都尉还陇右因寄高三十五书记》，卷三。说见欧阳修《六一诗话》，详《诸家老杜诗评》卷一第15条。

⑰杜甫《中宵》，卷十七。

⑱杜甫《晓望》，卷二十。

⑲葛常之语不见今传本《韵语阳秋》，《诗话总龟》后集卷三十四、元人王构编《修辞鉴衡》卷一，皆云出《韵语阳秋》，文有删节。

⑳杜甫《返照》，卷十五。

㉑潘语见《苕溪渔隐丛话》前集卷十三，亦见《仕学规范》卷三十九、《竹庄诗话》卷一、《诗人玉屑》卷六、《诗话总龟》后集卷二十四等。杜诗"圆荷"二句见卷九《为农》。

㉒《石林诗话》卷中，文有删节。

㉓杜甫《上兜率寺》，卷十二。

28. 蔡氏絛曰："诗家视陶渊明，犹孔门视伯夷。"①集大成手，当终还子美。按东坡云：“渊明作诗不多，然其诗质而实绮，癯而实腴，自曹、刘、鲍、谢、李、杜诸人，皆莫及也。”②愚窃谓东坡持论太易，如子建、公幹，先不可以并称，鲍、谢亦非子建之匹，三代以下之诗圣，子建、元亮、太白、子美而已。子建、元亮，浑然天成，不在太白、子美下。其诗体则不如太白、子美之兼容并包，不可以元亮为胜子建，亦不可以元亮为胜太白、子美也。蔡氏比元亮于伯夷，是亦以诗圣品之，极得分际；惟脱漏子建为不精密。钟记室曰：“子建之诗，如人伦之有周、孔，羽毛之有鳞凤。孔门用诗，陈思入室。”③胡氏应麟曰：“兼六代者陈思，兼唐人者杜。”④钟氏以周、孔属子建，实不料后有子美；胡氏以子美为只兼唐人，似不甚确，然藉此可知子建、子美无优劣也。敖氏器之谓：“子美如周公制作，后世莫能拟议。”⑤几矣，终不如杜诗“集大成”语为尤的实耳。

【校注】

①《苕溪渔隐丛话》前集卷四引《西清诗话》。

②苏辙《追和陶渊明诗引》引苏轼语，《苏东坡集》续集卷三《和陶诗》。

③钟嵘，字仲伟，南朝齐、梁时曾任记室等职。其《诗品》卷上云：“陈思之于文章也，譬人伦之有周、孔，鳞羽之有龙、凤，……故孔氏之门如用诗，则公幹升堂，思王入室。”

④《诗薮·外编》卷四云：“六代则公幹之峭，嗣宗之远，元亮之冲，太冲之逸，士衡之秾，灵运之清，明远之俊，玄晖之丽，皆其至也，兼之者陈思也。唐人则王、杨之繁富，陈、杜之孤高，沈、宋之精工，储、孟之闲旷，高、岑之浑厚，王、李之风华，昌龄之神秀，常建之幽玄，云卿之古苍，任华之拙朴，皆所专也，兼之者杜陵也。”

⑤敖陶孙《臞翁诗评》。

29. 严氏羽曰："少陵诗，宪章汉、魏，而取材于六朝。至其自得之妙，则前辈所谓'集大成'者也。"①按言宪章，必当言祖述，少陵所祖述者，其《风》《骚》乎？沧浪不言，何也？且少陵取材，奚啻六朝？观其《过宋之问旧庄》云："枉道只从入，吟诗许更过。"《陈拾遗故宅》云："公生扬马后，名与日月悬。"《郭代公故宅》云："高咏《宝剑篇》，神交付冥漠。"《观薛稷书画壁》云："少保有古风，得之《陕郊篇》。"《赠蜀僧闾丘师兄》叙闾丘均云②："晚看作者意，妙绝与谁论？"《哀故相国张公九龄》云③："自我一家则，未缺只字警。"则知少陵于本朝诸巨公，靡不息心研玩，安得以其"熟精《文选》理"④"续儿诵《文选》"之句⑤，遂谓其取资止于六朝哉？

【校注】

①《沧浪诗话·诗评》。

②"兄"，诸本均无，据杜诗《赠蜀僧闾丘师兄》补。

③"相国"，诸本均作"国相"，据杜诗《八哀诗·故右仆射相国曲江张公九龄》改。

④《宗武生日》，卷十七。

⑤《水阁朝霁奉简云安严明府》，卷十四。

30. 范氏温曰："老杜诗，凡一篇皆工拙相半，古人文章类如此。使其皆工，则峭急无古风，如李贺之流是也。"①又曰："齐、梁诸诗人，以至刘梦得、温飞卿辈，往往以绚丽风花伤其正气，由于理不胜而词有余也。杜公虽涉于风花点染，然穷理尽性，巧移造化矣。"②按王敬美云："杜诗有深句，有雄句，有老句，有秀句，有丽句，有险句，有拙句，有累句，拙累不能为掩瑕也。"③抑知拙累正所以为古气哉！陈后山云："诗欲其好，则不能好。王介甫以工，苏子瞻以新，黄鲁直以奇，而杜子美之诗，工易、新陈、奇常，莫不好也。”④观此，则知诗不嫌拙。昔赵秋谷议渔洋、竹垞之诗曰：“朱贪多，王爱好。”⑤爱好则与“拙”字相反，故为渔洋诗病。范氏之言信当矣！然予考王氏琪曰⑥：“子美诗有近质者，如‘麻鞋见天子’⑦‘垢腻脚不袜’之类⑧，所谓转石于千仞之山，势也。学者效之过甚，岂远大者难窥乎？”屠氏隆亦曰：“人谓少陵最可喜处，不避粗硬，不讳朴野。予谓老杜大家，言其兼雅俗文质，无所不有，是矣。乃其所以擅场当时，称雄百代者，则多得之悲壮瑰丽，沉郁顿挫。至其不避粗硬，不讳朴野，固云无所不有，亦其资性则然，擅场正不在此。”⑨此二则最平正无流弊。盖“拙”字不可故避，致来“爱好”之讥；亦不可目为擅场，但装拗语硬语，自许浣花衣钵，实堕小径旁门，如王元美所谓“不画人物而画鬼魅”⑩，柴虎臣所谓“献吉摹仿杜诗，多任心率笔，拙而无味，俗而伤雅”者也⑪。范氏能知杜诗工拙相半，固为有见。但李贺、温岐，刻划害理，其病正坐一巧。梦得优游，差胜两家。范氏并贬之，似太过。至谓“杜诗凡一篇皆工拙相半”，亦不尽然。杜有全首拙者，七言绝最多；全首工者，七言绝亦有之。他诗愈多。其工拙杂糅之作，诚难更仆数，终不得谓其篇篇皆如此耳。

【校注】

①《苕溪渔隐丛话》前集卷九引《诗眼》，亦见《诗人玉屑》卷十四，文有删节。

②《苕溪渔隐丛话》前集卷十引《诗眼》，亦见《杜工部草堂诗话》卷一，文有增删，殆由抄自仇注所致。

③王世懋，字敬美，王世贞弟。引语见其《艺圃撷余》，文有删节。

④《后山诗话》，文字次序有颠倒。

⑤赵执信，字伸符，号秋谷，又号饴山。引语见其所著《谈龙录》。

⑥王琪《杜工部集后记》，见影宋本《杜工部集》，文字稍异。

⑦《述怀》，卷五。

⑧《北征》，卷五。

⑨屠隆，字长卿，一字纬真，号赤水、鸿苞居士，明鄞县人。著有《白榆集》《由拳集》《鸿苞集》等。引文见其《由拳集》卷二十三《与友人论诗文》，文有删节。

⑩王世贞，字元美，号凤洲、弇州山人，为明"后七子"首领。引文见《杜诗详注》附编《诸家论杜》引王世贞元美曰："子美晚年诗，信口冲出，啼笑雅俗，皆中音律，更不宜以清空流丽风韵姿态求之。但后人效颦，便学为一种生涩险拗之体，所谓不画人物而画鬼魅者矣。"

⑪柴语见《杜诗详注》附编《诸家论杜》引柴虎臣曰："近世李献吉摹仿杜诗，气体相近，但多任心率笔，风韵何存。如万事寸心，拙而无味；酒朋棋伴，俗而伤雅；及捩风拖雨，打鼓鸣锣，俱堕恶道矣。"

31. 江氏盈科曰①："子美作诗之时，即有意于传世。其诗曰：'为人兴僻耽佳句，语不惊人死不休。'②"按诗之为道，非惊人事也。必以惊人为事，李贺之奇，卢仝之僻，将为正宗，而温柔敦厚之教晦矣。且传与不传，非己之分内事。方作诗时，即有意于传世，是诗为务外徇名之物，非言志之用也。世教陵夷，学校浮薄之子，钻研吟咏，无非为惊人传世之资，好名弃实，凿情害理，诗未传而心术学术已不可问。然则杜公有此二语，何也？曰：杜公自逊其初年学术之未成耳。言"兴僻"③，则非中正之道甚明，故紧接二语曰："老去诗篇浑漫与，春来花鸟莫深愁。"则知老而学力大醇，不复有此偏僻之兴，所以春来花鸟，无事雕肝鉥肾之深愁，而物情自然由中也。若以"老去漫与"者为不精，则其结句云"安得诗如陶谢手④，令渠述作与同游"，语意已不贯注。何者？谢公险句固多，要以天然为拔萃，"池塘生春草"⑤"明月照积雪"⑥，人人脍炙，杜岂不知。陶公一生，本天为诗，曷尝有惊人之意挂其胸次哉？

杜公他日又云："晚节渐于诗律细。"[7]"细"与"漫与"是二是一，"漫与"乃所以为"细"也。必求惊人者，粗中之徒，任气陵蔑焉耳。杜公殆故抑其少作，而发此微言，以教人欤？程氏棨曰："杜诗如董仲舒策，句句典雅，堪作题目。余人诗非不佳，可命题者终少。好诗与好句，政自不同。"[8]程氏此论极有味。人能知好诗与好句之优劣，则知惊人之句，必非典雅之诗；看董子三策，浑灏优游，殊不存一惊人之志也。黄山谷亦云："文章好奇，自是一病，须以理为主，理得而辞顺，文章自然出群。观子美到夔州后诗，退之自潮州还朝后文，皆不烦绳削而自合。"[9]朱子谓"杜诗晚年横逸不可当"[10]。夫"横逸不可当"者，风动雷行，神工鬼斧，即山谷所谓"不烦绳削而自合"者也。世人不玩朱子"横逸不可当"之意，而耳食朱子夔州以后自出规模之说，便疑其老而漫与，率笔颓唐，无关佳处。试问夔州以后诗，如《谒先主庙》《古柏行》《诸将》《秋兴》《咏怀古迹》诸作，煌煌名篇，可慭置之耶？总之，杜公早年晚年，皆有极意研练之诗，亦皆有兴到疾挥之诗。谢无逸所谓"老杜有自然不做语到极至处者，有雕琢语到极至处者。"[11]黄氏生论亦如此[12]。予极慭之。若论其大概，则山谷晚年"不烦绳削"之言，实不谬。故唐子西谓："子美到夔州以后诗，简易纯熟，无斧凿痕，信如弹丸。"[13]而杜公亦自以老去之漫与，为欲追陶、谢也。世人不知诗家真境，转取吕氏本中惊人即警策之说，谓："文章无警策，不能悚动世人，不足传世。"[14]岂知悚动世人，乃诗之外心哉？吕氏又云："晋、宋间人，专力于此，故失于绮靡，而无高古气味。"[15]是亦自知前语之有流弊矣。仆平日论诗，窃取杜公"意匠惨淡经营中"[16]"下笔如有神"二语[17]，分观今古，不拘一格，而以"下笔有神"者为极致。又恐"意匠经营"与惊人奇句，相似而不同之处，学者不能深辨，往往迷误终身，识流于怪僻，志失于务外，所害不细，故录江氏盈科语一则，而详言以折之；不惮其琐琐也。若观者仍有驳难，是必不读魏、晋以上之诗者耳。李于鳞所谓“求工于字句，心劳而日拙”者[18]，其此辈耶？山谷《大雅堂记》曰：“子美以来，四百余年，未有升子美之堂者。子美妙处在无意而意已至，非广之以《风》《雅》《颂》，深之以《离骚》《九歌》，安得咀嚼其意，闯然入其门耶？”[19]噫！心劳日拙者之多也，观此又不足怪矣。

【校注】

①江盈科，字进之，号绿萝山人，明人。引语出其所撰《雪涛诗评》，见《说郛续》卷三十四，文字稍异。

②《江上值水如海势聊短述》，卷十。“兴”，杜诗作“性”。

③“兴”，杜诗作“性”。

④“安”，杜诗作“焉”；“诗”，杜诗作“思”。

⑤谢灵运《登池上楼》，《先秦汉魏晋南北朝诗》宋诗卷二。

⑥谢灵运《岁暮》，《先秦汉魏晋南北朝诗》宋诗卷三。

⑦《遣闷戏呈路十九曹长》，卷十八。

⑧见《杜诗详注》附编《诸家论杜》引程羍《三柳轩杂识》。

⑨《与王观复书三首》其一，《豫章黄先生文集》卷十九，文字稍异。

⑩《朱子语类》卷一百四十。

⑪《苕溪渔隐丛话》前集卷六引《吕氏童蒙训》载谢逸语。“自然不做”下，《丛话》尚有“底”字。

⑫《杜诗说》卷前《杜诗概说》云：“杜公近体分二种：有极意经营者，有不烦绳削者。极意经营，则自破万卷中来；不烦绳削，斯真下笔有神助矣。”

⑬此乃蔡梦弼语，潘氏误为唐庚（子西）语。而蔡氏之说又本黄庭坚《与王观复书三首》其二，见《豫章黄先生文集》卷十九。其所以致误，盖因潘氏误读蔡梦弼《杜工部草堂诗话》卷一以下一段话：“《扪虱新话》云：‘韩以文为诗，杜以诗为文，世传以为戏。然文中要自有诗，诗中要自有文，亦相生法也。文中有诗，则句语精确；诗中有文，则词调流畅。谢玄晖曰：“好

诗圆美流转如弹丸。"'此所谓诗中有文也。唐子西曰：'古文虽不用偶俪，而散句之中，暗有声调，步骤驰骋，亦有节奏。'此所谓文中有诗也。观子美到夔州以后诗，简易纯熟，无斧凿痕，信是如弹丸矣。"蔡氏引陈善《扪虱新话》语，见《扪虱新话》上集卷一中；引唐庚语，见《眉山文集》卷八《上蔡司空书》，正是与谢朓语对举的。而"观子美到夔州以后诗"云云，乃是蔡氏论断。潘氏不详察，顺读下来，遂误以为唐庚语。

⑭、⑮《苕溪渔隐丛话》前集卷九引《吕氏童蒙训》，文有颠倒。

⑯《丹青引赠曹将军霸》，卷十三。

⑰《奉赠韦左丞丈二十二韵》，卷一。

⑱潘氏抄自《杜诗详注》附编《诸家论杜》引李攀龙语。而谢榛《四溟诗话》卷二作李梦阳语，是。《空同集》卷六六《论学下篇第六》云："于是求工于字句，所谓心劳日拙者也。"潘氏乃沿仇注之误。

⑲见《豫章黄先生文集》卷十七，文有删节。

32. 宋氏祁曰："甫混涵汪茫，千汇万状，兼古今而有之。他人不足，甫乃厌余；残膏剩馥，沾丐后人多矣。""又善陈时事，律切精深，至千言不少衰，世号诗史。"①按仇沧柱谓："《旧唐书》记事略而论文详，备载元稹原序，亦失史家裁制之法。《新唐书》记事稍详，其论赞一段，简括遒劲，颇类欧史笔意。"②愚谓宋氏此赞，简则有之，括未能也。"千汇万状，兼有古今"，第言其体繁变词富有耳，故接以"他人不足，甫独厌余"也。又以能切时事，千言不衰为诗史，则杜诗之足贵，第在精而多耶？予考陆象山曰："诗学原于《赓歌》，委于《风》《雅》。《风》《雅》之变壅而溢者也，《骚》又其流也。《子虚》《长杨》作而《骚》几亡，黄初而降，日以澌矣。惟彭泽一源，与众殊趋，而玩嗜者少。隋、唐之间，否亦极矣。杜陵之出，爱君悼时，追蹑《风》《雅》，才力宏厚，伟然足镇浮靡，诗为之中兴。"③此数行文字，能贯三四千年诗教源流，又洞悉少陵深处，语意笔力，皆臻绝顶，乃可谓遒劲简括耳。以作杜公传赞，庶几不愧。

【校注】

①《新唐书·杜甫传赞》。

②《杜诗详注》卷前载新、旧《唐书·杜甫传》后仇氏按语。

③陆九渊，字子静，号象山翁，世称象山先生。引语见《与程帅书》，《象山先生全集》卷七，文有删略。“与众殊趋”之“趋”，《象山集》作“趣”。“追蹑风雅”之“风”，《象山集》作“骚”。

33. 屠氏隆曰[①]：“王元美谓：‘少陵集中，不啻有数摩诘。’[②]此语误也。少陵沈雄博大，多所包括，而独少摩诘之冲然幽适，泠然独往，此少陵生平所短也。少陵慷慨深沉，不除烦热；摩诘参禅悟佛，心地清凉，胸次原自不同。”按少陵诗，如“阴壑生虚籁，月林散清影”[③]，“灯影照无睡，心清闻妙香”[④]，“天寒鸟已归，月出山更静”[⑤]，“林疏黄叶坠，野静白鸥来”[⑥]，“荻岸如秋水，松门似画图”[⑦]，“谷鸟鸣还过，林花落又开”[⑧]，“蝉声集古寺，鸟影度寒塘”[⑨]，“一径野花落，孤村春水生”[⑩]，“渔人网集澄潭下，估客船随返照来”[⑪]，“落花游丝白日静，鸣鸠乳燕青春深”[⑫]，“楚江巫峡半云雨，清簟疏帘看弈棋”[⑬]，如此之类，不堪枚举，置之右丞集中，当亦高境。屠氏偏执之论，其不知诗犹可恕也。至谓少陵“不除烦热”，彼将以感时愤俗，迸泪惊心，为禅悟所不屑乎？不知伦纪缠绵，人生大节，一概扫除，置身何等？摩诘“凝碧池头”一作[⑭]，将亦谓烦热未除耶？耽禅味而忘诗教，此《三百篇》之罪人矣。且少陵诗集大成，何独缺摩诘一体之有！元美语自不误，无可攻也。

【校注】

①《鸿苞集》卷十七《论诗文》，文字微异。潘氏盖抄自《杜诗详注》附编《诸家论杜》屠隆语，一字不易。

②《艺苑卮言》卷四。

③《游龙门奉先寺》，卷一。

④《大云寺赞公房四首》其三，卷四。

⑤《西枝村寻置草堂地夜宿赞公土室二首》其二，卷七。

⑥《朝二首》其二，卷二十。"坠"，诸本均作"堕"，据杜诗改。

⑦《返照》，卷二十。

⑧《上白帝城二首》其二，卷十五。

⑨《和裴迪登新津寺寄王侍御》，卷九。

⑩《遣意二首》其一，卷九。

⑪《野老》，卷九。"澄"，道光本、石印本作"寒"。

⑫《题省中壁》，卷六。

⑬《七月一日题终明府水楼二首》其二，卷十九。

⑭王维《菩提寺禁裴迪来相看说逆贼等凝碧池上作音乐供奉人等举声便一时泪下私成口号诵示裴迪》诗："万户伤心生野烟，百僚何日更朝天。秋槐叶落空宫里，凝碧池头奏管弦。"《全唐诗》卷一百二十八。

34. 李氏东阳曰①："古律诗各有音节，然皆限于字数，求之不难。惟乐府长短句，初无定数，最难调叠，然亦有自然之声。故随其长短，皆可以播之律吕。而其太长太短之无节者，则不可以为乐。如太白《远别离》、子美《桃竹杖》②，皆极其操纵，曷尝按古人声调，而和顺委曲乃如此。固初学所未到，然学而未至于是，亦未可与言诗也。"按西涯此则论乐府，颇得悬解，不似于鳞等摹袭为古，割裂为奇。然论杜则独以《桃竹杖引》为极则何也③？太白《远别离》一体，恍惚变化，实造绝之构；若《桃竹杖引》，特一时兴到语耳，非其至也。必求其至，《兵车行》为杜集乐府首篇，其长短音节，拍拍入神，在《桃竹杖引》之上。西涯殆舍熟就新，遂不自知其偏耳。

【校注】

①李东阳，字宾之，号西涯，明茶陵人。引文见其所著《麓堂诗话》，文有删节。

②即《桃竹杖引赠章留后》，卷十二。

③"杖"，道光本、石印本无。

35. 蔡氏絛曰："齐、梁以来，文士喜为乐府辞，往往失其命题本意。《乌生八九子》但咏乌，《雉朝飞》但咏雉，甚有并其题而失之者，如《相府莲》讹为《想夫怜》，《杨婆儿》讹为《杨叛儿》之类。惟老杜《兵车行》《悲青坂》《无家别》等篇，皆因时事，自出己意立题，略不更蹈前人陈迹，真豪杰也。"①按蔡氏此论，最得乐府真处。诗为乐心，本以言志，若乐府必作古人题目，摹古人声调，是诗莫古于乐府，亦莫卑于乐府矣。王氏嗣奭谓："杜公《曲江三章》学《三百》，《七歌》学《离骚》，《新安吏》诸作学古乐府，俱自开堂奥，不肯优孟衣冠。"②张氏綖谓："李、杜二公齐名，李集中多古乐府之作，而杜公绝无乐府，惟《前、后出塞》诸首耳。然又别出一格，用古体写今事，大家机轴，不主故常。"③胡氏应麟谓："少陵不效四言，不仿《离骚》，不用乐府旧题，是此老胸中壁立处。"④黄氏生谓："六朝好拟古，往往无其事而假设其词，杜诗词不虚发，必因事而设，此即修词立诚之旨。"⑤王氏士禛谓："《新婚》《无家》诸别，《石壕》《新安》诸吏，《哀江头》《兵车行》诸篇，皆乐府之变也。""沧溟诗名冠代，只以乐府摹拟割裂，遂生后人诋毁，则乐府宁为其变，不可以字句比拟也明矣。"⑥

诸说皆可与蔡氏之论相证合。总之，杜有乐府而无乐府，无乐府之乐府，乃乐府真处，而非后世所可及也。又沈氏德潜曰："唐人达乐者已少，其乐府题，不过借古人体制，写自己胸臆耳，未必尽可被之管弦也。"⑦据此，则后世诗人，本宜自创一题，歌咏时事，沿袭旧题，情理未笃。故余窃谓杜之乐府，非变也，真也；今之好沿乐府旧题者，非古也，伪也。若于鳞之比拟字句，更不足笑矣。

【校注】

①此非蔡絛语，乃为蔡居厚语。见《苕溪渔隐丛话》前集卷一引《蔡宽夫诗话》，文有删节。查宋人诗话，如何汶《竹庄诗话》卷六，亦作蔡居厚，无作蔡絛者。刘凤诰《杜工部诗话》引作蔡絛语，潘氏盖沿刘氏之误。详参《杜工部诗话》卷四第80条。

②王嗣奭语不见今传本《杜臆》，仇兆鳌《杜诗详注》卷二《曲江三章章五句》诗后引王氏语，与此文字微异。"七歌"，即《乾元中寓居同谷县作歌七首》，卷八。

③《杜工部诗通》卷二《前出塞九首》后张綖按语。

④《诗薮·内编》卷二。"是"，道光本、石印本作"此"。富寿荪校语云："'是'原作'此'，据胡应麟《诗薮》改。"

⑤《杜诗说》卷一《前出塞九首》注，文字稍异。

⑥见《师友诗传录》。

⑦《唐诗别裁集·凡例》。

36. 沈氏德潜曰："苏李、《十九首》以后，五言所贵，优柔善入，婉而多风。少陵才力标举，篇幅恢张，纵横挥霍，诗品又一变矣。其为国爱君，感时伤乱，忧黎元，希稷、卨，生平抱负，无不流露于楮墨中，诗之变，情之正也。新宁高氏列为大家，具有特识。"①按李于鳞谓："唐无五言古诗，而有其古诗。”[②]盖言唐人之五古，与汉、魏、六朝别也。王元美遂谓：“杜长篇曼衍拖沓，于《选》体殊不类。”[③]又谓“五言《选》体，太白以气为主，子美以意为主。太白多露语率语，子美多稚语累语，置之陶、谢间，便觉不伦，乃欲使之夺曹氏父子耶？”[④]王贻上亦以于鳞、元美为定论，而谓：“唐五言古诗，杜甫沉郁，多出变调。”[⑤]愚皆以为不然。李之《古风六十首》[⑥]，直追正始以前，其才力更在射洪、曲江而上[⑦]，昔人既以复古许之，不待言矣。杜之短篇，有建安气骨者，昔人屡言之，今亦不缕述。即以杜之长篇论，《北征》一作，谓与《风》《雅》相表里可也，况汉以下乎？《奉先咏怀》一作，非即蔡文姬《悲愤》之规模，而又超出其上者乎？且《焦仲卿诗》《赠白马王彪》诗，或千余字，或四五百字，皆非寥寥短章，故胡氏应鳞谓：“杜之长篇叙事，有汉人遗意。”[⑧]乃于鳞、元美、贻上等，第以《选》体之清婉简净者号为古诗，而忘汉、魏诗之荦荦大者，遂觉杜公之恢闳崛峍，创此变调耳。确士亦不敢定为汉、魏以来之正体，而特尊之曰“诗之变，情之正”，此与高廷礼不敢目为“正宗”[⑨]，而别以“大家”尊之，同一迁就调停之见，而不自知其眼光纤仄也。且天下文章有非“正宗”而足为“大家”者耶？名目琐碎，而无理解，徒成笑柄耳。确士以为特识何哉？至统李、杜之全集以观，露语率语，稚语累语，诚间有之。然径谓其五古病率坐此，不足以争衡陶、谢，更不敢望曹氏门庭，立论之果敢而无忌，莫此为甚矣。况杜之似《选》体者正复不少，概谓变调，杜亦不受也。夫于鳞、元美、贻上、确士，皆诗家之铮铮者，而议论之沿讹习谬乃如此，此无他，徒就成见以立言，而蔽于所不见也。是故特识未易自许，亦未易推人也[⑩]。

【校注】

①《唐诗别裁集·凡例》，文字微异。“新宁高氏”，指高棅。棅，

福建长乐人，长乐，唐代曾名新宁。故棅编选《唐诗品汇》署“新宁高棅”。

②李攀龙《选唐诗序》，《沧溟先生集》卷十五。

③见《杜诗详注》附编《诸家论杜》引王世贞元美曰：“杜长篇曼衍拖沓，何于《选》体殊不类乎？”

④王世贞《艺苑卮言》卷四，文有删节。

⑤《带经堂诗话》卷一《品藻类》。

⑥“古风六十首”，《全唐诗》、《李太白全集》卷二均作《古风五十九首》，但葛立方《韵语阳秋》卷十一云：“李太白《古风》两卷，近七十篇。”《后村诗话》前集亦云：“太白《古风》六十八首。”胡震亨《唐音癸签》亦屡言“太白古风六十首”“古风六十篇”，抑或另有所据欤？

⑦射洪，指陈子昂；曲江，指张九龄。

⑧《诗薮·内编》卷二云：“杜之《北征》《述怀》，皆长篇叙事。然高者尚有汉人遗意，平者遂为元、白滥觞。”

⑨“高廷礼”，道光本、石印本误作“高达礼”。

⑩石印本误将此条与下条合为一条。

37. 胡氏应麟曰：“七言古，初唐以才藻胜，盛唐以风神胜，李、杜以气概胜，而才藻、风神称之，加以变化灵异，遂成大家。”①又曰：“李、杜歌行，虽宕逸沉郁不同，然皆才大气雄，非子建、渊明判不相入者比。”②又曰：“李、杜之才，不尽于古诗，而尽于歌行。”③又曰：“李、杜歌行，廓汉、魏而大之，而古质不及。”④按胡氏论七言古，以李、杜并称大家，颇有见地，不似渔洋论七言古诗，独推老杜横绝古今，同时大匠无能抗行，而以太白与嘉州并称也。然李、杜分别处，言之尚不详核。予考弇州云：“李、杜歌行之妙，冠于盛唐。咏之使人飘扬欲仙者，太白也；使人慷慨激烈、歔欷欲绝者，子美也。”⑤确士云：“七言古诗，李供奉鞭挞海岳，驱走风霆，非人力可及，为一体。杜工部沉雄激壮，奔放险幻，如万宝杂陈，千军竞逐，天地浑奥之气，至此尽泄，为一体。”⑥分论两家，各肖其妙，较胡氏为胜。虽胡氏亦尝分别李、杜之歌行，曰：“阖辟纵横，变幻超忽，歌也；位置森严，筋脉联络，行也。太白多近歌，少陵多近行。”⑦此又不免强别歌行以状李、杜耳。且胡氏谓“李、杜才不尽于古诗，而尽于歌行”，尤不然。诗各有体，体各有才，才各宜尽，谓“李、杜之才不尽于古诗”，将子建、渊明歌行绝少，其才犹有未尽者耶？无怪乎谓子建、渊明与李、杜为判不相入也，无怪乎谓李、杜七古廓大于汉、魏，而古质不及也。盖胡氏以貌论诗，不知古诗歌行，貌分而才一，故亦不知丰约文质，貌异而神融，殆所谓皮相之士也耶？至张氏笃庆，又谓：“初唐七古，转韵流丽，动合《风》《雅》，为正体；工部一气奔放，宏肆绝尘，为变体。”⑧此又扬何信阳、李沧溟之余波，予已辨于《李诗说》中，不更赘矣。

【校注】

①《诗薮·内编》卷三，文字微异。

②《诗薮·内编》卷三。“宕逸沉郁”，《诗薮》作“沉郁逸宕”。

③、④《诗薮·内编》卷三。

⑤《艺苑卮言》卷四，文字稍异。“州”，道光本、石印本作“洲”。

⑥沈德潜《唐诗别裁集·凡例》

⑦《诗薮·内编》卷三，文有删节。

⑧张笃庆，淄川（今山东淄博市淄川区）人，字历友，号厚斋。张语见《师友诗传录》。

38. 李氏梦阳曰：“叠景者意必二，阔大者半必细。”“此最律诗三昧①。如‘浮云连海岱，平野入青徐。孤嶂秦碑在，荒城鲁殿余’②，前景寓目，后景感怀也。如‘诏从三殿去，碑到百蛮开。野馆浓花发，春帆细雨来’[③]，前半阔大，后半工细也。唐法律甚严惟杜，变化莫测亦惟杜。”按崆峒学杜，摹拟有痕，刻划过甚，诚开剽窃之风，若此论五律一则，则方圆之规矩也。胡氏应麟亦谓：“老杜五律，虽中联言景不少，大率以情间之。故习杜者，句语或有枯燥之嫌，而体裁绝无靡冗之病。此初学入门第一义，不可不知。”[④]此与崆峒皆为阅历之言。今人自以为情景交融，而不知夙非老手，何可挥霍任意哉？然周氏弼必谓：“前联情而虚，后联景而实，轻前重后，酌量乃均。若前联景而实，后联情而虚，前重后轻，多流于弱。”[⑤]又未免拘执过甚，视律诗如印板矣。

【校注】

①李梦阳，字天赐，又字献吉，号空同子，为明“前七子”首领。富寿荪校语云：“自此句至‘变化莫测亦惟杜’，见《诗薮·内编》卷四，乃胡应麟引李梦阳‘叠景者’二句而加以发挥者。‘叠景者’二句，李梦阳《空同集·再与何氏书》作‘古人之作，其法虽多端，大抵前疏者后必密，半阔者半必细，一实则必一虚，叠景者意必二’。”潘氏之误，盖因照抄《杜诗详注》卷一《登兖州城楼》后所引李语，仇兆鳌亦误为都是李梦阳语，可见古人读书亦不慎也。

②杜诗《登兖州城楼》，卷一。

③杜诗《送翰林张司马南海勒碑》，卷六。

④《诗薮·内编》卷四。“此”，道光本、石印本作“乃”。富寿荪校语云：“‘此’原作‘乃’，据《诗薮》改。”

⑤潘氏盖抄自《杜诗详注》卷一《登兖州城楼》后所引周弼语，文有删节。周语见其《三体唐诗·选例》论五言律诗云：“前虚后实：前联写情而虚，后联写景而实，实则气势雄健，虚则态度谐婉，轻前重后，剂量适均，无窒塞轻佻之患。”又云：“前实后虚：前联写景，后联写情，前实后虚，易流于弱。”

39．胡氏应麟曰①：“五言律体，工部气象巍峨，规模宏远，错综幻化，不可端倪。”“宏大则‘昔闻洞庭水’②，富丽则‘花隐掖垣暮’③，感慨则‘东郡趋庭日’④，幽野则‘风林纤月落’⑤，饯送则‘冠冕通南极’⑥，投赠则‘斧钺下青冥’⑦，追忆则‘洞房环佩冷’⑧，吊哭则‘他乡复行役’等⑨，皆神化所至，不似从人间来者。”按胡氏铺叙杜公五律胜场，美矣大矣。然卢氏世潅曰：“五言律，至盛唐诸家，而声音之道极矣。然未有富如子美者，既富矣，又有用也。感天地，动鬼神，訏谟定命，远猷辰告，蒿目时艰，勤恤民隐，主文而谲谏，言者无罪，闻者足戒，所谓有用之文章也。”⑩如卢氏所论，乃洞澈杜公五律胜场处，胡氏犹论其粗焉者耳。学者于胡氏之说，求杜律之大，于卢氏之说，求杜律之精，不患不得门而入矣。

【校注】

①《诗薮·内编》卷四，文字稍异。

②《登岳阳楼》，卷二十二。

③《春宿左省》，卷六。

④《登兖州城楼》，卷一。

⑤《夜宴左氏庄》，卷一。

⑥《送翰林张司马南海勒碑》，卷六。

⑦《衡州送李大夫七丈赴广州》，卷二十二。

⑧《洞房》，卷十七。

⑨《别房太尉墓》，卷十三。

⑩卢世潅，字德水，一字紫房，自号杜亭亭长，晚号南村病叟，清初人，著有《杜诗胥钞》。引文见《杜诗胥钞余论·论五言律诗》，文字稍异。

40．高氏棅曰：“七言律诗，盛唐作者不多，而声调最远，品格最高。崔颢、贾至、王维、岑参各极其妙，李颀、高适当与并驱。”“少陵七言律法，独异诸家，篇什亦盛，如《秋兴》诸作，前辈谓其浑雄富丽，小家不可仿佛，信然。”①按杜之七律较胜诸家处，不在浑雄富丽也。高、岑何尝不浑雄，王、李何尝不富丽哉？且《秋兴八首》，兴象声色，诚为名构，然持较《九日蓝田崔氏庄》《闻官军收河南河北》《登高》《登楼》《诸将》《咏怀古迹》等诗，则《秋兴》犹非杜公七律之止境也。胡氏应麟曰：“近体莫难于七言律。”“高、岑明净整齐，所乏远韵；王、李精华秀朗，时觉小疵。学者步高、岑之格调，合以王、李之风神，加以杜陵之雄深变幻，七律能事毕矣。”②又曰：“七言近体，盛唐至矣，充实辉光，种种备美，所少者曰大曰化耳，故能事必老杜而后极。”③二段于杜律胜诸家处，独得其微，过高氏远矣。然胡氏以“锦江春色来天地，玉垒浮云变古今”等句④，为“字中化境”；“二仪清浊还高下，三伏炎蒸定有无”等句⑤，为“句中化境”；“昆明池水”“老去悲秋”等⑥，为“篇中化境”⑦。强为分晰，殊属多事。盖既曰化境，则从心所欲，神动天随，何篇章字句之能辨哉？王元美曰：“七律句法，有直下者，有倒插者，倒插非老杜不能。”⑧此与胡氏同一胶而不化之见，不可以论变化无方、境与天会之杜诗也。

【校注】

①《唐诗品汇》七言律诗叙目卷二、三，文有删节，盖撮合而成。

②、③《诗薮·内编》卷五。

④《登楼》，卷十三。

⑤《又作此奉卫王》，卷二十一。

⑥“昆明池水”，指《秋兴八首》其七，卷十七。“老去悲秋”，指《九日蓝田崔氏庄》，卷六。

⑦胡氏此段论述亦见《诗薮·内编》卷五。

⑧王世贞《艺苑卮言》卷一，文字微异。

41. 周氏敬曰："少陵七言律，如八音并奏，清浊高下，种种具陈，真有唐独步也。然其间半入大历后格调，实开中晚滥觞之端。"[①]按中晚七律能手，如刘宾客、柳柳州、白乐天、王仲初、许丁卯、杜紫薇、温八叉、罗昭谏之流[②]，皆绝不学杜，非杜诗开之也。略能学杜而涉其藩篱者，惟一李义山，遂为晚唐七律之冠。杜之七律，何误于人？周氏不加详考，径立议论，妄矣！张氏远曰："杜诗七言律，往往入《竹枝》、乐府，如《十二月一日三首》之类，俱有厚力深思，浅学不能及，亦不可学。"[③]观此则杜律有不可学者，或坐古质太过耳，乌得谓滥觞中晚乎？中晚流易纤秾，惟不学杜故至此，今转以为杜罪，岂不冤哉！

【校注】

①见《杜诗详注》卷一《题张氏隐居二首》其一后附周氏语。

②刘宾客，即刘禹锡，曾任太子宾客；柳柳州，指柳宗元，曾任柳州刺史；白居易，字乐天；王建，字仲初；许丁卯，指许浑，浑有别墅在京口丁卯桥，著有《丁卯集》；杜紫薇，指杜牧，牧曾为中书舍人，中书省亦名紫薇省，中书省中官亦称紫薇郎；温庭筠，每入试，押官韵，八叉手而成八韵，时号温八叉；罗隐，字昭谏。

③此非张远语，乃陶开虞语，见《杜诗详注》附编《诸家论杜》引陶氏《说杜》。

养一斋李杜诗话卷三

42. 郝氏敬曰："子美才富学博，其为近体长篇，多至千言，而气力愈壮，称擅场矣。然诗家妙义，正不在多。且如《麟趾》《甘棠》，每章十余字，汉高《大风》二十三字，倾动千古。自《三百篇》一变为辞，再变为赋，泛滥旁薄于古风，壮浪豪举于近体者，足矣。若夫长律娓娓，只足当其富有，无关性情。盖诗至近体，不免雕琢，更加凑砌，兴味已尽，葛藤蔓延，甚觉无味。故予于长律，不甚解颐。"①按高氏棅曰："排律之作，源自颜、谢诸人，唐兴，始专此体。""开元后，作者之盛，声律之备，少陵独得其兼善者。其出入始终，排比声韵，发敛抑扬，疾徐纵横，无施而不可也。"②据此则排律导源甚远，不得疑其在近体之后；而少陵之无施不可，又不可以"雕琢""凑砌""葛藤蔓延"斥之也。郝氏必谓诗家妙不在多，而以《麟趾》《甘棠》《大风》为例，则《宾筵》《閟宫》，何以列于《雅》《颂》？《孔雀东南飞》一作，何以高于汉人？诗殆未可以多少论也。然仆窃疑少陵酬应之章，排律为多，即如《赠翰林张四学士》《赠集贤崔于二学士》《赠鲜于京兆》等作，大都褒称先达，感述沉沦，习染时贤，格亦无甚变化，较之《谒玄元皇帝庙》《行次昭陵》《重经昭陵》等作，精力甚逊，盖亦犹五七律中有率不经意之篇也。平心而论，排律一途，杜直以余力行之，固不可慕其宏富，斗靡夸多，亦不可斥其冗长，举一废百。胡氏应麟曰："杜排律五十、百韵者，极意铺陈，颇伤芜碎。惟赠汝阳、哥舒、见素、李白诸作，格调精严，体骨匀称。每读一过，无论其人履历，咸若指掌，且形神意气，踊跃毫端，如周昉写生，太史叙传，逼夺化工。而杜从容声律间，真古今绝诣。”③又曰：“杜大篇巨什，如《谒先主》《赠哥舒》等作，阖辟驰骤，如飞龙行云，鳞鬣爪甲，自中矩度；又如淮阴用兵，百万掌握，变化无方。虽时有险朴，无害大家。”④此二段措议平允，不似京山概贬长律为“无关性情”，太高而无当也。若杨诚斋云：“杜排律多矣，独《奉观严郑公厅事岷山沱江图》一首，琼枝寸寸是玉，栴檀片片皆香。然排律仅可止此，五十韵、百韵，非古法矣。”⑤予嫌其以次乘为上驷，既不甚的；又诗患长而无力，不在古人有之与否，若能以笔笔奋迅之才，行滔滔百韵之体，虽自我作古何害？诚斋以少为古，是亦京山之见也。若德州卢氏统谓：“杜公排律，自六韵以至百韵，无不从容研玩，锋发韵流，尽洗排当，力由天授。”⑥此则一例推尊，予亦未之敢从耳。

【校注】

①郝敬，字仲舆，号楚望，明京山（今属湖北）人。撰有《批选杜工部诗》四卷，载《山草堂集·外编》。引文见其《批选杜诗题辞》，文字稍异。《杜诗详注》附编《诸家论杜》亦载郝氏语。

②《唐诗品汇》五言排律叙目卷三、四、五，文有删节，不相连属，盖撮合而成。

③、④《诗薮·内编》卷四，文有删节。

⑤黄生《杜诗说》卷十一此诗注引杨诚斋（万里）云：“杜排律多矣，独此琼枝寸寸是玉，旃檀片片皆香。然排律仅可止此，至五十韵或百韵，非古法矣。”仇注卷十四全袭黄说。按：此说误。此实为杨慎说。详见前刘凤诰《杜工部诗话》第48条注⑥。

⑥卢氏，指卢世㴶，卢为山东德州人。卢语见《杜诗胥钞余论·论五七言排律》，文有删节。

43. 卢氏世漼曰："天生太白、少伯，以主绝句之席，亘古今来，无复有骖乘者矣。子美恰与两公同时，乃恣其崛强之性，颓然自放，独成一家，可谓巧于用拙，长于用短，精于用粗，婉于用戆者也。"①按胡氏应麟曰："以少陵之才攻绝句，即不能为太白，讵不若摩诘？独自有不可磨灭者，无事更屑屑也。"②又曰："五七绝各极其工者太白，五七绝俱无所解者子美也。"③又曰："少陵不甚攻绝句，遍阅其集，得'东逾辽水北滹沱''中巴之东巴东山'二首，与太白《明皇幸蜀歌》相类。"④信如胡氏之言，是杜之五七绝，大率无足法矣。然敖氏英曰："少陵绝句，古意黯然，风格矫然，用事奇崛朴健，与盛唐诸家不同。"⑤钟氏惺曰："少陵七绝，长处在用生，往往有别趣，有似民谣者，有似填词者。但笔力自高，寄托有在，运用不同。看诗取其音响稍谐者数首，则不如勿看。"⑥观此二说，则知杜公绝句，在盛唐中自创一格，乃由其才大力劲，不拘声律所致。而无意求工，转多古调，与太白、龙标正可各各单行，安得谓其不屑为此，遂致绝无所解，只"东逾辽水""中巴之东"二首足传哉！卢氏谓"倔强自放，独成一家"，乃在个中。但又有"巧于用拙"云云，则似此老吊诡为心，求胜同时名士。此小家闪奸伎俩，心术不广，文章必怪。杜公一生平直，似无此见地也。果如卢氏之说，曷不全力出奇，而又为花卿、龟年风流蕴藉之作何哉？⑦总之，杜公天挺之才，横绝一世，无所不可。自率本怀，则为绝句创调；偶从时轨，则为绝句冠场。疑其不习者非，疑其弄巧者亦非。学者论诗，当两体兼收，不可专取音响稍谐者，亦岂可专仿词气奇僻者哉！黄氏生曰："杜公绝句，不入正声，特闻蜀中《竹枝》之音，聊戏效之耳。读者不必律以正法。"⑧此则不知其为大手创调，而径断其为摹仿戏作，识弥粗矣。

【校注】

①《杜诗胥钞余论·论五七言绝句》，文有删并。

②、③《诗薮·内编》卷六，文字稍异。

④《诗薮·内编》卷六，文有删节。

⑤敖英，字子发，明清江人。引文见《杜诗详注》卷一《赠李白》（七绝）诗后附敖氏语。

⑥《唐诗归》卷二十二，文有删节。

⑦指《戏赠花卿》《江南逢李龟年》等诗作。

⑧《杜诗说》卷十《绝句漫兴九首》注，文有删节。

44. 刘氏会孟曰："子美年四十五，自鄜陷贼。明年，自拔取拾遗，扈从还京。又明年，始外补。又明年，始弃官入秦州。自是流离展转，凡三迁。当时朝廷虽乱，道路无壅，雄藩宾客之盛自若也。公以三朝遗老，负海内诗名，其游迹所经，如锦江、洞庭，意气浩然，江湖胜境，楼台高会，长歌短赋，倾唔宾主。当奔走流离，仓卒患难，而所遇犹若此。"宜其诗之淋漓悲壮，迈群杰出乎[①]！又曰："古今穷诗人，独称子美；然在天宝，则及见丽人，友八仙；在乾元，则扈从还京，归鞭左掖；其间苦厄，惟陷鄜数月耳。后来流落夔、蜀，田园花柳，亦与杜曲无异。"[②]按江氏盈科曰："李青莲是快活人，当其得意时，斗酒百篇，无一语一字不是高华气象；及流窜夜郎后，作诗甚少，当由兴趣萧索。杜少陵是固穷之士，平生无大得意事，中间兵戎乱离，饥寒老病，皆其实历，而所阅苦楚，都于诗中发出，故读少陵诗，即当得年谱看。"[③]此君论杜，与辰翁却相反。然予每笑辰翁之论杜，与此君之论李，同是一副鄙陋心胸，而考之又不悉也。夫诗为心声，枯菀穷通，皆可自见。今谓少陵之出群，由于东道之豪盛，已觉不成议论，又以得见丽人为少陵喜幸，此其鄙恶居何等乎？青莲奇气凌云，视爵赏如尘芥。今谓流窜夜郎以后，兴趣索然，此稍有气概者所不为，况傥荡如青莲者乎[④]？就使少陵境遇称怀，亦不得谓诗人冠世，即由乎此；就使青莲夜郎以后，诗篇少见，安知不由编辑零落，亦不得断其兴趣颓唐，而况皆不然哉！今详据杜公年谱，并核其诗以为证。廿四岁，赴京兆贡举，不第，诗所谓“忤下考功第”者也⑤。其后游齐、赵，在东都，至长安，既未通籍，困境可知。三十六岁，帝诏天下有一艺诣毂下，李林甫命尚书省试，皆下之，公应诏而退，诗所谓“青冥却垂翅，蹭蹬无纵鳞”者也⑥。四十岁，进《三大礼赋》，始命待制集贤，又为宰相所忌。明年，召试文章，送隶有司，参列选序，其实无以自遣，诗所谓“才杰俱登用，愚蒙但隐沦”⑦“微生霑忌刻，万事益酸辛”“有儒愁饿死，早晚报平津”⑧“饥卧动即向一旬，敝衣何啻联百结。君不见空墙日色晚，此老无声泪垂血”者也⑨。四十四岁，始授河西尉，不拜，改右卫率府胄曹参军，乃得一官，诗所谓“耽酒须微禄”者也⑩。十一月，往奉先，诗所谓“入门闻号咷，幼子饥已卒”“所愧为人父，无食致夭折”者也⑪。四十五岁，自奉先往鄜州，自鄜奔行在，遂陷贼中，其痛苦不待叙。四十六岁，四月脱贼，谒上，拜左拾遗。此一生最得意处，然家室未卜存亡，诗所谓“比闻同罹祸，杀戮到鸡狗。山中漏茅屋，谁复依户牖”者也⑫。旋即以疏救房琯，诏三司推问，赖张镐救之获免。八月，放还省家，诗所谓“晚岁迫偷生，还家少欢趣”⑬“经年至茅屋，妻子衣百结”者也⑭。即在谏省中，亦不甚沾足，诗所谓“朝回日日典春衣”⑮“我贫无乘非无足”者也⑯。明年六月，即出为华州司功，诗所谓“无才日衰老”⑰“削迹共艰虞”⑱“孤城此日肠堪断”者也⑲。四十七岁⑳，关辅饥，七月，弃官西去，度陇客秦州，诗所谓“车马何萧索，门前百草长”㉑“囊空恐羞涩，留得一钱看”者也㉒。十月，发秦州往同谷，寓焉，诗所谓“无食问乐土，无衣思南州”㉓“岁拾橡栗随狙公”“手脚冻皴皮肉死”“短衣数挽不掩胫”“男呻女吟四壁静”者也㉔。十二月，入蜀至成都，寓居浣花溪寺，诗所谓“古寺僧牢落，空房客寓居”者也㉕。明年，卜居浣花溪，诗所谓“卜宅从兹老，为农去国赊”㉖“百年粗粝腐儒餐”㉗“恒饥稚子色凄凉”者也㉘。又明年，公年五十，仍居成都，间往蜀州，仍归成都，诗所谓“老被樊笼役，贫嗟出入劳”㉙“蜀酒禁愁得，无钱何处赊”㉚“布衾多年冷似铁，娇儿恶卧踏里裂”㉛“入门依旧四壁空，老妻睹我颜色同”者也㉜。五十一岁，仍居成都，诗所谓“畏人成小筑，褊性合幽栖”㉝“年荒酒价乏，日并园蔬课”者也㉞。其秋至绵州，冬挈家至梓州，又至射洪，诗所谓“计拙无衣食，途穷仗友生”㉟“将老忧贫窭，筋力岂能及”者也㊱。五十二岁，在梓州，间往汉州，秋往阆州，冬复回梓州，是岁召补京兆功曹，不赴，诗所谓“世乱郁郁久为客，路难悠悠长傍人”㊲“穷愁但有骨”“使君寒赠袍”㊳“别家三月一书来，避地何时免愁苦”者也㊴。五十三岁，归成都草堂，严武表为节度参谋、检校工部员外郎，赐绯鱼袋。此晚年最适意处，然屈居幕下，实非其志，诗所谓“束缚酬知己，蹉跎效小忠”㊵“白头趋幕府，深觉负平生”者也㊶。五十四岁，辞幕府，归草堂。严武卒，遂离蜀南下，自戎州至渝州；六月至忠州，秋至云安，居之，诗所谓“往时文采动人主，此日饥寒趋路旁”㊷“空看过客泪，莫觅主人恩”者也㊸。五十五岁，自云安至夔州，诗所谓“杖藜叹世者谁子，泣血迸空回白头”㊹“沈绵疲井臼，倚薄似樵渔”者也㊺。五十六岁，迁赤甲，又迁瀼西，又迁东屯，复还瀼西，诗所谓“乱后居难定”㊻“穷荒益自卑”㊼“囊虚把钗钏，米尽拆花钿”㊽“无钱从滞客，有镜巧催颜”者也㊾。五十七岁，出峡，至江陵，秋移居公安，冬晚之岳州，诗所谓“暮年飘泊恨，今夕乱离啼”㊿“倚著如秦赘，过逢类楚狂”[51]“饥藉家家米，愁征处处杯”者也[52]。五十八岁，自岳州至潭州，未几入衡州，夏复还潭州，诗所谓“穷迫挫曩怀，常如中风走”“羸骸将何适，履险颜益厚”[53]“艰危作远客，干请伤直性”[54]“年年非故物，处处是穷途”者也[55]。五十九岁，春在潭州，夏再入衡州，欲如郴州，因至耒阳，诗所谓“隐忍枳棘刺，迁延胝趼疮”“萧条向水陆，汩没随渔商”[56]“疏布缠枯骨，奔走苦不暖”“妻孥复随我，回首共悲叹”者也[57]。而其秋竟以寓卒矣。统观一生，无非穷困，“楼台高会”“田园花柳”，特偶一遭逢耳；安得谓其苦厄之境，只居鄜数月乎？辰翁读杜不熟，遂论其诗，亦可嗤矣。若太白以乾元元年戊戌长流夜郎，以宝应元年壬寅冬卒，首尾四年余耳。然此四年中，自《流夜郎留别宗十六璟》诗[58]、《流夜郎赠辛判官》诗以下数之，长歌短赋，不下四五十篇。其中高华豪迈之作，指不胜屈也，况又有搜辑未备，分年未的者哉？且太白临终尚有诗，安在其兴趣索然也？雪涛任意揶揄，当由心境猥琐；而考古不审，贻误后人，与辰翁所论，皆李、杜之障蔽也。予故不惮详核以辨之，且以戒世之识鄙而学疏者[59]。

【校注】

①刘辰翁，字会孟，号须溪，南宋末人。按：“而所遇犹若此”以上一段文字，见刘辰翁《须溪集》卷六《题宋同野编杜诗》，文有删节。而“宜其诗之淋漓悲壮，迈群杰出乎”，乃仇兆鳌论断语。潘氏盖抄自《杜诗详注》附编《诸家论杜》，几至一字不易，遂误仇语为刘语。

②《连伯正诗序》，《须溪集》卷六，文有删改，潘氏殆抄自仇注。“古今穷诗人，独称子美”，《须溪集》作“古之穷诗人，称子美、郊、岛”。“在天宝”，《须溪集》作“在开元”。

③《雪涛诗评》，《说郛续》卷三十四。

④“傥荡”，道光本误作“傥蕩”。按“蕩”乃“荡”之误。“荡”与“荡”通。《汉书·陈汤传赞》：“陈汤傥荡，不自收敛。”颜师古注：“傥荡，无行检也。荡音荡。”而《史丹传》：“貌若傥荡不备，然心甚谨密。”颜师古注：“傥荡，疏诞无检也。”

⑤《壮游》，卷十六。

⑥《奉赠韦左丞丈二十二韵》，卷一。“冥”，道光本、石印本作“云”。

⑦《上韦左相二十韵》，卷三。

⑧《奉赠鲜于京兆二十韵》，卷二。

⑨《投简咸华两县诸子》，卷二。“君”，道光本、石印本无。

⑩《官定后戏赠》，卷三。

⑪《自京赴奉先县咏怀五百字》，卷四。

⑫《述怀》，卷五。

⑬《羌村三首》其二，卷五。

⑭《北征》，卷五。

⑮《曲江二首》其二，卷六。

⑯《逼侧行赠毕四曜》，卷六。

⑰《至德二载甫自京金光门出……从左拾遗移华州掾与亲故别因出此门有悲往事》，卷六。

⑱《赠高式颜》，卷六。

⑲《至日遣兴奉寄北省旧阁老两院故人三首》其二，卷六。

⑳“四十七岁”，应为“四十八岁”。

㉑《秦州杂诗二十首》其十七，卷七。

㉒《空囊》，卷八。

㉓《发秦州》，卷八。

㉔《乾元中寓居同谷县作歌七首》其一、其二，卷八。

㉕《酬高使君相赠》，卷九。

㉖《为农》，卷九。

㉗《宾至》，卷九。

㉘《狂夫》，卷九。

㉙《赴青城县出成都寄陶王二少尹》，卷十。“嗟”，诸本均作“贱”；“劳”，诸本均作“难”。皆据杜诗改。

㉚《草堂即事》，卷十。

㉛《茅屋为秋风所破歌》，卷十。

㉜《百忧集行》，卷十。

㉝《畏人》，卷十。

㉞《屏迹三首》其一，卷十。

㉟《客夜》，卷十一。

㊱《早发射洪县南途中作》，卷十一。

㊲《九日》，卷十二。

㊳《王阆州筵奉酬十一舅惜别之作》，卷十二。

㊴《发阆中》，卷十二。

㊵《遣闷奉呈严公二十韵》，卷十四。

㊶《正月三日归溪上有作简院内诸公》，卷十四。

㊷《莫相疑行》，卷十四。

㊸《题忠州龙兴寺所居院壁》，卷十四。

㊹《白帝城最高楼》，卷十五。

㊺《赠李八秘书别三十韵》，卷十七。

㊻《入宅三首》其二，卷十八。

㊼《雨》，卷十九。

㊽《秋日夔府咏怀奉寄郑监李宾客一百韵》，卷十九。

㊾《闷》，卷二十。

㊿《水宿遣兴奉呈群公》，卷二十一。

51《遣闷》，卷二十一。

52《秋日荆南述怀三十韵》，卷二十一。

53《上水遣怀》，卷二十二。“迫”，诸本均作“困”，据杜诗改。

54《早发》，卷二十二。

55《地隅》，卷二十三。

56《入衡州》，卷二十三。

57《逃难》，卷二十三。

⑱即《窜夜郎于乌江留别宗十六璟》诗，《李太白全集》卷十五。

⑲石印本误将此条与下条合为一条。

45．赵氏次公曰[①]：“杜陵野老负王佐之才，有意当世，而肮脏不偶，胸中所蕴，一寓于诗。其曰：‘许身一何愚，窃比稷与契。’[②]又曰：‘致君尧舜上，再使风俗淳。’[③]此其素愿也。至其出处，每与孔、孟合。‘尚怜终南山，回首清渭滨’[④]，则有迟迟去鲁之怀；‘勋业频看镜，行藏独倚楼’[⑤]，则有皇皇得君之意。”按杜公之诗，人之推服至极者，如秦少游以为孔子大成，郑尚明以为周公制作，黄鲁直以为诗中之史，罗景纶以为诗中之经，杨诚斋以为诗中之圣，王元美以为诗中之神，亦蔑以加矣[⑥]。其为人，则《新唐书》本传云：“数尝寇乱，挺节无所污。为歌诗，伤时桡弱，情不忘君，人怜其忠云。”数语亦简而核。然本传又谓“甫放旷不自检，好论天下大事，高而不切”，则于杜公之经济出处，犹未之识也。考杜公诗，于国家之利病，军国之成败，往往先事而谋，援古而讽，无不洞中窾要。而其难进易退，去就皎然，亦何尝非“接淅而行”[⑦]“三宿出昼”之宗派哉[⑧]！详见集中各诗，不及备述。赵氏止引二联，尚属挂漏。然断之曰“王佐之才”“出处与孔、孟合”，则信非溢美矣。故杜公祠堂，凡有数处，而鄜州学孔庙戟门则祀子美。夫以子美之诗，抉经心，执圣权，以从祀孔子庙，不较胜于唐人之从祀何休、王弼哉？元顺帝追谥文贞，为千古诗人之仅事，要亦当之而无愧色者也。黄氏彻曰：“东坡问：老杜何如人？或云似司马迁，但能名其诗耳。愚谓老杜似孟子，盖原其心也。”[⑨]据此则谥以文贞，其美尚有不尽者欤？

【校注】

①《杜工部草堂记》，《成都文类》卷四十二，文字微异。

②《自京赴奉先县咏怀五百字》，卷四。“窃”，诸本均作“自”，

据杜诗改。

③、④《奉赠韦左丞丈二十二韵》，卷一。

⑤《江上》，卷十五。

⑥此段文字系本仇兆鳌说，详参《杜工部诗话》卷五第150条注。

⑦《孟子·万章下》："孔子之去齐，接淅而行。"注："淅，渍米也。"疏："言孔子之去齐急速，但渍米，不及炊而即行。以其避恶，故如是也。"

⑧《孟子·公孙丑下》载孟子曰："予三宿而出昼（按：齐地名），于予心犹以为速，王庶几改之！王如改诸，则必反予。夫出昼，而王不予追也，予然后浩然有归志。予虽然，岂舍王哉！"

⑨《碧溪诗话》卷一。

46. 李氏纲曰[①]："肃宗之怒房琯，人无敢言，独子美抗疏救之，由是废斥终身，与阳城之救陆贽何异[②]！然世罕称之者，殆为诗所掩故耶？予因序其集而及之，使观者知公遇事不苟，非特言语文章妙天下而已。"按《葛常之诗话》引张无尽《孤愤吟》云："房琯未相日，所谈皆皋夔。一朝陈陶下，覆没十万师。中原已纷溃，老杜尚嗟咨。"[③]盖为琯罢相时，杜上疏力救而发也。是则琯之衄师非无罪，而杜之救琯为徇私矣。然琯之败也，由于恢复两京之遽，固志大而虑疏；而琯之初意，亦欲持重俟时，中人邢延恩等促战[④]，仓皇遂及于败，则亦不当专为琯罪也。况考琯之罢相，《旧史》即系之兵败下，殊觉失之不审。《新史》曰："琯时败陈涛斜，又以客董廷兰，罢相。"[⑤]虽兼二事，言仍未核也。予检杜公《奉谢口敕放三司推问状》云："琯以宰相子，少自树立，晚为醇儒，有大臣体。时论许琯必位公辅。陛下委以枢密，众望甚允。观琯深念主忧，义形于色，画一保泰，素所蓄积。而性失于简，酷嗜鼓琴，董庭兰今之琴工，游琯门下有日，贫病之老，依倚为非，琯之爱惜人情，至于玷污。臣不自度量，叹其功名未垂，志气挫衄，觊望陛下弃细录大，所以冒死称述。”[6]据此，则琯之罢相，自为琴工董庭兰事，与陈涛之败，了无交涉，盖陈涛之事，在前一年也。且琯尝建议遣诸王为都统节度，禄山见分镇诏书，抚膺叹曰：“吾不得天下矣！”[7]则琯之善谋，业已功在社稷，似可与陈涛之罪相抵。今只为琴工一事，遽免宰相，是欲使秦穆必替孟明，以一眚掩德也[8]，岂用人之道哉！杜公救琯之疏，自为国家起见，故当时名臣，如颜真卿、韦陟，则谓甫此疏不失谏臣体，如张镐则谓朝廷罪甫，必塞言路，皆为能见其大。而《旧史》《新史》既以琯之罢相，仍为陈涛斜之故，又以公之救琯，专为布衣交之故，于琯则不考时事，于公则测以私心，均不足为信史。若张无尽之作诗揶揄，尤暗陋而不足道也。呜呼！观公《陈涛》之诗，则知公于琯无徇私讳匿之心；观公救琯之疏，则知公于国有爱惜人材之意，直笔忠悃，可质百世。故公之《谢推问状》云：“陛下贷以仁慈，怜其恳到，不书狂狷之过，深容直臣，劝勉来者。”夫以肃宗震怒之余，而公之引罪曰“恳到”，曰“狂狷”，曰“直臣”，亦可谓自信而不疑，果毅而有守矣。世人见琯素负时名，而谈释、老，仿车战，名实不称，比之殷浩[9]。不知琯于建议分藩外，如救王思礼，荐严武，颇能裨益帷幄；殷浩钓名之鄙夫，非其伦也。公救琯之明年，琯为贺兰进明所谮，兼谮及公，同时贬谪。琯既功名不终，公亦羁旅以老。皆属时命，无可言者。然进明之杀张、许[10]，又谗房、杜，凶人之谗贼善类如此，持论岂可更扬其余焰而助之哉！李肇曰：“宰相自张曲江之后，称房太尉、李梁公为重德。”[11]司空图《房太尉》诗云：“物望倾心久，匈渠破胆频。”[12]刘克庄云：“房琯虽败，不失为名相。”[13]综是数说，琯之德望，岂易企及！若董庭兰依倚一事，考之朱长文云：“薛易简称董庭兰不事王侯，散发林壑者六十载，貌古心远，意闲体和，抚弦韵声，可感鬼神。给事中房琯，好古君子也，庭兰闻义而来，不远千里。予因此说，亦可以观房公之过而知其仁矣。当房公之为给事中也，庭兰已出其门，为相岂能遽绝哉？赇谢之事，予疑谮琯者为之，庭兰朽耄，岂能辩释，遂被恶名耳。故房公贬广汉，庭兰诣之，公了无愠色也。”⑭观长文所辩，房公诚不失为长者；而易简即天宝时人，其言又信而可征也。然则董庭兰尚不足以累房次律，而房次律何足以累杜子美哉！李伯纪比诸阳城之救陆贽，夫次律即非敬舆匹，而子美实无愧于亢宗也⑮。后人读唐史，辄以房贻口实，杜之救房，即同瑕玷。予故录伯纪语，而历历证之如此。盖伯纪一代伟人，故能洞悉贤达事君交友之心胸，而叹其不苟于事；彼葛立方、张无尽之徒，何足以知之⑯！

【校注】

①李纲，字伯纪，谥忠定，宋邵武人。引文见《梁溪集》卷一百三十八《重校正杜子美集序》，文有删节。

②阳城直言谏救陆贽事，详见《新唐书·阳城传》。

③《韵语阳秋》卷二十。张商英，字天觉，号无尽居士。

④“邢延恩”，诸本均作“邢廷恩”，据新、旧《唐书·房琯传》改。

⑤《新唐书·杜甫传》。富寿荪校语云：“‘董廷兰’，《新唐书·杜甫传》同，杜甫《奉谢口敕放三司推问状》、新、旧《唐书·房琯传》及朱长文《琴史》并作‘董庭兰’，是。”按：检《新唐书·房琯传》亦作“董廷兰”。

⑥《奉谢口敕放三司推问状》，卷二十五，文有删节。

⑦司空图《咏房太尉》诗自注：“初琯建亲王分镇天下议，明皇从之，肃宗以是疑琯，受谗废。先是禄山见分镇诏书，附膺叹曰：‘吾不得天下矣！’”《全唐诗》卷六百三十四引《困学纪闻》。《苕溪渔隐丛话》前集卷十四《蔡宽夫诗话》亦有是说。

⑧《左传·僖公三十三年》记秦晋殽之战，秦败，秦穆公自责曰：“不替孟明，孤之过也。大夫何罪！且吾不以一眚掩大德。”

⑨殷浩，字渊源，晋人。事见《晋书·殷浩传》。

⑩张，指张巡；许，指许远。

⑪《唐国史补》卷下。

⑫《咏房太尉》佚句，《全唐诗》卷六百三十四。“匈”，《全唐诗》作“凶”。

⑬《后村先生大全集》卷一百七十六《诗话》后集云：“琯虽败，犹为名相。”

⑭朱长文，字伯原，称乐圃先生，北宋人，著有《琴史》六卷。引文见卷四，文字稍异。

⑮房琯，字次律；陆贽，字敬舆；阳城，字亢宗。

⑯石印本误将此条与下条合为一条。

47. 黄氏生曰：“杜公屡不第，卒以献赋受明皇特达之知，故感慕终身不替。虽前后铺陈时事，无所不备，而于当时荒淫失国，惟痛伤而不忍讥，此臣子之礼也。说者不得公心，影响附会，辄云有所讥切。此注杜大头脑差失处，妄笔流传，杜公之目，将不瞑于地下矣。”①按宋氏濂曰：“注杜者称其一饭不忘君，发为言辞，无非忠君爱国之意，至于率尔咏怀之作，亦必迁就为说，子美之诗，益不白于世。”②此论最通。夫杜即爱君，岂有篇篇寄意者？果如是，徒形其琐屑好名而已矣。此注者之凿也。黄氏之说，剧得杜意，然黄氏亦有所本。宋张戒《岁寒堂诗话》已讥唐人咏杨妃者，为无礼于君矣③。此等处有关名教，学诗者之开宗明义章也。顾黄氏谓杜公“献赋受明皇特达之知，故感慕终身不替”，此论亦陋。君臣之义，无所逃于天地之间，何关穷达事！使明皇不赏《三大礼赋》，子美将肆其诋諆耶？抑肃、代二帝于子美无知己之感，便可不需感慕耶？意在主持名教，而发论不本于性天，即不可以教忠而明礼。然则“大头脑差失处”，黄氏亦未能免。子美诗云：“葵藿倾太阳，物性固莫夺。”④斯言也，乃纯臣之言也。

【校注】

①《杜诗说》卷前《杜诗概说》。

②《杜诗举隅序》，《宋文宪公全集》卷十七。

③《岁寒堂诗话》卷上：“杨太真事，唐人吟咏至多，然类皆无礼。太真配至尊，岂可以儿女语黩之耶？惟杜子美则不然。”

④《自京赴奉先县咏怀五百字》，卷四。“物”，道光本、石印本作“所”。

48. 黄氏彻曰①：“‘性豪业嗜酒，嫉恶怀刚肠’，‘饮酣视八极，俗物都茫茫’②，子美胸中语也。宜其孩弄严武，藐视礼法，而朱老、阮生皆与莫逆，遭田父泥饮，至被肘而不悔。其内直外曲，强御不畏，矜寡不侮，非世俗所能测也。”按《旧史》杜本传云：“尝凭醉登武之床，瞪视武曰：‘严挺之乃有此儿！’武性虽急暴，不以为忤。”《新史》语与《旧》同，其下云：“武亦暴猛，外若不为忤，中衔之。一日，欲杀甫及梓州刺史章彝，将出，冠钩于帘三。左右白其母，奔救得止，独杀彝。”③《新史》本《云溪友议》④，不足信，故鲁訔以严武镇蜀，章彝入觐证其伪。刘克庄云⑤：“世传严武欲杀子美，殆未必然。观子美《哭严仆射》诗云：‘老亲如夙昔，部曲异平生。’⑥极其凄怆。至列之《八哀诗》中，忠厚蔼然。”王嗣奭亦云：“观公《九日寄严大夫》、严武《巴岭答杜二见忆》两诗，两人交情，形骸不隔，可知欲杀之讹。”⑦“观《八哀》中‘小心事友生’句，亦知武无欲杀公事。”⑧以上诸说，皆足明严之未尝忮公矣。若公之凭醉登床，斥严家讳一事，《旧史》则贬之曰：“性褊躁，无器度，恃恩放恣。”⑨《新史》则贬之曰：“性褊躁傲诞。”此亦未免已甚也。史称公与武世旧，而武又少于公十四岁，则知挺之已与公为交好，公亲见武之成立，故《八哀诗》云：“昔在童子日，已闻老成名。”明友其父也。唐人朋友呼名，如李诗称杜甫，杜诗称李白，不足为异。其直呼挺之，用此礼也。特施之死后，而对子名父，为不宜耳。然玩其语意，实是追念故交；且爱武之极，乃有此惊喜过望之词。以沉醉不检，故脱口触讳，本非不足于武，何“褊躁傲诞”之有！是以武虽卞急，亦能略其形迹，谅其心曲，而不以为衅，且待之加厚也。今以醉中一言之疵，遽概之曰“褊躁傲诞”，其性实然。然则杜诗中所以爱美严公不一而足者，皆将侪于虚言而不足信，而公之醒时，转为谀佞诈伪之流，非第“褊躁傲诞”之过而已也。岂知杜公者哉！至其在武幕中之诗，曰“强移栖息一枝安”⑩，曰“蹉跎效小忠”⑪，曰“白头趋幕府，深觉负平生”⑫。方若有不屑俯就之意，未尝以为恩也，何“恃恩放恣”之有？吾叹作《旧史》者之视富贵人太重，而视公太轻也。然即其不屑相就者，亦自嗟时命之乖，不能展其康济之志耳，非有憾于武也。以欲大庇天下之人，而老作诸侯之客，谓称其本怀感恩思报不可，谓形诸嗟咏，即同怨望，亦不可。惟登床一语，不能谓非无心之小失，而要不当如史臣科断云云也。若常明黄氏，直以公之醉语，为疾恶刚肠，为孩弄严武，为不畏强御⑬，此又于君子之过，从而为之辞者，鄙意殊不谓然。武本非恶人，公亦未尝疾武，疾武亦不应醉中名武之父，以此为豪视八极，士之褆身接物，将何所不至也！故新、旧史书论公已甚之处，断不敢从，而黄氏之说，予不敢不辨之，以明学者身世间之常法焉。

【校注】

①《碧溪诗话》卷六，文字微异。

②《壮游》，卷十六。

③《新唐书·杜甫传》，文字稍异。

④见《云溪友议》卷上《严黄门》条。

⑤《后村先生大全集》卷一百七十三《诗话》前集，文字稍异。

⑥即《哭严仆射归榇》，卷十四。

⑦王嗣奭语，见《杜臆》卷五《巴岭答杜二见忆》，文字稍异。

⑧仇兆鳌《杜诗详注》卷十六《八哀诗·赠左仆射郑国公严公武》“小心事友生”注引王嗣奭语，今本《杜臆》无此语。

⑨“褊”，道光本作“袍”。

⑩《宿府》，卷十四。

⑪《遣闷奉呈严公二十韵》，卷十四。

⑫《正月三日归溪上有作简院内诸公》，卷十四。

⑬“强”，道光本、石印本作“疆”。

49. 王氏应麟曰：“鲜于京兆，仲通也；张太常、博士，均、垍也。所美非美。然昌黎之于于頔、李实类此。杜、韩晚节所守，如孤松劲柏，学者不必师法其少作也。”①按少陵酬应投献之诗，不尽符其平素鲠直之谊，盖唐人风气使然，亦不独于鲜于京兆、张博士也。《投哥舒仆射》诗云：“君王自神武，驾驭必英雄。开府当朝杰，论兵迈古风。”②而《潼关吏》则云：“哀哉桃林战，百万化为鱼。请嘱防关将，慎勿学哥舒。”③何其前后违戾如此？此皆古人躁率失检处。而置之集中，不肯删其少作，又见古人朴实，不讳过也。然于翰等，犹可解曰：前时败阙未见，自不应逆探其恶而斥之。若王维、郑虔，大节已玷，犹从而美之曰：“一病缘明主，三年独此心。”④“反覆归圣朝，点染无涤荡。”⑤何其深加惋惜乃尔！至称维曰天下“高人”⑥，称虔曰“天然生知”⑦，此真不能为少陵解矣。予尝反覆推求其故，以少陵植志立身，忠爱贞洁，岂于此大节而反忘之？只缘于朋友一伦，长厚太高，有悱恻缠绵之仁，而无刚健断决之义。见维之取痢称喑，作诗志痛也，则以为心尚可原；见虔之潜以密章达于灵武也，则以为未忘反正；而不知寺中之伪署，市令之求摄，皆法之所不得宥，而义之所必当绝也。故太白之可谅，在于辞官而逃；维与虔之难逭，在于已污伪命。少陵混视为一，虽无损于己之节目，然已增后学之疑矣。昔王伯安素善刘养正，养正从逆，伯安逼令引决。其母丧暴露，伯安使人葬之，且祭以文云："君臣之义，不得私于其身；朋友之情，尚可施于其母。"[8]有儒生驰书辨论，君臣朋友，本无二理，伯安愧屈。夫维与虔之罪，即不至如养正之甚，而岂得谓其清白无玷，仍以朋友之礼待之，且为之嗟慕不置哉？然则少陵投献应酬之作之不能抗直者，转为唐人之常事，文字之末节，而不必申驳矣。然少陵之美王维也，顾氏炎武讥之[9]。而王伯厚之讥郑虔失节也，何氏焯则驳之曰："名士如珠玉犀象，虽无用而不可少。"[10]至顾氏宸且文之曰："供奉之从永王，司户之仕禄山，皆文人败名事，使硁硁自好者处此，不知作几许云雨反覆？少陵当二公贬谪时，深悲极痛，至欲与同生死，古人不以成败论人，不以急难负友，其友谊真可泣鬼神。"[11]此二说乃名教之蠹也。夫所贵乎名士者，贵其识大义耳。使伦常之际，心目不清，则与粪土何异，而曰"珠玉"也？若供奉之辞官辞赏，先事而逃，与郑司户公然并论，此已不考之过，至司户之污伪命，第目之曰"败名"，何其不知类也？且朋友，以义合者也。友如未污，则当辨其冤于"伤心""严谴"之时；友如已污，则当绝其交于功罪核实之日。此非硁硁自好也，义也。今也知其污而不得鸣冤，又痛其穷而为之饮泣，此温良而不断之失也。乃曰"不以成败论人"，交谊始可歌泣，是少陵之偏好，亦皆为天地之常经，岂非疑误后人之极者哉？总之，爱古人者当为其诤臣，不当为其佞友。少陵只以中允、司户文学绝人，遂成偏好。然文章本非性命，朋友究次君亲，此义偶疏，难以典训。故"食肉不知马肝，未为不知味"[12]。学者不读昌黎《上于襄阳》《京兆李实》等书[13]，少陵《赠张学士》《鲜于京兆》《哥舒仆射》等诗，未为不知韩、杜，而况《赠王中允》《送郑十八》等作，大有累于义理者哉！剔其繁枝，乃识孤松劲柏之成就非常处。此予之爱杜，而非予之谤杜，深于诗教者必知之耳。

【校注】

①王应麟，字伯厚，号深宁居士，南宋人。引文见其所著《困学纪闻》卷十八。“博士”，何焯注：“元板作‘学士。’”是。

②即《投赠哥舒开府翰二十韵》，卷三。

③“哀哉桃林战”，诸本均作“哀哉潼关卒”，据杜诗改。

④《奉赠王中允维》，卷六。

⑤、⑦《八哀诗·故著作郎贬台州司户荥阳郑公虔》，卷十六。

⑥《解闷十二首》其八：“不见高人王右丞，蓝田丘壑蔓寒藤。最传秀句寰区满，未绝风流相国能。”卷十七。

⑧明王守仁，字伯安。刘养正，字子吉，举人，与王守仁素厚善。宁王朱宸濠反，以刘养正为伪右丞相。守仁讨平叛乱，朱宸濠、刘养正等俱就擒。养正既死，守仁令有司葬其母，复为文以祭，辞曰：“嗟嗟：刘生子吉，母死不葬，爰及干戈；一念之差，遂至于此。呜呼哀哉！今吾葬子之母，聊以慰子之魂。盖君臣之义，虽不得私于子之身；而朋友之情，犹得以尽于子之母也。”详参钱德洪撰《王阳明年谱》卷二。

⑨顾炎武《日知录》卷十九《文辞欺人》：“古来以文辞欺人者，莫若谢灵运，次则王维……而文墨交游之士多护王维。如杜甫谓之‘高人王右丞’，天下有高人而仕贼者乎？”

⑩《困学纪闻》卷十八云：“《八哀诗》将相宗室之外，名士有三焉：苏源明不污伪爵，其最优乎！李邕细行弗饬，次也；郑虔大节已亏，下矣。”何焯语见《重校困学纪闻集证》卷十八。“犀象”，《集证》作“象犀”。

⑪《辟疆园杜诗注解》七言律卷一《送郑十八虔贬台州司户伤其临老陷贼之故阙为面别情见于诗》顾氏按语，文有删节。

⑫《汉书·辕固传》：“食肉毋食马肝，未为不知味也；言学者毋言汤武受命，不为愚。”

⑬即韩愈《至邓州北寄上襄阳于（頔）相公书》与《上李（实）尚书书》，

见《朱文公校昌黎先生集》卷十五。

50. 黄氏鹤曰①:“公如郴,因至耒阳,访聂令,经方田驿,阻水旬余,聂致酒肉。而史云:‘令尝馈牛炙白酒,大醉,一夕卒。’②尝考谢聂令诗有云③:‘礼过宰肥羊,愁当置清醥。’其诗题云④‘兴尽本韵’,又且宿留驿亭⑤。若果以饫死,岂复能为是长篇⑥,又复游憩⑦?以诗证之,其诬自可不攻⑧。况元稹作《志》在《旧史》前,初无是说⑨。”按:仇氏兆鳌云⑩:“元稹《墓志》:‘扁舟下荆楚间,竟以寓卒,旅殡岳阳。’或乃兼采本传⑪,谓公卒于耒阳,而殡于岳阳。考公之卒在大历五年,而史谓永泰二年,年次既属差讹,记事安得真确?”又唐人李观作《杜传补遗》,谓:“公往耒阳,聂令不礼。一日过江上,醉宿酒家,是夕江水暴涨,惊湍漂没,其尸不知落于何处。玄宗思子美,诏天下求之。聂令乃积空土于江上,曰:‘子美为牛肉白酒胀饫而死,葬于此矣。’”⑫夫子美卒于代宗时,玄宗之崩久矣。此皆诬妄可笑,不值攻驳者。以与太白皆临终被诬,故既论其生平梗概,而遂及此。

【校注】

①黄鹤语见元刻本《黄氏补千家注纪年杜工部诗史》卷前载《黄氏补注辨疑杜工部年谱》,文字稍异,潘氏殆据仇兆鳌《杜诗详注》卷前《杜工部年谱》引鹤谱。

②“牛炙白酒”,富寿荪校语云:“‘牛炙’原作‘牛胔’,据黄鹤《黄氏补注杜诗》及《新唐书·杜甫传》改。”“一夕卒”,元刻本作“一昔卒”。

③《聂耒阳以仆阻水书致酒肉疗饥荒江诗得代怀兴尽本韵……》,卷二十三。富寿荪校语云:“‘尝’原作‘常’,据《黄氏补注杜诗》改。”

④“其诗题云”,元刻本作“其诗至云”。

⑤“又且宿留驿亭”,元刻本作“又且宿留驿近山亭”。

⑥“复”下，元刻本尚有“更”字。

⑦“游憩”下，元刻本尚有“山亭”二字。

⑧“其诬自可不攻”，富校本改作“考”。校语云：“‘考’原作‘攻’，据《黄氏补注杜诗》改。”按：元刻本与仇注所引皆作“攻”，不知富氏何据？

⑨此二句，元刻本作“况元微之《志》与《旧史》初无此说”。

⑩《杜诗详注》卷二十三《聂耒阳以仆阻水书致酒肉……》诗后仇氏考辨，文有删节。

⑪“或乃兼采本传”，富寿荪校语云：“仇兆鳌《杜诗详注》作‘钱笺兼采传志’。按乾隆中清廷以钱谦益著作语涉诽谤，下令毁版禁行，故改作此语。”

⑫即《遗补杜子美传》，见《黄氏补千家集注杜工部诗史》卷前所载《少陵先生杜工部草堂诗史传序碑铭》，文有删节。潘氏殆据《杜诗详注》卷二十三《聂耒阳以仆阻水……》诗后仇氏考辨所引。

续杜工部诗话

蒋瑞藻 辑

说 明

《续杜工部诗话》二卷，近人蒋瑞藻辑。

蒋瑞藻，字孟洁，别号花朝生，又号羼提居士，浙江诸暨店口镇黄家埠村人。一八九一年四月二十日生，一九二九年五月六日死于肺结核，享年三十九岁。曾任教于上海澄衷学堂、杭州女子中学、浙江之江大学。

蒋瑞藻成名较早。一九一五年，时年二十五，即编辑《小说考证》十卷由商务印书馆印行，后又增辑《附录》一卷、《续编》五卷及《拾遗》一卷，一九一九年由商务印书馆以合订本印行。《小说考证》集录我国元代以来小说、戏曲作者事迹、作品源流及前人评论等资料，搜罗丰富，颇为学术界重视。鲁迅在《〈小说旧闻抄〉序言》中说："昔尝治理小说，于其史实，有所钩稽。时蒋氏瑞藻《小说考证》已版行，取以检寻，颇获稗助。"蒋氏还有《小说枝谈》三卷、《新古文辞类纂》六十卷、辑《越缦堂诗话》三卷、《神州异产志》（与胡怀琛合著）等印行传世。尚有《花朝生文稿》《花朝生笔记》《羼提斋丛话》等未及梓行。浙江古籍出版社出版有《蒋瑞藻集》。

《续杜工部诗话》二卷，辑于中华民国三年（1914），时年二十四，后收入《古今文艺丛书》第四集，一九一五年由上海广益书局排印出版。胡怀琛《〈续杜工部诗话〉序》云："蒋子瑞藻孟洁，能诗文，富藏书，于诗学杜，尝辑《续杜工部诗话》，补萍乡刘氏所未备也。余谓更有过之：刘辑多考订，蒋辑多议论，尤能阐杜诗格律之微。”该书纂录自宋以来诸家评论杜诗之语，凡一百二十余条，搜罗颇广，惜多不注明出处，且引文讹误甚多，诚为憾事。

校注据《古今文艺丛书》本，讹误处，则参校所引诸书以订正之。其中数条出处，承刘明华教授检示，特表感谢！

浙江古籍出版社于2014年出版的《蒋瑞藻集》之《续杜工部诗话》，整理者并未依照原版，而是基本依据我于2002年出版的校注本，但未说明，且时有错讹，诚为憾事。

续杜工部诗话序

古今诗派，推李、杜为正宗。李持天资，杜持工力，两家截然不同；然天资不可学而能，工力可强而至。学诗者无谪仙之才，其宁读杜乎？诸暨蒋子瑞藻孟洁，能诗文，富藏书，于诗学杜，尝辑《续杜工部诗话》，补萍乡刘氏所未备也。余谓更有过之：刘辑多考订，蒋辑多议论，尤能阐杜诗格律之微。蒋子书成，驰书于余，嘱为之序。时余方病咯血，不能秉笔，然思“饭颗山头”之杜甫，曾为作诗而瘦①，今日一卷杜诗，是当年老杜心血，复有蒋子不辞劳瘁为辑是编，余辱承雅命，曷惜呕血以报之哉！三年十月②，胡怀琛寄尘序③。

【校注】

①此下原有双行小字：“或谓此诗为好事者所伪托，兹非考订，姑引之。”

②三年，即中华民国三年（1914）。

③胡怀琛，字寄尘，一八八六年生，卒于一九三八年，安徽泾县人。

续杜工部诗话卷上

古今说杜诗者众矣，而勒为专书者不少概见。宋方醇道始辑《老杜诗评》①，蔡梦弼集《草堂诗话》，清初泽州陈午亭复撰为《读杜律话》②。方、蔡之书今既难得，泽州书亦鲜单行，且限于律体，不及他作，律亦只论七言，不及五言，则亦未为完美也。萍乡刘金门凤诰《存悔斋集》有《工部诗话》五卷③，余尝见之，其所评骘，大抵精当，举自来影响傅会之习一扫而空，不可谓无功于少陵，所惜者全书只百五十二条，殊令人有简略之憾尔。余好读杜诗，居尝纂录自宋以来诸家评论，为之汰其繁琐，撷其精要，手自写为一帙，一得之愚有可节取者，间亦附入，都上、下二卷，万六七千言，即名曰《续杜工部诗话》，刊而布之。是编也，补金门之未备，供学者之参征，自问有一日之长，特不知视方、蔡二家之作果何如也？

蒋瑞藻记，时年二十有四，民国三年秋九月。

【校注】

①“方醇道”，原误作“方道醇”；《老杜诗评》即《诸家老杜诗评》。详见前《诸家老杜诗评·说明》。

②陈廷敬，初名敬，字子端，号午亭、说岩，清泽州（今山西晋城）人。著有《午亭文编》五十卷。《杜律诗话》二卷，载《午亭文编》卷四十九、五十。

③“凤诰”，原误作“凤谐”。

1. 老杜世号“诗史”[①]，观《北征》诗云：“皇帝二载秋，闰八月初吉。”《送李校书》云：“乾元元年春，万姓始安宅。”又《戏友》二诗[②]：“元年建巳月，郎有焦校书。”“元年建巳月，官有王司直。”史笔何等森严！

【校注】

①此条盖抄自《碧溪诗话》卷一，文字微异。

②即《戏赠友二首》，卷十一。

2. 杜诗四韵并绝句[①]，味之皆觉字多，以字字不闲故也。他家虽长篇，若无可读。如《寄题江外草堂》云：“诛茅初一亩，广地方连延。经营上元始，断手宝应年。敢谋土木丽，自觉面势坚。”又《题衡山县学堂》云[②]“旄头彗紫微，无复俎豆事”，“呜呼已十年，儒服敝于地”，“衡山虽小邑，首倡恢大义”，“讲堂非曩构[③]，大屋加涂塈。下可容万人，墙隅亦深邃”，“林木在庭户，密干叠苍翠[④]。有井朱夏时，辘轳冻阶戺”，“采诗倦跋涉，载笔尚可记。”岂不是草堂县学记？

【校注】

①此条盖抄自《碧溪诗话》卷四，文有删节。

②即《题衡山县文宣王庙新学堂呈陆宰》诗，卷二十三。

③“构”，原作“造”，据杜诗改。

④“苍”，原作“清”，据杜诗改。

3. 《刘少府画山水歌》[①]：“反思前夜风雨急，乃是蒲城鬼神入。元气淋漓幛犹湿，真宰上诉天应泣。”此如韦苏州《听嘉陵江声》云：“水性自云静，石中本无声。如何两相激，雷转空山惊。”[②]坡公咏歙砚云：“与天作石来几时，与人作砚初不辞。诗成鲍谢石何与，笔落钟王砚不知。”[③]皆穷本探妙，超出准绳外，不特状写景物也。

【校注】

①此条盖抄自《砻溪诗话》卷六，文有删节。引诗即《奉先刘少府新画山水障歌》，卷四。

②即韦应物《听嘉陵江水声寄深上人》,《全唐诗》卷一百八十七。“惊”，原作“鸣”，据《全唐诗》改。

③即《龙尾砚歌》，《苏东坡集》前集卷十四。

4. 古来诗材之富[①]，无若老杜；诗律之细，亦无若老杜。律细，屡于属对之工见之：“风蝶勤依桨，春鸥懒避船。”[②]“烟花山际重，舟楫浪前轻。”[③]对以板为工也；“沈牛答云雨，如马戒舟航。”[④]“竹叶于人既无分，菊花从此不须开。”[⑤]对以活为工也；“侧塞被径花，飘飖委墀柳。”[⑥]“卑枝低结子，接叶暗巢莺。”[⑦]以叠韵相对为工也；“羁栖愁里见，二十四回明。”[⑧]“白狗黄牛峡，朝云暮雨祠。”[⑨]以沓字自对为工也；“西岭纡村北，南江绕舍东。”[⑩]以四方合两句对为工也；“遥拱北辰缠寇盗，欲倾东海洗乾坤。边塞西蕃最充斥，衣冠南渡多崩奔。”[⑪]以四方分四句对为工也；“暖客貂鼠裘，悲管逐清瑟。劝客驼蹄羹，霜橙压香橘。”[⑫]以隔句对为工也；“神女峰娟妙，昭君宅有无。曲留明怨惜，梦尽失欢娱。”[⑬]以下句对申上句为工也。老耽诗律细，非即孔子之“从心所欲不逾矩”[⑭]乎？

【校注】

①此条盖抄自清钮琇《觚剩续编》卷一《诗圣》条。原文最后尚有“此

之谓‘诗圣’”一句。

②杜诗《行次古城店泛江作不揆鄙拙奉呈江陵幕府诸公》，卷二十一。“勤”，原作“动”；“桨”，原误作“浆”；“春”，原作“江”。皆据杜诗改。

③《泛江送客》，卷十二。

④《滟滪堆》，卷十五。

⑤《九日五首》其一，卷二十。

⑥《大云寺赞公房四首》其四，卷四。“被径”原作“径应”，据杜诗改。

⑦《陪郑广文游何将军山林十首》其二，卷二。

⑧《月三首》其二，卷十八。

⑨《奉送崔都水翁下峡》，卷十二。

⑩《遣闷奉呈严公二十韵》，卷十四。

⑪《追酬故高蜀州人日见寄》，卷二十三。“渡”，原作“度”，据杜诗改。

⑫《自京赴奉先县咏怀五百字》，卷四。

⑬《大历三年春白帝城放船出瞿唐峡久居夔府将适江陵漂泊有诗凡四十韵》，卷二十一。

⑭《论语·为政》载孔子曰：“七十而从心所欲，不逾矩。”“欲”上原有“述”字，据《论语》删。

5.“重露成涓滴，稀星乍有无”①，论者谓能穷物理之变，探造化之微。又有句云“久露晴初湿，高云薄未还”②，又“晚照斜初彻，浮云薄未归”③，虽不逮前作，然含悠扬不迫之意，他人未易及也。若“塞云多断续，边日少光辉”④，又“蜀星阴见少，江南夜闻多”⑤，则又与前所称不同也。

【校注】

①此条盖抄自范晞文《对床夜语》卷三。引诗见《倦夜》，卷十四。

②《草阁》，卷十七。

③《晚晴》，卷十五。

④《秦州杂诗二十首》其十八，卷七。

⑤《散愁二首》其一，卷九。

6. 虚活字极难下，虚死字尤不易。盖虽是死字，欲使之活，此所以为难。老杜“古墙犹竹色，虚阁自松声”①，“江山有巴蜀，栋宇自齐梁”②，“入天犹石色，穿水忽云根”③，正如浮云著风，闪烁无定，谁能迹其妙处？他如“江山且相见，戎马未安居”④，“故国犹兵马，他乡亦鼓鼙”⑤，“地偏初衣袷，山拥更登危”⑥，“诗书遂墙壁，奴仆且旌旄”⑦，皆用力于一字⑧。

【校注】

①《滕王亭子二首》其二，卷十三。

②《上兜率寺》，卷十二。“有”，原作“犹”，据杜诗改。

③《瞿塘两崖》，卷十八。

④《逢唐兴刘主簿弟》，卷十。

⑤《出郭》，卷九。

⑥《云安九日郑十八携酒陪诸公宴》，卷十四。

⑦《避地》，卷四。“诗”，原作“诎”，据杜诗改。

⑧此条盖抄自《对床夜语》卷二，文字稍异。

7. 《盐井》诗①：“自公斗三百，转致斛六千。”便见当时川中盐价与商贾所贩之息，使后世有考，真“诗史”也！

【校注】

①此条盖抄自《猗觉寮杂记》卷上。

8.“天高云去尽，江迥月来迟。衰谢多扶病，招邀屡有期。”[①]上联景，下联情；“身无却少壮，迹有但羁栖。江水流城郭，春风入鼓鼙。”[②]上联情，下联景；“水流心不竞，云在意俱迟”[③]，景中之情也；“卷帘惟白水，隐几亦青山”[④]，情中之景也；“感时花溅泪，恨别鸟惊心”[⑤]，情景相触而莫分也；“白首多年疾，秋天昨夜凉。”[⑥]“高风下木叶，永夜揽貂裘。”[⑦]一句景一句情也。固知景无情不发，情无景不生。或谓首首当如此作，则非是。如“淅淅风生砌，团团月隐墙。遥空秋雁灭，半岭暮云长。病叶多先坠，寒花只暂香。巴城添泪眼，今夕复清光。”[⑧]前六句皆景也；“清秋望不极，迢递起层阴。远水兼天净，孤城隐雾深。叶稀风更落，山迥日初沉。独鹤归何晚，昏鸦已满林。”[⑨]全篇景也。

【校注】

①《观作桥成月夜舟中有述还呈李司马》，卷十。按此条盖抄自《对床夜语》卷二，文字稍异。

②《春日梓州登楼二首》其一，卷十一。“流”，原作“满”，据杜诗改。

③《江亭》，卷十。

④《闷》，卷二十。

⑤《春望》，卷四。

⑥《潭州送韦员外迢牧韶州》，卷二十二。

⑦《江上》，卷十五。

⑧《薄游》，卷十二。

⑨《野望》，卷八。“极”，原作“尽”；“净”，原作“尽”；“迥”，原误作“回”。皆据杜诗改。

9.“无贵贱不悲，无富贫亦足。万古一骸骨，邻家递歌哭”①，又“祸首燧人氏，厉阶董狐笔。君看灯烛张，转使飞蛾密”②，达道之言也；“兵戈犹在眼，儒术岂谋身”③，“纨袴不饿死，儒冠多误身”④，又“儒术于我何有哉？孔丘盗跖俱尘埃”⑤，感愤之作也，弥复痛快。

【校注】

①《写怀二首》其一，卷二十。按：此条盖撮合《对床夜语》卷三两条而成，文有删削。

②《写怀二首》其二。

③《独酌成诗》，卷五。“兵”，原作“干”，据杜诗改。

④《奉赠韦左丞丈二十二韵》，卷一。

⑤《醉时歌》，卷三。

10. 杜诗命意用事①，旨趣深远，随口读之，往往不能晓解。如：“能画毛延寿，投壶郭舍人。每蒙天一笑，复似物皆春。政化平如水，皇恩断若神。时时用抵戏，亦未杂风尘。”②第三联意味颇与前语不相联贯，读者或以为疑。按杜之旨，本谓伎艺倡优，不应蒙人主顾眄赏接③，然使政化如水，皇恩若神，为治大要，既无所损，则时时用此辈，亦亡害也。又如：“乱后碧井废，时清瑶殿深。铜瓶未失水，百丈有哀音。侧想美人意，应悲寒甃沉。蛟龙半缺落，犹得折黄金。”④此篇盖见故井内汲者得铜瓶而作。然首句便说废井，则下文反复铺叙为难，而曲折宛转如是，他人毕一生摹写不能到也。又一篇云：“斗鸡初赐锦，舞马既登床。帘下宫人出，楼前御柳长。仙游终一閟，女乐久无香。寂寞骊山道，清秋草木黄。”⑤宋洪忠宣公在北方⑥，尝得唐人画骊山宫殿图，华清宫居山颠⑦，殿外垂帘，宫人无数，穴帘隙而窥，一时伶官戏剧，品类杂沓，皆列于下。杜一诗，盖不翅亲见之！

【校注】

①此条盖抄自洪迈《容斋三笔》卷六，文字稍异。

②《能画》，卷十七。

③“眄”，原作“盻”，据《容斋三笔》改。

④《铜瓶》，卷八。

⑤《斗鸡》，卷十七。

⑥洪皓，字光弼，卒谥忠宣，为洪迈之父。

⑦“颠”，原作“岭”，据《容斋三笔》改。

11．少陵七律起法有最奇者①，如“重阳独酌杯中酒，卧病起登江上台”一联②，以“重阳”对“独酌”，“卧病”对“起登”，又以“重阳独酌”对“卧病起登”，而意境一层深一层③，苍茫超忽，若不经意，而沉郁顿挫极矣。至于“风急天高猿啸哀”④，便是以此二句衍作一篇，亦各极其妙。

【校注】

①此条盖抄自吴文溥《南野堂笔记》卷一。

②《九日五首》其一，卷二十。“卧”，杜诗作“抱”。

③“境”，《南野堂笔记》作“思”。

④《登高》首句，卷二十。

12．王摩诘云：“九天宫殿开阊阖，万国衣冠拜冕旒。”①子美取作五字云：“阊阖开黄道，衣冠拜紫宸。”②而语益工。

【校注】

①王维《和贾舍人早朝大明宫之作》，《全唐诗》卷一百二十八，亦

见仇注卷五。按：此条盖本《韵语阳秋》卷一。

②《太岁日》，卷二十一。

13.《吹笛》起句云："吹笛秋山风月清，谁家巧作断肠声？"接云："风飘律吕相和切，月傍关山几处明？"领比分承"风""月"字，又一变体①。

【校注】

①此条本纪昀评语，参见李庆甲编《瀛奎律髓汇评》卷十二。

14.《江村》中两联，总承"事事幽"也①。宋人击节五、六，而不知前四之妙，失却自然一地步矣。

【校注】

①《江村》前六句云："清江一曲抱村流，长夏江村事事幽。自去自来梁上燕，相亲相近水中鸥。老妻画纸为棋局，稚子敲针作钓钩。"此条盖抄自毛奇龄、王锡编著的《唐七律选》，评语置于"稚子敲针"句下，引文稍有变化。

15. 右军作字①，不肯雷同，《黄庭经》《乐毅论》《东方画像赞》，亡一相肖处，笔有化工也；杜诗复然，千四百余篇中，求其词意犯复，了不可得，所以推诗中之圣。

【校注】

①晋大书法家王羲之，官至右军将军，世称王右军。按此条见沈德潜《说诗晬语》卷下。

16.《自京赴奉先》有云[①]："入门闻号咷，幼子饥已卒。吾宁舍一哀，里巷犹呜咽。所愧为人父，无食致夭折。岂知秋未登，贫窭有仓猝。"舐犊之悲流出胸臆。故《彭衙行》云："众雏烂漫睡，唤起沾盘飧。"《赴王十五会》云[②]："病身虚俊味，何幸饫儿童。"

【校注】

①此条盖抄自《对床夜语》卷三。引诗即《自京赴奉先县咏怀五百字》。"窭"，原作"窘"，据杜诗改。

②即《王十五前阁会》，卷十八。

17. 得好句易，得好联难，"池塘生春草"之类是也[①]。唐人"天势围平野，河流入断山"[②]，"朽关生湿菌，倾屋照斜阳"[③]，"风兼残雪起，河带断冰流"[④]，"兴阑啼鸟换，坐久落花多"[⑤]，"客寻朝磬至，僧背夕阳归"[⑥]，"废巢侵晓色，荒冢入锄声"[⑦]，"石梯迎雨滑，沙井落潮咸"[⑧]，"迸笋侵窗长，惊蝉出树飞"[⑨]，下句皆胜上句；老杜固不当以此论其工拙。然如"地卑荒野大，天远暮江迟"[⑩]，"乱云低薄暮，急雪舞回风"[⑪]，"深山催短景，乔木易高风"[⑫]，"岸风翻夕浪，舟雪洒寒灯"[⑬]，"风筝吹玉柱，露井冻银床"[⑭]，"薄云岩际宿，孤月浪中翻"[⑮]，"远鸥浮水静，轻燕受风斜"诸联[⑯]，皆不免此病。

【校注】

①谢灵运《登池上楼》，《先秦汉魏晋南北朝诗》宋诗卷二。按：此条盖抄自《对床夜语》卷三。

②畅当《登鹳雀楼》，《全唐诗》卷二百八十七。

③薛能《题逃户》，《全唐诗》卷五百五十八。

④于良史《冬日野望寄李赞府》，《全唐诗》卷二百七十五。

⑤王维《从岐王过杨氏别业应教》，《全唐诗》卷一百二十六。

⑥李嘉祐《蒋山开善寺》，《全唐诗》卷二百六。一作崔峒诗。

⑦曹松《送进士喻坦之游太原》，《全唐诗》卷七百十六。

⑧许浑《行次虎头岩酬寄路中丞》，《全唐诗》卷五百三十二。“滑”，原作“润”；“落”，原作“带”。皆据《全唐诗》改。

⑨姚合《杭州郡斋南亭》，《全唐诗》卷五百。

⑩《遣兴》，卷九。

⑪《对雪》，卷四。

⑫《向夕》，卷二十。

⑬《泊岳阳城下》，卷二十二。“灯”，原作“烟”，据杜诗改。

⑭《冬日洛城北谒玄元皇帝庙》，卷二。

⑮《宿江边阁》，卷十七。

⑯《春归》，卷十三。

18. 《琴台》云：“茂陵多病后，尚爱卓文君。酒肆人间世，琴台日暮云。野花留宝靥，蔓草见罗裙。归凤求皇意，寥寥不复闻。”“宝靥”“罗裙”，盖咏文君服饰，而用意亦精矣。以大家数而为此语，近于雕斫，然全篇相称，故不可及①。

【校注】

①此条见瞿佑《归田诗话》卷上。

19. 《少陵集》，清绝如“胡骑中宵堪北走，武陵一曲想南征”①；富贵如“旌旗日暖龙蛇动，宫殿风微燕雀高”②；高古如“伯仲之间见伊吕，指挥若定失萧曹”③；华丽如“落花游丝白日静，鸣鸠乳燕青春深”④；斩绝如“返照入江翻石壁，归云拥树失山村”⑤；奇怪如“石出倒听枫叶下，橹摇背指菊花开”[6]；浏亮如“楚天不断四时雨，巫峡常吹万里风”[7]；委曲如“更为后会知何地，忽漫相逢是别筵”[8]；俊逸如“短短桃花临水岸，轻轻柳絮点人衣”[9]；温润如“春水船如天上坐，老年花似雾中看”[10]；戏慨如“王侯第宅皆新主，文武衣冠异昔时”[11]；激烈如“五更鼓角声悲壮，三峡星河影动摇”[12]；萧散如“信宿渔人还泛泛，清秋燕子故飞飞”[13]；沉著如“艰难苦恨繁霜鬓，潦倒新停浊酒杯”[14]；精炼如“客子入门月皎皎，谁家捣练风凄凄”[15]；惨戚如“三年笛里关山月，万国兵前草木风”[16]；忠厚如“周宣汉武今王是，孝子忠臣后代看”[17]；神妙如“织女机丝虚夜月，石鲸鳞甲动秋风”[18]；雄壮如“扶持自是神明力，正直元因造化功”[19]；老辣如“安得仙人九节杖，拄到玉女洗头盆”[20]。正如晒衣楼头，五光十色，无所不有，洵诗中圣也[21]。

【校注】

①《吹笛》，卷十七。

②《奉和贾至舍人早朝大明宫》，卷五。

③《咏怀古迹五首》其五，卷十七。

④《题省中壁》，卷六。

⑤《返照》，卷十五。

⑥《送李十八秘书赴杜相公幕》，卷十九。“石”，原作“日”；“摇背”，原作“背摇”；“开”，原作“明”。皆据杜诗改

⑦《暮春》，卷十八。“如”，原误作“断”，今改正。“断”原作“长”；“常”，原作“血”。皆据杜诗改。

⑧《送路六侍御入朝》，卷十二。

⑨《十二月一日三首》其三，卷十四。“短短”，原作“朵朵”，据杜诗改。

⑩《小寒食舟中作》，卷二十三。

⑪《秋兴八首》其四，卷十七。“王侯第宅皆新主”，原误作“王侯皆第主新量”，据杜诗改。

⑫《阁夜》，卷十八。

⑬《秋兴八首》其三，卷十七。

⑭《登高》，卷二十。“新”，原作“真”，据杜诗改。

⑮《暮归》，卷二十二。

⑯《洗兵马》，卷六。

⑰《阁夜》，卷十八。

⑱《秋兴八首》其七，卷十七。

⑲《古柏行》，卷十五。

⑳《望岳》，卷六。“得”，原作“寻”，据杜诗改。

㉑按此条见李东阳《麓堂诗话》，文字稍异。

20. 《诸将五首》①，当合而观之，又当分而观之。一、汉朝陵墓；二、韩公三城；三、洛阳宫殿；四、扶桑铜柱；五、锦江春色，皆以地名起。一、二作对：一责代宗时御吐蕃诸将，一责肃宗初讨禄山诸将。其事相对，其诗章法、句法亦相似。三、四作对：一举内地削，以责宰相临边之将，徒烦输挽；一举远人畔，以责藩镇兼相之将，不能镇抚。其事相对，其诗章法、句法亦相似。末则另为一体。读杜诗者，以此类推，亦可想见当日炉锤之苦，所谓“晚节渐于诗律细”也②。

【校注】

①此条盖引自陈廷敬《杜律诗话》卷下，见《午亭文编》卷五十，文字稍异。

②《遣闷戏呈路十九曹长》，卷十八。

21.《竹坡诗话》①："蔡伯世作《杜少陵正异》，有可疑者，如'湖日落船明'②，以'落'为'荡'③。"今按："荡"字佳，竹坡未细参耳。使日晚泛湖，此景便见，其工正在"荡"之一字，胜"落"字远甚。此一字，不但施于湖日为精明④，其他亦工，如谢混诗"惠风荡繁囿"⑤，姚合诗"春风荡城郭"⑥，陆龟蒙诗"微雨荡春醉"⑦，用此一字，景象迥别⑧。

【校注】

①此条盖抄自《野客丛书》卷二十八。

②《送段功曹归广州》，卷十一。

③周紫芝《竹坡诗话》卷一又云："以余观之，不若'落'字为佳耳。"

④"施"，原作"敏"，据《野客丛书》改。

⑤《游西池诗》，《先秦汉魏晋南北朝诗》晋诗卷十四。"谢混"，原误作"谢泯"，据《野客丛书》改。"惠风荡繁囿"，原作"东风荡系圃"，据混诗改。

⑥《扬州春词三首》其三，《全唐诗》卷四百九十八。

⑦《奉和袭美初夏游楞伽精舍次韵》，《全唐诗》卷六百十八。

⑧"迥"字，原误作"回"，据《野客丛书》改。

22."两边山木合，终日子规啼。"①以"终日"对"两边"；"不知云雨散，虚费短长吟。"②以"短长"对"云雨"；"桑麻深雨露，燕雀半生成。"③以"生成"对"雨露"；"风物悲游子，登临忆侍郎。"④以"登临"对"风物"。句意适然，不觉其为偏枯⑤，然终不可为法。所谓"柳下惠可，吾固不可"⑥。

【校注】

①《子规》，卷十四。按：此条盖抄自《对床夜语》卷二。

②《渝州候严六侍御不到先下峡》，卷十四。

③《屏迹三首》其二，卷十。“深”，原作“生”，据杜诗改。

④《和裴迪登新津寺寄王侍御》，卷九。

⑤“觉”，原误作“览”，据《对床夜语》改。

⑥《孔子家语》卷二《好生》：“鲁人有独处室者，邻之嫠妇亦独处一室。夜，暴风雨至，嫠妇室坏，趋而托焉，鲁人闭门而不纳，嫠妇自牖与之言：‘何不仁而不纳我乎？……子何不知柳下惠然？……’鲁人曰：‘柳下惠则可，吾固不可。吾将以吾之不可学柳下惠之可。’”

23.《赠韦左丞》有“朝扣富儿门，暮随肥马尘”①，至为残杯冷炙之语；及姜少府为清觞异味，即云“新欢便饱姜侯德”②；王倚为沽酒割鲜，云“故人情义晚谁似”③。老杜岂附炎老饕如是？盖托文字游戏尔。然又不可不虑，故有“褊性合幽栖”④“独耻事干谒”之什⑤，以自见其志，亦如《示侄佐》云⑥“甚闻霜薤白，重惠意如何”，“已应春得细，颇觉寄来迟”⑦，皆戏言也。终虑痴人以梦为实，故《示侄济》云：“所来为宗族，亦不为盘飧。小人利口实，薄俗难可论。”⑧正如渊明《乞食》篇云：“饥来驱我去，不知竟何之。行行至斯里，叩门拙言辞。”⑨卑污乃尔，不肯为五斗米折腰也！

【校注】

①此条盖抄自《碧溪诗话》卷二，文字稍异。引诗即《奉赠韦左丞丈二十二韵》，卷一。

②《阌乡姜七少府设鲙戏赠长歌》，卷六。

③《病后过王倚饮赠歌》，卷三。“故”，原作“古”，据杜诗改。

④《畏人》，卷十。“褊”，原作“偏”，据杜诗改。

⑤《自京赴奉先县咏怀五百字》，卷四。“独”，原作“直”，据杜诗改。

⑥应为《佐还山后寄三首》，卷八。

⑦“舂”，原误作“春”，据杜诗改。

⑧应为《示从孙济》，卷三。

⑨“叩”，原作“敬”，据陶诗改。

24. 五言律诗贵贴妥[①]，贴妥太过则流于衰苶。苟能时时出奇，于第三字下一拗字，则贴妥中隐然有峻直之气。老杜有全篇如此者，试举其一云：“带甲满天地，胡为君远行。亲朋尽一哭，鞍马去孤城。草木岁月晚，关河霜雪清。别离已昨日，因见故人情。”[②]散句如：“乾坤万里眼，时序百年心”[③]，“梅花万里外，雪片一冬深”[④]，“一径野花落，孤村春水生”[⑤]，“虫书玉佩藓，燕舞翠帷尘”[⑥]，“村舂雨外急，邻火夜深明”[⑦]，“山县早休市，江桥春聚船”[⑧]，“老马夜知道，苍鹰饥着人”[⑨]，用实字而拗也；“行色递隐见，人烟时有无”[⑩]，“蝉声集古寺，鸟影度寒塘”[⑪]，“檐雨乱淋幔，山云低度墙”[⑫]，“飞星过水白，落月动沙虚”[⑬]，用虚字而拗也。其他变态不一。

【校注】

①此条盖抄自《对床夜语》卷二，文字稍异。

②《送远》，卷八。

③《春日江村五首》其一，卷十四。

④《寄杨五桂州谭》，卷九。“梅”，原作“杏”；“深”，原作“生”。皆据杜诗改。

⑤《遣意二首》其一，卷九。

⑥《湘夫人祠》，卷二十二。

⑦《村夜》，卷九。

⑧《倚杖》，卷十二。

⑨《观安西兵过赴关中待命二首》其一，卷六。

⑩《自阆州领妻子却赴蜀山行三首》其三，卷十三。

⑪《和裴迪登新津寺寄王侍郎》，卷九。

⑫《秦州杂诗二十首》其十七，卷七。

⑬《中宵》，卷十七。

25. 双字用于五言[①]，视七言为难，盖一联十字耳，苟轻易放过，则何取也。老杜虽不以此见工，亦每加意，观其“纳纳乾坤大，行行郡国遥”[②]，不用“纳纳”，则不足以见乾坤之大，不用“行行”，则不足以见道路之远。又“寂寂春将晚，欣欣物自私”[③]，则一气转旋之妙，万物生成之喜，尽于斯矣。至若“汀烟轻冉冉，竹日净辉辉”[④]，“湛湛长江去，冥冥细雨来”[⑤]，“野径荒荒白，春流泯泯清”[⑥]，“地晴丝冉冉，江白草纤纤”[⑦]，“急急能鸣雁，轻轻不下鸥”[⑧]，“檐影微微落，津流脉脉斜”[⑨]，“相逢虽衮衮，告别莫匆匆”等[⑩]，俱不泛。

【校注】

①此条盖抄自《对床夜语》卷二。

②《野望》，卷二十二。

③《江亭》，卷十。

④《寒食》，卷十。

⑤《梅雨》，卷九。

⑥《漫成二首》其一，卷十。

⑦《绝句六首》其五，卷十三。“白”，原作“碧”，据杜诗改。

⑧《白帝城楼》，卷二十一。

⑨《遣意二首》其二，卷九。

⑩《酬孟云卿》，卷六。

26. 诗以虚含两意见妙[①]，《秦州杂诗》“水落鱼龙夜，山空鸟鼠秋”两句[②]，夜则水落鱼龙，秋则山空鸟鼠，此一说也；鱼龙之夜故闻水落，鸟鼠之秋故见山空，又一说也。《秋兴》诗：“丛菊两开他日泪，孤舟一系故园心。”[③]居夔而园菊两度开花，则羁旅之泪非一日矣，又见一孤舟系岸而动归心，此一说也；观花发而伤心，则他日之泪乃菊花所开，见孤舟而思归，则故园之心为舟所系，又一说也。盖二意归于一意，而著语以虚涵取巧，诗家法也。

【校注】

①此条本李光地说，而抄自梁章钜《浪迹丛谈》卷十。

②《秦州杂诗二十首》其一，卷七。

③《秋兴八首》其一，卷十七。

27. 能学杜者[①]，无过于李义山。而义山诗中，又以“永忆江湖归白发，欲回天地入扁舟”二语[②]，为最似杜，言已长忆江湖以归老，但志犹欲斡回天地[③]，然后散发扁舟耳。杜《寄章十侍御》云“指挥能事回天地”[④]，此义山“回天地”三字所自来。

【校注】

①此条本李光地说，而抄自《浪迹丛谈》卷十。

②《安定城楼》，《全唐诗》卷五百四十。

③“斡”，原误作“幹”，今改正。

④即《奉寄章十侍御》，卷十三。

28. 《望岳》起句“夫如何”三字①，乃是从下句倒卷而出，齐鲁二邦不为小矣，顾不解其何以青犹未了也？晋人望岳诗云：“气象尔何物？”②亦作讶而问之之词，非到其境者不知也。今人误解作空喝起下之词，乖其义矣。又一旧本作“岱宗大如何”，“大如何”与“青未了”，字既偶对，意亦相生，气象更为雄壮，较“夫如何”为胜。

【校注】

①此条本翁方纲说，而抄自《浪迹丛谈》卷十。

②指谢道韫《泰山吟》，《先秦汉魏晋南北朝诗》晋诗卷十三。

29. “今代麒麟阁，何人第一功？君王自神武，驾驭必英雄。”①气象凌厉，可为后学入手门径。“自”字乃自身之“自”，非自然、自是之“自”。“紫燕自超诣”句同②。钱箨石必以“麒麟”与“第一”为对偶③，恐与诗律无关。

【校注】

①此条本翁方纲说，而抄自《浪迹丛谈》卷十。引诗见《投赠哥舒开府翰二十韵》，卷三。

②《夜听许十一诵诗爱而有作》，卷三。

③清人钱载，字坤一，号箨石，又号瓠尊，晚号万松居士。

30. “风帘自上钩”①，“自”字亦独自之“自”也。江楼对酒，忽见月吐，径自起帘钩纳之，其旁无侍媵可知，“自”字正对末句“寡”字也。且此字露出自身，方与末句酌酒相贯，与五六句“鹤发”“貂裘”相接。此论向无拈出者。

【校注】

①此条本翁方纲说，而抄自《浪迹丛谈》卷十。引诗见《月》（“四更山吐月”首），卷十七。

31.《咏桃树》一首①，乃拈一物以慨时事尔②。中四句乃指往时言之，“旧”字、“非”字正相呼吸，“正”字即首句“不斜”之注脚，回忆小径不斜、五桃遮门之月，乃天下车书一家之日，非今作诗之寡妻群盗日也。盖少陵之室门内五桃，原不禁人摘食③，今当乱后，家自为计，人自为谋，不免为篱垣以掩蔽之，因此入门之径不得不迂就斜曲以升堂矣。回思昔日直入门，直升堂，入门即见桃树，堂室不妨其遮，秋则食实，春又开花，不但人我同此食实、看花之境，且鸟雀亦同此飞翔栖止之常，即一居室而胞与无私之景象，蔼然在目，远想此正天下一家之日，非今寡妻群盗之日也。就此一物，而俯仰今昔所感④，所该非一事也。

【校注】

①即《题桃树》，卷十三。按此条本翁方纲说，而抄自《浪迹丛谈》卷十。

②“拈”，原误作“沾”，据《浪迹丛谈》改。

③“摘”，原误作“撮”，据《浪迹丛谈》改。

④“仰”，原误作“印”，据《浪迹丛谈》改。

32.《岳阳楼》诗云①：“昔闻洞庭水，今上岳阳楼。”两扇破题；“吴楚东南拆”，岳阳形胜也，“乾坤日夜浮”，洞庭气象也，混茫包举，以下更无从措手矣②；忽接“亲朋无一字”，则因登高望远而思家，“老病有孤舟”，仍在洞庭湖畔也；又接“戎马关山北”，则因身废时危而忧国，“凭轩涕泗流”，仍在岳阳楼中也。此等开合排奡，掷之万里之外，收之指掌之间，乃是杜公所独。结构用意，还是一层深一层。

【校注】

①此条抄自吴文溥《南野堂笔记》卷一，引诗即《登岳阳楼》，卷二十二。

②“措”，原误作“指”，据《南野堂笔记》改。

33.《丹青引赠曹将军霸》云①：“先帝天马玉花骢，画工如山貌不同。是日牵来赤墀下，迥立阊阖生长风。诏谓将军拂绢素，意匠惨淡经营中②。斯须九重真龙出，一洗万古凡马空。玉花却在御榻上，榻上庭前屹相向。至尊含笑催赐金，圉人太仆皆惆怅。”读者或不晓其旨，以为画马微真③，圉人太仆所为不乐，是不然。圉人太仆，盖牧养官曹及御者，而黄金之赐乃画史得之，是以惆怅。杜公之意深矣。又《观曹将军画马图》云④：“曾貌先帝照夜白，龙池十日飞霹雳。内府殷红玛瑙盘，婕妤传诏才人索。”亦此意也⑤。

【校注】

①此条盖抄自《容斋续笔》卷三，文字稍有出入。

②“淡”，原误作“谈”，据杜诗改。

③“微”，《容斋续笔》作“夺”。

④即《韦讽录事宅观曹将军画马图歌》，卷十三。

⑤“亦”，原作“无”，据《容斋续笔》改。

34.“寄书问三川，不知家在否？比闻同罹祸，杀戮到鸡狗。”“几人全性命，尽室岂相偶。”“自寄一封书，今已十月后。反畏消息来，寸心亦何有？”①乱离之后，杀戮殆尽，其能全家生免者几希矣，故反畏其消息之回。《忆昔》云：“洛阳宫殿烧焚尽，宗庙新除狐兔穴。伤心不忍问耆旧，复恐初从乱离说。”②亦虑其动怀旧之悲也。

【校注】

①此条盖抄自《对床夜语》卷三。引诗皆见《述怀》，卷五。

②《忆昔二首》其二，卷十三。

35. 柳柳州“西岑极远目，毫末皆可了”①，老杜有“齐鲁青未了”②。刘梦得有“一方明月可中庭”③，老杜有“清池可方舟”④。退之“绿净不可唾”⑤，老杜有“自为青城客，不唾青城地”⑥。乃知老杜无所不可。

【校注】

①此条盖抄自《对床夜语》卷三。引诗见柳宗元《与崔策登西山》，《全唐诗》卷三百五十二。“远目”，原作“目远”，据《全唐诗》改。

②《望岳》，卷一。

③刘禹锡《生公讲堂》，《全唐诗》卷三百六十五。

④《发秦州》，卷八。

⑤韩愈《合江亭》，《全唐诗》卷三百三十七。

⑥《丈人山》，卷十。

36. 杜陵《兵车行》，历叙从军之苦，何等凄戚。至《出塞》五首①，则慷慨悲壮，令人作慨然投笔之想。诗圣腕下正复何所不有，不仅“冬热鸳鸯病”之句②，逼似晚唐体格也。

【校注】

①指《后出塞五首》，卷四。

②《又雪》，卷十四。“冬热”，原作“春暖”，据杜诗改。

37. “无边落木萧萧下，不尽长江滚滚来。万里悲秋长作客，百年多病独登台。”①景是何等景！事是何等事！宋人乃以《九日蓝田崔氏庄》为律诗绝唱，何也？②

【校注】

①《登高》，卷二十。“木”，原作“叶”，据杜诗改。

②此条见李东阳《麓堂诗话》。

38. 老杜诗，如“鱼吹细浪摇歌扇，燕蹴飞花落舞筵”①，“自去自来堂上燕，相亲相近水中鸥”②，“林花著雨胭脂落，水荇牵风翠带长”③，“风含翠篠娟娟静，雨浥红蕖冉冉香”④，工丽绝伦，学者能学此等句，未足为雄。扑枣诗云：“不为穷困宁有此，只缘恐惧转须亲。”⑤忆梅诗云：“幸不折来伤岁暮，若为看去乱乡愁。”⑥春菜诗云：“巫峡寒江那对眼，杜陵远客不胜悲。”⑦送僧诗云：“念我能画数字至，将诗不必万人传。”⑧此等句不工不丽，瘦硬枯劲，一斡万钧⑨，宋人中山谷、后山、简斋得此活法⑩。

【校注】

①《城西陂泛舟》，卷三。此条出自方回《读张功父南湖集》诗序，见《桐江续集》卷八，文字稍异。

②《江村》，卷九。

③《曲江对雨》，卷六。

④《狂夫》，卷九。“浥”，原作“挹”，据杜诗改。

⑤《又呈吴郎》，卷二十。

⑥《和裴迪登蜀州东亭送客逢早梅相忆见寄》，卷九。

⑦《立春》，卷十八。“远客”，原作“野老”，据杜诗改。

⑧《公安送韦二少府匡赞》，卷二十二。

⑨“斡”，原误作“幹”，据《桐江续集》改。

⑩陈与义，号简斋。

39.《缚鸡行》云①：“小奴缚鸡向市卖，鸡被缚急相喧争。家中厌鸡食虫蚁，不知鸡卖还遭烹。虫鸡于人何厚薄，吾叱奴人解其缚②。鸡虫得失无了时，注目寒江倚山阁。”此诗自是一段好议论，至结句之妙，非他人所能跂及也。宋李德远尝拟其意③，赋《东西船行》云：“东船得风帆席高，千里瞬息轻鸿毛。西船见笑苦迟钝，汗流撑折百张篙。明日风翻波浪异，西笑东船却如此。东西相笑无已时，我但行藏任天理。”语意绝工，几于得夺胎法，但“行藏任理”与“注目寒江”之句，终不可同日而语耳。

【校注】

①此条盖抄自《容斋三笔》卷五，文字稍异。

②“人”，原作“儿”，据杜诗改。

③“宋”，《容斋三笔》作“予友”。李浩，字德远，一字直夫，号橘园，宋临川人。《东西船行》亦见《宋诗纪事》卷四十七引《合璧事类外集》。

40.“仰看明星当空大”①，“无处告诉只颠狂”②，“但使残年饱吃饭”③，“案头干死读书萤”④，“恰似春风相欺得”⑤，“更接飞虫打着人”⑥，“堂上不合生枫树”⑦，“不分桃花红似锦”⑧，“惜君只欲苦死留”⑨，“数日不可更禁当”⑩，皆化俗为正，灵丹点铁矣。又“王孙若个边”⑪，“若个”犹“那个”；“遮莫邻鸡下五更”⑫，“遮莫”犹“尽教”；若“耶娘妻子走相送”⑬，则本《木兰诗》“不闻耶娘唤女声”⑭；又“昏黑应须到上头”，乃是常琮全语⑮。

【校注】

①《夜归》，卷二十一，按：此条盖抄自《对床夜语》卷二。

②《江畔独步寻花七绝句》其一，卷十。

③《病后过王倚饮赠歌》，卷三。

④《题郑十八著作丈故居》，卷六。

⑤《绝句漫兴九首》其二，卷九。"恰"，原作"却"，据杜诗改。

⑥同上其三。

⑦《奉先刘少府新画山水障歌》，卷四。

⑧《送路六侍御入朝》，卷十二。

⑨《送孔巢父谢病归游江东兼呈李白》，卷一。

⑩《春水生二绝句》其二，卷十。

⑪《哭李尚书》，卷二十二。

⑫《书堂饮既夜复邀李尚书下马月下赋绝句》，卷二十一。"下"，原作"报"，据杜诗改。

⑬《兵车行》，卷二。

⑭"唤女"，原作"哭子"，据《木兰诗》改，见《先秦汉魏晋南北朝诗》梁诗卷二十九。

⑮《涪城县香积寺官阁》，卷十二。《分门集注杜工部诗》卷八引伪苏注曰："常琮侍炀帝游宝山，帝曰：'几时到上方？'琮曰：'昏暗应须到上头。'左右失笑，帝曰：'淳古君子也。'"徐居仁编《集千家注分类杜工部诗》卷九同。《升庵诗话》卷六《东阁官梅》条云："伪苏注中，如谓'不分桃花红胜锦'为李夫人之语……皆架空妄说，如盲人风汉之言，然犹借古人名也。……又'昏黑应须到上头'为隋常琮语，并人名亦杜撰之。"而吕祖谦《诗律武库》卷十、焦竑《焦氏笔乘》卷四《诗用成语》条，则仍信伪苏注。

41．“汲黯匡君切，廉颇出将频。直辞才不世，雄略动如神。”① 以下联贴上联也。“神女峰娟妙，昭君宅有无。曲留明怨惜，梦尽失欢娱。”②犹前格也，特倒置下句耳。若：“群盗哀王粲，中年召贾生。登楼初有作，前席竟为荣。宅入先贤传，才高处士名。异时怀二子，春日复含情。”③未见其全篇如此，又一格也。

【校注】

①《奉和严中丞西城晚眺十韵》，卷十一。按：此条盖抄自《对床夜语》卷二。

②《大历三年春白帝城放船……四十韵》，卷二十一。“怨惜”，原作“妃怨”，据杜诗改。

③《春日江村五首》其五，卷十四。

42．数物以“个”①，谓食曰“吃”，甚近鄙俗，独老杜屡用之。如“峡口惊猿闻一个”②，“两个黄鹂鸣翠柳”，“却绕井栏添个个”。《送李校书》云：“临歧意颇切，对酒不能吃。”“楼头吃酒楼下卧”，“但使残年饱吃饭”，“梅熟许同朱老吃”，盖篇中大抵奇特，可以映带者也。东坡云：“笔工效诸葛散卓，反不如常笔。正如人学老杜诗，但见其粗俗耳。”③

【校注】

①此条盖抄自《砻溪诗话》卷七，文字微异。参见《杜工部草堂诗话》卷一第 55 条。

②《夜归》，卷二十一。“猿”，原作“蝯”，据杜诗改。

③见《东坡题跋》卷五，文有删节。散卓为笔之一种。诸葛高，宋宣城人，其家世代长于制笔，高造鼠须散卓及长心笔尤佳，梅尧臣、黄庭坚有诗咏之。

43. 律诗用“自”字①、“相”字、“共”字、“独”字、“谁”字之类，皆是实字，及彼我所称②，当以为对，故老杜未尝不然。今略纪其句：“径石相萦带，川云自去留”③，“山花相映发，水鸟自孤飞”④，“衰颜聊自哂，小吏最相轻”⑤，“高城秋自落，杂树晚相迷”⑥，“百鸟各相命，孤云无自心”⑦，“胜地初相引，徐行得自娱”⑧，“云里相呼疾，沙边自宿稀”⑨，“暗飞萤自照，水宿鸟相呼”⑩，“猿挂时相学，鸥行炯自如”⑪，“自吟诗送老，相劝酒开颜”⑫，“俱飞蛱蝶元相逐，并蒂芙蓉本自双”⑬，“自去自来堂上燕，相亲相近水中鸥”⑭，“此时对雪遥相忆，送客逢春可自由”⑮，“梅花欲开不自觉，棣萼一别永相望”⑯，“桃花气暖眼自醉，春渚日落梦相牵”⑰，皆以“自”字对“相”字也。“自须开竹径，谁道避云萝”⑱，“自笑灯前舞，谁怜醉后歌”⑲，“死去凭谁报？归来始自怜”⑳，“哀歌时自短，醉舞为谁醒？”㉑“离别人谁在？经过老自休”㉒，“永夜角声悲自语，中天月色好谁看？”㉓此以“自”字对“谁”字也。“野人时独往，云木晓相参”㉔，“正月蜂相见，非时鸟共闻”㉕，“江上形容吾独老，天涯风俗自相亲”㉖，“纵饮久判人共弃，懒朝真与世相违”㉗，“此日此时人共得，一谈一笑俗相看”㉘，此以“共”字、“独”字对“相”字也。

【校注】

①此条抄自《容斋续笔》卷五，文字微异。

②“彼”，原作“被”，据《容斋续笔》改。

③《游修觉寺》，卷九。

④《送何侍御归朝》，卷十二。

⑤《久客》，卷二十二。

⑥《晚秋陪严郑公摩诃池泛舟》，卷十四。

⑦《西阁二首》其一，卷十七。

⑧《陪李金吾花下饮》，卷三。

⑨《归雁二首》其一，卷二十三。

⑩《倦夜》，卷十四。

⑪《瀼西寒望》，卷十八。“时”，原作“自”，据杜诗改。

⑫《宴王使君宅题二首》其二，卷二十二。

⑬《进艇》，卷十。

⑭《江村》，卷九。

⑮《和裴迪登蜀州东亭送客逢早梅相忆见寄》，卷九。“雪”，原作“客”，据杜诗改。

⑯《至后》，卷十四。

⑰《昼梦》，卷十八。

⑱《秋日寄题郑监湖上亭三首》其二，卷二十。

⑲《陪郑广文游何将军山林十首》其十，卷二。“歌”，原作“花”，据杜诗改。

⑳《自京窜至凤翔喜达行在所三首》其三，卷五。

㉑《暮春题瀼西新赁草屋五首》其三，卷十八。

㉒《怀灞上游》，卷十八。

㉓《宿府》，卷十四。

㉔《朝二首》其一，卷二十。

㉕《南楚》，卷十四。“蜂”，原作“莺”，据杜诗改。

㉖《冬至》，卷二十一。“自”，原作“病”，据杜诗改。

㉗《曲江对酒》，卷六。

㉘《人日二首》其二，卷二十一。

44. “夜凉吹笛千山月①，路暗迷人百种花。棋罢不知人换世，酒阑无奈客思家。”此欧阳永叔绝妙之语。然以四句各一事，不相贯串，故名之曰《梦中作》。老杜近体律诗，精深妥贴，虽多至百韵，亦首尾相应，如常山之蛇，亡间断龃龉处。而绝句乃或不然。五言如："迟日江山丽，春风花草香。泥融飞燕子，沙暖睡鸳鸯。"②"急雨捎溪足，斜辉转树腰。隔巢黄鸟并，翻藻白鱼跳。"③"江动月移石，溪虚云傍花。鸟栖知故道，帆过宿谁家。"④"凿井交棕叶，开渠断竹根。扁舟轻袅缆，小径曲通村。"⑤"日出篱东水，云生舍北泥。竹高鸣翡翠，沙僻舞鹍鸡。"⑥"钓艇收缗尽，昏鸦接翅稀。月生初学扇，云细不成衣。"⑦"舍下笋穿壁，庭中藤刺檐。地晴丝冉冉，江白草纤纤。"⑧七言如："糁径杨花铺白毡，点溪荷叶叠青钱。笋根稚子无人见，沙上凫雏傍母眠。"⑨"两个黄鹂鸣翠柳，一行白鹭上青天。窗含西岭千秋雪，门泊东吴万里船"之类⑩，是也。尝以洪容斋《唐人万首绝句》考之⑪，但有司空表圣《杂题》云："驿步堤萦阁，军城鼓振桥。鸥和湖雁下，雪隔岭梅飘。"⑫"舴艋猿偷上，蜻蜓燕竞飞。樵香烧桂子，苔湿挂莎衣。"⑬二篇而已。

【校注】

①此条盖抄自《容斋五笔》卷十，文有删改。

②《绝句二首》其一，卷十三。

③《绝句六首》其四，卷十三。"捎"，原作"梢"，据杜诗改。

④同上其六。

⑤同上其三。"扁"，原作"扃"，据杜诗改。

⑥同上其一。

⑦《复愁十二首》其二，卷二十。

⑧《绝句六首》其五，卷十三。

⑨《绝句漫兴九首》其七，卷九。

⑩《绝句四首》其三，卷十三。

⑪此句，《容斋五笔》作“予因其说，以唐人万绝句考之”。

⑫司空图《杂题九首》其六，《全唐诗》卷六百三十二。

⑬同上其八。

45. 《宾至》云①：“幽栖地僻经过少，老病人扶再拜难。岂有文章惊海内，漫劳车马驻江干。竟日淹留佳客坐，百年粗粝腐儒餐。不嫌野外无供给，乘兴还来看药栏。”八句俱作告客语，又是一格，一气如话，倍如隽永②。

【校注】

①诗题一作《有客》，卷九。

②“如”，疑当作“加”。

46. 《寄岑参》云①：“沉吟坐秋轩，饭食错昏昼。”谓怀人之深，至忘昏昼也。《夔府咏怀》云②：“奴仆知何礼，恩荣错与权。”谓小人之谮，不可假借也。《至日》云③：“何人错忆穷愁日，愁日愁随一线长。”《堂成》：“旁人错比扬雄宅，懒惰无心作《解嘲》。”《呀鹘》云④：“清秋落日已侧身，过雁归鸦错回首。”他如“尚错雄鸣管”⑤“错挥铁如意”⑥，及“仰面贪看鸟，回头错应人”⑦，“江边老翁错料事，眼暗不见风尘清”⑧。虽出一手而用之，工拙亦甚易辨。

【校注】

①即《九日寄岑参》，卷三。按：此条盖抄自《对床夜语》卷三。

②即《秋日夔府咏怀奉寄郑监李宾客一百韵》，卷十九。

③即《至日遣兴奉寄北省旧阁老两院故人二首》其一，卷六。

④即《呀鹘行》，卷二十二。

⑤《风疾舟中伏枕书怀三十六韵奉呈湖南亲友》，卷二十三。

⑥《奉送魏六丈佑少府之交广》，卷二十三。“错”，原作“指”，据杜诗改。

⑦《漫成二首》其二，卷十。“仰面”，原作“举目”，据杜诗改。

⑧《释闷》，卷十二。

47. 阮嗣宗《咏怀》云：“开轩临四野，登高望所思。丘墓蔽山冈，万代同一时。千秋万岁后，荣名安所之？”①可谓混贵贱之殊，尽生死之变。老杜云：“王侯与蝼蚁，同尽随丘墟。”②则简而妙矣。又刘越石《答卢谌》云：“何以赠子，竭心公朝。”③老杜送严武云：“公若登台辅，临危莫爱身。”④鲍照《东武吟》云：“将军既下世，部曲亦罕存。”⑤杜《哭严仆射》云：“素幔随流水，归舟返旧京。老亲如宿昔，部曲异平生。”⑥善用古者，固自不同，若“丈人试静听，贱子请具陈”⑦，则又用鲍明远“主人且勿喧，贱子歌一言”之句⑧；又“身轻一鸟过”⑨，亦用张景阳诗，张诗云：“人生瀛海内，忽如鸟过目。”⑩

【校注】

①此条盖引自《对床夜语》卷五。阮籍，字嗣宗。引诗见《咏怀诗八十二首》其十五，《先秦汉魏晋南北朝诗》魏诗卷十。

②《谒文公上方》，卷十一。

③晋刘琨，字越石。琨诗见《先秦汉魏晋南北朝诗》晋诗卷十一。

④《奉寄严公入朝十韵》，卷十一。“临”，原作“望”，据杜诗改。

⑤、⑧即《代东武吟》，《先秦汉魏晋南北朝诗》宋诗卷七。

⑥《哭严仆射归榇》，卷十四。

⑦《奉赠韦左丞丈二十二韵》，卷一。

⑨《送蔡希鲁都尉还陇右因寄高三十五书记》，卷三。

⑩晋张协，字景阳。引诗见《杂诗十首》其二，《先秦汉魏晋南北朝诗》晋诗卷七。“目”，原作“日”，据张诗改。

48. 唐以前未见题画诗①，开此体者，老杜也。其法全在不粘画上发论。如题画马、画鹰，必说到真马、真鹰，复从真马、真鹰开出议论，后人可以为法。又如题画山水，有地名可按者，必写出登临凭吊之意。题画人物，有事实可拈者，必发出知人论世之意。本老杜法推广之，才是作家。

【校注】

①此条见沈德潜《说诗晬语》卷下，冒春荣《葚原诗说》卷二全录之。

49. “杜《八哀诗》，钝滞冗长，绝少剪裁①，而前人多推之，崔鹟至谓‘可表里雅、颂’，过矣！试撮其累句，如《汝阳王》云：‘爱其谨洁极’，‘上又回翠麟’②，‘天笑不为新’，‘手自与金银’，‘匪惟帝老大，皆是王忠勤’。《李邕》云：‘眄睐已皆虚③，跋涉曾不泥’，‘众归赒给美，摆落多藏秽’，‘是非张相国，相扼一危脆’。《苏源明》云：‘秘书茂松意’，‘溟涨本末浅’。《郑虔》云：‘地崇士大夫，况乃气精爽’，‘方朔谐太枉’，‘寡鹤误一响’。《张公九龄》云：‘骨惊畏曩哲，鬒变负人境’，‘讽咏在务屏’，‘用才文章境’，‘散帙起翠螭’，‘未缺只字警’云云，率不可晓。披沙拣金④，慧眼自能辨之。”此渔洋山人《居易录》中语也。《后村诗话》亦云：“《郑虔》诸篇，每多芜词累句，或为韵拘，殊欠条鬯，不如《饮中八仙》之警策。盖《八仙歌》每人止三两句，《八哀诗》或累押二三十韵，以此知繁不如简，大手笔亦然。”⑤又云：“《八哀诗》，崔德符以为‘表里雅、颂，中古作者莫及’。韩子苍谓其‘笔力变化，与太史公诸赞方驾’。惟叶石林谓：'长篇最难，魏、晋以前，不过十韵，常使人以意逆志，初不以叙事倾倒为工。此八篇本非集中高作，而世多尊称不敢议，其病盖伤于多。如《李北海》《苏源明》篇中多累句，刮去其半方善。'石林之评累句之病，为长篇者不可不知。"⑥皆精确。

【校注】

①此条盖抄自翁方纲《石洲诗话》卷六《渔洋评杜摘记》，文字稍异。"剪"，原作"翻"，据《石洲诗话》改。

②"回"，原作"向"，据杜诗改。

③"眄"，原作"盻"，据杜诗改。

④"拣"，原作"谏"，据《居易录》改。

⑤《后村先生大全集》卷一百八十二《诗话》新集，文字稍异。"笔"，原作"毕"，据《后村大全集》改。

⑥《后村先生大全集》卷一百七十六《诗话》后集，文有删节。所引崔鶠（德符）、韩驹（子苍）语，可参看《杜工部草堂诗话》卷一第30条。所引叶梦得（石林）语，见《石林诗话》卷上。"以意逆志"，原无"以"字，据《石林诗话》《后村大全集》补。"倾倒"，《石林诗话》作"倾尽"。

50. 清叶燮《原诗》曾摘杜诗疵累数十条①，如"参军旧紫髯"②，有髯参军，无紫髯参军；"不见杏坛丈"③，谓函丈邪？谓孔子耶？"冯招疾病缠"④，用左思"冯公岂不伟？白首不见招"⑤，而曰"冯招"，可乎？"投阁为刘歆"⑥，投阁非刘歆事。余如郭元振，而但曰"郭振起通泉"⑦；博望苑，而但曰"名参汉望苑"⑧，亦属不辞。诸如此类，恐杜老复生不能解也。又汪师韩《诗学纂闻》亦撮记数十条⑨，如"更寻嘉树传"⑩，"传"字凑；"长怀十九泉"⑪，仇池有泉九十九眼，删去八十；"依旧已衔泥"⑫，"依旧"即"已"也；"年少今开万卷余"⑬，

“开”“余”不贯；“发日排南喜，伤神散北吁”⑭，“南喜”“北吁”不成语。其说亦是。至“不见夏殷衰，中自诛褒妲”⑮，恐老杜非不能改“夏殷”为“殷周”者，古自有此互文法尔。

【校注】

①叶燮，字星期，号己畦，时称横山先生，清初人。其说见所著《原诗》卷三《外篇上》。

②《送张十二参军赴蜀州因呈杨五侍御》，卷三。

③《八哀诗·故著作郎贬台州司户荥阳郑公虔》，卷十六。

④《哭韦大夫之晋》，卷二十二。

⑤《咏史诗八首》其二，《先秦汉魏晋南北朝诗》晋诗卷七。

⑥《风疾舟中伏枕书怀三十六韵奉呈湖南亲友》，卷二十三。

⑦《陈拾遗故宅》，卷十一。

⑧《寄李十四员外布十二韵》，卷十三。

⑨汪师韩，字杼怀，号韩门，又号上湖，清人。其说见所著《诗学纂闻·杜诗字句之疵》条。

⑩《冬日有怀李白》，卷一。

⑪《秦州杂诗二十首》其十四，卷七。

⑫《春日梓州登楼二首》其一，卷十一。

⑬《题柏学士茅屋》，卷二十一。

⑭《续得观书迎就当阳居止正月中旬定出三峡》，卷二十一。

⑮《北征》，卷五。

51. 王贻上评杜云①：《赠李白》诗，语气不甚楚楚。《醉时歌》不甚健，结句似律，“相如”二句应芟。《同诸公登慈恩寺塔》，五句“方知”二字，与“旷士”二句不相叶，末八句四截不相续。《饮中八仙歌》，无首无尾，章法突兀，然非杜之至者，“左相日兴费万钱”，不成句。《渼陂西南台》，“错磨终南翠”二句，刻划；“柱史晨征憩”，趁韵；“后汉更列帝”，唐虽遭乱，然非灭而更兴，不得以后汉为比②。《玉华宫》，后四句已成弩末，删去更警；“暝色无人独归客”③，不如“暝色带远客”④；“树羽静千里”⑤，老杜频用“树羽”字，皆未妥。《奉酬薛十二丈判官见赠》，“卓氏近新寡”一段，不伦不理，无端之甚；“空中右白虎”二句如呓语，“襄王薄行迹”已下，亦不伦。《上水遣怀》，“回斡明授受”已下五字已足⑥，不必下四句；“屏开金孔雀”⑦，俗；“香炉晓势分”⑧，无味；“利涉想蟠桃”⑨，太远无涉；“红绽雨肥梅”⑩，亦俗；“金错囊从罄，银壶酒易赊”⑪，既云“囊罄”，不宜有“银壶”。王说虽未免有吹毛处，要亦不必为杜公讳。惟末条云云，今试进一解曰：银壶赊酒，故云囊罄尔。不知渔洋以为何如？堪一笑也。

【校注】

①以下王士禛评语，见《带经堂诗话》卷三十《评杜类》，但不全是士禛评语。对此，翁方纲《石洲诗话》卷六《渔洋评杜摘记》考辨甚详，可参看。

②《送樊二十三侍御赴汉中判官》，卷五。

③《光禄坂行》，卷十一。

④《石柜阁》，卷九。

⑤《山寺》（“野寺根石壁”首），卷十二。

⑥“回斡明授受”，原误作“回斡明受授”，据杜诗改。

⑦《李监宅二首》其一，卷一。

⑧《假山》，卷一。

⑨《临邑舍弟书至苦雨……》，卷一。

⑩《陪郑广文游何将军山林十首》其五，卷二。

⑪《对雪》，卷二十三。

52. 杜诗别于诸家[①]，在包络一切，其时露败缺处，正是无所不有处。评释家必代为词说，或周遮征引以斡旋之，甚有以时文法曲加解释，斤斤于提伏串插间者，浣花翁有知，定以藤条餉之。

【校注】

①此条见沈德潜《说诗晬语》卷下。

续杜工部诗话卷下

53. 老杜时以颜色字置句首[①]，却引实字来，如“红入桃花嫩，青归柳叶新”是也[②]；不如是，则句弱而气馁。他如“青惜峰峦过，黄知橘柚来”[③]，“碧知湖外草，红见海东云”[④]，“绿垂风折笋，红绽雨肥梅”[⑤]，“红浸珊瑚短，青悬薜荔长”[⑥]，“翠深开断壁，红远结飞楼”[⑦]，“翠干危栈竹，红腻小湖莲”[⑧]，“紫收岷岭芋，白种陆池莲”[⑨]，皆如前体。若“白摧朽骨龙虎死，黑入太阴雷雨垂”[⑩]，益壮而险矣。

【校注】

①此条盖引自《对床夜语》卷三，文字稍异。

②《奉酬李都督表丈早春作》，卷九。

③《放船》，卷十二。

④《晴二首》其一，卷十五。

⑤《陪郑广文游何将军山林十首》其五，卷二。

⑥《观李固请司马弟山水图三首》其三，卷十四。

⑦《晓望白帝城盐山》，卷十五。

⑧《寄岳州贾司马六丈巴州严八使君两阁老五十韵》，卷八。

⑨《秋日夔府咏怀奉寄郑监李宾客一百韵》，卷十九。“芋”，原作“树”；“陆”，原作“绿”。皆据杜诗改。

⑩《戏为韦偃双松图歌》，卷九。

54. “冬温蚊蚋在，人远凫鸭乱”①，诗意谓冬之温尚有蚊蚋，因人之远，故凫鸭得恣其乱，有所寓也。宋韩子苍谓人远如凫鸭之乱，恐非公意。况此十字，正是五言句法②。

【校注】

①《通泉驿南去通泉县十五里山水作》，卷十一。

②此条盖抄自《对床夜语》卷三，文字微异。

55. 杜集及马与鹰甚多①，亦屡以属对，如“老骥似知道，苍鹰饥易驯”②，“老骥思千里，饥鹰待一呼”③，“老马夜知道，苍鹰饥著人”④，“骥病思偏秣，鹰愁怕苦笼”⑤，“放蹄知赤骥，捩翅服苍鹰”⑥，“老骥倦骧首，饥鹰愁易驯”⑦，《骢马行》云“吾闻良骥老始成，此马数年人更惊”。又“不比俗马空多肉”⑧，“一洗万古凡马空”⑨，《杨监出画鹰》云：“干戈少暇日，真骨老崖嶂。为君除狡兔，会是翻鞲上。”⑩《王兵马使二角鹰》云：“安得尔辈开其群，驱出六合枭鸾分。”《画鹰》云：“何当击凡鸟，毛血洒平芜。”余尚多有之。

【校注】

①此条盖抄自《砻溪诗话》卷二。

②今传杜诗无此二句。“似”，《砻溪诗话》作“倦”。

③《赠韦左丞丈济》，卷一。

④《观安西兵过赴关中待命二首》其一，卷六。“夜”，原作“倦”，据杜诗改。

⑤《敬简王明府》，卷十。“秣”，原作“株”，据杜诗改。

⑥《寄刘峡州伯华使君四十韵》，卷十九。

⑦《赠别贺兰铦》，卷十二。

⑧《李鄠县丈人胡马行》，卷六。

⑨《丹青引》，卷十三。

⑩即《杨监又出画鹰十扇》，卷十五。“是”，原作“见”，据杜诗改。

56. 杜集多用经书语①，如“车辚辚，马萧萧”②，未尝外入一字。如“天属尊《尧典》，神功协《禹谟》”③，“卿月升金掌，王春度玉墀”④，“雺潭鳣发发，春草鹿呦呦”⑤，皆浑然严重，法度森锵，后世诗人鲜敢用者。

【校注】

①此条抄自《碧溪诗话》卷七，文有删节。

②《兵车行》，卷二。

③《行次昭陵》，卷五。

④《暮春江陵送马大卿公恩命追赴阙下》，卷二十一。“升”，原作“生”，据杜诗改。

⑤《题张氏隐居二首》其二，卷一。

57. 杜诗有用一字凡十数处不易者①，如“缘江路熟俯青郊”②，“傲睨俯峭壁”③，“展席俯长流”④，“杖藜俯沙渚”⑤，“此邦俯要冲”⑥，“四顾俯层颠”⑦，“旄头俯涧瀍”⑧，“层台俯风渚”⑨，“游目俯大江”⑩，“江槛俯鸳鸯”⑪。其余一字屡用如此类者甚多。

【校注】

①此条抄自《碧溪诗话》卷七，文字稍异。

②《堂成》，卷九。

③《白水县崔少府十九翁高斋三十韵》，卷四。

④《夏日李公见访》，卷三。

⑤《暇日小园散病将种秋菜督勒耕牛兼书触目》，卷十九。

⑥《发秦州》，卷八。

⑦《冬到金华山观因得故拾遗陈公学堂遗迹》，卷十一。"颠"，原作"崖"，据杜诗改。

⑧《寄岳州贾司马六丈巴州严八使君两阁老五十韵》，卷八。

⑨《雨二首》其一，卷十五。

⑩《阆州东楼筵奉送十一舅往青城县》，卷十二。

⑪《陪王使君晦日泛江就黄家亭子二首》其二，卷十三。

58. 杜老《逢李龟年》诗曰："岐王宅里寻常见，崔九堂前几度闻。正是江南好风景，落花时节又逢君。"[①]韩退之《井》诗曰[②]："贾谊宅中今始见，葛洪山下昔曾窥。寒泉百尺空看影，正是行人暍死时。"杜诗："老妻画纸为棋局，稚子敲针作钓钩。"[③]韩云："已呼孺人戛鸣瑟，更遣稚子传清杯。"[④]乃知韩诗亦自杜诗中来。至储光羲之"孺人善逢迎，稚子解趋走"[⑤]，"孺人"对"稚子"，又出于江文通《恨赋》[⑥]。

【校注】

①即《江南逢李龟年》，卷二十三。

②韩愈《题张十一旅舍三咏·井》诗，《全唐诗》卷三百四十三。

③《江村》，卷九。

④《感春五首》其一，《全唐诗》卷三百三十九。

⑤《田家杂兴八首》其八，《全唐诗》卷一百三十七。

⑥江淹《恨赋》："左对孺人，顾弄稚子。"按：此条见王楙《野客丛书》卷七《韩用杜格》条。

59. 杜诗用"受""觉"二字[①]，皆绝奇。今摭其"受"字云："修竹不受暑”②，“勿受外猜嫌”③，“莫受二毛侵”④，“监河受贷粟”⑤，“轻燕受风斜”⑥，“能事不受相促迫”⑦，“野航恰受两三人”⑧，“一双白鱼不受钓”⑨，“雄姿未受伏枥恩”⑩；其“觉”字云：“已觉糟床注”⑪，“身觉省郎在”⑫，“自觉成老丑”⑬，“更觉松竹幽”⑭，“日觉死生忙”⑮，“最觉润龙鳞”⑯，“喜觉都城动”⑰，“更觉老随人”⑱，“每觉升元辅”⑲，“觉儿行步奔”⑳，“尚觉王孙贵”㉑，“含凄觉汝贤”㉒，“厨烟觉远庖”㉓，“诗成觉有神”㉔，“已觉披衣惯”㉕，“自觉酒须赊”㉖，“早觉仲容贤”㉗，“城池未觉喧”㉘，“无人觉来往”㉙，“人才觉弟优”㉚，“直觉巫山暮”㉛，“重觉在天边”㉜，“行迟更觉仙”㉝，“深觉负平生”㉞，“秋觉追随尽”㉟，“追随不觉晚”㊱，“熊罴觉自肥”㊲，“自觉坐能坚”㊳，“已觉良宵永”㊴，“更觉彩衣春”㊵，“已觉气与嵩华敌”㊶，“未觉千金满高价”㊷，“梅花欲开不自觉”㊸，“胡来不觉潼关隘”㊹，“自得隋珠觉夜明”㊺，“放箸未觉金盘空”㊻，“东归贪路自觉难”㊼，“更觉良工心独苦”㊽，“始觉屏障生光辉”㊾，“不觉前贤畏后生”㊿，“吏情更觉沧洲远”[51]，“我独觉子神充实”[52]，“习池未觉风流尽”[53]，用之虽多，然每字命意不同，又杂于千五百篇中，学者读之，惟见其新工也。宋陈简斋亦好用此二字，未免烦复者，盖只在数百篇内，所以见其多，如“未受风作恶”[54]，“不受珠玑络”[55]，“不受折简呼”[56]，“不受人招麾”[57]，“不受安危侵”[58]，“饱受今日闲”[59]，“却扇受景风”[60]，“语闻受远响”[61]，“坐受世故驱”[62]，“庭柏不受寒”[63]，“可复受忧戚”[64]，“宁受此酸辛”[65]，“滔滔江受风”[66]，“坐受世褊迫”[67]，“清池不受暑”[68]，“平湖受细雨”[69]，“穷村受春晚”[70]，“不受急景催”[71]，“肯受元规尘”[72]，“了不受荣悴”[73]，“意闲不受荣与辱”[74]，“独自人间不受寒”[75]，“枯木无枝不受寒”[76]，“天马何妨略受鞿”[77]，“来禽花高不受折”[78]，“不受阴晴与寒暑”[79]，“长林巨木受轩轾”[80]；“未觉懒相先”[81]，“未觉壮心休”[82]，“未觉身淹留”[83]，“未觉墉阴迟”[84]，

"未觉欠孟嘉"[85]，"未觉有等伦"[86]，"未觉风来迟"[87]，"未觉经旬久"[88]，"欲往还觉非"[89]，"独觉赋诗难"[90]，"稍觉夜月添"[91]，"菰蒲觉风入"[92]，"独觉此计非"[93]，"高处觉眼新"[94]，"意定觉景多"[95]，"未觉徐娘老"[96]，"未觉有荣辱"[97]，"未觉饥肠虚"[98]，"未觉平生与愿违"[99]，"村空更觉水潺湲"[100]，"眼中微觉欠扁舟"[101]，"居夷更觉中原好"[102]，"便觉杯觞耐薄寒"[103]，"墙头花定觉风阑"[104]，可谓多已，盖喜用其字，自不知下笔所著也。

【校注】

①此条盖抄自《容斋四笔》卷七。

②《陪李北海宴历下亭》，卷一。

③《示从孙济》，卷三。

④《送贾阁老出汝州》，卷六。

⑤《奉赠萧十二使君》，卷二十三。

⑥《春归》，卷十三。

⑦《戏题王宰画山水图歌》，卷九。

⑧《南邻》，卷九。

⑨《即事》（"天畔群山孤草亭"首），卷二十。

⑩《高都护骢马行》，卷二。

⑪《羌村三首》其二，卷五。

⑫《复愁十二首》其四，卷二十。

⑬《将适吴楚留别章使君留后兼幕府诸公》，卷十二。

⑭《除草》，卷十四。

⑮《壮游》，卷十六。

⑯《大云寺赞公房四首》其二，卷四。

⑰《喜闻官军已临贼境二十韵》，卷五。

⑱《奉酬李都督表丈早春作》，卷九。

⑲《寄岳州贾司马六丈巴州严八使君两阁老五十韵》，卷八。

⑳《示从孙济》，卷三。“儿”，原作“而”，据杜诗改。

㉑《李监宅二首》其一，卷一。

㉒《船下夔州郭宿雨湿不得上岸别王十二判官》，卷十五。

㉓《题新津北桥楼》，卷九。

㉔《独酌成诗》，卷五。

㉕《漫成二首》其一，卷十。“已觉”，杜诗作“只作”。

㉖《复愁十二首》其十，卷二十。

㉗《示侄佐》，卷八。

㉘《观安西兵过赴关中待命二首》其二，卷六。

㉙《西郊》，卷九。

㉚《重送刘十弟判官》，卷二十二。

㉛《雨》（“冥冥甲子雨”首），卷十四。“山”，原误作“凶”，据杜诗改。

㉜《夜二首》其一，卷二十。

㉝《览镜呈柏中丞》，卷十八。

㉞《正月三日归溪上有作简院内诸公》，卷十四。

㉟《九月一日过孟十仓曹十四主簿兄弟》，卷二十。

㊱《赠王二十四侍御契四十韵》，卷十三。

㊲《晚晴》（“返照斜初彻”首），卷十五。

㊳《秋日夔府咏怀奉寄郑监李宾客一百韵》，卷十九。

㊴《奉汉中王手札》，卷十五。

㊵《奉贺阳城郡王太夫人恩命加邓国太夫人》，卷二十一。

㊶《阆山歌》，卷十三。

㊷《骢马行》，卷四。

㊸《至后》，卷十四。

㊹《诸将五首》其二，卷十六。

㊺《酬郭十五判官》，卷二十二。

㊻、㊼《阌乡姜七少府设鲙戏赠长歌》，卷六。

㊽《题李尊师松树障子歌》，卷六。

㊾《韦讽录事宅观曹将军画马图歌》，卷十三。

㊿《戏为六绝句》其一，卷十一。

51《曲江对酒》，卷六。

52《别李秘书始兴寺所居》，卷十九。

53《将赴成都草堂途中有作先寄严郑公五首》其二，卷十三。

54《舍弟逾日不知雪势密因再赋》，《陈与义集校笺》卷二（以下只标卷数）。

55《次韵张元方春雪》，卷二。“络”，原作“落”，据《陈与义集》改。

56《书怀示友十首》其一，卷三。

57《寄题商洛宰令狐励迎翠楼》，卷九。

58《游道林岳麓》，卷二十三。

59《休日早起》，卷十二。

60《休日马上》，卷二十九。

61《游秦岩》，卷二十七。

62《粹翁用奇父韵赋九日与义同赋兼呈奇父》，卷二十二。

63《次韵谢天宁老见贻》，卷九。

64《晚晴》，卷二十二。

65《别岳州》，卷二十三。

66《别大光》，卷二十四。

67《开壁置窗命曰远轩》，卷二十五。

68《夏日集葆真池上以绿阴生昼静赋诗得静字》，卷十。

⑥⑨《细雨》，卷二十一。“湖”，原作“池”，据《陈与义集》改。

⑦⓪《咏西岭梅花》，卷十八。

⑦①《游葆真池上》，卷十。

⑦②《汝州吴学士观我斋分韵得真字》，卷八。

⑦③《同叔易于观我斋分韵得自字》，卷九。

⑦④《题易元吉画獐》，卷二。

⑦⑤《北风》，卷三。

⑦⑥《十月》，卷五。

⑦⑦《次韵光化宋唐年主簿见寄二首》其二，卷七。

⑦⑧《来禽花》，卷十。

⑦⑨《题唐希雅画寒江图》，卷二。

⑧⓪《阴风》，卷二十。“轻”，原作“轻”，据《陈与义集》改。

⑧①《送吕钦问监酒受代归》，卷一。

⑧②《细雨》，卷二十一。

⑧③《游董园》，卷十五。

⑧④《冬至二首》其二，卷十二。

⑧⑤《九月八日登高作重九奇父赋三十韵与义拾余意亦赋十二韵》，卷二十二。

⑧⑥《陪诸公登南楼啜新茶家弟出建除体诗诸公既和余因次韵》，卷八。

⑧⑦《端门听赦咏雪》，卷十。

⑧⑧《浴室观雨以催诗走群龙为韵得走字》，卷十一。

⑧⑨《同左通老用陶潜还旧居韵》，卷十九。

⑨⓪《雨中观秉仲家月桂》，卷十五。

⑨①《秋夜咏月》，卷十四。

⑨②《二十二日自北沙移舟作是日闻贼革面》，卷二十一。

⑨③《九日赏菊》，卷十。

⑭《登天清寺塔》，卷十一。

⑮《夏至日与同舍会葆真二首》其二，卷十一。

⑯《书怀示友十首》其九，卷三。

⑰《八音歌》其二，卷二。

⑱《次韵张矩臣廸功见示建除体》，卷二。

⑲《再用景纯韵咏怀二首》其二，卷七。

⑳《衡岳道中四首》其一，卷二十四。

㉑《观江涨》，卷十九。

㉒《居夷行》，卷二十。

㉓《张廸功携诗见过次韵谢之二首》其二，卷五。

㉔《即席重赋且约再游二首》其一，卷五。

60. 唐人歌诗①，其于先世及当时事，直词咏寄，略亡避隐。至宫禁嬖昵，非外间所能详者，皆反复极言，而上之人亦不以为罪。较后世之忌讳繁多，动罹法网者，霄壤矣②。如白乐天《长恨歌》、讽谏诸章③，元微之《连昌宫词》，始末皆为明皇而发。张祜赋《连昌宫》《元日仗》《千秋乐》《大酺乐》《十五夜灯》《热戏乐》《上巳乐》《邠王小管》《李谟笛》《退宫人》《玉环琵琶》《春莺啭》《宁歌来》《容儿钵头》《邠娘羯鼓》《耍娘歌》《悖拏儿舞》《华清宫》《长门怨》《集灵台》《阿鹘汤》《马嵬归》《香囊子》《散花楼》《雨霖铃》等三十篇④，李义山《华清宫》《马嵬》《骊山》《龙池》诸篇，大抵咏开元天宝间事。杜子美尤多，如《兵车行》《前后出塞》《新安吏》《潼关吏》《石壕吏》《新婚别》《垂老别》《无家别》《哀王孙》《悲陈陶》《哀江头》《丽人行》《悲青坂》《公孙剑器行》⑤，终篇皆是。其他波及者，五言如："忆昨狼狈初，事与古先别"，"不闻夏殷衰，中自诛褒妲"⑥，"是时妃嫔戮，连为粪土丛"，"中宵焚九庙，云汉为之红"⑦，"先帝正好武，寰海未凋枯”，“拓境功未已，元和辞大炉”⑧，“内人红袖泣，王子白衣行”，“毁庙天飞雨，焚宫火彻明”⑨，“南内开元曲，常时弟子传。法歌声变转，满座涕潺湲”⑩，“御气云楼敞，含风彩仗高。仙人张内乐，王母献宫桃”⑪，“须为下殿走，不可好楼居”⑫，“固无牵白马，几至著青衣”⑬，“夺马悲公主，登车泣贵嫔”⑭，“反气凌行在，妖星下直庐”⑮，“落日留王母，微风倚少儿”⑯，“能画毛延寿，投壶郭舍人”⑰，“斗鸡初赐锦，舞马既登床”⑱，“骊山绝望幸，花萼罢登临”⑲，“殿瓦鸳鸯坼，宫帘翡翠虚”⑳。七言如：“关中小儿坏纪纲，张后不乐上为忙”㉑，“天子不在咸阳宫”，“得不哀痛尘再蒙”㉒，“曾貌先帝照夜白，龙池十日飞霹雳”㉓，“要路何日罢长戟，战自青羌连白蛮”㉔，“岂谓尽烦回纥马，翻然远救朔方兵”㉕。如此之类，不能悉纪。

【校注】

①此条盖抄自《容斋续笔》卷二，文有颠倒删增。

②“较后世……霄壤矣”，《容斋续笔》原无。

③指白居易“讽喻”一类诗。

④《十五夜灯》，即《正月十五夜灯》；《马嵬归》，即《马嵬坡》；《香囊子》，即《太真香囊子》，皆见《全唐诗》卷五百十一。

⑤《公孙舞剑器行》，即《观公孙大娘弟子舞剑器行》，卷二十。

⑥均见《北征》，卷五。“殷”，原作“商”，据杜诗改。

⑦均见《往在》，卷十六。

⑧均见《遣怀》，卷十六。

⑨均见《奉送郭中丞兼太仆卿充陇右节度使三十韵》，卷五。

⑩《秋日夔府咏怀奉寄郑监李宾客一百韵》，卷十九。

⑪《千秋节有感二首》其二，卷二十二。

⑫《收京三首》其一，卷五。

⑬《伤春五首》其三，卷十三。

⑭同上其四。

⑮《赠李八秘书别三十韵》，卷十七。“反”，原作“兵”，据杜诗改。

⑯《宿昔》，卷十七。

⑰《能画》，卷十七。

⑱《斗鸡》，卷十七。“既”，原作“更”，据杜诗改。

⑲《骊山》，卷十七。

⑳《秋日荆南送石首薛明府……三十韵》，卷二十一。

㉑《忆昔二首》其一，卷十三。

㉒《冬狩行》，卷十二。

㉓《韦讽录事宅观曹将军画马图歌》，卷十三。

㉔《秋风二首》其一，卷十七。

㉕《诸将五首》其二，卷十六。

61.《后汉书》：“大儿孔文举，小儿杨德祖。”①《最能行》云：“小儿学问止《论语》，大儿结束随商旅。”《徐卿二子歌》：“大儿九龄色清彻，秋水为神玉为骨；小儿五岁气食牛，满堂宾客皆回头。”《刘少府画山水歌》：“大儿聪明到，能添老树颠崖里；小儿心孔开，貌得山僧及童子。”②本汉语也。

【校注】

①此条盖抄自《对床夜语》卷三。引语见《后汉书·祢衡传》。《后汉书》，原误作《汉书》，盖沿《对床夜语》之误，今改正。

②即《奉先刘少府新画山水障歌》，卷四。“到”，原作“倒”，据杜诗改。

62.《观公孙大娘舞剑器行》序云："观公孙氏舞《剑器》《浑脱》，浏漓顿挫，独出冠时。"[①]按:《乐府杂录》谓《剑器》健舞曲名[②]。《唐书》:中宗引近臣宴集，宗晋卿舞《浑脱》[③]。则知《浑脱》《剑器》皆舞名。后人误以《剑器》为舞剑，而以"浑脱"二字与"浏漓顿挫"并读，可笑也[④]。

【校注】

①即《公孙大娘弟子舞剑器行》，卷二十。"浑脱"下原注云："音驼"。

②见《乐府杂录·舞工》。

③见《旧唐书·郭山恽传》。"宗晋卿"，原误作"宗替卿"，据《旧唐书》改。

④按：此条见沈德潜《说诗晬语》卷下，而沈说盖本王士禛《居易录》。

63. 赵次公注杜诗，以笺释文句为事，其注《丽人行》"蹙金"二字下云："蹙金实事，唐人常语，故杜牧自谓其诗'蹙金结绣，而无痕迹'。"[①]按《唐摭言》：有赵牧者，"大中、咸通中，学李长吉为短歌，可谓蹙金结绣，而无痕迹。"[②]所谓杜牧语，盖赵之讹，钱虞山笺杜诗，亦未改正[③]。

【校注】

①赵次公语见《新刊校定集注杜诗》卷二。

②《唐摭言》卷十《海叙不遇》条。《唐诗纪事》卷六十六、《唐才子传》卷八，均有类似记载。

③钱虞山，即钱谦益。见《钱注杜诗》卷一。按：此条盖抄自梁同书《频罗庵遗集》卷十五，只异数字。

64. “火旗还锦缆”①，疑即今船头上所竖百脚旗，四边作火焰纹也。二字他诗未见用过②。

【校注】

①《奉送卿二翁统节度镇军还江陵》，卷二十。“还”，原作“远”，据杜诗改。按：此条盖抄自梁同书《频罗庵遗集》卷十五。

②此语未确。李绅《早发》诗即云：“火旗似辨吴门戍，水驿遥迷楚塞城。”见《全唐诗》卷四百八十。

65. 姚宽疑《赠李龟年》诗非公所作，盖岐王死时，崔涤时年尚幼，又公天宝乱后，未尝至江南也，见《西溪丛语》①。

【校注】

①赠李龟年诗，即《江南逢李龟年》，见卷二十三。按：此条记述不确。姚宽《西溪丛语》卷上云：“江季共说：杜甫赠李龟年诗非甫所作，盖岐王死时与崔涤死时年尚幼。又甫天宝乱后，未尝至江南也。”又引《云溪友议》“李龟年奔迫江潭”后云：“时甫已在湘潭，或有此诗，更须考究。”“涤”，原误作“滁”，据《西溪丛语》改。

66. “晴窗点检白云篇”①，前人求其说不得，以汉武帝《秋风词》“白云飞”当之。按《汉书·郊祀志》：天子封泰山，“其夜若有光，昼有白云出封中。”②《唐书》：开元十三年，封泰山，藏玉册于封祀之磩③。所谓“白云篇”，疑即指此。时杜公方献《三大礼赋》，又欲奏《封西岳赋》，如此解“白云”二字较明，上下文义亦贯。

【校注】

①《赠献纳使起居田舍人澄》，卷三。按：此条盖本陈廷敬《杜律诗话》卷上，而抄自《浪迹丛谈》卷十。

②“夜”，原作“从”，据《汉书·郊祀志上》改。

③《新唐书·礼乐志四》。

67.“掖垣竹埤梧十寻”①，“埤”字解者各异，不知“埤”与“卑”同，言竹卑梧高也。《晋语》：“松柏不生埤。”②《汉书·刘向传》：“增埤为高。”《子虚赋》：“其埤湿则生苍莨蒹葭。”③皆可证“埤”与“卑”之通用也。

【校注】

①《题省中壁》，卷六。按：此条盖本陈廷敬《杜律诗话》卷上，而抄自《浪迹丛谈》卷十。

②《国语》卷十四《晋语八》。

③“苍”，《文选》卷七《子虚赋》作“藏”。

68.“曾惊陶侃胡奴异，怪尔常穿虎豹群。”①陶侃之奴不知所出。疑陶侃当是陶岘之误。岘有昆仑奴，名摩诃，善泅水，后岘投剑西塞江，命奴取，久之，奴支体磔裂，浮水上。陶奴入水，则死蛟龙；公奴入山，宜防虎豹。因事相类而用之。

【校注】

①《示獠奴阿段》，卷十五。按：此条盖本陈廷敬《杜律诗话》卷下，而抄自《浪迹丛谈》卷十。昆仑奴事见《甘泽谣·陶岘》。

69. “夔府孤城落日斜”①，此当与第一首“孤舟”例看。盖以客子言之，虽蜀麻、吴盐、清管、万船，不碍其为孤舟；虽白帝、夔州两城相连，赤甲、白盐间阎缭绕，不碍其为孤城也。“每依北斗望京华”②，“北斗”或作“南斗”，或又引《三辅黄图》云：汉初长安城狭小，惠帝更筑之，南为南斗形，北为北斗形，至今人呼“斗城”③。谓之南北皆可，其说亦非。秦城上直北斗，北斗之宿七星，第一主帝为枢星。上句言日，此句言斗④，又言“望京华”，以类而言，非南斗明矣。公诗多用北斗，如“秦城近斗杓”之类⑤。“奉使虚随八月槎”⑥，非谓乘槎到天河，徒为虚语。盖此乘槎，亦与第一首“孤舟”相映，乘槎可到天河，今系舟不能至京华，故曰“虚随八月槎”也。“清秋燕子故飞飞”⑦，燕子是将去之物，故飞飞者，若见客不去，故以飞飞将去嘲之。云安《子规》诗：“客愁那听此，故作傍人飞。”两“故”字意同。“匡衡抗疏功名薄”⑧，公于天宝初应进士不第，献《三大礼赋》，授河西尉，改右卫率府胄曹参军，此与衡初以好学射策甲第⑨，不应令，除太常掌故，调平原文学略似。后于至德初拜行在左拾遗⑩，以上疏救房琯获谴，得免推问，未几出为华州司功参军⑪，遂弃官，流寓于蜀。广德初，召补京兆功曹，不赴。二年，严武表为节度参谋、检校工部员外郎，未几辞幕府，离蜀，大历初至夔。视衡由史高幕入朝廷、上疏至丞相封侯何如乎？⑫“刘向传经心事违”⑬，公献赋授官，与向初献宣帝赋颂数十篇亦略同，后遂流滞于外，不能入朝，欲如向之数退传经以寄忠悃得乎？衡之抗疏，多传经义；向之传经，亦讽时政，其前后疏多及经义，故云。

【校注】

①、②、⑥《秋兴八首》其二，卷十七。按：此条盖本陈廷敬《杜律诗话》卷下，而抄自《浪迹丛谈》卷十。

③《三辅黄图》卷一《汉长安故城》。

④“此”，原误作“比”，据《午亭文编》改。

⑤《哭王彭州抡》，卷十七。

⑦、⑧、⑬《秋兴八首》其三。

⑨“好学”，原作“文学”，据《午亭文编》改，《汉书·匡衡传》亦言“好学”。

⑩“后”，原作“逡”，据《浪迹丛谈》改。

⑪“司功参军”，原作“司户参军”，盖沿陈氏之误，据新、旧《唐书·杜甫传》改。

⑫“封”，原作“奉”，据《午亭文编》改。

70. 工部《佳人》诗有“转烛”字，读者初不晓为何语，《大藏佛说贫穷老公经》有云：“富贵贫贱，有如转烛。”①此老洵“读书破万卷”者也。

【校注】

①《大正新修大藏经》第十七卷《经集部》四《佛说贫穷老公经》云：“（贫穷老公）昼夜七日七夕，水浆断绝，小有气息，命在转烛。”同卷另一译本作：“昼夜七日，水浆永绝，亦有气息，命在转烛。”《麓澞荟录》卷十四引何琇《樵香小记》正作“富贵贫贱，有如转烛”。详参《樵香小记》卷下《转烛》条。翁方纲《杜诗附记》卷上：“壬寅八月五日于崇效寺饯曲江，闻晓岚说‘转烛’字出《佛说贫穷老公经》，言贫贱富贵转瞬迁流之易，此于本诗之意尤切也。亦可见杜公无书不读耳。此经文在《永乐大典》内见之。”

71. “西望瑶池降王母，东来紫气满函关”①，西王母本地名，故以函关属对。

【校注】

①《秋兴八首》其五，卷十七。据记载考证，在今青海省古有西王母国。

72. “赤岸水与银河通”①，前人以在今江宁六合县者当之。郭璞《江赋》所云“鼓洪涛于赤岸”，李善《文选》注“赤岸，在广陵舆县”，是也。诗人放笔所及，固不可以道里绳之，然地势毕竟太迥远。《水经注·河水》下引《孝经援神契》曰：“河者，上应天汉。”②《西京杂记》亦有河水上通天河之说，则此赤岸当以在黄河者为是。考《水经注》“大河又东，径赤岸北，即河夹岸”下引《秦州记》“枹罕有河夹岸，岸广四十丈”云云③，是赤岸在枹罕县矣，上距河源甚近，当即工部所云“与银河通”者也。

【校注】

①此条见洪亮吉《北江诗话》卷五，引诗见《戏题王宰画山水图歌》，卷九。

②《水经注》卷一。

③《水经注》卷二。

73. 怀薛据云：“独当省署开文苑，兼泛沧浪学钓翁。”①“省署开文苑，沧浪忆钓翁”②，据之诗也。

【校注】

①《解闷十二首》其四，卷十七。按：此条盖抄自《后山诗话》。

②此为据诗佚句。“忆”，《唐诗纪事》卷二十五作“学”。

74. 《赠苏涣》诗序云①：“苏大侍御涣，静者也，旅于江侧②，凡是不交州府之客，人事都绝久矣。肩舆江浦，忽访老夫……请诵近诗，肯吟数首。才力素壮，词句动人……涌思雷出，书箧几杖之外，殷殷留金石声，赋八韵记异，亦见老夫倾倒于苏至矣。”③诗有“再闻诵新作，突过黄初诗”之句。又有一篇《寄裴道州并呈苏涣侍御》云④：“附书与裴因示苏，此生已愧须人扶。致君尧舜付公等，早据要路思捐躯。”其褒重之如此。《唐·艺文志》有涣诗一卷，云：“涣少喜剽盗，善用白弩，巴蜀商人苦之，称白跖，以比庄蹻。后折节读书，进士及第，湖南崔瓘辟从事，继走交广⑤，与哥舒晃反，伏诛。”然则非所谓静隐者也。涣在广州作《变律》诗十九首上广府帅，其一曰：“养蚕为素丝⑥，叶尽蚕不老。倾筐对空林⑦，此意向谁道。一女不得织，万夫受其寒。一夫不得意，四海行路难。祸亦不在大，祸亦不在先。世路险孟门，吾徒当勉旃。”其二曰：“毒蜂一巢成⑧，高挂恶木枝。行人百步外，目断魂亦飞⑨。长安大道边，挟弹谁家儿。手持黄金丸⑩，引满无所疑。一中纷下来，势若风雨随。身如万箭攒，宛转迷所之⑪。徒有疾恶心，奈何不知几。”读此二诗，可以知其人矣。杜赠涣诗，名为记异，语意不与他等，厥有旨哉！

【校注】

①此条盖抄自《容斋三笔》卷十六。《赠苏涣》诗，即《苏大侍御访江浦赋八韵记异》，卷二十三。

②“于”，原作“寓”，据杜诗序改。

③“见”，原作“记”；“倒”，原作“到”。皆据杜诗改。

④即《暮秋枉裴道州手札率尔遣兴寄递呈苏涣侍御》，卷二十三。

⑤“继走交广”，《新唐书·艺文志四》作“瓘遇害，涣走交广”。

⑥涣《变律》诗十九首，今存三首，见《全唐诗》卷二百五十五。

⑦“林”，原作“床”，据《全唐诗》改。

⑧“一巢成”，《全唐诗》作“成一窠”。

⑨“亦”，原作“为”，据《全唐诗》改。

⑩“手持黄金丸”，《全唐诗》作“右手持金丸”。

⑪“迷”，原作“送”，据《全唐诗》改。

75.“近时冯绍正，能画鸷鸟样。”①《历代名画记》：“绍正，开元中官少府监，八年为户部侍郎，喜画鹰、鹘、鸡、雉。”②《谈宾录》：“高力士父丧，左金吾卫大将军程伯献、少府监冯绍正二人于丧前被发而哭，甚于己亲，人皆笑之。”③即是人也④。

【校注】

①《杨监又出画鹰十二扇》，卷十五。

②冯绍正，又作绍政、绍贞、昭正。引文见《历代名画记》卷九。

③《太平广记》卷二百四十《程伯献》条，文有删节。“程”，原作“陆”，据《太平广记》改。据《旧唐书》卷六十八《程知节传》，伯献为知节之孙。

④此条见《带经堂诗话》卷十五《氏籍类》第九条。

76. 蜀盐亭县有鹅溪①，县出绢，谓之鹅溪绢，亦名东绢。子美诗：“我有一匹好东绢。”②是也。周紫芝诗：“百尺寒松老干枯，韦郎笔妙古今无。何如莫扫鹅溪绢，留取天吴紫凤图。”③此虽谐谑，然《北征》自作于赴行在时，而题韦偃画松则在入蜀之后，固不可同日而语也。

【校注】

①此条抄自王士禛《池北偶谈》卷十八《东绢》条。

②《戏为韦偃双松图歌》，卷九。

③周紫芝诗见其所著《竹坡老人诗话》卷三。

77.《花卿歌》:“用如快鹘风火生。”[1]《南史》:曹景宗谓所亲曰:“昔在乡里,与年少辈拓弓弦作霹雳声,放箭如饥鸱叫。觉耳后生风,鼻尖出火。”[2]子美盖不拘泥于鸱、鹘二鸟之异也[3]。

【校注】

①即《戏作花卿歌》,卷十。“如”,原脱,据杜诗补。按:此条盖抄自《砻溪诗话》卷五,文字微异。

②《南史·曹景宗传》,文有删节。亦见《梁书·曹景宗传》。

③“子美”,原误作“之美”,据《砻溪诗话》改。

78.“心迹喜双清”[1],“茶瓜留客迟”[2],似非用事。观谢灵运《斋中诗》云:“矧乃归山川,心迹双寂寞。”[3]竟陵王子良礼才好士,夏月客至,为设瓜饮、甘果[4]。二诗盖用此。至若《棕拂子》云:“咂肤倦扑灭,赖尔甘服膺。”虽等闲题目,无一字无来历。

【校注】

①《屏迹三首》其二,卷十。按:此条盖抄自《砻溪诗话》卷六,文字微异。

②《巳上人茅斋》,卷一。

③即《斋中读书诗》,《先秦汉魏晋南北朝诗》宋诗卷二。

④事见《南史·萧子良传》,亦见《南齐书·萧子良传》。

79.杨妃名玉奴[1],别字玉环,号太真,母叶氏,孕十三月而生,都督步署杨康求为女[2],才貌双绝,杨玄琰为长史,以势求之,携至京师,选入寿邸,时年十四,明皇召见,赐西王母服色入宫。故杜诗云:“西望瑶池降王母。”[3]盖讽之也。

【校注】

①此条郎瑛《七修类稿》卷二十六《辩证类·杨贵妃生考》有类似记载。

②"都督步署",《七修类稿》作"都部署"。

③《秋兴八首》其五,卷十七。

80. "若耶溪,云门寺,吾独胡为在泥滓。"①《南史·何胤传》:"居若耶溪云门寺。"②杜全用此六字。又《前汉·食货志》:"天用莫如龙,地用莫如马。"子美《遣兴》诗取两句为两篇首句③。

【校注】

①《奉先刘少府新画山水障歌》,卷四。按:此条盖抄自《猗觉寮杂记》卷上。

②"溪",《南史·何胤传》作"山"。

③即《遣兴二首》,卷七。"两篇",原误作"前篇",据《猗觉寮杂记》改。

81. "吾知多罗树,却倚莲花台。"①按《华严经》十四卷音释云:多罗,形如棕榈,叶长稠密,久雨无漏。此翻为高耸②。

【校注】

①《山寺》("野寺根石壁"首),卷十二。"吾",原作"谁",据杜诗改。按:此条盖抄自《猗觉寮杂记》卷上。

②唐释慧苑撰《大方广佛华严经音义》卷二《经卷第三十三·回向品之十一》云:"宝多罗形:多罗者,西域树名也,其形似棕树榈树也,体坚如铁,叶长稠密,纵多时大雨,其叶荫处,干若屋下。今以此宝而成,故曰宝多罗也。又或翻为高竦树也。"

82. 子美《槐叶冷淘》云："君王纳凉晚，此味亦时须。"事见太官令夏供槐叶冷淘，出《唐六典》①。

【校注】

①此条盖抄自《猗觉寮杂记》卷上。《唐六典》卷十五《太官署》："（太官令）夏月加冷淘、粉粥。"亦见《唐会要》卷六十五。

83. 《赠毕四》云："饥寒奴仆贱，颜状老翁为。"①《古文苑》载王延寿《王孙赋》，其词有云："颜状类乎老翁，躯体似乎小儿。"②公殆以猴戏毕。

【校注】

①即《赠毕四曜》，卷六。"奴"，原作"童"，据杜诗改。按：此条盖本《猗觉寮杂记》卷上。

②王赋见《古文苑》卷六。"类乎"，原作"似乎"；"似乎"，原作"类乎"。皆据《古文苑》改。《艺文类聚》卷九十五、洪迈《容斋续笔》卷一与《古文苑》同。

84.《送王砅使南海》云①："番禺亲贤领，筹运神功操。大夫出卢宋，宝贝休脂膏。"卢、宋，卢奂、宋璟也，二公以清德名。《旧唐书》云：开元以来四十余年，广府节度清白有四，二公预也②。"宝贝休脂膏"，以言不贪而宝贝多也。

【校注】

①即《送重表侄王砅评事使南海》，卷二十三。按：此条盖抄自《猗觉寮杂记》卷上。"砅"下原有双行小字注："音理厲反"。

②《旧唐书·卢奂传》云：“自开元已来四十年，广府节度清白者有四：谓宋璟、裴伷先、李朝隐及奂。”《新唐书·卢奂传》则谓宋璟、李朝隐、卢奂三人。

85. 子美以“苔卧绿沈枪”对“雨抛金锁甲”①。诗人谓枪卧于苔中不用也，故云“绿沈”。《续齐谐记》：“王敬伯夜见一女，命婢取酒，提绿沈漆榼。”②以此考之，则绿沈者，漆名也。对金锁甲，极其精切。《掇英集》载状云门山物柏梁体，郑概云：“亭亭孤笋绿沈枪。”③

【校注】

①《重过何氏五首》其四，卷三。按：此条盖抄自《猗觉寮杂记》卷上。姚宽《西溪丛语》卷上亦有类似记载。

②《太平御览》卷六十一《榼》引文同，而《四库全书》本、《五朝小说大观》本《续齐谐记》俱无此记载。

③郑概，唐代宗时人，广德元年（763）至大历五年（770）在浙东节度幕与鲍防、严维等人联唱。所引诗句即为《柏梁体状云门山物》联句，见陈尚君辑《全唐诗补编·续拾》卷十七《大历年浙东联唱集》。《掇英集》，指《会稽掇英总集》。

86. 牵牛，牛星也①；织女，非女星，自有女星。织女三星在牛之上，主金帛；女四星在牛之东，是须女也。须，婢之贱称，诗人往往误以织女为牛女。子美云：“牵牛出河西，织女处其东。”②亦误矣。

【校注】

①此条盖抄自《猗觉寮杂记》卷下。

②《牵牛织女》，卷十五。

87. “竹根稚子无人见”①，稚子即笋，或以为竹鼺，非也。小杜云：“小莲娃欲语，幽笋稚相携。”②以莲比娃，以笋比稚子，与老杜意同。

【校注】

①《绝句漫兴九首》其七，卷九。按：此条盖抄自《猗觉寮杂记》卷上。

②杜牧《朱坡》诗，《全唐诗》卷五百二十一。

88. 得弟信云：“浪传乌鹊喜，深负鹡鸰诗。”①《观即到》诗云：“待尔嗔乌鹊，抛书示鹡鸰。”②是皆用鹡鸰寓兄弟事。其忆之则云：“百战今谁在，三年望汝归。”③别之则云：“数杯巫峡酒，百丈内江船。”④又止于尽忆别之意，未尝用事也，亦何害其不为忆弟、别弟之诗，其他与子侄之诗亦然。

【校注】

①此条盖抄自《对床夜语》卷三。引诗见《得舍弟消息二首》其二，卷四。

②《喜观即到复题短篇二首》其二，卷十八。

③《忆弟二首》其二，卷六。

④《送十五弟侍御使蜀》，卷十七。

89. 《北征》诗：“见耶背面啼。”周德卿谓：“耶”当是“即”字之误。其说甚当。前人诗中亦或用“耶”字，而此诗之体不当尔也①。

【校注】

①周昂，字德卿，为王若虚之舅。《金史》卷一百二十六有传。此盖本王若虚《滹南诗话》卷一。

90. “岂无青精饭，使我颜色好。”[①]按《登真诀》注：乾石青精，即黄精，其法以南烛草汁浸米蒸饭，暴干，其色青如鷖珠，食之延年[②]。

【校注】

①《赠李白》（五古），卷一。

②王观国《学林》卷八《青精》条云：“子美诗盖用道书中陶隐居《登真诀》，有乾石青精䭀饭法。䭀音迅，谓餐也。其法：用南烛草水浸米蒸饭，暴干，其色青如鷖珠，食之可以延年却老。此子美所谓青精饭也。”

91. 汉桓帝时童谣云：“小麦青青大麦枯，谁当获者妇与姑，丈夫何在西击胡。吏买马，君具车，请为诸君鼓咙胡。”[①]杜《大麦行》全袭其语，《兵车行》句调亦本此[②]。

【校注】

①见《先秦汉魏晋南北朝诗》汉诗卷八《杂歌谣辞》。

②此条盖抄自《池北偶谈》卷十二《杜诗本古谣》条。

92. 李太白、杜子美在布衣时[①]，同游梁、宋，为诗酒会心之友。以杜集考之，其称太白及怀赠之篇甚多，如“李侯金闺彦，脱身事幽讨”[②]，“南寻禹穴见李白，道甫问讯今何如”[③]，“李白一斗诗百篇”，“自称臣是酒中仙”[④]，“近来海内为长句，汝与山东李白好”[⑤]，“昔者与高李，晚登单父台”[⑥]，“李侯有佳句，往往似阴铿”[⑦]，“忆与高李辈，论交入酒垆”[⑧]，“白也诗无敌，飘然思不群”[⑨]，“昔年有狂客，号尔谪仙人”[⑩]，“落月满屋梁，犹疑照颜色”[⑪]，“三夜频梦君，情亲见君意”[⑫]，“秋来相顾尚飘蓬，未就丹砂愧葛洪”[⑬]，“寂寞书斋里，终朝独尔思”⑭，“凉风起天末，君子意如何”⑮，“不见李生久，佯狂真可哀”⑯，凡十四五篇。至于太白与子美诗，略不见一句，或谓《尧祠亭别杜补阙》者是已⑰，乃殊不然，杜但为左拾遗⑱，不曾任补阙，兼自谏省出为华州司功，迤逦避难入蜀，未尝复至东州，所谓“饭颗山头”之嘲⑲，亦好事者所撰耳。

【校注】

①此条盖抄自《容斋四笔》卷三。

②《赠李白》(五古)，卷一。

③《送孔巢父谢病归游江东兼呈李白》，卷一。

④《饮中八仙歌》，卷二。

⑤《苏端薛复筵简薛华醉歌》，卷四。

⑥《昔游》，卷十六。

⑦《与李十二白同寻范十隐居》，卷一。

⑧《遣怀》，卷十六。

⑨《春日忆李白》，卷一。

⑩《寄李十二白二十韵》，卷八。

⑪《梦李白二首》其一，卷七。

⑫同上其二。

⑬《赠李白》(七绝)，卷一。

⑭《冬日有怀李白》，卷一。“独”，原作“犹”，据杜诗改。

⑮《天末怀李白》，卷七。

⑯《不见》，卷十。

⑰即《秋日鲁郡尧祠亭上宴别杜补阙范侍御》，《李太白全集》卷十五。

⑱“左”，原作“右”，据《新唐书·杜甫传》改。

⑲指《戏赠杜甫》诗，《李太白全集》卷三十《诗文拾遗》，原出孟启《本事诗·高逸第三》。

93.《春日忆李白》云①："白也诗无敌，飘然思不群。清新庾开府，俊逸鲍参军。"尝有一武弁议其失曰："既是无敌，又却似庾、鲍？"或折之曰："庾清新而不能俊逸，鲍俊逸而不能清新，太白兼之，所以为无敌也。"今集别本一作"无数"，殆好事者更之乎！寒山子诗云："吾心似秋月，碧潭清皎洁。无物堪比伦，教我如何说。"②人亦有言："既似秋月、碧潭，乃以为无物堪比，何也？"盖其意谓若无二物比伦，当如何说耳？读者当以是求之。

【校注】

①此条盖抄自《容斋四笔》卷四。

②寒山诗见《全唐诗》卷八百六《诗三百三首》。

94."宠光蕙叶与多碧，点注桃花舒小红。"①宠光、点注，唐时有此二语，施之官职选授，宠光者，特恩之意；点注者，注授之意。今本讹作"点缀"，何翅嚼蜡！

【校注】

①《江雨有怀郑典设》，卷十八。此条《杜诗详注》卷十八注云出《紫桃轩杂缀》，但查李日华《紫桃轩杂缀》《又缀》均不载，乃出其《恬致堂诗话》卷四。

95.《重过何氏山庄》诗："薰风啜茗时。"①今别本或作"春风"，非。此五首皆一时作。其曰"千章夏木清"②，又曰"红绽雨肥梅"③，皆是夏景可证④。

【校注】

①《重过何氏五首》其三，卷三。

②《陪郑广文游何将军山林十首》其二，卷二。

③同上其五。

④此条盖本杨慎说，见《升庵诗话》卷十三《薰风啜茗》条。按：杨说不确，盖两组诗非一时所作，杨弄混了。

96. 杜诗古本“野艇恰受两三人”①，浅者不知“艇”字有平音，乃妄改作“航”字。古乐府云：“沿江引百丈，一濡多一艇。上水郎担篙，何时至江陵？”②“艇”音廷，杜用此音也。

【校注】

①《南邻》，卷九。按：此条为杨慎说，见《升庵诗话》卷五。

②晋《那呵滩》曲。“引”，原作“有”，据《先秦汉魏晋南北朝诗》晋诗卷十九改。

97. 《送李八秘书赴杜相公幕》①：“南极一星朝北斗，五云多处是三台。”《汉书·天文志》：南极星在益州分野觜、参之旁，而三台、三公又在北斗旁。时杜鸿渐以平章事领山剑副元帅还朝②。而李秘书适从其幕辟，从益州来赴京，故云南极而北赴者，以三公在北斗旁也。

【校注】

①此条盖据仇注，详见《杜诗详注》卷十九该诗注引毛奇龄说。

②“还”，原作“远”，据仇注改。

98．“落月满屋梁，犹疑照颜色。”[1]即宋玉《神女赋》：“其始来也，耀乎若白日初出照屋梁[2]；其少进也，皎若明月舒其光。”然此又出《诗》陈国风之“月出皎兮，佼人僚兮”[3]。时好事者便谓少陵此句尝治郑虔妻疟疾有验，良可笑也[4]。

【校注】

①《梦李白二首》其一，卷七。

②“耀乎”，原脱，据《文选》卷十九《神女赋》补。

③即《诗经·陈风·月出》。

④此条盖抄自元代白珽撰《湛渊静语》卷二。

99．王建诗曰：“人客少能留我屋，客有新浆马有粟。”[1]此正杜子美“肯访浣花老翁无”“与奴白饭马青刍”[2]。尝考杜诗，又出于傅休奕《盘中诗》：“何惜马蹄归不数，羊肉千斤酒百斛？今君马肥麦与粟。”[3]

【校注】

①此条见《野客丛书》卷十一“王建袭杜意”条。王建诗见《田家留客》，《全唐诗》卷二百九十八。

②《入奏行赠西山检察使窦侍御》，卷十。

③“休”，原误作“林”。按：傅玄，字休奕，据改。而《盘中诗》实为苏伯玉妻作，见《玉台新咏》卷九。“何”，原作“曰”；“羊”，原作“年”；“麦”，原作“刍”。皆据《玉台新咏》改。《先秦汉魏晋南北朝诗》晋诗卷八亦作苏伯玉妻作。

100．狄仁杰登太行山，见白云孤飞，谓左右曰：“吾亲舍其下。”

瞻望久之①。此与《北史》元树之意同。元树奔南，每见嵩山云，未尝不引领欷歔②。又梁瑄不归，弟兄每见东南白云，立望惨然久之③。子美诗曰“每望东南云”④，用此意也⑤。

【校注】

①事见《新唐书·狄仁杰传》。

②事见《北史·元树传》。“引领”，原作“领引”，据《北史》改。

③梁瑄事，系伪苏注，见《分门集注杜工部诗》卷十三《遣兴五首》其五注，“兄”，《分门集注》作“璟”。亦见《影宋王状元集百家注编年杜陵诗史》卷九。

④《遣兴五首》其五（“吾怜孟浩然”首），卷七。

⑤此条见《野客丛书》卷二十一“望云怀乡”条，吴景旭《历代诗话》卷三十六“东南云”条亦引之。

101. 老杜“家家养乌鬼”之句①，说者不一：《懒真子》以为猪②，蔡宽夫以为乌野七神，《冷斋夜话》以为乌蛮鬼，沈存中《笔谈》《缃素杂记》③《渔隐丛话》《埤雅》以为鸬鹚。四说不同，惟冷斋之说为有据。观《唐书·南蛮传》：俗尚巫鬼，大部落有大鬼主，百家则置小鬼主。一姓白蛮，五姓乌蛮。所谓乌蛮，则妇人衣黑缯；白蛮，则妇人衣白缯④。又以验冷斋之说。刘禹锡《南中》诗亦曰：“淫祀多青鬼，居人少白头。”⑤又有所谓青鬼之说，盖广南川峡诸蛮之流风，故当时有青鬼、乌鬼等名，杜诗以“黄鱼”对“乌鬼”，知其为乌蛮鬼审矣⑥。然元微之诗曰：“乡味尤珍蛤，家神爱事乌。”⑦又曰：“病赛乌称鬼，巫占瓦代龟。”注：“南人染病，竞赛乌鬼。”⑧此说又似不同。据《南蛮传》，“乌”即乌黑之“乌”，而元诗以“蛤”对“乌”，则以为乌鸦之“乌”。

【校注】

①此条盖引自《野客丛书》卷二十六。杜诗见《戏作俳谐体遣闷二首》其一，卷二十。按：此条可参看《杜工部草堂诗话》卷二第110条。

②《懒真子录》卷四。

③“缃”，原作“湘”，据《野客丛书》改。

④《新唐书·南蛮传下》。

⑤即《南中书来》诗，《全唐诗》卷三百五十八。

⑥“鬼”，原无，据《野客丛书》补。

⑦《春分投简阳明洞天作》,《全唐诗》卷四百二十三。“爱”，原作“悉”，据《全唐诗》改。

⑧《酬翰林白学士代书一百韵》自注，《全唐诗》卷四百五。

102. “笔架沾窗雨”①，谓笔架为窗雨所沾也。《开元遗事》载：苏颋有花石笔架，天欲雨，则石架津出，以此沾雨无失②。用此事亦未可知，“沾”恐当作“占”。又“老妻画纸为棋局”③，见李秀《四维赋》：“画纸为局，截木为棋。”④又“无行乱眼多”⑤，见庾信鹅诗：“云光偏乱眼。”⑥“长年三老长歌里，白昼摊钱高浪中”⑦，初不知为何语，放翁《入蜀记》云：楚北舟子呼梢公谓“长年三老”，“长”读如长幼之“长”；以博为摊钱，按梁冀能意钱之戏，注云：“即摊钱也。”则摊钱之为博，亦信矣⑧。

【校注】

①《题柏大兄弟山居屋壁二首》其二，卷二十一。

②事见《开元天宝遗事》卷下《占雨石》条。

③《江村》，卷九。

④见《全上古三代秦汉三国六朝文》全晋文卷一百四十三《四维赋》序。

"截"，原作"削"，据《全晋文》改。

⑤《舟前小鹅儿》，卷十二。

⑥《奉答赐酒鹅诗》，《先秦汉魏晋南北朝诗》北周诗卷四。"云"，原作"雪"，据庾诗改。按：此上盖引自《野客丛书》卷二十八。

⑦《夔州歌十绝句》其七，卷十五。

⑧陆游语见《入蜀记》卷五。"呼梢公谓"原作"呼初梢公"，据《入蜀记》意改。"梢公"，《入蜀记》作"梢工"。梁冀事见《后汉书·梁冀传》及注。

103."自平中官吕太一，收珠南海千余日"①，唐宦者吕太一反岭南，以韦伦为韶州刺史，见伦传②。印本多以"官"为"宫"，或者又妄以为"宫中"。

【校注】

①《自平》，卷二十。按：此条盖抄自《猗觉寮杂记》卷上。

②见《新唐书·韦伦传》。

104. "睥睨登哀柝"①，又"连连睥睨侵"②，或从土为"埤堄"③，城上短墙也。《华严》第十卷注音释：埤，音普米反；堄，音宜启反。《广韵》：音婢诣，女墙也，见《博雅》④。宣十二年："守陴者皆哭。"注："城上俾倪。"⑤

【校注】

①《南极》，卷十八。按：此条盖抄自《猗觉寮杂记》卷上。

②《白帝楼》，卷二十一。

③"埤堄"，原作"睥睨"，据《猗觉寮杂记》改。

④分别见《广韵》卷三、卷五和《博雅》卷七。

⑤《左传·宣公十二年》。"俾"，原作"僻"，据《左传》杜预注改。

105.《小至》诗①，说者谓冬至前一日也。卢照邻《元日述怀》云："人歌小岁酒，花舞大唐春。"②是以元日为小岁，以此知子美之小至，或冬至也。

【校注】

①此条盖抄自《猗觉寮杂记》卷上，文字稍异。

②卢诗见《全唐诗》卷四十二。

106. 古今人以诗名世者①，用字未尝无所出。杜诗"嫩蕊商量细细开"②，"商量"字出《兑卦》"商兑"注③。子美自谓"读书破万卷"④，信矣。

【校注】

①此条盖抄自《猗觉寮杂记》卷上。

②《江畔独步寻花七绝句》其七，卷十。

③《易·兑》"商兑"，王弼注："商，商量，裁制之谓也。"

④《奉赠韦左丞丈二十二韵》，卷一。

107. 杜云："凤凰从东来，何意复高飞。竹花不结实，念子忍朝饥。"①张文潜《石竹》云："真竹不结实，尔独艳阳春。"②竹花皆实，岂有时不实如稊稗耶？子美以凤不得食为可怜耳。

【校注】

①《述古三首》其一，卷十二。按：此条盖抄自《猗觉寮杂记》卷上。

②张耒《石竹》诗见《柯山集拾遗》卷二。“石竹”，原误作“竹石”，据《猗觉寮杂记》和《柯山集拾遗》改。“真竹不结实，尔独艳阳春”，《柯山集拾遗》作“真竹乃不华，尔独艳暮春”。

108. “孰知二谢将能事，颇学阴何苦用心。”①此二句必一气读乃明白。所赖乎陶冶性灵者，非谓仅恃我之能事以为陶冶也，若仅恃我之能事以为陶冶性灵②，必至专骋才力，而不衷诸节制之方。虽杜公之精诣，有所不敢，故新诗必自改定之，改定之后拍节长吟之，苟一隙未中窾③，一音未中节，不觉搁笔三叹，孰知有如此之自擅精能而不自宽假者。“二谢”，非果二谢有此事，意若云“杜陵野老将能事”，不欲直说，姑假二谢言之曰：岂知具二谢之能事，亦不能不学阴、何之艰苦刻意以成之④。“苦”字非正称，乃旁敲，试看二谢如许才力，而甘为阴、何之刻苦乎⑤？“苦”字神理，只得半面，似就阴、何一边卑之，无甚高论，其实阴、何何尝果如此，直是对上“二谢能事”，不得不如此措词尔。然后上七字“二谢能事”四字轩然飞扬而出，乃知下七字与上七字阴阳收放之妙。“苦”字曲向阴、何，低下一著，乃使“颇”字笑而受之，所谓“陶冶性灵”，绝非虚张架局，叩之有真际存焉。“新诗改罢自长吟”⑥，实愈咀嚼而愈有味，正恐索解人不得。即此一篇，可作杜集总叙。

【校注】

①、⑥《解闷十二首》其七，卷十七。按：此条本翁方纲说，而抄自《浪迹丛谈》卷十，文有删节。

②二“恃”字，原均作“持”，据《浪迹丛谈》改。

③"窾"，原作"窍"，据《浪迹丛谈》改。

④"艰"，原作"坚"，据《浪迹丛谈》改。

⑤"刻"，原作"坚"，据《浪迹丛谈》改。

109. "石门斜日到林丘"①，或注石门属齐州；或谓与"涧道"对，不必实指其地。然《居易录》云："孔博士东塘言：曲阜县东北有石门山，即杜子美《题张氏隐居》处，李太白有《石门送杜二甫》诗：'何言石门路，重有金尊开。'②亦其地。山不甚高大，石峡对峙如门，故名。山南有二小阜，俗称金粑齿、银粑齿者，子美诗'不贪夜识金银气'③，盖偶然即目耳。"④

【校注】

①、③《题张氏隐居二首》其一，卷一。按：此条本翁方纲说，而抄自《浪迹丛谈》卷十。

②即《鲁郡东石门送杜二甫》，《李太白全集》卷十七。"重"，原作"复"；"尊"，原作"复"。皆据李诗改。

④以上王士禛语见《居易录》卷二十七。孔东塘，即孔尚任。

110.《静志居诗话》①："杜子美集有《漫与》七绝九首②，又七言云：'老去诗篇浑漫与，春来花鸟莫深愁。'③'浑漫与'者，言即景口占，率意而作也。其后苏子瞻、黄山谷、杨廷秀诸公皆袭用之，押入语韵；阴时夫辑《韵府群玉》，亦采入语韵④。盖自元以前，无有读作'漫兴'者。迨杨廉夫作《漫兴七首》，谓：'学杜者必先得其性情语言，而后可得其性情语言，必自《漫兴》始。'⑤而其弟子吴复见心从而和之，注云：'《漫兴》者，老杜在浣花溪之作也。'⑥自廉夫诗出，而世之人遂尽改杜集之旧，易'与'为'兴'矣。首沿其误者，张孟兼也⑦。"今按：

此说《冷斋夜话》已发之[8]，竹垞谓其误自吾邑铁崖先生始，未细考耳。

【校注】

①《静志居诗话》二十四卷，清朱彝尊撰，姚祖恩辑。朱彝尊，字锡鬯，号竹垞。此条见《静志居诗话》卷二《张孟兼》条，文有删节。

②"七"，原误作"五"，《静志居诗话》亦误作"五"。按杜甫有《绝句漫兴九首》，见卷九，系七绝，非五绝也，据改。

③《江上值水如海势聊短述》，卷十。

④阴时夫，宋末人，名劲弦，一作时遇，时夫其字也，纂辑《韵府群玉》二十卷。其卷九语韵"谩与"条云："杜诗有《谩与》九篇，大率言对花柳之兴。"

⑤杨维祯，字廉夫，号铁崖、东维子，元诸暨（今属浙江）人。引语为《漫兴七首》序，与以下吴复语俱见《元诗纪事》卷十六。

⑥吴复，字子中，后改见心，号云槎。"老杜在浣花溪之作也"，《静志居诗话》于"之"下有"所"字。

⑦张孟兼，明初人，名丁，以字行，著有《白石山房逸稿》，其卷上有《漫兴》二首。

⑧按今本《冷斋夜话》无此说。

111. 李适之明皇朝为左相[1]，为李林甫所挤去位，作诗曰："避贤初罢相，乐圣且衔杯。为问门前客，今朝几个来？"[2]故杜子美《饮中八仙歌》云："左相日兴费万钱，饮如长鲸吸百川，衔杯乐圣称避贤。"正咏适之也。而今世行本误以"避贤"为"世贤"，绝无意义。秦州《雨晴》诗云："天永秋云薄，从西万里风。"谓秋天辽永，风从万里而来，可谓广大。而刊本作"天水"，此乃秦州郡名，若用之入此篇，其思致浅矣[3]。《和李表丈早春作》云："力疾坐清晓，来诗悲早春。"[4]正答其意，而集中作“来时”，殊失所谓和篇本旨。

【校注】

①此条盖抄自《容斋三笔》卷六，文字稍异。

②《罢相作》，《全唐诗》卷一百九。

③“思致”，原作“致思”，据《容斋三笔》改。

④即《奉酬李都督表丈早春作》，卷九。

112. 萧尺木先生云从尝作《杜律细》一卷①，以为杜律无拗体，说殊穿凿，而援据甚博。聊纪一二条于此，以备异闻：如“江草日日唤愁生”②，草音骚，《诗》“劳心慅兮”③，又“劳人草草”④，皆牢骚之转音也。“盘涡鹭浴底心性”⑤，底即低，《说文》“下也”⑥；隋薛道衡使江南作《人日》诗⑦，首二句，人笑之曰：“是底言？”低同，轻忽之也。“独树花发自分明”⑧，发音飞，《左传》“建而不旆”⑨，音霏，《荀子·议兵篇》引作“载发”，注：“发，旆也。”分，去声，《尔雅》“律谓之分”⑩，郭璞读也，此应作仄者；若杜《社日》诗“陈平亦分肉”，当作平，然不合律，亦作仄声，盖此字原有二声。“十年戎马暗南国”⑪，暗音庵。《书》“高宗谅闇”⑫，郑注作“梁庵”。小室曰庵，闭户曰闇，不明曰暗。“异域宾客老孤城”⑬，客音开，元曲凡如“青云客”“读书客”，俱作平声；孤音故，如姑作鼓、沽作估、箍作股例。“渭水秦川得见否？”⑭得音登。《公羊传》：“登来之也。”⑮注：登，得也。则得可云登。《易·豫》：“由豫，大有得，勿疑，朋盍簪。”簪音尊，得叶之。又“一双白鱼不受钓”⑯，白音杯，《七命》“燕髀猩唇，髦残象白，灵渊之龟，莱黄之鲐”叶⑰。鱼音勇，《荀子·礼论》：“丝鮝缕翣。”《礼记》作鱼，曰：“鱼跃拂池。”⑱鮝亦音勇。《易》“贯鱼”叶“宫人宠”⑲；不，平声，《沈韵》载十一尤；受，音收，傅玄诗：

"悠悠建平，皇泽未流，朝选于众，乃子之授。"⑳"未闻细柳散金甲"㉑，散，平声，生南反。元诗："酒户年年减，山行渐渐难。欲终心懒慢，转觉意阑散。"㉒潘岳《笙赋》："辍张女之哀弹，罢广陵之名散。"㉓散叶弹，诸仿此。

【校注】

①此条见《带经堂诗话》卷十六《音训类》第四条，出《池北偶谈》卷十二《杜律细》条。萧云从，字尺木，号无闷道人，清芜湖（今属安徽）人。他是清初著名画家，"姑熟画派"的始祖。

②、⑤、⑧、⑪、⑬、⑭《愁》，卷十八。

③《诗经·陈风·月出》。

④《诗经·小雅·巷伯》。

⑥《说文》卷九下。

⑦即《人日思归诗》，《先秦汉魏晋南北朝诗》隋诗卷四。

⑨《左传·昭公十三年》。

⑩《尔雅·释器》。

⑫《礼记·丧服四制》。

⑮《公羊传·隐公五年》。"之"字，原脱，据《公羊传》补。

⑯、㉑《即事》，卷二十。

⑰张协《七命八首》其七，《文选》卷三十五。

⑱《礼记·丧服大记》。"拂"，原作"沸"，据《礼记》改。

⑲《易·剥·六五》。

⑳此乃傅咸《赠建平太守李叔龙诗》，见《艺文类聚》卷三十一。而《韵补》卷四作傅玄诗。

㉒此为元稹《春游》诗首四句，《全唐诗》卷四百二十三。"觉意"，《全唐诗》作"恐兴"。

㉓“哀”，原作“妙”；“名”，原作“清”。皆据《文选》卷十八《笙赋》改。

113.《晓发公安》诗，注云：“数月憩息此县。”按公《移居公安》诗云[①]：“水烟通径草，秋露接园葵。”而《留别公安太易沙门》诗云：“沙村白雪仍含冻，江县红梅已放春。”则是以秋至公安，暮冬始去，故曰“数月憩息”也[②]。

【校注】

①即《移居公安敬赠卫大郎》，卷二十二。

②此条见陆游《入蜀记》卷五。

114.“自在娇莺恰恰啼”[①]，说诗以为“恰恰”莺声也。《广韵》云：恰恰，用心啼尔[②]。非其声也。

【校注】

①《江畔独步寻花七绝句》其六，卷十。按：此条盖抄自《猗觉寮杂记》卷上。

②《广韵》卷五洽韵：“恰，用心。”

115.《宜都山记》[①]：“峡中猿鸣至清，山谷传响，泠泠不尽[②]，行者歌曰：‘巴东三峡猿鸣悲，猿鸣三声泪沾衣。’[③]”杜诗“听猿实下三声泪”[④]，用此也。

【校注】

①此条盖抄自《猗觉寮杂记》卷上。“宜都山记”，《艺文类聚》卷

九十五、《乐府诗集》卷八十六俱作“宜都山川记”。

②“泠泠”，原误作“冷冷”，据《艺文类聚》和《乐府诗集》改。

③第二个“猿鸣”，原脱，据《艺文类聚》和《乐府诗集》补。

④《秋兴八首》其二，卷十七。

116. 鹭鸶、鸬鹚①，皆宿于乔木丛竹上，晚则俱集喧噪，至黑方定。燕子未尝集于木上。杜云：“沙头宿鹭联拳静。”②又云：“宿鹭起圆沙。”③又云：“风鸳藏近渚，雨燕集深枝。”④皆取其意。诗人之言固不可据为典要也。

【校注】

①此条盖抄自《猗觉寮杂记》卷上，文字稍异。

②《漫成一首》，卷十五。

③《遣意二首》其二，卷九。

④《朝雨》，卷十。“深”，原作“新”，据杜诗改。

117. 唐至德二年①，改蜀郡为南京。杜云：“南京犀浦道。”②为蜀郡也。又云：“南京久客耕南亩。”注云：“明皇幸蜀，以成都为南京。”③非是。

【校注】

①此条盖抄自《猗觉寮杂记》卷上。

②《梅雨》，卷九。

③《进艇》，卷十。注见《九家集注杜诗》卷二十一。

118. 《沙苑行》为马诗也①，末章云：“泉出巨鱼长比人，丹砂作尾黄金鳞。岂知异物同精气，虽未成龙亦有神。”《同州志》云：沙苑有泉，泉多大鱼。杜意鱼与马皆可成龙。

【校注】

①此条盖抄自《猗觉寮杂记》卷上。

119. 夔州云：“身许双峰寺，门求七祖禅。”①注云：释氏有六祖，今云七，莫知其故。六祖传法清源，思不传衣，谓之七祖。双峰，惠义寺也。杜有《惠义寺送辛员外》诗云：“双峰寂寂对春台。”②

【校注】

①此条盖抄自《猗觉寮杂记》卷上。“夔州”，《猗觉寮杂记》作“杜夔州诗”，即《秋日夔府咏怀奉寄郑监李宾客一百韵》，卷十九。

②即《又送》，卷十二。

120. “舞马既登床”①，《珊瑚钩诗话》云：“舞马藉之以榻也。”②朱翌引《乐府杂录》云：“有马舞者，拢马人著彩衣，执鞭于床上，舞马蹀躞，蹄皆应节。”是登床而舞乃驭者，而马应节于下也③。二说未审孰是？

【校注】

①此条见《池北偶谈》卷十四《舞马》条。引诗见《斗鸡》，卷十七。

②张表臣《珊瑚钩诗话》卷二。

③朱翌语见《猗觉寮杂记》卷上，引文见《乐府杂录·舞工》。“拢”，《乐府杂录》《猗觉寮杂记》均作“栊”；“舞马”，二书均无“马”字。

121.《老学庵笔记》①：“今人解杜诗，但寻出处，不知少陵之意，初不如是，且如《岳阳楼》诗：‘昔闻洞庭水，今上岳阳楼。吴楚东南坼，乾坤日夜浮。亲朋无一字，老病有孤舟。戎马关山北，凭轩涕泗流。’此岂可以出处求哉！纵使字字寻得出处，去少陵之意益远矣。盖后人元不知杜诗所以绝妙古今者在何处，但以一字亦有出处为工。如《西昆酬唱集》中诗，何曾有一字无出处者，便以为追配少陵，可乎？且今人作诗，亦未尝无出处，渠自不知，若为之笺注，亦字字有出处，但不妨其为恶诗耳。”

【校注】

①此条见陆游《老学庵笔记》卷七，只稍异数字。

122. 宋真宗尝宴群臣于太清楼①，君臣欢笑无间，忽问廛沽尤佳何处？中贵人奏有南仁和者，亟令进之，遍赐宴席。上亦颇爱，问其价，中贵人以实对。上遽问近臣曰：“唐酒价几何？”无能对者，唯丁谓奏曰：“唐酒每升三十钱。”上曰：“安知？”丁曰：“臣尝读杜甫诗曰：‘早来就饮一斗酒，恰有三百青铜钱。’②是知一升三十钱。”上大喜曰：“甫之诗，自可谓一时之史。”

【校注】

①此条见《玉壶清话》卷一，只稍异数字。《中山诗话》、《诗话总龟》前集卷二十八引《古今诗话》等均载此事，只是详略不同。

②《逼侧行赠毕四曜》，卷六。“早来就饮一斗酒”，杜诗作“速宜相就饮一斗”。“速宜”，一作“径须”。

123.《六研斋二笔》①：“杜子美诗：‘夜阑更秉烛，相对如梦寐。’②

疗疟法：对日握枣，书此十字于空中，仍吸日气，一口吹枣，上不换手，以啖病者，辄愈。”按杜诗愈疟，人知有“子璋髑髅”之句③，不知有此。未审李日华果何所见而云然也。

【校注】

①引语见李日华《六研斋二笔》卷四。

②《羌村三首》其一，卷五。

③《戏作花卿歌》，卷十。

124. 严武在当时不以诗名，其节度西川，有诗数首，仅载老杜集中，如云：“昨夜秋风入汉关，朔云边雪满西山。更催飞将追骄虏，莫遣沙场匹马还。”①何当雄壮②！

【校注】

①《军城早秋》，见仇注卷十四《奉和严郑公〈军城早秋〉》附严武诗。

②此条见《归田诗话》卷上，文有删节。

新编渔洋杜诗话

张忠纲 编注

说　明

《新编渔洋杜诗话》六卷，张忠纲编注。

王士禛（1634—1711），小字豫孙，字子真，又字贻上，号阮亭，自号渔洋山人。死后因避清世宗胤禛讳，追改名士正。乾隆四十二年（1777），又改名士祯，补谥文简。原籍山东诸城，祖上迁居新城（今山东桓台），遂为新城人。顺治十五年（1658）进士。次年，授扬州府推官。累官至刑部尚书。士禛为一代宗匠，主盟诗坛数十年。诗与朱彝尊齐名，时称“南朱北王”。论诗主“神韵说”，影响颇大。士禛著作宏富，版本繁多。有《带经堂全集》九十二卷、《渔洋山人精华录》十卷、《渔洋诗话》三卷、《五代诗话》十二卷、《池北偶谈》二十六卷、《居易录》三十四卷、《香祖笔记》十二卷、《古夫于亭杂录》六卷、《分甘余话》四卷等，编选有《古诗选》三十二卷、《唐贤三昧集》三卷、《唐人万首绝句选》七卷、《十种唐诗选》十七卷等。

渔洋有关杜甫的论述颇多，清人翁方纲为渔洋再传弟子，辑有《渔洋杜诗话》一卷，有乾隆三十二年（1767）大兴翁氏刻本，但仅收一百四十七条，颇多遗漏。今据渔洋传世作品及他人所引渔洋有关言论重加辑录，共得二百四十余条。孙微又从顾宸《辟疆园杜诗注解》和杨伦《杜诗镜铨》辑得二十余条，总计二百七十余条，略加校注，故名曰《新编渔洋杜诗话》，以区别于翁氏所辑也。渔洋著作繁富，各本之间文字时有重复或大同小异者，今则斟酌取舍，完全相同者则据常见本予以收录。因渔洋论诗之语，大多见于张宗柟所辑《带经堂诗话》，故凡见于是书者，均据以收录，而注明据引之书卷次、条目，以便读者检核。文字有异同者，视情况亦酌予说明。

渔洋对杜甫的评论和态度，三百年来，一直是文学批评史上的一桩公案。为澄清事实，辨明是非，我于一九八七年即在《文学评论》发表《渔洋论杜》一文，指出所谓“渔洋不喜杜甫”的看法，是不符合渔洋论杜的实际情况的；渔洋对杜甫是推崇的，肯定的；他对杜甫的批评虽有偏颇，但不都是没有道理的。今将此文附录书后，以供读者参考。

新编渔洋杜诗话卷一

1. 夫古诗，难言也①。《诗》三百篇中“何不日鼓瑟”“谁谓雀无角”“老马反为驹”之类②，始为五言权舆。至苏李③、《十九首》④，体制大备。自后作者日众，……唐则陈拾遗、李翰林、韦左司、柳柳州独称复古⑤，少陵以下又其变也⑥。

【校注】

①此条见《带经堂诗话》卷一，源流类二。引自《渔洋文》卷三《陶庵诗选序》。

②“何不”句，见《诗经·唐风·山有枢》；“谁谓”句，见《诗经·召南·行露》；“老马”句，见《诗经·小雅·角弓》。

③《文选》载苏武诗四首，李陵《与苏武诗》三首，皆为五言诗。但诗中所言与苏李行踪及二人赠别之情事无关，应为后人假托之作。

④《文选》载有无名氏的十九首五言诗。因其作者姓名失传，时代不能确定，《文选》编者题为“古诗”。《古诗十九首》取得了高度的艺术成就，是五言诗已经达到成熟阶段的标志，据考当是东汉末年的作品；木斋更认为是建安十六年（211）之后的作品（见其所著《古诗十九首与建安诗歌研究》）。

⑤陈子昂，字伯玉，曾官右拾遗。李白，字太白，天宝元年供奉翰林。韦应物，曾拜左司郎中。柳宗元，字子厚，曾任柳州刺史。

⑥杜甫天宝中客长安近十年，曾住于杜陵附近的少陵，故世称杜少陵、少陵，亦称杜陵。

2. 宋、明以来，诗人学杜子美者多矣①。予谓退之得杜神②，子瞻得杜气③，鲁直得杜意④，献吉得杜体⑤，郑继之得杜骨⑥，它如李义山、陈无己、陆务观、袁海叟辈⑦，又其次也，陈简斋最下⑧。《后村诗话》谓简斋"以简严扫繁缛，以雄浑代尖巧，其品格在诸家之上"⑨，何也？

【校注】

①此条见《带经堂诗话》卷一，源流类四。引自《池北偶谈》卷十六《学杜》。

②韩愈，字退之。

③苏轼，字子瞻。

④黄庭坚，字鲁直，自号山谷道人。

⑤李梦阳，字献吉，号空同子，明弘治七年（1494）进士，为明代"前七子"的领袖人物。

⑥郑善夫，字继之，弘治十八年(1505)进士，以清操名，作诗规模杜诗，多忧时感事之作。

⑦李商隐，字义山。陈师道，字无已，自号后山居士。陆游，字务观，号放翁。袁凯，字景文，自号海叟，元末明初人。洪武三年（1370）荐授御史，迕帝，以佯狂免。凯诗名甚著，性诙谐。尝在杨维桢座赋白燕诗，颇工丽，人呼之"袁白燕"。钱谦益《列朝诗集小传》袁凯传引李献吉云："海叟师法子美。"又引程梦阳云："七言律诗，自宋元来学杜，未有如叟之自然者。野逸玄澹，疏荡傲兀，往往得老杜兴会。空同诸公，全不悟此。七言绝句，似乎率易似古乐府，亦是老杜法脉。"

⑧陈与义，号简斋。江西诗派三宗之一。

⑨刘克庄《后村先生大全集》卷一百七十四《诗话前集》。

3．明初诗人①，共推高季迪为冠②。而大复独以海叟为冠③，空同许为知言④。今读其诗，古诗学魏晋，近体学杜，皆具体而微耳；遽跻之青丘生之列，未免失伦。故予谓从来学杜者无如山谷。山谷语必己出，不屑稗贩杜语，后山、简斋之属都未梦见，况其下如海叟者乎？

【校注】

①此条见《带经堂诗话》卷一，源流类四。引自《香祖笔记》卷二，亦见《蚕尾续文》卷二十《跋袁海叟集》。

②高启，字季迪。元末隐居吴淞青丘，因自号青丘子。其诗清新超拔，众体兼长。

③何景明，字仲默，号大复山人。其《海叟集序》云："欲取我朝诸名家集读之，然弗多得。其得而读之者，又皆不称鄙意，独海叟诗为长。叟歌行、近体法杜甫，古作不尽是。要其取法，亦必自汉、魏以来者。"又曰："海叟为国初诗人之冠。"

④敖英《东谷赘言》卷下："国初诗，以高启、杨基、张羽、徐贲为大家。近时，空同李公又以袁海叟为诗家冠冕。"

4．明末暨国初歌行①，约有三派：虞山源于杜陵，时与苏近②；大樽源于东川，参以大复③；娄江源于元白④，工丽时或过之。

【校注】

①此条见《带经堂诗话》卷一，源流类五。引自《分甘余话》卷二《明清之际歌行三派》。

②钱谦益，江苏常熟人。常熟境内有虞山，钱有虞山先生之称。苏，

指苏轼。

③陈子龙，号大樽，明末文学家，或誉为明诗殿军。东川，唐李颀长期居住颍阳（今河南登封）东川，故世称“李东川”。大复，即何景明。

④娄江，指清初著名诗人吴伟业。伟业，字骏公，号梅村，江苏太仓人，娄江（一名浏河）流经其境，故以称之。魏宪《百名家诗选·吴梅村诗小引》：“独吴中诸子，于虞山则宗牧斋，于娄江则宗梅村，奉为金科玉轴，不敢违越焉。”元稹、白居易都是新乐府运动的代表人物，文学观点一致，诗歌都以平易见长，时称元白。张尔田《遁堪书题》评吴诗云：“集中诸作，要以长庆体为工，风骨不逮四杰，声情骀宕，上掩元白，而苍凉激楚过之。或疑其俗调太多，实则此体正不嫌俗，但视其驱使何如耳。”

5. 乐府之名，其来尚矣[①]。……东汉之末，曹氏父子兄弟雅擅文藻[②]，所为乐府，悲壮奥崛，颇有汉之遗风。降及江左，古意寖微，而清商继作，于是楚调、吴声、西曲、南弄，杂然兴焉[③]。逮于有唐，李、杜、韩、柳、元、白、张、王、李贺、孟郊之辈[④]，皆有冠古之才，不沿齐梁，不袭汉魏，因事立题，号称乐府之变。

【校注】

①此条见《带经堂诗话》卷一，体制类一二。引自《蚕尾续文》卷三《万首唐人绝句选自序》。

②指曹操及其子曹丕、曹植等人。

③此句叙南朝乐府民歌情况。南朝乐府民歌多是情歌，柔媚婉丽，较前之乐府诗有很大不同。

④即李白、杜甫、韩愈、柳宗元、元稹、白居易、张籍、王建。

6. 予尝见一江南士人拟古乐府[①]，有“妃来呼豨豨知之”之句。

盖乐府"妃呼狶"皆声而无字，今误以妃为女，呼为唤，狶为豕，凑泊成句，是何文理？因于《论诗绝句》著其说云："草堂乐府擅惊奇，杜老哀时托兴微。元白张王皆古意[2]，不曾辛苦学妃狶。"

【校注】

①此条见《带经堂诗话》卷一，体制类一一。引自《池北偶谈》卷十一《公文介论乐府》。

②指元稹、白居易、张籍、王建。

7. 七月初三日[1]，薄晚，乘凉院中。瑳执古乐府中"江南可采莲"一首进质曰："如此诗，寄托何在？"[2]师曰："此不可解，然但见其古；或者当时尚有阙文，亦未可知。"因言："古乐府原有句有音。在当日，句必大书，音必细注。后人相沿之久，并其细注之音，而误认为句。附会穿凿，至于摹拟剽窃，毫无意义，而自命为乐府，使人见之欲呕。如南中某公作乐府，有'妃呼狶，狶知之'之语。夫'妃呼狶'三字，皆音也。今乃认妃作女，认狶作豕，一似豕真有知，岂非笑谈？唐人乐府，惟有太白《蜀道难》《乌夜啼》，子美《无家别》《垂老别》以及元、白、张、王诸作，不袭前人乐府之貌，而能得其神者，乃真乐府也。后人拟古诸篇，总是赝物。"瑳曰："李、杜诸作，固无假窃。然未见其中有如古之所谓无字之音。不识被之管弦，其音将何如？"师曰："恐亦未必可被之管弦。"瑳曰："古乐府之音，即如今之工、上、四、尺乎？"师曰："然。"

【校注】

①此条见《然镫记闻》一九。

②瑳，即何世瑳，字澹庵，号铁山，新城（今山东桓台）人。康熙进士，

官终直隶总督。喜为诗，尝师事王士禛，《然镫记闻》就是由他记述王士禛诗评而成。“江南可采莲”系乐府古辞《江南》首句，属相和曲，见《先秦汉魏晋南北朝诗》汉诗卷九。

8. 又曰[①]：“如伯牙《水仙操》一序，绝妙，然其诗则殊不可解。料是其中有缺讹处[②]。必欲一言求之，则凿矣。又如‘逢逢白云，一东一西，一南一北’[③]，此亦‘鱼戏莲叶东，鱼戏莲叶西，鱼戏莲叶南，鱼戏莲叶北’之类[④]。料是其中有缺处。然在今日，但见其古。如杜子美《杜鹃行》首四句[⑤]，便是从此诗脱化得来。”

【校注】

①此条见《然镫记闻》二〇。

②《先秦汉魏晋南北朝诗》汉诗卷十一《琴曲歌辞》引《琴苑要录》曰：“《水仙操》，伯牙之所作也。伯牙学琴于成连，三年而成。至于精神寂寞，神情专一，未能得也。成连曰：‘吾之学不能移人之情，吾师有方子春在东海中。’乃赍粮从之。至蓬莱山，留伯牙曰：‘吾将迎吾师。’刺船而去，旬时不返。伯牙心悲，延颈四望，但闻海水汩没，山林窅冥，群鸟悲号，仰天叹曰：‘先生将移我情。’乃援琴而作此歌。”歌曰：“繄洞渭兮流澌濩，舟楫逝兮仙不还，移形素兮蓬莱山，歍钦伤宫仙石还。”逯钦立案云：“各书所引《琴操》仅载伯牙学琴事，不言有歌辞。《乐府诗集》辑录古今琴曲亦不及此操，知《琴苑要录》此辞乃后人依托也。”

③语出《墨子·耕柱》。

④此为乐府古辞《江南》中诗句。

⑤题当作《杜鹃》，卷十四。首四句云：“西川有杜鹃，东川无杜鹃。涪万无杜鹃，云安有杜鹃。”

9. 问[①]：“乐府之体，与古歌谣仿佛。必具有悬解，另有风神，无蹊径之可寻，方入其室；若但寻章摘句，摹拟形似，终落第二义。如《穆天子传》之《白云谣》[②]，《湘中记》之‘帆随湘转’[③]，《古乐府》之‘独漉独漉，水清泥浊’之类[④]，神妙天然，全无刻画，始可以称乐府。魏、晋拟作，已非其长，至唐益远矣。夏虫语冰，殊觉妄诞，乞指示之。”

阮亭答：“乐府之名，始于汉初，如高帝之《三侯》[⑤]，唐山夫人之《房中》是[⑥]。《郊祀》类《颂》，《铙歌》《鼓吹》类《雅》，琴曲、杂诗类《国风》[⑦]。故乐府者，继《三百篇》而起者也。唐人惟韩之《琴操》[⑧]，最为高古。李之《远别离》《蜀道难》《乌夜啼》，杜之《新婚》《无家》诸别，《石壕》《新安》诸吏，《哀江头》《兵车行》诸篇，皆乐府之变也。降而元、白、张、王，变极矣。元次山、皮袭美补古乐章[⑨]，志则高矣，顾其离合，未可知也。唐人绝句，如‘渭城朝雨’‘黄河远上’诸作[⑩]，多被乐府，止得《风》之一体耳。元杨廉夫、明李宾之各成一家，又变之变也[⑪]。李沧溟诗名冠代[⑫]，只以乐府摹拟割裂，遂生后人诋毁。则乐府宁为其变，而不可以字句比拟也亦明矣。来教‘必具悬解，另有风神，无蹊径之可寻，乃入其室’，数语尽之。”

【校注】

①此条见《师友诗传录》三。《师友诗传录》一卷，郎廷槐编。廷槐，字梅溪，为士禛弟子。述其师说，并兼采张笃庆（字历友）、张实居（字萧亭）二人之言，故每一问而三答。此仅取廷槐问话与士禛答语。

②白云谣，见《穆天子传》卷三。

③即《湘川渔者歌》，见《水经·湘水注》。

④独漉篇，见《乐府诗集》卷五十四《舞曲歌辞三》。“清”，《乐府诗集》作“深”，是。

⑤三侯，即汉高祖刘邦《大风歌》，《史记·乐书》称为《三侯之章》。

⑥即《安世房中歌》，《汉书·礼乐志》云："《房中祠乐》，高祖唐山夫人所作也。"

⑦郊祀歌，鼓吹曲，皆为乐府歌曲名。铙歌则为乐府《鼓吹曲》的一部。琴曲，为乐府歌辞的一类。杂诗系指乐府《杂曲歌辞》。均见宋郭茂倩编《乐府诗集》。

⑧韩愈有《琴操十首》。

⑨元结，字次山，有《补乐歌十首》。皮日休，字袭美，有《补九夏歌九篇》《正乐府十篇》。

⑩"渭城朝雨"，即王维《渭城曲》。"黄河远上"，即王之涣《凉州词》。

⑪杨维桢，字廉夫，号铁崖。元代著名诗人，其诗被称为"铁崖体"，乐府诗尤为人称道。李东阳，字宾之，号西涯，茶陵诗派代表人物。

⑫李攀龙，字于鳞，号沧溟。与王世贞同为明"后七子"领袖。

10. 问①："唐人乐府，何以别于汉、魏？"

答："汉、魏乐府，高古浑奥，不可拟议。唐人乐府不一。初唐人拟《梅花落》《关山月》等古题，大概五律耳。盛唐如杜子美之《新婚》《无家》诸别，《潼关》《石壕》诸吏，李太白之《远别离》《蜀道难》，则乐府之变也。中唐如韩退之《琴操》，直溯两周；白居易、元稹、张籍、王建创为新乐府，亦复自成一体。若元杨维桢，明李东阳各为新乐府，古意寖远，然皆不相蹈袭。至于唐人王昌龄、王之涣，下逮张祜诸绝句，《杨柳枝》《水调》《伊州》《石州》等辞，皆可歌也。"

【校注】

①此条见《师友诗传续录》一。《师友诗传续录》一卷，为刘大勤记述王士禛答问之语，亦称《古夫于亭诗问》。

11. 问[1]："萧《选》一书[2]，唐人奉为鸿宝。杜诗云：'熟精《文选》理。'[3]请问其理安在？"

答："唐人尚《文选》学，李善注《文选》最善[4]，其学本于曹宪[5]，此其昉也。杜诗云云，亦是尔时风气。至韩退之出，则风气大变矣。苏子瞻极斥昭明，至以为小儿强作解事[6]，亦风气递嬗使然耳。然《文选》学终不可废，而五言诗尤为正始，犹方圆之规矩也。'理'字似不必深求其解。"

【校注】

①此条见《师友诗传录》四。

②指萧统所编《文选》。萧统，字德施，梁武帝萧衍长子。天监元年(502)立为皇太子。死谥昭明，世称昭明太子。

③《宗武生日》，卷十七。

④李善，唐江都(今江苏扬州)人。初从曹宪学《文选》，后以讲授《文选》为业，从学者甚多，号"文选学"。所注《文选》六十卷颇行于世。

⑤曹宪，江都人。仕隋为秘书学士，入唐拜朝散大夫。享年105岁。博学多识，教授《文选》，所著《文选音义》甚为当时所重。

⑥苏轼《题〈文选〉》云："舟中读《文选》，恨其编次无法，去取失当。齐、梁文章衰陋，而萧统尤为卑弱。"

12. 唐人省试应制排律率六韵[1]，载诸《英华》者可考[2]。至杜子美、元、白诸人，始增益至数十韵，或百韵。近日词林进诗，动至百韵，夸多斗靡，失古意矣。

【校注】

①此条见《带经堂诗话》卷一，体制类二三。引自《池北偶谈》卷十七

《排律》。

②“英华”，指《文苑英华》。

13. 问[1]：“排律之法何如？”

答：“唐人省试，皆用排律，本只六韵而止，至杜始为长律。中唐元、白又蔓延至百韵，非古也。其法‘首尾开阖，波澜顿挫’八字，约略尽之。”

【校注】

①此条见齐鲁书社《诗问四种》本《诗问》卷四之四三条。刘大勤问，王士禛答。

14. 唐司空图与王驾论诗曰[1]：“国初雅风特甚[2]。沈宋始兴之后[3]，杰出于江宁[4]，宏肆于李杜。右丞、苏州[5]，趣味澄夐，如清沇之贯達。大历十数公[6]，抑又其次。元白力勍而气孱[7]，乃都市豪估耳。”……晚唐诗以表圣为冠，观此持论，可见其所诣矣。

【校注】

①此条见《带经堂诗话》卷一，品藻类五。引自《池北偶谈》卷十八《一鸣集》。司空图，字表圣。有《司空表圣文集》。此段语出《与王驾评诗书》。王驾，字大用。唐昭宗时人，与郑谷、司空图为诗友。今存诗仅数首。

②“甚”，《池北偶谈》作“盛”。

③沈佺期和宋之问齐名，并称沈宋。

④王昌龄，字少伯。曾任江宁尉，世称王江宁。

⑤王维，字摩诘，官终尚书右丞，世称王右丞。韦应物，官终苏州刺史，世称韦苏州。

⑥卢纶、钱起、司空曙、李端等十人并称“大历十才子”。

⑦元稹、白居易并称元白。

15. 胡元瑞论明人歌行①，极尊空同，而略于大复②。不知何《听琴》《猎图》《送徐少参》《津市打鱼》诸篇，深得少陵之髓，特以秀色掩之耳。胡专举《明月》《帝京》，陋矣。

【校注】

①此条见《带经堂诗话》卷一，品藻类二七。引自《分甘余话》卷二《胡应麟论歌行》。胡应麟，字元瑞。号少室山人，著有《诗薮》《少室山房笔丛》等。

②李梦阳，号空同子。何景明，号大复山人。

16. 陈后山云①：“韩文黄诗，有意故有工，若左、杜则无工矣。然学左杜先由韩黄。”②此语可为解人道。

【校注】

①此条见《带经堂诗话》卷三，要旨类五。引自《居易录》卷十二。陈后山，即陈师道。

②语见《后山诗话》，文字有删节。韩，指韩愈。黄，指黄庭坚。左，指春秋、战国之际散文家左丘明，著有《左氏春秋》，即《左传》，为先秦历史散文中成就最高者，于后世影响极大。杜，指杜甫。“左、杜”，或误作“老杜”。

17. 朱少章《诗话》云①：“黄鲁直独用昆体工夫②，而造老杜浑成之地，禅家所谓更高一著也。”此语入微，可与知者道，难为俗人言。

【校注】

①此条见《带经堂诗话》卷三，要旨类六。引自《香祖笔记》卷十二。朱弁，字少章，宋婺源（今属江西）人，为朱熹族叔祖。语见其《风月堂诗话》卷下，有删节。

②黄庭坚，字鲁直。宋初以杨亿、刘筠、钱惟演为首的一批馆阁诗人，以学李商隐相尚，在应制唱酬中创作了大量华丽精工、多用典故的诗歌，后杨亿编为《西昆酬唱集》。“西昆体”诗风影响颇大。

18. 三十年前①，予初出，交当世名辈，见夫称诗者，无一人不为乐府，乐府必汉《铙歌》，非是者弗屑也；无一人不为古选，古选必《十九首》、公宴，非是者弗屑也②。予窃惑之：是何能为汉魏者之多也？历六朝、唐、宋，以诗名其家者甚众，岂其才尽不今若耶？是必不然。故尝著论，以为唐有诗，不必建安、黄初也③；元和以后有诗，不必神龙、开元也④；北宋有诗，不必李、杜、高、岑也⑤。二十年来，海内贤知之流，矫枉过正，或乃欲祖宋而祧唐，至于汉、魏乐府、古选之遗音，荡然无复存者。江河日下，滔滔不返，有识者惧焉。

【校注】

①此条见《带经堂诗话》卷三，要旨类一〇。引自《蚕尾文》卷一《鬲津草堂诗集序》，稍有删节。

②古选，指梁萧统《文选》，是现存第一部文章总集。

③建安，汉献帝年号。黄初，魏文帝年号。

④元和，唐宪宗年号。神龙，唐中宗年号。开元，唐玄宗年号。

⑤高、岑，指高适、岑参。

19. 一日秋雨中①，茂京携画见过②，因极论画理，其义皆与诗文相通。大约谓始贵深入，既贵透出，又须沈著痛快。又谓画家之有董、巨③，犹禅家之有南宗；董、巨后嫡派，元唯黄子久、倪元镇④，明唯董思白耳⑤。予问倪、董以闲远为工，与沈著痛快之说何居？曰：闲远中沈著痛快，唯解人知之。又曰：仇英非士大夫画⑥，何以声价在唐、沈之间⑦，徵明之右⑧？曰：刘松年、仇英之画⑨，正如温、李之诗⑩，彼亦自有沈著痛快处。昔人谓义山善学杜子美，亦此意也。

【校注】

①此条见《带经堂诗话》卷三，微喻类一六。引自《居易录》卷二十六。

②王原祁，字茂京，号麓台，王揆之子，清太仓（今属江苏）人。工画山水，能诗善文，曾充书画谱馆总裁。

③董源，字叔达，钟陵（今江西进贤）人，事南唐中主，为北苑副使，善画山水人物，大启后学。巨然，宋僧，江宁（今南京）人。开宝八年（975）随南唐后主李煜至京师。工画山水，祖述董源，极负声誉。其学士院壁画烟岚晓景图，称绝一时。

④黄公望，字子久。本姓陆，名坚，出继黄氏为义子，故改姓名。号一峰、大痴道人。幼聪敏，经史、杂学、书画、音律皆通。画入逸品，与吴镇、王蒙、倪瓒并称“元四大家”。山水师董、巨，以《富春山居图》为最著。倪瓒，字元镇，号云林子，善自隐晦，别名、别号甚多。工画山水，江南曾以家中有无倪画判雅俗。

⑤董其昌，字玄宰，号思白，华亭（今上海松江）人。万历十六年（1588）进士，官至南京礼部尚书，谥文敏。书画皆精，冠绝一代，遗迹颇多。

⑥仇英，字实父，一作实甫，号十洲，太仓（今属江苏）人。特工临摹，尤精仕女，为明工笔之杰。尝作上林图，皆臆写古贤名笔，为艺林盛举。与沈周、文徵明、唐寅并称“明四家”。

⑦唐寅，字伯虎，号六如居士，吴县（今江苏苏州）人。为人放浪不羁，

自镌其章曰："江南第一风流才子。"书画皆精，仕女、花鸟，尤负盛名。沈周，字启南，号石田，自号白石翁，长洲（今江苏苏州）人。水墨山水为艺林绝品。

⑧文徵明，名壁，一作璧，以字行，号衡山居士，长洲（今江苏苏州）人。为人傲岸。其书小楷、隶书、大书皆佳，画亦独步一时。

⑨刘松年，宋钱塘（今杭州）人，工人物、山水，精妙过人，为画院待诏。

⑩温庭筠、李商隐。

20. 芝麓先生刻其诗成①，自江南寓书，命给事君属予为序②。给事自携所作杂画八帧过余，因极论画理。以为画家自董、巨以来，谓之南宗，亦如禅教之有南宗云。得其传者，元人四家，而倪、黄为之冠；明二百七十年擅名者，唐、沈诸人称具体，而董尚书为之冠。非是则旁门魔外而已。又曰：凡为画者，始贵能入，继贵能出，要以沈著痛快为极致。予难之曰：吾子于元推云林，于明推文敏。彼二家者，画家所谓逸品也，所云沈著痛快者安在？给事笑曰：否否。见以为古澹闲远，而中实沈著痛快，此非流俗所能知也。予曰：子之论画至矣。虽然，非独画也，古今风骚流别之道，固不越此。唐、宋以还，自右丞以逮华原、营丘、洪谷、河阳之流③，其诗之陶、谢、沈、宋、射洪、李、杜乎④？董、巨，其开元之王、孟、高、岑乎⑤？降而倪、黄四家，以逮近世董尚书，其大历、元和乎⑥！非是则旁出，其诗家之有嫡子正宗乎！入之出之，其诗家之舍筏登岸乎？沈著痛快，非唯李、杜、昌黎有之⑦，乃陶、谢、王、孟而下莫不有之。子之论，论画也，而通于诗矣。

【校注】

①此条见《带经堂诗话》卷三，微喻类一六。引自《蚕尾文》卷二《芝麓集序》，有删节。王揆，字端士，又字芝麓，顺治进士，工诗，著有《芝

麈集》。

②给事，指王原祁。原祁于康熙二十九年（1690）补户科给事中。

③右丞，指王维。维精绘画，苏轼称誉他“诗中有画，画中有诗”。董其昌推其为山水画“南宗”之祖。并云“文人之画，自王右丞始”，对后世文人画影响极大。华原，指北宋画家范宽，华原（今陕西耀县）人，好绘事，山水师李成、荆浩。李成，五代、宋初画家，长安（今陕西西安）人，后徙青州（今属山东），人称李营丘。工画山水，初师荆浩、关仝。荆浩，五代后梁时人，字浩然，自号洪谷子，擅画山水，为一时冠，与董源、关仝、巨然并称四大家。郭熙，北宋画家，河阳温县（今属河南）人。工绘山水，学李成，后人并称“李郭”。

④陶，指东晋陶渊明。谢，指南朝宋谢灵运。射洪，指陈子昂，子昂射洪（今属四川）人。

⑤王、孟，王维、孟浩然。

⑥倪、黄四家，指元代黄公望、王蒙、吴镇、倪瓒四家，他们在山水画创作方面作出了重要贡献，被称为“元季四大家”。董尚书，指董其昌，曾官明南京礼部尚书，大历，唐代宗年号。

⑦昌黎，指韩愈。韩愈郡望昌黎，世称“韩昌黎”。

21. 明何大复《明月篇序》谓初唐四子之作①，往往可歌，（集本有“其调”二字）反在少陵之上，说者以为有功于风雅（集本无此句），尟矣。然遂以此概七言之正变，则非也。

诗至工部②，集古今之大成，百代而下无异词者；七言大篇，尤为前所未有，后所莫及。盖天地元气之奥，至杜而始发之。今别于盛唐诸家，抄杜诗一卷。

杜七言千古标准，自钱、刘、元、白以来③，无能步趋者。贞元、元和间，（集本有“能”字）学杜者唯韩文公一人耳④。

兖公之后，学杜、韩者，王文公为巨擘[⑤]。七言长句，盖欧阳公后劲[⑥]，苏、黄前茅，特其妙处微不逮数公耳。抄王诗一卷。（集本无此一条。）

欧阳公见苏文忠公[⑦]，自谓“老夫当放此人出一头地”，盖非独古文也，惟诗亦然。文忠公七言长句之妙，自子美、退之后，一人而已。

苏文忠公凌踔千古，独心折山谷之诗，数效其体。前人之虚怀如此。后世腐儒乃谓山谷与东坡争名，何其陋耶！山谷虽脱胎于杜，顾其天姿之高，笔力之雄，自辟庭户。宋人作《江西宗派图》，极尊之，配食子美，要亦非山谷意也。南渡气格，下东都远甚，唯陆务观为大宗。七言逊杜、韩、苏、黄诸大家，正坐沉郁顿挫少耳，要非余人所及。

有明一代，作者众多。七言长句，在明初则高季迪、张志道（集本无“张志道”字）、刘子高为最，后则李宾之[⑧]。至何、李学杜，厌诸家之坦迤，独于沉郁顿挫处用意。虽一变前人，号称复古，而同源异派，实皆以杜氏为昆仑墟。

愚抄诸家七言长句，大旨以杜为宗，唐宋以来善学杜者则取之，非谓古今七言之变尽于此抄。观唐人元、白、张、王诸公悉不录，正以抄不求备故也。举一隅以三隅反，其在同志（“同志”集本作“后”）之君子。

【校注】

①此条见《带经堂诗话》卷四，纂辑类二。引自《渔洋文》卷十四《七言诗凡例》，文字稍异。初唐四子，指初唐四杰王勃、杨炯、卢照邻、骆宾王。

②工部，杜甫广德二年（764）在严武幕府曾充任检校尚书工部员外郎，世称“杜工部”。

③钱，指钱起。刘，指刘长卿。

④贞元，唐德宗年号。韩愈卒谥文，世称“韩文公”。

⑤兖公，欧阳修于哲宗绍圣三年（1096）追封为兖国公。王安石，卒谥文，

世称“王文公”。

⑥欧阳公，指欧阳修。

⑦苏轼卒后追谥文忠，世称“苏文忠公”。

⑧张以宁，字志道，号翠屏山人，为明初闽中诗派代表人物。刘崧，字子高，泰和（今属江西）人，为明初西江诗派代表人物。李东阳，字宾之，号西涯，为明茶陵诗派代表人物。

22.《诗》三百五篇①，于兴观群怨之旨，下逮鸟兽草木之名②，无弗备矣，独无刻画山水者；间亦有之，亦不过数篇，篇不过数语，如“汉之广矣”“终南何有”之类而止③。汉魏间诗人之作，亦与山水了不相及。迨元嘉间，谢康乐出④，始创为刻画山水之词，务穷幽极渺，抉山谷水泉之情状，昔人所云“庄老告退，而山水方滋”者也⑤。宋、齐以下，率以康乐为宗。至唐王摩诘、孟浩然、杜子美、韩退之、皮日休、陆龟蒙之流，正变互出，而山水之奇怪灵閟，刻露殆尽；若其滥觞于康乐，则一而已矣。

【校注】

①此条见《带经堂诗话》卷五，序论类三。引自《渔洋文》卷三《双江倡和集序》。

②《论语·阳货》载孔子曰：“《诗》可以兴，可以观，可以群，可以怨。迩之事父，远之事君；多识于鸟兽草木之名。”

③“汉之广矣”，语出《诗经·周南·汉广》。“终南何有”，语出《诗经·秦风·终南》。

④元嘉，南朝宋文帝年号。谢灵运，南朝著名山水诗人，为东晋名将谢玄之孙，袭封康乐公，故世称谢康乐。

⑤语出刘勰《文心雕龙·明诗》。

23. 先兄考功平生诗①，不减二千余篇，已刻者曰《表余堂集》、曰《十笏草堂集》、曰《辛甲集》、曰《上浮集》，海内耆宿论之详矣。……孙豹人以为取法少陵①，稍出入于康乐、东坡之间。

【校注】

①此条见《带经堂诗话》卷七，家学类五。引自《蚕尾续文》卷三《考功集序》。王士禄，字子底，号西樵山人，为王士禛长兄，官终吏部考功员外郎。

②孙枝蔚，字豹人，号溉堂，三原（今属陕西）人。生于明清易代之际。《四库全书总目》评其“诗本秦声，多激壮之词”。有《溉堂集》。

24. 云间董钱法，孝廉俞之弟也①，自京师寄余书，略曰：“先生具不世出之才，悟最上乘之道，光焰万丈，仙佛一身，天下学人如百川之赴海。不肖幼侍先伯父得仲、从兄苍水，论诗必首推先生②，全体学杜，而镕化诸家。……”余深愧诸良友之言，而老成凋谢，墓有宿草久矣，可胜三叹。

【校注】

①此条见《分甘余话》卷四《董钱法论诗》。云间，为旧华亭县或松江府之别称。董俞，字苍水，号樗亭，别号莼乡钓客。华亭（今上海松江）人。年三十举孝廉于其乡。与兄含并以才名显，时称“二董”。工诗词，尝与王渔洋相唱和。金荣注引汪琬《说铃》云：“云间董二孝廉最善诗赋。号苍水，举顺天庚子（1660）乡试。”按：校点本《带经堂诗话》卷八自述类下二八条作“云间董阆石（二字原阙，据文意当为董含之字或号，因补字）孝廉，俞之弟也。”董含，字阆石，一字蓉城，号榕庵，别号贅客、莼乡贅客。而含生于明熹宗天启六年（1626），俞生于明思宗崇祯四年（1631），

不当称“俞之弟”。之所以误补，当源于《四库全书总目》。《总目》卷一八二《闲居草》提要云：“国朝董含撰。含字榕庵，华亭人，董俞弟也。诗名不及其兄，而诗格高雅过其兄。”此处字号、行次俱误，故据之补“阆石”二字误，当以校点本《分甘余话》作“钱法”是。校点本《分甘余话》乃以康熙四十八年初刊本为底本。又，二校点本“孝廉”二字俱属上，亦误，当属下作“孝廉俞之弟也”。

②“不肖幼侍先伯父得仲、从兄苍水，论诗必首推先生”二句，文渊阁四库全书影印本《分甘余话》作“不肖幼侍先伯父得从仲兄苍水论诗必首推先生”。按，三本文字均有误。据清嘉庆二十二年刊《松江府志》卷五十六《古今人传八》载：“董黄，字律始，号得仲，华亭人。隐居不仕。著《白谷山人集》。”今中国社会科学院文学研究所藏有董黄撰《白谷山人稿》，系康熙刻本。董黄尚与人合辑《云间棠溪诗选》八卷，今存清初刻本。但董黄乃董俞从兄。今存清初刻本董俞撰《樗亭诗稿》卷五有《送得仲兄之鸳湖》《东畲草堂歌赠得仲兄兼寿伯母》二诗，卷十又有《寿律始兄五十初度》二首、《陪梅村先生游东西两畲是日饮陆兰陔与律始家兄山房》等诗。又据《云间棠溪诗选》卷五钱德震《怀董五苍水读书中峰精舍》诗，董俞排行第五，亦不得称“仲兄”。故此段文字应作“不肖幼侍先伯父、从兄得仲、苍水，论诗必首推先生”。

25. 康熙已来诗人①，无出南施北宋之右，宣城施闰章愚山、莱阳宋琬荔裳也②。……宋浙江后诗，颇拟放翁，五古歌行，时闯杜、韩之奥。

【校注】

①此条见《带经堂诗话》卷九，标举类二五。引自《池北偶谈》卷十一《施宋》。

②施闰章，字尚白，号愚山，又号蠖斋，宣城（今安徽宣州）人；宋琬，字玉叔，号荔裳，莱阳（今属山东）人。

26. 汉桓帝时童谣云[①]："小麦青青大麦枯，谁当获者妇与姑。丈夫何在西击胡。吏买马，君具车。请为诸君鼓咙胡。"杜《大麦行》全袭其语，《兵车行》句调亦本此。

【校注】

①此条见《带经堂诗话》卷十五，袭故类二。引自《池北偶谈》卷十二《杜诗本古谣》。童谣见《先秦汉魏晋南北朝诗》汉诗卷八。

27. 《渼陂行》[①]：末本汉武《秋风辞》[②]，妙在绝不相似，古人之善学如此。

【校注】

①此条见翁方纲《石洲诗话》卷六《渔洋评杜摘记》。

②见《先秦汉魏晋南北朝诗》汉诗卷一。

28. 为诗要穷源溯流[①]。先辨诸家之派，如：何者为曹、刘[②]，何者为沈、宋，何者为陶、谢，何者为王、孟，何者为高、岑，何者为李、杜，何者为钱、刘[③]，何者为元、白，何者为昌黎，何者为大历十才子，何者为贾、孟[④]，何者为温、李[⑤]，何者为唐，何者为北宋，何者为南宋？析入毫芒，学焉而得其性之所近。不然，胡引乱窜，必入魔道。

【校注】

①此条见《然镫记闻》一七。

②曹植、刘桢。

③钱起、刘长卿。

④贾岛、孟郊。

⑤温庭筠、李商隐。

29. 七律宜读王右丞、李东川[①]。尤宜熟玩刘文房诸作[②]。宋人则陆务观。若欧、苏、黄三大家，只当读其古诗歌行绝句；至于七律必不可学。学前诸家七律，久而有所得，然后取杜诗读之，譬如百川学海而至于海也。此是究竟归宿处。

【校注】

①此条见《然镫记闻》一八。

②刘长卿，字文房。其诗多写贬谪感慨与隐逸闲情，清雅洗练，尤长于近体。

30. 问[①]："李沧溟先生尝称唐人无古诗，盖言唐人之五古，与汉、魏、六朝自别也。唐人七言古诗，诚掩前绝后，奇妙难踪；若五古似不能相颉颃。沧溟之言，果为定论欤？"

阮亭答："沧溟先生论五言，谓：'唐无五言古诗，而有其古诗。'[②]此定论也。常熟钱氏但截取上一句[③]，以为沧溟罪案，沧溟不受也。要之，唐五言古固多妙绪，较诸《十九首》、陈思、陶、谢，自然区别[④]。七言古若李太白、杜子美、韩退之三家，横绝万古；后之追风蹑景，惟苏长公一人而已[⑤]。"

【校注】

①此条见《师友诗传录》五。

②语出李攀龙《沧溟集》卷十五《选唐诗序》。

③常熟钱氏，指钱谦益。

④曹植，字子建，封陈王，谥思，世称"陈思王"。

⑤苏长公，指苏轼。

31. 问[①]："七律三唐、宋、元体格，何以分优劣？"

阮亭答："唐人七言律，以李东川、王右丞为正宗，杜工部为大家，刘文房为接武。高廷礼之论[②]，确不可易。宋初学西昆，于唐却近。欧、苏、豫章始变西昆[③]，去唐却远。元如赵松雪雅意复古[④]，而有俗气，余可类推。"

【校注】

①此条见《师友诗传录》八。

②高棅，字彦恢，一名廷礼。选编唐人诗为《唐诗品汇》，其《七言律诗叙目》以李颀、王维等为正宗，以杜甫为大家，以刘长卿等为羽翼，以韦应物等为接武。

③指欧阳修、苏轼、黄庭坚。黄庭坚，洪州分宁（今江西修水）人，洪州，隋唐时曾称豫章。

④赵孟頫，字子昂，号松雪道人。

32. 问[①]："七古换韵法？"

阮亭答："此法起于陈、隋，初唐四杰辈沿之，盛唐王右丞、高常侍、李东川尚然[②]，李、杜始大变其格。大约首尾腰腹，须铢两匀称，勿头重脚轻，脚重头轻，乃善。"

【校注】

①此条见《师友诗传录》一三。

①高适，官终左散骑常侍，世称“高常侍”。

33. 问[1]：“昔人云，诗贯六义，讽喻抑扬，停蓄渊雅，皆在其中。至直著所得，以格自奇，前人并不专工于此。是耶非耶？”

阮亭答：“诗有六义：一曰风，二曰赋，三曰雅，四曰颂，五曰比，六曰兴。夫六义之序，以赋次风者，何也？元晏先生所云[2]：‘赋也者，因物造端，敷弘而体理也。引而申之，故文必极美；触类而长之，故辞必尽丽。是赋者古诗之流也。雅颂之则，于是乎托；比兴之音，于是乎俪。故讽喻抑扬之音以寓，涵蓄渊停之义以存，是真风雅之正则也。流极其后，缀文之士，不率典言，并务恢张，其辞博诞绝类。大者罩天地之表，细者入纤毫之内。祖构之士，雷同附和，罔知所终。’至杜少陵乃大惩厥弊，以雄辞直写时事，以创格而纾鸿文，而新体立焉。较之白太傅讽喻诗《秦中吟》之属[3]，及王建、张籍新乐府，倍觉高浑典厚，苍凉悲壮。此正一主于赋，而兼比兴之旨者也。以贯六义，无遗憾矣。”

【校注】

①此条见《师友诗传录》二六。

②晋皇甫谧，字士安，自号玄晏先生。引文见其《三都赋序》，载《文选》卷四十五，文有删节。元，避清圣祖玄烨讳改。

③白居易晚年官太子少傅，故称“白太傅”。

34. 问[1]：“诗至六朝，几不可问。唐初四子奋起而振兴之[2]。迨少陵先生出，集大成于开元、天宝之后，涤其余渍，归之雅颂正音之所。百代诗家，奉为正朔。未识少陵膺斯重任，诚无愧乎？”

阮亭答："六朝各有六朝之体格。谓六朝全不及唐者，大非。王、杨、卢、骆，衍陈、隋之余波，而稍就雅正。由沈、宋以及开、宝诸家，则纯乎雅正矣。有宋以来谈诗家，乃祧盛唐诸人，而专宗少陵。然考之唐人之绪论，及唐人选唐诗，固未始有宗少陵之说。即在盛唐诸家与子美抗行者，子美亦多所屈服。在子美集中，虽往往以风雅自任，亦未尝凌轹诸家，而独肩巨任也。独是工部之诗，纯以忠君爱国为气骨。故形之篇章，感时纪事，则人尊诗史之称；冠古轶今，则人有大成之号；不有拟古浮辞，而风谣俱归乐府；不有淫佚艳靡，而赠答悉本风人。故登吹台于梁、宋，则支离东北风尘；栖江阁于夔州，则漂泊西南天地。故浑脱浏漓，只如其自道，顿挫独出，能此者几人？诸体擅场，绝句不妨稍绌，吾亦不能妄叹者。"③

【校注】

①此条见《师友诗传录》三〇。

②唐初四子，即初唐四杰王勃、杨炯、卢照邻、骆宾王。

③《诗问四种》本《诗问续》卷一此条阮亭答语与此大异，兹全录如下："六朝虽尚绮靡，然陶公而外，如谢康乐、颜延年、谢宣城、王元长、任彦升、江文通、柳文畅、何仲言、庾子山、徐孝穆辈，皆唐人所宗法也。太白云：恨不携谢朓惊人语，登落雁峰，搔首问青天耳。杜云：'陶谢不枝梧，风骚共推激。'又云：'清新庾开府，俊逸鲍参军。'又云：'李侯有佳句，往往似阴铿。'其推崇之可谓至矣。少陵集古今大成，自唐元微之、韩退之以来，千秋定论，不敢轻议。"以供参阅。

35. 问①："少陵诗以经中全句为诗。如《病橘》云：'虽多亦奚为？'②遣闷云：'致远思恐泥。'③又云'丹青不知老将至，富贵于我如浮云'之句④，在少陵无可无不可，或且叹为妙绝；若效不休，恐易流于腐，何如？”

答：“以《庄》《易》等语入诗，始谢康乐。昔东坡先生写杜诗，至‘致远思恐泥’句，停笔语人曰：‘此不足学。’故前辈谓诗用史语易，用经语难。若‘丹青’二句，笔势排宕，自不觉耳。”

【校注】

①此条见《师友诗传续录》二九。

②《病橘》，卷十。语出《论语·子路》，原作：“虽多，亦奚以为？”

③《解忧》，卷二十二。思，仇注作“宜”。语出《论语·子张》，原作“致远恐泥”。

④《丹青引》，卷十三。“富贵于我如浮云”，语出《论语·述而》，原作“不义而富且贵，于我如浮云”。

36. 问[①]：“古诗换韵之法，应何如？”

答：“五言换韵，如‘折梅下西洲’一篇[②]，可以为法。李太白最长于此。七古则初唐王、杨、卢、骆是一体，杜子美又是一体。若仿‘初唐体’，则用排偶律句不妨也。”

【校注】

①此条见《师友诗传续录》三八。

②即《西洲曲》，开头两句云：“忆梅下西洲，折梅寄江北。”见《先秦汉魏晋南北朝诗》晋诗卷十九《杂曲歌辞》。

37. 喻武功总制成龙，金州人[①]。余官刑部尚书时，喻为侍郎。余尝定其《塞上集》。《前、后出塞》诸篇，酷似少陵。

【校注】

①此条见《渔洋诗话》卷下七二。

②喻成龙，字武功，汉军正黄旗人，荫生。工诗。曾任山东布政使，大理寺卿，刑部、兵部、工部侍郎，安徽巡抚，湖广总督等职。金州，今属辽宁大连市。

新编渔洋杜诗话卷二

38．“作古诗须先辨体①。无论两汉难至，苦心摹仿，时隔一尘。即为建安，不可堕落六朝一语；为三谢②，不可杂入唐音。小诗欲作王、韦③，长篇欲作老杜，便应全用其体，不可虎头蛇尾。”此王敬美论五言古诗法④。予向语同人，譬如衣服，锦则全体皆锦，布则全体皆布，无半锦半布之理，即敬美此意。又尝论五言，感兴宜阮、陈⑤，山水闲适宜王、韦，乱离行役、铺张叙述宜老杜，未可限以一格，亦与敬美旨同。

【校注】

①此条见《带经堂诗话》卷一，体制类一九。引自《池北偶谈》卷十二《论五言诗》。

②谢灵运、谢朓、谢惠连，并称三谢。

③王维、韦应物。

④王世懋，字敬美，王世贞之弟。嘉靖三十八年进士，官至太常少卿。以上引语见王著《艺圃撷余》，有删节。

⑤阮籍、陈子昂。

39．同年刘吏部公㦷云①：“七律较五律多二字耳，其难什倍。譬开硬弩，只到七分，若到十分满，古今亦罕矣。”予最喜其语。因思唐宋以来，为此体者，何翅千百人，求其十分满者，唯杜甫、李颀、李商隐、陆游，及明之空同、沧溟二李数家耳。

【校注】

①此条见《带经堂诗话》卷一，体制类二四。引自《居易录》卷三。刘体仁，字公㦷，顺治十二年（1655）进士，累官吏、刑二部郎中。有诗名，与宋荦、汪琬、施闰章、王士禛等以诗文唱和，时称"十才子"。

40. 唐人拗体律诗有二种①：其一，苍莽历落中自成音节，如老杜"城尖径仄旌旆愁，独立缥缈之飞楼"诸篇是也②；其一，单句拗第几字，则偶句亦拗第几字，抑扬抗坠，读之如一片宫商，如许浑之"溪云初起日沉阁，山雨欲来风满楼"③，赵嘏之"湘潭云尽暮山出，巴蜀雪消春水来"是也④。

【校注】

①此条见《带经堂诗话》卷一，体制类二五。引自《分甘余话》卷三《拗体律诗二种》。

②《白帝城最高楼》，卷十五。

③《咸阳城东楼》，《全唐诗》卷五百三十三。

④此非赵嘏诗，乃许浑《凌歊台》诗句，见《全唐诗》卷五百三十三。按：校点本《分甘余话》将上"许浑"误作"赵嘏"，而出校记云："应为许浑。"又将下"赵嘏"竟改作"许浑"，而未出校记。

41. 唐五言诗①，开元、天宝间大匠同时并出。……高适质朴，不免笨伯。杜甫沉郁，多出变调。李白、韦应物超然复古。然李诗有古调，有唐调，要须分别观之。

【校注】

①此条见《带经堂诗话》卷一，品藻类一〇。引自《居易录》卷二十一。

42. 盖文章以气为主，气以诚为主。故老杜谓之“诗史”者，其大过人在诚实耳。

【校注】

①此条见《带经堂诗话》卷一，品藻类一二。引自《香祖笔记》卷十二。

43. 许彦周谓：“张籍、王建乐府宫词皆杰出，所不能追踪李杜者，气不胜耳。”①余以为非也，正坐格不高耳。不但李杜，盛唐诸诗人所以超出初唐、中、晚者，只是格韵高妙。

【校注】

①此条见《带经堂诗话》卷一，品藻类一五。引自《分甘余话》卷三《唐诗格韵》。许顗，字彦周，语见《彦周诗话》，“追踪”原作“追逐”。

44. 尝戏论唐人诗①，王维佛语，孟浩然菩萨语，刘昚虚、韦应物祖师语，柳宗元声闻辟支语，李白、常建飞仙语，杜甫圣语，陈子昂真灵语，张九龄典午名士语，岑参剑仙语，韩愈英雄语，李贺才鬼语，卢仝巫觋语，李商隐、韩偓儿女语；苏轼有菩萨语，有剑仙语，有英雄语，独不能作佛语、圣语耳。

【校注】

①此条见《带经堂诗话》卷一，品藻类一七。引自《居易录》卷五。

45. 许顗彦周云①："东坡诗如长江大河，飘沙卷沫，枯槎束薪，兰舟绣鹢，皆随流矣。珍泉幽涧，澄泽灵沼，可爱可喜，无一点尘滓，只是体不似江河耳。"②余谓由上所云，唯杜子美与子瞻足以当之。由后所云，则宣城、水部、右丞、襄阳、苏州诸公皆是也③。大家、名家之别在此。

【校注】

①此条见《带经堂诗话》卷一，品藻类二一。引自《古夫于亭杂录》卷四《大家名家之别》。

②语出《彦周诗话》，文字稍异，略有删节。

③宣城，指谢朓，朓曾任宣城太守。水部，指南朝梁何逊，逊曾任尚书水部郎。襄阳，指孟浩然，浩然为襄阳人，故称。苏州，指韦应物，曾任苏州刺史。

46. 刘公子节之（孔和）诗云①："少陵诗竭情，右军书趁媚②，譬如今雅琴，乃是古郑卫。此语固颇高，何以处衰季？多巧伤元化，伪古愈堪畏。强拟《皇娥》篇③，剿取《岣嵝》字④。不如求真至，辛澹皆可味。"旨哉言乎！

【校注】

①此条见《带经堂诗话》卷三，要旨类八。引自《分甘余话》卷三《刘孔和诗》。刘孔和，字节之，父为相国刘鸿训。孔和工诗，为人倜傥，轻财好客。崇祯末，起兵反李自成，依贵藩刘泽清，后因迕刘被杀。

②晋王羲之，字逸少，曾官右军将军，人称"王右军"。

③皇娥篇，指皇娥歌，皇娥为少昊之母。《拾遗记·少昊》云："少昊以金德王，母曰皇娥。……皇娥倚瑟而清歌曰：天清地旷浩茫茫，万象

回薄化无方。洽天荡荡望沧沧，乘桴轻漾著日傍。当其何所至穷桑，心知和乐悦未央。”

④岣嵝碑，即禹碑，字似缪篆，又似符录。相传为夏禹所写，实为后人伪托。原在湖南省衡山云密峰，早佚，昆明、成都、绍兴等地皆有摹刻。

47. 诗以言志①。古之作者，如陶靖节、谢康乐、王右丞、杜工部、韦苏州之属，其诗具在，尝试以平生出处考之，莫不各肖其为人，尚友千载者自能辨之。

【校注】

①此条见《带经堂诗话》卷三，要旨类九。引自《蚕尾文》卷一《梅厓诗意序》，末句有删节。

48. 曹颂嘉（禾）祭酒常语余曰①：“杜、李、韩、苏四家歌行，千古绝调，然语句时有利钝。先生长句，乃句句用意，无瑕可攻，拟之前人，殆无不及。”余曰：唯句句作意，此其所以不及前人也。四公之诗，如万斛泉源，不择地而出，行乎其所不得不行，止乎其所不得不止。余诗如鉴湖一曲，若放翁、遗山已下②，或庶几耳。

【校注】

①此条见《带经堂诗话》卷三，要旨类一二。引自《分甘余话》卷三《曹禾论诗》。曹禾，字颂嘉，号峨嵋，一号未庵，江阴（今属江苏）人，康熙三年进士，官至国子监祭酒。诗文学韩、杜，与田雯、宋荦、曹贞吉等齐名，并称“诗中十子”。

②元好问，字裕之，号遗山，世称遗山先生。

49. 律诗贵工于发端[①]，承接二句尤贵得势，如懒残履衡岳之石[②]，旋转而下，此非有伯昏无人之气者不能也[③]。如“万壑树参天，千山响杜鹃”，下即云：“山中一夜雨，树杪百重泉。”[④]“昔闻洞庭水，今上岳阳楼”，下云：“吴楚东南坼，乾坤日夜浮。”[⑤]“古戍落黄叶，浩然离故关”，下云：“高风汉阳渡，初日郢门山。”[⑥]“锦瑟怨遥夜，绕弦风雨哀”，下云：“孤灯闻楚角，残月下章台。”[⑦]此皆转石万仞手也。

【校注】

①此条见《带经堂诗话》卷三，真诀类九。引自《分甘余话》卷三《论律诗》。

②懒残，唐衡岳寺僧明瓒，性疏懒而好食残羹剩饭，人以懒残称之，李泌读书寺中，以为非凡人，中夜往谒。懒残发火取芋以啖之，曰：“甚勿多言，领取十年宰相。”

③伯昏无人，又称伯昏瞀人，善射，是子产的老师。《庄子·德充符》：“申徒嘉，兀者也，而与郑子产同师于伯昏无人。”

④王维《送梓州李使君》，《全唐诗》卷一百二十六。

⑤杜甫《登岳阳楼》，卷二十二。

⑥温庭筠《送人东游》，《全唐诗》卷五百八十一。“古戍”，《全唐诗》作“荒戍”。

⑦韦庄《章台夜思》，《全唐诗》卷六百九十五。“锦瑟”，《全唐诗》作“清瑟”。

50. 七言律有以叠字益见悲壮者[①]，如杜子美“无边落木萧萧下，不尽长江滚滚来”“江天漠漠鸟双去，风雨时时龙一吟”是也[②]。

【校注】

①此条见《带经堂诗话》卷三，真诀类一〇。引自《古夫于亭杂录》卷五《诗中叠字》。

②分别见《登高》，卷二十；《滟滪》，卷十九。

51. 书家谓索靖有一笔飞白书①。画家谓戚文秀画《清济灌河图》，中有一笔，超腾回折逾五丈，通贯于波浪之间②。予谓文家亦有此诀，唯司马子长之史③，韩退之、苏子瞻之文，杜、李、韩、苏之歌行大篇足以当之。

【校注】

①此条见《带经堂诗话》卷三，微喻类一一。引自《居易录》卷九。索靖，晋书法家，字幼安，敦煌（今属甘肃）人，张伯英之姊孙，以草书知名，世谓靖得伯英之肉。飞白书，一种特殊风格的书法。

②戚文秀，宋毗陵（今江苏常州）人。《图绘宝鉴》卷三："戚文秀，工画水，笔力调畅。画《清济灌河图》，一笔长五丈，自边际起，通贯于波浪之间，与众毫不失次序，超腾回折。"

③指司马迁《史记》。迁字子长。

52. 《高都护骢马行》①：此子美少壮时作，无一句不精悍。

【校注】

①此条见《石洲诗话》卷六《渔洋评杜摘记》。诗见《杜诗详注》卷二。

53. 《同诸公登慈恩寺塔》①：与高适、薛据三篇，气魄真劲敌。

【校注】

①此条见《石洲诗话》卷六《渔洋评杜摘记》。诗见《杜诗详注》卷二。

54.《醉时歌》①："相如"二句应删。结似律，不甚健。

【校注】

①此条见《石洲诗话》卷六《渔洋评杜摘记》。诗见《杜诗详注》卷三。

55.《渼陂西南台》①："错磨终南翠"二句，刻画。

【校注】

①此条见《石洲诗话》卷六《渔洋评杜摘记》。诗见《杜诗详注》卷三。

56.《示从孙济》①："所来为宗族"二句，笑柄。

【校注】

①此条见《石洲诗话》卷六《渔洋评杜摘记》。诗见《杜诗详注》卷三。

57.《沙苑行》①：结未喻。

【校注】

①此条见《石洲诗话》卷六《渔洋评杜摘记》。诗见《杜诗详注》卷三。

58.《戏简郑广文兼呈苏司业》①：偶尔妙谑，便成故实。

【校注】

①此条见《石洲诗话》卷六《渔洋评杜摘记》。诗见《杜诗详注》卷三。

59.《大云寺赞公房四首》：其二①，文义难通。其三，三四果是名句。

【校注】

①此条见《石洲诗话》卷六《渔洋评杜摘记》。诗见《杜诗详注》卷四。

60.《假山》①：可删。

【校注】

①此条见《石洲诗话》卷六《渔洋评杜摘记》。诗见《杜诗详注》卷一。

61.《游何将军山林十首》①："红绽雨肥梅"，俗句。

【校注】

①此条见《石洲诗话》卷六《渔洋评杜摘记》。诗见《杜诗详注》卷二，题作《陪郑广文游何将军山林十首》。

62.杜《八哀诗》①，最冗杂不成章，亦多啽呓语。而古今称之，不可解也。

【校注】

①此条见《带经堂诗话》卷二，摘瑕类一。引自《渔洋诗话》卷上五一。《八哀诗》，卷十六。

63. 杜甫《八哀诗》钝滞冗长，绝少剪裁[①]。而前辈多推之，崔鶠至谓“可表里雅颂”[②]，过矣。试摘其累句，如《汝阳王》云：“爱其谨洁极”，“上又回翠麟”，“天笑不为新”，“手自与金银”，“匪唯帝老大，皆是王忠勤”。《李邕》云：“盼睐已皆虚[③]，跋涉曾不泥”；“众归赒给美，摆落多藏秽”；“是非张相国，相扼一危脆”。《苏源明》云：“秘书茂松意”，“溟涨本末浅”。（《文苑英华》本异，亦不可晓。）《郑虔》云：“地崇士大夫，况乃气精爽”，“方朔谐太枉”，“寡鹤误一响”。《张公九龄》云：“骨惊畏曩哲，鬒变负人境”，“讽咏在务屏”，“用才文章境”，“散帙起翠螭”，“未缺只字警”云云，率不可晓。披沙拣金，在慧眼自能辨之，未可为群瞽语白黑也。

【校注】

①此条见《带经堂诗话》卷二，摘瑕类一。引自《居易录》卷四。

②崔鶠，字德符。宋元祐进士。《杜工部草堂诗话》载其语云：“少陵《八哀诗》，可以表里雅颂，中古作者莫及也。”详参前该书卷一第30条。

③盼，杜诗作“眄”。

64. 予尝议子美《八哀诗》[①]，《后村诗话》先已言之，曰[②]：“如《郑虔》之类，每篇多芜词累句，或为韵拘，殊欠条鬯，不如《饮中八仙》之警策。盖《八仙歌》每人止三两句，《八哀诗》或累押二三十韵，以此知繁不如简，大手笔亦然。”又云[③]：“《八哀诗》，崔德符以为‘表里雅颂，中古作者莫及’，韩子苍谓其‘笔力变化，与太史公诸赞方驾[④]’。唯叶石林谓：‘长篇最难。魏晋已前不过十韵，常使人以意逆志，初不以叙事倾倒为工。此八篇本非集中高作，而世多尊称不敢议，其病盖伤于多，如《李北海》《苏源明》篇中多累句，刮去其半方善。[⑤]’石林之评累句之病，为长篇者不可不知。”右皆确论，与予意吻合。

【校注】

①此条见《带经堂诗话》卷二，摘瑕类一。引自《居易录》卷十六。

②语出《后村先生大全集》卷一百八十一《诗话新集》，文字稍异。

③同上卷一百七十六《诗话后集》，文有删节。

④韩驹，字子苍。引语见前《杜工部草堂诗话》卷一第30条。

⑤引语见叶梦得《石林诗话》卷上，文有删节。

65. 《八哀诗》①：《八哀诗》本非集中高作，世多称之不敢议者，皆揣骨听声者耳。其中累句，须痛刊之方善。石林叶氏之言，其识胜崔德符多矣。余《居易录》中详之。

【校注】

①此条见《石洲诗话》卷六《渔洋评杜摘记》。

66. 《八哀诗》自是巨篇①，顾多钝拙不可晓，何也？

《赠司空王公思礼》："物不隔"三字抹，"九曲"四句密圈，"自有适"三字抹，"爽气"句密圈。

《故司徒李公光弼》："零落"句密圈。

《赠左仆射郑国公严公武》："不知万乘出"四句密圈，"终相并"三字抹，多冗长之句。

《赠太子太师汝阳郡王琎》："虬髯"二句密圈，"爱其谨洁极"句抹，"上又回"句抹，"不为新"三字抹，"圣聪"句抹，"匪惟帝"二句抹。

《赠秘书监江夏李公邕》：起二句密圈，"森然"句密圈，"多藏秽"三字抹，"竟掩"句却未抹。"危脆"二字抹。

《故秘书少监武功苏公源明》："秘书茂松色"句抹。

《故著作郎贬台州司户荥阳郑公虔》："气精爽"三字抹，"太枉"二字抹，"寡鹤"句抹，"百年"二句密圈。

《故右仆射相国曲江张公九龄》："诗罢地有余"二句密圈，"用才"句抹，"翠螭"二字抹，"未阙"句抹。

【校注】

①此条见《石洲诗话》卷六《渔洋评杜摘记》。此上翁方纲云："并录予旧抄渔洋评本于后。"

67. 《洞房》①：《洞房》《宿昔》诸篇，俯仰盛衰，自是子美绝作。

【校注】

①此条见《石洲诗话》卷六《渔洋评杜摘记》。诗见《杜诗详注》卷十七。

68. 为诗各有体格①，不可混一。如说田园之乐，自是陶、韦、摩诘②；说山水之胜，自是二谢③；若道一种艰苦流离之状，自然老杜。不可云我学某一家，则无论那一等题，只用此一家风味也。

【校注】

①此条见《然镫记闻》六。

②陶渊明、韦应物、王维。王维，字摩诘。

③谢灵运、谢朓。

69. 为诗须有章法、句法、字法①。章法有数首之章法，有一首之章法。总是起结血脉要通；否则痿痹不仁，且近攒凑也。句法杜老最妙。字法要炼，然不可如王觉斯之炼字②，仅觉俗气可厌。如："气蒸云梦泽，波撼岳阳城。"③"蒸"字、"撼"字，何等响，何等确，何等警拔也！

【校注】

①此条见《然镫记闻》七。

②王铎，字觉斯，号嵩樵，河南孟津人。明天启进士，官至礼部尚书、东阁大学士，降清后官礼部尚书，博学好古，工诗文，善书画。

③孟浩然《望洞庭湖赠张丞相》，《全唐诗》卷一百六十。

70. 问①："律古五、七言中，最不宜用字句②，若何？"

阮亭答："凡粗字、纤字、俗字，皆不可用。词曲字面尤忌。即如杜子美诗'红绽雨肥梅'一句中③，便有二字纤俗④，不可以其大家而概法之。"

【校注】

①此条见《师友诗传录》一六。

②"字句"，四库本无"句"。

③《陪郑广文游何将军山林十首》其五，卷二。

④"二"，四库本作"三"。

71. 问①："七言五句古、六句古，其法若何？"

阮亭答："七言五句，起于杜子美之'曲江萧条秋气高'也②。昔人谓贵词明意尽。愚谓贵矫健，有短兵相接之势乃佳。"

【校注】

①此条见《师友诗传录》一七。

②《曲江三章章五句》，卷二。

72. 问[①]:“尝见批袁宣四先生诗[②]，谓古诗一韵到底者，第五字须平，此定例耶？抑不尽然耶？”

答：“一韵到底，第五字须平声者，恐句弱似律句耳。大抵七古句法字法，皆须撑得住，拓得开，熟看杜、韩、苏三家自得之。”

【校注】

①此条见《师友诗传续录》三。

②袁藩，字宣四，号松篱，清淄川（今属山东淄博）人。

73. 问[①]：“古诗以音节为顿挫，此语屡闻命矣，终未得其解。”

答：“此须神会，难以粗迹求之。如一连二句皆用韵，则文势排宕，即此可以类推。熟子美、子瞻二家，自了然矣。专为七言而发。”

【校注】

①此条见《师友诗传续录》四。

74. 问[①]:“《唐贤三昧集序》‘羚羊挂角’云云，即音流弦外之旨否？间有议论痛快，或以序事体为诗者，与此相妨否？”

答：“严仪卿所谓‘如镜中花，如水中月，如水中盐味，如羚羊挂角，无迹可求’[②]，皆以禅理喻诗。内典所云不即不离，不粘不脱[③]；曹洞宗所云参活句是也[④]。熟看拙选《唐贤三昧集》，自知之矣。至于议论叙事，自别是一体，故仆尝云，五七言有二体，田园丘壑，当学陶、韦，铺叙感慨，当学杜子美《北征》等篇也。”

【校注】

①此条见《师友诗传续录》五。

②语见严羽《沧浪诗话·诗辩》，变化用之。严羽，字仪卿。

③佛教称自己的典籍为内典。《圆觉经》卷上即有“不即不离，无缚无脱”的话。

④曹洞宗，为佛教禅宗五家之一，创始人是唐代洞山良价和曹山本寂。

75. 问①：“律中起句，易涉于平，宜用何法？”

答：“古人谓玄晖工于发端，如《宣城集》中‘大江流日夜，客心悲未央’②，是何等气魄！唐人起句，尤多警策，如王摩诘‘风劲角弓鸣，将军猎渭城’之类③，未易枚举，杜子美尤多。”

【校注】

①此条见《师友诗传续录》八。

②谢朓，字玄晖。句见《暂使下都夜发新林至京邑赠西府同僚》诗，《先秦汉魏晋南北朝诗》齐诗卷三。

③王维《观猎》，《全唐诗》卷一百二十六。

76. 问①：“萧亭先生曰：‘所云以音节为顿挫者，此为第三第五等句而言耳。盖字有抑有扬，如平声为扬，入声为抑，去声为扬，上声为抑。凡单句住脚字，必错综用之，方有音节。如以入声为韵，第三句或用平声，第五句或用上声，第七句或用去声。大约用平声者多；然亦不可泥，须相其音节变换用之。但不可于入声韵单句中，再用入声字住脚耳。’此说足尽音节顿挫之旨否？”

答："此说是也。然其义不尽于此，此亦其一端耳。且此语专为七言古诗而发，当取唐杜、岑、韩三家，宋欧、苏、黄、陆四家七古诸大篇，日吟讽之，自得其解。"

【校注】

①此条见《师友诗传续录》一六。

77. 问①："昔人谓韵不必有出处，字不必拘来历，其然岂其然？"

答："杜子美、苏子瞻诗无一字无来历。善押强韵，莫如韩退之，却无一字无出处也。"

【校注】

①此条见《师友诗传续录》五四。

78. 问①："诗有平仄字一句纯用，而音节自谐者。如'桃花梨花参差开'②'有客有客字子美'③，此遵何法？"

答："五平、五仄体，自昔有之，颇近游戏。"④

【校注】

①此条见《师友诗传续录》五五。

②崔橹《春日即事》诗云："一百五日又欲来，梨花梅花参差开。"见《全唐诗》卷五百六十七。《佩文韵府》误作薛能诗。唐人诗中无作"桃花梨花参差开"者。李东阳《麓堂诗话》云："诗有纯用平侧字而自相谐协者。如'轻裾随风还'，五字皆平；'桃花梨花参差开'，七字皆平；'月出断岸口'一章，五字皆侧。惟杜子美好用侧字，如'有客有客字子美'，七字皆侧，'中夜起坐万感集'，六字侧者尤多。'壁色立积铁''业白

出石壁'，至五字皆入而不觉其滞。此等虽难学，亦不可不知也。"此盖问者所本。

③"有客"句，杜甫《乾元中寓居同谷县作歌七首》其一，卷八。

④王世贞《艺苑卮言》卷二云："杨用修所载七仄，如宋玉'吐舌万里唾四海'……七平如《文选》'离袿飞绡垂纤罗'，俱不如老杜'梨花梅花参差开''有客有客字子美'和美易读，而杨不之及。"按：刘氏所问与王氏所答均有误。王世贞误把崔橹"梨花梅花参差开"记作杜甫诗句，刘大勤又把崔橹"梨花梅花参差开"误作"桃花梨花参差开"。刘大勤问盖本李东阳与王世贞说，是渔洋所答"五平、五仄体"，当为"七平、七仄体"。

79. 或问①："诗工于发端，如何？"应之曰："如谢宣城'大江流日夜，客心悲未央'②，杜工部'带甲满天地，胡为君远行'③，王右丞'风劲角弓鸣，将军猎渭城''万壑树参天，千山响杜鹃'④，高常侍'将军族贵兵且强，汉家已是浑邪王'⑤，老杜'将军魏武之子孙，如今为庶为清门'⑥是也。"

【校注】

①此条见《渔洋诗话》卷中一五。

②谢朓《暂使下都夜发新林至京邑赠西府同僚》,《先秦汉魏晋南北朝诗》齐诗卷三。

③《送远》，卷八。

④分别见王维《观猎》《送梓州李使君》，《全唐诗》卷一百二十六。

⑤高适《送浑将军出塞》，《全唐诗》卷二百一十三。

⑥《丹青引》，卷十三。

80. 陈说岩廷敬相国少与余论诗[①]，独宗少陵，略记其一云："晋国强天下，秦关限域中。兵车千乘合，血气万方同。紫塞连天险，黄河划地雄。虎狼休纵逸，父老愿从戎。"[②]

【校注】

①此条见《渔洋诗话》卷中八六。陈廷敬，字子端，号说岩。顺治十五年（1658）进士，改庶吉士，累官至文渊阁大学士，兼吏部尚书，卒谥文贞。有《午亭文编》《杜律诗话》。

②诗题《晋国》，见《午亭文编》卷十一。

81. 方涂山文[①]，桐城人。居金陵。少多才华，晚学白乐天，好作俚浅之语，为世口实。以己壬子生，命画师作《四壬子图》[②]。中为陶渊明，次杜子美，次白乐天，皆高坐，而己伛偻于前，呈其诗卷。余为题罢，语座客曰："陶坦夷，白令老妪可解，皆不足虑；所虑杜陵老子，文峻网密，恐涂山不免吃藤条耳。"一座绝倒。

【校注】

①此条见《渔洋诗话》卷下三四。方文，字尔止，号涂山，有《涂山集》。

②方文生于明万历四十年(1612)；陶渊明生于晋穆宗永和八年(352)；杜甫生于唐玄宗先天元年（712）；白居易生于唐代宗大历七年（772）。干支皆为壬子，故曰《四壬子图》。关于陶渊明生年，聚讼纷纭。宋代张縯《吴谱（指吴仁杰《陶靖节先生年谱》）辨证》考定生于壬子，享年76。袁行霈师《陶渊明享年考辨》对现有文献资料详加考辨，"所得出的最为圆满通达的结论就是陶渊明享年七十六岁，生于晋穆宗永和壬子（352），卒于宋文帝元嘉四年丁卯（427）。"

82. 七言歌行[①]：杜子美似《史记》，李太白、苏子瞻似《庄子》，黄鲁直似《维摩诘经》。七言歌行，至子美、子瞻二公，无以加矣；而子美同时，又有李供奉、岑嘉州之创辟经奇[②]；子瞻同时，又有黄太史之奇特[③]。正如太华之有少华，太室之有少室。

【校注】

①此条见《渔洋诗话》卷下五〇。“维摩诘经”以上又见《古夫于亭杂录》卷六《七言歌行》。

②李白，曾任供奉翰林。岑参，曾为嘉州刺史。

③古称史官为太史，黄庭坚哲宗时召为《神宗实录》检讨官，故称。

83. 诗中比、赋[①]，原无定体。然玩子美诸篇，以为天涯逐客，落莫穷途，触物伤心则可；以为诽谤君父，刺讥当途，借题发意，则不可。惟修远独得其微。

【校注】

①此条见顾宸《辟疆园杜诗注解》五律卷三《废畦》诗注所引。顾宸，字修远，因所居名辟疆园，故人称顾辟疆，江苏无锡人。明崇祯十二年（1639）举人。撰有《辟疆园杜诗注解》十七卷，其中五律十二卷，七律五卷。顾宸所引王士禛语，均谓“王阮亭曰”。

84. 橘柚、龙蛇[①]，固庙中所有；而荒庭、古屋，可见空山寂寞之况。石断水流，固疏凿之功，而云气、江声，又可见秋风落日之景。

【校注】

①此条见顾宸《辟疆园杜诗注解》五律卷八《禹庙》诗注引。《禹庙》

全诗为："禹庙空山里，秋风落日斜。荒庭垂橘柚，古屋画龙蛇。云气生虚壁，江声走白沙。早知乘四载，疏凿控三巴。"

85. 解此诗者①，止因忘却题中首一字，故反覆不得其说。不知此诗，原是和书斋之宴而作。若书斋无所为，则不必和矣。诸公日欢会于书斋，公亦仅闻之，今始知之，故即和其所为也。"闻"与"知"二字相呼应，解者既忘却题中"和"字，又不明诗中"为"字，更何以解此诗哉！

【校注】

①此条见顾宸《辟疆园杜诗注解》五律卷十二《和江陵宋大少府暮春雨后同诸公及舍弟宴书斋》诗注引。原诗为："渥洼汗血种，天上麒麟儿。才士得神秀，书斋闻尔为。棣华晴雨好，彩服暮春宜。朋酒日欢会，老夫今始知。"

86. 读公五诗①，想见公居草堂，种竹浇花，大有幽人之志，乃其望严公者，不过生理细务，绝不及一毫用世之心，始知公之依严，特迫于困穷而非其得已也，岂"云鸟阵""芰荷衣"，本是相妨，而故反言以讽己也②。嗟乎！以董卓之暴，尚能重蔡邕③；以严武之权，不能用杜甫。故曰："士为知己者死。"④信哉！

【校注】

①此条见顾宸《辟疆园杜诗注解》七律卷三。五诗，指《将赴成都草堂途中有作先寄严郑公五首》。唐代宗广德二年（764）春，流寓阆州（今四川阆中）的杜甫准备经长江三峡出川，时好友严武再次任成都尹兼剑南节度使，并写信邀他，杜甫于是决定返回成都草堂，途中作此五首寄严。广德元年，严武封郑国公，故称严郑公。

②组诗其五云："共说总戎云鸟阵，不妨游子芰荷衣。"

③《后汉书·蔡邕传》载：董卓专权，严令蔡邕诣府，"到，署祭酒，甚见敬重。举高第，补侍御史，又转持书御史，迁尚书。三日之间，周历三台。""卓重邕才学，厚相遇待。"

④语出《战国策·赵策一》。

新编渔洋杜诗话卷三

87. 古人山水之作[①]，莫如康乐、宣城，盛唐王、孟、李、杜及王昌龄、刘昚虚、常建、卢象、陶翰、韦应物诸公，搜抉灵奥，可谓至矣。然总不如曹操“水何澹澹，山岛竦峙”二语[②]，此老殆不易及。

【校注】

①此条见《带经堂诗话》卷一，品藻类二。引自《古夫于亭杂录》卷四《山水之作》。

②曹操《步出夏门行》，《先秦汉魏晋南北朝诗》魏诗卷一。

88. 宋元论唐诗[①]，不甚分初盛中晚。故《三体》《鼓吹》等集[②]，率详中晚而略初盛，揽之愦愦。杨仲弘《唐音》始稍区别，有正音，有余响[③]；然犹未畅其说，间有舛谬。迨高廷礼《品汇》出，而所谓正始、正音、大家、名家、羽翼、接武、正变、余响，皆井然矣[④]。独七言古诗以李太白为正宗，杜子美为大家，王摩诘、高达夫、李东川为名家[⑤]，则非。是三家者，皆当为正宗，李、杜均之为大家，岑嘉州而下为名家，则确然不可易矣。

【校注】

①此条见《带经堂诗话》卷一，品藻类六。引自《香祖笔记》卷六，

亦见《蚕尾续文》卷十九《跋唐诗品汇》。

②《三体唐诗》，宋周弼编。《唐诗鼓吹》，金元好问辑。

③杨载，字仲弘，与虞集、范梈、揭傒斯并称“元诗四大家”。《唐音》为元杨士弘辑。士弘，字伯谦。渔洋乃将“士弘”误为“仲弘”。《唐音》十五卷，分始音、正音、遗响等，是“余响”当为“遗响”。

④高棅，一名廷礼，编《唐诗品汇》，分体编排，每体又分正始、正宗、大家、名家、羽翼、接武、正变、余响、旁流九格。是“正音”当为“正宗”。

⑤高适，字达夫。

89. 钟退谷惺论高岑云①：“唐人如沈宋、王孟、李杜、钱刘，虽两人并称，皆有不能强同处。唯高岑心手如出一人。”此语谬矣。所举数家，唯李杜门庭判然，其他皆不甚相远。推而至于元白、张王、温李、皮陆之流②，莫不皆然。独高岑迥不相似：五言古则高古朴，岑灵秀；七言古则高雄浑，多正调，岑奇峭，多变调。强而同之，不已疏乎？

【校注】

①此条见《带经堂诗话》卷一，品藻类七。引自《居易录》卷二十一。钟惺，字伯敬，号退谷。明竟陵（今湖北天门）人，为竟陵派代表人物，有《隐秀轩集》，与谭元春合编《诗归》。

②温李，指温庭筠、李商隐；皮陆，指皮日休、陆龟蒙。

90. 问①：“高、岑似微不同，或高优于岑乎？”

答：“唐人齐名如沈宋、王孟、钱刘、元白、皮陆，皆约略相似，唯李杜、高岑迥别。高悲壮而厚，岑奇逸而峭。钟伯敬谓高、岑诗如出一手，大谬矣。”

【校注】

①此条见《师友诗传续录》五七。

91. 七言古诗①，诸公一调。唯杜甫横绝古今，同时大匠，无敢抗行。李白、岑参二家，别出机杼，语羞雷同，亦称奇特。

【校注】

①此条见《带经堂诗话》卷一，品藻类一三。引自《居易录》卷二十一。

92. 余偶论唐宋大家七言歌行①，譬之宗门，李、杜如来禅，苏、黄祖师禅也。

【校注】

①此条见《带经堂诗话》卷一，品藻类一四。引自《香祖笔记》卷九。

93. 唐人诗之多者①，除李白、杜甫外，唯退之、乐天为最。

【校注】

①此条见《带经堂诗话》卷一，品藻类一八。引自《蚕尾文》卷一《韩白苏陆四家诗选序》。

94. 胡元瑞论歌行①，自李、杜、高、岑、王、李而下，颇知留眼宋人，然于苏、黄妙处，尚未窥见堂奥。在嘉、隆后②，可称具眼。

【校注】

①此条见《带经堂诗话》卷二，评驳类六。引自《分甘余话》卷三《胡

应麟论歌行》。

②嘉、隆，指明嘉靖、隆庆（1522—1572）。

95. 徐敦立记陈去非语①："本朝之诗，慎不可读者，梅圣俞也；不可不读者，陈无己也。"此意殊不可解。去非之学杜，亦予所未解也。

【校注】

①此条见《带经堂诗话》卷二，评驳类七。引自《香祖笔记》卷六。徐度，字敦立，宋南渡后官至吏部侍郎。语见其《却扫编》卷中，有删节。陈与义，字去非。

96. 何逊诗："薄云岩际出，初月波中上。"①佳句也。杜甫偷其语，止改四字，云："薄云岩际宿，孤月浪中翻。"②便有伧气。论者乃谓青出于蓝，瞽人道黑白，聋者辨宫徵，可笑也。

【校注】

①此条见《带经堂诗话》卷二，推较类一。引自《居易录》卷五。何逊诗句见《入西塞示南府同僚》，《先秦汉魏晋南北朝诗》梁诗卷八。

②《宿江边阁》，卷十七。

97. 元白因传香于慈恩寺塔下①，忽睹章先辈八元诗，吟咏竟日，悉令除去诸家之诗，唯留章作。其五六句云："回梯暗踏如穿洞，绝顶初攀似出笼。"②殊不成语，不知元白何以心折如此？盛唐高、岑、子美诸公，同登慈恩寺塔赋诗，或云："秋色从西来③，苍然满关中。五陵北原上，万古青濛濛。"（岑）或云："秋风昨夜至，秦塞多清旷。千里何苍苍，五陵郁相望。"（高）或云："秦山忽破碎，泾渭不可求。

俯视但一气，焉能辨皇州？”（杜）此是何等气概！④视章作真小儿号嗄耳。每思高、岑、杜辈同登慈恩塔，高、李、杜辈同登吹台，一时大敌，旗鼓相当，恨不厕身其间，为执鞭弭之役。

【校注】

①此条见《带经堂诗话》卷二，推较类三。引自《池北偶谈》卷十八《慈恩塔诗》。

②章八元《题慈恩寺塔》，《全唐诗》卷二百八十一。

③西，原误作“东”，据岑诗改。

④杜甫《同诸公登慈恩寺塔》，高、岑诗附后，卷二。

98. 唐人章八元题慈恩寺塔诗云①：“回梯暗踏如穿洞，绝顶初攀似出笼。”俚鄙极矣。乃元、白激赞之不容口，且曰：“不意严维出此弟子。”②论诗至此，亦一劫也。盛唐诸大家有同登慈恩寺塔诗，如杜工部云：“七星在北户，河汉声西流。”又：“秦山忽破碎，泾渭不可求。俯视但一气，焉能辨皇州？”高常侍云：“秋风昨夜至，秦塞多清旷。千里何苍苍，五陵郁相望。”岑嘉州云：“下窥指高鸟，俯听闻惊风。”又：“秋色从西来，苍然满关中。五陵北原上，万古青濛濛。”已上数公，如大将旗鼓相当，皆万人敌；视八元诗，真鬼窟中作活计，殆奴仆台隶之不如矣。元、白岂未睹此耶？

【校注】

①此条见《带经堂诗话》卷二，推较类三。引自《居易录》卷三十三。

②《鉴诫录》七云：“会元白因传香于慈恩寺塔下，忽睹章先辈八元之所留之句，命僧拂去埃尘，二公移时吟味，尽日不厌，悉令除去诸家之诗，唯留章公一首而已。乐天曰：‘不谓严维出此弟子！’由是二公竟不为之。

诗流自慈恩息笔矣。”

99. 《笔墨闲录》云①：“退之《石鼓歌》，全学子美《李潮八分小篆歌》。”②此论非是。杜此歌尚有败笔，韩《石鼓诗》雄奇怪伟，不啻倍蓰过之，岂可谓后人不及前人也？后子瞻作《凤翔八观诗》③，中《石鼓》一篇别自出奇，乃是韩公勍敌。

【校注】

①此条见《带经堂诗话》卷二，推较类四。引自《池北偶谈》卷十三《石鼓诗》。

②韩愈《石鼓歌》，《全唐诗》卷三百四十。《李潮八分小篆歌》，卷十八。

③《凤翔八观诗》，《苏轼诗集》卷三。

100. 苏文忠公《凤翔八观诗》①，古今奇作，与杜子美、韩退之鼎峙。

【校注】

①此条见《带经堂诗话》卷二，推较类四。引自《池北偶谈》卷十一《岐梁倡和集》。

101. 余尝谓东坡《凤翔八观诗》不减杜子美①。

【校注】

①此条见《带经堂诗话》卷二，推较类四。引自《分甘余话》卷一《苏轼张舜民诗》。

102. 祝允明作《罪知录》[1]，论唐诗人，尊太白为冠；而力斥子美，谓其"以村野为苍古，椎鲁为典雅，粗犷为豪雄"，而总评之曰："外道。"李则《凤凰台》一篇，亦推绝唱。狂悖至于如此，醉人骂坐，令人掩耳不欲闻。

【校注】

①此条见《带经堂诗话》卷二，评驳类三。引自《香祖笔记》卷一，有删节。祝允明，字希哲，号枝山，明长洲（今江苏苏州）人。能诗文，工书法，与唐寅、文徵明、徐祯卿并称"吴中四子"，有《怀星堂集》。渔洋所引祝语，见《续修四库全书》第1122册《祝子罪知录》卷九。

103. 千家注杜[1]，如五臣注《选》[2]；须溪评杜，如郭象注《庄》[3]。此高识定论，虞山皆訾之[4]，余所未解。

【校注】

①此条见《带经堂诗话》卷二，评驳类四。引自《分甘余话》卷四《钱谦益訾杜诗评注》。

②指唐玄宗时吕延济、刘良、张铣、吕向、李周翰等的《五臣注〈文选〉》。

③刘辰翁，号须溪，有《集千家注批点杜工部诗集》，其子将孙序云："注杜诗如注《庄子》，……是本净其繁芜，可以使读者得于神，而批评摽掇，足使灵悟，固《草堂集》之郭象本矣。"郭象，字子玄，西晋哲学家，好老庄，善清谈，曾把向秀《庄子注》述而广之，别为一书。《四库全书总目》卷一四九评云："辰翁评所见甚浅，……王士祯乃比之郭象注《庄》，殆未为笃论。"

④钱谦益语，参见《钱注杜诗》之《注杜诗略例》。

104. 少陵《江头五咏》①，语多可笑，亦不成章。二苏记园中草木各十一首②，差强人意耳。下此则李卫公咏平泉草木③，镞镞能新，非洪丞相盘洲草木杂咏所及④。悔人六诗晚出⑤，欲与卫公、二苏公抗行，又非杜、洪前诗所及也。

【校注】

①此条见《带经堂诗话》卷六，题识类五九。引自《蚕尾续文》卷二十《跋朱悔人花木六咏》。《江头五咏》，卷十。

②苏辙《赋园中所有十首》，《栾城集》卷一；苏轼《和子由记园中草木十一首》，《苏轼诗集》卷五。中华书局点校本《苏轼诗集》此诗案语："总案卷五'和子由所记园中草木共得十一诗'条下云：《栾城集》赋园中所有，十诗分咏。公和十诗毕，复以'但记说秋菊'句，限于篇幅，未及蟋蟀悲之之意，故从此句紬而绎之，作《蟋蟀悲秋菊》一篇。又以此诗之根在前作，而诗亦一色，不当别列一题，故并为十一诗也。子由又作'兄从南山来，梦我南山下'一诗，以复和公之第十诗，更作'蟋蟀感秋气，夜吟抱菊根'一诗以和公之第十一诗。而原作分咏草、木，不可列入，直以二诗别列一题云：和子瞻记梦二首。此公之和园中草木所以多一诗，而子由则原作十诗之外，又有《记梦》二诗之原委也。"

③李德裕，封卫国公，拜太尉，同中书门下平章事。有《思平泉树石杂咏一十首》，《全唐诗》卷四百七十五。

④洪适（kuò），字景伯，号盘洲，宋鄱阳（今属江西）人，官至同中书门下平章事兼枢密使。以文著称于时，好收藏金石拓本，并据以订正史传之误。其《盘洲文集》卷八"盘洲杂韵上"，卷九"盘洲杂咏下"，载咏盘洲景物诗二百余首。

⑤朱载震，字悔人，清潜江（今属湖北）人，曾知石泉县，有循声。有《东蒲集》。作《斋前花木六咏》，渔洋极称之。

105. 同年吴默岩在仪真常书《许彦周诗话》①：老杜《丹青引》“一洗万古凡马空”，坡公观吴道子画壁诗“笔所未到气已吞”②，唯二公之诗各可以当之。而举余少作《周文矩庄子说剑图诗》“使笔如剑剑气出”之句③，以为惟余诗足以当之。

【校注】

①此条见《带经堂诗话》卷八，自述类下九。引自《分甘余话》卷三《吴国对》。吴国对，字玉随，又字默岩，清全椒（今属安徽）人。顺治进士。累官翰林院侍读。工诗。点校本《分甘余话》首句作“同年吴侍读默岩（国对）”。仪真，今江苏仪征市。

②《王维吴道子画》，《苏轼诗集》卷三。

③诗见《渔洋精华录集释》卷一，作于顺治十三年（1656）。

106. 歙县门人汪洪度于鼎寄书曰①：“生少从诸遗老游，窃闻其绪论，以为诗之以仙称者，古今得四人焉：曰陈思、曰青莲、曰眉山、曰新城②。心识其语，而未测其所以然。稍长，纵观载籍，由汉魏以迄于今，大而塞乎无垠，细而入乎无间，集古今之大成，夐万象而独出者，莫先杜陵，尊之曰圣，诚莫与京矣。而新城公实亚之矣，乃未遽尊之为圣，而仅推之为仙，何与？……”

【校注】

①此条见《带经堂诗话》卷八，自述类下二七。引自《居易录》卷二十三。渔洋《香祖笔记》卷九云：“新安门人汪洪度，字于鼎，夙有诗名。”歙县即新安，在今安徽。

②指曹植、李白、苏轼、王士禛。

107. 金李汾长源诗[①]：“烟波苍苍孟津戍，旌旗历历河阳城。”不减少陵、东坡。

【校注】

①此条见《带经堂诗话》卷九，标举类一三。引自《分甘余话》卷一《李汾诗》。李汾，本名让，字敬之，后字长源，平晋（今山西太原）人。为人跌宕不羁，其诗雄健有法。引诗为李汾佚句。见元好问编《中州集》卷十李汾小传。“戍”，《中州集》作“渡”。

108. 元傅汝砺若金《诗集》八卷[①]，有范德机、揭曼硕序[②]，洪武壬戌刊本[③]。歌行颇得子美一鳞片甲，七律亦有格调，视南宋俚俗之体相去远甚。

【校注】

①此条见《居易录》卷一。傅若金，字与砺，本字汝砺，元新喻（今江西新余）人，有《傅与砺诗文集》，其中诗集八卷，文集十一卷，附录一卷。

②范梈，字德机，一字亨父。揭傒斯，字曼硕。

③洪武壬戌，即明太祖洪武十五年（1382）。

109. 常爱杜诗“两边山木合，终日子规啼”[①]。又明初人诗“数家茅屋临江水，一路松风响杜鹃”[②]。写蜀江风景宛然在目。予曾拟作一联送同年张仲诚（沐）知资县云：“子规声断处，山木雨来时。”[③]又：“嘉陵驿路千余里，处处春山叫画眉。”[④]皆眼前实景也。

【校注】

①此条见《带经堂诗话》卷十二，佳句类二六。引自《香祖笔记》卷四。杜诗《子规》，卷十四。

②明汪广洋《过胥江寄郑久诚参政》："浦口潮来稳系船，汀花如雪草如烟。几家茅屋临江水，一路松风响杜鹃。帘卷轻寒中酒日，香焚新霁熟梅天。少陵心事谁人识，头白相知有郑虔。"

③张沐，字仲诚，号起庵。顺治进士。历知内黄、资县等。扎实笃学，被称为真儒，晚授学于白龟圃，从者甚众。引诗为《送张仲诚知资县》，见《渔洋精华录集释》卷九。

④《嘉陵江上忆家》诗句，见《渔洋精华录集释》卷十二。

110. 兄考功（士禄）作《忆莱子》杂诗二十篇①，有"潮势汩三韩"之句，或疑汩字所出，汪编修（琬）曰②：杜诗"吴楚东南坼"③，坼字、汩字正以独造为奇。

【校注】

①此条见《带经堂诗话》卷十五，字义类一三。引自《渔详诗话》卷上四。

②汪琬，字苕文，号钝庵，晚号钝翁，人称尧峰先生。顺治进士。康熙十八年（1679）召试博学鸿词科，授翰林院编修。琬与侯方域、魏禧合称"清初散文三大家"。

③《登岳阳楼》，卷二十二。

111. 老杜诗"白鸟去边明"①；坡公诗"贪看白鸟横秋浦，不觉青林没晚潮"②；余少登京口北固山多景楼，亦有句云"高飞白鸟过江明"③，一时即目，不觉暗合。

【校注】

①此条见《带经堂诗话》卷十五，近似类六。引自《分甘余话》卷一《诗意与古人暗合》。引杜诗见《雨四首》其一，卷二十。

②苏轼《澄迈驿通潮阁二首》其一，《苏轼诗集》卷四十三。“鸟”，诗集作“鹭”。

③《登银山绝顶》诗句，渔洋另有《登北固绝顶多景楼》诗，均见《带经堂全集》卷八《渔洋诗八·庚子稿》，诗作于顺治十七年（1660），渔洋时年27。

112. 富平李天生因笃①，年三十，弃诸生。博学强记，《十三经注疏》尤极贯穿，长律得少陵家法，常以四十韵诗赠曹秋岳，曹叹曰：“数百年无此作矣！”②李有句云：“林谷关音本，乾坤老象才。”③予谓理语、经语最不易下，坡公写杜诗至“致远恐终泥”，停笔谓学人云：此句不足为法④。王敬美云：曹子建后作者多能入史语，不能入经语，谢康乐出而《易》辞《庄》语无不为用⑤。然则用经固以康乐为宗也。

【校注】

①此条见《带经堂诗话》卷十七，用事类一。引自《池北偶谈》卷十一《李因笃》。李因笃，字天生，又字孔德，号子德，陕西富平人，明诸生。博学强记，名重一时，人尊为“关西夫子”。康熙十八年（1679）举博学鸿儒。著《受祺堂诗》等。

②曹溶，字洁躬，号秋岳，一号倦圃。明崇祯进士，官御史，顺治初归清，授原官，迁广东布政使，降山西阳和道。工诗，有《静惕堂诗集》。李诗题名《长至前二日同右吉陪曹秋岳先生宿雁门关即事四十韵拈玉露凋伤枫树林之句分凋字》，见《受祺堂诗》卷十。

③《受祺堂诗》卷八《看夏屋山二首》其一诗句。

④杜诗《解忧》有“致远宜恐泥”句，见卷二十二。《朱子语类》卷一百四十云：“文字好用经语，亦一病。老杜诗‘致远思恐泥’，东坡写此诗到此句云：此诗不足为法。”参见《东坡题跋》卷二《记子美陋句》条。

⑤王世懋，字敬美。引语见《艺圃撷余》。

113. 世言苏黄相訾毁①，予尝辨之于《池北偶谈》。又见王明清所记李邯郸孙亨仲言家有梅圣俞诗善本，世所传多为欧阳公去其尤者，忌能名之压己也。明清辨其非实，以欧公在谏路颇诋邯郸云尔②。以欧梅苏黄四公深相知，而世俗之论尚如此，则谓子美赠李诗“李侯有佳句，往往似阴铿”③，太白赠杜诗“饭颗山头”④云云，皆为讥诮者，又何足怪乎！

【校注】

①此条见《带经堂诗话》卷十八，辨析类一三。引自《居易录》卷七。

②此系王渔洋误记。检邵博《闻见后录》卷十八云：“李邯郸诸孙亨仲云：‘吾家有梅圣俞诗善本，世所传多为欧阳公去其尤者，忌能名之或压也。’予谓欧阳公在谏路颇诋邯郸公，亨仲之言或不实。”邵博（？—1158），字公济，为伯温次子。伯温著有《闻见录》二十卷，故邵博所著名之曰《闻见后录》，凡三十卷。而王明清（约1127—？），字仲言，为王铚次子，时代晚于邵博，著有《挥麈录》二十卷，还有《玉照新志》《投辖录》《清林诗话》等。又，李淑，字献臣，号邯郸，丰县（今属江苏）人。宋真宗、仁宗时人。参知政事李若谷之子，亨仲为淑之孙。

③见杜诗《与李十二白同寻范十隐居》，卷一。

④唐孟启《本事诗》载李白有《戏赠杜甫》诗云：“饭颗山头逢杜甫，头戴笠子日卓午。借问别来太瘦生，总为从前作诗苦。”

新编渔洋杜诗话卷四

114. 上长乐坡[①]，望终南绕长安城东北；西行经汉武帝通天台故址，望高帝长陵，渡沣水，《注》云：沣水出丰溪，西北流，昆明池水注之，北入于渭[②]。渭水在咸阳城下，时返照初霁，乱云乍归，南望白阁、紫阁诸峰，紫翠万状，渼陂、高冠潭诸胜，皆在咫尺，杜诗“错磨终南翠，颠倒白阁影”[③]，岑诗“遥看白阁云，半入紫阁松”[④]，形容酷肖。

【校注】

①此条见《带经堂诗话》卷十四，遗迹类下四八。引自《蜀道驿程记》卷上，文有删节。

②见《水经注·渭水下》。

③《渼陂西南台》，卷三。

④岑参《因假归白阁西草堂》，《全唐诗》卷一百九十八，“遥看”，岑诗作“东望”。

115. 落凤坡上有诸葛公、庞靖侯祠[①]，祠毁于“献贼”[②]，唯祠门石狻猊尚存其一，有碑题“汉龙、凤二公祠”。东鹿头关即士元墓，杜诗所谓“鹿头何亭亭”者也[③]。

【校注】

①此条见《带经堂诗话》卷十三，遗迹类上六〇。引自《秦蜀驿程后记》卷上。庞统，字士元，卒谥靖侯。落凤坡，在今四川德阳境，俗传庞统中流矢死此。渔洋有落凤坡吊庞士元诗。

②指张献忠农民起义军。

③《鹿头山》，卷九。

116. 登天柱山①，盘折而上，下连山渡河，野宿汉州界。自闰七月朔入栈，时逾旬月，途历二千，至此始出山，杜诗"连山西南断，始见千里豁"②，信为实录。

【校注】

①此条见《带经堂诗话》卷十四，遗迹类下五四。引自《蜀道驿程记》卷上，文有删节。

②《鹿头山》，卷九。"始见"，杜诗作"俯见"。

117. 保宁府治阆中县①，东北过灵山，昔蜀王鳖灵登此。又有玉台观、滕王亭子，皆唐滕王元婴遗迹。泊舟城南阆中山下，山一名锦屏。……山上旧有少陵祠堂，遥望山半一亭，芜陋甚，无楼观台榭，盖乱后废久矣。

【校注】

①此条见《蜀道驿程记》卷上。

118. 鹅溪在（盐亭）城北①，人家以绢为业，坚洁异他处，文与可诗所云"鹅溪绢"也②；杜诗："云溪花淡淡，春郭水泠泠。全蜀多名士，严家聚德星。"③县有德星、春郭二桥以此。出南门，渡梓橦江，缘光禄山行，即杜《光禄坂》诗所谓“山行落日下绝壁”者也④。

【校注】

①此条见《带经堂诗话》卷十三，遗迹类上七。引自《蜀道驿程记》卷上，文有删节。鹅溪在今四川盐亭县。《带经堂诗话》的纂集者张宗柟因删并前后文而误作“梓橦县鹅溪在城北”。

②文同，字与可，自号笑笑先生，梓州永泰（今四川盐亭东）人。工诗文，善书画。与苏轼为表兄弟。陈善《扪虱新话》卷下载与可尝有诗与东坡云：“拟见一段鹅溪绢，扫取寒梢万丈长。”

③《行次盐亭县聊题四韵》，卷十二。

④《光禄坂行》，卷十一。

119. 蜀盐亭县有鹅溪①，县出绢，谓之鹅溪绢，亦名东绢，子美诗“我有一匹好东绢”是也②。周紫芝诗：“百尺寒松老干枯，韦郎笔妙古今无。何如莫扫鹅溪绢，留取天吴紫凤图。”③此虽谐谑，然《北征》自作于赴行在时，而《题韦偃画松》则在入蜀之后，固不可同日语也。

【校注】

①此条见《带经堂诗话》卷十八，辨析类九。引自《池北偶谈》卷十八《东绢》。

②见杜诗《戏为韦偃双松图歌》，卷九。

③周紫芝诗见其所著《竹坡老人诗话》卷三。周紫芝，字少隐，自号竹坡居士，宣城（今属安徽）人。有《太仓稊米集》。

120. 潼川州有橘亭、水亭、官阁诸迹①，以杜诗得名。州西门外跬步即牛头山，杜诗“青山意不尽，衮衮上牛头”②者也，山高不丈许，无岩壑之观；上有亭，即所谓牛头山亭子，今废。

【校注】

①此条见《带经堂诗话》卷十三，遗迹类上八。引自《蜀道驿程记》卷上，文有删节。潼川州，唐属梓州，治今四川三台，辖境相当于四川三台、射洪、盐亭、潼南等地。杜甫有《章梓州水亭》《章梓州橘亭饯成都窦少尹》《涪城县香积寺官阁》等诗，均见仇注卷十二。

②《上牛头寺》，卷十二。同卷尚有《登牛头山亭子》诗。

121. 绵州东涪水、安昌水合处①，汇为芙蓉溪，即杜子美所云“东津观打鱼”地②，今有渔父村，相传汉涪翁所居。

【校注】

①此条见《带经堂诗话》卷十三，遗迹类上六八。引自《陇蜀余闻》。

②《又观打鱼》，中有“东津观鱼已再来”句，卷十一。

122. 渡涪江①，涪水自龙安来，经绵州城西，东南与安昌水合，汇于芙蓉溪，宛成巴字，流入潼川州（古梓州）界。康熙三十一年涪涨，溃入北城，公私庐舍皆汩没，今州治移西南，版筑方始，予暂托宿焉。州有思贤堂在旧治东，祀扬雄、李白、杜甫、樊宗师、苏易简、欧阳修、司马光、苏轼、黄庭坚九人②；又有六一堂，宋欧阳观为推官，文忠实生于此③。

【校注】

①此条见《带经堂诗话》卷十三，遗迹类上六八附录，引自《秦蜀驿程后记》卷上。

②樊宗师，字绍述，曾任绵、绛二州刺史。苏易简，宋铜山人，太宗时进士第一，以文章知名，曾官翰林学士、礼部侍郎等职。

③欧阳观，修之父，宋庐陵人。历泗、绵二州推官。欧阳修，卒谥文忠。

123. 大雅堂在丹棱县南三里[①]，宋人杨素翁请黄山谷书杜蜀中全诗，刻石作堂贮之，山谷为之记，见《豫章集》[②]。明弘治丁巳[③]，巡按御史荣华重新祠宇[④]，立像勒石，知县事江谦春秋率绅士往祭焉，自后遂为故事；蜀乱后，祭废。

【校注】

①此条见《带经堂诗话》卷十三，遗迹类上七〇。引自《陇蜀余闻》。丹棱县，在今四川乐山市。

②黄庭坚有《大雅堂记》，见《豫章黄先生文集》卷十七。"翁"，原无，据《大雅堂记》补，记云："丹棱杨素翁，英伟人也。"

③弘治丁巳，即明孝宗弘治十年（1497）。

④荣华，字公美，号双溪。明宪宗成化十七年（1481）进士。官至御史。

124. 叙州有东楼[①]，见杜诗；西楼见陆诗[②]。山谷先生谪此，有味谏轩、无等院、流杯池诸遗迹。

【校注】

①此条见《带经堂诗话》卷十三，遗迹类上一三。引自《蜀道驿程记》卷下。叙州，治今四川宜宾市，唐为戎州，杜甫有《宴戎州杨使君东楼》诗，卷十四。

②陆游于宋孝宗淳熙五年（1178）奉诏还朝，离成都，取道眉州、叙州，沿江东下。时作《叙州》诗云："画船冲雨入戎州，缥缈山横杜若洲。

须信时平边堠静，传烽夜夜到西楼。”自注：“州治西楼。”

125. 夔州府治奉节县[①]，访永安宫故址，今为府学。季汉治白帝城，在瞿唐峡口，永安宫乃在城西，《三国志》云：先主改鱼复为永安，仍于州西七里筑永安宫[②]。《水经注》谓：宫前距平地可二里许，江山迥阔，入峡所无[③]。放翁《入蜀记》：州在山麓沙上，所谓鱼复永安宫，景德中转运使丁谓、薛颜所徙，比白帝颇平旷者是也[④]。按周移信州治永安宫南，则徙城在隋之前，然唐故夔州，放翁谓与白帝城相连，引杜诗“白帝夔州各异城”[⑤]为据，《方舆胜览》亦云：唐时州理白帝，而武侯庙在城西卧龙山上[⑥]，故少陵诗云“犹有西郊诸葛庙”云云[⑦]。盖周隋间曾移城于此，唐又还治白帝，宋景德中又移今治，遂沿至今耳。太守留饮诗史堂，堂本王龟龄先生守郡时因少陵建[⑧]，毁于兵，太守甫兴葺之。

【校注】

①此条见《带经堂诗话》卷十三，遗迹类上二〇。引自《蜀道驿程记》卷下，文有删节。夔州即今重庆市奉节县。

②《三国志·蜀书·先主传》。

③见《水经注·江水一》。“宫前”句，《水经注》作“其间平地可二十许里”。

④见《入蜀记》卷六。

⑤《夔州歌十绝句》其二，卷十五。

⑥《方舆胜览》卷五十七《夔州路·夔州》。

⑦《上卿翁请修武侯庙》，卷二十。“犹”，杜诗作“尚”。

⑧王十朋，字龟龄，号梅溪。宋孝宗乾道元年（1165）知夔州，次年作《夔州新修诸葛武侯祠堂记》《登诗史堂观少陵画像》等诗文。

126. 卧龙山下里许至少陵祠[①]，有石碣题“唐杜工部子美游寓处”。堂三楹，祠中有沔阳陈文烛修祠旧碑[②]，宋治平中知州贾昌言常刻少陵夔府诗为十二碑，建中靖国元年运判王蘧又刻十碑于瀼西果园[③]，今“昆明池水”一篇独完[④]，盖后人别刻《秋兴》八碑，非宋之旧矣。此地在宋为漕司，即少陵瀼西宅址。

【校注】

①此条见《蜀道驿程记》卷下。

②陈文烛，字玉叔，沔阳（今湖北仙桃）人。明嘉靖、万历时人。有《重修瀼西草堂记》。

③宋王象之《舆地碑记目》卷四《夔州碑记》载：“杜少陵诗石刻：少陵游蜀凡八稔，而在夔独三年。平生所赋诗凡千四百六篇，而在夔者乃三百六十有一。治平中，知州贾昌言刻十二石于北园，岁久字漫灭；建中靖国元年，运判王蘧新为十碑。今碑在漕司。”治平，宋英宗年号（1064—1067）。建中靖国，宋徽宗年号（1101）。

④《秋兴八首》其七，卷十七。

127. 白帝城枕白帝山[①]，……正德中行军右都御史林公俊一碣，记旧有庙祀公孙述，林以征蓝之役驻军于此，始废述祀，改创三功祠[②]。……祠北即麝香山，杜诗注引《寰宇记》谓在秭归县东南者，非。城西门去江岸直下数十丈，余震掉下马，徐步举少陵“白帝城门水云白，低身直下八千尺”之句[③]，宛然目中。

【校注】

①此条见《带经堂诗话》卷十三，遗迹类上二二。引自《蜀道驿程记》卷下，文有删节。

②林俊，字待用，莆田（今属福建）人。明成化进士。正德间起抚四川，征破蓝廷瑞等人。累官刑部尚书，卒谥贞肃。有《见素文集》《西征集》。

③《醉为马坠诸公携酒相看》，卷十八。"水云白"，杜诗原作"水云外"。

128. 过西瀼[①]，记称少陵亦尝居之，有草堂遗址。考《少陵年谱》以大历二年居夔州瀼西草堂，三年正月去夔，有《将别巫峡赠南卿兄瀼西果园》诗[②]，三月即至江陵，秋移公安，未尝淹留巴东复有西瀼之宅。盖土人以山间之流通江者，通呼曰瀼，瀼西名适相类，因傅会耳。

【校注】

①此条见《带经堂诗话》卷十三，遗迹类上二四。引自《蜀道驿程记》卷下。

②诗见卷二十一。

129. 下牢溪[①]，望虎牙、荆门二山，错峙江上；此下即荆江，江流洪阔舒缓，远山映带。自入峡七百里，重峦叠嶂，亏蔽霄汉，至此始觉天日清朗，杜诗云："始知云雨峡，忽尽下牢边。"[②]

【校注】

①此条见《带经堂诗话》卷十四，遗迹类下六〇。引自《蜀道驿程记》卷下，稍有删节。

②《春夜峡州田侍御长史津亭留宴得筵字》，卷二十一。

130. 松滋渡雀儿尾[①]，江面益阔，四望莽荡，了无一山，与西陵以上不侔，孟松滋诗云："猎响惊云梦，渔歌激楚词。"[②]杜诗云："纱帽随鸥鸟，扁舟系此亭。"[③]欲赋一诗，忆此二篇遂阁笔。

【校注】

①此条见《带经堂诗话》卷十四，遗迹类下六二。引自《蜀道驿程记》卷下，文字微异。

②孟浩然《陪张丞相自松滋江东泊渚宫》，《全唐诗》卷一百六十。

③《泊松滋江亭》，卷二十一。

131. 庐州合肥县北废梁县①，有鲍明远读书台②；蕲州黄梅县治，相传照故居，后人取杜诗"俊逸鲍参军"之句③，作亭名俊逸亭。

【校注】

①此条见《带经堂诗话》卷十三，遗迹类上二八。引自《皇华纪闻》卷一《鲍明远宅》。

②鲍照，字明远，曾为临海王刘子顼前军参军。

③《春日忆李白》，卷一。

132. 硖石古二崤也①，与函谷东西相距百七十里，《左传》蹇叔曰：崤有二陵焉，其南陵夏后皋之墓，北陵文王之所避风雨也②。峻坂崎岖，抵石壕，即杜诗所云"石壕吏"者③。

【校注】

①此条见《带经堂诗话》卷十三，遗迹类上六六。引自《秦蜀驿程后记》卷下，稍有删节。

②见《左传·僖公三十二年》。

③《石壕吏》，卷七。

133. 上清宫即唐玄元皇帝庙①，按《剧谈录》云：神仙像皆开元中杨惠之所塑，又有吴道子画壁。杜子美诗所谓“五圣联龙衮，千官列雁行”者也②。

【校注】

①此条见《带经堂诗话》卷十四，遗迹类下一。引自《居易录》卷四。

②《冬日洛城北谒玄元皇帝庙》，卷二。

134. 孔博士东塘言曲阜县东北有石门山①，即杜子美诗《题张氏隐居》所谓“春山无伴独相求”，《刘九法曹郑瑕邱石门宴集》所谓“秋水清无底”者，是也。李太白有《石门送杜二甫》诗“何言石门路，复有金尊开”，亦其地。山麓今尚有张氏庄，相传为唐隐士张叔明（一作卿）旧居，张盖与太白、孔巢父辈同隐徂徕，称“竹溪六逸”者也②。山不甚高大，石峡对峙如门故名，中有石门寺，寺后曰涵峰，峰顶有泉流入溪涧，往往成瀑布。孔于寺前水汇处作亭，曰“秋水”；又于其左起馆，曰“春山”，皆取杜句也。山南有两小阜，俗称金耙齿、银耙齿者，子美诗“不贪夜识金银气”之句③，盖偶然即目耳，非身历其处固不知也。又故鲁城北有范氏庄，即太白访范居士失道落苍耳中者，孔亦将修复其址，仍取李诗“闲园养幽姿”之句④，名以闲园，予喜其好事，诺为其作记，而先书于此。（注家引《水经注》谓石门在临邑，非是。）

【校注】

①此条见《带经堂诗话》卷十四，遗迹类下九。引自《居易录》卷二十七。孔尚任，字季重，号东塘。孔子六十四代孙。初隐石门山中。康熙皇帝南巡至曲阜，破格授国子监博士。石门山，在今山东曲阜市东北五六十里。

②《新唐书·李白传》云：“客任城，与孔巢父、韩准、裴政、张叔明、

陶沔居徂来山，日沉饮，号‘竹溪六逸’。”

③《题张氏隐居二首》其一，卷一。

④《寻鲁城北范居士失道落苍耳中见范置酒摘苍耳作》，《李太白全集》卷二十。

135. 济宁州太白酒楼[1]，下俯漕河，凭高眺远，据一州之胜，碑版林立，惟唐人沈光记大篆最古[2]，仅余数行可辨；又元人陈孚诗[3]。其左为二贤祠，祀太白、贺监[4]。由夹城出小东门至南池，渊著渟泓，芰荷被渚，夹岸杨柳，淖约近人，最为佳境；池上有亭、有堂；沿岸东行百步许，复有一亭，亭南有碑，刻杜诗，明嘉靖间都御史詹瀚所置也[5]。唐诗人首李杜，游迹皆萃于此，楼与池又咫尺相望，游人不出跬步而兼有之，亦一奇也。

【校注】

①此条见《带经堂诗话》卷十四，遗迹类下七三。引自《秦蜀驿程后记》卷下，文有删节。

②沈光，号云梦子，唐吴兴（今浙江湖州）人。咸通二年（861）至任城（今山东济宁），作《李白酒楼记》，见《全唐文》卷八〇二。

③陈孚，字刚中，元临海（今属浙江）人。有《题太白酒楼》诗，见《元诗选》二集丙集《观光稿》。

④贺监，指贺知章，曾任秘书监。贺实未至任城，后人附会，不足信。

⑤詹瀚，字汝约，玉山（今属江西）人。明正德十二年（1517）进士。嘉靖二十七年（1548）总理河道都御使。累官至刑部侍郎。

136. 吾州于宋得子固、子由、无咎三公[1]，而东坡公过此，亦有“济南春好雪初晴，行到龙山马足轻”之咏[2]，足敌唐北海、子美、太白三公矣③。

【校注】

①此条见《带经堂诗话》卷十四，遗迹类下一三。引自《居易录》卷三十四。曾巩，字子固，曾知齐州；苏辙，字子由，曾任齐州掌书记；晁补之，字无咎，亦曾知齐州。齐州即济南。

②苏轼《阳关词三首·答李公择》，《苏轼诗集》卷十五。

③李邕，以官终北海太守，世称“李北海”。李邕、杜甫、李白三人，都曾到过济南。

137. 老杜《玉华宫》诗千古绝唱①，张文潜用元韵拟之作别黄州诗②，自谓似之，特其音节耳，未神似也。吾观《谷音》下卷所载临江杨雯《宋武帝庙》诗③，虽不摹杜，反得神似。此非深于诗者未易知也。

【校注】

①此条见《带经堂诗话》卷十四，遗迹类下三〇。引自《古夫于亭杂录》卷二《宋武帝庙诗》。

②张耒，字文潜，号柯山，人称宛丘先生。其《离黄州》诗见《张耒集》卷六。

③《谷音》，元杜本辑，录宋末及宋遗民三十人诗。杜本，字伯原，其先居京兆，后徙居清江。元数征召，皆不应，隐于武夷山。为人笃于义，博学善属文。杨雯《宋武帝庙》诗：“溪声答松风，巨石出老拳。古树不知名，岌岌蛟龙缠。夕阴互出没，秋华带芳鲜。葱葱帝王气，栋宇垂千年。虎贲秉霜戟，惨澹生云烟。宫人翠龙驾，手持玉连蜷。昌明坐慌惚，精神雷在天。大呼司雍间，旬月无秦燕。昔为万夫特，今受众目怜。石马亦埋没，岁时草芊芊。小臣异代士，见之泪迸泉。齐人思爽鸠，蜀人哀杜鹃。江东旧正朔，

礼奉敢不虔。但愿君王心，不忘载菽船。下山又再拜，白日当空悬。”

138. 杜诗：“户外昭容紫袖垂。”①盖唐制，天子临朝，则用宫人引至殿上，至天祐二年始诏罢之。是全盛之时，反不如衰乱之朝为合礼也。故中宗时，皇后、公主及上官昭容②，往往与群臣杂坐赋诗，优伶至有“裴谈、李老”之谑③，可谓无礼之甚者。而郎官直宿，亦有“侍女新添五夜香”之句④，竟不晓侍女当是何色人也。宋、明已来，乃为严重矣！

【校注】

①此条见《带经堂诗话》卷十三，典制类七。引自《香祖笔记》卷六。《紫宸殿退朝口号》，卷六。

②上官婉儿，上官仪的孙女，中宗时，进拜昭容。

③孟启《本事诗·嘲戏第七》载：“中宗朝，御史大夫裴谈崇奉释氏。妻悍妒，谈畏之如严君。……时韦庶人颇袭武氏之风轨，中宗渐畏之。内宴唱《回波词》，有优人词曰：‘回波尔时栲栳，怕妇也是大好。外边只有裴谈，内里无过李老。’韦后意色自得，以束帛赐之。”李老，指唐中宗李显。

④李颀《寄司勋卢员外》，《全唐诗》卷一百三十四。

139. 唐有两裴迪①，一天宝诗人，与王维、杜甫友善；一为王铎辟租庸招纳使，朱温镇宣武，辟节度判官，既篡位，拜右仆射。……见《五代史·杂传》②。

【校注】

①此条见《带经堂诗话》卷十五，氏籍类三。引自《池北偶谈》卷

二十四《两裴迪》。

②即《新五代史·杂传第三十一》。

140. 嘉兴鲁訔《杜工部诗年谱》一卷①，谓甫生于先天元年壬子，卒于大历五年庚戌；赵子栎《杜年谱》一卷②，谓生于开元元年癸丑（抄本作二年，非。），没于大历六年辛亥。先是吕汲公始创为年谱③，訔书成于绍兴癸酉，谱说盖沿汲公之旧；而赵则谓汲公之谱生殁所值纪年，与纪年所值甲子，皆有一岁之差。近钱先生牧斋之谱，独遵吕说④。

【校注】

①此条见《带经堂诗话》卷十五，氏籍类四。引自《居易录》卷五。鲁訔，字季钦，宋嘉兴（今属浙江）人，绍兴进士，官至敷文阁学士。所撰《杜工部诗年谱》，见宋刻本《分门集注杜工部诗》卷首。

②赵子栎，字梦授，宋宗室。元祐进士，官至宝文阁直学士。所撰《杜工部草堂诗年谱》，见《杜工部草堂诗笺》卷首。

③吕大防，其先汲郡人。哲宗元祐元年（1086）拜尚书右丞，进中书侍郎，封汲郡公。详参《诸家老杜诗评》卷一《吕丞相〈诗年谱〉十八事》。

④见《钱注杜诗》附录二《少陵先生年谱》。

141. 费著撰《蜀杜氏族谱》云①：杜翊世以死节显。其世祖甫来蜀依严武，家青城者实宗文裔；世孙准，皇祐五年第进士，宰绵竹以卒；子翊世徙成都，绍圣元年第进士，官至朝议大夫通判怀德军，靖康元年死节，特赠正议大夫，命官其后十人；五子愷、忱以赏得官；孙逸老、俊老、廷老，曾孙光祖、大临，以忠义遗泽得官，今犹称“忠义杜”云②。著此说不知何据，坡诗有云：“闻道华阳版籍中，至今尚有城南杜。”③则子美有后于蜀，其信然耶！

【校注】

①此条见《带经堂诗话》卷十五，氏籍类四。引自《居易录》卷十六，亦见《蚕尾文》卷七《跋杜诗二则》。费著，元华阳（今四川成都）人。第进士，授国子助教。与兄克诚俱有时名，人称“成都二费”。著有《岁华纪丽谱》。

②费著《氏族谱·杜氏》载：“杜翊世以死节显，蜀旧守名其居曰忠义坊。……家青城，实宗文裔十世孙准，皇祐五年第进士，官至朝散郎，宰绵竹以卒。妻黎携诸孤外氏家成都，教子严必使世其家。第二子即翊世，绍圣元年第进士，官至朝议大夫，通判怀德军。靖康元年虏寇作，西羌亦张，奄至城下，凡三旬，援兵不至，城陷，翊世先火其家，乃自缢死。事闻，特赠正议大夫。命官其后十人，五子慥、忱以赏得官，孙逸老、俊老、廷老，曾孙光祖、大临，以忠义遗泽得官。”（《全蜀艺文志》卷五四）仇兆鳌曰：“考《绵竹县志》：宗文十代孙准，世居青城，宋皇祐五年为绵竹令。此据嘉靖辛丑氏族谱所载，近年王御史谦言，宰绵竹时采入新志。宗文曾留蜀，是亦一证。此事有关少陵世系，今补录于斯。”（《杜诗详注》卷二三）

③苏轼《送戴蒙赴成都玉局观将老焉》，《苏轼诗集》卷二十六。

142. 《集古录·跋沈传师道林岳麓寺诗》云①：“唐侍御、姚员外二人之诗不见，不知何人。”按《侯鲭录》：“姚诗不复见之，今得唐侍御诗，题云‘儒林郎监察御史唐扶’。”其诗即所云“壁间杜甫原少恩”者也②。此篇与崔珏、韦蟾诸篇俱载杨用修集③，永叔顾未之见，何哉？

【校注】

①此条见《带经堂诗话》卷十五，氏籍类六。引自《居易录》卷二十四。《集古录》，欧阳修撰。文渊阁四库全书影印本《集古录》卷九《唐

沈传师游道林岳麓寺诗》云："右《岳麓寺诗》，沈传师撰并书，题云'酬唐侍御、姚员外'，而二人之诗不见，不知为何人也。"

②《侯鲭录》，宋赵令畤撰。引文见卷一。唐扶，字云翔，元和五年（810）进士，累佐使府，入朝为监察御史。其诗《使南海道长沙题道林岳麓寺》，见《全唐诗》卷四百八十八。校点本《带经堂诗话》错标为："题云'儒林郎监察御史唐扶其诗'，即所云'壁间杜甫原少恩'者也。"按：唐无"唐扶其"其人。

③崔珏《道林寺》诗，见《全唐诗》卷五百九十一。韦蟾《岳麓道林寺》诗，见《全唐诗》卷五百六十六。杨慎，字用修。

143. 杜诗："近时冯绍正，能画鸷鸟样。"①《历代名画记》②："绍正，开元中官少府监，八年为户部侍郎，喜画鹰鹘、鸡雉。"《谈宾录》云："高力士父丧，左金吾卫大将军程伯献、少府监冯绍正二人，于丧前被发而哭，甚于己亲，人皆笑之。"③即是人也。

【校注】

①此条见《带经堂诗话》卷十五，氏籍类九。引自《古夫于亭杂录》卷二《唐冯绍正》。杜诗见《杨监又出画鹰十二扇》，卷十五。

②《历代名画记》，唐张彦远撰。引文见卷九。

③此条引《谈宾录》云云，系见于《太平广记》卷二百四十《程伯献》条。唐张鷟撰《朝野佥载》卷五亦作"程伯献"，只是"父丧"作"母丧"。程伯献为唐代名将程知节（咬金）之孙，见《旧唐书·程知节传》："伯献，开元中，左金吾大将军。""程"，原误作"陆"，据《太平广记》《旧唐书》改。

144. 杜诗《从人觅小胡孙》一首①，第三句云"举家闻若骇"，下云"为寄小如拳"，结云"许求聪慧者，童稚捧应颠"，殊不贯。宋刘昌诗《芦浦笔记》云：合移"童稚"句作第四，移"为寄小如拳"作结，则一篇意义浑全，亦成对偶②。甚有理，而钱牧翁不采其说，想未见此书耶？然此诗殊不成语。

【校注】

①此条见《带经堂诗话》卷十五，句意类七。引自《居易录》卷二十九。杜诗《从人觅小胡孙许寄》，见仇注卷八。

②刘昌诗，字兴伯，南宋宁宗开禧元年（1205）进士，官六合县令。引语见其所著《芦蒲笔记》卷十《杜诗句差》条，但此非刘昌诗语，乃刘引"赵傁"语。原文云"赵傁谓：合移断章'童稚捧应颠'作第四句，却于'许求聪惠者'下云'为寄小如拳'，则一篇意义浑全，亦成对偶。"赵傁即赵次公，但今传宋刻本郭知达辑《新刊校定集注杜诗》及清刻本《九家集注杜诗》、赵次公《新定杜工部古诗近体诗先后并解》明抄本及林继中辑校《杜诗赵次公先后解辑校》诸本均未收此语，应予补辑。

145．秀水朱竹垞简讨（彝尊）云①："杜诗'老去诗篇浑漫与'②，今本皆讹作"漫兴"，非也。"予考旧刻刘会孟本、《千家注》本，果皆作"与"字。赵云："耽佳句而语惊人，言其平昔如此；今老矣，所为诗则漫与而已，无复着意于惊人也。"③刘后村集《跋陈教授杜诗补注》亦云："或信笔漫与"云云④。然近日虞山钱宗伯本仍作"兴"字⑤，略无辨证。

【校注】

①此条见《带经堂诗话》卷十五，字义类四。引自《池北偶谈》卷十四《漫兴》。朱彝尊，字锡鬯，号竹垞，秀水（今浙江嘉兴）人。康熙间举博学

鸿词科，授检讨。朱说见《静志居诗话》卷二《张孟兼》条，详参《续杜工部诗话》卷下110条。

②《江上值水如海势聊短述》，卷十。

③赵，指赵次公。赵语见《王状元集百家注编年杜陵诗史》卷十三。

④刘克庄《后村先生大全集》卷一百，原作“信笔漫兴”，渔洋说不确。

⑤钱宗伯，即钱谦益。

146. 梁晳次先生于古文不多作①，其有作必合古人矩度，而于禅悦文字尤善。尝共读杜诗，至“分减”二字①，诸家注皆不之及，先生谓出《华严经》③，其淹博皆此类。

【校注】

①此条见《带经堂诗话》卷十五，字义类六。引自《蚕尾文》卷二《御史梁晳次先生传有序》。梁熙，字曰缉，别号晳次，河南鄢陵人。顺治十二年，与王士禛、汪琬等同中进士，同官京师，以诗唱和齐名。有《晳次斋稿》十二卷。其诗多关佛乘之法。

②《秋野五首》其一：“盘飧老夫食，分减到溪鱼。”卷二十。

③“分减”，在实叉难陀译《大方广佛华严经》中共出现三次，均在卷二十一。按：菩萨行十种施，“分减施”为其一，“何为菩萨分减施？此菩萨禀性仁慈，好行惠施，若得美味，不专自受，要与众生，然后方食。凡所受物，悉亦如是。”

147. 偶与学子言诗用字①，不可臆为杜撰，即如古人名字：……杜甫称杜公，李白称李生……杜牧称小杜之类，皆有所本，即是出处，不可假借。若杜甫称杜生，李白称李公，知复为谁耶？

【校注】

①此条见《带经堂诗话》卷十五，字义类七。引自《居易录》卷四。

148. "中兴"，"中"字去声①，杜诗"汉家新数中兴年"②，杨仲弘诗"一代人才颇中衰"③，此字概无平声。"中酒"，"中"字平声，如"气味如中酒""浊贤清圣时中之"，④皆平声，此字概无去声。近人用二字，往往交误。

【校注】

①此条见《带经堂诗话》卷十六，音训类二。引自《池北偶谈》卷十二《又中字音》。

②《自京窜至凤翔喜达行在所》其三，卷五。原诗为"今朝汉社稷，新数中兴年"。

③杨载，字仲弘。"弘"，原作"宏"，据《池北偶谈》改。引诗见《杨仲弘集》卷六《题谢叠山遗墨二首》其二。

④"气味如中酒"，李廓《落第》诗句，见《全唐诗》卷四百七十九。"浊贤清圣时中之"，未知谁诗，宋葛立方《次韵道祖书怀》有云："浊贤清圣时同酌，上尾平头得共评。"

149. 中兴、中酒二中字音①，予尝言之。……宋王观国《学林》云②："老杜'新数中兴年''百年垂死中兴时'③，中，并去声。"

【校注】

①此条见《带经堂诗话》卷十六，音训类二。引自《池北偶谈》卷十二《二中字音》。

②引语见《学林》卷二，文有删节。

③“百年垂死中兴时”，见《送郑十八虔贬台州司户……》，卷五。

150. 芜湖萧尺木（云从）以画擅名江左[①]，常作《杜律细》一卷，以为杜律无拗体，穿凿可笑。而援据甚博，聊记一二条于此，以资拊掌。如：“江草日日唤愁生”，草音骚，《诗》“劳心慅慅”[②]，又“劳心草草”[③]，皆牢骚之转音也。“盘涡鹭浴底心性”，底，即低，《说文》“下也”；隋薛道衡使江南作《人日》诗，首二句，人笑之曰：“是底言？”低同，轻忽之也。“独树花发自分明”，发音飞，《左传》“建而不旆”，音霏，《荀子·议兵篇》引作“载发”，注：“发，旆也。”分，去声，《尔雅》“律谓之分”，郭璞读也，此应作仄者；若杜《社日》诗“陈平亦分肉”，当作平，然不合律，亦作仄声，盖此字元有二声。“十年戎马暗南国”，暗音庵；《书》“高宗谅闇”，郑注作“梁庵”。小室曰庵，闭户曰闇，不明曰暗。“异域宾客老孤城”，客音开，元曲凡如“青云客”“读书客”，俱作平声；孤音故，如姑作鼓，沽作估，箍作股例。“渭水秦川得见否？”得音登，《公羊传》：“登，来之也。”[④]注：登，得也。则得可云登；《易·豫》：“繇豫，大有得，勿疑，朋盍簪。”簪音尊，得叶之。又“一双白鱼不受钓”，白音杯，《七命》“燕髀腥唇，髦残象白，灵渊之龟，莱黄之骀”叶；鱼音勇，《荀子·礼论》“丝鮝缕翣”，《礼记》作鱼，曰：“鱼跃沸池。”鮝亦音勇。《易》“贯鱼”叶“宫人宠”；不，平声，《沈韵》载十一尤；受，音收，傅玄诗：“悠悠建平，皇泽未流，朝选于众，乃子之授。”“未闻细柳散金甲”，散，平声，生南反，元诗：“酒户年年减，山行渐渐难。欲终心懒慢，转觉意阑散。”潘岳《笙赋》：“辍张女之妙弹，罢广陵之清散。”散叶弹。诸仿此。

【校注】

①此条见《带经堂诗话》卷十六，音训类四。引自《池北偶谈》卷十二《杜

律细》。详参《续杜工部诗话》卷下第112条。

②《诗经·陈风·月出》。"慅慅"应作"慅兮"。

③《诗经·小雅·巷伯》。"劳心"应作"劳人"。

④《公羊传·隐公五年》。"之"字，原脱，据《公羊传》补。

151. 门人太原阎咏寄予书云①："此间有一伧父，自谓精通小学，问咏：'今代诗人谁为第一？'咏以吾师新城公对②，渠云：'吾家少陵诗"宾客减应刘"③，应为人姓，当读作平声，何新城公作仄声用？'咏不能对，归质家尊。家尊云：'皆可用也。此字正为《左传》、《国语》应为武王之子所封之国，陆氏、宋氏无音，故黄公绍《韵会》于蒸部应字曰人姓④；阴时夫《韵府》于径部应字曰人姓⑤，非平仄两用之证乎？亦犹吾乡之枚乘，《汉书》无音，故子美作仄声，"枚乘文章古"是也⑥；太白又作平声，"八月枚乘笔"是也⑦，安得是李而非杜、是杜而非李乎？……'"百诗博闻强记⑧，汉唐注疏皆能举其词，此其绪余耳。然予诗用"应刘"，只作平声，彼云作仄用者，不知其何据也？

【校注】

①此条见《带经堂诗话》卷十六，音训类一四。引自《居易录》卷十九。阎咏，字复申，阎若璩之子。

②指王士禛，因其为新城（今山东桓台）人，故称。

③见杜诗《重题》，卷二十二。

④黄公绍，字直翁，宋昭武人。咸淳进士。入元不仕。所著《古今韵会》已散佚。

⑤阴时夫，名幼遇，一作时遇，时夫其字也。宋末人，入元不仕。纂辑《韵府群玉》二十卷。

⑥见杜诗《奉汉中王手札》，卷十五。

⑦李白《送友人寻越中山水》，《李太白全集》卷十六。

⑧阎若璩，字百诗，号潜丘，山西太原人，客居江苏淮安。清初著名考据学家，主要著述有《古文尚书疏证》《潜丘札记》《四书释地》等。

152. 贝吉多树枝干皆左旋[①]，甚奇古，望之如画枯木，二月叶始生，三月作花，五出，如木笔，边白，内黄外紫，气馥郁，略如栀子，瓣亦左旋，其叶较菩提尖而大，纹理如绣，可作书。按《酉阳杂俎》云："贝多出摩伽陀国，有三种：一多罗婆力叉贝多，一（当作"二"）多黎婆力叉贝多，三都闍婆力叉贝多。"[②]即《西域记》之多罗树也[③]。杜诗："吾知多罗树，却倚莲花台。"[④]

【校注】

①此条见《带经堂诗话》卷十六，名物类二。引自《皇华纪闻》卷三《贝吉多树》，稍有删节。

②见唐段成式《酉阳杂俎》前集卷十八《木篇》。文有删节。

③《大唐西域记》，唐玄奘述，辩机编。记述了玄奘法师于唐太宗贞观年间，从长安到五天竺（即今之印度、孟加拉国等地）去求佛经的所见所闻。多罗树见卷十一"恭建那补罗国"。

④《山寺》（"野寺根石壁"首），卷十二。

153. 乐府有《浑脱舞》[①]，《明皇杂录》《历代名画记》皆云：公孙大娘善舞西河剑器、浑脱，故杜诗云云[②]。注家多不详浑脱之义，朱中丞《浣水续谈》云[③]："唐长孙无忌以乌羊毛为浑脱毡帽，时人效之，号'赵公浑脱'。予于役三关，次太子滩，隔岸群彝来见，乱流而渡，见有骑一物浮水面者，问之，曰浑脱也。盖取羊皮去其骨肉，令不透水，以吹之，宛然羊也，彝人乘以渡水，若壶然。盖浑脱其肉骨而制之，故以为名，赵公之帽，义亦应尔。”愚因忆南卓《羯鼓录》载，杜鸿渐尝于嘉陵江楼，月夜以柘枝击羯鼓，见岸上群羊皆低昂盘旋舞，应节奏④。则舞名浑脱，亦当以羊取义。顷闻奋威将军王进宝自河西恢复兰州时，贼尽拘船于河东，王乃缝羊皮为囊以济师，须臾飞渡⑤。盖中丞所见即此制也。

【校注】

①此条见《带经堂诗话》卷十六，名物类六。引自《皇华纪闻》卷四《浑脱》。

②参见《诸家老杜诗评》卷一第6条。《历代名画记》见卷九《吴道玄》。

③朱孟震，字秉器，号郁木山人，明新淦（今江西新干）人，隆庆进士，官副都御史，巡抚山西。万历十三年（1585）官四川按察使时作有《浣水续谈》一卷。引文见《浣水续谈·浑脱》，文有删节。“彝”，原作“虏”，盖因避讳而改。

④见南卓《羯鼓录》，此处所引文字仅为大意。该书记述羯鼓形状、来源和有关轶事，末附诸宫曲、诸佛曲词和食曲等的汉文曲名或梵文音译曲名，是研究唐代音乐的重要资料。

⑤王进宝，字显吾，靖远（今属甘肃）人。清初河西四将之一，“三藩之乱”起，从张勇讨王辅臣部，收复兰州。后进官陕西提督，授奋威将军，封一等阿思哈尼哈番，卒谥忠勇。《平定三逆方略》卷十三载，康熙十四年（1675）2月，王进宝冒着严寒，“用革袋结筏”从蔡湾渡过黄河，扫清兰州外围。

154. 海宁陆冰修嘉淑①，浙西名宿也。康熙己未、庚申间客京师②，每与宣城施愚山侍讲、梅耦长庚、毘陵邵子湘长蘅夜过予邸舍③，剧谈至三鼓，始各散去。陆有诗纪事云“科跣到门衣不船”，船，襟纽也；

或以杜子美《饮中八仙歌》“天子呼来不上船”，亦作此解，谬甚！

【校注】

①此条见《带经堂诗话》卷十六，名物类一四。引自《居易录》卷三十二。《香祖笔记》《池北偶谈》亦有类似记载，文字稍有异同。陆嘉淑，字孝可，一字冰修，号辛斋，又号射山，清浙江海宁人。早慧，擅诗文。有《辛斋遗稿》二十卷。

②己未，康熙十八年（1679）；庚申，康熙十九年。

③施闰章，号愚山，宣城人，康熙十八年举博学鸿儒，授侍讲。梅庚，字耦长，号雪坪，宣城人，长于诗，施闰章引为忘年交。邵长蘅，字子湘，武进（今江苏常州）人。毗陵即常州古称。

155.《治安策》①：“今民卖僮者，为之绣衣丝履偏诸缘。”又云：“白縠之表，薄纨之里，緁以偏诸。”服注曰：“如牙条以作履缘。”颜曰：“偏诸，若今之织成以为要襻及标领者也。”②杜诗“客从西北来，遗我翠织成”③，钱注引“《广雅》：‘天竺有细织成。’《宋书·礼志》：‘诸织成衣帽、锦帐、纯金银器、云母从广一寸以上，皆为禁物。’”④《高丽史》：“献织成衣袄、弓剑。”按子美诗题乃“太子张舍人遗织成褥段”，盖褥帐、衣帽、要襻、标领皆有织成⑤，而偏诸以为衣履之缘者，乃织成之一耳。

【校注】

①此条见《带经堂诗话》卷十六，名物类二五。引自《池北偶谈》卷二十四《偏诸》。

②《治安策》见《汉书》卷四十八《贾谊传》。服，指服虔。颜，指颜师古。标，《汉书》作“褾”，是。校点本《带经堂诗话》误标为“緁

以偏诸服。注曰。”

③见杜诗《太子张舍人遗织成褥段》，卷十三。

④见《钱注杜诗》卷五。“天竺有”作“天竺出”。

⑤标，当作“褾”。

156. 蝎子草①，即杜诗所云“其毒甚蜂虿”者②，吴若注：荨草是也，一名山韭③。触之如虿尾之螫人，今城郭弥望皆是。

【校注】

①此条见《带经堂诗话》卷十六，名物类二九。引自《陇蜀余闻》。

②《除草》，卷十四。

③《钱注杜诗》卷五于《除草》题下引吴若注：“去荨草也。荨音潜，山韭。”

157.《齐民要术》引《广志》曰①：“东墙色青黑，粒如葵子，似蓬草，十一月熟，出幽、凉、并、乌丸地。河西语曰：‘贷我东墙，偿我田粱。’”《魏志》曰：“乌丸地宜东墙，能作白酒。”②忆昔龚端毅公饮饯董御史玉虬之陇右道③，同人分杜甫《秦州诗》为韵，鄢陵梁御史皙次分得“墙”字④，座客皆难之，未有忆及此者，信强记之难也。

【校注】

①此条见《带经堂诗话》卷十六，名物类三一。引自《居易录》卷六。《齐民要术》，北朝贾思勰著。引文见卷十。

②见《三国志·魏书·乌丸鲜卑东夷传》，文字稍异。

③龚鼎孳，字孝升，号芝麓，江南合肥（今属安徽）人。明崇祯七年进士。入清，官至礼部尚书。谥端毅。与钱谦益、吴伟业并称“江左三大家”。

董文骥，字玉虬，江南武进(今属江苏)人。顺治六年进士。康熙七年(1668)由江南道御史外迁陇右道参议。诗文负盛名，为王士禛所叹服。据《王渔洋先生年谱》之《王渔洋主要诗作及著述编年表》，康熙七年，渔洋作《大司马龚公招同刘公㦷吴玉随梁曰缉汪苕文程周量李湘北陈子端陈其年集城南饯送董玉虬御史赴陇右分用杜公秦州诗韵得间字天字》。

④梁熙，字曰缉，河南鄢陵人。官陕西咸宁知县，行取御史，告病归。撰有《晳次斋稿》十二卷。

158.《怀麓堂诗话》云①："《杜律》乃张注，非虞注②，宣德初有刊本。"按张性字伯成，江西金溪人，元进士，尝著《尚书补传》。独足翁吴伯庆有挽诗云："笺疏空令传《杜律》，志铭谁与继唐碑。"予在京师曾得张注旧本。

【校注】

①此条见《带经堂诗话》卷十七，注家类一。引自《池北偶谈》卷十四《张伯成注杜》。《怀麓堂诗话》，明李东阳作。所引与此段文字稍异。

②即张性《杜律演义》，后人又伪托为虞集所著，称虞注。吴伯庆《哭张先生诗》即载《杜律演义》卷首。

159. 钱牧斋注杜，主宋绍兴吴若季海本①，若自序云②："凡称樊者，樊晃《小集》也；称晋者，开运二年官书也；称荆者，王介甫《四选》也③；称宋者，宋景文也；称陈者，陈无己也；称'刊'及'一作'者，黄鲁直、晁以道诸本也。"又宋胡仔《苕溪渔隐》云④："子美集，予所见者凡八家⑤：《杜工部小集》，则润州刺史樊晃所序也；《注杜工部集》，则内翰王原叔洙所注也(吴彦高集云：是元祐间秘阁校对黄本，邓忠臣慎思所注，托名原叔⑥。)；《改正王内翰注》⑦，则王宁祖也；

《补注杜工部集》，则学士薛梦符也；《校定杜工部集》，则黄长睿伯思也；《重编少陵先生集并正异》，则东莱蔡兴宗也；《注杜诗补遗正谬集》，则城南杜田也；《少陵诗谱》⑧，则缙云鲍彪也。”

【校注】

①此条见《带经堂诗话》卷十七，注家类一。引自《池北偶谈》卷十八《杜注》。

②即吴若《杜工部集后记》。

③即王安石《唐四家诗选》。

④见《苕溪渔隐丛话》后集卷八。

⑤《苕溪渔隐丛话》“集”作“诗集”；“见”作“有”。

⑥括号内文字为王士禛所加。

⑦《苕溪渔隐丛话》作“《改正王内翰注杜工部集》”。

⑧《苕溪渔隐丛话》作“《少陵诗谱论》”。

160. 杜诗“自平宫中吕太一”①，黄鹤注云：“当作中官吕太一。”钱牧翁注：“《旧书》：广德元年，宦官市舶使吕太一逐广南节度使张休。”又：“《韦伦传》：代宗即位，中官吕太一于岭南矫诏募兵为乱。”②按刘肃《唐世说》③：“吕太一拜监察御史里行，咏院中丛竹以寄意曰：‘擢擢当轩竹，青青重岁寒。心贞徒见赏，箨小未成竿。’④后迁户部员外，牒吏部云：‘当须简要清通，何必竖篱插棘。’”又按《唐会要》：“魏知古尝荐洹水县令吕太一。”⑤又张嘉贞荐吕太一及苗延嗣等，时号“令君四俊”。⑥此又一吕太一也，皆与中官无涉。

【校注】

①此条见《带经堂诗话》卷十七，注家类一。引自《池北偶谈》卷十九《吕

太一》。杜诗《自平》，卷二十。

②见《钱注杜诗》卷五。

③《大唐新语》，明刻本题《大唐世说新语》或《唐世说新语》。此段引文见该书卷八《文章》。

④见《全唐诗》卷一百。诗题作《咏院中丛竹》。“擢擢”，《大唐新语》作“濯濯”。

⑤见《唐会要》卷七十五《藻鉴》。

⑥见《旧唐书·张嘉贞传》。“令君四俊”，《旧唐书》作“令公四俊”。

161. 今人但贵宋椠本①，顾宋板亦多讹舛，但从善本可耳。如钱牧翁所定杜集《九日寄岑参》诗，从宋刻作“两脚但如旧”，而注其下云：“陈本作雨。”②此甚可笑。《冷斋夜话》云③：“老杜诗‘雨脚泥滑滑’，世俗乃作‘两脚泥滑滑’。”此类当时已辨之，然犹不如前句之必不可通也。

【校注】

①此条见《带经堂诗话》卷十七，注家类一。引自《居易录》卷二，亦见《蚕尾集》卷九《跋杜诗》。

②见《钱注杜诗》卷一，无“本”字。

③以下所引见《冷斋夜话》卷二，文字稍异。

162. 予尝厌古今注杜诗者①，而深服陆务观不敢注苏诗之说。如刘会孟本，须溪与其子将孙二序，深契言外之意，自谓如郭象注《庄》②。偶看至“巳公茅屋下”一首，引欧阳公云：“巳公，齐已也。”③按齐已，唐末人，客荆南高氏，岂得与子美同时？此注不知果出永叔否？以此例之，古今注家讹谬可胜道耶！

【校注】

①此条见《带经堂诗话》卷十七，注家类一。引自《居易录》卷十四。

②刘辰翁，字会孟，号须溪。有《集千家注批点杜工部诗集》。今本无刘须溪之序。刘将孙，字尚友，须溪子。刘将孙序云："是本……固草堂集之郭象本矣。"

③见杜诗《巳上人茅斋》，卷一。欧阳公，即欧阳修，字永叔。

163. 宋临川吴曾虎臣著《能改斋漫录》十五卷①，虞山钱公注杜诗多引之②。

【校注】

①此条见《带经堂诗话》卷十七，注家类一。引自《池北偶谈》卷十七《吴曾》。吴曾，字虎臣，宋临川郡崇仁县（今属江西）人。《能改斋漫录》是南宋笔记中较为重要的一种。它记载当时史实，辨证诗文、典故，解析名物制度等。特别是有关唐宋两代文学史的资料比较多。

②指钱谦益《钱注杜诗》。

164.《丹浦款言》云①：杜诗"千人何事网罗求"②，当作"干人"。杜牧之诗："自滴阶前大梧叶，干君何事动哀吟？"③按此说，则南唐元宗戏冯延巳云："吹皱一池春水，干卿何事？"④语固有本。然《千家注》、刘会孟本只作"千"字，钱本注云："晋作'干'，或作'于'。"⑤"于"字，恐无义；"千"字对上句"在"字，亦未切。子田之说是也。

【校注】

①此条见《池北偶谈》卷十三《干人》。《丹浦款言》，明李蓘撰，四卷，今残存一、三、四三卷，藏湖南省图书馆。李蓘，字子田，一作于田，

但观其《宋艺圃集序》云："余往请告林居，尝与弟子余选宋诸家诗……名曰《宋艺圃集》。"当作"子田"为是。嘉靖三十二年（1553）进士，官至贵州提学副使。尚编有《元艺圃集》。

②《见王监兵马使说近山有白黑二鹰二首》其一，卷十八。

③《齐安郡中偶题二首》其二，《全唐诗》卷五百二十二。

④见马令《南唐书》卷二十一。南唐元宗，即中主李璟。"吹皱一池春水"，为冯延巳《谒金门》词句。

⑤中华书局点校本《池北偶谈》卷十三《干人》条后半则作："钱本注云：'晋作（干）[千]，或作于，于字恐无义。千字对上句在字，亦未切。'子田之说是也。"按："钱本"云云，标点有误，或妄改字，或将王士禛的话误作钱谦益的话。"钱本"即钱谦益《钱注杜诗》，其卷十六《见王监兵马使说近山有白黑二鹰……》其一"千人何事网罗求"句于"千"字下注云："晋作干，或作于。"

165. 杜子美黑白二鹰诗①："干人何事网罗求。"南唐元宗谓冯延巳云："吹皱一池春水，干卿何事？"《旧唐书》：明皇为楚王，叱金吾将军武懿宗曰："吾家朝堂，干汝何事？敢迫吾骑从！"②此语在前，见《本纪》。

【校注】

①此条见《带经堂诗话》卷十七，注家类六。引自《香祖笔记》卷三。

②《旧唐书·玄宗纪》。

166. 杜诗"舞马既登床"①，《珊瑚钩诗话》云："舞马借之以榻也。"②朱翌引《乐府杂录》云："有马舞者，拢马人着彩衣，执鞭于床上，舞马蹀躞，蹄皆应节。"是登床而舞乃驭者，而马应节于下也。③二说未知孰是?

【校注】

①此条见《带经堂诗话》卷十七，注家类六。引自《池北偶谈》卷十四《舞马》。诗句见杜诗《斗鸡》，卷十七。

②张表臣《珊瑚钩诗话》卷二。

③朱翌语见《猗觉寮杂记》卷上，引文见《乐府杂录·舞工》。“拢”，《乐府杂录》《猗觉寮杂记》均作“栊”；“舞马”，二书均无“马”字。《乐府杂录》，唐段安节撰。

167. 楼攻媿《答杜仲高书》曰[①]：“杜《留花门》‘连云屯左辅，百里见积雪’，以赵次公之详且博，略不注释；盖花门即回鹘，尝考回鹘之俗，衣冠皆白，故连屯左辅，百里如积雪然。又尝与蜀士黄文叔裳食花棹，因问：‘蜀有此乎？’黄曰：‘此物甚多，正出阆州，杜诗“黄知橘柚来”[②]，误矣。尝至苍溪顺流而下，两岸黄色照耀，直似橘柚，其实乃此棹耳。有好事者欲为子美解嘲，于其处大种橘柚，终以非其土宜，无一活者。’”[③]此二条颇新异可喜。

【校注】

①此条见《带经堂诗话》卷十七，注家类六。引自《居易录》卷十六。

②《放船》（“送客苍溪县”首），卷十二。

③楼钥，字大防，号攻媿主人。南宋鄞县（今浙江宁波鄞州区）人。引文见其《攻媿集》卷六十六《答杜仲高旃书》，文有删节。

168. 宋时士大夫为王氏之学者[①]，务为穿凿，有称杜子美《禹庙》诗“空庭垂橘柚”[②]，谓“厥包橘柚锡贡”也；“古屋画龙蛇”[③]，谓“驱龙蛇而放之菹”也。予童时见此说，即知笑之，语诸兄曰：“信如此，则杜公之诗，何殊今佛寺壁画观音救八难、善财五十三参，关侯庙壁画五关斩将、水淹七军耶？”诸兄为之轩渠[4]。

【校注】

①此条见《带经堂诗话》卷二十七，笑枋类五。引自《香祖笔记》卷六。王氏之学，指王安石的学说。

②、③见杜诗《禹庙》，卷十四。

④轩渠，笑貌。

169. 钱牧斋先生注杜诗[1]，卷首附录有徐介题《耒阳杜工部祠堂》诗云[2]：“手接汨罗水，天心知所存。故教工部死，来伴大夫魂。流落同千古，风骚共一源。消凝伤往事，斜日隐颓垣。”偶看王得臣《麈史》云：“熙宁初调官，泊报慈寺，阳翟徐秀才出其父屯田（忘名）诗，清苦平淡，有古人风，其《过杜工部墓》一首云：‘水与汨罗接，天心深有存。远移工部死（四、五、六句同），江山不受吊，寒日下西原。’”[3]字句稍不同，盖屯田即介也。前本“手接”二字不可晓，疑有误。

【校注】

①此条见《带经堂诗话》卷十七，异同类一。引自《池北偶谈》卷十七《徐介诗》。

②见《钱注杜诗》附录四《唱酬题咏》。徐介，字之休，阳翟（今河南禹州）人。宋仁宗时历任乾德令、同监西溪盐仓，改著作佐郎，官至屯田郎中（或员外郎）。

③见《麈史》卷中，字句稍异。

170. 范传正作《李翰林墓碑》云[①]："与贺监、汝阳王、崔宗之、裴周南等八人为酒中八仙。"周南之名，杜《酒中八仙歌》无之[②]，《唐书》白本传所载酒八仙人，亦与杜诗同。

【校注】

①此条见《带经堂诗话》卷十七，异同类六。引自《香祖笔记》卷三。《李太白全集》卷三十一《附录一》有宣歙池等州观察使范传正所作《唐左拾遗翰林学士李公新墓碑并序》。亦见《全唐文》卷六一四。

②杜甫《饮中八仙歌》中八仙为贺知章、汝阳王、李适之、崔宗之、苏晋、李白、张旭、焦遂。卷二。

171. 循杜陵东行[①]，入子美祠。祠以太微山人张治道配食清明[②]，渠水经祠下北流。……再逾神禾原，过郑、韩二庄。郑庄相传是郑谷居；韩即退之别业，宋人诗："韩庄连郑里，相望树交枝。"[③]按郑庄近瓜州村，宋张礼《游城南记》[④]："济潏水，涉神禾原，西望香积寺，下原过瓜州村。"注："瓜州村与郑庄近；庄，虔郊居也。"杜诗："今日南湖采薇蕨，何人为觅郑瓜州。"[⑤]自注："今郑秘监审。"审，虔之侄，则郑庄非谷居明矣，志传讹也。

【校注】

①此条见《秦蜀驿程后记》卷上，亦见《蚕尾续文》卷五《游樊川诸盛记》。

②张治道，字孟独，一字时彻、时济，号太微山人，明长安（今陕西西安）人。正德进士，知长垣县，迁刑部主事。子美祠为其任监察御史时于嘉靖年间所创建。

③"韩庄连郑里，相望树交枝。"未查到宋人诗。明文翔凤诗有"裴乡连赵里，相望树交枝"句，指唐裴度与宋赵鼎都是名相，同是山西省闻

喜县人，故里毗邻。

④张礼，字茂中，宋元祐初偕友游长安城南，访唐代都邑旧址，因著《游城南记》，以典核称。以下引文有删节。“涉”原作“陟”，“瓜州”原作“瓜洲”。

⑤见杜诗《解闷十二首》其三，卷十七。

172. 《载酒园诗话》①，丹阳贺裳著②。其持论有不可解处，……如山谷千古奇作，于杜韩苏之外自辟一宗，故为江西初祖。而贺谓“其所得不如杨刘”，并疵其“春网荐琴高”之句③，岂曹瞒“何以解忧，唯有杜康”之句亦未尝寓目耶④？

【校注】

①此条见《带经堂诗话》卷十八，辩析类一二。引自《居易录》卷三。

②贺裳，字黄公，号檗斋，江南丹阳（今属江苏）人。

③引文见《载酒园诗话·黄庭坚》。杨刘，指杨亿和刘筠。“春网荐琴高”，为黄庭坚《送舅氏野夫之宣城二首》其一诗句，见《山谷内集诗注》卷二。

④曹瞒，即曹操。引诗见曹《短歌行》（对酒当歌），《先秦汉魏晋南北朝诗》魏诗卷一。

173. 偶于故书肆买得《诗法源流》一帙①，乃元人傅与砺若金述范德机语也②，后附《杜诗律格》，（有接项、纤腰、充股、连珠、单蹄、双蹄等。③）有元至治壬戌杨仲弘序④，略云：“少从叔文圭游成都，过浣花求工部之祠而观焉，有主祠者子美九世孙杜举居祠之后，造而问之，举之言曰：甫不传诸子，而独于门人吴成、邹遂、王恭传其法，予传之三子者，子从远方来，敢不以三子所传者与子言之。”按举之名不见于书传，吴、邹、王三子亦不见于诸家志序中，且子美全家避乱下峡，不应复有裔孙留居成都；又所拈《秋兴》《燕子来舟中》等篇，载三子之说，大抵如村学究语，如“仙侣同舟晚更移”一句⑤，解为明皇与贵妃诸臣泛舟渼陂，可笑至此，余可例推。第不知仲弘之序何人伪造，如醉人梦呓，可恨也。

【校注】

①此条见《带经堂诗话》卷十八，辩析类一四。引自《居易录》卷七。《诗法源流》三卷，《四库全书总目》认为系伪书，有明刻本。

②傅若金，字与砺，新喻（今江西新余）人。范梈，字德机。

③按《诗法源流》所云，“充股”，当为“交股”。

④至治壬戌，为元英宗至治二年（1322）。“弘”，原作“宏”，据《诗法源流》改，下同。

⑤见杜诗《秋兴八首》其八，卷十七。

174. 王文恪鏊《姑苏志·方技》载①，席谦善棋，下引杜诗云：“席谦不见近弹棋。”②是亦讹弹棋为弈也，何怪今人沿袭之谬。

【校注】

①此条见《带经堂诗话》卷十八，辩析类一七。引自《居易录》卷二十一。王鏊，字济之，明吴县人，卒谥文恪，著《姑苏志》六十卷。席谦，吴郡人，唐梓州肃明观道士。引文见《姑苏志》卷五十六《人物志·杂伎》。

②《存殁口号二首》其一，卷十六。

175. 杜诗《公孙大娘弟子舞剑器行》序云①：“开元五载，余尚童稚，记于郾城观公孙氏舞《剑器》《浑脱》，浏漓顿挫，独出冠时。”按陈旸《乐书》云：“乐府诸曲，自古不用犯声，唐自则天末年，《剑器》

入《浑脱》，为犯声之始。《剑器》宫调，《浑脱》商调，以臣犯君，故为犯声。”②又唐多解曲③，如《柘枝》用《浑脱》解之类。观此则《剑器》《浑脱》自各为舞曲之名。今人误读杜诗序，以“剑器”为句，而以“浑脱浏漓顿挫”六字为句，以为皆极赞舞《剑器》之妙，讹谬沿袭，文字中往往以“浑脱浏漓”四字连缀用之，可笑也。

【校注】

①此条见《带经堂诗话》卷十八，辩析类二〇。引自《居易录》卷二十一。

②陈旸，字晋之，宋闽清人，绍圣中登制科，官礼部侍郎。撰《乐书》二百卷。引语见《乐书·乐图论·俗部·犯调》，文字稍异。“浑脱商调”，原作“浑脱角调”。

③解曲，陈旸《乐书·乐图论·俗部·解曲》云：“凡乐以声徐者为本声，疾者为解。”

176. 杜诗《少年行》①：“黄衫年少来宜数。”②（姚）宽引《霍小玉传》“有一豪士，衣轻黄衫，挟朱筋弹”云云③，更为无稽，而虞山钱宗伯注取之④。按，宽字令威，尝测金海陵之败，所著书二百卷，古今同异无不该括，晚始召对殿中，忽感风眩而卒，见叶正则集⑤。

【校注】

①此条见《带经堂诗话》卷十八，辩析类二二。引自《居易录》卷二十三。

②杜诗《少年行二首》其二，卷十。

③见《西溪丛语》卷下。《西溪丛语》二卷，宋姚宽撰。此书多考证典籍的异同，颇为精核。《霍小玉传》，唐蒋防著。见鲁迅《唐宋传奇集》

卷二。

④见《钱注杜诗》卷十一。

⑤叶适，字正则，世称水心先生，宋永嘉（今浙江温州）人。著有《水心文集》。

177.《草堂诗话》二卷①，凡二百余条，建安蔡梦弼集，牧斋剌取增入，仅二十条而已②。

【校注】

①此条见《带经堂诗话》卷十八，校勘类六。引自《居易录》卷五。

②指钱谦益《钱注杜诗》。

178. 宋云林子黄伯思长睿《东观余论》上下卷①，秀水项氏较刻大字本，仿佛宋椠②；后附李忠定公撰墓志铭③，末有子訒绍兴丁卯后序，嘉定中楼攻媿序④。訒云："绍兴初寓居福唐，以先人秘阁学士校定杜子美集二十二卷，椠本流传。"⑤忠定称其有《东观文集》一百卷，又序其《校定杜工部集》云："武阳黄长睿父，博雅好古，尤笃喜工部诗，用东坡之说，随年编纂，以古律相参，先后始末，皆有次第。然后子美之出处及少壮老成之作，粲然可观。自开元全盛之时，迄于至德、大历干戈乱离之际，诗凡千四百四十余篇。长睿父官洛下，与名士大夫游，又得逸诗数十篇，参于卷中；及在秘阁，得御府定本，校雠益号精密，非世所行者比。"⑥忠定此序作于绍兴六年丙辰⑦，距长睿之殁十有七年。云林博雅擅宋代，编校必精，今其书不知尚传否？钱牧斋注杜诗，极驳梁权道、鲁訔、黄鹤之徒，而独取樊晃、吴若本，即无一字及长睿，当是未睹其书。吴若本自序杂引樊晃、开运二年官书、王介甫、宋景文、黄鲁直、陈无己、晁以道诸家，亦无一语及长睿。按若序作于绍兴三年，而长睿书刊于绍兴六年，则未见此书明矣。惟胡仔所见八本，有长睿《校定杜工部集》[8]，记之俟访于藏书者。

【校注】

①此条见《带经堂诗话》卷十八，校勘类七。引自《居易录》卷六。又见《蚕尾集》卷九《跋东观余论》。黄伯思，字长睿，别字霄宾，自号云林子。宋邵武（今属福建）人。著有《东观余论》等。

②指明万历十二年（1584）秀水项笃寿万卷堂刻本，此本乃翻刻南宋宁宗嘉定三年（1210）温陵庄夏刊二卷本。

③李纲，字伯纪，谥忠定，宋邵武（今属福建）人，为南宋名臣，力主抗金，与岳飞齐名。

④绍兴丁卯，即绍兴十七年（1147）。嘉定，为南宋宁宗年号（1208—1224）。楼攻媿，即楼钥。

⑤阁，今传《宋本东观余论》作“书”。

⑥李纲《重校正杜子美集序》，《梁溪先生文集》卷一百三十八，文有删节异同。

⑦此序作于“绍兴四年甲寅六月朔”，作“绍兴六年丙辰”误。

⑧胡仔《苕溪渔隐丛话》后集卷八云：“子美诗集，余所有者凡八家……《校定杜工部集》，则黄长睿伯思也。”

179. “村歌聒耳乌盐角[1]，社酒柔情玉练槌。”宋末“月泉吟社”中佳句也[2]，《山居杂志》载杭人徐炬《酒谱》[3]，乃引作少陵诗。不辨格调之类否，而妄称子美，则《虢国夫人》、《杜鹃行》（黄鹤、陈浩然二本）、《狂歌行》（裴煜所收）诸篇[4]，妄人皆杂入杜集，又何怪乎！

【校注】

①此条见《带经堂诗话》卷十八，校勘类八。引自《居易录》卷七，亦见《蚕尾文》卷十《跋〈山居杂志〉》。

②月泉吟社，吴渭所倡。渭字清翁，号潜斋，浦江人，曾官义乌令，入元后退居吴溪，立月泉吟社。至元丙戌、丁亥间，以范成大《田园四时杂兴》为题，限五七言律体征诗，延请名士谢翱等为之品第高下，选六十人诗，有连文凤、冯澄、魏新之、梁相等人，由吴渭辑成《月泉吟社诗》一卷。王士禛曾称其"风格清新尖刻，别自一家"。所引诗句见《月泉吟社诗集》第十一名义乌陈舜道《春日田园杂兴》十首之一，诗云："春来非是爱吟诗，诗是田园乐兴时。清入吟怀花月照，红生笑面柳风吹。村声荡耳乌盐角，社酒柔情玉练槌。闲闷闲愁侬不省，春来非是爱吟诗。"

③《山居杂志》，明汪士贤辑。载徐炬辑《酒谱》一卷，见《四库全书存目丛书》本。

④《宋本杜工部集》二十卷，后附治平元年（1064）裴煜补刻遗文九篇（诗五首，文四篇）。

180. "南山之下，汧渭之间，想见开元天宝年。"①此篇乃坡翁书韩幹马图作也。赵松雪题五代赵岩《调马图》书此诗②，而自跋云："以杜子美诗书之。"王穉登又跋云③："拾遗集无此作，魏公何从得之？古今词人之作，散逸不传者多，宁独此歌而已。"云云。予阅之失笑，在子昂或一时误书，百谷岂一生未睹苏集耶？何孟浪至是！且子美明皇时人，安得云"想见开元天宝"耶？二公亦未之思耶？

【校注】

①此条见《带经堂诗话》卷十八，校勘类一二。引自《居易录》卷三十一。诗见《苏轼诗集》卷十五《书韩幹牧马图》。

②赵孟頫，字子昂，号松雪道人。谥文敏，追封魏国公。元代著名书法家。赵岩，本名霖，五代后梁时人。尚太祖女，授驸马都尉。末帝时为户部尚书、租庸使。精于鉴赏，善画人马。

④王穉登，字伯谷（百谷）。十岁能诗，有文名，擅书法。有《王百谷全集》。

181. 杜甫《进封西岳赋表》有云①："维岳，授陛下元弼，克生司空。"按《旧书》纪：天宝九载正月，群臣请封西岳，从之；三月辛亥，西岳庙灾，制停封。二月，右相杨国忠守司空，天雨黄土，沾于朝服②。杜所谓元弼、司空，谓国忠也。国忠以椒房进，夤缘三公，天下知其非据，而甫独引《大雅》甫、申之词以谀之③，可谓无耻。他日作《丽人行》，又云"慎莫近前丞相嗔"，乃自为矛盾。杜固"诗史"，其人品未可知，顾自许稷、契，亦妄矣！

【校注】

①此条见《带经堂诗话》卷二十四，裁正类五。引自《池北偶谈》卷十九《进西岳赋表》。

②见《旧唐书·玄宗纪》。"三月"，原作"二月"，新、旧《唐书·玄宗纪》俱作"三月"，据改。"二月"，乃天宝十三载二月。点校本《池北偶谈》误作"三月"。《旧唐书·玄宗纪》：天宝十三载二月"戊寅，右相兼文部尚书杨国忠守司空，余如故。甲申，司空杨国忠受册，天雨黄土，沾于朝服"。

③甫、申，指周大臣尹吉甫、仲山甫和申伯。《诗经·大雅·崧高》序曰："《崧高》，尹吉甫美宣王也。天下复平，能建国亲诸侯，褒赏申伯焉。"诗云："维岳降神，生甫及申。"《崧高》为尹吉甫送申伯之词。其姊妹篇《烝民》为尹吉甫送仲山甫之词。诗云："保兹天子，生仲山甫。"点校本《池北偶谈》误标为"甫独引《大雅·甫申》之词以谀之"。《诗经》中无以"甫申"名篇者。

新编渔洋杜诗话卷五

182. 洛阳刘文靖公谓李杜只是酒徒①，真孟浪语。

【校注】

①此条见《带经堂诗话》卷一，品藻类二三。引自《池北偶谈》卷十四《朱文公书》。刘健，字希贤，明洛阳人。从事伊洛之学。孝宗时进文渊阁大学士，为首辅。卒谥文靖。

183. 严沧浪论诗云①：“盛唐诸人，唯在兴趣，羚羊挂角，无迹可求，透彻玲珑，不可凑泊，如空中之音，相中之色，水中之月，镜中之象，言有尽而意无穷。”②司空表圣论诗亦云：“味在酸咸之外。”③康熙戊辰春杪④，日取开元、天宝诸公篇什读之，于二家之言，别有会心。录其尤隽永超诣者，自王右丞而下四十二人，为《唐贤三昧集》，厘为三卷。不录李、杜二公者，仿王介甫《百家》例也⑤。张曲江开盛唐之始，韦苏州殿盛唐之终，皆不录者，已入予《五言选》诗⑥，故不重出也。

【校注】

①此条见《带经堂诗话》卷四，纂辑类三。引自《渔洋文》卷一《唐贤三昧集序》。

②严羽《沧浪诗话·诗辩》。

③司空图，字表圣。引语见其《与李生论诗书》。

④康熙戊辰，即康熙二十七年（1688）。“春杪”后删“归自京师居宝翰堂”一句。

⑤指王安石《唐百家诗选》。

⑥指士禛所选《古诗选》之五言诗选。

184. 问①：“《唐贤三昧集》所以不登李、杜，原序中亦有说，究未了然。”

答：“王介甫昔选《唐百家诗》，不入杜、李、韩三家。以篇目繁多，集又单行故耳。”

【校注】

①此条见《师友诗传续录》一八。

185. 王介甫《唐诗百家选》全本①，近牧仲开府寄来新刻②，乃常熟毛扆所得江阴某氏藏本，计百有四人。……余按其去取多不可晓者。如李、杜、韩三大家不入选，尚自有说。然沈、宋、陈子昂、张曲江、王右丞、韦苏州、刘昚虚、刘文房、柳子厚、刘梦得、孟东野概不入选，下及元、白、温、李（《蚕尾续文》有“皮陆”二字。）诸家不存一字；而高、岑、皇甫冉、王建数子，每人所录，几余百篇。介甫自序谓“欲观唐诗者，观此足矣”，然乎否耶？世谓介甫不近人情，于此可见。（《续文》作“世谓介甫一生好恶，拂人之性，此选亦然”。）故物自可宝惜，然谓为佳选，则未敢谓然。

【校注】

①此条见《带经堂诗话》卷四，纂辑类九。引自《香祖笔记》卷六，

亦见《蚕尾续文》卷十九《跋王介甫唐百家诗全本》。

②宋荦，字牧仲。

186. 余少奉教于虞山、娄江两先生①，五十年来书尺散佚，偶从鼠蠹之余得两先生尺牍手书，不胜感叹，谨录左方。钱牧斋先生书三通："……杜诗非易注之书，注杜非小可之事，生平雅不敢以注杜自任。今人知注杜之难者亦鲜矣，可叹也。……"

【校注】

①此条见《带经堂诗话》卷八，自述类下二五。引自《古夫于亭杂录》卷三《钱吴书四通》。虞山，指钱谦益。娄江，指吴伟业。详参卷一第4条注④。

187. 康生字太乙①，郃阳人，予丙子以祭告西岳至长安②，偶游荐福寺小雁塔，见塔上题诗三首，……极赏其佳，从游门人武进龚胜玉节孙曰：康，郃阳名士也，秦人语曰："关中二李，不如一康。"③……明年七月，康以书及所著《莘野集》来，偶笔于此，知"文章有神交有道"④，少陵不诬也。

【校注】

①此条见《带经堂诗话》卷十，指数类上三二。引自《居易录》卷二十九。

②丙子，即康熙三十五年（1696）。时士禛奉命祭告西岳。

③康乃心，字太乙，号莘野。博学好古，顾炎武至关中，曾与之游。王士禛见其题诗后，大力揄扬，始名显。关中二李，指李楷、李念慈。李楷，字叔则，明末清初人，文赋皆善，钱谦益极称之。李念慈，字屺瞻，号劬庵，顺治十五年进士。王士禛、施闰章等极赏其诗。

④杜诗《苏端薛复筵简薛华醉歌》，卷四。

188. 今谓官员给假为请急①。晋令：急假者五日一急，一岁以六十日为限。车武子早急，出诣子敬，尽急而还。又谓之取急，详山谷《杜诗笺》②。

【校注】

①此条见《带经堂诗话》卷十三，典制类六。引自《居易录》卷三十四。

②"晋令"以下文字，见黄庭坚《豫章黄先生别集》卷四《杜诗笺》。车胤，字武子。王献之，字子敬。

189. 予尝爱宋人寇国宝诗"黄叶西陂水漫流，籧篨风急滞扁舟"云云①，后考之陈无已集，始知为彭城人，及后山之门②。读罗端良愿《新安志》③，言："彭门寇钧国家藏李廷珪下至潘谷十三人制墨④，东坡先生临郡日取试之，因为书杜诗十三篇，各于诗下书墨工姓名，而品次之。"⑤盖亦国宝兄弟行，嗜古而好事者也。

【校注】

①此条见《带经堂诗话》卷十五，氏籍类一四。引自《居易录》卷三十四。寇国宝，字荆山，彭城（今江苏徐州）人。宋哲宗绍圣四年进士，授吴县主簿。引诗为《题阊门外小寺壁》，见《石林诗话》卷中。《居易录》于"寇国宝"上尚有"吴县主簿"四字。

②《后山诗注补笺》卷五有《赠寇国宝三首》。

③罗愿，字端良，号存斋，宋孝宗乾道进士，著有《尔雅翼》《新安志》等。

④李廷珪，南唐墨工。本姓奚，后赐姓李。其制墨，自宋以来推为第一。潘谷，宋歙（今属安徽）人。造墨精妙，苏轼尝赠诗云："一朝入海寻李白，空看人间画墨仙。"

⑤引文见《新安志》卷十《杂录·墨》，文有删节。

190. 余为总宪掌内台时①，蒙恩赐御书"带经堂"三大字，盖用汉御史大夫兒宽故事也②，余因取杜子美"细雨荷锄立，江猿吟翠屏"句意作《荷锄图》③。今年夏五月④，汪文冶（洋度）自广陵以《荷鉏图》索题，亦用带经故事，余为赋绝句云："曾向欧阳受《尚书》，生涯常忆带经余。披图却爱林和靖，五字春阴入荷锄。"五字乃和靖句也⑤。

【校注】

①此条见《带经堂诗话》卷十七，用事类二三。引自《分甘余话》卷四《荷锄图》。据《王渔洋先生年谱》，康熙三十九年（1700）六月二十八日，御赐"带经堂"匾额，时王士禛任刑部尚书。

②《汉书·兒宽传》："兒宽，千乘人也。治《尚书》，事欧阳生。以郡国选诣博士，受业孔安国。贫无资用，尝为弟子都养。时行赁作，带经而锄，休息辄读诵，其精如此。"

③见杜诗《暮春题瀼西新赁草屋五首》其三，卷十八。

④指康熙四十八年（1709），王士禛76岁。

⑤林逋，字君复，钱塘（今浙江杭州）人。一生不做官，不婚娶，隐居西湖孤山，种梅养鹤，称为"梅妻鹤子"。死后谥为"和靖先生"。《林和靖诗集》卷一《小隐自题》有"酒病妨开卷，春阴入荷锄"之句。

191. 天启初①，颍川张远度买田颍南之中村，地多桃花林。一日，携榼独游，见耕而歌者，徘徊畽间，听之，皆杜诗也，遂呼与语。耕者自言王姓，名清臣。旧有田，畏徭役，尽委诸其族，今为人佣耕。少曾读书，客有遗一册于其舍者，卷无首尾，读而爱之，故尝歌。亦不知杜甫为何人也。

【校注】

①本条见《池北偶谈》卷十六《耕者王清臣》，亦见《渔洋诗话》卷中四。天启，明熹宗年号（1621—1628）。

192. 南宋朱舍人翌①，字新仲，著《猗觉寮杂记》②，凡四百余条，言甚博辨。刘后村尝称其《读杜诗》云：“‘纵之逼说剑，收之入《檀弓》’二句，未经他人道过。”③

【校注】

①此条见《带经堂诗话》卷二十一，搜逸类一二。引自《池北偶谈》卷十四《朱新仲诗》。

②《猗觉寮杂记》上下两卷，四百三十五则，宋朱翌撰。上卷皆为诗话，下卷为杂论稗说，兼及史事。

③见刘克庄《后村诗话》前集卷二。又见《灊山集附录》之《后村诗话一则》。引诗见朱翌《灊山集》卷一《十月旦读子美“北风吹瘴疠，羸老思散策”之句，初寮尝作十诗，因次其韵》其二，原诗作：“纵之逼论剑，收之入檀弓。”

193. 宋淳熙间①，孙绍远稽仲纂古今人题画诗八卷，为《声画集》②。因念六朝已来题画诗绝罕见，盛唐如李太白辈，间一为之，拙劣不工；王季友一篇虽小有致③，不能佳也。杜子美始创为画松、画马、画鹰、画山水诸大篇，搜奇抉奥，笔补造化。嗣是苏、黄二公，极妍尽态，物无遁形。虞伯生尤专工于此④，《学古录》中歌行佳者，皆题画之作也。入明，刘槎轩、李西涯、沈石田辈⑤，以迨空同、大复⑥，皆拟少陵。子美创始之功伟矣。（《居易录》无已上八字）如有好事广而续之，亦佳事也。

【校注】

①此条见《带经堂诗话》卷二十二，书画类上二四。引自《蚕尾文》卷十《跋〈声画集〉》，亦见《居易录》卷二。

②孙绍远，字稽仲，自署谷桥人。纂唐宋题画诗曰《声画集》，淳熙十四年（1187）成书。

③王季友，河南（今河南洛阳）人，家贫，隐于近洛山中，与杜甫、元结、岑参等相友善。《全唐诗》中有《观于舍人壁画山水》一诗。

④虞集，字伯生，有《道园学古录》。

⑤刘崧，字子高，号槎翁；高启，字季迪，号槎轩。渔洋当因混记而误。李东阳，字宾之，号西涯。沈周，字启南，号石田。

⑥李梦阳，号空同子。何景明，号大复山人。

194. 近世画家专尚南宗①，而置华原、营丘、洪谷、河阳诸大家②，是特乐其秀润，惮其雄奇，予未敢以为定论也。不思史中迁、固③，文中韩、柳，诗中甫、愈（子美，河南巩县人），近日之空同、大复，不皆北宗乎？牧仲中丞论画最推北宋数大家④，真得祭川先河之义⑤，足破聋瞽，予深服之。其诗之工又无论已。

【校注】

①此条见《带经堂诗话》卷二十二，书画类上二五。引自《蚕尾文》卷十《跋论画绝句》。

②指范宽、李成、荆浩、郭熙等人。详见前卷一第20条注③。

③司马迁、班固。

④宋荦，字牧仲，有《论画绝句》二十六首。

⑤《礼记·学记》："三王之祭川也，皆先河而后海。"河是海之本源，故先祭河，后祭海。

195. 金黄华老人王庭筠自书《高欢避暑宫诗》四绝句①，诗字皆奇伟，今石刻在汾州府及城武县学。君实云②：曾见所书老杜《宛马》《蟋蟀》《萤火》《林猿》等四诗③，沈顿雄快，与南宋诸老并行南北，非元初巎巎子山辈所及④。

【校注】

①此条见《带经堂诗话》卷二十三，书画类下三。引自《居易录》卷二。王庭筠，字子端，金代辽东（今营口熊岳）人。平生爱天平黄华山水，自号黄华老人、黄华山主。书法师米芾，风格沉顿雄快。《高欢避暑宫诗》四绝句，实即《黄华山四绝句》，其一云："挂镜台西挂玉龙，半山飞雪舞天风。寒云直上三千尺，人道高欢避暑宫。"

②李日华，字君实，号竹懒，明嘉兴（今属浙江）人。引文见其《六研斋三笔》卷二，文有颠倒。

③即杜诗《房兵曹胡马》，卷一；《促织》《萤火》，卷七；《乾元中寓居同谷县作歌七首》其四，卷八。

④巎巎，当作"峱峱"（náo náo），康里氏，字子山，号正斋、恕叟，又号蓬累叟。善真、行、草书，笔画遒媚，转折圆劲，名重一时。

196. 文信公墨迹一帧《跋黄文节公书》云①："……古人诗句字画，称唐之盛时，诗如李、杜，书如颜、柳②，无加矣。至我宋熙、丰、元祐间[3]，道人者出[4]，不惟可追驾古人，遂至兼取众长，集之一已。云云。吉州文山文天祥跋。”书不必工，有岁寒松柏之气。

【校注】

①此条见《带经堂诗话》卷二十三，书画类下二五。引自《居易录》卷二十七。文天祥，号文山，吉州庐陵（今江西吉安）人。封信国公。黄庭坚，私谥文节先生。按，此条渔洋所述文天祥墨迹，中华书局《古典文学研究资料汇编·杜甫卷》未收，北京市中国书店1985年据1936年世界书局版影印《文天祥全集》亦未收。

②颜真卿和柳公权。苏轼《书黄子思诗集后》："至唐颜柳，始集古今笔法而尽发之，极书之变，天下翕然，以为宗师。"

③熙宁、元丰，都是宋神宗年号。元祐，宋哲宗年号。

④黄庭坚，号山谷道人。

197. 康熙辛酉六月[1]，在慈仁寺市，见赵松雪手书杜诗一部[2]，用朱丝栏，字作行楷，末有新郑高文襄公跋云[3]"赵文敏书，前人以为上下三千年，纵横十万里，都无此书"云云。又有管志道跋[4]。

【校注】

①此条见《带经堂诗话》卷二十二，书画类上八。引自《池北偶谈》卷十三《赵松雪书杜集》。康熙辛酉，即康熙二十年（1681）。

②赵孟頫，字子昂，号松雪道人，谥文敏。元代著名书画家。

③高拱，字肃卿，新郑（今属河南）人。嘉靖进士。文渊阁大学士、中极殿大学士，卒谥文襄。有《高文襄公集》。

④管志道，字登之，明娄江（今江苏太仓）人。隆庆进士，官南京刑部主事。有《觉迷蠡测》等。

198. 赵松雪画《杜子美戴笠图》①，深衣乌帽加竹笠其上，足蹑芒鞋，昂首袖手，若行吟之状。下方有“赵子昂氏”及“松雪斋”二印，上有刘崧子高题绝句云“杜陵憔悴鬓如丝，饭颗凄凉日午时”云云②，自跋云：“右草堂杜拾遗戴笠小像，吴兴赵文敏公所画，往年余得之高安刘氏，它日与（缺三字）征士观画于桃源山中，因持以归之，并题识其上云。洪武庚申秋仲，珠林生刘崧书。”解春雨又题七言长歌一篇③，书法精劲类邢太仆④，云：“碧鸡坊里春风颠，浣花溪边晴日暄。浩歌（缺二字）花弄影，慷慨（缺二字）开元前。饭颗山头忆相见，历下新亭旧时面。吟诗未遣髭鬓愁，愁绝胡尘暗河县。平生落笔五岳摇，调笑不作儿女娇。锦袍仙人伯仲耳，谁谓有作徒相嘲。诗卷长留两不灭，玉颜癯骨俱清绝。万古诗人照胆寒，松柏苍然傲冰雪。吴兴公子真天人，（缺一字）影自与韩众亲。新图古色照秋水，如此子美方逼真。槎翁老仙我所敬，十年痦寐游珠林。新诗妙墨聚片纸，令我观之谐夙心。嗟余岂是诸公徒，青天空行一事无。纷纷余子风斯下，独立惟见明星孤，吁嗟杜陵焉可呼！前翰林解缙书。”⑤右诗不见本集。予平生所见，惟故友宋荔裳（琬）⑥所刻秦州像，何宇度所刻成都浣花草堂像⑦，皆石本，盖皆临松雪画，而风神不及远矣。

【校注】

①此条见《带经堂诗话》卷二十三，书画类下三一。引自《居易录》卷二十九。

②刘崧，字子高，号槎翁。《槎翁诗集》卷七《题杜草堂戴笠小像》绝句，“憔悴”，作“短褐”，后二句为“为报西流夜郎客，锦袍霜冷更相思”。

③解缙，字大绅，号春雨，明吉水（今属江西）人。

④邢侗，字子愿，临邑（今属山东）人。万历二年（1574）进士，官至陕西行太仆卿。书法钟、王、虞、褚、颠米、秃素，而深得右军之神，

与董其昌、米万钟、张瑞图称“邢张米董”。

⑤见解缙《文毅集》卷四《题赵文敏杜陵戴笠图》。所缺之字据四库本补辑如下：浩歌（缺二字），应为“一曲”；慷慨（缺二字），应为“不及”；（缺一字）影，应为“落影”。另，“髭鬓”作“髭须”；“胡尘”作“边尘”；“谁谓”作“孰谓”；“令我”作“今我”；“一事无”作“一字无”。括号内两处“缺二字”，《居易录》均误作“缺三字”。

⑥宋琬，字玉叔，号荔裳，山东莱阳人。清初著名诗人，与施闰章齐名，人称“南施北宋”。

⑦何宇度，明万历中官夔州通判，有《益部谈资》。此碑刻于万历三十年（1602），现立于成都杜甫草堂内，碑高86cm，宽65cm，其碑下有何宇度跋语云：“浣花溪上，工部祠堂在焉。俎豆虽存，而宋、元以来碑刻寂无存者。先司寇公故藏有公遗像一纸，质之世传圣贤图谱罔异。予因取而勒诸石，并增益公本传于其上，树之祠中，俾千载怀古之士登斯堂者，宛奉公声欬，补成都一典故云。宇度识。”

199. 政和间①，以诗为元祐学术，御史李彦章遂上疏②，论渊明、李、杜以下皆贬之，因诋鲁直、少游、无咎、文潜③，请为科禁，至著于律令云：诸士庶传习诗赋者，杖一百。其纰陋一至于此。是时大臣朝士皆安石之余孽。然安石唯欲废《春秋》耳，其诗实于欧、苏间自成一家，亦可概谓元祐学术乎？此古今风雅一大厄也。

【校注】

①此条见《带经堂诗话》卷二十四，破邪类一〇。引自《香祖笔记》卷十。政和，北宋徽宗年号（1111—1118）。

②李彦章，徽宗时任御史。

③黄庭坚，字鲁直；秦观，字少游；晁补之，字无咎；张耒，字文潜。

200. 道君时①，以言官建议，习诗赋者杖一百。有尹天民者为南京教官，至之日，悉取《史记》以下至欧阳史，焚讲堂下②。王安石之学术，为害于世道人心如此。又按：建言者御史李彦章也，疏以诗赋为元祐学术，其意在黄、秦、晁、张四学士③，而并劾及前代陶渊明、杜子美、李太白，皆贬之，尤可笑；定律令则何执中也④。二子可谓失其本心，无耻之尤者矣！

【校注】

①此条见《带经堂诗话》卷二十四，破邪类一〇。引自《分甘余话》卷一《北宋末习诗赋者杖》。道君，即宋徽宗。

②尹天民，字先觉，宋虔州会昌（今属江西）人。崇宁间，由上舍登第，初历教授，后改国子博士。时称“尹夫子”。叶梦得《避暑录话》卷下载：“尹天民为南京教授，至之日，悉取《史记》而下至《欧阳文忠集》，焚讲堂下。物论喧然，未几，天民以言事罢。”渔洋据此而文字稍异。

③黄庭坚、秦观、晁补之、张耒，四人都出于苏轼门下，时称“苏门四学士”。

④何执中，字伯通，宋处州龙泉（今属浙江）人。熙宁进士。徽宗时累官中书、门下侍郎，一意谨事蔡京，遂代为尚书左丞，累迁少师，封荣国公，以太傅致仕，卒谥正献。

201. 予去明湖十年矣①，游漪园之次日，复有泛湖之约。过百花洲②，葭芦弥望，新荷田田被水；入许忠节祠，公讳逵，正德中为乐陵令，杀流贼，全其城，后与孙忠烈同死宁濠之乱③，西阶下刻何大复《乐陵令行》一碑④；西北古历下亭，即李北海、杜子美赋诗处，近颇修葺，亭中额曰“历下此亭古”⑤，叹其朴雅。

【校注】

①此条见《带经堂诗话》卷二十五，韵事类上九。引自《蚕尾续文》卷五《泛明湖记》。文略有删节。明湖，即今大明湖，在山东济南市。

②百花洲，在今大明湖鹊华桥南。

③宁濠之乱，明武宗时皇族内部争夺皇位的斗争。江西南昌宁王朱宸濠因武宗无子，阴谋夺取皇位。于正德十四年（1519）六月在南昌举兵叛乱，后被王守仁击败。许逵，字汝登。正德进士，授乐陵知县。平流贼有功，升兵备佥事，历江西副使。宸濠之变，不屈被害，世宗时追谥忠节。孙燧，字德成。弘治进士。正德中，以右副都御史巡抚江西，宸濠反，不屈死，卒谥忠烈。与逵并祀南昌。

④《乐陵令行》，见《大复集》卷十三，原诗为："山东郡县一百八，无有一城无战场。到今漂血成野水，如山白骨横秋霜。云台功高将不收，投笔亦有书生谋。黄金大印赐豪贵，白面岂得言封侯。唐朝公卿集如云，平原太守名不闻。二十四城见贼走，抗城乃是平原守。君不见前者寇盗时，县吏州官各亡命。北梁白马终日行，济上黄旗错相映。不闻开门战，但闻开门迎，嗟乎平原太守乐陵令！"《香祖笔记》卷九云："忠节初令乐陵，当刘六之乱，破贼全城，后与孙忠烈公（燧）同死宸濠之变。祠中有庶子何洛文碑，又一碑刻大复先生何景明《乐陵令行》一篇。洛文即大复之孙也。"

⑤见杜诗《陪李北海宴历下亭》，卷一。杜诗作"海右此亭古"。

202. 余初撰《五言诗》《七言诗》成①，京师同人抄写，只有七部，即蒋京少景祁所刻阳羡本也②。曲阜颜吏部修来（光敏）手抄杜、苏、黄、陆四家歌行③，而以余诗次其后，日雒诵之。

【校注】

①此条见《带经堂诗话》卷二十六，韵事类下一一。引自《香祖笔记》

卷九。王士禛编选《古诗选》三十二卷，其中五言诗十七卷，七言诗十五卷。有康熙丁丑（三十六年，1697）刻本，卷首有蒋景祁序。

②蒋景祁，字京少，江苏宜兴人。贡生，康熙十八年荐举博学鸿儒，不遇，官至府同知。有诗名，尤工词。

③颜光敏，字修来，号乐圃，山东曲阜人。康熙六年进士，历国史院中书舍人，礼部仪制司主事、吏部稽勋清吏司主事、考功司郎中。光敏能诗，为当时京都十子之首，极为王士禛推许。

203. 近人言诗①，好立门户，某者为唐，某者为宋，李、杜、苏、黄强分畛域，如蛮触氏之斗于蜗角②，而不自知其陋也。

【校注】

①此条见《带经堂诗话》卷二十七，俗砭类一。引自《渔洋文》卷三《黄湄诗选序》。

②《庄子·则阳》："有国于蜗之左角者曰触氏，有国于蜗之右角者曰蛮氏，时相与争地而战，伏尸数万，逐北旬有五日而后返。"

204. 长洲尤悔庵晚年作《诗中二十四友歌》①，乃仿杜《饮中八仙歌》之体，所载皆海内名士之已殁者，而中亦及余，盖因先兄西樵考功而连类及之也。诗见本集，辞多不录。

【校注】

①此条见《带经堂诗话》卷二十八，琐缀类一九。引自《古夫于亭杂录》卷四《诗中二十四友》，文字微异。尤侗字展成，一字同人，号悔庵、艮斋、西堂老人，江南长洲（今江苏苏州）人。善诗文，才情敏捷。著有《西堂全集》等。

205. 合肥龚大宗伯（鼎孳）往往酒酣赋诗①，辄用杜韵，歌行亦然，予常举以为问，公笑曰："无他，只是捆了好打耳。"

【校注】

①此条见《带经堂诗话》卷二十七，诙谐类一三。引自《香祖笔记》卷九。龚鼎孳，字孝升，号芝麓，谥端毅。安徽合肥人。清初著名诗人，与钱谦益、吴伟业齐名，人称"江左三大家"，有《龚芝麓先生集》。

206. 康熙庚戌冬①，沛县阎尔梅古古在京师②，先考功兄召同吴江顾万祺庶其饮③，予在座。阎老而狂，好使酒骂坐。酒间，愚兄弟叩其所作，阎朗诵数篇。顾以前辈事阎，执礼甚恭，至是起赞曰："先生诗不减杜少陵矣！"阎勃然怒，直视顾曰："小子何知！何物杜甫辄以况我耶！"顾面色如土，踧踖而已。予殊恶阎之僭诞，思抵巇以折其气。有顷，阎又自举其《云中与曹侍郎秋岳倡和》近体诗："当日战场成遇礼，至今兵气满寒空。地高天近星辰大，春少秋多草木穷。"云云。予曰："先生此诗可追空同'黄河水绕汉宫墙'之作。"④阎大悦曰："知言哉，向者芝麓（谓合肥龚端毅）云：'有诗当示西樵、阮亭兄弟。'信然！"予徐笑曰："知言某不敢当，然有一言相质：先生谓李献吉顾出杜子美上乎？"阎愕然曰："何谓也？"予曰："适顾生以子美拟先生，某私以为太过，而先生怒斥之；某以献吉拟先生，而先生乃大喜，然则献吉不远过子美乎？此某所未喻也。"阎赧甚，不能答，但连呼曰："不必言，且可饮酒耳。"未久遁去。

【校注】

①此条见《带经堂诗话》卷二十八，琐缀类三七。引自《居易录》卷十三。康熙庚戌，即康熙九年（1670）。

②阎尔梅，字调鼎，号古古，又号白耷山人，别署蹈东和尚。江苏沛县人，明遗民诗人。有《白耷山人集》。

③考功，指士禛兄王士禄，曾官吏部考功员外郎。顾万祺，字庶其，清吴江（今属江苏）人。

④见《空同集》卷三十二《秋望》，原诗为："黄河水绕汉宫墙，河上秋风雁几行？客子过壕追野马，将军韬箭射天狼。黄尘古渡迷飞挽，白月横空冷战场。闻道朔方多勇略，只今谁是郭汾阳？"李梦阳，字天赐，又字献吉，号空同子。

207.《续文献通考》载刘辰翁《须溪集》一百卷[1]，今所传止《记略》二卷，及批点《老》《庄》《列》、班马、《世说》、摩诘、子美、长吉、子瞻诗九种耳。

【校注】

①此条见《带经堂诗话》卷二十八，琐缀类六三。引自《香祖笔记》卷十二。《续文献通考》二百五十卷，清乾隆十二年敕撰。

208.有求竹轩名于东坡者[1]，久之书扁还之，乃"竹轩"二字。甚矣！题榜之不易也。余再入蜀，谒武侯庙，见某中丞题榜曰"丞相祠堂"[2]，余深叹其大雅，不可移易。又吾郡重修历下亭，或题其榜曰"海右此亭古"[3]，亦叹其确。此所谓颠扑不破者也。

【校注】

①此条见《带经堂诗话》卷二十八，琐缀类七七。引自《古夫于亭杂录》卷五《题榜不易》。

②杜诗《蜀相》有"丞相祠堂何处寻"之句，卷九。

③见杜诗《陪李北海宴历下亭》，卷一。

209. 卢循盗贼[①]，而沙门慧远与之友善[②]；祖约叛逆，而少与阮孚齐名[③]，王丞相尤爱重之，曰："昨与祖士少语，遂令人忘疲。"[④]是皆理之不可解者。杜子美《赠苏涣诗》序云："苏大侍御涣，静者也。[⑤]"涣竟煽动岭表，与哥舒晃作乱[⑥]，亦其类也。

【校注】

①此条见《带经堂诗话》卷二十八，琐缀类八六。引自《分甘余话》卷一《祖约苏涣》。

②卢循，东晋起义军领袖，高僧慧远与之友善，卢循率军经过庐山时，曾拜访慧远，并诗酒唱和。

③《世说新语·雅量》云："祖士少好财，阮遥集好屐，并恒自经营。同是一累，而未判其得失。人有诣祖，见料视财物，客至，屏当未尽，余两小簏箸背后，倾身障之，意未能平。或有诣阮，见自吹火蜡屐，因叹曰：'未知一生当箸几量屐！'神色闲畅。于是胜负始分。"祖约，字士少。累迁平西将军、豫州刺史，镇寿阳。与苏峻反，峻败，约投石勒，为其所杀。阮孚，字遥集，咸第二子。累迁侍中、吏部尚书、广州刺史。

④见《世说新语·赏誉》。王丞相，指王导。原本无"祖"字，"令"作"使"。

⑤见杜诗《苏大侍御访江浦赋八韵记异》，卷二十三。

⑥大历八年哥舒晃杀广州刺史吕崇贲，苏涣参加了这次叛乱。

210. 朱昂、梁周翰与杨亿同为翰林学士[①]，时梁、朱二公年老，而杨甚少，每轻侮之。然考二公，皆宋初最有文誉者，而杨以后进乃敢轻侮。杜诗"晚将末契托年少，当面输心背面笑"[②]，则子美亦尝受恶少年之侮矣。

【校注】

①此条见《带经堂诗话》卷二十七，俗砭类一二。引自《香祖笔记》卷六。朱昂，字举之，自称退叟；梁周翰，字元褒，后周广顺进士；杨亿，字大年。宋真宗时，三人同官翰林学士。

②《莫相疑行》，卷十四。

211. 王稚钦目空一世①，而能推重何仲默②，爱薛君采、郑继之③，古人作青白眼④，故当如是。今人不知，视梦泽何如，而妄诋前辈，一钱不直。少陵云："尔曹身与名俱灭，不废江河万古流。"⑤昌黎云："李杜文章在，光焰万丈长。不知群儿愚，那用故谤伤。蚍蜉撼大树，可笑不自量。"⑥谅哉！

【校注】

①此条见《带经堂诗话》卷二十七，俗砭类一六。引自《分甘余话》卷四《论妄诋前辈》。王廷陈，字稚钦。明正德进士，选庶吉士。武宗南狩，疏谏，黜知裕州，失职放废，削秩归。有《梦泽集》。

②何景明，字仲默。

③薛蕙，字君采。正德进士，累官吏部考功司郎中。大礼议起，撰数万言上朝，以忤旨获罪，又为人所谮，遂解仕归。学者重其学行，称西原先生，有《考功集》。郑善夫，字继之，号少谷。弘治进士。作诗力摹少陵，有《少谷山人集》。

④《晋书·阮籍传》："籍又能为青白眼，见礼俗之士，以白眼对之。及嵇喜来吊，籍作白眼，喜不怿而退。喜弟康闻之，乃赍酒挟琴造焉，籍大悦，乃见青眼。"

⑤杜诗《戏为六绝句》其二，卷十一。

⑥韩愈《调张籍》，《全唐诗》卷三百四十。

212. 唐时有一书生①，颇通经史，而不谙近事，乃以骆宾王为诸王封号，见《因话录》②。然则杜拾遗、伍子胥又何怪耶?

【校注】

①此条见《分甘余话》卷四《以骆宾王为封号》。

②《因话录》，唐赵璘撰，六卷。事见卷五。

213. 田司寇纶霞（雯）云①：德州陈副使宅，筑室掘得一古冢，中有女子髑髅二具，皆无首，首乃范磁为之，鬓发眉目宛然，不知何代物也。又德州赵侍郎宅，亦掘得古冢中有女子髑髅一枕、一磁枕，枕上有杜诗“百宝装腰带”四句②。

【校注】

①此条见《居易录》卷二十九。田雯，字纶霞，一字紫霞，又字子纶，号漪亭，又号山薑，晚号蒙斋，清山东德州人，有《古欢堂集》。田雯曾任刑部侍郎，故称“司寇”。

②杜诗《即事》：“百宝装腰带，真珠络臂鞲。笑时花近眼，舞罢锦缠头。”卷十。

新编渔洋杜诗话卷六

秋日游华不注、明湖、趵突泉诸名胜，闲暇有赋，仍用“清波收潦日，华林鸣籁初”为韵十首（其五）①

214. 广泽散荷风，疏峰半云日。卷幔千凫间，泠然泛瑶瑟。北渚但残亭②，李杜空文笔③。永啸一长吟，仰止私愿毕。

【校注】

①诗见乾隆十二年重修本《带经堂全集》卷三《渔洋诗集》三。诗作于顺治十四年（1657）。华不（fū，同“夫”）注，在今山东济南市东，又名华山。大明湖、趵突泉，皆在济南市区。

②北渚，杜甫《陪李北海宴历下亭》云：“东藩驻皂盖，北渚凌清河。”后北宋曾巩知齐州（今济南），遂在今大明湖北岸建北渚亭，并作《北渚亭》诗，晁补之有《北渚亭赋》。

③李白、杜甫都曾游过济南。李白《古风》其二十云：“昔我游齐都，登华不注峰。兹山何峻秀，绿翠如芙蓉。”又有《陪从祖济南太守泛鹊山湖三首》。渔洋来游时，李、杜已逝，故曰“空文笔”。

题杜工部秦州像为梁大曰缉二首[①]

215. 杜陵人不见，遗照自辉光。离乱经天宝，艰难剩草堂。东屯田父宅，西阁楚人乡[②]。才子千秋泪，青莲亦夜郎[③]。

【校注】

①诗见《带经堂全集》卷六《渔洋诗集》六，仇兆鳌《杜诗详注》附编《诸家咏杜》亦载此二诗，题作《题秦州杜工部像》。诗作于顺治十六年（1659）。秦州，今甘肃天水，杜甫曾流寓于此。梁熙，字曰缉，行大。

②东屯、西阁，杜甫流寓夔州（今重庆奉节）时所居地。

③李白，号青莲居士，曾流放夜郎。

216. 灵武中兴日[①]，秦州旅食年[②]。羌戎常杂处[③]，崖谷到今传。意气凌天马，幽愁拜杜鹃[④]。瞻依思往事，揽涕一潸然。

【校注】

①唐玄宗天宝十四载（755）安史之乱爆发，第二年六月潼关失守，玄宗奔蜀。七月，太子李亨即位于灵武（今属宁夏），是为肃宗，改元至德，号称中兴。

②唐肃宗乾元二年（759）七月，杜甫弃官华州，流寓秦州。十月，转同谷（今甘肃成县），年底到成都。

③羌戎，泛指古代我国西北部少数民族。

④杜甫《杜鹃》云："杜鹃暮春至，哀哀叫其间。我见常再拜，重是古帝魂。……君看禽鸟情，犹解事杜鹃。今忽暮春间，值我病经年。身病不能拜，泪下如迸泉。"传说蜀帝杜宇化为杜鹃。

戏仿元遗山《论诗绝句》三十二首①（录五）

217. 杜家笺传太纷挐②，虞赵诸贤尽守株③。苦为《南华》寻向郭④，前唯山谷后钱卢⑤。（渔洋自注：牧斋有《读杜小笺》，德水有《读杜微言》。）

【校注】

①诗见《渔洋精华录集释》卷二，此为第五首，作于康熙二年（1663）。元好问，号遗山，金代文学家，作有七言绝句《论诗三十首》。

②杜家，指杜甫。

③虞，指虞集，有《杜律虞注》，系伪托。赵，指赵汸，有《杜工部五言赵注》。

④《庄子》又名《南华经》。向、郭，指向秀和郭象，晋朝人，二人都以注《庄子》著称。

⑤黄庭坚，字鲁直，号山谷道人。钱卢，指钱谦益和卢世潅。钱氏著有《读杜小笺》，卢世潅，字德水，山东德州人，与钱谦益交往甚厚，有《杜诗胥钞》。《读杜微言》，即《杜诗胥钞余论》，又名《读杜私言》。

218. 草堂乐府擅惊奇①，杜老哀时托兴微。元白张王皆古意②，不曾辛苦学妃豨③。

【校注】

①此为第九首。草堂乐府，指李白集中的乐府诗。李白集又称《草堂集》。

②元白张王，指元稹、白居易、张籍、王建，他们都是中唐诗人，善于作乐府诗。

③学妃豨：汉乐府《有所思》有“妃呼豨，秋风肃肃晨风飔”之语。渔洋《池北偶谈》卷十一《公文介论乐府》云：“江南士人拟古乐府，有‘妃

来呼豨豨知之’之句。盖乐府‘妃呼豨’皆声而无字，今误以‘妃’为女，‘呼’为唤，‘豨’为豕，凑泊成句，是何文理？因于《论诗绝句》著其说云。”

219．涪翁掉臂自清新①，未许传衣蹑后尘。却笑儿孙媚初祖，强将配飨杜陵人②。（渔洋自注：山谷诗得未曾有，宋人强以拟杜，反来后世弹射，要皆非文节知己。）

【校注】

①此为第十二首。涪翁，即黄庭坚。尝谪居涪州，因又号涪翁，谥文节先生。

②方回《瀛奎律髓》卷二十六陈与义《清明》诗批语：“呜呼！古今诗人当以老杜、山谷、后山、简斋四家为一祖三宗，余可预配飨者有数焉。”

220．正德何如天宝年①，寇侵三辅血成川。郑公变雅非关杜②，听直应须辨古贤。（渔洋自注：昔人论郑善夫诗，以为时非天宝，位靡拾遗，讥其无病而呻吟，故驳之。）

【校注】

①此为第十九首。正德，明武宗年号（1506—1521）。天宝，唐玄宗年号（742—756）。正德年间，民变四起，京师戒严，故以天宝年间安史之乱作比。

②郑公，指郑善夫，字继之，号少谷山人，弘治进士。作诗力摹杜甫。钱谦益《列朝诗集小传》丙集云：“林尚书贞恒撰《福州志》，刺少谷诗专仿杜，时匪天宝，地远拾遗，以为无病而呻吟。以毅皇帝（即明武宗）时政观之，视天宝何如？犹曰‘无病呻吟’，则为臣子者必将请东封颂巡狩而后可乎？甚矣，尚书之慎也！”

221. 接迹风人《明月篇》，何郎妙悟本从天①。“王杨卢骆当时体”②，莫逐刀圭误后贤③。（渔洋自注：何大复谓初唐《明月篇》诸作，得风人遗意，其源高于李杜。）

【校注】

①此为第二十一首。何景明，字仲默，号大复山人，著有《明月篇》，乃承初唐卢照邻《明月引》而来。其序云：“仆始读杜子七言诗歌，爱其陈事切实，布辞沉着，鄙心窃效之，以为长篇圣于子美矣。既而读汉魏以来诗歌及唐初四子者之所为而反复之，则知汉魏固承‘三百篇’之后，流风犹可征焉。……由是观之，子美之诗，博涉世故，出于夫妇者常少；致兼雅颂，而风人之义或缺，此其调反在四子之下欤？”

②见杜诗《戏为六绝句》其二，卷十一。王、杨、卢、骆，即何景明所云“唐初四子”。

③刀圭，中药的量器名。

甓湖舟夜读《渭南集》偶题长句①

222. 少陵不作昌黎死，大峨仙人落儋耳②。渭南老手来堂堂③，郁律蛟龙蟠笔底。半世功名梁益间④，拓弦横槊剑门关⑤。白头镜水江湖梦⑥，夜夜山南射虎还⑦。

【校注】

①诗见《渔洋精华录集释》卷三。甓湖，即甓社湖，在江苏省高邮市西北。《渭南集》，陆游著。此诗作于康熙三年（1664）。

②大峨仙人，指苏轼。因其为四川眉山人，眉山靠近峨眉山，峨眉山

突起三峰，分大峨、中峨、小峨。儋耳，在儋州，今属海南省。苏轼曾被贬于此。

③渭南老手，指陆游。

④梁益，梁州和益州。梁州，今陕西汉中；益州，今四川成都。宋淳熙二年（1175），范成大镇蜀，陆游被邀为参议官，在川、陕生活了九年。

⑤剑门关，在今四川剑阁县东北。

⑥镜水，即镜湖，亦称鉴湖，在浙江绍兴。陆游《次韵师伯浑见寄》云："穷乡久客易销魂，短发秋来白几分？梦泛扁舟镜湖月，身骑瘦马剑关云。"

⑦陆游《三月十七日夜醉中作》云："去年射虎南山秋，夜归急雪满貂裘。"盖用汉李广事。

上巳辟疆招同邵潜夫陈其年修禊水绘园八首①（其三）

223．平山堂下五清明②，（渔洋自注：甲辰红桥赋《冶春》句也。）草长莺飞无限情。不怪老颠裂风景③，名园上日相逢迎。银筝初弹阮初擘④，此夕留髡应十石⑤。春衣明岁杜陵游，忆汝狂歌拓金戟⑥。

【校注】

①诗见《渔洋精华录集释》卷三。康熙四年（1665），王士禛从扬州至如皋，被冒辟疆邀宴，同邵潜夫、陈其年等人在水绘园中修禊，作诗以记游。修禊，古人消除不祥的一种风俗，常于旧历三月三日上巳节在水际举行。水绘园在如皋，为冒辟疆别墅，林水清幽。冒襄，字辟疆，江苏如皋人，有文才。明亡后，浪游大江南北，著有《水绘园诗文集》。邵潜，字潜夫，江苏南通人，隐居守穷，自号五岳外臣，参与修禊时年已八十。陈维崧，

字其年。据《香祖笔记》载，同游者各有诗作。

②渔洋在扬州与孙茂之等修禊红桥，曾作《冶春绝句十二首》，其一云："东风花事到江城，早有人家唤卖饧。他日相思忘不得，平山堂下五清明。"王士禛于顺治十七年（1660）任扬州司理，至康熙三年（1664），其间在扬州五度清明节。甲辰，即康熙三年。

③白居易《二月五日花下作》："只有且来花下醉，从人笑道老颠狂。"惠栋注："王元美《艺苑卮言》：'杨用修在泸州，尝醉，胡粉傅面，作双丫髻插花，门生舁之，诸妓捧觞，游行城市，了不为怍。'有规用修者，答书云：'……聊以耗壮心，遣余年，所谓老颠欲裂风景者，良亦有之。'"

④杜诗《陪郑广文游何将军山林十首》其五："银甲弹筝用，金鱼换酒来。"卷二。阮，古乐器阮咸的简称，为古琵琶的一种。

⑤髡，指淳于髡，战国时齐人，滑稽多辩。《史记·滑稽列传》："主人留髡而送客。罗襦襟解，微闻香泽。当此之时，髡心最欢，能饮一石。"

⑥杜甫《醉为马坠诸公携酒相看》诗："甫也诸侯老宾客，罢酒酣歌拓金戟。"

苍溪县①

224. 万里行难到，三秋雁不过。蛮江吹积雨，急峡束盘涡。绵谷青山远②，賨人白弩多③。泛舟思杜老，漂泊意如何④？

【校注】

①诗见《渔洋精华录集释》卷五，作于康熙十一年（1672）。苍溪县，在今四川省广元市南，唐属阆州，清属保宁府。

②绵谷，县名，即今四川广元市。

③賨（cóng），古代西南地区的少数民族，居住在今四川渠县一带。常璩《华阳国志·巴志》："宕渠盖为故賨国，今有賨城。"《蜀道驿程记》："苍溪县，汉汉昌地，古賨国也。有賨城，卢城。"白弩，《后汉书·南蛮传》："时有巴郡阆中夷人，能作白竹之弩，乃登楼射杀猛虎。"

④杜甫《放船》诗云："送客苍溪县，山寒雨不开。直愁骑马滑，故作放舟回。"

潼川怀少陵[①]

225. 反景下东津，扁舟涪水滨[②]。女墙崩积雨，郡郭入荒榛。山夕烟花少，江流战伐频。飘零思弟妹，嗟尔杜陵人[③]。

【校注】

①诗见《渔洋精华录集释》卷五，作于康熙十一年（1672）。潼川，即今四川三台，唐属梓州，宋为潼川府，明降为州。杜甫曾居此。

②东津，杜甫在梓州作《泛江送客》诗："二月频送客，东津江欲平。"江即涪水。

③杜甫《九日登梓州城》诗："弟妹悲歌里，乾坤醉眼中。兵戈与关塞，此日意无穷。"

金方伯邀泛浣花溪二首[①]

226. 解缆江村外，溪沙失旧痕。夕阳来灌口[②]，秋水下彭门[③]。清吹临风缓，神鸦得食喧[④]。百花潭上好[⑤]，新月破黄昏。

【校注】

①诗见《渔洋精华录集释》卷五，作于康熙十一年（1672）。浣花溪，在成都西郊，杜甫草堂就在那里。惠栋注引汪棣曰："先生《金素公问学集序》：'金子尊人中丞公，昔与予定交于蜀，常同泛浣花溪，怀古赋诗，宛如旦暮，而宰木已拱。'"

②杜诗《野望因过常少仙》有"江从灌口来"句。灌口山，在今四川都江堰市。

③彭门，四川彭州有天彭山，两山相对，古谓之天彭门。

④杜诗《宿江边阁》："鹳鹤追飞静，豺狼得食喧。"

⑤百花潭，在杜甫草堂之南，杜诗《怀锦水居止二首》其二云："万里桥西宅，百花潭北庄。"

227. 万里桥边去①，还多吊古情。人烟过蚕市，新月上龟城②。寂寂更漏发，萧萧鳞甲生。回看草堂路，修竹水芜平。（渔洋自注：王蜀徐姬诗："又驱金翠入龟城。"③）

【校注】

①万里桥，在杜甫草堂东，故址即今成都老南门大桥。

②龟城，即成都。渔洋《陇蜀余闻》云："成都号龟城。父老言，东门外江岸间，有巨龟大如夏屋，不易出，出则有龟千百随之。"

③蜀太后徐氏（花蕊夫人）《题天回驿》诗："所恨风光看未足，却驱金翠入龟城。"

瀼西谒少陵先生祠五首①

228. 万古瀼西宅，斜连峡口关②。高云鱼武县③，秋水麝香山④。老作诸侯客，心依供奉班⑤。樊川临素浐⑥，遗恨不生还。

【校注】

①诗见《渔洋精华录集释》卷六，作于康熙十一年（1672）。瀼西，即今重庆奉节（唐称夔州）城东梅溪河（时称西瀼水）之西，杜甫于大历二年（767）曾寓居于此。

②峡口关，指三峡瞿唐峡口。杜诗《夔州歌十绝句》其一："白帝高为三峡镇，瞿唐险过百牢关。"

③鱼武县，即鱼复县。秦置，治今重庆奉节县东白帝城，唐贞观间改名奉节。

④麝香山，在奉节东。杜诗《入宅三首》其二："水生鱼复浦，云暖麝香山。"

⑤杜诗《醉为马坠诸公携酒相看》："甫也诸侯老宾客。"又《至日遣兴奉寄北省旧阁老两院故人二首》其二："忆昨逍遥供奉班，去年今日侍龙颜。"

⑥杜诗《九日五首》其四云："故里樊川菊，登高素浐源。"甫曾居长安城南樊川杜陵，为其祖籍。

229. 白发三川客①，新诗百炼功。飘零逐猿鸟，得失感鸡虫②。弟妹干戈里③，朝廷涕泪中。浣花形胜地，回首雪山风④。

【校注】

①三川，县名，唐属鄜州，即今陕西富县。杜甫曾寓家于此。其《述怀》

诗云："寄书问三川，不知家在否？"

②鸡虫，杜诗《缚鸡行》云："鸡虫得失无了时。"

③杜诗《遣兴》云："干戈犹未定，弟妹各何之？"

④杜诗《怀锦水居止二首》其二："惜哉形胜地，回首一茫茫。"《春日江村五首》其三："经心石镜月，到面雪山风。"

230. 浩劫遗祠在，依然白帝城①。岸连巫峡影，门对蜀江声。太息隆中业②，平生庾信情③。艰难诗万首，夔府至今名。

【校注】

①白帝城，在夔州（今重庆奉节）东白帝山上。

②隆中业，指诸葛亮恢复汉室的事业，杜甫在夔州作《咏怀古迹五首》，其五惋惜诸葛亮的功业未成云："运移汉祚终难复，志决身歼军务劳。"

③庾信，南朝梁人，出使北魏，被留不得归，后又入北周为官。晚年常有故国之思，作《哀江南赋》。杜甫身经离乱，情同庾信，《咏怀古迹五首》其一云："羯胡事主终无赖，词客哀时且未还。庾信生平最萧瑟，暮年诗赋动江关。"

231. 已见浮三峡，还怜到九疑①。湘娥何处是②，楚客至今悲。槎系南溟近③，天连北斗垂。江陵空望幸④，愁绝侍臣诗。

【校注】

①九疑山，一名苍梧山，在今湖南宁远南。传说舜南巡，崩于苍梧之野，葬于此山。

②湘娥，指舜二妃娥皇、女英。传说舜死苍梧，二妃追寻之，泪洒竹皆成斑。杜甫有《湘夫人祠》诗，又《祠南夕望》诗云："湘娥倚暮花。"

③杜诗《宿白沙驿》云："万象皆春气，孤槎自客星。随波无限月，的的近南溟。"

④《杜诗详注》卷十二有《江陵望幸》。

232. 欲去频回首，停舟滟滪堆①。东屯渺云水，西阁莽蒿莱②。感事悲《诸将》，怀人赋《八哀》③。昆明遗碣在，落叶满苍苔。（渔洋自注：祠有石刻《秋兴》诗，仅存"昆明池水"一首。）

【校注】

①滟滪堆，在奉节瞿唐峡口长江中，新中国成立后为便利航行，被炸掉。

②东屯、西阁，皆为杜甫在夔州时的故居。

③指杜诗《诸将五首》和《八哀诗》，皆在夔州作。

南池①

233. 南池风景地，微雨垫巾来。尽日闻蝉语②，无人共酒杯。一亭杨柳暗，四面芰荷开。万里桥西宅③，新经蜀国回④。

【校注】

①诗见《带经堂全集》卷五十八《蚕尾续诗集》四。南池，当在今山东济宁市南小南门一带，杜甫曾游此，作有《与任城许主簿游南池》诗。

②杜诗《与任城许主簿游南池》有"晚凉看洗马，森木乱鸣蝉"之语。

③指成都杜甫草堂。杜诗《怀锦水居止二首》其二："万里桥西宅，百花潭北庄。"

④蜀国，指四川。康熙十一年（1672），王渔洋以户部郎中奉命典四

川乡试。

朱璧《揭钵图》歌[①]（节引）

234. ……顾陆不作作者谁[②]？昆山朱璧能继之。绢素黮晕丹粉漓，神彩浮动穷毫厘。城北徐公虎头痴[③]，三日不食坐茅茨。抱持此卷忘朝饥，大雪叩门索我诗。开卷一引千留犁[④]，呵冰炙砚为此词，十指皲瘃两肘胝。杜陵老叟不可追，金粟神妙徒嗟咨[⑤]。

【校注】

①诗见《渔洋精华录集释》卷六。作于康熙十四年（1675）。朱玉，字君璧，元昆山人。精绘事。其《揭钵图》系写佛教《宝积经》中的一个故事：鬼子母暴虐，如来佛将其幼子镇于琉璃钵中，鬼子母率众鬼揭钵救子未成，乃答应永不杀人，皈依佛门，结果鬼子从钵中被释出。

②顾陆，东晋画家顾恺之与南朝宋画家陆探微的并称。

③顾恺之，小字虎头。《池北偶谈》卷十一《朱璧揭钵图》云："《揭钵图》凡见数本，最后见朱璧本……今归徐隐居东痴。"徐东痴即徐夜。

④留犁，古时匈奴人使用的饭匕。《汉书·匈奴传下》："昌、猛与单于及大臣俱登匈奴诺水东山，刑白马，单于以径路刀金留犁挠酒，以老上单于所破月氏王头为饮器者共饮血盟。"

⑤杜诗《送许八拾遗归江宁觐省》："看画曾饥渴，追踪恨淼茫。虎头金粟影，神妙独难忘。"表现了杜甫对东晋画家顾恺之的仰慕。

仇英画《九成宫图》（节引）

（渔洋自注：唐九成宫，即隋仁寿宫。）①

235. ……从来世事有倚伏，太平倏过开元年。白头拾遗此驻马②，愁闻林薮啼哀猿③。画图想见全盛日，令我涕泪双阑干。

【校注】

①诗见《渔洋精华录集释》卷七。仇英，字实父，一作实甫，号十洲，太仓（今属江苏）人。特工临摹，尤精仕女，为明工笔之杰。此诗作于康熙十六年（1677）。

②杜诗《徒步归行》："青袍朝士最困者，白头拾遗徒步归。"白头拾遗，指杜甫。

③杜诗《九成宫》："哀猿啼一声，客泪迸林薮。"

高常侍祠①

236. 忠公拓落人，好谈王霸略。一辞孟诸野，微官此栖托②。把臂李杜游，慷慨吹台作③。怀古荐溪毛，风期缅犹昨。

【校注】

①诗见《渔洋精华录集释》卷十。作于康熙二十一年（1682），为《古迹三首为岳给事赋》之一。高适，字达夫，授封丘尉，官至左散骑常侍，卒谥曰忠。

②高适《封丘县》："我本渔樵孟诸野，一生自是悠悠者。"

③杜甫《遣怀》："忆与高李辈，论交入酒垆。两公壮藻思，得我色敷腴。

气酣登吹台，怀古视平芜。”吹台，在今河南开封市。

少陵台[1]

237. 不见杜陵叟，犹存杜甫台。如闻石门路，曾共谪仙杯[2]。平野苍苍合，浮云故故来[3]。岱宗青未了[4]，仿佛六龙回。（渔洋自注：时大驾东巡，祀泰山[5]。）

【校注】

①诗见《渔洋精华录集释》卷十，作于康熙二十三年（1684）。少陵台，在今山东兖州。

②李杜二人曾一起漫游齐鲁，李白《鲁郡东石门送杜二甫》有“飞蓬各自远，且尽手中杯”之句。石门山，在今山东曲阜城东北约60里处。杜甫有《刘九法曹郑瑕丘石门宴集》诗。

③杜诗《登兖州城楼》云：“浮云连海岱，平野入青徐。”

④杜诗《望岳》：“岱宗夫如何？齐鲁青未了。”

⑤指康熙皇帝南巡。

少陵原工部祠[1]

238. 少陵原下路，仿佛浣花村[2]。犹似开元日，终南对国门[3]。秦川空望眼，湘水与招魂[4]。忍见桃花落，红英糁绿尊[5]。

【校注】

①诗见《带经堂全集》卷五十八《蚕尾续诗集》四，亦见《渔洋精华录集释》卷十二，作于康熙三十五年（1696）。此为《城南游诗十首》之七。少陵原，在今西安市长安区东南，杜甫困守长安时曾居此。祠在长安(即韦曲)东南五里双竹村。祠建于明嘉靖五年（1526），一九五八年改名杜甫纪念馆。祠下即杨虎城将军墓。

②浣花村，即指成都西郊浣花溪畔的杜甫草堂。

③终南山在西安市南。杜甫《九日五首》其四："故里樊川菊，登高素浐源。……巫峡蟠江路，终南对国门。"

④秦川，指关中一带，所谓"秦川八百里"也。湘水，源出广西灵川东、海洋山西麓，东北流贯湖南，经永州、衡阳、湘潭、长沙等地，至湘阴入洞庭湖。杜甫于大历五年（770）秋冬之际死于湘水舟中，故曰"与招魂"。

⑤时渔洋奉命祭告西岳华山，谒祠当在三月。组诗之八《樊川桃花》即云："三月樊川路，红桃散绮霞。"《秦蜀驿程后记》亦云："祠左右皆桃圃，桃尚有华。"

郑庄①

239. 杜陵客西蜀，常忆郑瓜州②。望古寻遗迹，逢人问故侯。有才三绝擅③，无恙八川流④。（渔洋自注：近交口。）相望韩庄近⑤，同悲貉一丘。

【校注】

①诗见《带经堂全集》卷五十八《蚕尾续诗集》四。作于康熙三十五年（1696）。此为《城南游诗十首》之九。郑庄，杜甫友人郑虔所居，约

在今西安市长安区韦曲之东。

②郑瓜州，指郑审。杜甫《解闷十二首》其三："一辞故国十经秋，每见秋瓜忆故秋。今日南湖采薇蕨，何人为觅郑瓜州。"原注："今郑监审。"时郑审由秘书监贬官江陵。据张礼《游城南记》，瓜州村当在韦曲东南。

③三绝，《新唐书·郑虔传》："虔善图山水，好书，……尝自写其诗并画以献，帝（唐玄宗）大署其尾曰：'郑虔三绝。'迁著作郎。"

④八川，指长安附近之灞、浐、泾、渭、沣、滈、涝、潏八水。司马相如《上林赋》："荡荡乎八川分流。"

⑤韩庄，为韩愈所居。《长安志图》卷中："韩庄者，在韦曲之东。……郑庄又在其东南，郑十八虔之居也。"《钱注杜诗》卷十五："瓜州村与郑庄相近。郑庄，虔郊居也。审为虔之侄，其居必在瓜州村，所谓'每见秋瓜忆故丘'也。"

七夕前二日巩县阻雨①

240. 大火西流日②，升仙故迹存。（渔洋自注：王子晋以七月七日上升。）秋风来巩洛，暮雨阻轘辕③。欲把浮丘袂④，难招杜甫魂。（渔洋自注：工部葬首阳山⑤。）神嵩不可眺，三十六峰昏⑥。

【校注】

①诗见《渔洋精华录集释》卷十二，作于康熙三十五年（1696）。巩县，今河南巩义市，为杜甫故里。

②大火，星宿名，即心宿。大火西流，指七月，语本《诗经·豳风·七月》："七月流火，九月授衣。"

③轘辕，山名，在今河南偃师市南缑氏东南，接登封、巩义境。山上

有轘辕关。

④浮丘，即浮丘公，古代传说中的仙人。《文选·郭璞〈游仙诗〉之三》："左挹浮丘袖，右拍洪崖肩。"李善注引《列仙传》："浮丘公接王子乔以上嵩高山。"王子乔，一说名晋，字子晋，相传为周灵王太子。

⑤首阳山，在今河南偃师市西北，为邙山最高处。元稹《唐检校工部员外郎杜君墓系铭序》："子美之孙嗣业，启子美之柩，襄祔事于偃师。"今偃师有杜甫墓。

⑥神嵩，指中岳嵩山，有三十六峰。

历下亭①

241. 我闻杜老诗，海右此亭古②。十顷玻璃风，鹊华乱烟雨③。

【校注】

①诗见《带经堂全集》卷六十三《蚕尾续诗集》九。历下亭，在今济南市大明湖公园内。

②杜甫《陪李北海宴历下亭》诗："海右此亭古，济南名士多。"

③鹊华，指鹊山和华不注山。

题赵仲穆画马二首（其一）①

242. 朝看杜老《丹青引》，暮见王孙写渥洼②。太仆圉人总惆怅③，龙眠曾画满川花④。

【校注】

①诗见《带经堂全集》卷六十三《蚕尾续诗集》九。赵雍，字仲穆，元赵孟頫次子。官至集贤待制、同知湖州路总管府事。绘画有父风，尤擅鞍马、山水等。传世作品有《挟弹游骑图轴》等。

②赵孟頫为赵宋宗室，故称仲穆为“王孙”。渥洼，水名，在今甘肃瓜洲县境，传说盛产神马。《史记·乐书》：“又尝得神马渥洼水中。”此代指神马。

③杜甫《丹青引》写曹霸画技高超云：“诏谓将军拂绢素，意匠惨淡经营中。须臾九重真龙出，一洗万古凡马空。……至尊含笑催赐金，圉人太仆皆惆怅。”

④李公麟，字伯时，号龙眠居士。北宋画家。擅长人物、鞍马，推为宋画第一。他最有代表性的作品是《五马图》。五马指凤头骢、锦膊骢、好头赤、照夜白、满川花。“满川花”为于阗名贵马种，也是《五马图》全卷最精彩的最后一段。周密《云烟过眼录》卷一载黄庭坚对曾纡说：“异哉！伯时貌天厩满川花，放笔而马殂矣。盖神骏精魄皆为伯时笔端摄之而去，实古今异事。”其《浩然斋雅谈》卷上亦有类似记载。渔洋《香祖笔记》卷六亦曾记录之。

补遗

243．老杜望南极则曰"甘作老人星"[①]，对严武则曰"何人道有少微星"[②]，知其自待不浅。

【校注】

①此条见顾宸《辟疆园杜诗注解》五律卷十二《泊松滋江亭》诗注所引。"甘作老人星"，即为《泊松滋江亭》诗句。

②《严中丞枉驾见过》诗句。

244．《秋兴八首》皆雄浑丰丽，沉着痛快。其有感于长安者，但极言其盛，而所感自寓于中。徐而味之，凡怀乡恋阙之情，慨往伤今之意，与夫戎寇交兵，小人病国，风俗之非旧，盛衰之相寻，所谓不胜其悲者，固已不出乎言意之表矣[①]。

【校注】

①此条见顾宸《辟疆园杜诗注解》七律卷四《秋兴八首》诗注所引。此条杨伦《杜诗镜铨》卷十三亦引，文字微异："《秋兴八首》皆雄浑丰丽，沉着痛快。其有感于长安者，但极言其盛，而所感自寓于中。徐而味之，凡怀乡恋阙之情，慨往伤今之意，与夫戎寇交侵，小人病国，风俗之非旧，盛衰之相寻，所谓不胜其悲者，固已不出乎意言之表矣。"

245. 此诗前四句起后四句，又于各四句中自相起伏。首二句承五言（指《人日》第一首五律）来，次联即承首联，第三联又唤起结联也。人不知次联正是谈笑相看，三联“佩剑”“匣琴”，乃公之行色，故从来梦梦，得修远解出，为之叫绝。少陵诗多不可解，经修远而意义无不呈露，起伏、段落、字句，无不钩剔而出，省后人无限思力①。

【校注】

①此条见顾宸《辟疆园杜诗注解》七律卷五《人日》“此日此时人共得”首诗注所引。全诗为：“此日此时人共得，一谈一笑俗相看。樽前柏叶休随酒，胜里金花巧耐寒。佩剑冲星聊暂拔，匣琴流水自须弹。早春重引江湖兴，直道无忧行路难。”

246.“百年见存殁，牢落吾安放”十字悲甚①。

【校注】

①此条见《唐宋诗醇》卷十二《八哀诗·故著作郎贬台州司户荥阳郑公虔》诗评。《唐宋诗醇》引王士禛语，均作“王士正曰”。

247. 篇中“论文友”，指高适。适卒于永泰元年，此诗当在改元之后①。

【校注】

①此条见《唐宋诗醇》卷十三《赠高式颜》诗评。

248. 不言思儿女，情在言外①。

【校注】

①此条见《唐宋诗醇》卷十三《月夜》诗评。

249. 宣政等作，何共春容华藻，游赏诗乃又跌宕不羁如此，盖各有体也[①]。

【校注】

①此条见《唐宋诗醇》卷十四《曲江二首》诗评。“宣政等作”，指《宣政殿退朝晚出左掖》至《题省中壁》诸诗。

250. 颔联冠冕，颈联纤秾，此用笔之妙[①]。

【校注】

①此条见《唐宋诗醇》卷十四《送翰林张司马南海勒碑》诗评。

251. 首篇颈联，不至蜀者，不知其确[①]。

【校注】

①此条见《唐宋诗醇》卷十五《散愁二首》诗评。首篇颈联，指“蜀星阴见少，江雨夜闻多”二句。

252. 颈联十字，情事可感[①]。

【校注】

①此条见《唐宋诗醇》卷十六《戏题寄上汉中王》诗评。“颈联十字”，指“鲁卫弥尊重，徐陈略丧亡”二句。

253. 不作奇语高调，而情致圆足，遂开玉局、剑南门户①。

【校注】

①此条见《唐宋诗醇》卷十六《将赴成都草堂途中有作先寄严郑公五首》诗评。

254. 真有万夫之禀，顿挫悲壮两有之①。

【校注】

①此条见《唐宋诗醇》卷十七《滟滪》诗评。

255. 子美与浩然诗不同调，此诗可谓具眼，次篇亦具眼。公论古人，不必苟同也①。

【校注】

①此条见《唐宋诗醇》卷十七《解闷》“复忆襄阳孟浩然”首诗评。

256.（素练风霜起）五字已摄画鹰之神①。

【校注】

①此条见杨伦《杜诗镜铨》卷一《画鹰》诗所引。《杜诗镜铨》引王士禛语，均作“王阮亭云”，且多为眉批。

257.（毫发无遗憾，波澜独老成）十字尽学诗之秘①。

【校注】

①此条见《杜诗镜铨》卷二《敬赠郑谏议十韵》所引。

258. 入自叙，一句一转，脱手如弹丸[①]。

【校注】

①此条见《杜诗镜铨》卷二《投赠哥舒开府翰二十韵》所引。按："入自叙"当指"未为珠履客"句以下。

259. 胸次海阔天空[①]。

【校注】

①此条见《杜诗镜铨》卷三《去矣行》诗所引。

260. 清空如话，东坡、半山七律多祖此[①]。

【校注】

①此条见《杜诗镜铨》卷四《因许八奉寄江宁旻上人》诗所引。

261.（衡岳啼猿里，巴州鸟道边。故人俱不利，谪宦两悠然。）双起健笔凌云，唱叹而入[①]。

【校注】

①此条见《杜诗镜铨》卷六《寄岳州贾司马六丈巴州严八使君两阁老五十韵》所引。

262.（文彩承殊渥，流传必绝伦。龙舟移棹晚，兽锦夺袍新。白日来深殿，青云满后尘。）善写荣遇①。

【校注】

①此条见《杜诗镜铨》卷六《寄李十二白二十韵》所引。

263.（歇鞍在地底，始觉所历高。往来杂坐卧，人马同疲劳。）倒醒"飞仙"妙甚！叹息处正为地险添毫①。

【校注】

①此条见《杜诗镜铨》卷七《飞仙阁》诗所引。

264.本非专咏，却句句是梅，句句是和咏梅，又全不着迹，斯为大家①。

【校注】

①此条见《杜诗镜铨》卷八《和裴迪登蜀州东亭送客逢早梅相忆见寄》诗所引。

265.诗近俗套，今人大半应酬仿此①。

【校注】

①此条见《杜诗镜铨》卷八《陪李七司马皂江上观造竹桥，即日成，往来之人免冬寒入水，聊题短作，简李公》诗所引。

266.起句（元戎小队出郊坰，问柳寻花到野亭）亦庄重，亦潇洒①。

【校注】

①此条见《杜诗镜铨》卷九《严中丞枉驾见过》诗所引。

267. 一题便是《春秋》书法①。

【校注】

①此条见《杜诗镜铨》卷十《冬狩行》诗所引。

268. 写得神灵飒然，笔墨之妙①。

【校注】

①此条见《杜诗镜铨》卷十二《禹庙》诗所引。

269. 青邱专学此种①。

【校注】

①此条见《杜诗镜铨》卷十三《咏怀古迹五首》（其三）所引。

270. 起亦如苏门清啸，逌然鸾鹤之音①。

【校注】

①此条见《杜诗镜铨》卷十四《八哀诗·赠秘书监江夏李公邕》所引。

271. 元气浑沦，不可凑泊，高立云霄，纵怀身世。写洞庭只两句，雄跨今古。下只写情，方不似后人泛咏洞庭诗也①。

【校注】

①此条见《杜诗镜铨》卷十九《登岳阳楼》诗所引。

272. 何仲默诗多学子美此种①。

【校注】

①此条见《杜诗镜铨》卷十九《祠南夕望》诗所引。

273. 读七绝，此老是何等风致①。

【校注】

①此条见鲁一同《鲁通甫读书记》七绝《江畔独步寻花七绝句》下引“王阮亭云”。

附录

王文简古诗平仄论

［清］翁方纲

序

方纲序曰：诗家为古诗无弗谐平仄者。无弗谐，则无所事论已。古诗平仄之有论也，自渔洋先生始也。夫诗有家数焉，有体格焉，有音节焉。是三者常相因也，而不可泥也；相通也，而不可紊也。先生之论古诗，盖为失谐者言之也。紊亦失也，泥亦失也；紊斯理之，泥斯通之，夫言岂一端而已！言固各有当也。方纲束发学为诗，得闻先生绪论于吾邑黄詹事，因得先生所为《古诗声调谱》者。既又见江南屡有刊本，或详或略；又有所谓《诗问》《诗则》者，其论间有搘拄，亦大同小异。今见新城此刻，抑又不同，或遂疑其有赝。方纲盖尝熟复先生言诗之旨，而知其不相悖也。夫张、王、元、白之雅操，不可以例杜、韩；山谷之逆笔，不可以概欧、梅。吾恶知先生当日有所为而言之之为桓司马耶，为南宫敬叔耶！其知者则曰举一以反三也，其不知者则曰举一而废百也。今日高才嗜古者，稍有所得，辄往往讪薄先生，渐且加甚矣；其墨守先生之论者，尚知闻謦欬而爱慕之，得其片纸只词，以为拱璧。方纲若不为之剔抉原委，俾读者知其立言之所以然，其于甘辛丹素经纬浮沉之界，所关非细。故因新城学官之请而为之序如此。乾隆五十七年二月朔。

谢太傅问王子猷曰："云何七言诗？"对曰："昂昂若千里之驹，

泛泛若水中之凫。”此命名所自也。七言古自有平仄。若平韵到底者，断不可杂以律句。其要在第五字必平。如韩诗：《谒衡岳庙遂宿岳寺题门楼》（略）。第五字既平，第四字又必仄。如欧阳诗：《啼鸟》（略）。第四字第五字平仄既合，第二字可平可仄，然不如平之谐也。古人多用平。如苏诗：《武昌西山》（略）。右诗第二字用仄者，才六句耳。

方纲按：此条云：“第二字用仄者，才六句耳。”此语有误。末句“往和”，“和”字去声，非平声也。今以○记之，知非先生手稿原本也。即“卧看”，“看”字可平可仄，然此处亦作仄，非作平也。必无一连四句第二字皆平之理耳。此首凡十四韵，而对句之第二字用平者六，用仄者八，则此条所云古人多用平者，失其实矣。借使先生当日偶尔援及此诗，亦不为定论耳。

又按：此条所云第二字多用平者，指对句言耳。然对句第二字，古人初无多用平声之说。即以此卷内先生所举诸篇言之，如《衡岳庙》一首，凡十六韵，而其对句第二字用平者才三句，《石鼓》一首，凡三十三韵，而其对句第二字用平者才八句。八句之内，“其年始改称元和”句，“年”字则因上句第七字以平声另提其势，与他句不同。而末句“呜呼”，“呼”字是正收通篇，音节亦与他句不同。除此二句外，其第二字用平者，才六句耳。恶见有所谓第二字多用平者耶？盖出句第五字多用仄，是以第二字多用平也。若对句则第五、六、七字既皆多用平，而第二字又多用平，毋乃不均乎？此条必非先生之言，所不得不辨者也。

至其出句第五字多用仄，如间有用平者，则第六字多仄。如苏诗：《自金山放船至焦山》（下略）。

若换韵者，已非近体，用律句无妨。大约首尾腰腹须铢两匀称为正。如王右丞诗：《桃源行》（下略）。

又如杜诗：

丹青引赠曹将军霸

将军魏武之子孙，于今为庶为清门。英雄割据虽已矣，文彩风流犹尚存。
学书初学卫夫人，但恨无过王右军。丹青不知老将至，富贵于我如浮云。

○○●●○○

开元之中常引见，承恩数上南薰殿。凌烟功臣少颜色，将军下笔开生面。

○○●●○○●　○●●○○●

良相头上进贤冠，猛将腰间大羽箭。褒公鄂公毛发动，英姿飒爽来酣战。

○○●●○○●

先帝天马玉花骢，画工如山貌不同。是日牵来赤墀下，迥立阊阖生长风。
诏谓将军拂绢素，意匠惨澹经营中。斯须九重真龙出，一洗万古凡马空。
玉花却在御榻上，榻上庭前屹相向。至尊含笑催赐金，圉人太仆皆惆怅。
弟子韩幹早入室，亦能画马穷殊相。幹惟画肉不画骨，忍使骅骝气凋丧！

●○●●○○●

将军画善盖有神，必逢佳士亦写真。即今飘泊干戈际，屡貌寻常行路人。
途穷反遭俗眼白，世上未有如公贫。但看古来盛名下，终日坎壈缠其身。

方纲按：此篇凡五段，中间虽亦有一二句近似粘联者，然如此气势充盛之大篇，古今七言诗第一压卷之作，岂复可以寻常粘调目之？直谓通首不粘可矣。

以愚意：若以换韵铢两匀称言之，则此篇五段，每段八句，似亦可以拈出作式，然第以换韵作式，则终觉昆仑、洞庭，元气混茫，遽以位置于盆山溪沼之间，愚窃未敢也。

又如苏诗：《往富阳新城李节推先行三日留风水洞见待》（略）。

右诗换韵皆极匀称，亦有不尽然者。如杜诗：

元都坛歌

故人昔隐东蒙峰，已佩含景苍精龙。故人今居子午谷，独在阴崖结茅屋。
屋前太古元都坛，青石漠漠常风寒。子规夜啼山竹裂，王母昼下云旗翻。

知君此计成长往，芝草琅玕日应长。铁锁高垂不可攀，致身福地何萧爽！

○○●●○○●　　　●●○○●●○　●○●●○○●

高都护骢马行

安西都护胡青骢，声价欻然来向东。此马临阵久无敌，与人一心成大功。功成惠养随所致，飘飘远自流沙至。雄姿未受伏枥恩，猛气犹思战场利。

○○●●○○●

腕促蹄高如踣铁，交河几蹴曾冰裂。五花散作云满身，万里方看汗流血。

○○●●○○●

长安壮儿不敢骑，走过掣电倾城知。青丝络头为君老，何由却出横门道！

○○●●○○●

方纲按：以上二首皆换韵之正格，不知何以又于匀称之外分别观也。恐非先生定论。

石犀行

君不见秦时蜀太守，刻石立作三犀牛。自古虽有厌胜法，天生江水向东流。蜀人矜夸一千载，泛溢不近张仪楼。今年灌口损户口，此事或恐为神羞。终藉堤防出众力，高拥木石当清秋。先王作法皆正道，诡怪何得参人谋？嗟尔三犀不经济，缺讹只与长川逝。但见元气常调和，自免洪涛恣凋瘵。

●○●●○○●

安得壮士提天纲，再平水土犀奔茫。

方纲按：此篇凡三换韵，前六韵十二句，中二韵四句，末二韵二句，似乎多寡参差矣？然合拍吟之，只是以四句收束十二句，以二句收束四句，此理易明，绝非参差也。

又如苏诗：《吴中田妇叹》（略）。

方纲按：此篇前一韵凡七韵十四句，后一韵凡二韵二句。（“苦”与“妇”不同部，苏、黄诸家古诗往往如此，非正也，此又当别论。）而其前韵于第十一句插入一韵，以振其势，此则一韵中随手之变，其法与杜《石犀行》之中间换韵处相似而不同，要其以音节为顿挫则一也，亦是正格，不得以参差异之。

《武昌铜剑歌》（略）。

方纲按：此篇换韵之格，乍看似参差，而实整齐之至也。末一韵多一长句，故第一韵少二句，以蓄其势，第五句六句仍顺承三四句之韵，则中间仍是四句一韵，前后伸缩，音节天然，岂得以参差异之？

右换韵多寡不一，虽是古法，不可为常也。

方纲按：以上于换韵匀称之外，又举杜诗三首，苏诗二首。其杜诗前二首仍与换韵匀称者无异，不必言矣，其杜诗后一首及苏诗二首，则皆变而不离于正，细论之亦元非变耳。右军之书势似欹而反正，焉有笔笔必取匀整以为正格者哉？乃此刻本载先生手记，于后三诗止圈记其似律之二语，亦于换韵之法无所关系。盖此本直是先生当日偶对门弟子匆匆语次，以笔粗记一二之大略，又未知当日语次，口讲指画，更有何等微妙之谈？今但存此手记之迹，后人遂以为先生之定论而刊之，以印定学人眼目，其去刻舟胶柱者几何矣？此方纲所以不得不详辨也。

此刻诸诗内先生手圈处，亦尚有偶然随笔略记一二而未及合前后审定者，今既因其为先生手迹而具仍之，故附述于此。

又有长短句者，唐惟李太白多有之，然不必学。如：《蜀道难》（略）。

效之而无其才，洵难免沧溟英雄欺人之诮。

方纲按：渔洋先生答郎梅溪问云："七言长短句，惟李太白多有之，沧溟谓其英雄欺人是也。或有句杂骚体者，总不必学，乃为大雅。"今此本则云效之而无其才，难免斯诮，语较平允矣。然先生五七言诗抄，于太白此等篇，皆已入选，则此云不必学者，究非定论也。

方纲按：古诗平仄是无一定而实有至定者。既经元、明以来，为古体者，间有出入失谐之弊，今若不加剖说，则外间竟以为古诗不论平仄矣。相传渔洋先生论古诗平仄之书，盖出于赵秋谷传写本，而此则先生裔孙新城县学生王允熙出其家藏一册刊行，云是先生原稿，与秋谷所传不同。秋谷之本，久已行于南北，此刻乍见必有疑者，况其中亦实有先生未定之论。方纲细加审订，此本实在秋谷本之上，其为先生的笔无疑。是以不得不稍加辨析，具列如右。壬子九月二十五日记于小石帆亭。

《杜甫诗话校注五种》序

忠纲同志随萧涤非先生校注杜甫全集多年，博览群书，学识精进。业余勤勉，复校注《诸家老杜诗评》《杜工部草堂诗话》《杜工部诗话》《养一斋李杜诗话》《续杜工部诗话》五种，都为一集，将付梓，命余作序。余粗读一过，喜其搜集赅备，校注精审，故不揣谫陋，谨书数语，聊表赞叹之意耳。

古今注杜，号称千家。注中间亦有评，而专为老杜作诗评、诗话者鲜见，有亦不易尽得。今忠纲精择善本以各本互校，探明诸家生平事迹，简介版本流传概况，厘正前人征引、考订之失，注释允当多创获，此足见为力之勤与作惠学林之深矣。

子美《解闷十二首》其七云："陶冶性灵存底物，新诗改罢自长吟。孰知二谢将能事，颇学阴何苦用心。"又《偶题》云："文章千古事，得失寸心知。"老杜吟诗苦用心，诗成复自知其得失，能如是，无怪乎其诗冠古也。虽然，其用心之得失未及言，亦不须言。后之读杜者，或知人论世，或揣度文心，或印证掌故，或偶然顿悟，各有所见，各言所得，此诸家老杜诗评、诗话之所由作也。诸说未必尽得作者之用心，而见仁见智，启迪实多，此即其价值之所在。忠纲编注是书，功亦在其中矣。是为序。

陈贻焮

一九八七年一月十五日深夜于镜春园

渔洋论杜

张忠纲

王渔洋（士禛）对杜甫的评论和态度，300 年来，一直是文学批评史上的一桩公案。而在这场笔墨官司中，许多评论者或因囿于门户之见，或因对王渔洋自己的全部言论未作全面深入的考察和研究，以偏概全，甚至攻其一点不及其余，致使这位渔洋山人一直处于败诉的地位，似乎已经形成了这种“定论”：作为“神韵说”倡导者的王渔洋是不喜欢杜甫的，他对杜甫是贬低的，甚至是诋毁的。新中国成立以来出版的几种中国文学批评史，也有持这种看法的。这种看法符合实际吗？我在遍检渔洋论著和他人所引渔洋有关言论之后，去其重复，共辑得渔洋专论和涉及杜甫的言论 230 余条，初步得出的结论是：上述看法是片面的，是不符合渔洋论杜的实际情况的；渔洋对杜甫是推崇的，肯定的；他对杜甫的批评虽有偏颇，但不都是没有道理的。

一

“渔洋不喜杜甫。”在这场官司中，首先对渔洋起诉的，是他的甥婿赵执信。赵氏在《谈龙录》里说：“阮翁酷不喜少陵，特不敢显攻之，每举杨大年‘村夫子’之目以语客。”继赵执信之后的有袁枚，他在《随园诗话》中说：“要知唐之李、杜、元、白，俱非阮亭所喜，因其名太高，未便诋毁；于少陵亦时有微词，况元、白乎？”关于赵、王的交恶，众说不一，本文不拟深入探讨，根本的问题在于：赵对王的指责究竟有多少根据？口说无凭，当以言论为证。渔洋《香祖笔记》有一条云："祝允明作《罪知录》，论唐诗人，尊太白为冠；而力斥子美，谓其以村野为苍古，椎鲁为典雅，粗犷为豪雄。而总评之曰：'外道。'李则《凤凰台》一篇，亦推绝唱。狂悖至于如此，醉人骂坐，令人掩耳不欲闻。"看来渔洋对祝允明的"力斥子美"颇恨恨不平，不禁义形于色。渔洋崇拜者张宗柟在这段话后加按语说："观集中所论，其推少陵至矣。如此条指斥京兆，殆无余地。宫赞云云（按：指赵执信"阮翁酷不喜少陵"一段话），或者有为言之尔。"（《带经堂诗话》卷二《评驳类》，以下多引该书，皆不注书名，只标卷目）所为者何？张宗柟语焉不详。但我们从赵执信的《题大木所寄〈晴川集〉后》诗可以窥得一点消息，诗中云："巨手有力惜不用，蚕丛路塞谁开张。渔洋诗翁老于事，一一狎视海鸟翔。赏拔题品什六七，时放瓦釜参宫商。苏门上客虽旅进，未许与子为秦黄。"看来，除个人私怨外，宗派门户之见恐怕也是赵、王交恶的一个重要原因。对王颇为不满而对赵甚是钦佩的袁枚说："相传所著《谈龙录》痛诋阮亭，余索观之，亦无甚牴牾。"（《随园诗话》卷五）因此，我们是不好把赵执信抨击王渔洋的话当作立论的根据的。

论者谓渔洋不喜杜甫的论据之二，是他选《唐贤三昧集》而不选李、杜。对此，王渔洋解释说："录其尤隽永超诣者，自王右丞而下四十二人，为《唐贤三昧集》，厘为三卷。不录李、杜二公者，仿王介甫《百家》例也。张曲江开盛唐之始，韦苏州殿盛唐之终，皆不录者，已入予《五言选》诗，故不重出也。"（卷四《纂辑类》第三条引《渔洋文》）当然，对王安石的《唐百家诗选》，渔洋也是深致不满的："余按其去取多不可晓者。如李、杜、韩三大家不入选，尚自有说，然沈、宋、陈子昂、张曲江、王右丞、韦苏州、刘昚虚、刘文房、柳子厚、刘梦得、孟东野概不入选，下及元、白、温、李诸家不存一字；而高、岑、皇甫冉、王建数子，每人所录，几余百篇。介甫自序谓'欲观唐诗者，观此足矣'，然乎否耶？世谓介甫不近人情，于此可见。"（卷四《纂辑类》第九条引《香祖笔记》）看来王渔洋的话是自相矛盾的。翁方纲正是抓住了这个矛盾，加以揭露说："渔洋选《唐贤三昧集》，不录李、杜，自云仿王介甫《百家诗选》之例，此言非也。先生平日极不喜介甫《百家诗选》，以为好恶拂人之性，焉有仿其例之理？以愚窃窥之，盖先生之意，有难以语人者，故不得已为此托词云尔。先生于唐贤独推右丞、少伯以下诸家得三昧之旨。盖专以冲和淡远为主，不欲以雄鸷奥博为宗。若选李、杜而不取其雄鸷奥博之作可乎？吾窥先生之意，固不得以李、杜为诗家正轨也；而其沈思独往者，则独在冲和淡远一派，此固右丞之支裔，而非李、杜之嗣音矣。"（《七言诗三昧举隅·丹青引》条）其实，翁方纲的话也是前后矛盾的。他在《七言诗三昧举隅·陇头吟》条中就又说："平实叙事者，三昧也；空际振奇者，亦三昧也；浑涵汪茫千汇万状者，亦三昧也，此乃谓之万法归原也。若必专举寂寥冲淡者以为三昧，则何万法之有哉？渔洋之识力，无所不包；渔洋之心眼，抑别有在？"在同书《李翰林金陵城西楼月下吟》条也说："太白诗无一首不可作三昧观。""渔洋极不喜人作骚体，然如太白之《远别离》《梦游天姥吟》亦未尝不取之。此亦见先生之不滞于一见也。"但翁方纲的自相矛盾，要而言之，前论近于刻薄，后论近似公允。王安石《唐百家诗选》之得失，姑且不论；而渔洋之选《唐贤三昧集》，虽有偏颇，但其自我解释还是可信的。"不重出"就是很令人信服的理由。因为渔洋于《唐贤三昧集》外，还有《古诗选》，五言古诗于唐只选五家：陈子昂、张九龄、李白、韦应物、柳宗元。七言古诗李、杜皆入选，而杜诗多达68首。如果说，渔洋只是崇尚冲和淡远之作，韦应物诗何尝不冲和淡远，而《唐贤三昧集》为何不选？《三昧集》中所选王维的《夷门歌》《陇头吟》《老将行》《观猎》《使至塞上》，孟浩然的《望洞庭湖赠张丞相》，王昌龄的《从军行》《出塞》等边塞诗，元结的《贼退示官吏》，等等，又何尝冲和淡远呢？如果说，渔洋只是推崇右丞、少伯之作，而贬抑李、杜，为何《古诗选》中王维只选7首，王昌龄只选2首，反而大大少于李、杜呢？孟浩然诗又何尝不冲和淡远，为何《古诗选》中一首不选呢？《古诗选》中所选杜甫之七言歌行如《兵车行》《醉时歌》《丽人行》《悲陈陶》《悲青坂》《哀江头》《乾元中寓居同谷县作歌七首》《楠树为风雨所拔叹》《茅屋为秋风所破歌》《丹青引》《古柏行》《观公孙大娘弟子舞剑器行》等等，沉郁雄放，悲慨淋漓，又何尝冲和淡远呢？翁方纲说得好："渔洋于唐贤撰《三昧集》矣。其为《五七言诗抄》则皆三昧也；皆三昧，则皆举隅也，奚又择诸？"（《七言诗三昧举隅》）还是翁氏说得有理："盖昔之推渔洋者太过，而今之讥渔洋者又太甚；二者相权，则无宁过推之矣。其过推者，盖由未识渔洋心眼造微处，故称引徒博而不衷于所安；其实渔洋固未尝必以李、杜自任也，昨以《三昧集》不录韦、柳，而五言不抄王、孟，欲观齐、鲁士人所得，乃竟有援赵秋谷语疑渔洋之选未当者，此则大不可也。……愚固尝极言《三昧》不录李、杜之故矣，此余所不敢质言者也。然而杜之神理，亦唯渔洋能识之。……而秋谷第援冯氏以为辞者，岂非矜气之过乎？……其仅执选本以为学先生，与夫执一端以议先生者，厥失均也。"（《渔洋诗髓论》）平心而论，《唐贤三昧集》，选诚有偏也，《古诗选》，选亦有偏也；然合其《唐人万首绝句选》《十种唐诗选》而观之，殆获全璧矣。渔洋何尝独赏王、孟，又何尝专抑李、杜，他所最欣赏的乃是"古澹闲远中沈著痛快"之诗也。他在《蚕尾文》中说："沈著痛快，非惟李、杜、昌黎有之，乃陶、谢、王、孟而下莫不有之。"林昌彝说得好："阮亭诗用力最深，诸体多入汉、魏、唐、宋、金、元人之室，七绝情韵深婉，在刘宾客、李庶子之间，其丰神之蕴藉，神味之渊永，不得谓之薄，所病者微多妆饰耳。若谓阮亭诗不喜纵横驰骤者为之薄，阮亭岂不能纵横驰骤乎？简斋之论，阮亭有所不受。"（《射鹰楼诗话》卷七）所以郭绍虞先生说："他（指王渔洋）便想于神韵风调之中内含雄浑豪健之力，于雄浑豪健之中别具神韵风调之致，这才是他理想的诗境，这才是所谓神韵的标准。”（《中国文学批评史》六十八节《从王夫之到王士禛》）这种评论是中肯的、公允的。

二

王渔洋并未无端贬抑杜甫，观其论杜的230余条言论，有评论杜诗思想内容的，有分析杜诗艺术技巧的，有考证杜诗版本、人事、字句、音韵、名物制度的，有演述杜诗源流继承关系的，有记载杜甫行踪遗迹和轶闻逸事的，有批评杜甫之缺失的，抉幽显微，摘瑕辨伪，范围是很广泛的。总的看来，渔洋对杜甫是推崇仰慕的，评价是很高的。他说：“每思高、岑、杜辈同登慈恩塔，高、李、杜辈同登吹台，一时大敌，旗鼓相当，恨不厕身其间，为执鞭弭之役。”（卷二《推较类》第三条引《池北偶谈》）可谓仰慕之至。在《古诗选·七言诗凡例》中，他说：“诗至工部，集古今之大成，百代而下无异词者。七言大篇，尤为前所未有，后所莫及。盖天地元气之奥，至杜而始发之。今别于盛唐诸家，抄杜诗一卷。”在《居易录》中，他引门人汪洪度的话极赞杜甫：“纵观载籍，由汉魏以迄于今，大而塞乎无垠，细而入乎无间，集古今之大成，敻万象而独出者，莫先杜陵，尊之曰圣，诚莫与京矣。”推崇备至，可谓无以复加，夫何贬抑之有？正因杜甫为诗家之集大成，故后世有成就的诗人多学少陵，王渔洋认为：“退之得杜神，子瞻得杜气，鲁直得杜意，献吉得杜体，郑继之得杜骨，它如李义山、陈无己、陆务观、袁海叟辈又其次也，陈简斋最下。”（卷一《源流类》第四条引《池北偶谈》）渔洋此论当然大可商榷，但可见出他对杜甫的推崇。

渔洋论杜，并不只是着重于杜诗的艺术技巧，正因为王渔洋有着浓厚的封建正统思想，所以他首先看重的还是杜诗的思想内容。他说：“盖文章以气为主，气以诚为主，故老杜谓之‘诗史’者，其大过人在诚实耳。”（卷一《品藻类》第十二条引《香祖笔记》）如果说论杜只标出“诚实”二字，尚嫌抽象，那么以下论述则是比较具体了：“独是工部之诗，纯以忠君爱国为气骨。故形之篇章，感时纪事，则人尊诗史之称；冠古轶今，则人有大成之号；不有拟古浮辞，而风谣俱归乐府；不有淫佚艳靡，而赠答悉本风人。故登吹台于梁、宋，则支离东北风尘；栖江阁于夔州，则漂泊西南天地。故浑脱浏漓，只如其自道，顿挫独出，能此者几人？诸体擅场，绝句不妨稍绌，吾亦不能妄叹者。”（《师友诗传录》）他赞赏的是杜甫能“以雄辞直写时事，以创格而纾鸿文”，对杜诗的“高浑典厚，苍凉悲壮”（《师友诗传录》），他赞不绝口，何尝只赏冲和淡远？“草堂乐府擅惊奇，杜老哀时托兴微。”（《戏仿元遗山论诗绝句三十二首》）“老作诸侯客，心依供奉班”，“弟妹干戈里，朝廷涕泪中”，“太息隆中业，平生庾信情”（俱见《瀼西谒少陵先生祠五首》）。这些诗句都是着眼于杜诗忧国忧民、感时伤世的思想内容而发的。所以渔洋认为“乱离行役，铺张叙述宜老杜”（卷一《体制类》第十九条引《池北偶谈》），“铺叙感慨，当学杜子美《北征》等篇”（《师友诗传续录》）。至于杜甫的山水之作，他认为已是“搜抉灵奥，可谓至矣”（卷一《品藻类》第二条引《古夫子亭杂录》）。对杜甫的题画诗，他更认为“子美创始之功伟矣”，极力称誉杜甫的画松、画马、画鹰、画山水诸诗，已臻“搜奇抉奥，笔补造化”的境地，而认为此后宋代苏轼、黄庭坚，元代虞集，明代刘槎翁、李西涯、沈石田、李空同、何大复等人的题画之作，“皆拟少陵”，可见杜诗影响之深远（俱见卷二十二《书画类上》第二十四条引《蚕尾文》）。

杜甫是集大成的诗人，他的诗，诸体皆备。而对杜甫的各体诗，王渔洋认为，除了绝句“稍绌”以外，可以说是“诸体擅场”的。唐人七律，他封“杜工部为大家”（《师友诗传录》），极力赞扬杜七律诗为

"十分满者""古今亦罕"（卷一《体制类》第二十四条引《居易录》），而杜甫的拗体律诗，也是"苍茫历落中自成音节"（同上第二十五条引《分甘余话》）。对杜五律诗，渔洋论述较少，但他认为杜甫于五律工于发端，承接得势，誉其为"转石万仞手"（卷三《真诀类》第九条引《分甘余话》）。称赞"《洞房》《宿昔》诸篇，俯仰盛衰，自是子美绝作"（引自翁方纲《石洲诗话》卷六）。渔洋虽然认为杜甫绝句"稍绌"，但在《唐人万首绝句选》中，仍选入杜诗七绝12首，反多于王、孟、韦应物等人。对于五言古诗，渔洋称"杜甫沉郁，多出变调"，尊之为"大匠"（卷一《品藻类》第十条引《居易录》）。要知"变调"并不是贬词。王渔洋认为，诗歌是应该随着时代的变化而变化的，他引公鼐语云："古乐之不可复久矣，后人之不能汉魏，犹汉魏之不能风雅，势使然也。……岂以古今同异为病哉！后世文士如李太白，则沿其目而革其词，杜子美、白乐天之伦，则创为意而不袭其目，皆卓然作者，后世有述焉。"（卷一《体制类》第十一条引《池北偶谈》）所以他称赞李、杜、白诸人"皆有冠古之才，不沿齐梁，不袭汉魏，因事立题，号称乐府之变"（同上第十二条引《蚕尾续文》）。而"杜之'新婚'、'无家'诸别，'石壕'、'新安'诸吏，《哀江头》《兵车行》诸篇，皆乐府之变也。……则乐府宁为其变，而不可以字句比拟也亦明矣"（《师友诗传录》）。故"唐人乐府，唯有太白《蜀道难》《乌夜啼》，子美《无家别》《垂老别》以及元、白、张、王诸作，不袭前人乐府之貌，而能得其神者，乃真乐府也"（《然镫记闻》）。可以说，王渔洋对杜甫创立的"即事名篇"的新乐府是作了充分肯定的。渔洋对杜甫评价最高的，就是他的七言古诗。他说："七言古若李太白、杜子美、韩退之三家，横绝万古。"（《师友诗传录》）又说："七言歌行，至子美、子瞻二公，无以加矣。"（《渔洋诗话》）又进而说："七言古诗，诸公一调。唯杜甫横绝古今，同时大匠，无敢抗行。"（卷一《品藻类》第十三条引《居易录》）所以他把杜甫的七言古诗作为“千古标准”（《古诗选·七言诗凡例》）。这真是唯杜独尊，馨香祷祝，佩服得五体投地了，而所谓“渔洋不喜少陵”云云，竟是从何说起呢？

不错，渔洋崇尚“神韵”，而“神韵”和千古传诵的杜诗难道是水火不相容吗？杜诗又何尝不在“神韵”的笼罩之内。“神韵说”自有它的局限性和消极面，但它在当时还是有一定的积极作用。关于“神韵说”的评价，不是本文论述的内容，姑且从略。但无论如何不能把杜诗排斥于“神韵”之外，好像渔洋倡导“神韵说”，就必然不喜杜甫，就必然痛诋杜诗，其实，杜诗何尝不“神”，又何尝不“韵”呢？至于渔洋本人的创作实践，特别是他后期的创作脱离现实，产生了一定的消极影响，但无论如何不能说他只是崇尚冲和淡远的。王渔洋不仅在言论上对杜诗是推崇的，就是在创作上也是深受杜甫的影响。他的诗，特别是前期，有不少富有社会现实意义的作品，在一定程度上揭露了当时社会的不合理现实，反映了人民的疾苦，如《复雨》《蚕词四首》《山蚕词》《蚕租行》《春不雨》《秦邮曲二首》等作皆是，所以钱谦益说他“感时之作，恻怆于杜陵”（《渔洋山人精华录》所附钱序）。董钱法则说他“全体学杜，而熔化诸家”（《分甘余话》卷四）。有人更把王渔洋比作杜甫、韩愈，称赞他开一代诗风。他的一些律诗和长古，沉雄俊爽，几近于杜诗。可见，渔洋之推崇杜甫，不是在做表面文章的。

三

王渔洋对杜甫当然不只是推崇，自然还有批评，但他批评杜甫的言论，只不过占其论杜言论的十分之一。问题的关键，并不在于王渔洋是不是批评了杜甫，而在于他批评得对不对；如果对，自然不能说是“诋毁”。杜甫是伟大的，长期以来，他人被尊为“诗圣”，诗被誉为“诗史”，我们更称他为伟大的现实主义诗人。这些评价，对杜甫来说，自然是当之无愧的。因此，在有些人看来，杜甫是不能批评的，这是一种不正常的现象。我认为，王渔洋对杜甫的批评有些是对的，有些是偏颇的，甚至是意气用事的。譬如，他说："何逊诗：'薄云岩际出，初月波中上。'佳句也。杜甫偷其语，止改四字，云：'薄云岩际宿，孤月浪中翻。'便有伧气。论者乃谓青出于蓝，瞽人道黑白，聋者辨宫徵，可笑也。"（卷二《推较类》第一条引《居易录》）渔洋批评的不是没有道理的。后人袭用前人诗句，或只改易数字，认真说来，是算不上创造的。古人往往从书本中讨生活，这是他们的局限，是不值得赞扬的。黄庭坚津津乐道的"点铁成金"法，正是他学杜不成走入歧途的表现。就拿这两句诗来说：当是何胜于杜，即使仁者见仁，智者见智，认为杜句稍胜，那"创造发明权"也是属于何逊的。而像仇兆鳌在《杜诗详注》中夸赞的那样："此用前人成句，只转换一二字间，便觉点睛欲飞。"这"点睛欲飞"，还不是"点铁成金"？实在是揄扬失实的。再如《八哀诗》，渔洋深致不满，多次痛加批评，如斥其"最冗杂不成章，亦多啽呓语"（卷二《摘瑕类》第一条引《渔洋诗话》），"钝滞冗长，绝少剪裁"（同上引《居易录》）。而摘其累句，竟有28句之多。当然，对于《八哀诗》，历来毁誉不一，誉之者谓为"创格"，可以"表里雅颂"，赞其"部署森严，纯似班史"；毁之者如叶梦得、刘克庄等，则指其"多芜辞累句""未免伤烦伤泛""本非集中高作"。今而观之，在杜诗中，《八哀诗》诚非上乘，遣词用字，确有晦涩艰深之弊。渔洋所摘累句，虽非尽当，但多是中肯的。对此，翁方纲说得很是中肯："杜诗固不因渔洋之摘累句而稍有损，即渔洋之论诗，亦岂以其摘杜累句而有损乎？况愚所见渔洋评杜之真本，其所圈识，尤关精微之诣。"（《石洲诗话》卷六《渔洋评杜摘记》）但渔洋评杜，摘瑕索瘢，亦时有失当之处，如他评杜诗《游何将军山林十首》中的名句"红绽雨肥梅"为"俗句"，斥《江头五咏》为"语多可笑，亦不成章"之类，则失之于苛，这大概是他崇尚神韵所产生的流弊。这里需要特别指出的是，世人之所以会有渔洋不喜杜诗的看法，可能和渔洋评杜与其兄西樵（士禄）评杜语多相混有些关系。世所传卢坤所辑五家评本《杜工部集》，集王世贞、王慎中、宋荦、邵长蘅、王渔洋五家评语，而以五色套印，渔洋评语系用朱墨笔，但不纯为渔洋所评，其间有标以“西樵曰”者，显系其兄评语，而未标出者，经仔细检核，也多为西樵评语。西樵评杜，多所指责，倒真是大有“不喜少陵”之嫌。其实，对于渔洋和西樵评杜语多相混一事，卢坤之前，翁方纲早就详加考核辨证。鉴于世间所传渔洋杜诗评本，“多杂以伪作”，所以他在《石洲诗活》中，特专辟一卷为“渔洋评杜摘记”，逐条加以核实，并特别指出，“渔洋幼学诗于西樵，或有传录踵讹者，尚不止此。今姑就张刻记出。其西樵评本，直抹杜诗处极多，不能悉举正矣。学者勿惑焉。”翁方纲为渔洋再传弟子，他的考证当是可信的。仅举一例，即可为证。如杜甫《玉华宫》诗，评语曰：“后亦弩末，竟删四句更警。”翁方纲断定：“按西樵评，其谬至此！”翁氏的断语是有根据的，因为王渔洋评此诗为“千古绝唱”（卷十四《遗迹类下》第三十条引《古夫于亭杂录》）。渔洋当不会自相矛盾如此。因而我们对渔洋和西樵的评杜批语，应该慎加区别，不可因兄及弟，混同视之。

渔洋对杜诗的批评，多在字句、韵味方面，至于他对杜甫人格的抨击，据我见闻所及，值得一提的，似乎只有下列一条：“杜甫《进封西岳赋表》有云：‘维岳授陛下元弼，克生司空。’按《旧书》纪天宝九载正月，群臣请封西岳，从之；二月辛亥，西岳庙灾，制停封；二月，右相杨国忠守司空，天雨黄土，沾于朝服。杜所谓元弼、司空，谓国忠也。国忠以椒房进，夤缘三公，天下知其非据，而甫独引《大雅》甫、申之词以谀之，可谓无耻。他日作《丽人行》又云‘慎莫近前丞相嗔’，乃自为矛盾。杜固诗史，其人品未可知，顾自许稷契亦妄矣！”（卷二十四《裁正类》第五条引《池北偶谈》）骂杜“无耻”，可谓愤慨之极。关于杜甫表中“元弼”“司空’之语，是否即指杨国忠，历来说法不一，但核以史实，似乎可以断定是指杨国忠说的。《旧唐书·玄宗纪》载：天宝十三载二月，“戊寅，右相兼文部尚书杨国忠守司空，余如故。甲申，司空杨国忠受册，天雨黄土，沾于朝服。”《唐会要》卷二十六《册让》条载：“自开元已来，册礼久废。唯天宝末，册杨国忠为司空。”渔洋所考，与史实稍有出入。但这无关紧要，关键是他对此事所持的态度。应该说，渔洋对杜的抨击，不是毫无道理的。杜甫困守长安时期，为求功名，尝事干谒，他曾献诗于鲜于仲通、张垍、韦济、哥舒翰等人，希冀得到他们的奖掖识拔，自然不能不说一些阿谀奉承的话。杨国忠是玄宗的宠臣，又是杨贵妃的从兄，权倾朝野，炙手可热，杜甫在给玄宗的上表中，自然不能不有所顾忌，这也是不必为贤者讳的。渔洋对此表示愤慨，亦是可以理解的。但据此而痛斥杜甫“无耻”，则又未免太过。要知道，王渔洋的封建正统思想是很深的，有时是很偏激的，观其痛骂王安石为“大奸”，即知此老有时也是过激得可怕的。其实，他在康熙皇帝面前，又何尝不是奴颜婢膝呢？张宗柟曾为其打圆场：“窃谓山人此条时事简核，特訾议稍过，亦缘视杜公身分太高耳。”（卷二十四《裁正类》第五条附识）我们既不必为大诗人杜甫曲为讳饰，也不必因渔洋痛斥诗圣，即执此一端，而遂定其为反杜甫派。总的看来，王渔洋对杜甫还是推崇的，肯定的，他的一些批评，也是有道理的，虽然有时不免失之偏颇。对于王渔洋与杜甫关系上笼罩的迷雾，是应该根据实事求是的原则加以澄清的。

（原载《文学评论》1987 年第 4 期）

主要引用书目

书名	编撰者	版本
宋本杜工部集	宋　王洙编	上海商务印书馆影印本
门类增广十注杜工部诗		宋刻残本
新定杜工部古诗近体诗先后并解	宋　赵次公撰	明抄本
杜诗赵次公先后解辑校	林继中辑校	上海古籍出版社排印本
王状元集百家注编年杜陵诗史		江苏广陵古籍刻印社影宋本
草堂先生杜工部诗集		宋刻残本
九家集注杜诗	宋　郭知达撰	《杜诗引得》本
新刊校定集注杜诗	宋　郭知达撰	中华书局影宋本
分门集注杜工部诗		台湾大通书局《杜诗丛刊》影宋本
杜工部草堂诗笺	宋　蔡梦弼撰	古逸丛书本
黄氏补千家集注杜工部诗史	黄希、黄鹤补注	宋刻本　元刊本
集千家注分类杜工部诗	徐居仁编次	《杜诗丛刊》影元本

集千家注批点杜工部诗集	刘辰翁批点	《杜诗丛刊》本
杜律演义	元　张性撰	台湾大通书局《杜诗丛刊》本
杜工部诗通	明　张綖撰	台湾大通书局《杜诗丛刊》本
杜律选注	明　范濂撰	明万历书林种德堂熊冲宇刻本
批选杜工部诗	明　郝敬撰	明天启六年山草堂刻本
杜臆	明　王嗣奭撰	上海古籍出版社排印本
杜诗胥钞余论	清　卢世漼撰	明崇祯七年刻本
钱注杜诗	清　钱谦益笺注	上海古籍出版社排印本
杜工部诗集辑注	清　朱鹤龄撰	清康熙间叶永茹刻本
辟疆园杜诗注解	清　顾宸撰	清康熙癸卯吴门书林刊本
杜诗会粹	清　张远撰	清康熙有文堂刻本
杜律诗话	清　陈廷敬撰	午亭文编本
杜诗说	清　黄生撰	清康熙三十五年一木堂刻本
杜诗提要	清　吴瞻泰撰	台湾大通书局《杜诗丛刊》本
杜诗详注	清　仇兆鳌撰	中华书局排印本
杜诗镜铨	清　杨伦撰	上海古籍出版社 1980 年版

鲁通甫读书记　　清　鲁一同撰　抄本

读杜札记　　郭曾炘撰　上海古籍出版社排印本

论语　　中华书局《十三经注疏》本

孟子　　中华书局《十三经注疏》本

诗经　　中华书局《十三经注疏》本

尚书　　中华书局《十三经注疏》本

尚书大传　　文渊阁四库全书影印本

礼记　　中华书局《十三经注疏》本

尔雅　　中华书局《十三经注疏》本

庄子　　中华书局《诸子集成》本

孙子　　中华书局《诸子集成》本

韩非子　　中华书局《诸子集成》本

荀子　　中华书局《诸子集成》本

孔子家语　　三秦出版社张涛注译本

孔丛子　　文渊阁四库全书影印本

左传　　中华书局《十三经注疏》本

春秋公羊传　　中华书局《十三经注疏》本

战国策　　上海古籍出版社排印本

逸周书　　文渊阁四库全书影印本

吴越春秋　　文渊阁四库全书影印本

史记		中华书局校点本
汉书		中华书局校点本
后汉书		中华书局校点本
三国志		中华书局校点本
晋书		中华书局校点本
王隐晋书		九家旧晋书辑本
北史		中华书局校点本
南史		中华书局校点本
宋书		中华书局校点本
北齐书		中华书局校点本
南齐书		中华书局校点本
梁书		中华书局校点本
旧唐书		中华书局校点本
新唐书		中华书局校点本
唐六典	唐　李林甫等撰	中华书局陈仲夫点校本
唐会要	宋　王溥撰	中华书局排印本
资治通鉴	宋　司马光撰	中华书局校点本
通志	宋　郑樵撰	商务印书馆景印本
宋史		中华书局校点本
宋会要辑稿	清　徐松辑	中华书局影印本
元史		中华书局校点本

明史		中华书局校点本
清史稿		中华书局校点本
全上古三代秦汉三国六朝文	清　严可均辑校	中华书局影印本
楚辞补注		中华书局重印本
先秦汉魏晋南北朝诗	逯钦立辑	中华书局排印本
乐府诗集	宋　郭茂倩撰	中华书局排印本
文选	梁　萧统编 唐　李善注	上海古籍出版社排印本
六臣注文选		中华书局影印本
玉台新咏	南朝陈　徐陵编	中华书局《玉台新咏》笺注本
艺文类聚	唐　欧阳询撰	上海古籍出版重印本
唐诗纪事	宋　计有功撰	上海古籍出版社排印本
文苑英华	宋　李昉等编	中华书局影印本
太平御览	宋　李昉等编	中华书局影印本
太平广记	宋　李昉等编	上海古籍出版社影印本
事文类聚	宋　祝穆撰	文渊阁四库全书影印本
三体唐诗	宋　周弼编	文渊阁四库全书影印本
成都文类	宋　程遇孙等辑	文渊阁四库全书影印本
月泉吟社诗	宋　吴渭编	文渊阁四库全书影印本

中州集	金　元好问编	中华书局排印本
瀛奎律髓汇评	李庆甲集评校点	上海古籍出版社排印本
谷音	元　杜本辑	文渊阁四库全书影印本
唐诗归	明　钟惺撰	明万历古郡方氏刻本
唐诗品汇	明　高棅编选	上海古籍出版社影印本
唐音癸签	明　胡震亨撰	上海古籍出版社排印本
列朝诗集小传	清　钱谦益撰	上海古籍出版社排印本
古诗选	清　王士禛选	《四部备要》本
唐贤三昧集	清　王士禛辑	文渊阁四库全书影印本
唐诗别裁集	清　沈德潜编	上海古籍出版社校点本
古文苑		四部丛刊影宋本
全唐诗	清　彭定求等编	中华书局排印本
全唐文	清　董诰等编	中华书局影印本
宋诗纪事	清　厉鹗辑撰	上海古籍出版社排印本
元诗纪事	陈衍辑撰	上海古籍出版社校点本
元诗选	清　顾嗣立编	中华书局排印本
唐才子传校笺	傅璇琮主编	中华书局排印本
说郛	明　陶宗仪编纂	上海古籍出版社《说郛三种》影印本
说郛续	明　陶珽编	上海古籍出版社《说郛三种》影印本

书名	著者	版本
玉函山房辑佚书	清　马国翰辑	上海古籍出版社影印本
李太白全集	清　王琦注	中华书局排印本
陆宣公集	唐　陆贽撰	浙江古籍出版社《两浙作家文丛》本
元稹集	唐　元稹撰	中华书局点校本
朱文公校昌黎先生集	唐　韩愈撰	四部丛刊景元本
皮子文薮	唐　皮日休撰	上海古籍出版社 1981 年整理本
宋林和靖先生诗集	宋　林逋撰	四部丛刊本
欧阳文忠公集	宋　欧阳修撰	四部丛刊续编景宋本
苏学士文集	宋　苏舜钦撰	四部丛刊景清刊本
宛陵集	宋　梅尧臣撰	文渊阁四库全书影印本
景文集	宋　宋祁撰	武英殿聚珍版丛书本
临川先生文集	宋　王安石撰	四部丛刊景明本
王荆公诗注	宋　李壁撰	文渊阁四库全书影印本
元丰类稿	宋　曾巩撰	四部丛刊影元本
东坡题跋	宋　苏轼撰	津逮秘书本
苏东坡集	宋　苏轼撰	商务印书馆《国学基本丛书》本
苏轼诗集	清　王文诰辑注	中华书局孔凡礼点校本
山谷集	宋　黄庭坚撰	文渊阁四库全书影印本

豫章黄先生文集、外集、别集　宋　黄庭坚撰　明刻本
宋黄文节公文集　宋　黄庭坚撰　清乾隆五十四年刻本
山谷集诗注　宋　任渊等注　文渊阁四库全书影印本
栾城集　宋　苏辙撰　四部丛刊景明本
淮海集　宋　秦观撰　四部丛刊景明本
张耒集　宋　张耒撰　中华书局点校本
柯山集　宋　张耒撰　文渊阁四库全书影印本
后山集　宋　陈师道撰　文渊阁四库全书影印本
后山诗注补笺　冒广生补笺　中华书局排印本
端明集　宋　蔡襄撰　文渊阁四库全书影印本
盘洲文集　宋　洪适撰　文渊阁四库全书影印本
眉山文集　宋　唐庚撰　文渊阁四库全书影印本
梁溪先生文集　宋　李纲撰　清刊本
朱淑真集注　宋　郑元佐注　冀勤辑校　浙江古籍出版社 1985 年版
陈与义集校笺　宋　陈与义撰　上海古籍出版社白敦仁校笺本
攻媿集　宋　楼钥撰　四部丛刊景清聚珍版本
郧溪集　宋　郑獬撰　文渊阁四库全书影印本
石曼卿集　宋　石延年撰　《两宋名贤小集》本

后村先生大全集	宋　刘克庄撰	四部丛刊景抄本
网山集	宋　林亦之撰	文渊阁四库全书影印本
剑南诗稿校注	宋　陆游撰 钱仲联校注	上海古籍出版社排印本
太仓稊米集	宋　周紫芝撰	文渊阁四库全书影印本
灊山集	宋　朱翌撰	知不足斋丛书本
晦庵先生朱文公文集	宋　朱熹撰	四部丛刊景明本
朱子语类	宋　黎靖德编	清刻本
象山集	宋　陆九渊撰	文渊阁四库全书影印本
诚斋集	宋　杨万里撰	四部丛刊景印景宋抄本
须溪集	宋　刘辰翁撰	文渊阁四库全书影印本
遗山先生文集	金　元好问撰	四部丛刊景明本
桐江续集	元　方回撰	文渊阁四库全书影印本
杨仲弘集	元　杨载撰	文渊阁四库全书影印本
宋学士文集	明　宋濂撰	四部丛刊景明本
槎翁诗集	明　刘崧撰	文渊阁四库全书影印本
文毅集	明　解缙撰	文渊阁四库全书影印本
空同集	明　李梦阳撰	文渊阁四库全书影印本
顾华玉集	明　顾璘撰	金陵丛书甲集本
何大复先生集	明　何景明撰	明刻本
升庵合集	明　杨慎撰	清光绪辛卯雨余山房刊本

沧溟先生集	明　李攀龙撰	明刻本
由拳集	明　屠隆撰	明刻本
鸿苞集	明　屠隆撰	明万历三十八年茅氏刻本
王阳明年谱	钱德洪撰	上海大东书局《王阳明全集》本
翁山文外	清　屈大均撰	嘉业堂丛书本
受祺堂诗	清　李因笃撰	齐鲁书社《四库全书存目丛书》影印本
带经堂全集	清　王士禛撰	乾隆十二年重修本
王渔洋先生年谱	伊丕聪编著	山东大学出版社 1989 年版
渔洋精华录集释	清　王士禛撰	上海古籍出版社李毓芙等整理本
渔洋感旧集小传	清　卢见曾撰	上海文艺出版社《古今说部丛书》本
午亭文编	清　陈廷敬撰	文渊阁四库全书影印本
清人文集别录	张舜徽撰	中华书局排印本
唐宋传奇集	鲁迅辑	齐鲁书社排印本
汉武故事		鲁迅《古小说钩沉》本
孔氏志怪		鲁迅《古小说钩沉》本
穆天子传		文渊阁四库全书影印本

说苑	汉　刘向撰	中华书局《说苑校证》本
抱朴子	晋　葛洪撰	中华书局《诸子集成》本
搜神记	晋　干宝撰	中华书局校注本
搜神后记	题晋　陶潜撰	中华书局校注本
续齐谐记		文渊阁四库全书影印本
		五朝小说大观本
拾遗记		中华书局校注本
西京杂记		上海古籍出版社校注本
朝野佥载	唐　张鷟撰	中华书局点校本
隋唐嘉话	唐　刘餗撰	中华书局点校本
大唐新语	唐　刘肃撰	中华书局点校本
刘宾客嘉话录	唐　韦绚撰	唐兰校辑本（《文史》第四辑）
唐国史补	唐　李肇撰	上海古籍出版社排印本
明皇杂录	唐　郑处诲撰	上海古籍出版社《开元天宝遗事十种》本
次柳氏旧闻	唐　李德裕撰	上海古籍出版社《开元天宝遗事十种》本
资暇集	唐　李匡乂撰	文渊阁四库全书影印本
甘泽谣	唐　袁郊撰	文渊阁四库全书影印本
酉阳杂俎	唐　段成式撰	中华书局点校本
煎茶水记	唐　张又新撰	文渊阁四库全书影印本

书名	作者	版本
开天传信记	唐　郑綮撰	上海古籍出版社《开元天宝遗事十种》本
乐府杂录	唐　段安节撰	中国古典戏曲论著集成本
剧谈录	唐　康骈撰	中华书局排印本
苏氏演义	唐　苏鹗撰	文渊阁四库全书影印本
羯鼓录	唐　南卓撰	上海古籍出版社标点本
唐阙史	唐　高彦休撰	知不足斋丛书本
云溪友议	唐　范摅撰	四部丛刊续编景明本
传奇	唐　裴铏撰	上海古籍出版社校注本
树萱录	唐　刘焘撰	五朝小说大观本
云仙杂记	旧题唐　冯贽撰	四部丛刊续编景明本
唐摭言	五代　王定保撰	中华书局排印本
鉴诫录	蜀　何光远撰	知不足斋丛书本
开元天宝遗事	五代　王仁裕撰	上海古籍出版社《开元天宝遗事十种》本
本事诗	唐　孟棨撰	中华书局《历代诗话续编》本
诗品	南朝　梁　钟嵘撰	中华书局《历代诗话》本
唐语林	宋　王谠撰	上海古籍出版社排印本
		周勋初《唐语林校证》本
六一诗话	宋　欧阳修撰	中华书局《历代诗话》本

书名	作者	版本
续金针诗格	旧题　梅尧臣撰	张伯伟《全唐五代诗格校考》本
温公续诗话	宋　司马光撰	中华书局《历代诗话》本
南部新书	宋　钱易撰	中华书局排印本
江邻幾杂志	宋　江休复撰	笔记小说大观本
益部方物略记	宋　宋祁撰	文渊阁四库全书影印本
玉壶清话	宋　文莹撰	中华书局校点本
湘山野录	宋　文莹撰	中华书局校点本
中山诗话	宋　刘攽撰	中华书局《历代诗话》本
东坡诗话		《说郛》本
		近藤元粹编《萤雪轩丛书》本
东坡志林	宋　苏轼撰	中华书局点校本
明道杂志	宋　张耒撰	顾氏文房小说本
临汉隐居诗话	宋　魏泰撰	中华书局《历代诗话》本
侯鲭录	宋　赵令畤撰	知不足斋丛书本
能改斋漫录	宋　吴曾撰	中华书局排印本
后山诗话	宋　陈师道撰	中华书局《历代诗话》本
金玉诗话	宋　蔡絛撰	《说郛》本
		近藤元粹编《萤雪轩丛书》本
西溪丛语	宋　姚宽撰	津逮秘书本

青箱杂记	宋　吴处厚撰	文渊阁四库全书影印本
冷斋夜话	宋　惠洪撰	中华书局校点本 《萤雪轩丛书》本
天厨禁脔	宋　惠洪撰	中华书局景明刊本
彦周诗话	宋　许𫖮撰	中华书局《历代诗话》本
石林诗话	宋　叶梦得撰	中华书局《历代诗话》本
竹坡诗话	宋　周紫芝撰	中华书局《历代诗话》本
珊瑚钩诗话	宋　张表臣撰	中华书局《历代诗话》本
诗话总龟	宋　阮阅编	人民文学出版社校点本
苕溪渔隐丛话	宋　胡仔纂集	人民文学出版社校点本
岁寒堂诗话	宋　张戒撰	中华书局《历代诗话续编》本
砻溪诗话	宋　黄彻撰	人民文学出版社校注本
风月堂诗话	宋　朱弁撰	中华书局点校本
艇斋诗话	宋　曾季貍撰	中华书局《历代诗话续编》本
韵语阳秋	宋　葛立方撰	中华书局《历代诗话》本 上海古籍出版社影宋刻本
庚溪诗话	宋　陈岩肖撰	中华书局《历代诗话续编》本
容斋随笔、续笔、三笔、四笔、五笔	宋　洪迈撰	四部丛刊续编景宋本配明本

猗觉寮杂记　宋　朱翌撰　笔记小说大观本

芦蒲笔记　宋　刘昌诗撰　知不足斋丛书本

懒真子录　宋　马永卿撰　儒学警悟本

诚斋诗话　宋　杨万里撰　中华书局《历代诗话续编》本

履斋示儿编　宋　孙奕撰　知不足斋丛书本

臞翁诗评　宋　敖陶孙撰　南宋群贤小集本

竹庄诗话　宋　何汶撰　中华书局点校本

沧浪诗话　宋　严羽撰　中华书局《历代诗话》本

鹤林玉露　宋　罗大经撰　涵芬楼排印本

困学纪闻　宋　王应麟撰　四部丛刊三编景元本

诗人玉屑　宋　魏庆之撰　中华书局排印本

对床夜语　宋　范晞文撰　中华书局《历代诗话续编》本

诗林广记　宋　蔡正孙撰　中华书局排印本

梦溪笔谈　宋　沈括撰　四部丛刊续编景明本

　补笔谈　宋　沈括撰　稗海本

靖康缃素杂记　宋　黄朝英撰　上海古籍出版社吴企明点校本

东斋记事　宋　范镇撰　守山阁丛书本

春明退朝录　宋　宋敏求撰　百川学海本

孔氏谈苑　旧题宋　孔平仲撰　文渊阁四库全书影印本

野客丛书	宋　王楙撰	中华书局点校本
邵氏闻见录	宋　邵伯温撰	中华书局点校本
邵氏闻见后录	宋　邵博撰	中华书局点校本
事类赋	宋　吴淑撰	文渊阁四库全书影印本
海录碎事	宋　叶庭珪撰	上海古籍出版社影印本
爱日斋丛抄	宋　叶口撰	守山阁丛书本
麈史	宋　王得臣撰	上海古籍出版社点校本
文昌杂录	宋　庞元英撰	学津讨原本
		雅雨堂丛书本
东观余论	宋　黄伯思撰	津逮秘书本
宋本东观余论	宋　黄伯思撰	中华书局影印本
学林	宋　王观国撰	武英殿聚珍版丛书本
东原录	宋　龚鼎臣撰	十万卷楼丛书本
扪虱新话	宋　陈善撰	儒学警悟本
演繁录	宋　程大昌撰	学津讨原本
萤雪丛说	宋　俞成撰	百川学海本
古今词话	宋　杨偍辑	赵万里《校辑宋金元人词》本
横浦心传	宋　张九成撰	商务印书馆影印明万历吴氏刻本
后村诗话	宋　刘克庄撰	中华书局点校本

老学庵笔记	宋　陆游撰	上海远东出版社校注本
入蜀记	宋　陆游撰	上海远东出版社校注本
诗律武库	题宋　吕祖谦撰	金华丛书本
齐东野语	宋　周密撰	中华书局点校本
浩然斋雅谈	宋　周密撰	文渊阁四库全书影印本
墨庄漫录	宋　张邦基撰	四部丛刊三编景明抄本
滹南诗话	金　王若虚撰	中华书局《历代诗话续编》本
修辞鉴衡	元　王构编	中华书局景元刊本
诗谱	元　陈绎曾撰	中华书局《历代诗话续编》本
白石山房逸稿	明　张孟兼撰	文渊阁四库全书影印本
归田诗话	明　瞿佑撰	中华书局《历代诗话续编》本
读书录	明　薛瑄撰	文渊阁四库全书影印本
麓堂诗话	明　李东阳撰	中华书局《历代诗话续编》本
东谷赘言	明　敖英撰	丛书集成本
七修类稿	明　郎瑛撰	清乾隆十四年刻本
升庵诗话	明　杨慎撰	中华书局《历代诗话续编》本
四溟诗话	明　谢榛撰	中华书局《历代诗话续编》本

千一录	明　方弘静撰	明万历刻本
艺苑卮言	明　王世贞撰	中华书局《历代诗话续编》本
浣水续谈	明　朱孟震撰	齐鲁书社《四库全书存目丛书》影印本
艺圃撷余	明　王世懋撰	中华书局《历代诗话》本
焦氏笔乘	明　焦竑撰	上海古籍出版社点校本
重订诗经疑问	明　姚舜牧撰	文渊阁四库全书影印本
诗薮	明　胡应麟撰	中华书局上海编辑所排印本
雪涛诗评	明　江盈科撰	说郛续本
恬致堂诗话	明　李日华撰	学海类编本
紫桃轩杂缀	明　李日华撰	明刻本
六研斋二笔、三笔	明　李日华撰	文渊阁四库全书影印本
弹雅	明　赵宧光撰	明天启二年刻本
诗法源流		明刻本
日知录	清　顾炎武撰	文渊阁四库全书影印本
钝吟杂录	清　冯班撰	上海古籍出版社《清诗话》本
诗辨坻	清　毛先舒撰	上海古籍出版社《清诗话续编》本
静志居诗话	清　朱彝尊撰	人民文学出版社校点本

经义考	清	朱彝尊撰	文渊阁四库全书影印本
说唐诗	清	徐增撰	中州古籍出版社樊维纲校注本
载酒园诗话	清	贺裳撰	上海古籍出版社《清诗话续编》本
湛园札记	清	姜宸英撰	文渊阁四库全书影印本
原诗	清	叶燮撰	上海古籍出版社《清诗话》本
带经堂诗话	清	王士禛撰	人民文学出版社戴鸿森校点本
渔洋诗话	清	王士禛撰	上海古籍出版社《清诗话》本
香祖笔记	清	王士禛撰	上海古籍出版社点校本
居易录	清	王士禛撰	清刻本
池北偶谈	清	王士禛撰	中华书局点校本
秦蜀驿程后记	清	王士禛撰	齐鲁书社《四库全书存目丛书》影印本
蜀道驿程记	清	王士禛撰	齐鲁书社《四库全书存目丛书》影印本
陇蜀余闻	清	王士禛撰	齐鲁书社《四库全书存目丛书》影印本
皇华纪闻	清	王士禛撰	齐鲁书社《四库全书存目丛书》影印本

分甘余话　清　王士禛撰　中华书局点校本

古夫于亭杂录　清　王士禛撰　中华书局点校本

然镫记闻　清　王士禛撰　上海古籍出版社《清诗话》本

师友诗传录　清　王士禛等撰　上海古籍出版社《清诗话》本

师友诗传续录　清　王士禛撰　上海古籍出版社《清诗话》本

诗问四种　清　王士禛等撰　齐鲁书社 1985 年版周维德笺注本

漫堂说诗　清　宋荦撰　上海古籍出版社《清诗话》本

谈龙录　清　赵执信撰　上海古籍出版社《清诗话》本

说诗晬语　清　沈德潜撰　上海古籍出版社《清诗话》本

石洲诗话　清　翁方纲撰　上海古籍出版社《清诗话续编》本

南野堂笔记　清　吴文溥撰　南野堂全集本

历代诗话　清　吴景旭撰　中华书局上海编辑所校点本

说诗乐趣　清　伍涵芬编　齐鲁书社校注本

诗学纂闻　清　汪师韩撰　上海古籍出版社《清诗话》本

樵香小记	清　何琇撰	丛书集成初编本
麗濾荟录	清　蒋超伯撰	清同治丁卯刊本
葚原诗说	清　冒春荣撰	上海古籍出版社《清诗话续编》本
北江诗话	清　洪亮吉撰	人民文学出版社点校本
浪迹丛谈、续谈、三谈	清　梁章钜撰	中华书局点校本
小说旧闻抄	鲁迅撰	人民文学出版社排印本
宋诗话考	郭绍虞撰	中华书局排印本
宋诗话辑佚	郭绍虞辑	中华书局排印本

释名	汉　刘熙撰	文渊阁四库全书影印本
汉官典职仪式选用	汉　蔡质撰	孙星衍辑《汉官七种》本
汉旧仪		孙星衍辑《汉官七种》本
古今注	旧题晋　崔豹撰	文渊阁四库全书影印本
颜氏家训	北齐　颜之推撰	中华书局《诸子集成》本
齐民要术	后魏　贾思勰撰	文渊阁四库全书影印本
水经注	北魏　郦道元撰	商务印书馆《国学基本丛书》本
荆楚岁时记	南朝梁　宗懔撰	四部备要本
历代名画记	唐　张彦远撰	文渊阁四库全书影印本
图绘宝鉴	元　夏文彦撰	文渊阁四库全书影印本

游城南记	宋　张礼撰	藕香零拾本
新安志	宋　罗愿撰	文渊阁四库全书影印本
姑苏志	明　王鏊撰	文渊阁四库全书影印本
道光福建通志	清　陈寿祺等纂	清同治七年正谊书院刊本
乐书	宋　陈旸撰	文渊阁四库全书影印本
纬略	宋　高似孙撰	守山阁丛书本
事物纪原	宋　高承撰	清刻本
类说	宋　曾慥编	古籍刊行社景印本
仕学规范	宋　张镃撰	文渊阁四库全书影印本
金石录	宋　赵明诚撰	文渊阁四库全书影印本 四部丛刊续编景钞本
笋谱	宋　僧赞宁撰	文渊阁四库全书影印本
琴史	宋　朱长文撰	曹寅编《楝亭藏书十二种》本
急就章	汉　史游撰	文渊阁四库全书影印本
说文解字	汉　许慎撰	中华书局缩印本
宋本玉篇	南朝梁　顾野王撰	北京中国书店 1983 年影印本
广韵		文渊阁四库全书影印本
韵府群玉	宋　阴时夫纂辑	文渊阁四库全书影印本
长安志图	元　李好文撰	文渊阁四库全书影印本

书名	著者	版本
三辅黄图校证	陈直校证	陕西人民出版社排印本
佛说贫穷老公经		大正新修大藏经本
大方广佛华严经音义	唐　慧苑撰	守山阁丛书本
五灯会元	宋　释普济撰	中华书局排印本
直斋书录解题	宋　陈振孙撰	武英殿聚珍版丛书本
郡斋读书志	宋　晁公武撰	四部丛刊三编景宋本
铜琴铁剑楼藏书目录	清　瞿镛撰	上海古籍出版社校点本
贩书偶记续编	清　孙殿起撰	上海古籍出版社排印本
唐代舞蹈	欧阳予倩主编	上海文艺出版社 1980 年排印本
古典文学研究资料汇编·杜甫卷上编（唐宋之部）	华文轩编	中华书局本排印本
中国文学家大辞典（唐五代卷）	周祖撰主编	中华书局排印本
中国文学家大辞典（清代卷）	钱仲联主编	中华书局排印本
陶渊明研究	袁行霈撰	北京大学出版社 1997 年版
古诗十九首与建安诗歌研究	木斋著	人民出版社 2009 年版